不負少年頭

汪精衛雙照樓詩詞稿揭祕

周世安　著

前言

一、詩品和人品

當代史傳文學的領軍人物王朝柱先生在《世紀名人軼事》中說過：「汪精衛是一位復雜的歷史人物。今人皆曰大漢奸，中華民族的第一罪人」①，鐵證如山，史有定評。然而作為一代詩才，當下瞭解汪氏曾經是一位頗有影響的詩人的，恐怕就寥若晨星了。

這種人品糟糕，詩品不俗，詩品和人品相互牴牾的現象，歷代皆有。其根源何在？據筆者所知，至少有兩種版本。

一種是奸臣名壓倒了文學名。這是著名作家李國文老先生的慧眼卓識，讓讀者一看就懂，印象深刻的說法。人們大多只知嚴嵩是個大奸臣，不瞭解他還是一位正兒八經的詩人。他被紀昀在《四庫總目提要》中，引用王世貞的詩句「孔雀雖有毒，不能掩文章」，表示不能因人廢詩，該當肯定他「獨為迥出」的文學功力。人們為什麼忘得一乾二淨了呢？因為《明史》堂堂正正把嚴嵩釘上了歷史的恥辱柱——《奸臣傳》上！哪怕《明史》也曾確鑿地讚賞他「為詩古文辭，頗著清譽」，完完全全被湮沒了②。

另一種是不相等的真實。著名的當代學人臺灣龔鵬程先生新穎而輕鬆地破譯了風格和人格同一的難題。他巧妙地設問，「誰在考試寫作文時，沒有在試卷上發揚民族精神、提倡固有文化、鼓吹社會道德、擁護民主憲政？可是，事實上如何？是我們在考試時刻意昧良心說瞎話嗎？那倒也不是。那是一種真，不是對實際人生的真，而是對那篇作文的符號世界的真。」③龔先生巴望讀者牢記一點：文學的真，不等於事物的真，經驗的真，邏輯的真。風格與人格的同一是歸屬於精神格調層面之同一。

同時，他還針對現狀進一步論證以道德判斷來替代審美判斷的謬誤。「在談論一篇文學作品時，它可以很輕易地用『這個作者道德很差』這樣一句話，就否定了其作品在藝術上的價值。歷史上這類橫暴而野蠻的論斷，所在多有。」④耐人尋味的是，王朝柱先生在評述汪兆銘在法國的隱居生活中，「他依然沒有忘記攬勝賞景，即興吟得幾句『絕唱』——所謂絕唱，是說他竟然能在政治逆境中返樸歸真，不受外界影響，寫出如下超脫出世的詩句來」⑤。（下面所引用的全詩，在點評《王朝柱的酷評》中出現，不贅。）這與龔鵬程先生的理念不謀而合，可謂智者所見略同吧。

當然，關於詩品和人品的問題，可能還有不同看法，由於篇幅之故，這裏只能提供兩種參照。

【注釋】

①中國青年出版社一九九八年版第一四八頁。②李國文著《中國文人的活法》，人民文學出版社二〇〇四年版第八二頁。③龔鵬程著《文學散步》，世界圖書出版公司二〇〇六年版第八二頁。④同③第八三頁。⑤王朝柱著《汪精衛和蔣介石》，中國青年出版社一九九三年版第二四七頁。

二、得句還愁後古人

汪兆銘彌留之際，曾先後告訴赴日本探望的林柏生、陳春圃：他的文章不要留存，可留的只有詩詞稿①。臨終後事多多，怎麼念念不忘業餘創作的《雙照樓詩詞稿》？是自我敝帚千金，還是另有所圖呢？經過反覆思考，我們不可忽視他的一句普通的七言詩：「得句（詩人覓得佳句）還愁後古人」（〈初夏即事寄冰如〉）筆者猜想，這恐怕便是汪氏不經意透露出關於詩詞創作之終極的追求或標高的信息。至於汪兆銘詩詞造詣的評價，不妨傾聽三位名家的評騭，也就不難大體把握其創作的軌跡了吧。

清末民初詩壇巨擘陳衍在《石遺室詩話續篇》中對汪氏〈中夜不寐偶成〉讚賞備至，認為：「自來獄中之作，不過如駱丞（賓王）、坡公（蘇軾）用『南冠』、『牛衣』等事。若此篇一起破空而來，篇終接混茫，自在遊行，直不知身在囹圄者，得未曾有。」這難道不是說從來獄中詩裏別是一家春、超越前人的是佳構麼？

龔鵬程先生明確指出，汪氏詩詞的好處具有深情與巧思兩條。

深情，認為寫給其妻陳璧君的詩「大抵都不差。他的詩詞集，又名《雙照樓詩詞稿》。雙照，用杜詩『何時依虛幌，雙照淚痕乾』之意（〈鄜州望月〉），但也可指月光照在他們兩個人住的樓上。樓名如此，其情可知。『雙照樓頭月色新，清輝如慶比肩人。梅花雪點溫詩句，疏影橫斜又滿身。』（按：指〈十二月二十八日雙照樓即事〉）詩景俱皆可羨，此其情之足以動人者也。他與革命友人之情誼亦復如是，凡贈胡漢民、弔革命烈士者，大概也都可誦。」

巧思，「如久雨盼晴，而說『鳥雀亦如人望治，晴光才動樂聲多』（按：指〈即事〉）；題畫梅而說『繁英若飛瓊，老柯如屈鐵。持此歲寒心，努力戰風雪』，都見匠心。構句新奇如『覓新詩如驢旋磨，溫舊書如牛反芻』（按：指〈病起郊行〉）、『隱霧留隨黃犢遠，定風帆與白鷗閒』（按：指〈湖上〉）之類，亦饒意味。」②

中山大學陳永正先生主編的《嶺南文學史》（廣東高等教育出版社一九九三年版）對汪兆銘辛亥革命後的詩詞也有如下評述：

> 多為寫景、詠物、紀遊之作，無復慷慨豪邁之氣。蓋因作者政治上的退坡，導致他的作品多談風月，少談國事，思想意義便大為減弱。但汪氏到底較有才情學養，故寫景詠物之作時有新意。如〈秋夜〉中的「微蟲不與無衣事，也作人間促織聲」，「繁星點點人間淚，聚作銀河萬古流」等字句，前者把秋蟲聲與秋夜連在一起，後者把繁星比作淚滴，立意比較新穎。汪精衛的紀遊詩，以寫歐美風光的較有特色。如〈西班牙橋上觀瀑〉一詩，寫瀑布的氣勢和變化，形象生動，甚得「觀瀑」二字之趣。此外，如〈麗尼蒙湖上觀落日〉寫湖上落日的光影色彩變化，〈孚加巴斯山中書所見〉寫山中的巨壑、瀑布、峭石、老松、大湖，均觀察細緻，描寫逼真，頗為不俗。

汪精衛詩歌之外，尚能倚聲填詞。他在獄中所寫的〈金縷曲〉詞乃用清初顧貞觀寄吳漢槎之詞句（按：數量甚微）寫成，頗有憂國憂民之忠，在當時曾廣為流傳。其他詞多為寫景物之作，如〈齊天樂‧印度洋舟中〉、〈百字令‧七月登瑞士碧勒突斯山巔遇大風雪〉、〈疏影・菊〉、〈百字令・水仙〉等，或寫域外風光，或於詠物寄意，詞筆清健，頗見才情。

要而言之，品讀三家之評論，恐怕不難尋繹汪兆銘詩詞創作之脈息，閒中把玩，獲得審美的愉悅。

【注釋】

①聞少華著，《汪精衛傳》團結出版社，二〇〇七年版第二三七頁。②龔鵬程著，《雲起樓詩話・汪精衛詩》，《當代詩詞叢話》黃山書社二〇〇九年版第六一四頁。

三、雄直之氣

汪辟疆先生根據清人洪亮吉的詩聯「尚得古賢雄直氣，嶺南今不遜江南。」雖指獨漉堂而言，然雄直二字，嶺南派詩人當之無愧也①。我們認為汪兆銘的獄中詩詞之主流充盈雄直之氣，其濫觴抑或有三：

一為地域文化之薰陶。明清之際，由於外商麕集，經貿繁榮，具有嶺南文化的強烈訴求。加以粵語多古音，入聲可辨，賦詩倚聲，得天獨厚。

二為家族文化之傳承。兆銘叔父汪瑔，學養豐厚，尤擅詩詞，撰有《隨山館詞》（十八卷）、《隨山館詩簡編》（四卷），與番禺詞人沈世良、葉衍蘭並稱「粵東三家」，對晚清詞壇，影響頗大。汪瑔之子汪兆銓、侄兆鏞（兆銘同父異母之兄）在清末民初皆以詩詞著稱②。兆銘父汪琡遊幕於三水、陸豐等縣，但家教嚴格。銘五歲入私塾，放學惡補「課外作業」：規定習字、背誦陶潛、陸游詩篇及王陽明《傳習錄》的頁數，直至病逝前一天仍督促不誤③。晨讀則由其母陪伴。後因雙親早逝，其兄兆鏞繼續管束，並指導其弟詩詞作法。十四歲的兆銘便寫出了〈重九遊西石岩〉嶄露詩才。

三為監獄文化之引爆。初入獄，汪兆銘之生活條件異常惡劣。腳下戴著二十七斤半重的腳鐐，「項間即荷以鐵枷，其量甚重，非書生所能勝任。每僅食稀粥一盂，及粗麵餅一撮，且不能以手取之，惟以口就食於架上而已。」④曾兩次自殺未遂。汪自料必死，義無反顧，捨為詩外，何以自勵？於是即興創作，隨口吟誦〈被逮口占〉（四首）尤以其第三首「慷慨歌燕市，從容作楚囚。引刀成一快，不負少年頭」，被王朝柱先生激賞「是少見的絕唱」——詩文創作的最高造詣⑤！我們不妨試作淺析：

這四首五絕構建的組詩，筆者在點評中把四則短章用「四個不」串聯起來：「不倦（精衛鳥堅持復仇）——不怕（借花言志不怕摧殘）——不負（為革命樂於獻身）——不滅（鬼火照射黃金臺）」凸顯順應歷史潮流，置生死於度外，乃義士大無畏的不朽精神！

且看第三個短章（有人稱〈慷慨篇〉；有人叫〈囚徒之歌〉）之起筆，先聲奪人！啥聲？歌聲。啥曲？進行曲。啥地？北京鬧市。承筆，啥人？囚徒。啥樣？鎮定自若。轉筆，一百八十度大轉彎，受眾大驚：迎著屠刀，滿臉堆笑！合筆，回答內驅力之源——沒有辜負這顆青春而高貴的頭顱！

這是汪兆銘尚未判刑之前的口占，是最高精神境界的自我坦露，為了推翻帝制，用生命譜寫出了少有的絕唱，見證了「一流詩人抒寫生命」⑥的真言！怪道當時膾炙人口，海內外廣為流傳。

這樣一來，汪詩人在獄中詩情爆發，寫出了三十一首詩詞，最長的〈述懷〉，全詩九十二句，凡四六〇言。要知道，這些作品包括背景、標題、結構、標點符號、原汁原味，統統儲存於大腦啊！佳作多多，詞語雄深、剛直，不愧嶺南風格，映照出汪氏民主革命黨人之氣質、襟抱、膽識，展示了「得句還愁後古人」的美學追求。為了不重複一些名家的深刻評騭，筆者再舉兩則小例以供讀者欣賞。

一是用典的特例。這是指「此頭須向國門懸」曾為人徵引，歷時二十多年才被發現，見證汪詩人用事語如己出，實為高手！故事說的是伍員力主抗越，吳王夫差信讒言逼他自盡。他臨死時對左右說，我死後「抉吾眼懸吳東門之上，以觀越寇之滅吳也！」⑦為什麼要改懸眼為懸頭呢？一則具象由小變大，更富視覺衝擊力；二則清廷懾於《民報》凌厲的宣傳攻勢，曾經懸金十萬以購胡漢民、汪精衛的首級⑧。既然懸賞與懸頭均為敵手鬼蜮伎倆，那麼詩人遷移為我所用，理故宜然。「此頭須向國門懸」不僅濃縮了伍員自刎典故的精華，而且文辭抗烈，義薄雲天！

二是意象的捕捉。請看〈詠楊椒山先生所植榆樹〉，以榆樹的深根性、耐乾冷、生長快的品格，用象徵手法提升到人格尊嚴的生命意義，折射出詩人的價值判斷力。榆樹精神即以楊繼盛敢於彈劾嚴嵩十大罪之浩然正氣抗擊佞臣邪風。同時，還以榆樹為核心意象，一線穿珠，通篇結構，天衣無縫。於是，榆樹演繹了一箭雙雕之終端價值。

當然，由於監獄的特殊環境，隨著時間的推移，從被捕（一九一〇年四月十六日）到宣判（四月二十九日汪和黃復生被判處永遠監禁，羅世勛被判處十年徒刑。）到開釋（一九一一年十一月六日），在獄監禁約一年半左右。可分為兩個階段，第一階段由入獄至被判處永遠監禁，為時僅僅十三天，詩歌內容為義無反顧，一心赴死，全為雄渾、剛直之金石聲。第二階段由宣判無期徒刑至開釋，時間較長。其中有陳璧君等的營救，有清廷肅親王善耆的軟化汪兆銘之工作，加之汪自身「鮮恆德」，只願為薪，不願為釜，他那缺乏韌性的心態完全暴露出來，出現了消極進行時。聊可告慰者，獄中詩詞依然憂國憂民，大節無虧。實事求是地說，總體上還是好的。

【注釋】

①汪辟疆著，《汪辟疆說近代詩》上海古籍出版社二〇〇一年版第三九—四〇頁。②曹旅寧作，《〈雙照樓詩詞稿〉及其他》《博覽群書》二〇〇四年八月第七〇—七一頁。③汪精衛著，《自述》《東方雜志》一九三四年第一期。④薑泣群編，《民國野史》（又名《朝野新譚》成書於一九一四年）山西古籍教育出版社一九九九年版第六二—六四頁。⑤王朝柱著，《汪精衛和蔣介石》中國青年出版社一九九三年版第八頁。⑥徐晉如著，《綴石軒詩話》《當代詩詞叢話》黃山書社二〇〇九年版第七〇八頁。⑦《史記•伍子胥列傳》。⑧文斐編，《我所知道的漢奸汪精衛和陳璧君》中國文史出版社二〇〇五年版第四頁。

四、明月意象多多

明月意象在汪氏作品中頻頻出現，我們認為它是和中國古典詩詞用得最多的意象之一有著傳承關係。筆者還發現，汪氏的明月意象思維不同程度、或隱或現地存在詩人和明月互通的趣味與有新意的筆墨。

先看玩月的戲作。玩，有欣賞、觀賞的意味。戲作呢？這裏的態度卻比較嚴肅，議論也較為正大。顯然是接受了杜甫的〈戲為六絕句〉的感染。玩月，原本是中國古代文人的一種雅興。他們藉此親近自然，神遊天地，尋找一種超凡脫俗的精神境界。汪兆銘的玩月，卻是在太平洋舟中觸景生情，而區別於前人的。他想起達爾文嘗云：月自地體脫卸而出，其所留之窪痕即今之太平洋也。戲以此意構為長句。便是他的戲作首秀。首聯，太平洋的成因。二聯，眨眼幻化為太平洋上秋月。三聯，衣單，鬢短、露涼、風微諸多深秋意象，一一亮相。落聯，將以通宵不寐期待海上朝陽奇觀！這豈非「玩」出人月相得的清閒人生、陶冶性靈的福祉、禎祥嗎？

再看看汪詩人對於修辭技巧之嫻熟於胸、行雲流水般運作之手法。

「波定魚吞月」（〈出峽〉），說的是三峽月色清明，波瀾不驚，魚兒一口吞食了江中的月亮。這，如《唐摭言》所說：「李白著宮錦袍，遊采石江中，傲然自得，旁若無人，因醉入水中捉月而死。」①恐怕和傳說的詩月因緣有千絲萬縷的關係。元代薩都剌有詩為證：「只應風骨蛾眉妒，不作天仙作水仙。」（〈采石懷太白〉）由於受到妒忌，李酒仙硬作了水仙！好在汪兆銘筆下的「魚吞月」很大程度屬於誇張，壓縮了沖淡了幾乎擺脫了幻化生命傳奇的色調。

「不是波聲是月聲」（〈潭上〉），是月亮發出的音響，而否定了潭中波浪拍岸。顯然，這裏的知覺是一種主觀性的幻覺。它對於現實的真面目（實際上是常人眼中的面目）是變態了的，因而用常人的眼光去看是怪誕的。但這種怪誕在審美情境中又別具魅力，別開生面的。究竟何來月聲？這是由視覺的光波轉化為聽覺的聲波的通感手法！詩人好像把握了令人驚詫不已的冰蟾發聲的密碼呢！

其實，月亮有聲並非汪氏的原創，而是來自漢樂府的〈聽月亮〉。限於篇幅，這裏就不贅述短評〈聽月亮，奇美無比〉的淵源了。

「吹起一庭香月照玲瓏」，是〈風蝶令・白海棠〉的結句。諺云：編筐編簍，難在收口。說明賦詩填詞好的結尾難。我們不妨如此理解它的大意。作為結語，妙曼生輝：月色滲透了白海棠的清香，既吸引眼球，又暗香盈袖，窺探著簾內靈動的玉人。通感技巧，信手拈來，月光轉換為香氣，視覺幻化成嗅覺，詩意盎然，大有曲終香月在，語盡意未完時的感知。自然而然給讀者留下了入木三分的烙印，不是豐厚的審美效應麼？

最後，簡述一下「如如」的詞義。問題是〈海上觀月〉起句「海風吹出月如如」引起的。龔鵬程先生認為汪兆銘「強押如字，渾不管『如如』是什麼意思。不知月若是如如實相，風即吹不出也。」②筆者愚頑，讀後一頭霧水，只得求教於辭書了。翻《辭海》，沒有。查《故訓彙纂》，也沒有。找《辭源》，有而義項少。直到檢閱《漢語大詞典》才發現，「如如」條有六個義項：一、佛教語。下分三項，簡記如下：（一）謂諸法皆平等不二的法性理體。（二）指永恆存在的真如。（三）引申為永存常在。二、恭順儒雅貌。三、絡繹不絕。四、形容詞詞尾

筆者運用「代入法」，後面三義項皆不合適，唯有選擇佛教語中的引申義了。但《辭源》與《漢語大詞典》比較，前者義項雖少，卻比後者的好懂，故取《辭源・如如》條推介：佛教指真如常住，圓融而不凝滯的境界。《金剛經》：「不取於相，如如不動。」唐白居易《長慶集》六十五〈讀禪經〉詩：「攝動是禪禪是動，不禪不動是如如。」引申為常在。唐賈島《長江集》九〈寄無得頭陀〉詩：「落澗水聲來遠遠，當空月色自如如。」至此恍悟，筆者以為「海風吹出月如如」，不妨詮釋為：海風呼呼，月色常在。不卜龔鵬程先生意下如何？

【注釋】

①[五代]王定保著，《唐摭言》。 ②龔鵬程著云：《雲起樓詩話》，《當代詩詞叢話》黃山書社二〇〇九年版第六一四頁。

五、求異思維舉隅

宋人胡仔有雋語云：「牧之題詠，好異於人。」八個大字，確乎字字珠璣①！牧之是杜牧的字，唐文學家。以濟世之才自負。針對現實，詩文中多指陳諷諭時政之作。小詩寫景抒情，多清俊生動。其詩在晚唐成就頗高，後人稱杜甫為「老杜」，稱牧為「小杜」。用當下語言表述，小杜可謂一位具備求異思維的自主創新家。

其實，任何獨創都是挑戰，是向怠惰的挑戰，是向平庸的挑戰，是向守舊的挑戰。因為重複別人，重複自己，勢必

招致讀者的審美疲勞，砸毀詩人自己的品牌信譽！縱觀汪兆銘的詩詞創作，也有求異的筆墨。為此，對讀者也形成了一個特點。留點空白，留點模糊，讓讀者去思索、去補充、去再創造。其方式大體有兩種：一種是直白、點明，一種是含蓄、暗示。

前者例如「未妨頭白不歸來」。這是記廬山開先寺後有讀書臺。杜甫詩云：「匡山讀書處，頭白好歸來」，蘇軾詩亦云：「匡山頭白好歸來」。汪氏「登斯臺，有感其言，因為此詩，余所謂『歸來』與杜、蘇所云不同也。」汪氏於此詩題上彰明昭著地對杜、蘇說不！究其根源，依然讓讀者自己思考、探索。前人有皓首窮經之說，大意即活到老學到老吧。儘管讀書臺環境優美，宜於治學，但晚年終究得回歸故里。而看來汪氏以是否學有所成為依歸，來決定去留，不是以頭髮是否變白為標準的。

後者例如「不晴不雨只陰陰，此日西湖倦色侵」。蘇東坡題詠西湖不是「晴亦好」、「雨亦奇」嗎？〈十月二十四日過西湖〉汪起筆就是「陰陰」。含蓄、暗示特色，是著力描繪西湖的倦容美。這叫什麼技法呢？姑且叫它「你無我有法」吧。耐人尋味的是，筆者新近拜讀了《西湖文藝叢書・西湖詩詞選》的三四三首詩詞，是從初唐至晚清的名作，恰恰沒有寫西湖「陰陰」倦容美的作品，或許是選者疏漏所致②，或許是確鑿無有吧，只好存疑了。

事也湊巧。剛剛一個月後，〈十一月二十四日再過西湖〉，再睹美人手姿，再從何處切入呢？顯然只有另闢蹊徑，突破思維定勢而出彩、出新、出神了。描寫西子湖，離不開湖光山色，對象總體是一樣的。然季節轉換，色彩紛呈，風花雪月，千差萬別。即令以擬人手法而言，性格年齡各異，深淺層面不同。蘇軾以西施濃妝淡抹寫意，神采飛揚。而汪兆銘呢？也著眼人的面容，睡態（薄睡≠酣睡）何其淺，醉態（微酡≠酡）何其輕，均係輕描淡寫，塗抹自如，與坡公同中有異。小舫滑行，蘆雁戒心，鍾鳴悠悠，落葉起舞，四種深秋鏡頭，個個靈動。然而眾多景觀，不正是區別於南湖、東湖、千島湖、洞庭湖的寒秋麼？

至於汪詩人之刻畫聽瀑布之類，為諸多專家所激賞，自然用不著在下饒舌了！

臨末，有必要提一下辭格運作必需創新，原本不言而喻。但必須把握深與淺，重與輕，難與易，熟與生，大與小等等種種之「度」，絕非輕而易舉、一蹴而就的。讓我點擊〈獄簷偶見新綠口占〉的下聯，「青山綠水知何似？愁絕風前鄭所南」便知端的。

老實說，要把祖國廣袤河山比擬成一位歷史人物，只怪筆者孤陋寡聞，見所未見，聞所未聞。中華民族幾千年悠久歷史，英雄豪杰，文治武功，恆河沙數，追捧誰個？既新奇又冒險，實在頗費周章。最終亮相的令人驚詫：鄭所南！他剛介而有志操。南宋亡國後，改名所南，寓不忘趙宋王朝之意。與客交往，必坐向南。汪氏擬人辭格，運作奇特，大義凜然，鼓吹倡導民族精神的先賢，雄直之氣撲面而來！他，迎著春寒料峭，愁腸百結，象徵祖國百孔千瘡，百姓生存空間，水深火熱。汪兆銘怎能忘記：舉手宣誓同盟會綱領「驅除韃虜，恢復中華，創立民國，平均地權」；汪兆銘怎能忘記：身陷清廷牢籠，口占反清華章！

如果不是筆者吹求，那麼略嫌不足者，可能選取的先賢知名度還不夠大，粉絲還不夠多，人氣還不夠旺，見證前面所說「度」之難以把握。何況當時創作的環境特殊，那能容許反覆推敲、一再吟哦呢？筆者猜想，汪詩人也許認為：只要牢牢把握民族翻身之核心，便可大放寬心了！欲知後事如何？且待歷史分解。

【注釋】

①[宋]胡仔撰，《苕溪漁隱叢話》。 ②王榮初選注浙江文藝出版社一九八五年版。

六、新詞——粵諺之拓展

一、新詞

在汪氏的詩詞作品中，筆者發現一個有趣的現象，僅僅啟用了一九三〇年代前出爐的一個新詞。其實，清末黃遵憲提倡「我手寫吾口」就是要將新理想、新事物、新詞語融入傳統格律中，達到新內容與形式的完美統一①。一直延續到民國初年，詩中有新詞成為一種時尚。從創作實踐來看，汪氏採取了嚴肅認真的態度，既不拒絕，也反對濫用。他似乎不屑運用電燈、啤酒、咖啡之類的生活新詞，卻選用了新型交通工具：飛機。

由此而創作的幾篇詩作，拓展了題材的新視界，引發了雄直風格的新閃現，抒發了對廬山的新柔情，彰顯了紀遊詩的新元素。

汪兆銘直接抒寫乘坐飛機三次。其中兩首同題〈飛機上作〉，一首題為〈乘飛機至九江，望見廬山口，占一絕句。蓋別來八九年矣。〉乘坐飛機有何感受？舉一聯透露：「身乘彩鳳雙飛翼，遙望齊州九點煙。」前句以「乘」代「無」化用李商隱的名句（身無彩鳳雙飛翼），暗示飛機靚亮、快捷、平穩。後句援引李賀〈夢天〉佳構，描寫從機上俯視，中國遼闊的九州小得像九點煙塵。遊目騁懷，樂何如之！〈乘飛機至九江……〉的下聯「五老舉頭齊一笑，故人天外忽飛來。」上句，擬人辭格，五老抬頭，一起笑聲朗朗，喜從何來？下句，不是外星人，而是老朋友沒下通知突然趕到。從哪裏來？極高極遠的雲天外。坐船還是搭車？乘飛機！層次清晰，輕快瀏亮，令人驚詫。這一聯，平中見奇，舉重若輕！

間接寫飛機的有〈曉登天池山，將從明日乘飛機發九江〉，還有〈別廬山〉。讓人想起前人說過「凡遊大山大水」的理念，必須要有更大的胸襟去包容它，才能愈增其大。若是小家子氣的鼠目寸光，山水不免隨之縮小，所得必定局促，狹隘，這是不言而喻的②。詩人在〈曉登天池山……〉揣想「明朝更奮凌雲翼，一覽千岩萬壑秋」，由於科學技術的迅猛發展，真可以一眼收盡廬山秋！至於飛機的形象，又予再現：「君不見潯陽江頭人造鳥，已張兩翼遲我雲水間。」用寫意筆墨重繪：人造鳥。這些不正是見證雄直格調又重來了嗎？

二、粵諺

如果說獄中詩〈晚秋〉是半明半暗地汲取物候諺語「日落胭脂紅，無雨必有風」的話，那麼下面兩首則居然各採一條粵諺入詩，就委實難能可貴了。

先看〈紫雲英草可肥田，農家喜種之，一名荷花浪浪。取以入詩〉。其實，農諺還有「種田兩件寶，豬糞紅花草。」豬糞是最好的廄肥；紅花草（紫雲英的別名）是綠肥作物。這首七絕起句突兀，推出紫雲英瘋長，水天一色的紅彤彤的畫面。承句，農家夫婦見紅花草長勢喜人的歡聲笑語。轉句問，您知道她的芳名嗎？結句答，荷花浪浪沉醉在和風裏展笑靨。紅色，首尾呼應；又回答農民對荷花浪浪情有獨鍾的美名！這便是農家受益、喜歡種植而美化對象的審美效應。

再看〈粵諺『春日人倦，為牛借力』，因牛借其力以行田也。語有奇趣，取以入詩〉。奇趣何在？「春日人倦，為牛借力。」此八字句乃前果後因的關係。農民春倦，是因為牛借走了人的力氣，以便讓牛好好鬧春耕！這不正是農民的幽默麼？第二聯對仗工穩，嬗變自然。大意是，疲勞達到極點，真不懷疑牛能借力；驚喜中發現它像神馬騰空飛起。要而言之，汪兆銘敢於拒絕封建文人學士認為諺語是「鄙諺」、「野語」、「俚言」、「俗語」，不能登大雅之詩壇！恰恰相反，粵諺入詩，大膽，奔放，積極，在理，詩篇美奐美輪，妙趣橫生，彰顯出民主主義詩人的魄力、魅力和張力！

由粵諺中借力之牛，聯想到〈飛機上作〉居高俯視到「留得川原錦綉開」是因為「老農筋力消磨盡」，一代一代的農民臉朝黃土背朝天打造出來的勝境！還可以聯想到「最憐川上牛浮鼻，也似疲農得小休。」（〈雨後〉）詩人把當時的農民比況為「牛浮鼻」，是疲憊的農民得到小憩。這恐怕是中國傳統詩歌史上罕見的比喻，是人性的關愛，是詩人的禮敬！

【注釋】

①[清]黃遵憲撰，《黃遵憲集》天津人民出版社二〇〇三版第五頁。　②[清]彭端淑撰，《雪夜詩談》。

七、版本不可小視

筆者手頭有兩種汪兆銘詩詞稿印本，簡介如下：

第一種封面右下橫行手寫體四字「上海書店」。右上直行印刷體「民國叢書」。下為橫行小字三行：第四編；九七，綜合類。右邊直行印刷體大字「汪精衛集」，直行印刷體小字汪精衛著。三十二開本，全書共四冊，詩詞在第四冊最後部分。目次為「第四卷：書信、雜著，詩詞：庚戌獄中雜詩，辛亥獄中雜詩，西山紀遊詩，廬山雜詩，雜詩，詞。」為五號鉛字排印，一九二九年十月出版，詩詞共三十九頁。筆者簡稱一九二九年上海版，或上海版。

第二種封面為直行印刷體「雙照樓詩詞稿」。三十二開本，全文共八十四頁，分為《小休集》（上、下）和《掃葉集》兩部分。諸詩按年代編排，詞則附於每集詩後。汪精衛《雙照樓詩詞稿》有序（見正文）後署庚辰（公元一九四〇年）暮秋汪兆銘　謹識。接著有《小休集》序（見正文）後署汪兆銘精衛自序。接下來有《掃葉集》序（見正文）後署汪兆銘精衛自序。封底裏頁有《編輯者跋》，署為辛巳（公元一九四一年、民國三十年）三月五日黑根祥作　謹跋。最後五橫行：

每部　南粉連紙　金　三圓

編輯、校勘者北京東城大甜水井拾號黑根祥作

發行兼印刷者北京東安門外南夾道拾五號那須太郎

發行所同右大北京社

昭和拾六年（民國三拾年）三月拾日初版

以上筆者簡稱一九四一年北京版，或北京版。

筆者一直以北京版作底本，參考上海版，對有疑義者，以求得接近原文。除點評〈比較→選擇：重九日謁五姊墓〉外，還可參閱〈始出西直門，暦西山至溫泉村宿〉。全詩二十四句，居然從十一句起就走題了！說明可能汪氏誤記。第三例為〈碧雲寺夜坐〉。此題對照上海版訂正為〈碧雲寺旁夜坐，石曾言夜色之佳，余為此詩以寫之。〉理由有二：一則夜坐是寺旁，不是寺內；二則夜坐和賦詩之動因，都離不開石曾之推介。為此，詩題也好，詩句也好，即令詩人欣賞，或出於誤記，或出現衍句，都必慎重其事，鑑別比較，揆度推敲，然後定稿，恭候讀者、專家指瑕！

最後，筆者舉一適例再次見證版本不可小視。王翼奇先生《綠痕廬詩話・陳借汪句》條援引有誤①，看來是版本的紕漏所致。

王先生說，陳仲弘「此頭須向國門懸」，乃借汪兆銘早年詩句。竊以為，王是不刊之論！王接著說，汪詩題為〈獄中有贈〉，共七律二首。其實，僅就筆者手邊一九二九年上海版和一九四一年北京版的汪氏詩詞印本，均作〈獄中雜感〉；而且聞少華先生、譚天河先生等專家的汪精衛傳記②亦復如此。就審題而言，「雜感」的外延大於「有贈」，更何況符合作為清廷監獄被判無期徒刑的汪詩人複雜的心態呢？

無獨有偶，二首七律的排列順序也有誤。詩云：「煤山雲樹總淒然，荊棘銅駝幾變遷。行去已無乾淨土，憂來徒喚奈何天。瞻烏不盡林宗恨，賦鵬知傷賈傅年。一死心期殊未了，此頭須向國門懸。」這首詩當為七律二首之二。人們不禁要問，七律二首之一呢？可能正是王先生手邊版本所遺漏的一首：「西風庭院夜深沉，徹耳秋聲感不禁。伏櫪驊騮千里志，經霜喬木百年心。南冠未改支離態，畫角中含激楚音。多謝青磷慰岑寂，殘宵獨自伴孤吟。」事有湊巧，詩題、排列順序、詩人心緒，都與筆者手中印本有關文字，一一吻合。那麼，王先生所說的那首：「落葉空庭……」又是怎麼一回事呢？

原來當年陳璧君為營救汪兆銘四處奔波的時候，身陷囹圄的汪也思念陳，專門寫了一首憶陳的題為〈秋夜〉的七律：「落葉空庭秋籟微，故人夢裏兩依依。風蕭易水今如昨，魂度楓林是也非。入地相逢終不愧，擘山無路欲何歸？記從共灑新亭淚，忍使啼痕又滿衣。」③

詩評家是如何評騭這首詩的呢？陳永正先生主編的《嶺南文學史》認為，〈秋夜〉寫獄中所感，哀切動人。其中三、四句尤佳，清末民初詩壇巨擘陳衍譽之為「工切絕倫」——詩的對仗工整、貼切，獨一無二！④最有說服力的佐證是，汪獲釋後，為〈秋夜〉加了一條附記：「此詩由獄卒輾轉傳至冰如手中，冰如持歸與展堂（胡漢民）等讀之。伯先（趙聲）每讀一遍，輒激昂不已。然伯先今已死矣，附記如此，以志腹痛。」⑤由此可見，從主旨剖析，《秋夜》與《獄中雜感》也是不宜構成同一組詩的。

王先生千慮一失，白璧微瑕。我們引以為鑑的恐怕便是版本不可小視吧。

【注釋】

①《當代詩詞叢話》，黃山書社二〇〇九年版第四四頁。②聞少華著，《汪精衛傳》凄吉林文史出版社一九八八年版。譚天河著，《汪精衛生平》，廣東人民出版社一九九六年版。③王光遠、姜中秋著，《陳璧君與汪精衛》，中國青年出版社一九九二年版第十九頁。④廣東高等教育出版社一九九三年版。⑤程舒偉、鄭瑞峰著，《汪精衛與陳璧君》，團結出版社二〇〇四年版第二九頁。

八、金無足赤

諺云：金無足赤，人無完人。人，總是有優長方面，也有缺失之處。詩人自然不會例外。在這裏，不妨談談汪氏創作中的三個問題。

首先，議論型題詠為其軟肋。

總體看來，汪氏作品中相對差勁的恐怕要數題畫的十首詩了。而〈題蘗莊圖卷〉五首五絕構成的組詩，又是題畫作品中最蹩腳的。因為它觸犯了作詩法則中的兩條忌諱。

一為自注失控。這組詩計一百言，而詩人作注竟有二〇五字之多，比原文翻了一番，還轉了一個彎。這種作派大有憑藉小注助讀詩作，詮釋疑難，乃汪作中絕無僅有的敗筆，顯係捨本逐末、不足為訓的怪胎！這原因是詩的本質特徵要靠意象，逼真地顯示肺腑真情，讓受眾接受它、欣賞它、摯愛它，主體絕非仰仗邏輯力量說服它、教誨它、抉擇它。換言之，議論型題詠，訴求形象思維與邏輯思維巧妙地水乳交融，任何偏枯都是休想出彩的。

二為用事失度。仍以這組詩作例。前面四首五言運用了七個典故。不妨以〈獄中雜感〉比照。十六句七言，竟然包容了十四個故實。難得者它將環境的險惡，心境的雜亂，語境的寂寥，以多彩的意象一一演繹開來，充分彰顯了用事之效應。尤以警策驚人：「此頭須向國門懸」，受眾多被「砍頭示眾」蒙過，以為語乃汪出，忘卻了它化用《史記·伍子胥列傳》之典籍！而所謂「景純詠仙」就是冷僻、罕見，不易找到出處。中華文化源遠流長，故事汗牛充棟，即便是皓首窮經的經師，恐怕也有瞠目結舌之尷尬吧，遑論我輩草根，怎麼經得起汪氏「吊書袋」之戲法呢？當然，古詩詞排斥用事，也屬片面，自不待言的。

其次，殘存重複自我之弊端。

例一〈歲暮風雪，忽憶山中梅花，往視之，已盛開矣〉，通篇詠梅，未著一「梅」字，而緊扣梅花，流動宛轉，靈巧生輝，的確不易。例二〈晨起捲簾，庭蘭已開〉，也未下「蘭」字，氣韻瀏亮，惜乎與詠梅同一手法，顯系重複自己之弊病。例三《百字令・水仙花》上片寫傳說，下片描名花，全篇不現花名，只是刻畫香，刻畫艷，刻畫夢，觸摸到是水仙花，依然難免有審美疲勞之失！

其實，清人沈德潛說得好：「王右軍作字不肯雷同，《黃庭經》、《樂毅論》、《東方畫像讚》，無一相肖處，筆有化工也。杜詩復然，一千四百餘篇中，求其辭意犯復，了不可得，所以推詩中之聖。」①可見重複自我正是違背創新精神的。

最後，思想方法未能遠離詭辯。

思想方法如何界定？人們研究問題和認識世界的方法。是對認識能力和思維能力具有重要影響的因素。

請看〈譯佛老里昂寓言詩一首〉有兩條小注，一為後記，一為補記，內容令人百思莫解。請讓我引用拙文點評〈有理三扁擔，無理扁擔三〉中的兩段文字：

> 令人驚詫的是，汪詩人在「後記」裏提出了一個新銳的主張，強者固然有罪，弱者也「不為無罪」。理由何在？「罪惡之所以存於天地，以有施者即有受者也。苟無受者，將於何施？」這真是湘諺說的「有理三扁擔，無理扁擔三」。貌似公正，實則混淆施罪者與受罪者之概念，即古謂，欲加之罪，其無辭乎？如果按汪氏邏輯推理，那麼被劫持的人質有罪，被販賣的嬰兒有罪，被強奸的婦女有罪，被燒殺搶奪的老、弱、病、殘等弱勢群體統統有罪……凡此種種，豈非假借公平之名，奉行為罪犯開脫、為歹徒張目之實，豈非公開顛倒黑白、混淆是非嗎？
>
> 汪氏還在「補記」中提到「都朗有一山羊」的寓言，「記述一小山羊遇一狼，自分必死，然與之惡鬥至力盡

始已。」「用意與此詩相發明（把意思或道理充分表達出來）」。顯然，汪氏讚賞這只小山羊的英雄行為，自是無可厚非。但是把英雄和尋常人等量齊觀，則大謬不然了。常識昭示人們，任何剝削、壓迫社會，英雄受人景仰，畢竟是極少數；而芸芸眾生則是絕大多數。組織成社會，實質上是君子與小人，英雄與群盲，極少數人與絕大多數對立的統一。而在人世間呢，從來沒有十全十美的人，自私，懦弱，目光短淺，才是人類固有的天性，他們卻代表了人類的大多數。②

聯想到汪兆銘〈南岳道中杜鵑花盛開，為作一絕句〉及〈杜鵑花〉，這前後兩首歌唱杜鵑花的七絕的中間，僅僅一首〈登祝融峰〉之隔，而兩首的結句則迥然相異！前者為「定教開作自由花」，其情緒是樂觀的、振奮的、救己圖存的！後者則為「更教開作斷腸花」，調子低沉、哀怨、涼薄，比之兩首落句，至少調值有天壤之別吧。筆者在點評〈自由花變斷腸花〉有三條拙見，這裏不贅。但似乎應當補上一筆，有關思想方法所暴露出來的結論：受迫害死而有罪；不如惡鬥學英雄而亡；不然「與其作刀俎，毋寧為魚肉」——與其當劊子手，不如做受害者！三種抉擇，結果全同：死。要知道，連「好死不如賴活」的最窩囊的生存的訴求都變作「零存在」，否定了大多數人的生存的合法性，那麼，這個世上還有誰有資格活下去呢？

這種方法論，顯然是極其錯誤的，不值一駁的。但也發現了兩個問題。一則見證汪兆銘世界觀的極端復雜性。二則也可從其作品或顯或隱、或多或少流露出某些詭辯腔調來。

例一，為什麼筆者要為〈自由花變斷腸花〉補充一條呢？是因為汪氏藝術思維中具有一則在天、一則在地頗為頑固的主觀性。

例二，為什麼〈釣臺〉詩人不作注釋？恐怕他自己並未曾弄清楚屬於民間傳說，或有另類因由，反正辭書也未能解釋其密碼，也許正是汪詩人為其表面性所迷惑之結果。

例三，〈題蘗莊圖卷〉自注云，莊主「辟數弓之地以為墳園，舉族葬於斯，既不多奪生人耕植之地，又擺脫一切堪輿家言」，真是一舉兩得！可是汪氏未曾思索：若干年後，墳園「客滿」怎麼辦？豈非片面性嗎？

根據以上三種表現，我們不是可以放開思想的視閾，不難發現汪兆銘創作思維中的主觀性、片面性、表面性顯然是存在的。

最後衷心感激社會各界朋友對本書的指導和幫助！同時懇請讀家、專家繼續不吝賜教！

【注釋】

①[清]沈德潛著，《說詩晬語》。②徐晉如著，《人蘇世》風雲時代出版股份有限公司二〇〇五年版第二〇三——二〇四頁。

周世安

辛亥革命百周年於昭君故里

序①

兆銘作詩之旨②，具③見於《小休集》自序中。往歲曾仲鳴為余刊行④詩集，已非余所望⑤；今者黑根祥作先生更為譯之，則尤有非余之所敢望者矣。而黑根先生不惟譯之，且從而加以箋注⑥，其為之也至精且慎，余雖未盡見其全稿，然每與黑根先生接談，知其屬筆之際，一字不苟，前此刊行之《小休集》有數字訛誤⑦，未及校正⑧，黑根先生亦為一一指而出之，其審慎⑨有如此者。《小休集》後，續有所作，未及刊行，亦並以付之黑根先生矣。嗟夫！數十年來，對於國事有志未逮⑩，洵⑪所謂平生濟時⑫意，枵⑬落無所成者，區區⑭此篇，更何足勞齒頰⑮，毋亦所謂留以為三五朋好偶然談笑之資而已耳。

庚辰⑯暮秋汪兆銘　謹識

【注釋】

①序：一般寫在著作正文之前的文章。有作者自己寫的，多說明寫書宗旨和經過。也叫做「自序」。也有別人寫的，多介紹或評論本書內容。　②旨：意義；目的。　③具：通「俱」，全；都。　④刊行：出版發行（書報）。　⑤望：盼望；希望。　⑥箋注：文言文的注釋。　⑦訛誤：文字、記載的錯誤。　⑧校正：校對訂正。　⑨審慎：周密而謹慎。　⑩逮：到；及。

⑪洵：誠然；實在。⑫濟時：匡時救世。⑬枵（xiāo）：空虛；饑餓。⑭區區：數量少，人或事物不重要。⑮齒頰：牙齒與腮頰。人進食必先鼓動齒頰，故食後回甘，曰齒頰留芳。⑯庚辰：西元一九四〇年，中華民國二十九年。

【意譯】

兆銘我作詩的目的，都在《小休集》自序中說過了。從前曾仲鳴替我出版發行詩集，已經不是我所盼望的；如今黑根祥作先生更進一步幫我翻譯，那就尤其不是我所敢於奢望的了。黑根先生不僅翻譯了全部詩詞，而且加以注釋，他做的也極其精緻又謹慎。我雖說沒有看到他的全部文稿，但是每次接見黑根先生並且交談，瞭解他動筆的時候，一個字也不隨便。以前出版的《小休集》有幾個錯字，沒有來得及校對訂正，黑根也代我一一指出來，他的周密而謹慎已達到這種程度！《小休集》以後，陸續有些作品，沒有來得及出版發行，也一併交給黑根先生了。唉！幾十年來，對於國家的事有的志向未能達到，實在是所謂平生匡時濟世之意，空虛沒有成就。這些數量少又不重要的篇章，更談不上勞神費力，無非也是所謂留下來和幾位好朋友偶然談笑的話題罷了！

西元一九四〇年深秋汪兆銘鄭重記取

《小休集》自序

詩云：「民亦勞止，汔①可小休。」旨哉斯言！人生不能無勞，勞不能無息，長勞而暫息，人生所宜然②，亦人生之至樂也。而吾詩適成於此時，故吾詩非能曲盡萬物③之情，如禹鼎④之無所不象⑤，溫犀⑥之無所不照也，特如農夫樵子偶釋耒弛擔，相與坐道旁樹陰下，微吟短嘯⑦以忘勞苦於須臾⑧耳。因即以《小休》名吾集云。

汪兆銘精衛⑨自序

【注釋】

①汔（qì）：庶幾；接近；求。②宜然：合適、相稱的樣子。③曲盡萬物：語出《易•繫辭上》。後用為委曲成全的意思。④禹鼎：西周晚期青銅器。宋代稱為「穆公鼎」。一九四二年陝西岐山又出一鼎，銘文與宋代著錄者相同，現藏中國歷史博物院。⑤象：形狀，樣子。⑥溫犀：傳說晉溫嶠至牛渚磯，水底有音樂之聲，水深不可測。人云下多怪物，嶠乃燃犀角而照之，須臾見水族覆滅，奇形異狀。後謂人明燭事物者曰燃犀。⑦短嘯：撮口發出短而清脆的聲音。與長嘯相對。⑧須臾：片刻。⑨他本名兆銘，字季新。精衛是他的筆名。後因謀刺清攝政王被捕，精衛這個大號深入民間，為老百姓所熟識。

【意譯】

《詩經》上說：「老百姓勞動後歇口氣，求得短暫的休息。」這句話太有意思了！人的一生不能沒有勞動，勞動不能沒有休息。長期勞動後暫時的休息，就是合適的，也是人生最大的樂趣。而我寫的詩恰好是這段時間的產品，所以我的詩不能想盡辦法成全萬事萬物的情愫，不能像禹鼎那樣沒有不像的形狀，不能像溫嶠的燃犀角沒有照不到的地方。特別像種田的，砍柴的偶然放下農具，解除重擔，互相坐在大路邊樹蔭底下，輕輕地哼一哼歌，撮口發出短短的清脆的聲音，而忘掉片刻的勞苦！為此，就用《小休》做我的詩集的書名吧。

【點評】情有獨鍾

在注釋、意譯這兩篇序言之後，我們不妨看一看汪兆銘對他的詩詞的態度。

首先，汪兆銘是「南社中的聞人（有名望的人）」。那麼「南社」是個什麼組織呢？「南社者，為東南革命諸巨子（某方面卓有成就的人物）所組合，以研究文學、提倡氣節為宗旨。社中聞人，如黃克強（興）、宋漁父（教仁）、汪精衛、柳亞子……皆稱文壇健將。……其中多憤世嫉時慷慨悲歌之作，與少陵詩史相近。」（易宗夔《新世說》山西古籍出版社一九九七年版第十一頁）顯然，作為南社中的健將，汪氏在詩詞方面的造詣，便可見一斑了！

其次，汪精衛晚年在政治上雖無可取之處，但在詩詞的藝術上卻有不同尋常的表現。如〈憶舊遊・落葉〉及〈滿江紅〉這兩首詞因被龍榆生目為哀國之音的「要滄桑換了，秋始無聲」、「邦殄更無身可贖，時危未許心能白」之句，曾被選入中央大學《基本國文》課本（《博覽群書》二〇〇四年八月第七十一頁）。

再次，一九四三年五月四日，是汪氏六十週歲生辰。在諸多禮物中，最受汪兆銘青睞的只有兩件：一是汪偽內政部長陳群送來的新刻《雙照樓詩詞集》。這是汪精衛的詩詞稿，原為張江裁所編，這次印刷精美、裝潢漂亮。另一件是日本天皇裕仁請名畫家給汪精衛畫的肖像（譚天河《汪精衛生平》廣東人民出版社一九九六年版第三〇四頁）。他把其詩詞集的新刻本和裕仁天皇送的汪氏肖像畫等量齊觀，不難發現對其詩詞鍾愛的程度了！

最後，汪兆銘在病危中，林柏生、陳春圃等曾先後赴日本探望。汪向林柏生表示：他的文章不要留存，均為世人所熟知；可留的只有詩詞稿（聞少華《汪精衛傳》吉林文史出版社一九八八年版第三一〇頁）。汪把他的文學作品當作臨終前留下的孤兒託付給林柏生等人了！

這種眷戀自我詩詞作品的情結，是怎樣產生的呢？是兩種元素的化合物。

一是自命清高的元素。他自我比說為農夫放下了農具、樵夫卸下了重擔，坐在路旁樹蔭下，哼一哼歌，短暫地喊一嗓子，片刻忘掉勞苦，詩詞也就產生了！這些與革命宣傳無涉。且無意於問世，留以為三五友朋偶然談笑之資而已（見《南社詩話》）。曾仲鳴在《小休集・跋》中也說得坦誠：「然其胸次之涵養與性情之流露，能令讀者往往愛不忍釋。」這是就其藝術美感的生發，可見深受讀者摯愛的程度了！

二是自我標榜的元素。汪氏在序中直言心曲：「嗟夫！數十年來，對於國事有志未逮，洵所謂平生濟時意，枵落無所成者，區區此篇，更何足勞齒頰，毋亦所謂留以為三五朋好偶然談笑之資而已耳。」筆者前面簡要地列出四條勝於雄辯的事實證明，汪兆銘對其創作是愛之若命的！所謂與朋友做談笑之資，顯然是禮節性的應酬！而「詩言志」，這是一切文學創作的客觀規律，也為歷代詩評所證實。例如清末民初的國學大師王國維說的「一切景語皆情語」一語就道破了奧祕。

情呵情，情有獨鍾！

目次

《小休集》卷下

掃葉集

《小休集》卷上

重九遊西石巖（巖在廣東樂昌城西北）

笑將遠響答清吟，葉在攲①中酒在襟。
天淡雲霞自明媚，林空巖壑更深沉。
茱萸②棖觸③思親感，碑版④勾留考古心。
咫尺⑤名山時入夢，偶逢佳節得登臨。

此十四歲時所作。

【注釋】

①攲（qī）：傾斜。②茱萸：植物名。有濃烈香味，可入藥。古代風俗，農曆九月九日重陽節，佩茱萸囊以祛邪避惡。③棖（chéng）觸：觸動，感動。④碑版：銘刻文字的碑碣（jié：石碑）。凡考證碑碣的體制、沿革及先後異同之徵者，稱碑版學。⑤咫（zhǐ）：古代稱八寸為咫。咫尺：比喻距離很近。

【意譯】

在西石巖，我微笑著吟唱清新的詩句，來回應遠方傳來隱隱約約的響聲。看到的是青翠的樹葉，聞到的是前襟上飄來的酒香。秋高氣爽，淡淡的白雲，耀眼的霞光，插向天空的樹梢，讓巖壑顯得更加幽深。佩戴著茱萸香囊本來可以祛邪避惡，卻更加觸動了思念母親的慈愛；看到銘刻的碑碣，引發我考古的雄心。近在咫尺的名山啊，你經常來到我的夢中，遺憾的是，只有偶爾碰上清秋佳節，才能登山開心！

【點評】小荷才露尖尖角

先審題。「重九」是農曆九月初九重陽節的簡稱。舊時認為「重九」吉利，適宜長久，有了登高的習俗。現在已定為「老人節」。當時汪兆銘父母雙亡，跟隨同父異母、比他大二十二歲的大哥兆鏞到工作地樂昌來讀書。樂昌雖窮，但山青水秀。特別是西石巖景色秀麗。這裏的「遊」既指遊樂，也指登山。

大哥在工作之餘，嚴加督促兆銘讀書，反而使這位兄弟有寄人籬下的苦楚，一直想念母親的愛撫。這次出門遊玩，憂鬱的心情，得到了緩解。詩就是在這種背景下產生的。

且看首聯的關鍵詞：笑。笑的呈現，是聽覺（一是自己的清吟，二是天邊的遠響）、視覺（滿眼的綠葉）和嗅覺（前襟的酒香依然撲鼻）三種良性刺激的結果：出現了張揚的、燦爛的笑臉。另外，為了講究音樂美、韻律和諧，第一句成了倒裝句式，原本順序應該是「笑將清吟答遠響」。

自古以來，酒和詩是孿生的姊妹，詩人與酒結下不解之緣。晉代陶淵明酒賦「歸去」，唐代李白斗酒詩百篇，金代元好問詩酒風流，清代丘逢甲酒虎詩龍，等等種種，譽傳後世。特別是其父生前，每與友人詩詞唱和，都叫兆銘記錄以便領悟，其中大抵不會純然拒絕「酒」字吧。在樂昌，家庭困頓，即令是重陽，哪有餘錢讓小兄弟「酒在襟」呢？遑論大哥對他那麼嚴格的要求。我猜想，恐怕是小詩人笑在眉頭喜在心，被酒神把酒香浪漫出來了吧。

二聯描繪西石巖妙曼的秋色，回答了笑的緣由。三聯轉折寫心情：懷念父母親；想當考古家。少年情愫，躍然紙上。落聯畫龍點睛：「偶」字是全詩的「詩眼」——詩的主旨所在。既回應了開篇的笑；又點擊了小作者的困境。其時，兆銘跟從章梅軒學習文史經世之學。章是他三哥兆鈞的外舅，特別關照兆銘誦讀鑽研枯燥無味的應制文字。加上大哥的嚴加督促，哪裏還有時間玩耍？重九登高，是十分難得的偶一為之啊！這才綻開了他陽光的笑臉。事實上，也便是他少年時代唯的有雅性、有真情的處女作。

讀者也許要問，一個十四歲的少年為什麼如此會寫詩歌呢？我以為有兩個基點：

一是嚴格的家庭教育。汪兆銘五歲就念私塾。每天放學回家還要惡補「課外作業」：父親教他朗誦王陽明的《傳習錄》等書二三頁；還要在白漆木板上寫三四十個大字；再背誦陶淵明、陸放翁詩兩三首。母親則經常陪伴他、督促他溫習功課。大哥兆鏞擅長詩詞，在《近三百年名家詞選》中，就選有他的三首詞，並附有小傳（上海古籍出版社，一九七九年版）。親自指點他賦詩填詞，得益尤大。

二是自身的勤奮好學。叔叔汪瑔對他也極其關愛，給兆銘以良好的教育和影響。據汪精衛後來回憶說：「我叔父更是博學，藏書數萬卷，因此我於經史子集四部之書，也還窺見一些。」在《秋庭晨課圖》題字上說，他九歲時「平旦（清晨）必習字於中庭」。僅就此兩條資料就可以見證汪兆銘「幼好學」。

以上客觀和主觀的結合，為他能詩善文打下了堅實的基礎。

被逮口占（以下民國紀元前二年北京獄中所作）

一①

銜石②成痴絕③，滄波萬里愁。
孤飛終不倦，羞逐海鷗浮。

二

姹紫嫣紅④色，從知渲染難。
他時好花發，忍取血痕斑。

三

慷慨歌燕市⑤，從容作楚囚⑥。
引刀成一快，不負少年頭。

四

留得心魂在，殘軀付劫灰。

青磷⑦光不滅，夜夜照燕臺⑧。

【注釋】

①序號是注者所加，以後均同。②銜（xián）石：古代神話，炎帝的女兒在東海淹死，化為精衛鳥，每天銜西山的木石來填東海（《山海經•北山經》）。所以精衛填海的故事，別稱「銜石」。後來用精衛填海比喻有深仇大恨，立志必報；也比喻不畏艱難，努力奮鬥。③痴（chī）：極度迷戀某人或某種事物。痴絕：痴呆到了極點。常指有才智的人在某一方面的疏略。《晉書•顧愷之傳》：「俗傳愷之有三絕：才絕、畫絕、痴絕。」④姹（chà）：美麗。姹紫嫣（yān：嬌豔）紅：形容各種好看的花。⑤燕（yān）市：北京的街市。⑥楚囚（qiú）：本指楚人的被俘者。後泛指處境窘迫的人。⑦青磷：夜間在野外常見忽隱忽現的青色火焰，俗稱鬼火。⑧燕（yān）臺：即黃金臺。古地名。故址在今河北易縣。相傳戰國燕昭王所築，置千金於臺上，延請天下士，故名。

【意譯】

我是一隻特別痴呆的銜石填海的精衛鳥。儘管海浪滔天，前路漫漫，仍然形單影隻，飛去飛來。為了復仇，永遠不知道疲勞。海鷗隨波逐流，好不自在。跟著牠沉浮，我會感到羞恥萬端！

多種顏色的花卉豔麗悅目，這些都是天造地設，人工製造多麼艱難。將來猩紅、郁紫、湛藍、潔白，百花爭豔，哪裏忍心細看帶著斑斑血跡的花瓣？

在北京的街頭，我當了囚徒，充滿正義，放聲歌唱。從從容容向前走，迎著屠刀深深感到無比歡暢，沒有辜負這顆青春高貴的頭顱！

我的軀體雖然化成為粉末，但是忠魂永駐。青色的火苗，夜夜存在，照亮了延攬人才的黃金臺！

【點評】引刀成一快　不負少年頭

南宋嚴羽說，律詩難於古詩，絕句難於八句（即律詩），五言絕句難於七言絕句（見《滄浪詩話》）。這是經驗之談。〈被逮口占〉為什麼偏偏要選擇五絕呢？這位「文名滿天下的汪精衛」，「自覺同盟會已到山窮水盡的地步，非自己捨身做烈士別無他策，乃留下血書不辭而別」（唐德剛《晚清七十年》嶽麓書社出版，一九九九年九月版，第五二〇頁）。被捕之後，連死都不怕，五絕自然不在話下，於是一口噴出了震驚海內外的絕筆詩！

第一首，不妨把高爾基的〈海燕之歌〉（轉引自楊周翰等主編《歐洲文學史》下卷人民文學出版社一九七一年版第三七二頁）跟它做簡約的比照。二者相似點：一則都是謳歌革命的名篇，二則都用了象徵和寓意的手法，三則都鄙視海鷗。前者面對風景，海鷗「嚇得連聲哀號」；後者精衛鳥一直堅持孤獨銜石填海，「羞逐海鷗浮」！不同之處：一是革命性質有別。前者是十月革命的前奏，後者為推翻清代封建王朝。二是海燕屬於外向型現實的海鳥，盡情歡呼，勝利馬上要降臨，精衛鳥屬於內向型神話裏的飛禽，為了復仇，不知疲倦地長途奔波。請看，這不是別有風味的比較咀嚼嗎？

第二首，預言勝利：以託物言志的畫筆凸顯出來。全詩句句緊扣一個「花」字，具體地說運用了借喻修辭格。不過它不是「如詠婦人者，必借花為喻；詠花者，必借婦人為比」的模式（元代范德機《木天禁語》），而是託物抒懷，借花言志。起句，色澤豐富，豔麗悅目。承句，人工製造多麼艱難。轉句，待到春之神催醒百花，目迷五色，彰顯了自然的鐵的法則。結句寓意，喝水莫忘挖井人。這種比喻式的抒情，含蓄、感人、雋永。

第三首，明快，簡捷，滾燙，妥貼。在精衛鳥、花朵的烘托下，主角出場：地點，北京街頭。身份，囚徒。舉止，激昂，高歌，從容，鎮定……噴射出：「引刀成一快，不負少年頭。」不是「引頸成一割」（《作品與爭鳴》二〇〇四年六月第七十二頁）。引頸是伸長脖子。割是用刀截斷。意即：伸長脖子挨一刀。而引刀＝進刀。引，有迎著的意味。快：愉快；舒服。意為：迎著屠刀是一種愉快。顯然，兩句的感情色彩迥異，後者才符合規定情境。為什麼？大義凜然，蔑視屠刀，樂於向死。緊接著呼告「不負少年頭」——沒有辜負青春的高貴的頭顱。當然，也不是「不愧少年頭」（《炎皇春秋》二〇〇二年第三期第二十二頁）。「愧」：慚愧。因為自己有缺點、做錯了事或未能盡到責任而感到不安。「負」：辜負。對不住別人的好意、期望或幫助。可見兩者字屬於同義詞。但是從語法視角來分析，「負」之後可帶賓語。如我們沒有辜負人民的期望。「愧」則不然。這就不難發現詩人下字妥貼、不可移易的功夫，別的就不贅述了。

第四首譜寫生與死的永恆主題。意象出新之處乃鬼火不滅，照射著呼喚人才的黃金臺。只有催生、培育、關愛，才能人才輩出，大放異彩，國家才能富強，民族才能復興，社會才能發展。

〈被逮口占〉這組詩，具備了嶺南詩派的雄直之氣。雄直源於「洪雅存（清代洪亮吉的字）詩云：『尚得古賢雄直氣，嶺南今不遜江南。』雖指獨漉堂而言，然雄直二字，嶺南派詩人當之無愧也。」（《汪辟疆談近代詩》，上海古籍出版社二〇〇一年十二月版，第四十頁）看來〈被逮口占〉確乎是慷慨激昂之作，擲地有金石之聲。竊以為組詩四個短章，是否以如下範式串聯起來呢？「不倦——不怕——不負——不滅」。請讀家定奪。

雜詩

忘卻形骸①累，靈臺②自曠③然。
狷④懷得狂趣，新理出陳篇。
霜鬢侵何易，冰心自抱堅。
舉頭成一笑，雲淨月華⑤妍⑥。

【注釋】

①形骸（hái）：指人的形體。②靈臺：心靈。③曠：心境開闊。④狷（juàn）：拘謹守分，潔身自好。⑤月華：月光通過雲層中的小水滴或水粒時，發生衍射，在月亮周圍形成的彩色光環，內紫外紅。⑥妍：美麗。常與「媸」相對，如：不辨妍媸。

【意譯】

忘記自己肉體的累贅，心境自然開闊。潔身自好得到特別的興味，陳舊的篇章引導出新鮮的理念。鬢毛多麼容易斑白，我卻守望宗旨，永遠冰心一片！抬起頭來笑一笑，月光照射著潔淨的雲彩，月亮周圍呈現出多麼絢麗的彩色光環。

【點評】曠達天地寬

這首五言律詩，通俗易懂，內涵豐富。現在僅僅欣賞一下它的首聯和落聯。大家知道，前人推崇作詩的方法，對於詩的開頭和結尾，尤其注重。

開頭也叫發端、發句、起句、起筆、起調、起聯、初聯、破題等，可以指頭一句，也可以指頭一聯（兩句）。結尾也叫收束、結句、落句、尾句、落聯等，也可以指末尾一句或兩句。明代王世貞《藝苑卮言》說：「七言律不難中二聯，難在發端及結句耳。」顯然，這是針對律詩而言的。為什麼中間兩聯不難呢？因為表面上看來，中間兩聯要求對仗，在詞性、平仄、韻腳上受到比較大的限制，的確不太容易。所以一般人認為寫律詩難在中間兩聯。其實，在作詩比較內行的人看來，對仗的兩聯的難度，還趕不上首聯和結聯。不錯，開端和收束不要求對仗，在遣詞造句上可以稍稍自由一點，但是從布局謀篇的整體上審視，「起」和「合」比之於「承」與「轉」更加重要。不僅律詩如此，一切詩體的寫法，都需要在開頭結尾上狠下功夫。原因是詩意的完美、詩味的悠長，主要取決於破題與結句。

明人謝榛《四溟詩話》卷一說：「凡起句當如爆竹，驟響易徹；結句當如撞鐘，清音有餘。」這就是說，他主張開頭必須有氣勢，結尾必須有餘韻。至於具體寫法，在詩歌創作中千變萬化，手法多多，得依具體情況、具體人生況味來抉擇、斟酌、度量、推敲。

現在回到〈雜詩〉的起筆：「忘卻形骸累，靈臺自曠然。」劈頭提出了一個氣勢逼人的人類生存的命題，靈魂和肉體該當如何互動？詩人斬釘截鐵地肯定回答了解決的辦法：忘卻世間的煩惱，心情自然曠達。勢如狂風捲浪，聲若爆竹驟響，給受眾打下深深的烙印！其實，就其內容而言，這種應對紛繁的世事，解決人際頓挫的「忘卻法」，和禪宗在〈無門關〉中所說的：「春有百花秋有月，夏有涼風冬有雪。若無閒事掛心頭，便是人間好時節。」（轉引自李澤厚《中國思想史論》上，安徽文藝出版社一九九九年版，第二一〇頁）不謀而合，異曲同工。不過，這恐怕也只能是無可奈何、迫不得已的沮喪情緒的折射啊！

再看：「舉頭成一笑，雲淨月華妍。」笑聲傳遞什麼信息？以物起情，以景結情。這就是詩末抒情將盡未盡的時候，突然用景物收住，留下一個搶拍的靈動的空鏡頭，讓讀者從中去體味、咀嚼、想像……白雲多麼潔淨，光環多麼絢麗，它是一片冰心迸發出來的堅貞、狂趣、鮮活、超脫……實實在在言有盡而意無窮。

獄中雜感

西風庭院夜深沉①，徹耳秋聲感不禁②。
伏櫪③驊騮④千里志，經霜喬木百年心。

南冠⑤未改支離⑥態，畫角⑦中含激楚⑧音。
多謝青磷⑨慰岑寂⑩，殘宵⑪獨自伴孤吟。
煤山⑫雲樹總淒然，荊棘銅駝⑬幾變遷。
行去已無乾淨土，憂來徒喚奈何天。
瞻烏⑭不盡林宗⑮恨，賦鵬⑯知傷賈傅年⑰。
一死心期殊未了，此頭須向國門懸⑱。

【注釋】

①深沉：形容程度深。②不禁：即情不自禁。③伏櫪：櫪：馬槽。伏櫪：關在欄裏飼養。④驊騮：赤色的駿馬。⑤南冠：囚犯的代稱。⑥支離：這裏作形體不全，衰弱。⑦畫角：古樂器名。發音哀厲高亢，軍中多用以警昏曉（早晚），振士氣。帝王外出也用以報警戒嚴。⑧激楚：憤怒而悲苦的意思。⑨青磷：見〈被逮口占〉注⑥。⑪殘宵：將盡的夜，即快天亮了。⑫煤山：明思宗（朱由檢）自縊於此。⑬銅駝：銅鑄的駱駝。《晉書•索靖傳》：「靖有先識遠量，知天下將亂，指洛陽宮門銅駝，嘆曰：『會見汝在荊棘中耳！』」⑭瞻烏：比喻亂世流離失所的老百姓。⑮林宗：東漢郭太守林宗，品學為時人所重。⑯賦鵬：漢賈誼〈鵬鳥賦〉。《西京雜記》：「賈誼在長沙，鵬鳥集其承塵。長沙俗以鵬鳥至人家，主人死。誼作〈鵬鳥賦〉，齊生死，等榮辱，以遣憂累焉。」⑰賈傅年：賈誼因年少通諸家書，漢文帝召為博士。因數言時弊，出為長沙王太傅。賈傅三十三歲卒。⑱此頭須向國門懸：語出《史記•伍子胥列傳》。

【意譯】

西風颯颯，黑夜沉沉，情不自禁滿耳都是肅殺的秋夜之聲。雖然被關在監獄，但是像良馬在欄裏心懷遠大的志向，像不怕霜風雨雪的百年喬木跳動著不死之心！我當囚犯沒有改變衰弱的面容。畫角裏吹出憤怒而悲苦的高亢哀音。感謝一閃一閃的鬼火安慰寂寞，天色快亮了，我仍然孤獨地一夜沒有闔眼睛！

想起崇禎皇帝在煤山自縊，總感到淒淒慘慘。朝代的更替，幾多滄海變成桑田。中國已然沒有一塊乾淨的土地，老百姓只有流離失所，徒喚奈何！光有個別人的崇高品德怎麼能解救百姓的苦痛？即令才華橫溢不被重用，賈太傅只能鬱鬱寡歡，英年早逝！儘管死亡，我內心的期待還沒有實現。我的頭顱應當懸掛在首都的城門上，望著革命隊伍勝利進京！

【點評】此頭須向國門懸

〈獄中雜記〉由兩首七律構成。它和〈被逮口占〉一樣都是剛被捕入獄時衝口而出的佳作，當時流傳海內外的華章。在監獄中是怎樣受盡折磨的？只舉飲食一端便可窺全豹。「自入獄以來，項間即荷以鐵枷，其量甚重，非書生所能勝任。每僅食稀粥一盂，及粗麵餅一撮，且不能以手取之，唯以口就食於架上而已。」（《民國野史》，山西古籍與教育出版社出版一九九九年版，第六十四頁）由南洋轟轟烈烈的革命鼓吹，募集起義軍費，發展同盟會基層組織，寫文章，發演說，意氣風發，與清廷監獄的鐐銬、飲食、孤獨、憂愁、眷戀人生，懷念往昔，形成了極其懸殊的落差：天堂與地獄，白晝與黑夜，人生與鬼域……然而難能可貴的是，賦詩言志，依然是憂國憂民，嚮往勝利，精衛填海，鐵骨錚錚！

這兩首七律有個顯著的特點，用典多多，十六句七言，竟然行雲流水似地包容了十四個故實。環境的險惡、心境的複雜、語境的寂寥，統統用惜墨如金的手筆，把多彩的意象一一演繹開來。這恐怕就是採擷典故的最佳效應。〈獄中雜感〉倘若從開掘更深的層面上觀照，不論說意、繪景、煉句、琢對、篇法、字法、事典、語曲，都集中烘托、映襯、凸顯一個焦點：「一死心期殊未了，此頭須向國門懸。」

大家知道，每一個典故在它形成之時，都是語言的精粹，包孕豐富，意味深長，字面構成上往往也最為簡潔生動。該典故一旦久播人間，作者使用它時，也就等於開啟了讀者的腹笥，調動了讀者的知識資源，兩相互動，常常能釋放出更大的信息能量，「以少少許勝多多許」。

說實話，汪氏這裏用典，不是冷僻的、叫人摸不著頭腦的故事。但是「此頭須向國門懸」所用的伍子胥「懸眼東門」的典故，正如顧嗣立在《寒廳詩話》所說：「作詩用故實，以不露痕跡為高，昔人所謂使事如不使也。」弄得許多評論家經歷二十多年才最終發現，也從側面見證詩人用典手段之高超，大概可以說已然達到爐火純青的境界了吧。

附錄一

中國文壇一團鮮為人知的迷霧
——「此頭須向國門懸」猜想

周世安

〈梅嶺三章〉是陳毅譜寫的曠代華章。當下的青年不大熟悉，全詩不長，徵引如下：

「一九三六年冬，梅山被圍。余傷病伏叢莽間二十餘日，慮不得脫，得詩三首留衣底。旋圍解。

斷頭今日意如何？創業艱難百戰多。
此去泉臺招舊部，旌旗十萬斬閻羅。

南國風煙正十年，此頭須向國門懸。
後死諸君多努力，捷報飛來當紙錢。

投身革命即為家，血雨腥風應有涯。
取義成仁今日事，人間遍種自由花。」

（《桂苑詩詞楹聯選》，華中師範大學出版社二〇〇三年版，第二五二至二五三頁。）

令人驚愕的是，名句「此頭須向國門懸」竟然是中國文壇一團歷時七十載鮮為人知的迷霧。

迷霧起於清代末年，汪精衛（兆銘）暗殺攝政王愛新覺羅・載灃未遂，被捕入獄。汪自料必死，賦詩言志，除了吟成〈被逮口占〉外，「還寫了如下壯語：『一死心期殊未了，此頭須向國門懸。』這些鏗鏘的詩句曾流傳一時，為人稱頌」（程舒偉、鄭瑞峰《汪精衛與陳璧君》，團結出版社二〇〇四年版，第二三至二四頁）。為了消解以偏概全的蔽障，看來還得推介汪氏《雙照樓詩詞稿・獄中雜感》的第二首：

煤山雲樹總淒然／荊棘銅駝幾變遷／行去已無乾淨土／憂來徒喚奈何天／瞻烏不盡林宗恨／賦鵩知傷賈傅年／一死心期殊未了／此頭須向國門懸。（轉引自聞少華《汪精衛傳》，吉林文史出版社一九八八年版，第二五頁）

文壇迷霧終於顯露出來了。不同的時空，不同的詩人，為什麼會出現一模一樣的一句七言詩句呢？通常很容易想到屬於引用修辭格。但是，它畢竟是不易撥開而又鮮為人知的迷霧。

一則汪被捕時，陳方九歲在成都念小學。年齡懸殊，距離遙遠。何況輿論還在清王朝鉗制之下呢？看來瞭解汪詩，幾率趨近於零。

二則陳毅一九二三年十月到北京中法大學學習，並任該校中共支書。直到一九二六年八月調離北京，除學習業務外，還要搞學運、工會、統戰等工作，幾乎成為職業革命家，時至今日暫時尚未發現任何讀過汪詩的材料。

三則建國初，陳補寫「小序」後用毛筆書寫全詩，既未提及該名句的出處，也沒有加上引號以示援引（《陳毅傳》，當代中國出版社一九九一年版，第一七一頁）。

四則「毛主席曾高度讚揚〈梅嶺三章〉『有些詩味』」（文武〈〈梅嶺三章〉簡析〉，山東臨沂師專《語文教學》一九七九年第一期）。看來，博聞強記的老人家也不知道汪、陳有全同的名句。

五則〈梅嶺三章〉作為大、中學校語文教材後，注家蜂起，未見一位專家有發現迷霧的報導。

六則一九六四年五月龍榆生遺囑云，對汪精衛氏有關手札詞稿等，「則由兒輩備函送陳副總理（指陳毅元帥），請予處置。以有關歷史資料，不宜輕加毀滅也」（轉引自曹旅寧〈《雙照樓詩詞稿》及其他〉，《博覽群書》二〇〇四年第八期，第六十九頁）。可惜至今還沒有消息披露。

既然如此，那麼究竟應該怎樣驅散迷霧呢？我們生活在一個充滿意外的時代，隨時可能發生出乎意料的事物，卡莉・費奧瑞納在〈惠普CEO卡莉告誡清華學子〉時說：惠普的廣告語是「萬事皆有可能」。也許有人說這是營銷的說法，但是我相信這是可以做到的。不可能所有的事情都一蹴而就，但是我相信所有的事情都是有可能的（《北京晚報》，二〇〇四年三月十七日）。

從另一個視角觀照，可以說，世界上一切發明創造、人間奇蹟都是別人認為不可能的情況下完成的。在人類歷史上，總是由可能性變成現實性，由未知變成已知，由知之不多變成知之甚多，一步一步從過去走向未來的。不可能的事，一件還沒有發現，只是時間的早遲罷了。就說生物進化論的新學說吧，是馬爾薩斯的《人口論》啟迪了達爾文和華萊士後同時發現的。這則科學史上的佳話說明靈感思維在特定條件下是可以重複出現為人們所認識、所運用的（陶承華、馬禾主編《怪異思維・一本書啟迪了兩位科學家》，黑龍江人民出版社二〇〇二年版，第十至十一頁）。

現在，讓我們從共性理念舉隅和絕筆詩美管窺兩個層面進行簡略探討：「此頭須向國門懸」或許正是陳毅無意中一口吐出與前人警句全同呢。

一、共性理念舉隅

1.「共性」說

先讓我們聽聽法國現代繪畫大師巴爾蒂斯的告誡：時下畫家繪畫，是要表現他們的那個「個性」，卻忘記了「共性」才更重要……我懇求我的中國朋友，不要受現在西方的影響。他認為「共性」才更重要，並非否定藝術個性，而強調「共性」才是神思飛騰的基石。共性就是民族之魂，就是文化之源，就是時代命脈，就是愛國情結，就是人性本真，這就是最根本的「傳遞事物之神」和帶有本質意義的「現實之美」。沒有這種「共性」，任何個性都失去依托，就像無本之木，就像無源之水（張同吾〈聽聽巴爾蒂斯的告誡〉，《詩刊》二〇〇四年第九期）。

我們應該感謝巴爾蒂斯的逆耳忠言，在這個問題上，是該當洗滌、清除、拒斥西方不良影響的時候了！

2.「雷同」說

陳序經在中國文化學研究的奠基之作《文化學概觀・一致與和諧》中說：「從文化的物質方面來看，所謂基本的生活方式，如衣，食，住，是人人所需要的，因而在衣、食、住的各方面，都有了好多雷同之處……這種雷同之處，往往可以從生活的細微方面找出來。所以，比如吃米的人們，不只因吃米而有雷同之處，就是米的煮法、吃的方法，以至稻的種法、稻的割法，也有雷同之處。在這種情形之下，我們可以說這種文化是偏於一致方面。」「從文化的精神方面來看，相同與差異，同樣的是必需的。」（中國人民大學出版社二○○五年版，第三二○至三二一頁）

為此，文化偏於一致的雷同現象，無論它在物質方面還是在精神方面都有客觀存在的論斷，是陳教授早在抗戰期間已然做出的不刊之論。

3.「一樣」說

作為歷史悠久的詩歌大國，中國早已具有傳統詩之美的共性之理性思考。只說清代的馬位就在《秋窗隨筆》裏明確指出：「古人詩一樣者頗多。」從文章的整體審視，這個「一樣」包容了「全同」和「意同」兩個層面。

一是「全同」。「所謂閉門造車，出門合轍。」合轍就是全同。哪怕是詩仙、詩聖也有過這種自我重複現象。例如李白的「春風餘幾日」，杜甫的「驊騮開道路」，都曾經在他們的詩集中重複出現。

二是「意同」。「此不過一時用意相類，非後人抄襲者比。」相類就是意同。例如：「如何飲酒得長醉？直到太平時節醒」，與邵堯夫「安得中山千日酒，酩然直到太平時」同。這個「同」顯然指「意同」，不能算作「偷語偷意」。在這裏，馬位肯定了古人詩有共同性，只不過在範圍上略有差異而已。

為了進一步詮釋「全同」現象，有必要再列舉三例見證。一是在《東坡樂府》中，有兩首〈臨江仙〉上片都是：「九十日春都過了，貪忙何處追遊。三分春色一分愁。雨翻榆莢陣，風轉柳花毬。」都是描摹春景色而文字「全同」，在中國詩詞史上，絕無僅有。然而，兩首詞的下片敘事抒情，內容迥異。頭首作於熙寧九年（一〇七六）四月初，蘇軾當年四十一歲知密州（今山東諸城）；後者改於紹聖三年（一〇九五）六十歲於惠州（今廣東惠州市）貶所（石聲淮、唐玲玲《東坡樂府編年箋注》，華中師大出版社一九九〇年版第三七九至三八〇頁）。問題在於為什麼時隔十九年，空間要跨越河南、湖北、湖南三省，兩地春色怎麼會一模一樣呢？即令「全同」，大手筆蘇東坡也當自鑄偉詞，創新描畫，怎麼非要生搬硬套那五句三十個字不可呢？竊以為：很可能已是花甲之年，依然放逐南荒，「三分春色一分愁」，令老詩人欲罷不能，無可奈何吧！二是《蔡寬夫詩話》云：「元之（宋詩人王禹偁字）本學白樂天詩。在商州嘗賦〈春日雜興〉云：『兩株桃杏映籬斜，裝點商州副使家（元之得罪了宋太宗，被貶為商州團練副使）。何事春風容不得，和鶯吹折數枝花。』其子嘉祐云：『老杜嘗有『恰似春風相欺得，春來吹折數枝花』之句，語頗相近』，因請易之。王元之欣然曰：『吾詩精詣（學養精粹），遂能暗合子美耶！』更為詩曰：『本與樂天為後進，敢期杜甫是前身！』卒不復易。」（胡仔《苕溪漁隱叢話》前集卷二十五）顯然，這不是有意抄襲，而是暗合。原因恐怕是有些詩人生活環境相似，他們在描寫同類生活、表現同一主題如離愁別恨等，有時可能發生類似的構思。在這裏，王禹偁不肯改掉他同杜甫暗合的「吹折數枝花」，自然是不難理解的。三是劉漢民在所著《毛澤東詩詞十美》中一個更有力的例證。「斑竹一枝千點淚」，原見清代洪昇《稗畦集．黃太君出詩見示》：「絳帷黃髮太夫人，哲嗣傳來佳句新，斑竹一枝千點淚，湘江煙雨不知春。」這個出處較為冷僻一點，毛澤東什麼時候讀過《稗畦集》並熟記了這首詩中的「斑竹」句，則暫無從可考，而極有可能是他自然吟成此句，不意與古人雷同。

筆者認為，劉先生這種猜想是具體的、有理的，是基於美有共同性的理性認識生發出來的科學判斷。儘管「點」與「滴」不屬全同，但也無傷大雅，同義詞嘛。另外，在浩如煙海的文化典籍中，像大海撈針似地搜尋出「斑竹」句來，確實令人感佩！

二、絕筆詩美管窺

絕筆詩就是臨死寫的詩。汪、陳警句雖然相距二十六年，但是環境的險惡，心境的奔突，語境的寂寥，直面生死的拷問，燃燒內心的激情，難道不是有驚人相似乃至純然相同之處嗎？非常有可能導致陳毅無意之中，默默暗誦，自然流淌出「此頭須向國門懸」來。

絕筆詩風格姿彩多多。有的壯美，像吳偉業《梅村詩話》所舉張同敞的「白刃臨頭唯一笑，青天在上任人狂」（吳偉業《梅村詩話》）；有的淒美，如清人陸以湉《冷廬雜識》列舉吳梅村的〈臨歿詞〉：「故人慷慨多奇節，為當年、沉吟不斷，草間偷活。」有的裸美，眾所周知的陸游〈示兒〉：「王師北定中原日，家祭毋忘告乃翁」便是。不過，壯美風格似乎偏多一些，大概和中國文化裏基本精神之一的「剛健有為」有著密切關係。看來，汪、陳絕筆詩同屬壯美型恐怕是毋庸置疑的了。下面，僅就其相同或相似的細節美，略抒管見，以見證猜想。

1.「懸頭」

絕筆詩依然有語言凝煉的訴求。而用典是詩人「借彼之意，寫我之情，自然倍感深厚」（清人趙翼《甌北詩話》卷七），語言更精煉，更能引人聯想，發人深思，這也許算作錘煉語言的一種技法吧。而用事最高準則是不露痕跡，語如己出。「懸眼東門」的故事，歷時二十多年，直到一九八〇年代才被評論家發現，見證詩人實在是用典高手！典故說的是伍子胥力主抗越，吳王夫差聽信讒言逼他自盡，他臨死時對左右說：我死後「抉吾眼懸吳東門之上，以觀越寇之滅吳也」（《史記‧伍子胥列傳》）。為什麼「懸眼」要改成「懸頭」呢？我認為，一是加大審美力度。改「眼」為「頭」，具象由小變大，更富視覺衝擊力。二是觸類旁通遷移。清政府懾於《民報》淩厲的宣傳攻勢，曾經發通緝令懸金十萬以購胡漢民、汪精衛的首級（文斐編《我所知道的漢奸汪精衛和陳璧君》，中國文史出版社二〇〇五年版，第四頁）。無獨有偶，反動派也曾用飛機散發傳單，分別懸賞五萬銀元活捉項英、陳毅（《陳毅傳》，當代中國出版社一九九一年版，第一四三頁）。既然「懸賞」與「懸頭」是敵人慣用的二而一的詭譎伎倆，那麼經過詩人觸類旁通，遷移為我所用，自然產生了「懸頭」。「此頭須和國門懸」不僅濃縮了伍員自刎故事的精華，而且文詞抗烈，義薄雲天！

2.憂與頭

這兩個字分別是〈獄中雜感〉和〈梅嶺三章〉的詩眼，也就是全詩主旨所在（魏慶元《詩人玉屑》）；都屬於「一線穿珠」的佳構。前者圍繞「憂」字演繹：動亂的社會沒有一塊乾淨的土地，老百姓徒喚奈何，流離失所。我犧牲之後，意願絕對沒有了卻，一定要望到勝利的來臨。於是構成了「憂國——憂民——憂己」的格局。至於後者，起筆突兀，劈頭自問：面對斷頭的今天，我思考些什麼呢？沉穩、從容、氣定神閒。為什麼如此鎮定？死而不已！斷頭，這個尋常的詞語，誰知竟然蘊藏著巴國蔓子將軍的愛國情結。原來據東晉常璩的《華陽國志》記載：周代巴國名將蔓子，因內亂被派往楚國求援。楚以割讓三城為條件，出兵幫巴國平定了內亂。事後派使索城，蔓子既不忍巴國割地，又不願違約引起爭端，便請楚使帶回他的頭顱以謝楚王，然後自刎，導致兩國和解。

陳毅在離家赴法前夕，還專程去憑弔蔓子墓地。清人王爾鑑有題頌蔓子的佳句：「斷頭頭不斷，萬古鬚眉宛然見；城許城還存，年年春草青墓門。」（《陳毅》，浙江人民出版社一九九六年版，第三十六頁。）地域文化的薰陶，蔓子元素少小就滲透了詩人的血脈。

於是，陳毅以「頭」為主幹意象物，編織成「斷頭——懸頭——成仁」——壯美的跳躍的令人遐想的意象組合。魯迅說得好：「革命被頭掛退的事是沒有的。」革命者滿懷信心，能夠在城頭向正義之師行注目禮！

3.「三不朽」

汪精衛初陷囹圄，人們普遍認為生還無望。孫中山也認定汪「將來必無倖免，此即無異斷吾臂也」（轉引自陳廷一《孫中山大傳》，團結出版社二〇〇一年版，第二六〇頁）。汪懂得與其坐以待斃，不如賦詩言志。陳毅被困於逼仄的山洞，放飛兒時教養，放飛南國風煙，放飛崇高理想。在地獄的門口，神思飛騰：或者遵循稔熟的傳統文化，為後人構建立德、立功、立言的「三不朽」（《左傳・襄公二十四年》）；或者屈膝投降，充當卑劣的猶大；或者退卻地活著，儘管沒有公開背叛，但有不少叛徒正是從退卻中起始墮落的。面臨生死抉擇，三者必居其一，來不得半點含糊、猶豫、虛假！

大家知道，創作緣於心境，緣於領悟人生的況味。何況詩的命根子是情呢？剛被捕，汪精衛精神煥發，藐視清廷，見證〈被逮口占〉，見證〈獄中雜感〉。在革命範式的激勵下，革命者成為永不停歇的前行者。陳毅的浩然氣，精氣神，如海嘯，像山崩，將臨難心理、自我捐軀、革命理念熔鑄成強烈的欲求與奇妙的整體見證：誕生了凸顯英氣的〈梅嶺三章〉，誕生了亮麗崇高的「此頭須向國門懸」！

4.「鬼雄」

汪初入獄，百無聊賴，口才更無用武之地。抑或是推翻清朝、建立民國的信仰使他在絕望中看到了希望。陳被重兵包圍後，槍傷復發疼痛難忍，不單無藥，而且不能呻吟。偶爾用耳語之外，全憑身體語言進行溝通。游擊隊要求「耳語聲放低」（《桂苑詩詞楹聯選》第二五一頁），遑論被困二十餘日？革命者的信仰是生命的支柱。信仰驅動超常的自控力，迸發出增力性的語言張力，鼓動奇特的想像力，彰顯出無限空間：「此去泉臺招舊部，旌旗十萬斬閻羅。」也是劈頭自問的響亮自答。

從屈原（「魂魄毅兮為鬼雄」）——李清照（「死亦為鬼雄」）——陳毅（萬死千傷鬼亦雄）推動了喚起人們美感的「鬼雄」文化之旅。它是中華文化歷經劫波而不泯滅的一個重要緣由。它不是佛教的涅槃正果，不是基督教的升入天堂，而是〈國際歌〉所昭示的：「英特納雄耐爾，就一定要實現！」尤其在內憂外患、生死存亡的最後關頭，需要肉體倒下去，靈魂繼續戰鬥，需要堅守信仰，飛揚靈思，需要拉動後人，豐碑永矗，達到「鬼雄」文化一個嶄新的巔峰！這不正是「此頭須向國門懸」賴以脫胎的母體嗎？

最後，筆者有位好友懷疑「共性多多，不意全同」的猜想，這是可以理解的。對於超越常識，未曾經驗過的現象，人們容易受到原先的一些觀點、動機、需要的影響，一開始總會有一種固執的拒斥心理。不過，平心而論，大千世界，芸芸眾生，何奇不有？讓時間老人再用七十年來檢驗猜想，也許可以驅散這團迷霧吧。

（原載《武漢作家》二〇〇六年六月總第十三期；又載拙著《深山奏出的和諧曲》，大眾文藝出版社二〇〇七年版）

有感

憂來如病亦綿綿，一讀黃書一泫然①。
瓜蔓已都無可摘，豆萁②何苦更相煎。
笳③中霜月淒無色，畫裏江城黯自憐。
莫向燕臺④回首望，荊榛⑤零落帶寒煙。

【注釋】

①泫然：水滴下的樣子，多指眼淚。②豆萁：豆稭。③笳：胡笳。④燕臺：見〈被逮口占〉注⑦。⑤荊榛：荊，這裏指荊棘。榛，叢生的草木。

【意譯】

憂怨好像患了慢性病一樣，連綿不斷。每次閱讀「黃書」，每次都泫然淚下。瓜藤上已然沒有瓜可以摘了，豆稭何苦還要熊熊燃燒煎熬豆子呢？在悲慘的胡笳聲中，霜天的月光淒慘得沒有顏色，畫圖裏的江城黯然自憐自戀。不要回眸向燕臺眺望，帶著寒氣的煙霧，使叢生的草木零零落落，朦朦朧朧。

【點評】詩無達詁有底牌

翻開〈有感〉的首聯，就碰到「黃書」這隻攔路虎。怎麼解釋？肯定不是眼下的流行詞義：特指色情的書籍。當時「黃」還具備崇高的色彩呢！皇帝的文告叫黃榜，帝王的袍服叫黃袍，賞功臣穿的有黃馬褂等等。一查《辭海》才知道古時的書籍用辛味、苦味之物染紙以防蠹，紙色黃，故稱黃卷。這黃書也怪呢，怎麼讀一次要流一次眼淚？據說有兩種文本：一說指明清之際思想家王夫之（船山）的著作，另一說是指清代的哲學家黃宗羲（太沖）的書籍。不管是王氏抑或黃氏，政見上都是主張反清復明的。汪精衛誦讀黃書而潸然淚下，會不會是悲時感事，國事蜩螗，人囚獄中，憂來如病呢？

再說二聯採用「萁豆相煎」的典故，解讀出現分歧：有人認為這是違反同盟會的宗旨，把與清廷的生死搏鬥，說成是滿漢兄弟不和的內部矛盾，是叛徒的話語。有人卻說，這是同盟會內不少會員眼見多次武裝起義，屢戰屢敗，被「瓜蔓已都無可摘」——這種悲憤、頹唐、灰暗情緒所籠罩，何況章炳麟（太炎）、陶成章等人已然公開分裂，重新恢復光復會，搞了一場倒孫（中山）的運動呢？他們的矛頭直指孫中山、汪精衛。章、陶撒發的傳單公然說：「昔之《民報》為革命黨所集成，今之《民報》為孫文、汪精衛所私有，豈欲伸明大義，振起頑聾，實以掩從前之詐偽，便數子之私圖。」（《南洋總匯新報》，一九〇九年十一月二十七日）事態嚴峻，親痛仇快。

其實，就詩歌詮釋而言，分歧是正常的、不難理解的。因為詩歌蘊藏著複義性、包容性乃至朦朧性。加以不同讀者由於思想修養、人生閱歷和文化程度等等的差別，對同一作品往往呈現多種多樣的解讀。我們從前人詩評理念所說的「詩無達詁」（詩沒有確切的解釋。見漢董仲舒《春秋繁露・精華》）來考察，同樣如此。它是以文學欣賞和文學批評之特性的視角進行觀照，表述解釋的相對性和審美的差異性。自然，詩論不管是古是今，我們既承認多元，也不認同無限多元——即無元，以致取消了詩歌客觀的本義。看來，還守望可知性的底牌！要之，我們對於詩歌的解讀做一句話點評便是：在理解的前提下，對作品的本體進行鑑賞和審美判斷。

詠楊椒山①先生手所植榆樹②

樹猶如此③況生平，動我蒼茫④思古情。
千里不堪聞路哭，一鳴豈為令人驚。
疏陰落落⑤無蟠節⑥，枝葉蕭蕭有恨聲。
寥寥⑦階前坐相對，南枝留得夕陽明。

附記：

椒山先生以劾（揭發罪狀）嚴嵩下獄，就義之歲手所植榆樹適活，數百年來無敢毀之者。相傳有神怪，殆有心人藉此以存甘棠（用「甘棠」稱頌地方官吏有惠政於民者）之愛也。余所居獄室門前正對此樹，朝夕相接。民國六年重遊北京，獄舍已鏟為平地，唯此樹巋然獨存。

【注釋】

①楊椒山：即楊繼盛（一五一六—一五五五），明保定容城（今屬河北）人，字仲芳，號椒山。嘉靖進士。任兵部員外郎，以劾大將軍仇鸞誤國，貶官。不久再被起用，任兵部武選司員外郎，劾權相嚴嵩十大罪，下獄受酷刑，被殺。②榆樹：喜光，深根性，耐乾冷，生長快。為平原地區重要造林及綠化樹種。③樹猶如此：引自《世說新語》「木猶如此」條。桓（huān）溫（三一二—三七三），東晉人，明帝婿。永和元年任荊州刺史，握長江中游兵權。曾三次北征，這是第三次。「桓公北征，經金城，見為前琅邪時種柳，皆已十圍。慨然曰：『木猶如此，人何以堪（能忍受）？』攀枝執條，泫然流淚。」可見桓溫是個富於感情的人。④蒼茫：空闊遼遠；沒有邊際。⑤落落：稀疏、零落。⑥蟠節：樹節盤繞。⑦寥寂：靜寂。

【意譯】

樹木生長的變化很大，何況人生一輩子呢？這樣就牽動了我空闊遼遠懷念古人的情感。在長途跋涉中不忍心聽到老百姓一路啼哭，椒山先生控告嚴嵩十大罪狀，難道是為了一鳴驚人？疏朗零落的樹蔭沒有樹節盤繞，枯葉落地的沙沙響，像發出了怨恨的聲音。在靜寂的臺階前坐著相對而望，朝南的樹枝留下了夕陽的亮麗！

【點評】榆樹精神讚

這首七律以榆樹為意象物，把難以言狀的情思生動具體地流淌出來，是解讀這首詩的鑰匙。這種藝術力很強的意象，經桓溫自主創造而演繹為典故，自然為後人沿襲使用。

佛家有「一切有情，眾生平等」的說法，確乎是飽含禪機的。試想一想，人生一世，草木一秋，就其過程而言，不是毫無二致嗎？但是大千世界，芸芸眾生，對於花花草草，各有喜愛。這和宏觀的時尚潮流、微觀的個性審美意向有著緊密的聯繫。忠貞、高潔、剛正不阿的楊繼盛，他就熱愛「喜光，深根性，耐乾冷，生長快」而且渾身是寶的榆樹，就是一個有力的見證。他不畏一手遮天的嚴嵩，不畏大牢的酷刑，「就義之歲所植榆樹適活」，與樹同步新生、提升：榆樹的扎根、生長、開花、結果，無一不是它自身內在潛質積蓄了旺盛生機的動力的凸現。應該說，「乾」和「冷」之於榆樹，是一宗寶貴的財富。同樣，一個人通過艱難、苦楚、挫折、困頓，乃至犧牲而獲得的精神價值，更是一筆特殊的財富。人若失去了對苦痛、煎熬的抗擊能力和安之若素的心態，還會有強烈的生存信念嗎？還會有為中國優良傳統的「三不朽」（立德、立功、立言。見《左傳・襄公二十四年》）文化而奉獻自我最寶貴的生命的慷慨就義嗎？

詩後的附記，生動地表述了詩人創作的文化背景。這首詩既是歌頌楊椒山義薄雲天的精神不朽，也曲折而隱約地透露了詩人自我的心扉。讓我們用「起、承、轉、合」來點評吧。起於樹，顯然是樹的「神怪」：指明人們頌讚有惠政於民者的愛戴。後來獄「雖鏟平而樹則巋然獨存」！承是最揪心的乃老百姓沿路逃荒，流離失所，號啕痛哭。我的行刺攝政王，難道是為了一鳴驚人？轉，革命團體內部依然相互攻擊，好比樹節的盤繞，沙沙的樹葉飄落，有如光復會他們咬牙切齒謾罵孫中山先生的恨聲！最後，回到現實，合於與樹對視。在寂靜的監獄裏，早晚都凝視著榆樹，南枝還有亮色！我們如果簡而言之，是否符合以下線索？榆思——榆哭——榆恨——榆亮。

中夜不寐偶成

飄然①御風②遊名山，吐吸③嵐④翠陵孱⑤顏。
又隨明月墮⑥東海，吹噓⑦綠水生波瀾。
海山蒼蒼⑧自千古，我於其間歌且舞。
醒來倚枕尚茫然⑨，不識此身在何處。
三更秋蟲聲在壁，泣露啼⑩風自啾唧⑪。
群鼾相和如吹竽⑫，斷魂⑬欲啼淒⑭復咽⑮。
舊遊如夢亦迢迢⑯，半灺⑰寒燈影自搖。
西風羸馬⑱燕臺⑲暗，細雨危檣⑳瘴㉑海遙。

【注釋】

①飄然：飄搖的樣子。②御風：駕著風。③吐吸：猶吞吐。④嵐：山裏的霧氣。⑤孱（càn）：瘦。⑥墮：掉；落。⑦吹噓：吹拂。⑧蒼蒼：空闊遼遠，沒有邊際。⑨茫然：完全不知道的樣子。⑩唏：哀嘆。⑪啾唧：象聲詞。⑫竽：中國古簧管樂器。形似笙而較大，管數亦較多。⑬斷魂：靈魂離開肉體。形容悲傷到極點。⑭淒：形容悲傷難過。⑮咽：聲音受阻而低沉。⑯迢迢：形容路途遙遠。⑰灺（xiè）：同拖，詩詞中常指殘燭。⑱羸（léi）馬：瘦馬。⑲燕臺：即黃金臺。見〈被逮口占〉注⑦。⑳危檣：高桅杆。㉑瘴：熱帶或亞熱帶山林中的濕熱空氣。從前認為是惡性瘧疾等傳染病的病源。

【意譯】

我駕著風飄飄搖搖遊覽名山大川。吞吐著翠綠的山中霧氣使丘陵呈現出瘦身的容顏。又隨著玉盤似的明月墜落到東海裏面，一使勁吹動著碧綠的海水發出波濤。自從遠古以來海山空闊遼遠，無際無邊。我在海和山的中間一邊跳舞一邊歌唱。醒來後靠著枕頭還完全找不到自己在什麼地方？半夜三更秋天的蟲子在牆壁上鳴叫，眼淚像露珠晶瑩，哀嘆像秋風瑟瑟。人們的鼾聲此起彼伏，像在吹竽。悲傷到極點想啼哭，難過得抽抽搭搭。好朋友像夢一樣也很遙遠，半支殘燭的微光，照著影子的晃動。西風在吹，瘦馬在走，黃金臺早已黯然失色。細雨中木船的桅杆高聳在瘴海裏漂泊很很遠，很遠。

【點評】不知身在囹圄

清末民初，詩壇巨擘、資深詩詞家陳衍在《石遺室詩話續篇》中，對〈中夜不寐偶成〉極為讚賞。他認為：「自來獄中之作，不過如駱丞（賓王）、坡公（蘇軾）用『南冠』、『牛衣』等事。若此篇一起破空而來，篇終接混茫，自在遊行，直不知身在囹圄（監獄）者，得未曾有。」可謂言簡意賅，的確是高論。

在這裏不妨簡略地介紹陳氏這段評騭。他從歷史淵源進行縱比獄中詩作。用事，不會超越初唐駱賓王的「南冠」（即楚冠。語出《左傳・成公九年》。後來就用南冠為囚犯的代稱）和北宋蘇東坡「牛衣」（也叫「牛被」。語出《漢書・王章傳》。後以「牛衣對泣」形容夫妻共守窮困）的套路。再從詩的整體觀照，開筆破空而起：「飄然御風遊名山，吐吸嵐翠陵孱顏。」詩人在遊覽名山大川的旅途中，吞吐碧綠霧氣，使丘陵呈現瘦弱無力的病容！而終篇在微微細雨中高高的桅杆航行於瘴海，無邊無涯。起訖相應，自在遊行，哪裏像是身陷囹圄，終身囚禁的重犯呢？這是獄中詩作史上從來沒有見過的。這也許正是嶺南詩派雄直風格自然、自在、自戀的輻射吧！

我們再來審視詩題「中夜不寐」。中夜即半夜。寐，睡的意思。半夜裏還睡不著，怎麼失眠了？從詩人的環境、心境、語境全面透視，他似乎正投身於創造思維的進行時，其範式自當是：緊張——鬆弛——緊張，或者收斂——發散——收斂（王通訊《創造：開發潛能的源泉》）。「中夜不寐」恐怕正是汪氏創造思維積極活躍進入「鬆弛」或者「發散」階段，虛虛幻幻，迷迷亂亂，朦朦朧朧，「不知此身在何處」呢！假定人的思維狀態一直緊張、收斂，朝朝暮暮，哭哭啼啼，愁腸百結，以淚洗面，豈不走向痴呆、錯亂、失常，唯有自裁方可解脫？哪裏還會創作出這般豁達、悠遊、迸發，吞吐群山、吹噓波濤、氣吞斗牛、載歌載舞的傳世的獄中佳構呢？

當然，我們大可不必為賢者諱，陳衍的評騭也可能存在千慮一失的疏漏。他似乎忘卻了詩中從第九句到第十四句等六句的四十二個字譜寫的淒涼秋夜曲。傳入耳鼓的有打了「梆，梆，梆」的三更，有秋蟲鳴叫，有西風瑟瑟，有唉聲嘆氣，有「群鼾相和如吹竽」，有悲傷至極的抽抽搭搭，精雕細刻出獨特涼薄的獄中半夜的〈秋聲賦〉！這是由浪漫縱情逐步漸入現實冷酷，由「歌且舞」墜落到「斷魂」！於是，舊遊迢迢，寒燈影搖，秋風，細雨，羸馬，瘴海，前路茫茫，多麼苦澀，多麼無奈！

金縷曲・秋夜

一　金縷曲・民國紀元前二年北京獄中所作

余居北京獄中，嚴冬風雪，夜未成寐。忽獄卒推余，示以片紙，折皺不辨行墨，就燈審視，赫然冰如手書也。獄卒附耳告余，此紙乃傳遞輾轉而來，促作報章。余欲作書，懼漏洩，倉卒未知所可。忽憶平日喜誦顧梁汾寄吳季子詞，為冰如所習聞（顧貞觀，字華峰，號梁汾，江蘇無錫人。清康熙五年舉人。館於大學士明珠家，與明珠子納蘭性德交契。為清初有影響的詞人。吳季子指吳兆騫的排行，字漢槎，吳江人，順治丁酉舉人。清初詞人。因冤案流放寧古塔。友人顧貞觀言於納蘭性德，後經性德父明珠營救，得贖還。顧貞觀曾經填〈金縷曲〉二首寄吳兆騫，以詞代信，感人至深，為清初之名作），欲書以付之，然「馬角烏頭」句（燕太子丹和秦王政本來是少年朋友。秦王政當了王，燕太子丹在秦國做人質，要求回國。秦王政說：等烏頭白、馬生角才能放他回燕國），易為人所駭，且非余意所欲出，乃匆匆塗改以成此詞。以冰如書中有「忍死須臾」云云，慮其留京賈禍，故詞中峻促其離去。冰如手書，留之不可，棄之不忍，乃嚥而下之。冰如出京後，以此詞示同志，遂漸有傳寫者。在未知始末者見之，必以余為抄襲顧詞矣（按：個別句子有模仿痕跡。如「季子平安否」便是，但絕非抄襲）！此詞無可存之理，所以存之者，亦當日嚥書之微意云爾。

別後平安否？便相逢淒涼萬事，不堪回首。國破家亡無窮恨，禁得此生消受①。又添了、離愁萬斗。眼底心頭如昨日，訴心期②、夜夜常攜手。一腔血，為君剖。

淚痕料漬③雲箋④透。倚寒衾⑤，循環細讀，殘燈如豆。留此殘生成底事⑥？實令故人僝僽⑦。愧戴卻、頭顱如舊。跋涉關河知不易，願孤魂繚護車前後。腸已斷，歌難又。

二　秋夜

葉落空庭夜籟①微，故人夢裏兩依依；
風蕭易水②今猶昨，魂度楓林是也非。
入地相逢雖不愧，擘③山無路欲何歸？
記從共灑新亭淚④，忍使啼痕又滿衣。

此詩由獄卒轉輾傳遞至冰如手中，冰如持歸與展堂等讀之。伯先（趙聲的字。中國民主革命者，江蘇丹徒人。因黃興和他具體領導的辛亥廣州起義失敗後，心情憂鬱，不久在香港病逝）每讀一過，輒激昂不已。然伯先今已死矣，附記於此，以誌腹痛。

【注釋】

一、金縷曲

①消受：忍受。禁：受。　②心期：心意；心願。　③漬：浸；沾。　④箋：寫信用的紙。　⑤衾：被子。　⑥底事：何事。
⑦僝（chán）僽：指受折磨和愁苦煩惱。

二、秋夜

①籟：從孔穴裏發出的聲音，泛指聲音。　②易水：見〈述懷〉注㉑。　③擘（bò）：剖；分開。　④新亭淚：見〈述懷〉注⑯。

【意譯】

〈金縷曲〉：分別以後還好嗎？我卻遭遇很多淒涼的事情。不能回眸啊，國破家亡沒有盡頭的仇恨，這一輩子怎麼禁得起忍受？何況還增添我們倆分離的憂愁多多。我現在看到的、想到的一切都像是昨天剛剛發生，互相傾訴心願，每個夜晚常常牽手！滿腔熱血，向你坦露。

眼淚浸透了你的信紙。在豆子大的燈光下，我靠著冰冷的被子，反覆仔細閱讀。留下我這被判無期徒刑的人還能夠成就什麼事業？白白地讓戀人煩惱。慚愧的是我的肉體依然像過去一樣康健。你長途跋涉多麼不容易，但願我的魂魄圍繞著、呵護著在你的車前馬後。肝腸已然痛斷，悲歌怎麼能夠繼續？

〈秋夜〉：在空寂的庭院裏，落葉細微的聲音也聽得到。戀人的倩影在夢境裏我倆相互依偎。刺殺攝政王的情景就像發生在昨天，魂魄度過火紅的楓林，做的事是對還是錯？我們在九泉之下相逢，雖然沒有愧怍，山劈開了沒有路怎麼回歸？記得為了國事灑下了悲痛的眼淚，怎麼能忍受啼哭的淚痕又滿身都是呢？

【點評】工切絕倫

這兩首詩詞有一個藝術的共同點：清空如話，流暢明快，韻味醇厚，情致纏綿。可以說，用語極淡而情至濃。讀來既無華詞麗句，又無諸多典故，多用白描手法，直抒胸臆。

詩人為什麼執著清空呢？主觀上恐怕是坦露人類最基本、最神聖的情感體驗，抒發愛情；客觀上也許為了讓自己的戀人冰如（陳璧君）容易解讀。陳愛慕汪時，年僅十六歲。她出生於馬來亞的檳城，後來才接受其父從國內延聘來國文老先生教中文。至於賦詩填詞，那是汪、陳婚後赴法國旅遊時，方才向汪學習的。由於冰如常聽汪背誦顧梁汾寄吳季子的〈金縷曲〉，兆銘才匆匆忙忙創作這首詞，一表摯愛，二促離京。

〈金縷曲〉起句直奔主題，迫不及待地問候：分別以後還平安嗎？平安是福，是人類生存的基點。這屬於愛心的凝聚，情思的苦澀，想念的深沉，總的爆發點！一直繫念的是每個夜晚常常牽手。滿腔熱血向你坦露。你來北京長途跋涉多麼艱險。我的靈魂呵護在你的鞍前馬後。在一燈如豆的微弱光線下，靠著冰冷的被窩，反覆地、仔細地閱讀你的來信，眼淚浸透了你的信箋。這些話語是多麼直白、摯篤、純真、堅挺、熾烈！

再讀〈秋夜〉。悲秋，是古代文人墨客普遍的情愫。這個秋天不同往常，一對情侶，男方終身監禁，女方多方營救。顯然比牛郎、織女的銀河阻隔有過之而無不及，志士要一輩子坐穿牢底啊！詩人無可奈何，只有對夢境眷戀、流連、牽掛、思念。只有在夢裏相互偎依，咀嚼甜蜜。大夢醒覺，唯有飲泣，唯有淚痕！咫尺天涯，見證兩人的愛情有著鮮活而靈動的生命力。儘管今生今世難得相見，但是驅動力源於兩人推翻清廷堅貞的信念而輻射出高尚的情操，淒美的人性，最聖潔、最真誠的愛戀！

難能可貴的要數頷聯：「風蕭易水今猶昨，魂度楓林是也非。」它既承接了「夢裏兩依依」的內涵，又做好了「死已不愧」的鋪墊，肯定了「易水悲歌」的正義之張力！顯然，「易水猶昨」是借指刺殺攝政王的壯舉，彷彿是剛才發生的轟動海內外的政治事件！宣判終身監禁究竟對不對呢？夢境的朦朧，使得借代修辭天衣無縫，哀婉淒絕。印證「入地相逢」無愧怍，大義凜然，戀情高尚、壯美。難怪陳衍在《石遺室詩話續篇》中認為〈秋夜〉三、四句尤佳，評為「工切（指詩的對仗工整、貼切）絕倫（獨一無二）」，實在是深中肯綮的！

夢中作

揭來①荒島上，極耳海天明。

心與孤帆去，身如一棹②輕。
浪花分日影，石筍咽③湍④聲。
漠漠⑤平煙處，翛然⑥白鷺橫。

【注釋】

①朅（qiè）來：去來。②棹（zhào）：槳。③咽：見〈中夜不寐偶成〉注⑮。④湍（tuān）：急流的水。⑤漠漠：雲煙密布的樣子。⑥翛（xiāo）然：形容無拘無束、自由自在的樣子。

【意譯】

去來荒島上，放眼眺望，一片清明。我的心啊，和孤帆一同前行，自己好像一支木槳那麼輕盈。大海的浪花，分開了陽光的影子，石筍的阻擋，海水發出了咽咽湍急的聲音。遠望雲煙密布的前面，一群白鷺無拘無束，自由自在，幾多開心！

【點評】渴望

這首詩還有另一種題目：〈夜夢乍醒，風景依稀（模模糊糊），猶在目前，因以成詠。〉（《汪精衛集》卷四，上海書店「民國叢書第四編九十七綜合類」）此題較之〈夢中作〉更為明晰、具體。日有所思，夜有所夢。透露詩的主題在於渴望自由。

起句展現荒島和寥廓而明亮的海天。承接的是：心隨孤帆離去，渾身輕盈。轉過來細描浪花、陽光、影像、石筍、急流，拓開「影」和「聲」的意象，凸顯出開闊、渺遠，天從人願。結句勾勒雲煙密布，以白鷺寓意終於獲得自由的瀟灑、舒心。全詩明白如話，意象鮮活、清新。

大雪

凍雲①沉沉②作天幕，直令萬象③沉寥廓④。
朝來開戶忽大叫，瓊樓玉宇⑤來相照。
曇⑥空自漠漠⑦，四野何茫茫⑧。
飄如扁舟⑨凌⑩滄浪⑪，銀濤萬頃搖光芒。
又如花時歸故鄉，玉田藹藹⑫素馨香⑬。
六花⑭霏霏⑮已奇絕⑯，絢⑰以朝霞助明滅⑱。
千里一白無纖塵⑲，欲與冰壺⑳爭皎潔㉑。
王母㉒瓊漿㉓真可咽㉔，謝公屐齒㉕應知惜。
如何棄置道路隅，遂令泥土同狼藉㉖。
吁嗟呼㉗莫怨雪成泥，雪花入土土膏㉘肥。
孟夏㉙草木待爾㉚而繁滋㉛。

【注釋】

①凍雲：將要下雪時積聚的陰雲。②沉沉：形容深沉。③萬象：宇宙間的一切事物或景象。④寥廓：高遠空曠。⑤瓊樓玉宇：華麗的房屋。⑥曇：雲彩密布。⑦漠漠：見〈夢中作〉注⑯。⑧茫茫：沒有邊際，看不清楚。⑨扁舟：小船。⑩凌：渡；逾越。⑪滄浪：青蒼色。⑫藹藹：形容樹木茂盛。⑬馨香：芳香。⑭六花：雪花有六角，因而做雪花的別稱。⑮霏霏：雨、雪紛飛。⑯奇絕：神奇絕妙。⑰絢（xuàn）：色彩華麗。⑱明滅：時隱時現，忽明忽暗。⑲纖塵：細小的灰塵。⑳冰壺：盛冰的壺，比喻潔白。㉑皎潔：明亮而潔白。㉒王母：即王母娘娘。西王母的通稱。㉓瓊漿：美酒。㉔咽：使嘴裏的食物或別的東西，通過咽頭到食管裏去。㉕謝公屐（jī）齒：謝公指南北朝時的宋朝詩人謝靈運。謝公屐是他特製的一種專供遊山用的木鞋，底下裝有活動的齒，上山時抽去前齒，下山時抽去後齒。㉖狼藉：雜亂不堪。㉗吁嗟呼：嘆詞。㉘土膏：肥沃的土地。㉙孟夏：指農曆四月。㉚爾：你。這裏代雪。㉛繁滋：繁殖滋生。

【意譯】

快要下雪時候，積聚的烏雲，變成了蒼天的大幕，直接命令宇宙間一切的景象，落到高遠空曠的每個角落。清早起來，打開大門，忽然驚奇大叫：華麗的建築正在互相照耀！雲彩密布的天空本來煙雲重重，無邊無際，一片朦朧。它漂起來像一條小船，渡過青蒼色的水面，萬頃銀色的波濤晃動著耀眼的光芒。又像花開季節回到了故鄉，白玉色的田疇，樹木茂盛，充滿芳香。雪花紛飛，神奇絕妙，朝霞華麗，色彩變化，在天穹時隱時現，忽明忽暗。抬望眼，白茫茫，一塵不染，彷彿與冰壺競賽看誰明亮，看誰潔白！西王母的美酒，可以一口吞下，謝公的木屐，可要愛惜！怎麼丟棄在路邊，使得雪花和泥土雜亂不堪？唉呀呀，不要埋怨，雪花下土，土地肥沃，四月天，草木正等待著你滋生、繁殖！

【點評】等詩滋潤

先審題。〈大雪〉，一看題就知道是詠雪的。但是，絕不可忽略，「大」是修飾雪花的範圍和程度的。不是小雪，也不是中雪，而是大雪。不是零零落落，細小稀疏，也不是一陣稀，一陣密，而是大朵大片，紛紛揚揚，下得正緊！看來，欣賞這首詩，非牢牢把握這個「大」字不可。全詩鏡頭的運作正是從「大」的視角演繹、生發、擴展、推進的。

淡入，幕布一拉開：蒼天，凍雲，氣色深沉，萬象寥廓，這麼大的全景，給受眾第一眼便獲得空間上的總體印象。

清晨，開門。畫外音驚叫：白晃晃的華美屋宇，相互映照，不是雪花的世界麼？

雲彩密，野茫茫，多麼廣闊的空間鏡頭！接著閃出：大特寫一：一朵一朵的龐大雪花像一條一條的小船，劈波斬浪，完全是望不到盡頭的銀色波濤，閃動耀眼的光芒。雪花成扁舟的比喻新奇、大氣、挺拔、超常，委實創意標新！

大特寫二：好像遊子回到百花齊放的故鄉，樹木葱蘢，到處充滿著雪花撲鼻的馨香。

緊接著，又現全景：漫天雪花飛舞，神奇絕妙。霞光和雪花互動，忽明忽暗。

切入蒙太奇：滿天白雪與冰壺競賽：看誰最皎潔？這裏是人間仙境，西王母的美酒，一飲而盡。在遊歷名山大川的長鏡頭中，推出細部的擴大，齒——謝公屐齒——要愛惜。

景物空間轉換：雪花和泥土怎麼一片狼藉？

意外淡出：雪花化作沃土，受到四月間草木的熱烈歡迎！

最後要說明兩點：一是詩人似乎全然忘卻終身監禁。但是，從結句推度，草木一秋，人生苦短，依然隱含著淡淡哀愁的信息。

二是「玉田藹藹素馨香」，運用了通感修辭手法。通感也叫移覺。人們日常生活中視覺、聽覺、觸覺、嗅覺、味覺等各種感覺，往往有彼此交錯相通的心理經驗，於是，在寫和說上，當表現屬於甲感覺範圍的事物印象時，就超越它的範圍而描寫成領會到的乙感覺範圍的印象，以造成新奇、精警的表達效果。例如雪花使人聯想到花，而開花時節總有花香，所以說雪花的馨香。這是由視覺（看到雪花）轉移為嗅覺（聞到雪花香）的主觀聯想的結果。

明代楊慎的《升庵詩話》、清代吳景旭的《歷代詩話》都曾經對這種特殊的修辭手法做過理性的思考。通感正是形象思維派生的結果。

雪中見梅花折枝

家在嶺之南①，見梅不見雪。
時將皴②玉姿，虛擬③飛瓊④色。
只今雪窖中，卻斷梅消息。
忽逢一枝斜，相對嘆奇絕⑤。
乃知雨雪來，端⑥為梅花設。
煙塵一掃淨，皎皎出寒潔。
清輝⑦妙相映，秀色⑧如可掇⑨。
香隨心共淡，影與神俱寂。
藹藹含春和⑩，棱棱⑪見秋烈⑫。
俠士⑬蘊⑭沖抱⑮，美人負奇節⑯。

孤根竟何處，念此殘枝折。

忽憶珠江頭，花時踏寒月。

【注釋】

①嶺南：指五嶺以南的地區，就是廣東、廣西一帶。②皴（cūn）：國畫畫山石時，勾出輪廓後，為了顯示山石的紋理和陰陽面，再用淡於墨側面而畫，叫做皴。③虛擬：憑想像造出來。④瓊：美玉。⑤奇絕：神奇絕妙。⑥端：原因；起因。⑦清輝：指月光。⑧秀色：美好的景色或容貌。⑨掇：拾取。⑩春和：春時和暖。⑪棱棱：威嚴方正貌。⑫秋烈：秋老虎的炎熱。⑬俠士：舊稱抑強扶弱、見義勇為的人。⑭蘊：包含；積蓄。⑮沖抱：胸懷猛烈。⑯奇節：特殊的操守。

【意譯】

我的家鄉在嶺南，有梅花沒有雪花。那時描繪雪花的手姿，只好虛構出美玉般的顏色。如今生活在嚴寒的雪窖裏，卻找不到梅花的消息。忽然碰到有一枝梅花傾斜了，望著它，感嘆它，神奇絕妙。這才曉得雨雪一起襲來，正是為了考驗梅花設置的。煙塵已然掃得乾乾淨淨，明亮得呈現冷酷的慘白。在月光的照映下，好像可以把美妙的景觀捧在手心裏。梅花的清香和心靈的平靜，彼此輝映，影像和神韻都歸於靜寂。樹木茂盛，春時和暖；秋來的威嚴呈現老虎似的熾烈。見義勇為的人襟懷積蓄著猛烈；美女擔負著特殊的操守。孤獨的主根在哪裏？是不是還懷念著這折斷殘枝的信息？忽然回想起繁花似錦的時節，在南國珠江的岸邊，踏著寒冷的月色。

【點評】殘枝自況

先說完美。宋代詩人盧梅坡在〈雪梅〉第二首吟出絕唱：「有梅無雪不精神，有雪無梅俗了人。日暮詩成天又雪，與梅並作十分春。」看來，盧氏的理念恐怕是，有梅，有雪，有詩，才捕捉到「十分春」，才完美，才和諧，才預報滿園春色。也許這正是中華傳統文化所執著的精妙的華彩樂章。

在嶺南有梅無雪怎麼辦？用中國畫特有的技法——皴，來虛擬、來勾勒雪花的丰姿、本色。在北京，監獄的嚴寒，有如雪窖，意外地看到了被大雪壓斷的梅枝：皎皎的清輝，一片寒潔。結句：在對故鄉的親切、美好的回味中，報春花攜來了百花盛開的秀色，玉潔的月光摸撫下的秀色。月色清，詩意濃，大雪緊，梅枝殘。大概這便是詩人超越前人的完美！

再說自況。「梅花折枝」的隱喻，凸顯了詩人自我處境。詩之奇在哪裏呢？雪為梅設置，塵煙一掃空，秀色可握，香隨心淡。即使是春時和暖，秋陽熾烈，俠士襟抱積蓄著猛勇，美女承載著特殊的操守。同盟會的親人在哪裏？是否還懷念著我這折斷的梅枝？豈不是寄寓了點點悲寂，絲絲涼薄嗎？因為詩是文學的靈魂，是藝術的靈魂，也是詩人的靈魂啊，至少恐怕也是心靈角落的輕微呼吸吧。

寒夜背誦古詩，至「波瀾誓不起，妾心古井水」，美其詞意，為進一解

止水既無滓①，流水亦無頗②。
渟③為百尺潭，蕩為千層波。

娟娟④月自永，習習⑤風微和。
泠然⑥識此意，欲和⑦滄浪歌⑧。

【注釋】

①滓（zǐ）：沉澱的雜質；污濁。②頗：偏，不正。③渟：水停滯。④娟娟：美好貌。⑤習習：風輕輕地吹。⑥泠然（líng）：聲音清越。⑦和（hè）：作詩與別人相互唱和。⑧滄浪：即滄浪之水。《孟子・離婁上》：「有孺子歌曰：『滄浪之水清兮，可以濯（洗）我纓（帶子），滄浪之水濁兮，可以濯我足。』」意思是：水有清濁，可以做不同的用途。

【意譯】

靜止的水既然沒有雜質，那麼流水也就沒有污濁。水停滯不動就成為很深的潭，水動蕩不定就呈現出很多的波瀾。美麗的月色永遠照耀，微風輕輕送來和煦舒暢。清越的聲音體會了這種意味，想要唱和〈滄浪之歌〉。

【點評】愛情的折射

詩人背誦的古詩是誰的作品呢？查《辭海》「古井無波」條：比喻內心寂然不動。白居易〈贈元稹〉：「無波古井水，有節秋竹竿。」白詩不像汪引的原句。再查《辭源》「古井無波」條：比喻人心寂然不動，如井已枯竭，不再起波瀾。唐・孟郊《孟東野詩集・烈女操》：「妾心古井水，波瀾誓不起。」白居易《長慶集・贈元稹詩》：「無波古井水，有節秋竹竿。」封建社會多用來稱夫死妻不再嫁者。可是疑竇又產生了：孟句怎麼和汪背誦之句順序顛倒了呢？恰巧我手邊還有《孟東野詩集・烈女操》：「梧桐相待老，鴛鴦會雙死。貞婦貴殉夫，捨生亦如此。波瀾誓不起，妾心井中水。」

（《欽定四庫全書》，上海古籍出版社一九九三年版的單行本卷一・樂府上）在這裏，詩句的順序是相同了，可惜末句不是「古井水」而是「井中水」。儘管只有一字之差，但是「孟郊是個用力氣做詩的，一字一句都不肯苟且，故字句往往『驚俗』……他把做詩看作一件大事，故能全神貫注」（胡適《白話文學史》，東方出版社一九九六年版，第二七〇頁）。「文起八代之衰」的韓愈也不是輕易褒揚同時代詩家的人，他說「東野動驚俗」，的確是獨具慧眼的實話實說。是汪氏的記憶有誤，還是不同版本問題呢？由於資料缺乏，只得暫且存疑，留待以後增補吧。

至於詩題說到「美其詞意，為進一解」，說的是它的詞意美妙，奉獻出一種別樣的解釋。這種另類的張揚，主旨何在呢？我以為，汪兆銘是一位反封建的志士，他可能要抒發民主革命者愛情之烈，之激，之狂。不是井水已枯竭，而是「願孤魂繚護車前後」，「慮其留京賈禍，故詞中峻促其離去」。這是詩人對冰如女士愛情的傾瀉，是〈金縷曲〉的主題，是「為進一解」——反〈烈女操〉之意而用之的翻案詩章！

具體地說，全詩起筆以「止水」、「流水」對舉，用「既……也……」的並列句式，「無滓」與「無頹」都給受眾以美感享受。承接下來，「渟」則為深潭，「蕩」則起波瀾。轉折於月光和微風，前者永恆，後者和煦。結尾點題，清越的歌聲結束：「滄浪之水清兮，可以濯我纓，滄浪之水濁兮，可以濯我足。」全然不是水枯竭，而是有清濯，汩汩長流，各有用途。這難道不是借題發揮、引申、現示而亮出「為進一解」的底牌嗎？我猜想，恐怕正是詩人內心所蓄積的深沉的愛情的變奏。

見人析車輪為薪，為作此歌

年年顛蹶①南山路，不向崎嶇②嘆勞苦。
只今困頓③塵埃間，倔強依然耐刀斧。

輪兮輪兮生非徂徠④新甫⑤之良材，莫辭一旦為寒灰⑥。
君看擲向紅爐中，火光如血搖熊熊。
待得蒸騰⑦薦新⑧稻，要使蒼生同一飽。

【注釋】

①顛蹶（diān jué）：摔倒。②崎嶇：形容山路不平，也比喻處境艱難。③困頓：勞累到不能支持。④徂（cú）徠：在山東泰安。徂徠山，多松柏。⑤新甫：開始；起初；才。⑥寒灰：冷灰。⑦蒸騰：氣體上升。⑧薦新：薦：獻；祭。薦新：以初熟五穀或時鮮果物進獻。

【意譯】

年年都顛簸在南山的路上，從來山路不平，處境困難，沒有悲嘆自己的勞苦。如今勞累得不到支持，在充滿塵埃的途中，仍然能夠忍耐刀斧的砍殺。輪子呵輪子，您並不是從出產松柏著名的徂徠山上剛剛出現的棟梁之材，不要推辭一下子變成了冰冷的木柴灰。您看吧，扔到火爐裏面，像鮮血一樣的火光，搖晃著熊熊烈火！等到氣體上升，進獻新米飯，要使普天下的老百姓吃一頓飽飯！

【點評】「烈士」情結

讀罷這首古風，不禁使人聯想到作者多次運用的著名的比喻——薪（柴火）與釜（鍋子）。「革命黨人將以身為薪乎？抑以身為釜乎？亦各就性其之所近者，以各盡所能而已。」而革命之效果都是為了炊飯：「俟飯之熟，請四萬萬人共饗（通「享」）。」（汪精衛〈革命之決心〉，見鄭振鐸編《晚清文選•卷下》，中國社會科學出版社二〇〇二年版，第四四三頁）看起來，薪很自然引起了詩人的自我比況。

全詩的開端用擬人的手法，不論如何艱難困苦，路途怎樣崎嶇不平，從來沒有哀嘆自己的勞苦、辛勤。現在顛蹶、困頓、落難，還得頂住刀斧的砍殺！接著情急呼告：輪子呵，輪子呵，不是棟梁之材，不必怕一下子化成冷灰！扔進火爐，一樣火光熊熊。待到新米飯煮熟了冒氣，要請天下四萬萬老百姓一同吃一餐飽飯！寓意彰顯：革命成功，即令犧牲了自己的生命，也在所不惜。當時，這正是汪精衛的追求、志向、豪情、操守！怪不得胡適在汪氏病逝後的一九四四年十一月十三日的《日記》裏直抒胸臆：「精衛一生吃虧在他以『烈士』出名，終身不免有『烈士』情結。」這首古風的結句，大概正是烈士情結的生動寫照。

除夕

今夕復何夕，圓扉①萬籟②沉。
孤懷戀殘臘，幽思發微吟。
積雪均夷險，孤松定古今。
春陽③明日至，不改歲寒④心。

悠悠⑤一年事，歷歷⑥上心頭。
成敗亦何恨，人天無限憂。
河山餘磊塊⑦，風雨滌牢愁⑧。
自有千秋⑨意，韶華⑩付水流。

【注釋】

①圜扉：扉，門扇。圜門。　②籟：見〈秋夜〉注①。　③春陽：指春日晴和之氣。　④歲寒：是「歲寒松柏」之意。古詩文中常以歲寒松柏比喻在逆境艱困中而能保持節操的人。　⑤悠悠：見〈大雪〉注⑧。　⑥歷歷：形容物體中景象一個一個清清楚楚的。　⑦磊塊：壘石高低不平，比喻阻梗或心中鬱結不平。　⑧牢愁：憂愁，愁悶。　⑨千秋：一千年，泛指很長久的時間。　⑩韶華：美麗的春光，比喻美好的青年時代。

【意譯】

今晚是什麼夜晚？圜門內外一片寂靜。我卻留意著殘餘的臘月，內心的思緒發出輕微的吟詠。遍地積雪看不到平地和險阻，一棵孤松見證著古往今來。春日晴和的暖氣，明天就要來臨，在困頓裏，我還守望著一顆丹心。

過去一年的經歷，一件一件湧上心頭。失敗了有什麼悔恨？人總歸有著失落、揪心。祖國的山河都蘊含著鬱鬱不平，風風雨雨洗滌著愁悶。有知秋史冊憑證，美好的青春都白白地交付給流水無情！

【點評】韶華付水流

除夕有些什麼習俗？在一年最後一天的夜晚，禁忌多多，一下也很難說清楚。其一是山民為山鬼所惑，李畋（tián）令早晚以火燃竹，爆裂「劈里啪啦」，山鬼逃跑，稱為爆竹。後來相沿成俗，在節日燃放爆竹，驅邪慶喜。在《荊楚歲時記》有記載。如今發展為辭舊歲迎新春的臨界時刻開始，鳴放鞭炮、煙火之類以送走過往，迎接未來，是吉祥文化的彰顯。

〈除夕〉的頭一首五律，主旨顯然就在尾聯：「春陰明日至，不改歲寒心。」在詩裏，不是爆竹除舊，而是一片死寂。留戀將盡的臘月，是具有轟動效應的歲月，是傲雪的孤松，是「歲寒，然後知松柏之後雕也」（《論語•子罕》）。不錯，春日將要送來暖意，我依然一以貫之，像松柏，抗嚴寒，堅持操守，一片丹心！

第二首回眸難忘的一九一〇（庚戌）年，謀刺攝政王，細節的鏡頭一個一個投射到心靈的幕牆上。失敗，何須抱怨，這是兵家的常事。人生哪裏能夠只有歡樂，離得開憂愁？山河也鬱鬱寡歡，風風雨雨洗滌、沖刷，總是不能罷休。非常遺憾，歷史將要印證，我的青春歲月要像一泓溪水白白流走！

獄簷偶見新綠口占

初日①枝頭露尚涵②，春光如酒亦醰醰③。
青山綠水知何似？愁絕④風前鄭所南⑤。

【注釋】

①初日：初出的太陽。 ②涵：包容。 ③醰醰：酒味厚；醇。 ④愁絕：極端憂愁。 ⑤鄭所南：即鄭思肖，宋連江人，字所南，寓不忘趙宋王朝之意。為人剛介有志操。宋亡，隱居吳下，自稱三外隱人。與客交往，必坐南向。終身不娶，善繪蘭。

【意譯】

剛剛升起的紅日，照耀著枝頭依然蘊含著一顆一顆晶瑩的露珠。初春的景色像喝過味道醇正的美酒，步履蹣跚。祖國的大好河山，山青水秀，您知道像什麼嗎？站在春寒料峭的風口上，有一位老前輩滿面愁容，他就是念念不忘趙宋王朝的鄭所南。

【點評】追捧的偶像

先審題。不是預先料到，而是偶然讀到了鮮嫩的綠色。多大的範圍呢？獄簷上，顯然微不足道。總之，題目是否可以說，偶然發現自然界透露了嶄新的信息，哪怕是那麼一點點，春天邁著輕盈的腳步悄悄地來到了獄簷上。怎樣採擷詩題？這恐怕要見微知著，見小知大，一點點新綠，可以看到美奐美輪，一點點新綠，可以看到大千世界。這需要審美的眼光，這需要感知美的心靈！

再讀這首七絕。頭句白描：旭日，枝頭，露珠，一組鏡頭構築了特定的初春的畫面。接著擬人，全景鏡頭：春天像喝多了美酒，一步一步走過來了，儘管腿腳飽含醉意，慢慢吞吞，搖搖擺擺。轉折巧妙，大膽設問：九百六十萬平方公里的神州大地像什麼？想像奇特，大氣，出乎受眾意料：像一個人！中華民族上下五千年，人口恆河沙數，數不清啊！誰？

結句揭謎底：宋代剛介而有志操的鄭所南！在這裏，有必要插敘國士熊十力盛讚先賢的金石良言：「而方正學、王沬、鄭所南、船山、亭林、晚村諸先賢倡民族思想之意，卻切要。此一精神樹不起，則一切無可談也。」（王大鵬選編《百年國士・熊十力》，中國文聯出版公司一九九九年版，第一四六頁）

這是詩人追捧的偶像，詩人價值的取向！真難為詩人獨步創新。

晚眺

斜陽如胭脂①，林木盡渲染②。
秀色③自天然④，桃李失其豔。
白雲亦融洽⑤，娟娟⑥作霞片。
晴空淨如拭，著此三兩點。
春光如故人⑦，醇醪⑧醉深淺。
感此太和⑨心，臨風⑩相繾綣⑪。

【注釋】

①胭脂：一種紅色化妝品。也用作國畫的顏料。②渲（xuàn）染：用水墨或一種淡的色彩塗抹畫面，以加強藝術效果。國畫的一種畫法。③秀色：美好的景色或容貌。④天然：自然產生的（區別於人工的）。⑤融洽：彼此感情好，沒有牴觸。

⑥娟娟：美好的樣子。 ⑦故人：老朋友。 ⑧醇醪：味道濃厚的美酒。 ⑨太和：太平，安樂。 ⑩臨風：迎風。 ⑪繾綣（qiǎn quǎn）：難分難捨；纏綿。

【意譯】

夕陽像豔麗的胭脂紅，樹木全都被淡紅塗抹。美好的景色本來是鬼斧神工，耀眼的桃花、李花，也喪失了它們的鮮活！白雲彼此纏綿，興高采烈變成一片一片的紅臉。寥廓的晴空，像讓人擦拭得乾乾淨淨，僅僅在西邊著了那麼幾許紅點。春天的景致像一位老朋友，美酒醉得不淺。感激平靜的心態，迎著春風依依難捨。

【點評】日落胭脂紅　無雨必有風

題目叫做〈晚眺〉，也就是說，傍晚從高處往遠處張望。具體的氛圍、色彩、遠近、大小，統統通過鏡頭巧妙地剪輯成為一幅《傍晚春光圖》。饒有興味的是畫面以紅為底色。光源在哪裏呢？劈頭揭示：斜陽輻射的胭脂紅，把樹林染成大塊大塊的水紅色。「秀色」二句，景致天然，比照出桃紅李白失落了她們的嬌豔！「白雲」聯，白雲們感情互動，孕育出魚鱗般的霞光片片。「晴空」四句，凸顯藍天萬里，一塵不染，西邊卻有幾朵紅霞點染。春光這位多年的老友，美酒醉得陶然、怡然、飄飄然、茫茫然。結句，感激平靜的心緒，迎著春風，披著霞光，留下依依難捨的眷戀。說實話，這種塗抹印證了一句科學根據很強的氣象諺語：日落胭脂紅，無雨必有風；印證了詩歌源於生活，印證了首尾自然照應，毫無斧鑿痕跡。絕了！

請注意，通篇沒有一星半點的惆悵，沒有一絲半縷的哀愁，恐怕正是詩人心靈瞬間的企盼、憧憬、訴求、弔詭的閃耀。

春晚

向晚①微風和，斜月明天邊。
流雲②受餘豔，漾③作晴霞妍④。
長空⑤舒霽⑥碧，光景⑦涵⑧清鮮。
感此春氣好，閒階自流連⑨。
眾鳥相往還，飛鳴時翩翩⑩。
如何⑪我與君，離思徒⑫纏綿⑬。
相去不咫尺⑭，邈⑮如隔雲煙。
娟娟⑯明月影，故故⑰向人圓。
何當⑱若流星⑲，一閃至君前。

【注釋】

①向晚：傍晚。②流雲：飄動的雲彩。③漾：液體太滿而向外流。④妍：見〈雜詩〉注⑥。⑤長空：遼闊的天空。⑥霽：風雪停，雲霧散。⑦光景：風光景物。⑧涵：包含；包容。⑨流連：留戀不止，捨不得離去。⑩翩翩：輕快地跳舞。⑪如何：怎麼。⑫徒：空；白白地。⑬纏綿：糾纏不已，不能解脫。⑭咫尺：見〈重九遊西石巖〉注⑥。⑮邈：遙

遠。⑯娟娟：見〈晚眺〉注⑥。⑰故故：特意。⑱何為：何時能夠。⑲流星：短時間發光的流星體。俗稱賊星。

【意譯】

暮色中，和煦的春風輕輕吹拂，天邊上，掛著玉潔的月亮。飄動的雲彩，接受著裕餘的豔麗，漫出晚霞的金光。風停，雲散，遼闊的天空舒展出碧海青天，風光景物飽含著清亮、新鮮。感受著美好春天的氣息，在臺階上自我流連。鳥群飛來飛去，載歌載舞，怎麼我和你，只有離別的思緒在白白地糾纏？我們的距離很近、很近，又彷彿遙遠得隔著層層雲霧，渺渺長煙。美妙的明月的倩影，怎麼只特意照著別人團圓？我什麼時候能夠像流星那樣，一剎那就飛到了你的面前？

【點評】羅曼史中淒美曲

這首十八句的五古，按照順序審視，起首六句，一口氣運用了六個鏡頭狀景：一、風和，二、月明，三、流雲，四、金霞，五、霽碧，六、景鮮——全景鏡頭。這正是唐代釋（和尚）皎然所說的：「高手述作，如登荊、巫，覿（dí，見也）三湘、鄢、郢之盛，縈迴盤礴（據執牢固的樣子），千變萬態。」（《詩式•明勢》）開合變化，應接不暇。

接下來，七、因：春光好；八、果：自流連。九、十句寫喜：眾鳥，飛鳴。十一、十二句狀悲：我與君，徒纏綿。用飛禽烘托，人不如鳥！十三與十四：不咫尺，邈雲煙。咫尺銀河，深化悲情。十五、月影倩，十六、向人圓：月亮偏心，只照別人團圓。此情此景，徒喚奈何！怎麼辦？結尾不是眼淚，不是怨尤，而是團圓：想像中的立刻團圓——若流星，至君前！

這個浪漫蒂克的收筆，使我想到一九一四年，姜泣群編纂出版的《朝野新譚》（後改名為《民國野史》），是集中反映民國創立前後數年間人物和歷史的。目的明確：「開信史之先河，垂紀念於後世。」根據其中乙編二〈汪精衛之婚事談〉介紹：「汪性謹飭（chì，謹慎），生年不作狎邪（不正派）遊，以是行年二十餘，未嘗一近女色。」顯然是作風正派的革命青年。但是「檳榔嶼有廣東新會商人陳氏女名璧君者，好學留心祖國事，平時讀汪所為文，心儀（傾心）之。及聞其演說，益感動，遂入同盟會。」「未幾即留學日本，既又入暗殺部。入部者資格最嚴，而汪所與同事者，更嚴之又嚴。」由於汪精衛鼓吹革命，影響較大，清廷曾懸賞緝拿。「故其入內地，動輒不自由，實賴陳左右之。」「兩人常飾為親族關係，以避羅偵（遭遇偵察）。陳略不介意，而汪則深以為疚，嘗嘆曰：『誤陳君者我也。』」後來確定行刺攝政王，將出發，汪決定一言為定，以感謝陳璧君，遂寫信告訴陳的母親（也是同盟會員）（山西古籍出版社、山西教育出版社，一九九九年版，第六十五至六十六頁）。史料見證，在汪入獄前，兩人感情已極深厚。我以為，這首詩就是汪、陳羅曼史的動人的淒美一曲，故援引以供參照。

獄中聞溫生才刺孚琦事①

血鐘英響滿天涯，不數當年博浪沙②。
石虎③果然能沒羽，城狐④知否悔磨牙。
須銜劍底情何暇，犀照⑤磯頭⑥語豈誇？
長記越臺春欲暮，女牆⑦紅遍木棉花⑧。

【注釋】

①溫生才（一八七〇——一九一一）是中國民主革命烈士。字練生，廣東嘉應州（今梅州）人。早年入清軍，後赴南洋為華工。在

霹靂（今屬馬來西亞）參加同盟會。一九一一年（清宣統三年）春歸國至廣州。「其人性情剛強，最痛恨廣東水師提督李準；因為李準狡黠毒辣，害死了不少革命同志。生才剛從南洋來到廣州，謀刺殺李準，苦無機可乘。二月初旬，駐粵滿洲將軍增祺，被召入京，由都統孚琦代之。三月初十，有人在燕塘試演飛機，孚琦與諸大吏均往參觀。溫生才乃身懷手槍伏在東門外大街等候，及日暮散會，見有大官乘轎前呼後擁而來，生才從人叢中躍出，闖至轎前，迎轎連放四槍，轎中大官立被擊斃，即孚琦也。生才被捕，粵督張鳴岐親自訊問，並曰：『一將軍死，一將軍來，於事何濟？』生才曰：『殺一儆百，於願已償！』遂於三月十七日就義。」（臺灣・陳致平《中華通史・第九卷》，花城出版社一九九六年版，第四五一頁）。②博浪沙：古地名，在今河南原陽。今縣東南古有博浪城，傳即張良遣力士椎擊秦始皇而誤中副車處。③石虎：《史記・李將軍列傳》載：有一次，李廣打獵，看見草叢中的石頭，以為是老虎。一箭射中了石頭，把整個箭頭都射進石中。④城狐：即代「城狐社鼠」。指城牆上的狐狸，土地廟裏的老鼠。比喻依勢為奸的人。⑤犀照：傳說燃犀角可以使水中通明，真相畢現。後來比喻洞察事物。⑥磯頭：保護河岸、堤防和灘地的靠岸短構築物。⑦女牆：城牆上面呈凸凹形的短牆。也叫女兒牆。⑧木棉花：木棉，落葉大喬木，高可達四十米，掌狀複葉，小葉橢圓形，花紅色。也叫紅棉、攀枝花。

【意譯】

全國到處敲響了刺殺狗官的鐘聲，這還不算當年張良雇力士槌擊秦始皇的壯舉。集中精力射殺以為是老虎的石頭，果然能將整個箭頭射進去，那些壞蛋是否知道後悔，不該磨牙吃人？要曉得必須銜劍哪有閒暇，洞察保護河堤的建築物，難道是誇誇其談？永遠要銘記越王臺的春天快要結束，女兒牆邊紅豔豔的是木棉花。

【點評】留得攀枝吐血花

明代王驥德在《曲律》裏說：「曲子佳處不在用事，亦不在不用事。好用事，失之堆積，無事可用，失之枯寂。要在多讀書，多識故實，引得的確，用得恰當。」這個論斷真是入木三分。

且看這首悼念犧牲同志的七律。首聯徵引博浪沙，由於張良雇力士誤中副車而讓秦始皇僥倖逃脫。溫生才志士誤以廣州將軍孚琦為水師提督李準。緊接著頷聯所用李廣射石，也以石為虎。儘管此事後面要派大用場，但是金石為開，也屬誤會。兩處用典，都緊操一個「誤」字，借古明今，讓詩生發出洗鍊、含蓄、微婉等多種美味，的確是恰到好處。

再看城狐。《晉書・謝鯤傳》：「（王敦）謂鯤曰：『劉隗奸邪，將危社稷，吾欲除君側之惡，匡主濟事，何如？』對曰：『隗誠始禍，然城狐社鼠也。』」這裏的欲除狐鼠擔心損壞城牆和土地廟宇，比喻劉隗在國君身旁，狗仗人勢，暫不可除去。詩人引得的確，提出依勢為奸的人，是否也後悔向老百姓磨牙呢？詩人匠心獨運，讓石虎與城狐構成對仗，善與惡，美與醜，壁壘分明，彰顯出英雄的精誠氣概，壞蛋的內心恐懼！

頸聯的犀照，出自南朝宋人劉敬叔《異苑》七所記：傳說晉人溫嶠至牛渚磯，水底有音樂之聲，水深不可測。人云下多怪物，嶠乃燃犀角而照之，須臾見水族覆火，奇形怪狀。在這裏，比喻革命者明察秋毫，絕非誇誇其談之輩。

尾聯引用的越臺，即越王臺。梁・任昉《述異記》卷上云：「吳既滅越，棲勾踐於會稽之上，地方千里。勾踐得范蠡之謀，乃示民以耕桑，延四方之士，作臺於外而館賢士。今會稽山有越王臺。」因此，越王臺是春秋時越王勾踐為招納賢士而建。詩的結語，意蘊雋永，永遠應該銘記越王臺的春天快要結束了，腐朽的清王朝再也不會延攬賢士了。然而幾十米高的紅豔豔的攀枝花盛開了，預示著推翻清政府，建立民國的勝利日子，馬上要來到，留得攀枝吐血花！

辛亥三月二十九日（一九一一年四月二十七日）廣州之役，余在北京獄中，偶聞獄卒道一二，未能詳也，詩以寄感

欲將詩思亂閒愁，卻惹茫茫感不收。
九死形骸慚放浪①，十年師友負綢繆②。

殘燈難續寒更夢，歸雁空隨欲斷眸。
最是月明瞬③笛起，伶俜④吟影淡於秋。

珠江難覓一雙魚，永夜愁人慘不舒。
南浦⑤離懷雖易遣，楓林噩夢⑥漫⑦全虛。
鵑魂⑧若化知何處？馬革⑨能酬愧不如。
淒絕昨宵燈影裏，故人顏色漸模糊。

【注釋】

①放浪形骸（hái）：行為放縱，不受世俗禮法的約束。②綢繆（chóu móu）：纏綿。③瞬：一眨眼。④伶俜（líng pīng）：孤獨，孤單。⑤南浦：送別的地方。⑥噩（è）夢：可怕的夢。⑦漫：到處都是；遍。⑧鵑魂：傳說蜀國國王杜宇，後稱望帝。死後他的魂魄變作鵑，故鵑鳥又稱杜鵑。⑨馬革：指馬革裹屍。東漢馬援曾說過，男子漢要死就死在戰場上，用馬皮裹著屍首回家。

【意譯】

我想要用詩情排解閒愁，但是惹得懵懵懂懂的情緒沒個盡頭。九死一生的軀體，總是衝破世俗禮法的束縛，我辜負了珍貴的纏綿的深情之老師和朋友。在寒冷的夜晚，殘燈怎麼能持久？歸來的大雁，白白地跟隨著我，只是不敢回眸！最可怕的是月夜笛聲驟起，孤獨的身影比涼薄的秋色更加憂愁！

在廣東的珠江很難雙手捉到兩條魚，通宵達旦淒淒慘慘心不舒。送別的地點和離別的情懷雖然容易過去，火紅的楓林裏可怕的夢境到處都是空虛。你們英勇作戰，捐軀沙場，假如變成了杜鵑，魂魄在哪裏？我深深感到愧怍不如。淒慘到極點的是昨天晚上的燈影裏，老師和朋友的音容美貌越來越模糊！

【點評】淒美・空朦・沉鬱

首先簡介黃花岡之役。即一九一一年（清宣統三年，辛亥年）四月二十七日（夏曆三月二十九日）同盟會在廣州舉行的武裝起義。孫中山與黃興、趙聲等曾於一九一〇年在檳榔嶼（今屬馬來西亞）議定廣州起義的計劃。會後由黃、趙在香港組成統籌部，派人到新軍、巡防營和會黨中活動，並向海外華僑募經費。各地同盟會會員紛紛參加。遂選拔八百人組成「選鋒」（敢死隊），在廣州設立祕密機關三十餘處。待占領廣州後，即大舉此伐，通知各省革命黨人相機響應。因消息走漏，清兩廣總督張鳴岐嚴加戒備。在實力尚未集中而又不得不發的情況下，一九一一年四月二十七日黃興率敢死隊一百三十人攻入總督衙門，並分路與大隊清軍展開激烈巷戰。起義軍奮戰一晝夜，終因傷亡過重，被迫退卻，一百餘人死難。後由善堂收殮遺骸七十二具，葬於黃花岡，史稱黃花岡七十二烈士。它的意義正如中山先生所說：「是役也，碧血橫飛，浩氣四塞，草木為之含悲，風雲因而變色！全國久蟄之人心，乃大興奮！怨憤所積，如怒濤排壑，不可遏抑，不半載，而武昌革命以成！」（見《黃花岡烈士事略・序》）

這兩首七律的主旨何在？作者在後來補寫的小序最後透露出來：寄感。它既不像寫溫生才烈士，也不像寫鐵哥們胡展堂，而是革命一族，未知詳情，不容易具象化，自然選擇了沉鬱、空濛、淒美的路數。

且看第一首的起筆：開門見山，低沉鬱悶，給受眾以離亂、茫然的感覺。頸聯為何傾訴傷害了師友珍貴的情愫？原因是儘管我被判終身監禁，人還活著，不能像師友一樣光榮犧牲。這是淒美地映襯詩人的崇高信仰！頸聯轉折：燈殘，夜寒，雁歸，斷眸，朦朦朧朧，含含糊糊，觸發聯想作者的孤獨感、負罪感、迷茫感，縈迴不絕，再敲定尾聯的秋月夜，笛聲起，何等悲涼！

第二首的開篇：在廣州革命很難成功，通宵達旦為一個「慘」字所籠罩。能不低沉？能不鬱悶？二聯點擊的是，南浦也好，楓林也罷，統統是一場噩夢，一場空。三聯：師友化作杜鵑，三魂七魄又在哪裏？我的苟活，只有羞慚，無地自容！肅穆，嚴峻，莊重。尾聯更加朦朧，像霧靄，如雲煙，越濃越厚，音容笑貌，聽不清了，看不明了！

要而言之，淒美是這兩首七律的主旋律，是同志情結的折射，是沉鬱、空濛、淒美的意象整合。

辛亥三月二十九日廣州之役，余在北京獄中聞展堂死事，為詩哭之，才成三首，復聞展堂未死，遂輟作

馬革①平生志，君今幸已酬。
卻憐二人血，不作一時流。
忽忽②餘生悵③，茫茫④死後憂。
難禁十年事，潮上寸心頭。

落落⑤初相見，無言意已移。
弦韋⑥常互佩，膠漆⑦不曾離。
杜鑱⑧朝攜處，韓檠⑨夜對時。

歲寒樂相共，情意勝連枝⑩。
日日中原⑪事，傷心不忍聞。
賦懷徒落落⑫，過眼總紛紛⑬。
蝙蝠⑮悲名士，蜉蝣⑯嘆合群⑰。
故園記同眺，愁絕萬重雲。

附錄：胡展堂五律一首

挾⑱策當興漢，持錐⑲復入秦；
問誰堪作釜⑳，使子竟為薪㉑。
智勇豈無用，犧牲共幾人？
此時真決絕㉒，淚早落江濱。

【注釋】

①馬革：見〈廣州之役〉注⑨。　②忽忽：形容時間過得很快。　③悵（chàng）：不如意。　④茫茫：沒有邊際，看不清楚。
⑤落落：①形容舉止瀟灑、自然；②形容跟別人合不來。　⑥弦韋：即韋弦。韋，皮帶；弦，弓弦。韋求軟韌，弦求緊張。佩帶韋弦，為了隨時警誡自己。　⑦膠漆：膠和漆。比喻情意相投，親密無間。　⑧杜鑱（chán）：古代的一種犁頭。裝上彎曲的長

柄，用以掘土，叫長鑱。杜甫〈乾元中寓居同谷縣作歌〉：「長鑱長鑱白木柄，我生托子以為命。」周按：這是比喻寒士的貧困。⑨韓檠：檠，燈架。韓檠，比喻寒士看書的燈。⑩連枝：連在一起的樹枝。常用來比喻同胞兄弟。⑪中原：指黃河中下游地區。⑫落落：見注⑤。⑬紛紛：（言論、往下落的東西等）多而雜亂。⑭蝙蝠：哺乳動物。視力很弱，靠本身發出的超聲波來引導飛行。⑮名士：舊時指名望很高而不做官的人。⑯蜉蝣：昆蟲。壽命很短，只有幾小時至一星期左右。⑰合群：跟大家合得來。⑱挾：心裏懷著。⑲持錐：見〈獄中聞溫生才刺孚琦事〉注②。⑳釜：古代的炊事用具，相當於現代的鍋。㉑薪：柴火。㉒決絕：斷絕關係。

【意譯】

我倆共同的志向，就是大丈夫應當戰死疆場，用馬皮裹屍回故鄉。如今您已然實現了自己的這種崇高的願望。可是應當憐恤的是，我倆的鮮血沒有同時一塊流出來。時間過得真快呀，我依然苟且活著，這是多麼愁悵，茫茫人海裏留下了你犧牲後的憂愁！多年難忘的往事，不禁湧上了心頭！

記得最初見面，我倆瀟灑、自然，不開口心意就可以溝通。我們隨時警惕著自己，情投意合，不曾分離。清晨，我倆一同勞作，夜晚，如豆的燈光照著我們交談。哪怕寒冷的深夜，仍然快樂相處，情意和親兄弟一樣！

我們每天見到的國事，傷心到了極點。抒發心意，白白地落落寡歡，眼前的世界雜亂紛繁。看到弱視的蝙蝠感到名士可悲，碰到短命的蜉蝣哀嘆抱成團體的困難。回想在故鄉一同遠眺，愁緒好像千重萬重雲山！

附錄：

內心的情結，就是復興漢族。拿起炸彈，又闖北京。借問哪一個有堅韌的毅力？誰竟然讓您只有一時衝動？有智慧的人難道沒有用？這樣的精英犧牲了幾個？此時此地我們的確被斷絕了關係，我的眼淚早已落在江邊！

【點評】情勝手足

先簡介作者和展堂的關係。胡漢民（一八七九—一九三六），原名衍鴻，字展堂，後改名為漢民。中國國民黨領導人之一。他與汪兆銘情同手足，親密無間。這是因為一則志趣相同，思想相通。二則都是廣東番禺（今廣州市）人。三則他倆有一個相似的家庭和共同的不幸遭遇。胡展堂也出身於幕僚之家，十三歲喪父，十五歲喪母。他和汪兆銘一樣未成年便父母雙亡，十六七歲就到私塾去當「小先生」，以維持家庭生活。四則，他倆是一九〇四年一同考取留學日本的官費生。後來又在日本一同參加同盟會。一同為其機關刊物《民報》的主要撰稿人。因此，汪在赴北京行刺之前，已下了必死決心，曾經咬破手指血書八個大字贈胡漢民：「我今為薪，兄當為釜。」還寫了幾封信，並囑胡在他死後交《中興日報》發表。其中一封〈致南洋同志書〉，有昂首赴義的話語：「弟雖流血於菜市街頭（周按：菜市口是清政府的刑場），猶張目以望革命軍之入都門也！」這也是為什麼附錄胡詩五律一首的原因。

上面簡述了汪、胡二人的鐵哥們的關係，那麼第一首五律的首聯，汪詩選擇怎樣的突破口呢？我以為汪精衛在強大的內力驅動之下，衝破庸常的桎梏，吐出的第一個詞——馬革：百鍊鋼化作繞指柔，陳舊幻變新奇，他執著精、氣、神，一言以蔽之曰：志！這是哥倆好共有的信仰理念。緊接著點擊一個異字：「君今幸已酬」。頷聯承接：異——「卻憐二人血，不作一時流。」頸聯呢？潛臺詞表述：同——生者餘生悵，死者死後憂——後來者能夠「驅除韃虜，恢復中華，創立民國，平均地權」嗎？尾聯落於異：只剩下我孤子地回眸十年往事啊！異同起伏，流暢自然，不落窠臼。

第二首是回憶，著眼於「樂」。這是有了「現今」的迫切感，才會回憶過去的賞心樂事。初次見面便已然心神互動：像弦韋互佩，像膠漆難分，貧寒的生活，深夜的溝通。即令是嚴寒的黑夜，以共處為樂，情意超越了親兄弟！以樂襯哀，能不有錐心之痛嗎？

第三首視闕萬里，胸懷祖國。首聯：每天為國事傷心。頷聯：落落寡歡，滿眼亂世景象。頸聯，名士吧，個個弱視，合群呢？短命分裂。尾聯：愁到絕處！

這三首五律描繪了兩人深厚的友誼，既吐露了自我的悲愴，更烘托了展堂的高風亮節！應該說，汪兆銘悲觀失望心緒之濃烈，有「蝙蝠悲名士，蜉蝣嘆合群」見證。這好像人們往往容易忽視的詩人內心世界透視出的肺結核的「空洞」。這一聯容後詳述，茲不贅。

那麼，展堂對兆銘是怎評騭的呢？他給吳稚輝的信中說得很清楚：「精衛乃極純粹篤厚之士，其才可辟易（退避）萬夫，力不足縛一人，不盡所長，而反用所短，以期自期等與人相期者較，其為革命十不逮一，斯深可惜矣。」（《文史精華》二〇〇六年第六期，第二十八頁）筆者認為，「不盡所長，而反用所短」，胡氏話語，深中肯綮。因此，詩的開篇就開門見山：「挾策當興漢，持錐復入秦。」這是「反用所短」的「無可奈何花落去」啊！

至於「釜薪論」的詮釋，這汪精衛在《民報》復刊的二十五號發表的〈論革命之道德〉中首次提出來的：「革命黨人只有二途：或為薪；或為釜。薪投於爨火，光熊然，俄頃灰燼；而釜則盡受煎熬，其苦愈甚。二者作用不同，其成飯以供眾生飽食則一。」

如果需要進一步瞭解釜薪的內涵，那就讀一讀汪精衛給吳玉章的信吧。「革命之事譬如煮飯。煮飯之要具有二：一曰釜，一曰薪。釜之為德，在一恆字。水不能蝕，火不能融，水火交煎，皆能忍受。此正如我革命黨人，百折不撓，再接再厲。薪之為德，在一烈字。炬火熊熊，光焰萬丈，顧體質雖毀，借其餘熱，可以熟飯。此正如我革命黨人，一往獨前，捨生取義……弟鮮恆德，故不願為釜，而願為薪。兄如愛我，望即賜各物。」（吳玉章《辛亥革命》，人民出版社一九六一年版，第一〇一頁）

「問誰堪作釜，使子竟為薪。」汪氏自己願為薪。為什麼？他坦誠以對：鮮恆德。老實說，這是汪精衛狂熱性的大展播！既是他走向清廷監獄，成為英雄的驅動力，也是他逐漸走向叛國投敵，墮落成大賣國賊的性格誘因！

怎樣剖析「智勇豈無用」的智勇？聯繫前面的資料和構詞常識，筆者認為：智勇似乎不單是並列結構複詞——智勇雙全（的人），也是偏正結構複詞——有智慧（的人）。正如「兄弟」一樣：既可詮釋為哥哥和弟弟，也可注解作弟弟。這樣，胡詩頸聯的闡述就順暢了：難道「辟易萬夫」的有智慧的人沒有用嗎？（清廷懾於《民報》凌厲的宣傳攻勢，曾經發通緝令懸金十萬以購我胡漢民和他汪精衛的首級）犧牲了幾個人呢？結句：「此時真決絕，淚早落江濱。」這次確實是一死一生關係斷絕了，江邊多少離人淚啊！

感懷

士為天下生，亦為天下死。
方其未死時，怦怦①終不已。
宵②來魂躍躍③，一騖④三萬里。
山川如我憶，相見各含睇⑤。
願言發清音⑥，一為洗塵⑦耳。
醒來思如何，斜月淡如水。

【注釋】

①怦怦（pēng）：形容心跳的聲音。②宵：夜。③躍躍：形容內心急切。④騖（wù）：迅急。⑤含睇：含藏流盼。⑥清音：舊時婚喪儀式中所用的吹奏樂。⑦洗塵：設宴歡迎遠道而來的人。

【意譯】

讀書人是為中國出世的，也為中國而犧牲。當著他還沒有逝世的時候，心臟怦怦跳個不停。深更半夜魂魄很急切，一躍就是三萬里。美好的河山像我記憶中的那樣，我們相見彼此含情脈脈地流盼。但願我的話語發出辦喪事吹奏的音樂，是為了設宴歡迎遠道而來的亡靈！突然醒來我的思維在怎麼運作？月光鋪天蓋地像泉水一樣清亮。

【點評】生死思如何？

這首五古〈感懷〉，和前面的獄中詩〈被逮口占〉、〈獄中雜感〉、〈中夜不寐偶成〉等一樣，具備一種嶺南詩派的雄直風味。且看起筆兩句：「士為天下生，亦為天下死。」如此重大的命題，議論直截簡明，震撼人心，意格深遠。正如元代楊載所說：「突兀高遠，如狂風捲浪，勢欲滔天。」（《詩法家數》）接下來，三、四句生發第一句的「生」字：扼住生命的咽喉，聽得到脈搏怦怦跳動的節律。五、六兩句則是照應第二句的「死」字：夜深人靜，鬼雄急切地進行時，一躍三萬里！七、八句輕輕一轉，舒緩、輕盈，青山綠水，柔情蜜意，脈脈含情——再顯生得其時！九、十句詩緒推向高潮，話語幻化成喪事吹奏的樂曲，迎祭為中國捐軀的冥界英雄——再顯死得其所！落聯凸顯詩眼：醒。囊括前面整整十句，點破全屬夢境。問：思如何？答：淡如水。

眾所周知，「君子之交淡如水，小人之交甘若醴（甜酒）。」（《莊子•山木》）原意是讚頌不因勢利結合的交情，讚頌讀書人中拔尖人才的品味、氣質。結尾的前後呼應，是不是具有兩個層面的效應呢？其一，士的生死抉擇該當貫穿君子之風；其二，引領受眾達到一個廣袤無垠的象徵性全景，月光如水水如天的亮色。

述懷

形骸①有死生，性情有哀樂。
此生何所為，此情何所托。
嗟余幼孤露，學殖苦磽確②。
蓼莪③懷辛酸，菜根甘淡泊。
心欲依墳塋，身欲棲巖壑。
憂患來薄④人，其勢疾如撲。
一朝出門去，萬里驚寥落⑤。
感時積磊塊⑥，頓欲忘疏略。
鋒鋩未淬厲⑦，持以試盤錯⑧。
蒼茫越關山，暮色照行橐⑨。
瘴⑩雨黯蠻荒⑪，寒雲蔽窮朔。
山川氣淒愴，華采⑫亦銷鑠⑬。
愀⑭然不敢顧，俯仰有餘怍⑮。
遂令新亭淚⑯，一灑已千斛。

回頭望故鄉，中情自惕若⑰。
尚憶牽衣時，謬把歸期約。
蕭條⑱庭前樹，上有慈烏啄。
孤侄襁褓⑲中，視我眸灼灼。
幾乎其已喻，使我心如斫。
沉沉此一別，剩有夢魂噩。
哀哉眾生病，欲救無良藥。
歌哭亦徒爾，搔爬苦不著。
針砭不見血，痿痺⑳何由作。
驅車易水㉑傍，嗚咽聲如昨。
漸離㉒不可見，燕市成荒寞。
悲風天際來，驚塵暗城郭。
萬象刺心目，痛苦甚炮烙。
恨如九鼎壓，命似一毛擢。
大椎飛博浪㉓，比戶㉔十日索。
初心雖不遂，死所亦已獲。
此時神明靜，蕭然㉕臨湯鑊㉖。

九死誠不辭，所失但軀殼。
悠悠檻㉗阱㉘中，師友嗟已邈㉙。
我書如我師，對越凜㉚矩矱㉛。
昨夜我師言，孺子頗不惡。
但有一事劣，昧昧㉜無由覺。
如何習靜久，輒爾心躍躍。
有如寒潭深，潛虬㉝自騰轢㉞。
又如秋飈㉟動，鷙㊱鳥聳以愕。
百感紛相乘，至道㊲終隔膜㊳。
悚㊴息聞師言，愧汗駭如濯㊵。
平生慕慷慨㊶，養氣㊷殊未學。
哀樂過劇烈，精氣㊸潛摧剝。
餘生㊹何足論，魂魄亦已弱。
痌瘝耿在抱㊺，涵泳㊻歸沖漠㊼。
琅琅讀〈西銘〉㊽，清響動寥廓。

【注釋】

①骸：見〈雜詩〉注①。②磽（qiāo）确：土地堅硬不肥沃。③蓼（lù）莪：《詩・小雅》篇名。宣揚孝道。舊時並用作為子必須盡孝的典故。④薄：迫近；達到。⑤寥落：稀少；冷落。⑥磊塊：比喻心中鬱結不平。⑦淬（cuì）厲：製造刀劍必須淬火和磨礪，比喻刻苦鍛鍊。⑧盤錯：樹根或樹枝盤繞交錯，也用來比喻事物錯綜複雜。⑨橐（tuó）：一種口袋。⑩瘴（zhàng）：瘴氣。熱帶或亞熱帶山林中的濕熱空氣，從前認為是瘴癘（惡性瘧疾等傳染病）的病源。⑪蠻荒：野蠻荒涼。⑫華采：彩色光帶。⑬銷鑠（shuò）：因久病而枯瘦。⑭愀（qiǎo）然：形容神色嚴肅或不愉快。⑮怍（zuò）：慚愧。⑯新亭淚：比喻憂國憂時的悲憤心情。⑰惕（tì）若：惕，謹慎小心，敬畏，戒懼。若，助動詞，猶然。惕若，敬畏的樣子。⑱蕭條：寂寞冷落，毫無生氣。⑲襁褓：包裹嬰兒的被子和帶子。⑳痿痹（wěi bì）：肢體不能動作的病。㉑易水：在河北西部的易縣。《戰國策・燕策》：荊軻將為燕太子丹往秦行刺秦王，丹在易水邊上為他餞行。高漸離擊筑，荊軻和而歌曰：「風蕭蕭兮易水寒，壯士一去兮不復還！」後人稱為〈易水歌〉。㉒漸離：即高漸離，戰國末燕人。擅長擊筑。筑，古代弦樂器，像琴，有十三根弦，用竹尺敲打。秦朝建立後，變姓名，為人傭保。秦始皇聞其善擊筑，命人薰瞎其目，使擊筑。他在筑內暗藏鉛塊，撲擊始皇，不中被殺。㉓博浪：見〈獄中聞溫生才刺孚琦事〉注②。㉔比戶：周代地方的基層組織。五戶為比，五比為閭。㉕蕭然：形容寂寞、冷落。㉖湯鑊（huò）：湯，滾水，鑊，無足大鼎（鍋）。古代的一種酷刑，把人投入滾湯中煮死。㉗檻：拘禁。㉘阱：為防禦或獵取野獸而設的陷坑。㉙邈：遙遠。㉚凜：嚴肅；嚴厲。㉛矩矱（yuē）：規矩；法度。㉜昧昧：糊塗，不明白。㉝虬（qiú）：虬龍。古代傳說中的有角的小龍。㉞轢（lì）：敲擊；欺壓。㉟飈（biāo）：暴風。㊱鷙鳥：凶猛的鳥，如鷹、鵰。㊲至道：最高學術或宗教的思想體系。㊳隔膜：不通曉，外行。㊴悚（sǒng）：害怕。㊵濯（zhuó）：洗。㊶慷慨：充滿正氣，情緒激昂。㊷養氣：培養品德，增進涵養功夫。㊸精氣：精誠之氣。精誠，真誠。㊹餘生：大災難後，僥倖保存的生命。㊺痌瘝（tōng guān）在抱：把人民的疾苦放在心上。㊻涵泳：深入體會。㊼沖漠：恬靜虛寂。唐代韋應物：「歸當守沖漠，跡寓心自忘。」（《韋江州集》七）㊽〈西銘〉：北宋張載著。宣揚樂天順命的思想。

【意譯】

人的軀殼有生有死，人的性格有哀有樂。這一輩子有什麼作為？性情有什麼寄託？

可嘆我幼小就是孤兒，學習錖殖，可惜土地不肥沃。講盡孝，心懷辛酸，啃著菜根，甘心淡泊。心裏想投靠父母的墳墓，身體想棲宿在巖屋裏頭。憂患來迫害人，其勢急如星火。一旦出遠門，才驚奇發現到處人煙稀少，門庭冷落。有感於時局心中不平，馬上想忘卻一些疏漏忽略。寶劍還沒有磨礪出鋒芒，就想拿起來解決錯綜複雜的問題。在蒼茫中越過關山，暮色照著我那簡單的行李。溫濕的瘴氣伴隨著毛毛雨充斥野蠻荒涼，帶著寒意的雲彩遮蔽著沒有盡頭的北方。山河的氣息淒涼，一表人才因久病而枯瘦。心情惡劣，不堪回首，抬頭和低頭都感到愧怍。這就使憂國憂時的悲憤眼淚傾盆而下。

回眸遠望故鄉，內心感到不安。回憶五姊牽著我的衣裳的時候，我錯誤地把回家的時間約定。庭前的樹木毫無生氣，樹上慈愛的烏鴉向下啄食。孤苦的侄兒在襁褓中，眼光灼灼地凝視著我。他似乎明白了我的處境，使我心如刀割。這次沉重的別離，只剩下在夢境中的驚噩！

多麼悲哀啊，老百姓的苦痛，想要救治又沒有好藥。悲歌也罷，哭泣也罷，都只是徒然，撓不到發癢的地方。針刺下去不見血，肢體不能動彈是怎麼引起的？坐車來到易水邊上，水流嗚咽的悲聲還像昨天那樣。看不見志士高漸離，燕國的都市已然寂寞，荒涼，悲風從天邊吹來，颳起的塵土看不清城郭。社會的光怪陸離錐心刺骨，痛苦超越炮烙的刑罰。仇恨像無數的鐵鼎一起壓將下來，死亡就像拔一根毛那樣簡單！在博浪城飛來大椎行刺秦始皇，每家每戶都要反覆搜查。儘管沒有實現當初刺死秦始皇的心願，也達到了死得其所。這個時候氣定神閒，冷漠地臨近投入滾湯中死亡。哪怕九次死亡也絕不推辭，因為犧牲的僅僅是軀殼！拘禁在幽深的陷坑裏，老師和朋友的嘆惜聲已然非常遙遠。

我的書籍像我的老師，如同面對極其嚴厲的法度。昨晚我的老師說：「小子很不錯！只是有一宗差火，糊糊塗塗自己還沒有察覺。怎麼樣長時間習慣於平靜，不應該動不動總要躍躍欲試。好比在寒冷的深潭裏，小龍潛水翻騰、撲打。再好比秋天的暴風啟動，凶猛的鳥也聳立、驚愕。百感交集，對於最高的理念，始終沒有搞清楚。」聽到老師的教導很害怕，羞愧得渾身汗水像在沐浴。平生羨慕慷慨激昂，根本沒有想過增進涵養功夫。一時過於哀痛，一時過於歡樂，真誠之氣暗暗地遭到盤剝。大災難過後，僥倖保存的生命，不值一提，魂魄也已然衰弱。把百姓的疾苦放在心上，深入體會，歸於恬靜、虛空、寂寞。

朗讀北宋張載的著作，清晰的聲音傳到天涯海角。

【點評】消沉進行時

我們把汪詩中最長的結構做一粗略的剖析。全詩九十二句，共四百六十言。其主題是探詢生命的意義。全詩可分為六個部分。一、開頭四句，試圖解讀人生「何所為」的哲學命題。二、接下來二十四句，段意為：「鋒芒未淬厲，持以試盤錯。」三、段意為：「回頭望故鄉，中情自惕若。」共十二句。四、「九死誠不辭，所失但軀殼」為段意，計二十六句。五、總二十四句，意為：「平生慕慷慨，養氣殊未學。」六、末尾二句：「琅琅讀〈西銘〉，清響動寥廓。」

要之，氛圍悲涼，結構嚴謹。一是提出生死觀的價值取向何在？二是涉世未深，馬上亮劍，自然哀傷。三是難忘親人，承諾落空。四是九死不辭，絕非空話。五是心靈坦誠，慕慷慨，未養氣。六是學習先賢哲理。

而今聚焦在兩句詩：「平生慕慷慨，養氣殊未學。」質言之，這是汪精衛的實話實說，不是豬鼻子插蔥：裝象。他坦露了自我性格缺失：易衝動，鮮恆德，只願為薪，不願為釜，只有衝動，缺乏韌性。特別「餘生何足論，魂魄亦已弱」——大災難過後，僥倖保存的生命，不值一提，魂魄也已然衰弱。在這裏，關鍵是劫後餘生！鄂西有諺語說得好：「人怕坐牢，火怕燒苕。」就是說，監獄最容易消磨人犯的生命意志。我想，普通人的人性，恐怕大抵如此。事實上，汪初入獄，腳上戴著二十七斤半重的鐐銬，吃的是難以下咽的陳年糙米飯和一碗菜湯。汪精衛曾經兩次自殺未遂！應該說，他試圖恢復人性的光彩，過一種更加符合人性的生活。後經審判，寬大處理：終身監禁，即詩中的劫後「餘生」。卸下腳鐐，粉刷牢房，設置桌椅及書籍報紙，伙食也有了明顯的改善。同時允許汪等的衣服可以攜帶入獄。令人驚訝的是，肅親王善耆並常到獄中對汪噓寒問暖，和他談論天下大事，談論詩詞歌賦。對此，汪精衛一生感恩戴德，念念不忘。三十年後（一九四一年）他還說過：「救我命的是肅親王……我的能免一死，也許有一種政治的作用；但是，我每回憶到這個時候的事，總想到這位清朝末期的偉大政治家。」其實，正如孫中山一針見血指出的：「夫謀殺太上皇而可以減死，在中國歷史亦無先例，況於滿洲？其置精衛不殺，蓋以革命黨之氣所懾矣。」換句話說，如果沒有當時的革命形勢，沒有革命黨人做後盾，就不會有肅親王的「懷柔」作派，汪精衛還能活命嗎？

總之，長詩彰顯了作者情緒消沉，意志衰退是毋庸置疑的。但是判定此時汪精衛已為叛徒，則證據不足。因為這首詩畢竟不是自首書或擁護清廷統治的宣言。後來釋放汪氏出獄，清政府已披露於報端，怎麼不就此做點文章呢？當然，假若汪係退卻地活著，沒有公開背叛，但生活中的確存在有不少叛徒正是從退卻中起始逐漸墮落的。我以為，這為後來他充當民族罪人，叛國投敵，認賊作父的大賣國賊、大漢奸之起點，顯然是有可能的。當然，具備可能性仍然不能作為定論，有待新的確鑿的材料的發現、證實。

獄卒持山水扇面索題因記所感

西風無地著蘭根，未讀黃書已斷魂①。
細雨瀟瀟②夢何處？江東③雲樹擁孤村。

獄中無筆墨，有時獄卒以扇面索書（要題字），並持筆墨來，書訖（寫完）即撤去。以故獄中所作皆腹稿也。出獄後就記憶所及，隨意錄出。附識於此。

【注釋】

①斷魂：靈魂離開肉體，形容悲傷到極點。 ②瀟瀟：形容小雨。非曲直 ③江東：長江在蕪湖、南京以下的南岸地區，習慣上稱為江東。

【意譯】

西風颯颯，沒有地方能夠種植蘭花，還沒有拜讀進步書籍，就已然悲傷到了極點。暮色中細雨霏霏，夢到了哪裏？江東的雲彩和樹木圍繞著孤獨的村莊。

【點評】借夢抒情

起句顛倒了詞序，正如杜甫的名句「香稻啄餘鸚鵡粒，碧梧棲老鳳凰枝」那樣，目的是為了平仄和諧，彰顯音樂美。首句原意似應為，蘭根無地著西風。氣溫下降，不宜栽種蘭草。暗示當時的社會黑暗、死寂，自然談不上有高尚的君子蘭的存在，預示不推翻清朝政權不能解決根本問題。只是聽說王夫之（船山）的書籍醍醐灌頂，振聾發聵。但是它屬於理念，要花多大的氣力，多長的時間？我們經歷了多少次磨難？最近廣州起義又失敗了，怎麼不叫人傷心到極點？第三句轉折自然，合情合理，「屢將心上事，相與夢中論」。在暮雨紛紛的氣氛中，夢裏情景怎麼樣啦？這是虛接，不是實接，是正接，不是反接，是順接，不是逆接。這樣一來，結句便水到渠成，自然畫出了夢境：在哪裏？江東。風光呢？有雲彩，有樹林，有被雲樹擁抱、哀愁、孤獨、言有盡而意無窮的空間、氛圍……

最後，對附記所說：「獄中所作皆腹稿也。」有兩個疑問，一是前頭〈秋夜〉詩附記載：「此詩由獄卒轉輾傳遞至冰如手中，冰如持歸與展堂等讀之。」二是〈金縷曲〉也有附記云：「冰如出京後，以此詞示同志，遂漸有傳寫者。」既然以上兩首詩詞都是紙筆書寫傳出去的，那就不宜說「獄中所作皆腹稿」吧。當然也可能作者誤記所致，故錄以備考。

登鼓山①（以下民國元年）

登山如登雲，盤紆②千仞③上。
寥寥④萬松⑤陰，唯聽疏蟬響。

【注釋】

①鼓山：在福建省福州市東郊。南濱閩江，風景秀麗，山頂有大石如鼓，故名。主峰海拔九百六十九米。山中有湧泉寺、鳳池山、獅子峰、靈源洞、白雲洞等古蹟名勝。②紆：彎曲；曲折。③仞：古代八尺或七尺叫做一仞。④寥寥：非常少。⑤萬松：指萬年松。又名玉柏，生石縫間，人養為盆景，供觀賞，四季長青，數年不死，呼為萬年松。

【意譯】

登石鼓山彷彿攀登到雲朵上，沿著彎彎曲曲的山路，一步一步向上登攀，高度達到千仞之上。稀稀落落的萬年松，展示出一片一片的陰涼，只聽到疏稀的鳴蟬在縱情歌唱。

【點評】心境的奧祕

〈登鼓山〉聚焦這個「登」——多指人由低處到高處步行。起句頭個字就點擊「登」，用比喻的手法，寫登山像登天之艱難。何以見得？承接句以誇張濃墨回答：鼓山高達千仞！轉折句訴諸視覺，遠山，閩江，藍天，白雲，寥廓，遠眺，統統宕開！只是篩選了三個特寫鏡頭：寥寥、萬松、陰。從側面，以細節烘托出映襯出，蘊含生意、潛力，縱令僅僅一片一片綠油油，多耀眼！末句訴諸聽覺，以聲結情。是的，是疏稀的蟬聲，千萬別忘了：響亮，響徹雲霄，響遏行雲，定然是縱情歌唱！

同樣是蟬聲，駱賓王聽到的是「無人信高潔，誰為表予心」（〈獄中詠蟬〉）的哀怨淒惻，有翅難飛。而汪精衛聽到的是「寥寥萬松陰，唯聽疏蟬響」的旅遊舒暢，前程可攀。要問為什麼反差如此強烈？因為人們的心境影響所致。當一個人心情愉快，看到的、聽到的、觸摸到的事物都塗抹上了喜悅的色彩，反之亦然。駱賓王當時由冤案入獄，用蟬自喻，誰相信他清高純潔，誰肯替他說公道話呢？只能是含冤、悲切、倒楣！汪精衛做夢也沒想到革命奇蹟，如此快捷，居然釋放出獄而能遊登鼓山，怎麼能不感悟到海闊憑魚躍、天高任鳥飛的生命愉悅的律動呢？應該說，二者都是人性的自然張揚，不足為怪。

太平山聽瀑布（山在南洋馬來半島）

山徑無人燕自鳴，椰陰瑟瑟①弄新晴②。

隔林遙聽潺湲③起，猶作宵來風雨聲。
泠然④清籟在幽深，如見畸人⑤萬古心。
流水高山⑥同一曲，天風惠我伯牙琴。

雙峽如花帶雨開，臨流顧影自徘徊⑦。
幾疑天上銀河水，來作人間玉鏡臺⑧。

一片淪漪⑨不可收，和煙和雨總無愁。
何當化作巖中石，一任清泉自在流。

【注釋】

①瑟瑟：形容輕微的聲音。②新晴：天剛剛放晴。③潺湲：形容河水慢慢流動的樣子。④泠（ling）然：形容聲音清越。⑤畸（ji）人：孤零零的人。⑥流水高山：即高山流水。《呂氏春秋•本味》：「（俞）伯牙善鼓琴，鍾子期善聽。伯牙鼓琴，方鼓琴而志在太山，鍾子期曰：『善哉乎鼓琴，巍巍乎若太山！』少選之間，而志在流水，鍾子期又曰：『善哉乎鼓琴，湯湯乎若流水！』鍾子期死，伯牙破琴絕弦，終身不復鼓琴，以為世無足復為鼓琴者。」後來用「高山流水」比喻知音難遇或樂曲高妙。⑦徘徊：在一個地方來回地走。⑧玉鏡臺：玉制的鏡臺。晉•溫嶠隨劉昆北征，得玉鏡臺；後婦喪，其姑母有女，遂

以玉鏡臺下聘。事見《世說新語》。 ⑨淪漪：起微波。

【意譯】

在沒有人跡的山間小路上，燕子自由自在地歌吟。椰樹林蔭有輕輕的聲音，弄得天剛剛放晴。隔著茂密的椰林，聽到河水慢慢流動，還當作昨夜風風雨雨的響聲。

深山老林裏發出清新悅耳的樂音，好像發現一個遠古孤獨的心靈。樂曲多麼高妙啊，惠風賞賜我一把俞伯牙的古琴。

雙峽的美景像梨花在牛毛雨中綻放，我走近清清的河水，顧盼著自己的形象，獨自徘徊。幾乎懷疑天上的銀河水，傾瀉人間，幻變成為我的玉鏡臺。

大片的漣漪不可收拾，編織輕煙細雨，毫無一點憂愁。何妨變成叢中的石頭，聽從清亮的泉水歡快地從我身上流走。

【點評】耳朵的特異功能

大概是考慮到古往今來寫瀑布的詩作，再沒有比李白的〈望廬山瀑布〉更壯觀、更家喻戶曉的了，汪詩人選擇了新穎的創作突破口，不蹈襲「望瀑布」的老路，而踏上了「聽瀑布」的新途。在南洋馬來半島寫的這組詩由四首七絕構成，都和「聽」有著密切的聯繫，都拷問耳朵的特異功能。

第一首直接點擊「聽」。先是「燕自鳴」，「椰陰瑟瑟」，由比較輕盈、細微逐漸擴大到河水的響動，擴大到還像昨夜那番風風雨雨。主體聲源何在？不言而喻，來自太平山的瀑布！

第二首的關鍵詞：「曲」。它拒絕噪音污染，而傳送俞伯牙高妙的名曲〈高山流水〉，太平山瀑布的音像。

第三首的詩眼：「鏡」。這瀑布的水質，清亮如鏡，令人「臨流顧影」，高清的穿衣鏡，寶貴的玉鏡臺。「幾疑天上銀河水」，借鑑「疑是銀河落九天」沒商量。出人意料的更是結句：「來作人間玉鏡臺」，天水落人間，豈非倒海翻江麼？

第四首把握奇特的落腳點：「石」。水面漣漪擴展，不可收拾。水上輕煙細雨，無憂無慮。在這般規定情境中，情不自禁，幻化作巖中石，「一任清泉自在流」。試想：清泉在身上洗滌、觸摸、按摩，身心能不愜意、歡愉、舒暢麼？其聲之細微怪異恐怕只有從鋼琴縫裏發出才行。

印度洋舟中

低首空濛①裏，心墮②流水喧③。
此生原不樂，未死敢云煩。
淒斷關河影，蕭條④羈旅⑤魂。
孤蓬⑥秋雨戰，詩思倩⑦誰溫？

燈影殘宵靜，濤聲挾雨來。
風塵⑧隨處是，懷抱幾時開？
肱已慚三折⑨，腸徒劇九迴⑩。
勞薪⑪如可爇⑫，未敢惜寒灰⑬。

【注釋】

①空濛：形容景物迷茫。②墮（duò）：掉。③喧：聲音大。④蕭條：寂寞冷落，毫無生氣。⑤羈旅：長久寄居他鄉。⑥孤蓬：比喻孤身飄零，行止無定的人。⑦倩：請。⑧風塵：比喻戰亂。⑨肱（gōng）三折：肱，泛指胳膊。謂人屢次折肱，經用多種藥方醫治，自己也就成了良醫。與九折臂意義相同。⑩九迴腸：腸屢次為之回轉，形容憂思之甚。⑪勞薪：《世說新語•術解》：「荀勗嘗在晉武帝坐上食筍進飯，謂在坐人曰：『此是勞薪炊也。』坐者未之信，密遣問之，實用故車腳。」按車運載時，車腳最勞，析以為薪，故曰勞薪。⑫爇（ruò）：點燃；焚燒。⑬寒灰：已冷卻的灰燼。猶死灰。

【意譯】

在迷茫的大海上，我低頭沉思，悲傷的心緒跟著海浪喧嘩。人生在世原本就不能一直快樂，還沒辭世豈敢說煩惱？淒涼地隔斷家鄉的身影，長久寄居異地我的心靈寂寞、冷落。到處飄零，在秋雨中顫抖，作詩的創造該向誰請教？

天快亮了，燈影格外寂靜，排山的海濤挾帶著雨點劈頭蓋腦撲來。國內的戰亂滿目瘡痍，內心的抱負何時能夠達到？胳膊多次折斷，久病成了良醫，心緒焦慮幾乎要爆炸！勞薪怎麼樣焚燒？憐惜死灰絕不是我的襟抱！

【點評】未敢忘憂國

〈印度洋舟中〉有兩首五律。第一首側面寫海輪上的情思，可以概括為「羈旅」吧。首聯寫「心墮」，心緒越來越壞，有如海水喧嘩。頷聯是流水對，前因後果。記得兒時唸《幼學瓊林》有：「在世百年，那有三萬六千日之樂！」後來才知道它是出自李白詩句：「百年三萬六千日，一日須傾三百杯。」人生總是有苦有樂，有逆有順，有沉有浮。記得汪精衛在「二次革命」時與張謇信中談到：「餘生可厭，死所未獲。」聞少華先生在《汪精衛傳》裏，認為與詩中所寫的「此生原不樂，未死敢云煩」，是同一個意思。特提出供讀家鑑別。頸聯點明動蕩、鄉愁、煩躁於做異域之客。結句，旅途的辛酸怎樣用詩思表達，請教誰好呢？

第二首在首聯中終於寫出「濤」來。前靜後動，落差顯著。「風塵」聯抨擊戰亂，抒發懷抱何日實現？第三聯運用兩個典故，強化述志之無奈。結末，絕不辜負自我的襟抱。

要之，我以為〈印度洋舟中〉寫了兩個「未」，「未死敢云煩」？「未敢惜寒灰」！從側面和正面兩個視角勾勒：未忘志。雖「二次革命」被袁世凱鎮壓，詩人逃亡，仍未敢忘憂國！

舟泊錫蘭島，至古寺觀臥佛，憩①寺前大樹下，導者云此樹已二千年，佛曾坐其下說法②

寺前有奇樹，婆娑③二千年。
枝條方秀發④，馨香⑤因風傳。
我來坐其下，久久已忘言。
梵唄⑥來空壇，其聲柔以綿。
感此傷我心，哀吟⑦滿山川。
回頭問臥佛，爾乃能安眠？
問佛佛不應，自問亦茫然⑧。

荒山曠⑨無人，玄雲渺⑩無邊。
嗒然⑪俯潭影，輕陰蕩清圓。

【注釋】

①憩（qì）：休息。 ②說法：佛教謂道為法，故以講道為說法。 ③婆娑：樹葉扶疏的樣子。 ④秀發：謂植物生長茂盛。 ⑤馨香：芳香。 ⑥梵唄（fàn bài）：佛教做法事時唸誦經文的聲音。 ⑦哀吟：悲哀地呻吟。 ⑧茫然：完全不知道的樣子。 ⑨曠：空而廣闊。 ⑩渺：渺茫。 ⑪嗒然：形容懊喪的神情。

【意譯】

古寺門前有棵奇樹，枝葉扶疏，已然二千個年頭。老樹依然枝盛葉茂，樹的芳香一陣陣讓人聞個夠。我坐在樹底下，很久很久竟然失語。唸經的聲音來自空壇，輕柔而又綿長。到處都是悲哀的呻吟，深深地刺痛了我的心靈！我問臥佛，你怎麼還能睡得著覺？問佛他不回答，問自己呢？什麼也找不到。荒山地廣又沒有人煙，烏雲渺茫沒有邊。懊喪地俯視深潭裏的影子，淺淺的綠蔭裏蕩起清晰的圓圈圈。

【點評】中國往何處去？

詩是作者剛剛出獄後的作品，理應透露大鵬展翅恨天低的豪氣，然而聽到的依然是「哀吟滿山川」，哀鴻遍野，依然是歷史巨變交滙迭織的苦難年代，舊時代夕照猶存，宣統皇帝未攆出皇宮，新時代曙光初露，中華民國僅僅是臨時政府，依然是一段青黃不接、動蕩飄搖的黯淡歲月。帝制打垮了，中國往何處去？怎樣救民於水深火熱之中？撞擊了詩人人性復甦的底線。「問佛佛不應」，而且臥佛不顧生靈塗炭，安然入夢！惻隱之心，人皆有之，既然佛不理睬，那麼反求諸己吧，坦誠以對，無計可施：「自問亦茫然」！的確，辛亥革命後這段時期，正如海外史學名家唐德剛先生剴切指明的：「有主題，無方法。」（《晚清七十年》，嶽麓書社一九九九年版，第四七五頁）推翻了清政府，構建什麼樣的國家？打造什麼樣的政治？議會政治，寡頭政治？以誰為師？蘇俄，還是英美？莫衷一是。汪精衛個人也沒有遠見卓識，於是王顧左右而言他，讓讀者自己回答吧。荒山一座接著一座，沒有人煙，烏雲渺茫沒有邊沿。懊喪地俯視深潭的影子，淺淺的綠蔭裏，蕩漾起清晰的圓圈圈。

曉煙（以下民國三年）

槲①葉深黃楓葉紅，老松奇翠欲拏②空。
朝來別有空濛③意，只在蒼煙萬頃中。
初陽④如月逗輕寒，咫尺林原成遠看。
記得江南煙雨裏，小姑鬟⑤影落春瀾。

【注釋】

①槲（hú）：落葉喬木，葉子倒卵形，花黃褐色，結堅果，球形，木材堅硬。樹皮可製拷膠。葉子和果實可入藥。　②拏：拿的

異體字。③空濛：見〈印度洋舟中〉注①。④初陽：日出時的陽光。⑤鬟（huán）：婦女梳的環形的髮髻。小姑山即小孤山。因其如婦女髮髻，又稱髻山。在安徽省宿松縣的長江之中，形勢險要。山上有啟秀寺（民稱小姑廟）、梳妝亭（傳為小姑梳妝處）等勝蹟。石級盤繞，登臨孤峰，江天寥廓，有「極頂觀濤」之勝。

【意譯】

槲樹葉兒亮麗的深黃，映襯著楓葉兒似火紅，古老的松樹特別翠綠的樹枝像手伸向高空。今天清早另有一種迷茫的意味，只在一碧萬頃的青煙之中。

旭日的光芒好像冷月逗惹出那麼一點點微寒，近距離鋪滿樹林的原野似乎變成了遠景眺望。記得杏花、春雨、江南的煙雨朦朧中，小姑環形髮髻的倩影倒映於春水波瀾。

【點評】當行・悖論

汪氏大概是膜拜王摩詰的詩作，在〈曉煙〉第一首中，也著力於詩中有畫的原創。他描繪煙，再造出早晨的青煙。先著色，深黃、火紅、奇翠，出現三種色彩的塗抹。再畫樹，槲樹、楓樹、松樹，突出老松樹枝好像要伸手拿雲、摘星、追月。轉折在一個「朝」（早晨）字，點擊題目的「曉」。今天清晨，別有一番景物迷茫、朦朧的意味。結尾緊扣題目的眼字——「煙」。在一碧萬頃的青煙中，色彩也罷，樹木也罷，統統為曉煙所籠罩，所覆蓋，隱隱約約，若有若無，豈不是「煙色有無中」麼？其實，這是古代詩詞評論的術語中「當行」的生動寫照。什麼叫「當行」？就是內行的意思。陶明濬說得更細緻：「當行者，謂凡作一詩，所用之典，所使之字，無不如題分。」（《詩說雜記》）詩中對「曉煙」兩個字或隱或顯地絲絲入扣，便是詩人當行本色的有力見證。

第二首，詩人似乎運用悖論修辭格的手法，即表面上看似乎矛盾或荒謬，但在細察之下，卻又可發現它含有使矛盾雙方和諧一致的真實。它原本是古老的辭格，後來越來越受重視，C•布魯克斯甚至聲稱：「詩歌語言就是悖論語言。」（《精製的甕：詩歌結構研究》）這就使它從局部性的辭格上升到了宏觀的詩歌結構原則。「初陽」句，陽光應該是熱的怎麼會使人產生涼意呢？旭日在晨霧中自然要顯現出微寒。至於「咫尺」句近鏡頭如何幻化成遠鏡頭的？是煙霧，是煙雨，是異國景物不似江南勝似江南的秀色讓人生發出來的錯覺，小姑倩影正映照在春江波瀾之中呢。記得嗎？江南的煙雨不正是杏花，春水編織而成的麼？

晚眺

綿綿①遠樹低，渺渺②長河③直。
新月④受餘霞，流光⑤如琥珀⑥。
蕭瑟⑦郊原蘆荻⑧風，予懷渺渺淡煙中。
斜陽入地無消息，唯見餘霞一抹紅。

【注釋】

①綿綿：連續不斷的樣子。 ②渺渺：悠遠的樣子。 ③長河：長長的河流。 ④新月：農曆月初形狀如鈎的月亮。 ⑤流光：

閃爍流動的光，特指月光。⑥琥珀：古代松柏樹脂的化石。淡黃色、褐色或紅褐色的固體。⑦蕭瑟：形容風吹樹木的聲音。⑧蘆荻：蘆和荻。指蘆葦一類的植物。

【意譯】

遠遠望到連綿不斷的樹林很矮很矮，悠遠漫長的河水流淌走向端直。一彎如鈎的新月，接受餘霞的光焰。閃爍流動的月光，絕像紅褐色的琥珀。

風從沿河兩岸的蘆荻叢中吹過郊外的原野，我的悠悠的心緒流連在淡淡的暮煙之中。斜陽落山就像泥牛入海，萬籟俱寂，只望到天邊剩下的霞光一抹飛紅。

【點評】意象是詩歌的靈魂

汪氏獄中詩有一首叫〈晚眺〉，在異國旅遊詩中又出現了〈晚眺〉，我們不妨做一個有趣的比照。

相同點：一、都是古體的關於晚景描摹的詩篇。二、都透露了詩人進取的陽光。三、都篩選了斜陽、樹、風、晚霞等四種單純意象。

相異點：一、寫作的語境不同，前在清廷監獄，後在外國旅次。二、句數不同，前者五古十二句；後者五、七言各四句，共兩首八句。三、前者坦露了瞬間誘人的太平、安樂的訴求；後者即令「斜陽入地」，依然噴射出絢麗奪目的一抹飛紅。四、遴選意象雖同，然而同中有異：

a.斜陽。前者暗示落山；後者直抒「斜陽入地無消息」。

b.樹。前者樹林盡被斜陽的胭脂紅「渲染」；後者點擊「遠樹低」與「長河直」對仗。

c.風。前之「臨風」指春風；後之「蘆荻風」是秋風。

d.晚霞。前者白雲變霞片，在西方天邊「著此三兩點」。後者出現「新月受餘霞」構成複合意象，孕育出不是靜謐的柔和的乳白的月光，而是耀眼的紅褐色的跳蕩的「流光」。這是詩人筆下的轉借意象與比喻手法結合運用所折射出的新穎、工巧、獨特的靈光！

記得英國著名漢學家韋利說過：「意象是詩歌的靈魂。」此話「酷斃」了！

歐戰①既起，避兵法國東北之閬（làng）鄉。時已秋深，益以亂離，景物蕭瑟②。出門偶得長句

修竹三竿小閣前，平臺一角屋西偏。

園荒知為耰③鋤棄，地僻應無烽火④傳。

宿霧初陽涼似月，迴風⑤斜雨蕩如煙。

秋來未便悲搖落⑥，卻為黃花⑦一悵然⑧。

下帷⑨長日未窺園⑩，偶趁秋晴出郭門⑪。

風景不殊空太息⑫，江山如此更何言。

殘陽在地林鴉亂，廢壘無人野兔尊。

欲上危樓還卻步⑬，怕將病眼望中原⑭。

【注釋】

①歐戰：一九一四至一九一八年帝國主義國家兩大集團間為重新瓜分世界而進行的戰爭。戰火遍及歐、亞、非三洲，以歐洲為主要戰場，故第一次世界大戰，又簡稱歐戰。②蕭瑟：形容冷落、淒涼。③耰（yōu）：農具名。形如榔頭，擊碎土塊，平整土地。④烽火：古時邊防報警點的煙火。⑤迴風：旋風。迴即回。⑥搖落：雕殘；零落。⑦黃花：菊花。⑧悵然：形容因不如意而感到不痛快。⑨下帷：帷，室內懸掛的幕。下帷，後來是指閉門讀書的意思。語出《漢書・董仲舒傳》。⑩窺園：語源同上「下帷」。後用以形容學習專心（「三年不窺園」）。⑪郭門：郭：古代在城的外圍加築的一道城牆。即外城。郭門，外城的門。⑫太息：嘆氣。⑬卻步：因畏懼或厭惡而向後退。⑭中原：指黃河中下游地區，包括河南的大部分地區，山東的西部和河北、山西的南部。

【意譯】

閣樓的前面有幾根高高的青竹，西邊偏廈有個小小的平臺。沒有人管理，這兒成了一座荒蕪的花園，地方這麼偏僻應該沒有戰爭信息相傳。剛剛升起的太陽在霧中好像冰涼的月亮，颳著旋轉風，下著斜雨，飄飄蕩蕩恰似淡淡的輕煙。在異國我不便於感傷秋天的零落，但是菊花的凋殘還是感悟不安然！

下決心閉門讀書，很長時間沒有去花園，偶然趁一個晴朗的秋日出了外城門。風景與過去一樣蕭瑟，白白地嘆氣，河山糟蹋到這種地步，我還有什麼可說的語言？殘陽落山烏鴉在樹林裏喧鬧，廢棄的堡壘裏只有幾隻野兔。打算上危樓去眺望，又退而卻步，是怕我的病眼望到祖國戰火裏的中原！

【點評】怕望中原所為何來？

我的家鄉有句俗話：「編筐編簍，全在收口。」這話很適合對詩歌創作的結句藝術的形象概括。歷代詩家和詩評家對結句都十分講究，論說多多，僅舉南宋姜夔在《白石道人詩話》中就說得精警：「一篇全在尾句。」它表明結句對詩境的體現、情感的張揚、感染的深淺，關係到基調的餘音、襟抱的彰顯、美感色彩的衝擊，統統不可小覷。

請看結句「怕將病眼望中原」，受眾肯定會思考：怕望中原，所為何來？讓我們先從兩個層面來解讀。

一是詩題中戰火引爆的關鍵詞：歐戰、避兵、秋深、亂離、蕭瑟。

三十三個國家參戰的世界大戰打起來，草木含悲，風雲變色。我躲避戰禍來到法國東北的閭鄉。節令深秋，天氣寒冷，更加深了百姓饑寒交迫，流離失所。滿眼景物，一派冷落，淒涼。出門偶然有了兩首七律。

二是詩中刻骨銘心的意象：園荒、地僻，風景不殊（不殊：沒有差別；一樣。筆者按，有三者一樣：A.與題中的「景物蕭瑟」一樣，只有「空太息」。B.與「悲搖落」呼應，為黃花悵然。C.自然與「江山如此更何言」鏈接。），林鴉亂，野兔尊（人們遭遇戰亂，田園荒蕪，後方變成動物世界），危樓（有倒塌危險的樓房），我想上去眺望，又退而卻步。為什麼？害怕我的病眼望到戰火裏的祖國！

究其原因，首先是袁世凱鎮壓了「二次革命」後，讚賞「精衛達者」，並且邀請汪北上。但是汪精衛拒絕拉攏，還是跟隨孫中山、黃興等逃亡日本。然後第二次赴法，繼續求學。準備向漢代董仲舒學習，三年不窺園，閉門讀書。但由於汪本人不甘寂寞，除了賦詩填詞搞點翻譯外，參加了一些社會活動。特別是遭遇戰火，更是悵然，憮然，愴然，不可能安然過「小休」生活了！

其次，一九一四年八月，日寇也對德國宣戰，出兵占領了中國的山東，接替了德寇的統治。

為此，袁世凱積極準備復辟帝制，外國帝國主義紛紛入侵。「寧為太平犬，不做亂世人」，百姓水深火熱，戰火兵連禍結，國無寧日！

再次，從結句藝術視角觀照，如此結尾，餘音繞梁，促使受眾聯想、回味，由法國聯想到祖國，「貌離神合」，正是詩人思維極度飛躍的體現，浮想無窮，起到了言有盡而意無窮的審美效果。所謂「怕望」即為不忍望，流離失所，啼饑號寒，慘不忍睹啊！

我以為：這大概是詩人怕望中原的因由。

〈紅葉〉、〈再賦紅葉〉、〈三賦紅葉〉、〈四賦紅葉〉、〈浪淘沙・紅葉〉

紅葉

不成絢爛①只蕭疏②，攜酒相看醉欲扶。
得似武陵③三月暮，桃花紅到野人盧④。
無定河⑤邊日已昏，西風刀剪更銷魂⑥。
丹楓不是尋常色，半是啼痕半血痕。

再賦紅葉

澹⑦秋顏色勝穠⑧春，卻為飄零⑨暗愴神⑩。

風妒霜憐兩無謂，不辭泛菊慰靈均⑪。

三賦紅葉

鏟⑫地西風萬木殘，滋蘭樹蕙悔無端⑬。
楓林不是湘妃竹⑭，誰染啼痕點點斑？

四賦紅葉

疏⑮林亦有斜陽意，都為將殘分外妍。
留得娟娟⑯好顏色，不辭岑寂⑰晚風前。

浪淘沙‧紅葉

江樹暮鴉翻⑱，千里漫漫⑲。斜陽如在有無間。臨水也知顏色好，只是將殘。秋色陌頭⑳寒，
幽思㉑無端。西風來易去時難。一夜杜鵑㉒啼不住，血滿關山㉓。

【注釋】

①絢爛：燦爛。②蕭疏：稀疏；稀稀落落。③武陵：陶潛說的桃花源在武陵，今湖南省常德市西。④野人廬：指鄉下人簡陋的房屋。⑤無定河：在陝西省北部，是黃河流域含沙量最大的河流之一。⑥銷魂：靈魂離開肉體，形容極度的悲傷、愁苦或極度歡樂。⑦澹：味道、顏色等清淡，不濃烈。⑧穠：繁盛豔麗。⑨飄零：花、葉等飄落，墜落。⑩愴神：悲傷。⑪靈均：屈原的字。⑫鑱（chán）：一概；全部。⑬無端：沒有來由地；無緣無故地。⑭湘妃竹：斑竹。相傳帝舜南巡蒼梧而死，他的兩個妃子在江湘之間哭泣，眼淚灑在竹子上，從此竹竿上都有了斑點。也叫湘竹、淚竹。⑮疏：事物之間距離遠，事物的部分之間空隙大（跟「密」相對）。⑯娟娟：美麗。⑰岑寂：寂靜、寂寞。⑱翻：飛。⑲漫漫：時間或地方長而無邊的樣子。⑳陌頭：路旁。㉑幽思：隱藏在內心的思想感情。㉒杜鵑：1.鳥名。又作子規、杜宇等。傳說中的古代蜀國國王杜宇。後讓位於其相，歸隱，其魂化作鵑。2.花名。又叫映山紅。李白有「宣城見杜鵑花」句：「蜀國曾聞子規鳥，宣城還見杜鵑花。」㉓關山：關口和山岳。

【意譯】

〈紅葉〉

紅葉不是燦爛，只是疏淡，提著美酒，望著楓葉，醉得要人扶。要是能像武陵桃花源的暮春勝景，桃花遍地開放，紅到了野人的茅廬，那就更完美了。

無定河邊的落日已近黃昏，西風像刀剪一樣鋒利，使人更加愁苦萬分。楓葉的鮮紅不是普通的顏色，一半是痛哭的淚痕，一半是殷紅的血印。

〈再賦紅葉〉

天高雲淡的秋色勝過茂盛豔麗的春景，卻為花和葉的飄落暗暗傷神。北風的妒忌和嚴霜的憐憫都顯得無聊，不說這麼多的紅菊花安慰愛國詩人靈均。

〈三賦紅葉〉

西風一起，樹木凋零，正是生長的蘭枝蕙草後悔無緣無故地被摧殘。楓樹林又不是湘妃竹，哪個把啼痕渲染得點點斑斑？

〈四賦紅葉〉

稀疏的林木也有夕陽下山的意味，為了迎接凋殘，彰顯得格外漂亮！留得美好的顏色，不推辭挺立在寂寞的晚風的面前。

〈浪淘沙・紅葉〉

黃昏時分，烏鴉在楓樹上翻飛，道路伸向遠方，顯得多麼漫長。夕陽的餘輝，好像具備若隱若現、似有似無的紅的意味。綠水對著紅葉也知道紅的顏色美好，可惜快要凋殘。寒秋降臨，原野冷颼颼，無緣無故發自內心深處的感情直往外冒。秋風來時很容易，要離開、時間得漫長。要等到停止啼哭、鮮血灑遍了山岳和雄關，滿山遍野開遍映山紅。

【點評】紅葉竟有六種色調

這裏，我們把賦紅葉的詩四首和詞一闋放在一塊來點評。如果把〈紅葉〉的兩首七絕合計起來，便是六題紅葉了。創作詩詞假若蹈襲別人，那是拾人牙慧。重複自己呢？恐怕就要審美疲勞了。令人饒有興味的是，汪詩人獨闢蹊徑，筆下的紅葉居然能夠研讀出六種不同的、充滿視覺衝擊波的紅色來。實屬詩壇罕見，難能可貴。

不錯，比之於繪畫藝術運用顏料，詩詞的色彩描寫的確受到語言抽象性的制約。例如絳、朱、赤、丹、紅，這組表述紅色的字，也只能從色彩的明度上做粗略的比照。這組字紅顏色和程度，是依據由深到淺的次序排列的。據說，到了中古，「紅」和「赤」的色彩差異已經完全消失了（《王力古漢語字典・赤字條》）。說實話，這顯然只是比較模糊的程度遞減的排列，絕不能像顏料按照精確的比例可以調製成多姿多彩的顏色那樣。

然而，詩詞卻有繪畫所不曾具備的別樣的審美功能。它能夠訴諸讀者的想像。而想像是可以跨越一切時間和空間的精靈，海闊天空、瞬息萬變的。請欣賞汪氏獨特的六種各別的紅色吧。

一、桃紅

楓葉是怎樣展示桃紅色彩的呢？原來秋天的紅葉在詩人的眼裏只具備稀疏美，不像春天的燦爛美。不過，疏闊景象依然令人陶醉。《醉仙圖記》說：「醉花宜晝，襲其光也。」詩的規定情境正好是清秋白晝，天高雲淡。此景此情達到了「醉欲扶」的境界。詩人進一步濃縮了杜牧「霜葉紅於二月花」的泛指，而是聯想武陵桃花源的暮春三月特指的桃花，芳草鮮美，落英繽紛，盛開而覆蓋了農民的茅舍。這豈不正是激勵讀者展開想像的翅膀把紅葉和桃花鏈接上了嗎？

二、血紅

開篇的「無定河邊日已昏」，使人自然聯想起唐人名句：「可憐無定河邊骨，猶是春閨夢裏人。」（陳陶〈隴西行〉）戰爭犧牲者的妻子成了寡婦還被蒙在鼓裏，睡夢中依然在親近丈夫呢。何況詩境的時令為寒秋的日薄西山，蒼茫暮色，已然黃昏。加上西風颯颯，如刀似剪，更叫人悲苦達到極致。自然，這裏的丹楓絕不是等閒、庸常、普通的紅！是什麼？這是逃避戰亂的無辜百姓扶老攜幼、流離失所慘痛的血淚！這裏丹楓是血紅啊。

三、菊紅

〈再賦紅葉〉開門見山：清淡的秋色超越了豔麗的春光。但是看到花呀葉呀的飄落，我便暗自傷神。「菊有傲霜成晚節」，恰巧與紅葉結盟：敢於笑傲北風的凜冽，敢於迎接嚴霜的挑戰，對於無聊、空虛、脆弱，它們高視闊步，唾棄憂傷。且不說這麼多的紅菊慰藉、能觸摸到愛國詩人屈原的靈魂。從詩歌藝術的視角來評騭，霜白、菊紅就是襯映色彩的描摩，以彰顯紅葉秀外慧中、頂天立地，與紅菊的晚節峥嶸、義薄雲天，都是紅為熱烈歡快象徵的鮮活、逼真的照映。

四、火紅

記得從前有兩句歌詞：「楓林紅似火，楓林放紅光。」不知是家鄉嶽麓山的愛晚亭情結，還是萬山霜葉滿天的畫面，歌詞的火紅記憶，老而彌堅。〈三賦紅葉〉把讀者帶進了西風蕭瑟，萬木凋殘，蘭枝蕙草，遭遇蹂躪。可是楓林似火，欣欣向榮，沒有號啕，沒有眼淚。因為它不是湘妃，不是悼念舜帝出巡視察，因公殉職，不是斑斑點點的淚痕，一滴一滴留在湘竹上，後來幻化成滿山遍野的斑竹的美麗傳說故事的主角。它是楓林，執著，向上，釋放火紅。這就是楓葉為什麼火樣紅的答案。

五、夕陽紅

疏林美，夕陽美，這些美不怕壓抑，不畏逆境，越是嚴峻越是美豔絕倫：「都為將殘分外妍」！給生意盎然、充滿靈性的大自然留住喚起人們美感的亮麗色澤！疏朗的楓林，披著夕陽，亭亭玉立，傍晚臨風，不是嘆喟「夕陽無限好，只是近黃昏」（唐人李商隱〈登樂遊原〉）的直面好景沒落之感、時代悲涼之音，而是決心「留得娟娟好顏色」：展示美，奉獻美。因為造物主讓我們從容地等待生命的再次勃發，擁抱來日的朝陽，昭示生活在人間是如此美妙、和諧！

六、映山紅

提起色彩學在詩詞創作中的運用，一般都知道語言具有間接性和模糊性的局限。然而對比作為造型藝術的繪畫來說是無法表現的，因為詩詞卻能夠做到有無相生、虛實相濟、神形相照，創造出含蓄雋永的藝術美的意境。且看「斜陽如在有無間」吧。詩人把遠近不同的視角與有無不一的色感糅合，凸顯出夕陽餘輝若隱若現、似有似無的紅的意味，微妙而傳神。如此超越時空限制的色彩描繪，憑藉想像、聯想、通感的「克隆」，確乎巧奪天工，嘆為觀止！

再看「西風來易去時難」。秋風是不請自來的不速之客，要送走瘟神，必須迎接春神。只有杜鵑鳥不停地高叫「不如歸去」，不停地啼血，澆灌杜鵑花，千呼萬喚，才能夠姹紫嫣紅，絢爛繽紛，春神灑滿映山紅。

據說，映山紅也有多種色調。只說其中的粉紅色吧，又可區分出純粉、深粉、米粉、灰粉、銀粉諸多差異，真是鮮嫩、細微、奇妙，我們怎能不服膺於漢語詞彙的魔力呢？

附錄二

〈紅葉〉「整首費解」嗎？

周世安

龔鵬程先生在《雲起樓詩話》中批評汪兆銘詩「有些則整首費解」，又一例：「詠紅葉，才說『不成燦爛只蕭疏』，底下卻擬如桃紅燦爛：『得似武陵三月暮，桃紅（一作「花」）紅到野人廬。』」（《當代詩詞叢話》，黃山書社二〇〇九年版，第六一四頁）

反覆吟哦之後，筆者認為〈紅葉〉似乎不難解讀。且分別從兩種視角來觀照。

首先，從這首七絕的章法結構進行評說。

起筆屬於明起，即開口就說題之正意。「不成燦爛只蕭疏」，一個「只」字，言獨一無二，不存在燦爛美，只具備疏朗美。如此正反對舉著墨，看來句法已挺矣！

承筆與起筆緊緊相扣，「攜酒相看醉欲扶」，疏闊景象，依然令人陶醉。此話怎講？《醉仙圖記》說得好：「醉花宜晝，襲其光也。」金秋白晝，天高雲淡，丹楓稀稀朗朗，審美達到「醉欲扶」的境界。醉仍留有餘地，並未如辛棄疾之名句：「只疑松動欲來扶，把手推松曰：去！」故能開脫下句轉折。

轉筆乃轉捩之言，此處為反轉。「得似武陵三月暮」，句眼在「得似」，乃疑問副詞，作「比……怎麼樣」講。句意為：比起故國桃花源的暮春來將是怎麼樣的盛況？由近及遠，由域外達神州，前呼後應，上下一氣貫之，難得！

合筆：「桃花紅到野人廬」，武陵芳草鮮美，落英繽紛，覆蓋了所有農家的茅舍。詩人腦海精彩回放，閃現出炫目的嶄新的紅彤彤的世界，魅力四射，洞若觀火咯！

其次，在這裏汪兆銘運作了聯想中的「相似聯想」，因楓葉想起了桃花的心理過程。它是現實中的楓紅與回憶中的桃紅之間的紅色牽手，在汪詩人頭腦裏的反映。這麼反映，往往是在記憶中出現，由現在想到過去（彷彿有老杜「憶昔……」的情調），放映出光鮮、亮麗的勝景的畫面！這約略是由稀朗想到濃厚，由疏闊想到密集，由金秋想到暮春，相互映襯，相互補充，相互交融，相映成趣，從法國閭鄉直達中國武陵，穿過時空隧道，凸顯出現實的楓紅美和記憶的桃花美的視覺衝擊性、可觸摸性、和諧性，給讀者以豐盈的傳奇的美感享受，是行雲流水，一氣呵成的！

我們千萬不要忘記前人的雋言：「文之思也，其神遠矣。故寂然凝慮，思接千載；悄然動容，視通萬里；吟詠之間，吐納珠玉之聲；眉睫之前，卷舒風雲之色。」（劉勰著：《文心雕龍・神思》）

（注：聯想與想像之關係，見陳望衡《藝術創作之謎》，紅旗出版社一九八八年版，第三七五頁）

坐雨

荒原①遠樹欲浮天，黃葉聲中意渺然②。
為問閒愁何處去，西風吹雨已如煙。

【注釋】

①荒原：荒涼的原野。②渺然：因遙遠而模糊不清，不見蹤影。

【意譯】

荒涼的原野上，很遠的樹木想要把青天漂浮起來。風雨吹打著枯黃的樹葉的聲音，心意已然遙遠而模糊不清。要問閒愁到哪裏去？北風吹著雨點已經變成了濛濛的霧煙。

【點評】觸發閒愁

〈坐雨〉，坐是因為的意思。這首詩是由於下雨觸發起來的。起筆氣勢雄奇，荒原的遠樹竟然要把青天漂浮起來！承接句，秋風秋雨在打擊黃葉的奏樂聲中，心意不見蹤影。轉折也巧妙，坦誠地問，我的閒愁你要到哪裏去呢？結句，秋風吹雨已成煙——煙雨朦朧、蒼茫、模糊、渺然……

既然是因雨引發出的閒愁，那麼我們更應該向古人學習享受雨天。清人石金成編有《傳家寶》一書，把人的快樂歸之於「福」，福有九種之多，享自然的福，占了很重要的位置。在〈福天〉中提到享受雨天，「洗山添翠，淨陌滌塵，梧桐滴聲，芭蕉奏韻。」前兩句是視覺的快感，後兩句是聽覺的樂音。雨天不是有聲有色麼？它跟閒愁似乎不搭界嘛！汪詩人環境的更迭、心境的嬗變、語境的異化，自然表明獄中詩的雄直、小休詩的婉約，風格已趨向多元化了。

譯佛老里昂寓言詩一首

東風①和且平，眾木繁其枝。
夜來有微雨，初日還遲遲②。
在此春光中，不樂將何為？
東顧有牧場，碧草生離離③。
一羊蹶④而趨⑤，一犬還相隨。
宛然⑥兄若妹，情好相依依⑦。
阿妹今不歡，流淚如綆縻⑧。
嗚咽⑨語阿兄，吾生其何之？
我聞造物者⑩，用意無偏私。
跂行⑪與喙息⑫，所適唯其宜。

如何兄與我，長日為人羈⑬。
阿兄啖⑭餘糧，辛勤守房帷。
晝防暴客至，夕畏穿窬⑮窺。
小變起不虞⑯，生死還相持⑰。
何以報忠貞，唯有鞭與笞⑱！
主人有嬌子⑲，蹴⑳踏供娛嬉㉑。
懾㉒伏敢支吾㉓，中慚語阿誰？
至今撫瘡痏㉔，毛血猶參差㉕。
阿兄既不辰㉖，阿妹尤童痴。
捋㉗我膚中毛，織彼篝㉘中衣。
奪我懷中乳，哺彼襁中兒。
可憐曳行田，撾㉙策來無時。
雨淋與日炙㉚，狼藉㉛成枯骴㉜。
曉行庖厨㉝下，碧血驚淋漓㉞。
群饕㉟口流沫，談笑酬㊱號嘶。
伯叔與諸姑，赫然在盤彝㊲。
死睫不敢看，驚跌㊳不能移。

投地有餘骨，封狼朵其頤㊴。
孤墳在何許，溝水流殘脂。
生也為人奴，死也為人犧㊵。
皇皇㊶此一息，命矣其何辭！
阿兄聞妹言，憮然㊷止其哭：
弱者未云禍，強者未云福。
與其㊸作刀俎㊹，毋寧為魚肉。

佛氏此詩，天下之自命為強者皆當愧死。顧（但是）吾以為弱肉強食，強者固有罪矣，即弱者亦不為無罪。罪惡之所以存於天地，以有施者即有受者也。苟（如果）無受者，將於何施？是又願天下之自承為弱者一思之也。

〔都朗有一山羊，記述一小山羊遇一狼，自分必死，然與之惡鬥至力盡始已。文甚奇妙，而用意可與此詩相發明（把意思或道理充分表達出來），暇日當更譯之。〕

——此段見於曾仲鳴本

【注釋】

①東風：春風。②遲遲：表示時間長或時間拖得很晚。③離離：草本植物繁茂的樣子。④蹶（juē）：摔倒。⑤趨：快走。⑥宛然：彷彿。⑦依依：留戀；不忍分離。⑧綆：汲水用的繩子。縻：縻子。穗密聚。這是形容眼淚，淚滴密又很長。⑨嗚咽：低聲哭泣。⑩造物：古時以為萬物是天造的，故稱天為造物。⑪跂（qí）：形容蟲子爬行。⑫喙（huì）息：動物用口呼吸。⑬羈（jī）：繫住。⑭啖（dàn）：吃或給別人吃。⑮穿逾：盜竊行為，穿壁，逾牆。⑯不虞：意料不到。⑰相持：兩方堅持對立，互不相讓。⑱笞（chī）：用鞭、杖或竹板子打。⑲嬌子：心愛的兒子。⑳蹴（cù）：

踼。㉑嬉：遊戲；玩耍。㉒懾：害怕；使害怕。㉓支吾：用含混的話搪塞。㉔痏（wěi）：瘡；傷口。㉕參差（cēn cī）：長短、高低、大小不齊。㉖不辰：不得其時。㉗撏（xián）：撕。撕雞毛。㉘篝：竹籠。㉙撾（zhuā）：敲；打（鼓）。㉚炙（zhì）：烤；烤熟的肉。㉛狼藉：亂七八糟。㉜骴（cī）：死後未爛盡的骸骨。㉝庖厨：厨房；厨師。㉞淋漓：形容濕淋淋地往下滴。㉟饕（tāo）：貪食。㊱酬：報答。㊲彝（yí）：古代盛酒的器具，也泛指祭器。㊳趺：同跗，腳背。㊴朵頤：鼓動腮頰嚼東西的樣子。㊵犧：古時祭祀用牲。色純為「犧」；體全為「牲」。㊶皇皇：形容堂皇、盛大。㊷憮然：形容失望的樣子。㊸與其……毋寧……：比較兩件事而決定取捨的時候，「與其」用在放棄的一面（後面常用「毋寧」、「不如」等呼應）。㊹刀俎（zǔ）：刀和砧板，比喻宰割者或迫害者。魚肉指受宰割者或受迫害者。後來比喻用暴力欺凌、殘害。見《史記•項羽本紀》：「人為刀俎，我為魚肉。」

【意譯】

春風輕輕地吹拂，萬木蓬勃崢嶸。夜裏飄灑著無聲的毛毛雨，初升的太陽出得很晏。這麼美好的春光，不快樂還要怎麼樣？

東邊有一家牧場，青草正在茂盛生長。忽然看見一隻小羊摔了跤，還在快步朝前趕，一隻狗緊隨其後。好像是兩兄妹，感情好得不忍分離。妹妹不高興，眼淚水一串串直流。她低聲哭泣問哥哥，我生下來是做什麼的？聽說老天爺一直公平沒有偏向。我們像蟲子一樣爬行，像動物一樣呼吸，所有行動都是為順其自然。怎麼哥哥和我，長時間被人監管？你吃的是主人的剩飯，卻辛辛苦苦整天守衛門戶。白天防止搶犯進來，夜晚防止小偷挖洞、翻牆。意想不到地發生了一件小事，和強盜拚命，生死對立，互不相讓。用什麼來回報你的忠誠？只有鞭子抽和竹板子打！主人有一個心愛的小兒子，對我們又是踼又是踏，這是做遊戲！心裏害怕趴在地上不敢出聲，心裏難過可以告訴哪一個？到如今還摸撫著傷口，自己的毛髮還參差不齊。哥哥生不逢時，妹妹硬是不懂事的小娃娃。扯我的毛髮，做他們的衣裳。搶我的乳汁，養他襁褓中的兒子。可憐拖過田地，敲打突然會降臨。日曬和雨淋，不要多久會變成枯骨。早上打厨房門前過，看到鮮血往下滴。這麼多貪食的人在流口水，說說笑笑報答一下撕心裂肺的嚎哭。羊和狗的血肉，都公然擺在盤子裏和杯子裏。死了的眼睛不敢張望，驚嚇得腳背不敢移動。丟在地上還有剩餘的骨頭，看到豺狼們鼓起腮頰吃得多麼高興！孤獨怎麼樣？溝裏水流著油脂。我們活著是奴隸，死了也成為祭品。盛大堂皇的就是活一個氣，命中注定還有什麼話說！

哥哥聽到妹妹這番心裏話，失望地止住了她的哭泣：弱勢個體未必是災禍，強勢個體未必是有福氣。與其當劊子手，不如做受害的！

【點評】有理三扁擔　無理扁擔三

這是翻譯佛老里昂的一首寓言詩。什麼叫寓言呢？它是用假託的故事或自然物的擬人手法來說明某個道理或教訓的文學作品，常帶有諷刺或勸誡的性質。而用詩歌文本創作寓言的就叫做寓言詩。汪兆銘正是用五言古詩體譯出來的，文詞流暢，的確難得。

在詩裏，佛氏用擬人手法描繪了一隻看家狗和一隻小母羊情同兄妹，演繹了一則主人以強凌弱的假託故事，寫得有血有肉，真實動人，它歸納的教訓是，與其做迫害狂，不如當被損害者。直接理由呢？「弱者未云禍，強者未云福。」弱勢個體被欺凌、屠宰未必就是災禍，強勢個體掠奪、殺人未必就是福祉。這正是中西詩學在文化精神方面的巨大差異。西方人認為：「人生除了現世的追求之外，還必須有超脫凡塵的終極追求與關懷。」（《文學咖啡館》，南方出版社二〇〇三年版第一輯A卷，第五頁）所以西方詩歌很少表現入世的「憂患意識」，即使對現實感到悲觀，也終究從永恆的天國找到歸宿（同上，第六頁）。

令人驚詫的是，汪詩人在「後記」裏提出了一個新銳的主張，強者固然有罪，弱者也「不為無罪」。理由何在？「罪惡之所以存於天地，以有施者即有受者也。苟無受者，將於何施？」這真是湘諺說的：「有理三扁擔，無理扁擔三。」欲加之罪，何患無詞！由此類推，那麼被劫持的人質有罪，被販賣的嬰兒有罪，被強姦的婦女有罪，被搶劫的老、弱、病、殘統統有罪……凡此種種，豈不是為凶犯開脫，為歹徒張目，公開顛倒黑白、混淆是非嗎？

最後，汪氏還在補記中提到「都朗有一山羊」的寓言：「記述一小山羊遇一狼，自分必死，然與之惡鬥至力盡始已。」「用意可與此詩相發明。」顯然，汪氏讚賞這隻小山羊的英雄行為，自是無可厚非。但是把英雄和常人等量齊觀，則不現實了。常識告訴我們，任何社會英雄為人景仰，畢竟是極少數。而芸芸眾生卻是大多數。這就不禁想起人類那種有趣的吉祥文化，大抵是因為我們的祖先追求福祉，迴避禍患，具有強烈的趨吉避凶的訴求，從而長期孕育出世的瑰寶。這大概也是人性使然，古今中外，概莫能外。

為了聯繫本土的實況，提出關於告誡弱者的箴言，特推介中國當代作家散文精品——詩人西川的《哈德門筆記》中的一則以供參照：

「一個弱者，最好不要心存高遠，最好不要強迫自己去幹力有不逮的事。否則他就會為自己與理想之間的差距之大而徹底絕望，最終放棄一切。所以，一個弱者，不要考慮永恆、死亡之類的問題，不要訂長遠目標。他只要有一份一星期的生活、工作計劃即可。過好每一天，使每一天都像一個節日。……」（耿占春編選《新時代的忍耐》，社會科學文獻出版社二〇〇〇年版）

自都魯司赴馬賽歸國留別諸弟妹

十年相約①共燈光，一夜西風雁斷行②。
片語③臨歧④君記取，願將剛膽壓柔腸⑤。

【注釋】

①相約：相互約定。②雁行（háng）：鴻雁飛時整齊的行列，借指弟兄。斷，借指分離。③片語：簡短的幾句話。④臨歧：指分道泣別。⑤柔腸：溫柔的心腸，比喻纏綿的情意。

【意譯】

原本相互約定共同學習十年時光，整夜秋風瑟瑟，使我們像鴻雁一樣地突然斷行。分道泣別的時候，短短的話語希望牢記，但願用剛直的膽氣壓一壓溫柔的心腸。

【點評】記取：這一絕招

這首詩是歸國時對弟妹的臨別贈言。前人寫離別詩大多數是借用描繪離別時的景物來抒發離愁別緒，此為最基本、最常見的手法。在這裏，汪氏卻選擇別樣的以離別之意象來描摩離別之情，表達囑託、勸慰之意。且看起句：「十年相約共燈光」。共燈光，特指共同學習，原先我們有在法國共同學習幾年之約。承接句：「一夜西風雁斷行」。西風、秋風。古典詩詞中，東、南、西、北風，分別是指春、夏、秋、冬之風。「雁斷行」與唐人鮑溶「水天涼冷雁離群」（〈吳中夜別〉）構思相近。「雁離群」指離人與朋友分別，踏上征途離去。「雁斷行」則有三層含意：1.斷指分離，故與「雁離群」義近。2.「雁行」指代弟兄，故又為替代意象。3.點題：「留別諸弟妹」。轉折句：「片語臨歧君記取」。饒有趣味的是，與魯迅學生時代給他兄弟贈別詩一句恰巧意同：「我有一言應記取」（〈別諸弟三首〉庚子二月之三，廣東人民出版社一九五九年版，第五頁。張向天《魯迅舊詩箋注》）。末句是關鍵，魯詩認為：「文章得失不由天。」天，指天資。

全句意思是：寫文章的好壞主要的不能聽天由命，依賴天資，而靠人的勤奮。汪詩是說做人，「願將剛膽壓柔腸」。一連用兩個比喻，亦即用具體比喻抽象的離別之情，使人能夠觸摸到、感覺到。剛膽，剛直的勇氣，要提得起，放得下！柔腸，比喻纏綿的情意。那些悲、愁、恨、怨等情愫能不囊括進去嗎？囑託的、勸慰的，都是肺腑之言，要壓一壓啊！你們將來都要踏入社會，千萬要能自我控制情緒，情緒決定命運呢！所以，這是一手絕招。

六月與冰如同舟自上海至香港，冰如上陸自九龍乘廣九鐵道赴廣州歸寧①，余仍以原舟南行，舟中悵然②，成四絕句寄之（以下四年）

悵望孤煙裊驛樓③，零丁④我亦泛扁舟⑤。
天涯不用遙相問，一樣輪聲一樣愁。

一去匆匆太可憐，只餘巾影淡於煙。
風帆終是無情物，人自回頭舟自前。

沉沉⑥清夜欲生寒，倚遍迴欄⑦意未安。
遙想簷花燈影裏，正攜小妹畫團欒⑧。

難得拋書一晌眠，夢回燈蕊⑨向人妍。
此時情況誰知得？依舊濤聲夜拍船。

【注釋】

①歸寧：回娘家看望父母。②悵然：因不如意而感到不痛快。③驛樓：驛即驛站，指古代傳遞政府文書的人中途更換馬匹或休息、住宿的地方。詩中指驛站的樓房。④零丁（伶仃）：孤獨。⑤泛扁舟：扁舟，小船。泛扁舟：坐小船遊玩。⑥沉沉：形容沉重。⑦迴欄：曲折環繞的欄杆。⑧團圞（luán）：圞，圓。團圞，形容團圓。⑨燈蕊：蕊，花蕊。燈蕊，指代燈芯。

【意譯】

不痛快地望著孤煙繚繞著驛樓，孤苦伶仃的我也坐在小船上悠遊。相距這麼遙遠不用追問，只有一樣的車船的馬達聲響和一樣的憂愁。

這麼一分別太可憐，只剩下你頭巾的倩影像淡淡的清煙。風帆到底是沒有感情的東西，人在回頭瞭望，它卻一直向前！

沉重的夜晚又要增添寒氣，靠遍了曲折的欄杆心裏還是不安。想像中遙遠的簷花和燈影裏，你正拉著小妹在描描畫畫我們的團圓。

難得丟開書本睡了一個好覺，醒來燈芯展現漂亮。這個時候的情景哪個曉得？仍然是海濤一陣一陣拍打著航船！

【點評】至愛純情

金牌劇作家王朝柱先生認為陳璧君是「一個敢說、敢為、敢笑、敢哭的女政治家」，「性格潑辣」。對汪、陳伉儷還引述了後人的概述：「汪精衛沒有陳璧君，難成為汪精衛；陳璧君沒有汪精衛，成不了陳璧君。他們情投意合，以沫相濡，有福同享，有禍共擔，委婉曲折，纏綿悱惻，最富戲劇性。汪精衛的『業績』，恐怕有三分之一是屬於陳璧君的。」（《汪精衛和蔣介石》，中國青年出版社一九九三年版，第三十五至三十六頁）

同時，王先生還坦誠而中肯地指出：「憑史而論，這時（指辛亥之役成功）的汪精衛和陳璧君的行為是值得大書一筆的。他們之間的曲折的愛情，也是一段有價值的革命加愛情的佳話。遺憾的是，他們後來走向了自己的反面，這美好而動人的素材也令寫書人望而卻步了！為了使讀者全面地認識汪精衛和陳璧君變化的一生，扼要記下這段史實。」（同上，第三十八頁）

其實，在前面〈金縷曲〉和〈秋夜〉及其點評中都見證了汪、陳的愛情是真摯的，感人的，難能可貴的，因為汪陷囹圄，陳在營救。

現在，看一看他們伉儷在小休期間四首七絕的情感演繹。

（一）

古往今來，刻畫離情別緒，手法多多，不勝枚舉。只說眾所周知的名句：「問君能有幾多愁？」（南唐・李煜）答曰：「恰似一江春水向東流。」如江水東流，夠多了吧！而汪詩不因襲前人以流水比況愁思，而自出機杼：我們夫婦相距遙遠，不必彼此訊問。為什麼？一樣的輪聲一樣的離愁。這前因後果的一聯，換言之，即我們的憂愁，像你坐火車的車輪聲、我坐輪船的馬達聲那樣：單調、刺耳、煩人的躁音不絕於耳，能不令人愁腸百結、掛欠、思念、揪心嗎？我要說，用輪聲喻愁，確乎別是一家春啊！

（二）

縱觀第二首七絕，尾聯：「風帆終是無情物，人自回頭舟自前。」李易安有名句：「花自漂零水自流，一種相思，兩處閒愁。」兩個「自」詮釋為「空自」。汪句中的「自」作何解讀呢？這與主人公特定的歷史情境有不可分割的關係，為此，我以為似當訓作「自主」為宜。人也罷，舟也罷，都是「自主」行為。只不過前者是主角，後者是機器而已。人舟衝突的緣由都是「風帆」惹的禍！它不是清人龔自珍筆下的「落紅不是無情物，化作春泥更護花」（〈己亥雜詩〉）。而汪句乃「風帆終是無情物」。終，這裏是終究、畢竟、到底之意。風帆是無情的東西，是蚊子叮菩薩——沒有人的味，一味和主人公唱反調，對著幹，從而陷入相反、相克、相左的境地，凸顯出詩人愛之深、情之切、心之煩，望穿秋水，不見伊人的倩影，只剩下淡淡清煙的巾影來藉慰我這破碎的心靈！

（三）

這首七絕寫恩恩愛愛的夫妻暫別後，詩人的情感狀態，見證愛情之深切。儘管是六月之夜，在海上的艙外依然是寒氣襲人。靠遍了海輪的迴欄，內心始終未能平靜。顯然，這裏借鑑了杜甫的名篇〈月夜〉筆墨。王嗣奭在〈杜臆〉中說：「公本思家，偏想家人思己，已進一層；及念及兒女不能思，又進一層。」但汪詩仍有另闢蹊徑之處：遙想簷花燈影裏，你正拉著小妹的手在描描畫畫我們的團圓。小孩有愛塗愛畫來表達自我童稚遐想的天性，不是讓小妹講述團圓，而是通過行為，描畫、想像以往的生活片斷；加上愛妻的指指點點，啟發，引導，「不是兒女不能思」，而是全家三口都在抒情了！一個「畫」字激活全詩，亮麗，律動，維妙維俏，一幅「母女思親圖」躍然紙上。這正是汪氏區別於老杜，自我引爆靈感，自我立異標新的神來之筆！

（四）

愛情詩篇，手法多多。展示主人公在某種情境中的心態便是一種。這種環境設置，古人一般以自然情境居多。比如春去秋來，花開花落，楊花飛，柳葉黃，風雨至，明月照，黃鶯啼，燕雙飛，等等種種，不一而足。「陌頭楊柳枝，已被春風吹。妾心正斷絕，君懷那得知？」（唐・郭振元〈春歌〉）春天已回人未回，妾心好傷悲，不知君心今如何？汪詩從逆向思維生發新意：一則不取自然環境，而擷取特定的船艙：夜晚，夢回，燈笑，海濤聲，拍船聲。二則主人公為男性，過去多側重於婦女。三則撇開記夢、感夢、圓夢那一套，而是夢後燈花笑映襯定然美夢。儘管如此，依然牽腸掛肚！此時情況誰知得？冰如知道嗎？緊接著，濤聲依舊夜拍船，嘩——，嘩——，——，——這是詩人向最親愛者傾訴衷腸，不矯飾，不做作，假如他講空話、套話，那就不是經過煉獄生死考驗的愛情表露了！

鴉爾加松海濱作（以下五年）

朝行松林中，初陽①含芬芳。
晚行松林中，新月②生清涼③。
林外何所有？白沙浩④如霜。
沙外何所見？海水青茫茫。
遠山三兩重，淡如紙屏⑤張。
明帆⑥四五片，輕若沙鷗⑦翔。
海風以時來，松籟⑧因之揚。
和⑨我讀書聲，空谷生琅琅⑩。

藉此碧苔茵，如在白雲鄉⑪。
清遊不可負，哦詩慚孟光⑫。

【注釋】

①初陽：見〈歐戰既起……〉「意譯」第一首第五句。②新月：見〈晚眺〉注④。③清涼：涼而使人感覺爽快。④浩：多。⑤紙屏：屏，屏風，放在室內用來擋風或隔斷視線的用具，有的單扇，有的多扇相連，可以摺疊。紙屏：紙做的屏風。⑥明帆：透明的白帆。⑦沙鷗：棲息在沙灘或沙洲上的鷗一類的鳥。⑧松籟：籟，泛指聲音。松籟，風吹松樹林的聲音。⑨和（hè）：和諧地跟著吟誦。⑩空谷：空寂的山谷。琅琅：響亮的讀書聲。⑪白雲鄉：猶仙鄉。古人認為神仙住在天上，故稱。⑫孟光：東漢梁鴻妻。扶風平陵（今陝西咸陽西北）人，字德曜。因梁鴻不願從俗為官，她遂椎髻（椎形的髮髻）、布衣相隨，夫妻隱居於霸陵山中，以耕織為生。後至吳（治今江蘇蘇州），鴻為傭工，每食時，她舉案（指盛食品的托盤）齊眉，以示對梁鴻的敬愛。後世傳為佳話。

【意譯】

清晨在松林裏散步，初升的太陽飽含著芬芳。傍晚在松林裏散步，如鉤的月亮生發出爽快的清涼。松林外面有些什麼？白沙多多都像鋪了霜。白沙外面看到什麼？清清的海水一片汪洋。有三兩重的遠山，淡淡的像紙屏風開張。還有幾片白帆，輕快地像沙鷗飛翔。海風按時吹來，松林裏的巨響擴散。和著我讀書的節奏，在空寂的山谷裏，生發出悅耳的琅琅。憑藉著這碧綠的青苔的草墊，猶如來到白雲溫柔的仙鄉。不可辜負高雅的遊覽，吟哦詩篇深感對不起我的「孟光」！

【點評】嚼一下「慚」

這是一首吟詠海濱景物的詩，題目明確昭示讀者。首聯寫海濱晨景，聞到松林撲鼻的芬芳。第二聯詠海濱傍晚松林氣溫微妙變化，一彎新月之下，觸摸爽快的清涼。首聯重在嗅到清香，二聯感觸清涼，兩聯對舉，凸顯近景。中景一聯一問：林外？一答：白沙多如霜。遠景一聯亦復對稱顯現：沙外？海水青茫茫。兩個比喻：遠山紙屏張；白帆沙鷗翔。遠山與白帆，相互映襯，鮮活遠景。

詩寫到這裏，怎樣轉折、整合、調色呢？海風，詩人借助海風鏈接遠近景色，巧奪天工！松籟、讀書聲，和諧琅琅；借綠茵、白雲鄉：說的是「白雲仙鄉」，據說它是漢武帝的追求、嚮往，它是長壽、成仙的代稱（《中華野史》第三卷，三秦出版社二〇〇〇年版，第一七二二頁）。享受高雅景觀，真乃人生福祉。結語意外，透露淡淡哀愁，吟哦詩篇，深感對不起我的「孟光」啊！

不錯，這種章法，汪詩顯然吸吮了李白〈秋登宣城謝眺北樓〉的營養。謝眺是南朝齊的著名山水詩人，風格清俊，頗為李白所推許。詩仙前三聯皆寫景：「江城如畫裏，山晚望晴空，兩水夾明鏡，雙橋落彩虹。人煙寒橘柚，秋色老梧桐。」落聯：「誰念北樓上，臨風懷謝公？」汪詩也是前面酣暢淋漓，鋪排景物，卒章顯志。

但是，就汪詩創意大端而言，一是寫風：李詩「臨風」，順筆點染；汪的海風自然，又整合畫面。二是末聯句式：李為疑問句；汪為直陳句。三是內容：李強調是誰懷念謝公呢？汪則直抒胸臆，內心不安，愧對賢妻冰如！

最後，咀嚼一下「慚」：未能盡到責任而心感不安。人們不論怎樣評價汪精衛晚年的叛國投敵，罪孽深重，釘在歷史的恥辱柱上。但是，他為人之夫、為人之父、為人之叔、為人之兄依然具有人性的另一面。且不說他的〈秋夜〉、〈金縷曲〉飽和血淚的摯愛陳璧君的情詩，只說〈述懷〉中「孤侄襁褓中，視我眸灼灼。幾乎其已喻，使我心如斫。」「願將剛膽壓柔腸」（〈自都魯司赴馬賽歸國別諸弟妹〉），「還攜小妹晝團圞」（見前面一首）……難道不都是可以見證汪氏的人性層面嗎？

當然，我們不妨再來點猜想。既然汪以梁鴻自況，那麼作為民國初年的一個打工仔，怎麼好意思接受孟光（冰如）舉案齊眉的禮敬呢？這很可能是汪氏內心慚愧的因由。怎麼辦？唯一的選擇只有走「夫貴妻榮」的故道，亦即依靠官本位方能達到的。應該說，這就是汪精衛由不當官的時尚走向爭權奪利乃至出賣祖國的深淵的一種元素！

六年（民國六年，一九一七年）**一月自法國渡海至英國，復渡北海，歷挪威、芬蘭至俄國京城波得格勒，始由西伯利亞鐵道歸國。時歐戰方亟**（jí急迫）**，耳目所接皆征人愁苦之聲色。書一絕句寄冰如**（以下六年）

野帳冰風冷鬢鬚，鄜州①明月又何如？
天涯我亦仳離②者，莫話深愁且讀書。

【注釋】

①鄜州：今陝西富縣。　②仳（pǐ）離：這裏作夫妻暫時分離。

【意譯】

在野外的帳篷裏，冰風颳得像利箭射進鬢髮和鬍鬚。即令是杜甫懷念妻子時的月光又能怎麼樣呢？我們夫妻也是暫時分離。不說那些揪心的話語，一心一意讀自己手邊的書籍。

【點評】讀書的追求

在悠久而豐富的中國文化裏，讀書風尚歷久不衰，在人類歷史上，可謂獨放異彩。其直接原因恐怕是科舉制度萌動、發展、成形的過程中，以其競爭的平等性引誘、刺激了人們的行動。「朝為田舍郎，暮登天子堂」，便是鮮活的立竿見影的奇特效用。由於「書中自有黃金屋，書中自有顏如玉」的憧憬，從而凸顯了「天子重英豪，文章教爾曹，萬般皆下品，唯有讀書高」錯位的價值取向。實質上，這正是封建統治者處心積慮羈縻知識分子一種不可或缺的謀略！這正是絕大多數知識分子走「學而優則仕」的讀書從政模式。

當然，還有讀書成一家之言的治學模式。春秋戰國的子學、兩漢的經學、魏晉南北朝的玄學、隋唐的佛學、宋代的理學、明朝的心學、清代的樸學，等等種種，成果顯赫。

也有讀書的自娛模式，即陶潛的自主創新：「好讀書，不求甚解。每有會意，便欣然忘食。」（〈五柳先生傳〉）當下〈上學記〉的作者何兆武先生談他讀書是「純欣賞式的讀書」，「讀書就是目的」（《生活•讀書•新知》，三聯書店二〇〇六年版）。至於「紅袖添香夜讀書」的浪漫模式那就更多了！只說汪精衛氏這首七絕的末句「莫話深愁且讀書」就是另類方法。莫說那些揪心的離亂的話語，姑且讀讀手邊的書吧！顯然，這是一種轉移視線的迴避模式，迴避耳目的苦楚，讓心靈逃離現場的無可奈何的舉措，大概是另一種深沉的內心悲切的表露吧！

西伯利亞道中寄冰如

我如飛雪飄無定，君似梅花冷不禁①。

回首時晴深院裏，滿裙疏影②伴清吟③。

【注釋】

①不禁：不制止。②疏影：物影稀疏。③清吟：清亮而有節奏、有詠調地誦讀詩文。

【意譯】

我像飛來飛去的雪花漂泊不停，你像清香的梅花不畏寒冷。回頭看到經常晴好的深深庭院裏，滿身衣裙的影像稀稀疏疏，伴隨著誦讀古詩清亮而有節奏、有詠調的聲音。

【點評】「聯法」例話

詩中的句，未必能表達一個完整的意思，也未必是個完整、穩定的語言結構。而詩中的聯，從意義上說，它一定能夠表達一個完整的意思，從結構上說，它一定是個完整、穩定的結構。句首先必組成聯，才能以聯的單位入詩。一首格律詩中，不可能有超越於聯、游離於聯之外的詩句。也就是說，句構建聯，聯構建成一首詩，句是構建聯的材料，聯是構建詩的材料。因此，學詩掌握聯法，是不可或缺的一個環節（趙杏根《實用絕句作法》，南海出版公司一九九七年版）。

一聯二句詩，其間常見的結構形式，有下列二十二種：主謂聯、狀謂聯、省語聯、動賓聯、賓動聯、比較聯、比喻聯、正反聯、寄語聯、引語聯、設問聯、反問聯、疑問聯、承接聯、因果聯、假設聯、轉折聯、遞進聯、目的聯、條件聯、解說聯、並列聯等等。

我們先以這首詩舉例說明，以後有機會再說。

詩的首聯，即第一和第二兩句。頭一句叫出句，第二句叫對句。一看就知道這是比喻聯，因為用的是明喻。不過，出句「我如飛雪飄無定」，本體是「我」，喻體是「雪花」，是完整的比喻句。怪就怪在對句也是比喻句：「君似梅花冷不禁」。這就不屬常用的聯法結構形式——應該是兩句詩構築一個比喻聯：一句是本體，一句是喻體。一般來說，本體作出句，喻體作對句。如用「似」、「同」等引出喻體句：「杜詩韓筆愁來讀，似倩麻姑癢處搔。」（唐‧杜牧〈讀韓杜集〉）麻姑，傳說中的仙女，她的指甲很長。對句喻讀杜詩韓文效果之好，過癮。

顯然，汪詩在這裏是比喻聯與比較聯整合運用。也就是在比喻聯的基礎上，進行人與人的比較——親密無間的夫與妻的比較，因為從詩題上看，〈西北利亞途中寄冰如〉，是詩人寄給愛妻冰如的。加之，冬末春初往往是雪花與梅花成對出現的。在前面〈雪中見梅花折枝〉的點評時，引用了宋詩盧梅坡名句：「有梅無雪不精神，有雪無梅俗了人。」便是見證。這裏，丈夫在無垠荒涼的西北利亞的語境中，掛欠愛妻，以雪與梅設喻彰顯了他們伉儷情深！

第二聯是動賓聯。「回首」是動詞，下面的「時晴深院裏，滿裙疏影伴清吟」都屬賓語。因為賓語可以包容詞組和句子。把晴、院、裙、影、吟五種意象，作為回首的有聲有色的具象，不禁叫讀者感悟到他們兩口子蜜意柔情！

遊昌平陵①

昌平園寢鬱參差，想見塵清漠北②時。
地老天荒③終有恨，山環水抱亦無奇。
銅駝④魏闕⑤仍蕪沒⑥，石馬昭陵⑦空汗滋⑧。
索與虬松⑨同醉倒，不須惆悵⑩讀碑辭。

長陵殿前有一松偃（倒）地上，俗稱之曰「臥龍松」。旁植一碑，清乾隆間製，具道愛護勝朝陵寢之意。

【注釋】

①昌平陵，今北京市昌平區，明十三陵所在地。②漠北：蒙古高原大沙漠以北地區。③地老天荒：也說天荒地老。經過的時間很長。④銅駝：銅鑄的駱駝，古代置於宮門外。這裏有銅駝荊棘的意味；亡國後殘破的景象。語出《晉書・索靖傳》。⑤魏闕：古代宮門外的建築，是發布政令的地方，後用作朝廷的代稱。⑥蕪沒：為多而亂的草所掩沒。⑦昭陵：在今北京市昌平區大峪山，埋葬著明穆宗朱載垕。⑧惆悵：傷感。

【意譯】

昌平的園陵鬱鬱葱葱又淡淡濃濃，想到當年在漠北艱苦戰鬥的時期。經過的時間這麼久遠，到底留有怨恨，如今的山水環抱也不覺新奇。一片亡國後殘破景象，為又多又亂的雜草所掩蓋，昭陵的石馬白白地累得大汗淋漓！索性和拳曲的松樹一同醉倒，不必傷感地誦讀要人們愛護陵寢的碑文。

【點評】點擊「惆悵」

我們先講點聯法。

一聯是主謂聯。「昌平園陵」是主語，接著的「鬱參差，想見塵清漠北時」都是描寫由近及遠的所見所感。起筆突兀。

二聯是承接聯。即三、四兩句為承接關係，相當於一個承接複句。出句「地老天荒終有恨」，「恨」先發生，對句「山環水抱亦無奇」是隨後的下斷語。承接自然。

三聯是比較聯。「銅駝魏闕仍蕪沒」與「石馬昭陵空汗滋」比照。往昔與當下的比較能不令人傷感嗎？轉折有力。

末聯是因果聯，出句為因，對句為果。

汪詩人遊昌平十三陵，似乎「耳目所接」依然「皆征人愁苦之聲色」，一戰尚未結束啊！現在面對明代園陵，聯想歷史興衰，時代更替，能不惆悵？怎麼辦呢，一醉解千愁嗎？然而以酒消愁愁更愁！個人的理想、抱負、志向如何實現？恐怕也是未知數，即令在旅遊玩樂，也不能不感慨繫之！應該說，惆悵正是詩人人性真情的流露，是真實的，可以觸摸的。

廣州感事

獵獵①旌旗控上游，越王臺榭②只荒丘③。

一枝漫④向鷦鷯⑤借，三窟誰為狡兔⑥謀。

節度⑦義兒良有幸，相公⑧曲子定無愁。
過江名士多於鯽，只恐新亭淚⑨不收。

【注釋】

①獵獵：這裏是形容旗幟被風吹動的聲音。 ②越王臺榭：越王臺：春秋時越王勾踐為招賢士而建。今會稽山有越王臺，也稱越臺。榭，建築在臺上的房屋。 ③荒丘：荒涼的小土山。 ④漫：莫；不要。 ⑤鷦鷯：鳥綱，鷦鷯科。巢很精巧，故又稱「巧婦鳥」。《莊子・逍遙遊》：「鷦鷯巢於深林，不過一枝。」 ⑥狡兔三窟：狡猾的兔子有三個窩，比喻藏身處多，便於逃避災禍。語出《國策・齊策四》。 ⑦節度：官名。三國初設，後唐為領兵之官，節制一方。 ⑧相公：舊時指年輕的讀書人。

⑨新亭淚：新亭故址在今江蘇江寧縣南，即勞勞亭。語出《世說新語・言語》。比喻憂國憂時的悲憤心情。

【意譯】

獵獵作響的軍旗控制著上游，昔日招賢納士的歌臺舞榭，如今只是荒涼的山丘。千萬莫打人家只有一棟精巧別墅的主意，他們學狡兔有多處藏身的安樂窩！還是高幹收養的兒子幸福，點的歌曲都充滿喜氣！有識之士這麼多，怕只怕憂國憂時的悲憤的眼淚不能收啊！

【點評】防「忽悠」

詩題〈廣州感事〉，顯然題眼是個「感」字。感從何處來？廣州。感由發生啥事？一些軍閥殘民以自肥的事。

這裏，有必要簡介當年的背景。從一九一二年至一九二〇年，這八年時間，汪氏多次赴歐，其間除了到南洋、日本探親訪友和短期回國外，大部分時間在法國，過著他的「小休」生活。但是，他畢竟是詩人兼政治家，在廣州所見所聞，還是看到了一些蛛絲馬跡，聞到一些異味。國內大小軍閥割據，陳炯明在廣東也蠢蠢欲動，局面進一步惡化，他們只講武力，不講人才，鳩占鵲巢，狡兔三窟。紈絝子弟，紙醉金迷。這麼多的時尚人士，要提防被大軍閥「忽悠」。否則，到時候會有流不完的悲憤的眼淚啊！這種不滿現實而又無能為力的情愫躍然紙上。

十二月二十八日雙照樓①即事

雙照樓頭月色新，清輝②如慶比肩③人。
梅花雪點溫詩句，疏影④橫斜又滿身。

【注釋】

①雙照樓：為汪氏住所，亦其詩詞集書名：《雙照樓詩詞稿》。雙照，詞出杜甫〈月夜〉「雙照淚痕乾」。指夫妻二人在一起賞月。②清輝：清亮的光輝。③比肩：肩挨著肩。④疏影：物影稀疏。見前〈西伯利亞道中寄冰如〉注。

【意譯】

雙照樓上的月色充滿柔情，清亮的光輝好像慶賀肩挨著肩賞月的伉儷情深。梅花縷縷清香，映襯點點積雪，兩口子正在咀嚼詩味無窮，稀疏的物影橫的橫、斜的斜灑滿全身。

【點評】雙照迎春

宋代詩人盧梅坡對梅雪文化有個著名的「三有」界定：「有梅無雪不精神，有雪無梅俗了人。日暮詩成天又雪，與梅並作十分春。」就是說，有梅、有雪、有詩才算得上「十分春」。我們曾經在〈雪中見梅花折枝〉裏這樣評騭，它屬於中華傳統文化中的一段華彩樂章。

但是，美是具備多彩多姿屬性的。請看，汪氏這首七絕，顯然別是一家春。除了「三有」，還有那個令人矚目的靈動的「慶」字！把清輝擬人化祝賀這對伉儷溫馨浪漫、情真意切，雙照溫詩，高雅柔情、亮麗地展示出來。還有暗藏在詩題「十二月二十八日」裏，指的是農曆年末，梅放冷香，白雪皚皚，顯示迎春接福，報春福臨，福祉呈祥的吉祥文化的暗示，民族習俗文化的折射！一個普普通通的「慶」字，一明寫，一暗描，內涵何其豐厚！純然是詩人自出機杼，勾勒出一幅可視、可感、可嗅、可觸、可圈、可點的「雙照迎春」的畫圖，也是放飛愛情、放飛情操、放飛襟抱、放飛梅雪文化的嚆矢！

舟出吳淞口①作（以下七年）

燈影舵②樓起夕陰，早秋涼氣感人心。
愁生庾信③〈江南賦〉，意遠成連④海上琴。
明月不來天寂寂⑤，繁霜初下夜沉沉⑥。

塊然⑦亦自成清夢，三兩疏星落我襟。

【注釋】

①吳淞口：吳淞江的出口。在上海市區外白渡橋入黃浦江口。②舵：船、飛機等控制方向的裝置。③庾信：（五一三—五八一）北周文學家，世稱庾開府。晚年有〈哀江南賦〉等作品，感傷遭遇，對社會動亂有所反映，風格也轉為蕭瑟蒼涼，為杜甫所推崇。④成連：春秋時著名琴師。傳說伯牙是他的學生，三年未能精通。他就帶伯牙到東海蓬萊山，聽海水激蕩、林鳥悲鳴的聲音，伯牙專心諦聽，受到啟發，終成天下妙手。⑤寂寂：寂寞；冷落。⑥沉沉：夜沉沉，指夜深。⑦塊然：安然自得。

【意譯】

舵樓燈影輻射出夜晚的清涼，初秋的涼意驅散了秋老虎的猖狂。愁思發生於庾信的〈哀江南賦〉，意味深長的是成連大師引導俞伯牙在海上找到靈感！月亮還沒有露出臉來，天穹顯得多麼冷落，嚴霜剛剛覆蓋大地，預報夜已深沉。我安然自得地收穫了美夢，口袋裏鑽進了幾顆亮麗的星星！

【點評】星星鑽進了我的口袋

欣賞NBA火箭隊的球藝，我看到過姚明籃下得球，卻被對方三名大漢圍逼，在此千鈞一髮之際，他突然巧妙地把球傳到外線無人盯防的麥迪，麥迪跳投，三分入帳！這種球員默契配合，就是生活中情境性直覺思維的體現。

同樣的道理，我們不難找到「意遠成連海上琴」的答案。伯牙拜著名琴師成連為師，三年未能精通琴藝，為什麼被師傅帶到蓬萊島口一聽海水激蕩、林鳥悲鳴就豁然開朗，一通百通呢？是因為伯牙面對突發情境，人在感知的同時，即刻在其戒備森嚴的觀念體系中彈射般地提取出相應的信息，迅即進行判斷，予以應對。這也許正是靈感爆發的一種偉力效應吧。

現在，我們不妨推論，汪氏這幾年的休閒生活，盡情享受了大自然的風光美景，享受了家庭天倫之樂，突然，舟出吳淞口，感悟到安然自得，收穫清晰的美夢，終於奇蹟閃現：「三兩疏星落我襟」，幾顆星星鑽進了我的口袋！想像的奇拔，畫面的瑰麗，語言的樸質，其蘊藉之深，繾綣之切，壯懷之釅，實屬罕見！應該說，詩人情感的燃燒、靈氣的詭譎、風格的清新，統統彰顯出個體美學訴求之熾烈，甚至似乎也見證了人類所希冀的三大基本欲望之一的權欲的萌動吧！

冰如薄①遊北京，書此寄之

坐擁書城慰寂寥②，吹窗忽聽雨瀟瀟。
遙知空闊煙波③裏，孤棹④方隨上下潮。

彩筆飛來一朵雲⑤，最深情語最溫文⑥。
燈前兒女依依⑦甚，笑頰微渦恰似君。

北道風塵久未經，愁心時逐短長亭⑧。
歸來攜得西山秀，螺髻⑨蛾眉⑩別樣青。

【注釋】

①薄：短暫。②寂寥：寂靜；空曠。③煙波：煙霧籠罩的江湖水面。④棹：槳，亦可指代船。⑤朵雲：語出《新唐書・韋陟傳》：韋陟以「五彩箋」為書信，自謂署名所書陟字「若五朵雲」。後用以「朵雲」為對別人書信的敬稱。⑥溫文：態度溫和。⑦依依：這裏形容留戀，不忍分離。⑧短長亭：舊時於城外五里處設短亭，十里處設長亭，以為行人休止之所。⑨螺髻：螺殼狀的髮髻。比喻矗立聳起如髻的峰巒。⑩蛾眉：這裏指美人。

【意譯】

只有坐在書房裏閱讀來化解我的寂寞，忽然風敲打著窗戶，傳來淅淅瀝瀝的雨聲。向著遠方想像高天開闊的煙霧籠罩著的江湖水面上，孤獨的輪船隨著大潮忽上忽下前進！

突然飛來一朵「五彩雲」，帶來了最動人的情話、最溫馨的笑容。明亮的燈前照映著兒女依依難捨難分。偶爾那笑臉上微微的小酒窩，多麼像是你的化身！

很久很久沒有遭遇北國路途上的僕僕風塵，憂愁的離情別緒時時刻刻追逐著一座座長亭連著短亭。企盼你歸來帶著北京西山可餐的秀色，美人高聳而時尚的髮型一定格外青春！

【點評】濃郁，還是淡雅？

請讀者只看詩題〈冰如薄遊北京，書北寄之〉，不讀這三章七絕，猜一猜汪氏會用濃郁的色調吟哦北京，還是以淡雅氣韻描繪北京？在點評獄中詩時，我們已然推介汪陳與北京有不解之緣。因為籌劃暗殺，積極營救都在燕京。汪氏獄中詩慷慨悲歌，頗具濃郁手采。而傳奇式釋放後，南洋、歐美，任意遨遊，伉儷情深，汪詩一派閒適、素淡色澤。而陳遊北京，汪會用怎樣的筆墨塗抹這段夫妻短暫的離情別緒呢？

且看三章主旨：第一章妻赴北京，夫極思念；第二章來信情語，全家歡欣；第三章計程早歸，攜秀更美。顯然，全詩重在夫妻牽掛、懷念，繾綣，纏綿。提到北京的僅僅是「北道風塵久未經，愁心時逐短長亭」一聯，用的並列句式。出句：你很久沒有遭遇北國旅途的勞累；對句：我充滿離愁，時刻計算著你歸來的一個個城鎮的路程。好像是〈金縷曲〉那句「願孤魂繚護車前後」的具象化！看來，三章七絕汪詩人用的都是淡雅的筆調。倘若要問濃淡色澤的軒輊，那麼我完全同意香港散文家董橋先生的不刊之論。他在回答《北京青年報》記者問他的散文風格時的回答：我常常這樣想，自己有時候喜歡這樣寫，有時候喜歡那樣寫，自己喜歡怎麼寫就怎麼寫吧。「偶然我會寫得白一些，偶然我會寫得深一些，可是不管濃淡，對我來說都是很辛苦的事情，我都會很用心地去經營，其實，寫淡容易嗎？寫濃又該怎麼濃呢？」（〈董橋抗拒可能的影響才有批判的力量〉，二〇〇七年三月二十六日）

「欲把西湖比西子，淡妝濃抹總相宜。」蘇東坡不是早已做了濃淡風格的美學概括之結論嗎？

展堂養痾①江之島，余往省②之，留十日歸。舟中寄以此詩

平原秋氣正漫漫③，步上河梁④欲別難。
彈指⑤光陰彌⑥可戀，積胸磊塊⑦未能歡。
巢成苦被飛鴞⑧妒，露重遙知落雁寒。
久立櫓⑨聲帆影裏，不辭吹浪濕衣單。

【注釋】

①痾（kē）：病。 ②省（xǐng）：探望；問候。 ③漫漫：（時間、地方）長而無邊的樣子。 ④河梁：河中間隆起成長條的部分。 ⑤彈指：彈動指頭，比喻時間極短暫。 ⑥彌：更加。 ⑦磊塊：壘石高低不平，喻阻梗或心中鬱結不平。 ⑧鴞（xiāo）：即鴟（chī）鴞：鳥，頭大，嘴短而彎曲。吃鼠、昆蟲等小動物，對農業有益。種類很多，如貓頭鷹等。 ⑨櫓：使船前進的工具，比槳長而大，安在船尾或船旁，用人搖。

【意譯】

悲秋的氣氛是多麼漫長，展堂登上河梁離別更難捨難分。時間過得飛快尤其值得留戀，心情不好我們相會也高興不起來。巢建好了遭到別的鳥類妒忌，露水太多我就知道大雁因為寒冷落下來。久久站在搖櫓聲和帆影裏，顧不上風吹浪花打濕了我單薄的衣裳！

【點評】朦朧的驪歌

汪精衛和胡漢民是生死與共的鐵哥們。汪身陷囹圄，聞展堂死事，曾為詩三首哭之。後復聞未死，遂輟作。我們已做推介。一九一八年聽說展堂養痾江之島，汪專程赴日本探望、慰問，時達十天之久，可見友情之深。

這首七律是一曲驪歌——客人告別時吟唱的詩篇。這種詩歌一般有四種類型：

一是現場直播型：它是描繪離別的規定情境，以抒發友情。比如李白〈留別金陵諸公〉：「食出野田美，酒臨遠水傾。東流若未盡，應見別離情。」前聯寫餞別之宴，後聯以眼前長江水作證，離情像江水流淌、永存。

二是感激友情型：感謝對方的恩惠。比如：「仗劍行千里，微軀感一言。曾為大梁客，不負信陵恩。」（唐人王昌齡

〈留別武陵田太守〉）把田太守比作魏國國都大梁的信陵君，絕不辜負其恩德。

三是想像別後型：比如清代保祿〈留別〉「擲卻毛錐（毛筆）望朔天，笑提長劍出幽燕。終南風雪崆峒月，醉眼看山別酒泉。」頭聯寫「投筆從戎」，並點明出發於幽燕。後聯想像壯觀的旅途，一掃寂寞和孤獨之感，而充滿豪放氣勢，全無離別愁悵。

四是坦誠勸慰型。它是以安慰的話語消解送別者的愁緒。比如唐人方幹〈將歸湖上留別陝宰〉：「歸去春山逗晚晴，縈迴樹石罅（xià：縫隙）中行。明時不是無知己，自憶湖邊釣與耕。」

以上四種型號都不能與汪詩對號入座。這是十日後離別直到舟中才寄以此詩，看來還是經過認真考慮的，並非信手塗鴉。筆者猜想，當時軍閥混戰，民不堪命。孫中山、黃興等尚流亡海外。而汪氏仍過著旅居外國的悠閒生活。即令對胡有所勸慰，也未曾在詩中有絲毫流露。只是提到這次探望「未能歡」，由於「積胸磊塊」。怎麼會憤憤不平呢？「巢成苦被飛鴞妒」，從而「霜重遙知落雁寒」。比之於獄中三首悼念詩的鮮明、激越，就只能是含糊、隱約的話語了。至於十天談了些什麼？尚無資料出現，當事人自然心裏有數，恐怕是不足為外人道吧！為此，筆者只得管它叫「朦朧的驪歌」，見笑了！

太平洋舟中玩月。達爾文嘗云月自地體脫卸而出，其所留之窪痕即今之太平洋也。戲以此意構為長句

地球一角忽飛去，留得茫茫海水平。
卻化月華①臨夜靜，頓令波影為秋清②。

單衣涼露盈盈③在，短鬢微風颯颯④生。
斗轉參橫⑤仍不寐，要看霞彩半天明。

【注釋】

①月華：月光。②秋清，即清秋：秋季，特指深秋。③盈盈：清澈；儀態美好。④颯颯（fēng）：形容樂聲婉轉抑揚。⑤斗（dǒu）轉參（shēn）橫：北斗星已轉向，參星也已打橫。指天色將明。

【意譯】

地球日夜飛轉，為宇宙奔忙，飛出的那隻角，窪了個浩渺的太平洋；一眨眼，幻化成美麗的月亮，讓夜色靜謐、安詳，波光雲影形成深秋，一陣比一陣涼。寒光閃閃的露珠晶瑩、亮麗、耀眼，微風吹拂我的單衣、短髮，奏響仙樂演唱。北斗轉向、天快亮，我絲毫沒有瞌睡，只想等待，等待把半邊天的紅霞觀賞！

【點評】詩，也有戲說

沒有想到汪詩人也有開玩笑的詩篇。在太平洋的海輪上賞月，也許是觸景生情吧，想起達爾文說過，月球和太平洋的成因。大概是懷疑這種論斷，因而寫出這首七律。

請看首聯：「地球一角忽飛去，留得茫茫海水平。」寫這一角飛去「所留之窪痕即今之太平洋也」。二聯：「卻化月華臨夜靜，頓令波影為秋清。」正是描述「月自地體脫卸而出」。三聯：「單衣涼露盈盈在，短鬢微風颯颯生。」描摹海上深秋景象。末聯：「斗轉參橫仍不寐，要看霞彩半天明。」通宵不睡等待觀賞海上朝霞半邊天的奇景。汪氏之所以敢於拿達爾文開涮，是因為這位外國古賢，沒有觸及同時代人物，自然毫無顧慮，可以秉筆直書，凸顯太平洋上深秋、月夜、單衣、短鬢、涼露、微風等諸多意象，加上想像中的海上朝霞半邊天的奇觀，能不心曠神怡、飄飄欲仙嗎？只留下輕微的反諷，盡在受眾的感悟之中。

其實，早在唐代詩聖杜甫就有〈戲為六絕句〉的「戲為」。蕭滌非教授認為，這六首詩「是針對當時詩學界所存在的貴古賤今、好高騖遠、夜郎自大等毛病而作的。杜甫不自以為是，同時也為了沖淡教訓人的意味，所以題作『戲為』，其實態度很嚴肅，議論也很正大」（《杜甫詩選注》）。既然杜甫認真其事，卻佯作隨意著筆，實則鄭重其事，從而沖淡語氣，緩和氣氛，給那些年輕人留面子、搭梯子，豈不能達到更理想的批評效果嗎？

然而，我們也不必為尊者諱，杜詩也確實存在戲說的敗筆。〈詠懷古蹟〉其三的「畫圖省識春風面」就是適例。「畫圖」來自野史《西京雜記》的虛構。說的是漢元帝命毛延壽為後宮諸女畫像，以便按圖挑選，昭君不肯行賄，毛延壽遂故意醜化昭君，致使元帝日後誤遣昭君和親。杜甫把虛構的情節當作真實的歷史，貽誤後人！王岳川先生認為：「野史大約就是如今戲說的前身。」不過，野史也有為正史所掩蓋的真實，有益於世人。這是要慎之又慎，不可一刀切的！

「『戲說』與歷史真實的劇烈碰撞，究其根本，是當今大眾文化的產物。大眾要求的娛樂、消費、世俗消解了歷史深度、文化深度。但這危害程度實在不小。」怎麼辨？王先生建議，凡屬戲說都打上「戲說」品牌，或開幕中顯示：「劇情有虛構，不得以歷史視之。」（見〈戲說之風與歷史之眼〉，《北京青年報》二〇〇七年二月十一日「每日評論」版）我以為，這只是權宜之計。以後該當如何處理，還得由歷史回答。

當下詩歌，不論新詩或者舊詩比之於小說、散文等文本都要遜色，幾乎沒有什麼詩中戲說，這就不足為怪了。不過，有些詩人、詩評家仍然充滿信心，看好未來，筆者完全贊同這種論斷！

重九日謁①五姊墓

姊諱②兆綺，字綺昭，溫淑③多才，與余友愛至篤④。余獄中〈述懷〉詩所云：「尚憶牽衣時，謬把歸期約。」即為姊作也。今距姊歿十餘年矣。

倉促⑤別吾姊，從茲生死殊。
風塵⑥久憔悴⑦，魂夢屢驚呼。
荷鍤⑧憂仍大，聞砧⑨淚易枯。
斜陽趣⑩歸去，回首斷墳孤。

【注釋】

①謁（yè）：進見地位或輩分高的人。②諱（huì）：舊時不敢直稱帝王或尊長的名字，叫諱。③溫淑：溫和善良。④篤（dǔ）：忠實。⑤倉促：匆忙。⑥風塵：比喻旅途的勞累。⑦憔悴：形容人瘦弱，面色不好看。⑧鍤（chá）：鐵鍬。⑨砧：捶或砸東西時墊在底下的器具，有鐵的、石頭的、木頭的（即砧板）。⑩趣：急促。

【意譯】

五姊啊，還是那次匆忙告別，從此連生死的消息也找不到。

長久的旅途勞累，一直滿臉疲憊，在睡夢裏我屢次呼喚您哩！
每當我去勞動就替您擔憂，聽到水邊的搗衣聲，就想到您的勞苦，我的眼淚都流乾了。
夕陽一晃落了山，回過頭來就望不到您那座孤零零的土墳！

【點評】比較→選擇

這首五律，我們擬用「比較→選擇」的方法，進行校勘。我手邊有兩種版本，第一種是上海書店印行的《汪精衛集》第四卷中的詩詞部分。其目次為庚戌獄中雜詩、辛亥獄中雜詩、西山紀遊詩、廬山雜詩、雜詩、詞，共三十八頁。簡稱上海版。

第二種是《雙照樓詩詞稿》，共八十四頁。分為《小休集》（上、下）和《掃葉集》，二集前均有汪氏自序。後有編輯者跋，辛巳三月五日黑根祥作跋。每部南粉連紙金三圓，編輯、校勘者北京東城大甜水井拾號黑根祥作，發行兼印刷者北京東安門外南夾道拾五號那須太郎，發行所同右大北京社，昭和拾六年（民國三十年）三月十日初版。簡稱北京版。

我們一直以北京版為底本，參照上海版，擇善而從，以求得接近原文真相。由於〈重九日謁五姊墓〉北京版無序，採納了上海版小序的全文，加上有三句詩為異文，故藉此機會向讀者報告我們操作的程序。請看，上海本的開頭三句：「生小類吾姊，多才愧不如。形骸苦相析。」北京本則為：「倉促別吾姊，從茲生死殊，風塵久憔悴。」可見前者首句論貌，姊弟均貌美。第二句論才，姊多於弟。如此起筆原本無可厚非。然小序已然指明，五姊溫淑多才，與吾友愛甚篤。不僅有重複累贅之嫌，而且沖淡、削弱了姊弟生死兩茫茫之慘痛，何況小序又點明獄中〈述懷〉詩云：「尚憶牽衣時，謬把歸期約」即為姊作呢！北京版卻不然，首聯兩句，緊扣題眼的「謁」字：離別匆忙，音訊消失。明為生離，實為死別！相比之下，後者更能吸引受眾的眼球，撥動受眾的心弦，激發受眾的共鳴——何時何地能夠再相逢？第三句「風塵久憔悴」取代「形骸苦分析」，一則增強了視覺的衝擊力；二則與第四句「魂夢屢驚呼」，添加了自然承接的呼應力；三則充實了話語的感染力。為此，我們認為這種選擇至少是接近原文真相的演繹吧。

自上海放舟，橫太平洋經美國赴法國，舟中感賦（以下八年）

一襟海氣暈①成冰，天宇沉沉叩不應。
缺月因風如欲墜，疏星在水忽生棱②。
聞歌自愧隅常向③，讀史微嫌淚易凝。
故國未須回首④望，小舟深入浪千層。

【注釋】

①暈（yùn）：頭腦發昏，周圍物體好像在旋轉，有要跌倒的感覺。②棱：物體上條狀的突起部分。③向隅：比喻失意而不得志。語出《說苑•貴德》。④故國不堪回首：語出南唐後主李煜〈虞美人〉。李煜以失國之君直抒亡國之痛，見眼前春景回憶往事湧出「故國不堪回首」的慨嘆，使人迴腸蕩氣。

【意譯】

一身的海水腥氣結出了冰，天空陰沉沉敲打也毫無回應。海風颳得太大殘月好像要掉下來，稀稀幾顆星星閃映在海面上彷彿生長出一條條棱。聽到歌聲深感慚愧，常常向隅哭泣，閱讀史書稍微討厭眼淚水珠容易凝結成。故國不堪回首，需要忘記一切，輪船已然深入到千層海浪中。

【點評】故國不堪回首

這首七律是自上海放舟，橫太平洋經美國赴法國，舟中感賦。它的主旨，我以為便是關鍵性的末聯出現的：故國不堪回首。調子全然冷色：暈成冰，叩不應，月欲墜，星生棱，常向隅，淚易凝……祖國不能承受回頭張望之重啊！山河破碎，民不聊生，需要忘卻，忘卻！汪氏為什麼心境如此灰暗、落寞、苦痛？需要拷問，需要溯源，需要尋根。

一九一八年五月四日，孫中山向非常國會辭去大元帥職，並一針見血地指出：「吾國之大患，莫大於武人之爭雄。南與北如一丘之貉。」（〈辭大元帥職通電〉）同年十月徐世昌馬上就任北京政府大總統，汪精衛更不想過問這種政治了！民間有一副名聯，的確有趣：「民猶是也，國猶是也，何分南北？總而言之，統而言之，不是東西！」「民國總統不是東西」八個大字全都自然而妥貼地鑲嵌進去，諷刺辛辣，入木三分！

南方如何呢？一九一九年巴黎和會召開，汪精衛堅決辭掉了廣州軍政府任命的南方巴黎和會代表。原因是他對北方的政局感到失望，又對南方的官僚政客更加不滿。當其時，孫中山進入了極為徬徨苦悶、意志消沉的時期。但他仍然繼續探索救國救民的方法，並撰寫《建國方略》。後來，汪精衛不無自豪地說，民國成立後至國共合作前這段時期，「能堅持著革命的旗幟，始終不變的只有一個孫先生，和他的極少數信徒」（《汪精衛集》，第一一七頁）。顯然，他是以這「極少數信徒」中的一員自豪的。這是實話實說！儘管汪對孫中山有追隨的義務，但是看不到出路何在。為此，他的精神幾乎全部寄託於迴避現實，盡情享受自然景物，即興放飛激情；寄託於與陳璧君唱和詩詞，顯示伉儷情篤了。總起來說，這段時期主旋律，只有兩個字：小休——汪氏不是有《小休集》嗎？

舟中曉望

朝霞微紫遠天藍，初日融波色最酣。
正是暮春三月裏，鶯飛草長憶江南。

【意譯】

紅紅的朝霞涵容輕淡的紫米色，映襯出遠方藍藍的青天，剛剛升起的太陽和大海碧波調配的色澤絕像盡興喝酒那種酣暢！眼下正是暮春三月的時光，江南草長、花開、鶯飛舞，怎麼能不回想我亮麗的故鄉！

【點評】浪跡天涯的寄託

《汪精衛傳》的作者聞少華對〈舟中曉望〉有一句話的評定：「儘管浪跡天涯，汪精衛還是沒有忘記暮春三月的江南的勝景。」（吉林文史出版社一九八八年版，第四十五頁）此話中肯！因為詩中規定的情境正發生在陽春三月，自然聯想到江南春色。要知道，汪氏的祖籍地屬江南的浙江紹興，恰恰是「山陰道上，應接不暇」的時節！其實，就炎黃子孫的人情世故而言，越是遠離故鄉，越是牽掛故鄉，不管遊子是在順境抑或逆境之中總要閃現故鄉魅力，總要出現地域文化磁場的巨大引力！

現在，讓我們推介「鶯飛草長憶江南」典故的概況。故事發生在一五〇〇多年前的南朝，梁臨川王蕭宏率師北伐，命令文學家的記室丘遲寫信勸降北魏的平南將軍陳伯之。陳將軍接到〈與陳伯之書〉一讀，特別感動。據說尤其是讀到「暮春三月，江南草長，雜花生樹，群鶯亂飛。」情不自禁率八千多兵降於壽陽。這十六個字為什麼具有如此巨大的內驅力？原來陳將軍出生於南朝濟陽睢陵，就是如今安徽明光人氏，地屬風水寶地的江南。正是唐代名句吟唱的：「此夜曲中聞折柳，何人不起故園情？」（李白〈春夜洛陽城〉）民諺更加直截：「美不美家鄉水，親不親故鄉人。」統統是「那隻看不見的手」冥冥之中發揮的效用！

這是人性的自然訴求，是家人團圓的企盼，是故鄉文化的魅力，是浪跡天涯的寄託。

舟次①檀香山②書寄冰如

烏篷十日風兼雨，初見春波日影融。
家在微茫③蒼靄外，舟行窈窕④綠灣中。
鸞飄鳳泊⑤年年事，水秀山明處處同。
雙照樓中人底事⑥？莫教惆悵⑦首飛蓬⑧。

【注釋】

①次：外出遠行時停留的處所。②檀香山：即火奴魯魯。美國夏威夷州首府和港口。③微茫：隱約，不清晰。④窈窕：山水幽深。⑤鸞飄（漂）鳳泊：比喻夫妻離散。⑥底事：何事；為什麼。⑦惆悵：見〈遊昌平陵〉注⑩。⑧飛蓬：蓬：蓬草，枯後根斷，遇風飛旋，故稱飛蓬。《詩・衛風・伯兮》：「自伯之東，首如飛蓬。」常用來比喻行蹤的漂泊不定。

【意譯】

海輪風雨兼程航行了整整十天，才看到海浪和日影親密結合。住在隱隱約約的灰白色雲氣的天邊，船駛進幽深的清亮的水灣中。我們夫妻年年分離是尋常事，而山青水秀的勝景也處處相同。記住雙照樓裏我們相約為何事，切莫讓感傷纏著漂泊行蹤！

【點評】「詩結」解密

關於律詩章法歷來存在不同看法，陳鍾凡先生對中國詩評家之論點一一列舉，進行對比分析之後，認為：「蓋起承轉結之說，以八比文作法論詩，僅可以悟初學，絕不足語宏達也。」（《中國韻文通論》，上海書店出版一九九〇年版，第一九三至一九四頁）我感到此論有兩點可取：一是把「合」字改作「結」字，意義更加明朗，便於理解；二是比較適合初學者操作的圓通說法。

現在，讓我們解密這首七律的「詩結」：「雙照樓中人底事？莫教惆悵首飛蓬！」供參考的意譯是：記住雙照樓裏我們相約為何事？切莫讓感傷纏著漂泊行蹤！就全詩整體觀照，自然看到「鸞飄風泊年年事」，亦即我們夫妻分離是尋常事，絕不稀奇。我以為這句話的潛在意識恐怕就是勸慰、勉勵、互動，強調豁達、通活，具有平常心。人生動律總是有聚有散、有順有逆、有興有衰、有生有死的，何況我們伉儷是胸懷政治抱負的民主派革命家呢？且不說當年刺殺攝政王，汪陷囹圄，陳去營救，只說一九三五年十一月一日汪被刺時的實況，不妨讀一讀陳公博《苦笑錄》的一段文字：「汪夫人屈一隻腿跪在汪先生的身旁，和汪先生把脈搏……『四哥，你放心罷，你死後，有我照料兒女。革命黨反正要橫死的，這種事，我早已料到。』汪夫人很悲憤的，但還沉得住。」（轉引自王朝柱《汪精衛和蔣介石》，中國青年出版社一九九三年版，第三七〇頁）陳璧君現場脫口而出的話語，顯然是早已經過深思熟慮的肺腑之言！不難發現，硬要說他們完全沉醉在過去，在雙照樓的生活中，不計其他，恐怕也是不切實際的吧。

春日偶成

孤筇①隨所之，窈窕②至林谷。
泉聲流不斷，淒愴③動心曲④。
山徑隱薜蘿⑤，攀陟⑥氣才屬。
微生⑦寄片石，千里集吾目。
初陽被綠草，天氣清且淑⑧。
繁花何茫茫⑨，紅紫自成簇。
飛鳥既睍睆⑩，遊人亦雍穆⑪。
大塊⑫富文藻⑬，當春更蕃⑭沃。
勢如決巨浸⑮，萬物盡淹覆。
奇愁定何物，百計不可逐。
惘惘⑯情未甘，靡靡⑰行已足。
欲語苦口噤⑱，微風振林木。

【注釋】

①筇（qiáng）：筇竹，竹子的一種，可以做手杖。 ②窈窕：見上面詩注④。 ③淒愴：淒慘；悲傷。 ④心曲：心事。 ⑤薜（bì）蘿：薜荔和女蘿。後稱隱士的服裝。有時也借指隱者的住處。 ⑥陟：猶重巒疊嶂。 ⑦微生：指微生物，形體微小、構造簡單的生物的統稱。 ⑧淑：溫和；美好。 ⑨茫茫：沒有邊際、看不清楚。 ⑩晛睆（xiàn huàn）：形容聲音清和圓轉。 ⑪雍穆：和睦。 ⑫大塊：大地；大自然。 ⑬文藻：文詞華麗。 ⑭蕃：茂盛。 ⑮巨浸：大湖。 ⑯惘惘：心中若有所失貌。 ⑰靡靡（mǐ）：頹廢淫蕩；低級趣味的。 ⑱噤：中醫指牙關緊閉、口不能張開的症狀。

【意譯】

一根手杖跟我隨意行走，來到幽深的樹林和山谷。泉水不斷地嗚咽，悲傷地打動了心曲。山上的小徑兩旁長滿薜荔和女蘿，攀登重巒疊嶂氣息才平緩。微生物都寄生在一片石頭上，千里聚集在我視野裏頭，初升的太陽鋪滿了綠草地，天氣清新又美好。盛開的花朵無邊無際、看不清楚，紅的、紫的、黃的、白的各自成一簇一簇。飛鳥的叫聲既然清和圓轉，那麼旅遊者也和和睦睦。大自然富有華麗文詞，正當春天更加茂盛、土地肥沃。來勢像大湖決口，萬物全都淹沒。非常愁苦鎖定什麼東西？千方百計還沒有把它攆走！心中若有所失並不情願，靡靡之音已經演得足夠。想要批評苦於患有口噤病，輕輕吹拂的和風振動著森林樹木！

【點評】「勢」為詩眼

手杖到的地方，林谷幽深，泉水嗚咽。小路布滿薜蘿，攀登重巒疊嶂。視野千里，微生物，朝陽毯，綠草茵，天氣好。繁花色彩斑爛，鳥鳴清和婉轉，遊客勝意祥和。大地鋪錦繡，春色多豐茂。亮麗景觀撲面，耳目應接不暇——這組彩色鏡頭，綠色是底色；這組天然旋律，歡樂是主旋律。繁花奪目，春日醉人，多麼具有視覺衝擊力；玉潤珠圓的鳥啼，不斷潺潺的流泉，是大飽耳福的聖地！

全篇二十四句，這段潑墨如雨，酣暢淋漓，花費了十六句，占用了三分之二的篇幅。正當受眾準備享受完畢這頓美景大餐的時刻，令人驚愕的風雲突變凸顯出：來勢像大湖決口，洪水滔滔，淹沒一切！不是繁花崩折，不是天塌地裂，而是千方百計攆不走的「靡靡行已足」，這是頹廢淫蕩、腐蝕靈魂的靡靡之音，何況它到處肆虐！這個「勢」起於青萍之末，「淒愴動心曲」，源於心事浩茫，通篇形成：「心曲——奇愁——惘惘——靡靡——口噤」的走勢。

從另一個視角來觀照，這正如譚天河先生在談到汪氏第二個時期的詩所說的：「汪正自由自在，海闊天空，從南洋到歐美任其翱翔。雖偶有情緒落寞之作，但多反映煙雨樓臺的閒適之情。」（《汪精衛生平》，廣東人民出版社一九九六年版，第五十四頁）我以為，這首詩便是「情緒落寞之作」的一個代表。它依然表露出入世的憂患意識，即使身在江湖，也忘不了現實紅塵，形而上學地觀照人生和救世的抱負！縱然口噤也要以詩句表述心靈的話語：「微風振林木」。微微輕拂的春風對於莽莽森林有多大一點振動力呢？有餘不盡之意啊！

比那蓮山雜詩

比那蓮山在法國南部，與西班牙接壤。峰巒奇秀，林壑稱美；瀑布尤奇絕。未易以言語形容也。六年春歸國，冰如嘗以暑假攜弟妹兒女，遨遊其間，有書來告，且媵（ying，陪送出嫁）以所謂詩；意頗以未得同遊為憾。是年冬歸國，猶時以風光為余絮絮（形容說話連續不斷）言之。八年春，余重至法，冰如未獲同行。夏末偶暇，約方、曾兩家姊妹弟甥，遨遊其中凡（共）七日，足跡所至，皆冰如舊經行地也。因為詩數首，欲與冰如所作相質證焉。

山中即事

沉沉萬山中，泉聲鳴不已。
心逐①野雲飛，忽又墜②溪水。
山坳③聚林木，眾綠光薿薿④。
纖⑤草織平茵，小花間藍紫。
怡然⑥相坐語，間亦恣⑦遊戲。
小妹捉蚱蜢，荊棘創⑧其指。
一笑釋自由，驚飛側雙翅。

【注釋】

①逐：追趕。②墜：落。③坳（aò）：山間平地。④薿薿（nǐ nǐ）：形容茂盛。⑤纖：細小。⑥怡然：形容喜悅。⑦恣：沒有拘束。⑧創：使受損傷。

【意譯】

深沉的萬山叢中，清泉叮咚響個不停。思緒跟著野雲飛翔，忽然落到溪水沒有聲音。山坳裏擠滿密密的樹木，一片綠色多麼茂盛。細小的綠草編織成平整的墊子，小花叢裏夾雜著天藍和紫紅。大家坐在一塊高興地聊天，間或也大大小小一塊兒做著遊戲。小妹追撻蚱蜢，終於捉到，可惜小刺傷了手指。她笑一笑鬆手讓蚱蜢自由，飛起一驚，突然兩側展示出一對翅膀。

【點評】驚字的開掘

鍊字，既是中華詩詞創作的基本理念，也是實踐的基本方法，歷來受到詩家高度關注。

且看〈山中即事〉的收尾——這個華彩樂章經常出現的關鍵部分，也是全詩的敏感地帶，我們也許不難捕捉到詩人功力的視閾。「一笑釋自由，驚飛側雙翅。」這個「驚」字，乍看起來實在平平常常，但是，只要稍加推敲，就可以開掘鍊字的形象化，情緒化，審美化的功能。

這個「驚」，從語義學上來考察，便不難發現，如果用「一」替代「驚」，表明是「一下子」飛起，言其快捷；用「高」呢，說距離；用「猛」表突然；用「騰」指升空……似乎都過得去，然而我們又不可忘卻語法學上的拷問：「驚飛」是如何與「側雙翅」這個賓語配置的？人們一般印象總以為蚱蜢是靠跳躍生存，忽視了牠在突如其來的刺激而精神緊張時刻，會使出祕密武器——雙翅拯救自我的生命！這，又見證詩人觀察的細緻入微，明察秋毫之末，絕不忽視任何細節——最小的組成單位：牠是驚嚇而使用飛翔。何況受眾也是一驚，原來蚱蜢還有這一手！為此，「驚」字不可移易、替代、更換。這正是清人冒寒山《甚原詩話》所提出的「詩腸須曲」說，就是強調詩必須有情感的起伏，不能一馬平川，促使詩歌語言充分的心理感覺化。動詞恰恰能夠擔負起這種表情功能。可見，驚字開掘出力度驚人！

遠山

遠山如美人，盈盈①此一顧。
被曳②蔚藍③衫，懶裝美無度④。
白雲為之帶，有若束縑素⑤。
低鬟⑥俯明鏡，一水淡⑦無語。
有時細雨過，輕渦生幾許⑧？
有時映新月，娟娟⑨作眉嫵⑩。
我聞山林神，其名曰蘭撫。
誰能傳妙筆？以匹⑪〈洛神賦〉⑫。

【注釋】

①盈盈：形容儀態美好。 ②曳（yè）：拖；拉；牽引。 ③蔚藍：像晴朗的天空的顏色。 ④無度：沒有限度。 ⑤縑素：細絹和生絹，都是白色。 ⑥鬟（húan）：婦女梳的環形的髮髻。這裏指代頭。 ⑦澹（dàn）：安靜。 ⑧幾許：多少？ ⑨娟娟：美好貌。 ⑩眉嫵：指眉式樣美好可愛。 ⑪匹：比得上。 ⑫〈洛神賦〉：三國魏曹植作。序曰：「黃初三年，余朝京師，還濟（過河）洛川。古人有言：斯水之神，名曰宓（fú，姓）妃。感宋玉對楚王神女之事，遂作斯賦。」

【意譯】

遠遠的一座高山，真像一位絕代佳人，儀態萬方，顧盼生輝。
她討厭追求時尚款式，隨便披著一襲蔚藍的連衣拖地長裙，一望就光彩照人！
白雲製成腰帶，彷彿縑素繫上閃光，把蔚藍裙映襯得更加清爽。
一泓清泉是一方明鏡，低頭一照，游魚和飛禽，痴痴呆呆，鴉雀無聲。
有時絲絲細雨飄來，桃紅李白的面龐又輕輕笑出醉人的酒渦有幾多？
有時一彎新月的照耀，雙眉的式樣多麼美妙！
我聽說山林的神靈名字叫做蘭撫。
請問誰個能夠運用如椽的大筆，描繪這天生佳麗，比得上曠代華章〈洛神賦〉！

【點評】美人秀

「遠山如美人」，這是〈遠山〉劈頭的一個比喻。它演繹了美人容、美人裝、美人用具、美人風度……令人目不暇接、嘆為觀止的美人秀。請看：

1. 一顧：「盈盈此一顧」，顧盼生輝，一顧傾城。美人打開了心靈的窗戶，視闕萬里，能不遠嗎？
2. 蔚藍衫：「被曳蔚藍衫，懶裝美無度。」淡淡裝束，天然模樣。著一襲天藍色的素淨的落地長衫，儀態萬方，秀色可餐。
3. 腰帶：「白雲為之帶，有若束縑素。」白雲，主動地為她編織腰帶，還像絹那樣閃光。蔚藍衫繫上潔白而放光的腰帶，真是衣飾素雅，飄飄若仙。
4. 明鏡：「低鬟俯明鏡，一水淡無語。」鏡面如何？髮式怎樣？一泓清水，安靜見底。波瀾不驚，沒有音響，萬類寧靜，呆若木雞，由於美女天生麗質，魅力迷人！

5.酒渦：「有時細雨過，輕渦生幾許？」又紅又白的瓜子臉上輕輕地笑出了微微醉人的酒渦有幾多？

6.眉：「有時映新月，娟娟作眉嫵。」美眉的式樣、深淺時尚新潮，如鈎的月亮是不是有點兒嫉妒？

7.名字。「我聞山林神，其名曰蘭撫。」如詩如畫，似真似幻，這位絕代佳人，你叫什麼名字？只怕正是山神蘭撫的化身啊！

8.洛神：「誰能傳妙筆，以匹〈洛神賦〉。」誰個能傳授生花妙筆？歌詠遠山如神的美人，可以比美曹子建吟誦的洛神！

這便是一個比喻演繹出遠山精彩紛呈的美人秀。

西班牙橋上觀瀑

翠岩碧嶂①相周遮②，遠看瀑勢如長蛇。
下馳嶔崎③犖确④之峻阪⑤，又若以風為馬雲為車。
蒼崖⑥崩摧大壑⑦裂，峭壁削成愁嶄絕⑧。
唯餘怪石鬱⑨嵯峨⑩，錯落⑪水中猶杌隉⑫。
石齒咽波波不定，沸白渟⑬藍紛復整。
浪花蹴⑭起入長空，散作四山煙雨影。
輕煙細雨微濛中，燁⑮然受日橫長虹。
行人拍手眼生纈⑯，餘光反映松林紅。

據石臨流自欹側⑰，斷橋小樹如相識。
瀼瀼⑱零露⑲洗肺肝，淅淅⑳微寒生鬢髮。
由來泉水在山清，莽莽㉑人間盡不平。
風雷萬古無停歇，和㉒我中宵㉓悲嘯聲。

【注釋】

①嶂：直立像屏障的山峰。②周遮：猶「啁哳」，象聲詞；也形容人語囉嗦。③嶔（qī）崎：山高峻貌。④犖（luò）确：山多大石貌。⑤峻阪：陡坡。《史記•袁盎傳》：「文帝從霸陵上，欲西馳下峻阪。」⑥崖（yá）：山石或高地的陡立的側面。⑦壑（hè）：山谷或大水坑。⑧嶄絕：山高險峻貌。事物超越尋常也叫嶄絕。⑨鬱：草木茂盛。⑩嵯峨：山勢高峻。⑪錯落：交錯紛雜。⑫杌隉（wù niè）：局勢、局面、心情等不安定。⑬渟：水停滯。⑭蹴（cù）：踢；踏。⑮熚（bì）：火盛貌。⑯纈（xié）：有花紋的絲織品。⑰欹（qī）側：傾斜；歪斜。⑱瀼瀼（ráng）：形容露水多。⑲零露：即露。舊解零為隕落。⑳淅淅：（擬聲）形容輕微風、雨、雪等的聲音。㉑莽莽：原野遼闊，無邊無際。㉒和（hè）：和諧地跟著唱。㉓中宵：夜半。

【意譯】

綠的岩石，青的山，互相啁哳地響，遠遠望著一條蠕動的大白蟒蛇。向下奔馳是巨石叢生而又高峻的陡坡，又像超常快捷的風馬和雲車。青青的懸崖崩垮、大大的山谷裂口，峭壁被削成險峻的高山。只剩下茂盛的草木鋪蓋崇山峻嶺，交錯紛雜在水中不斷地動彈。大石的口齒吞噬下波濤，波濤依然不能平靜，沸騰的雪白的清泉匯合著深潭停滯的藍黑色積水，融為一體。浪花跳起飛向九天，砸成粉末化作四周山上煙雨的倩影。在濛濛的輕煙細雨裏，像熊熊烈火燃燒的陽光橫空架起一座亮麗的彩虹。參觀的人群鼓掌，眼睛裏映照出有花紋的絲織品，太陽餘輝照耀著松林一片火紅。站在巨石上貼近激流無意識地向後歪斜，那斷橋，那小樹，似曾相識。露水多多洗滌肝和肺，淅淅瀝瀝、涼意中生長鬢髮。從來泉水在山溪裏清亮愛煞人，流出大山就變成污濁，原野遼闊的人世間到處是不平！風聲雷聲一萬年也不會停頓，和諧地跟著我半夜發出悲苦的呼嘯聲！

【點評】聚焦「題眼」

如果說〈太平山聽瀑布〉的題眼是「聽」的話，那麼，〈西班牙橋上觀瀑〉的關鍵詞就是「觀」了。題眼是隻牛鼻子，抓住它，縱令青藏高原上的牦牛也得乖乖地聽從放牛娃娃的指揮哩。我們不妨對詩人的「題眼」予以具體歸納，便知端的。

一、單純意象：

a.是關於大山的描繪的。有岩、嶂、崖、崩、壑、峭、山等，重巒疊嶂，雄奇壯麗。

b.是關於色彩的塗抹的。有翠、碧、蒼、白、藍、燁、虹、紅等，目迷五色，心馳神往。

二、複合意象：有翠岩、碧嶂、蒼崖、峭壁、怪石、石齒、沸白、渟藍、長虹、長蛇、斷橋、小樹、零露、浪花等，精彩紛呈，美不勝收。

要之，崇山峻嶺中的瀑布，主要是憑藉強烈的視覺衝擊力，描摹了產生大瀑布的特殊環境，意象多多，目不暇接，凸顯了大自然的奇觀。在這裏，詩人沒有拒絕聽覺功能的展示。只不過僅有周遮（啁哳）、拍手、嘯聲三處，而且都不是直接模擬或間接烘托瀑布的音響效果，顯然是惜墨如金，不宜喧賓奪主的考慮了。讀者如果有興趣，建議把兩首瀑布詩比照閱讀，那就不難做出二者對比的強烈反差，進而聚焦「題眼」的功能了。

曉行山中書所見寄冰如

初陽在翠壁，爛熳①不可明。
熠熠②朝露晞③，依依④白雲晴。
積雪冒遙岑⑤，𩂯䨴⑥生光明。
煙光淡⑦欲盡，山夢如初醒。
綠葉紛葳蕤⑧，燁⑨然發其瑩⑩。
幽花與長松，一一生奇馨。
行行⑪至水源，屏峰入眉清。
石笋⑫咽流泉，涼風自泠泠⑬。
頹⑭岩挺嘉樹，虧蔽若危亭。
塊然⑮倚之坐，睍睆⑯聞流鶯。
遐思⑰素心⑱人，莓苔⑲屐⑳曾經。
作詩道相念，歌罷心怦怦㉑。

【注釋】

①爛熳：顏色鮮明而美麗。②熠熠（yì）：形容閃光發亮。③晞（xī）：乾燥。④依依：留戀，不忍分離。⑤岑（cén）：小而高的山。⑥靉靆（ài dài）：形容濃雲蔽日。⑦淡：稀薄。⑧葳蕤（wēi ruí）：形容枝葉繁盛。⑨燁（yè）：光輝燦爛。⑩瑩：光亮透明。⑪行行（xíng）：走著不停。⑫石筍：溶洞中直立的像筍的物體，常與鐘乳石上下相對，是由洞頂滴下的水滴中所含的碳酸鈣沉澱堆積而成的。⑬泠泠（líng）：形容清涼。⑭頹（tuí）：坍塌。⑮塊然：見〈舟出吳淞口作〉注⑦。⑯晛睆：見〈春日偶成〉注⑩。⑰遐思：遐想。⑱素心：心地純樸。⑲莓苔：青苔。⑳屐（jī）：木頭鞋，泛指鞋。㉑怦怦（pēng）：形容心跳的聲音。

【意譯】

朝陽映在青翠的樹林，顏色鮮明美麗但不透明。一顆顆閃光發亮的露珠，留戀著白雲晴朗的天空。積雪中冒出了遠處的小山尖，濃濃蔽日依然生發幾線光明。淡淡的霧靄快要散盡，大山也剛好夢醒。青枝綠葉特別繁盛，光輝燦爛、晶瑩透明。幽深的花卉、高大的青松，一個一個散發清香。走著走著來到泉水的源頭，屏風似的山峰，多麼秀俊。清泉流動的聲音來自石筍，一陣陣清風涼浸浸。坍塌的岩邊卻挺著一棵美好的大樹，遮蔽著像危險的短亭。安然自得地靠著它坐下，傳來清和圓轉歌聲是飛行不定的黃鶯。遐想心地純樸的好心人，青苔上留下深深淺淺的鞋印。寫首詩抒發思念，吟罷心還怦怦跳個不停！

【點評】享受山中曉行

中國詩史上留下了汗牛充棟的山水作品，形成了博大精深的山水文化傳統。這大概與我們古代先哲總把天、地、人看成一個整體不無關係。我們也許可以把〈曉行山中書所見寄冰如〉做個適例，以見一斑。

還是先審題吧。題眼凸顯了一個「見」字。「見」於何時？曉。見於何地？山中。「見」用何方式？行。如果稍微細緻一點，那麼，我們就不難見證詩人正是按照題目布局謀篇的。

一是「曉」：初陽（首句），朝露（第三句），初醒（第八句），絲絲入扣，寫的是清晨。

二是「行」：「行行至水源」，很可能學〈桃花源記〉的漁人「沿溪行，忘路之遠近」吧。

三是「山中」：翠壁（首句）啦，遙岑（第五句）啦，山夢（第八句）啦，像電影手法，一再強調是「山中」，絕非平原，更非海上。

以上三點歸結到題眼，主要享受是「見」到爛熳、熠熠、依依、靉靆、嘉樹；看到青翠的樹林，發亮的露珠，快散的晨霧，幽谷的花卉，挺拔的青松，青苔上深深淺淺的鞋印！享受多多，鋪天蓋地，美不勝收。

另類次要的是聞到「奇馨」，聽到「流泉」、「流鶯」，觸摸到「涼風自泠泠」。由主要是視覺的享受，擴展到嗅覺、聽覺、觸覺的愉悅，實在樂不可支，難怪要向冰如傾訴啊！

「編筐織簍，難在收口。」汪詩人的結尾是寫詩抒發思念——留下鞋印的好心人，吟罷心還怦怦跳個不停呢。

題蘗莊圖卷

儒家重飾終①，墨子論薄葬②。
事人與明鬼，於義各有當③。

儒者言事人，故以死為人生最痛之事，其喪禮隨以重；墨者言明鬼，則體魄非所深戀，故主薄葬：皆其學說根據使然也。

杯棬⑤與手澤⑥，拳拳⑦不能忘。

所以鼎湖⑧人，涕淚⑨收弓裳。

口手之澤猶不忍棄，況父母之遺體乎？此孟子所以謂：孝子仁人之葬其親，必有道也。

漢文恭儉主，石槨⑩生汍瀾⑪。

達哉張釋之，妙喻錮南山。

景純詠遊仙，意欲翔寥廓⑫。

如何著葬書，所志在糟粕。

葬親為仁人孝子所不能免。然死不欲朽，其用心已可笑；而堪輿⑬家言，則直陷於罪戾⑭矣！景純猶不免，蓋此風至魏晉而始盛也。

蘗莊山水好，此意真綿綿⑮。

佇⑯看松與竹，一一長風煙。

蘗莊主人闢數弓⑰之地以為墳園，舉族葬於斯，既不多奪生人耕植之地，又擺脫一切堪輿家言，且其地山川映帶⑱，松竹蔚然⑲，風景宜人。以圖卷索題，余喜其有改良社會風俗之志，故為題詩數首如右。

【注釋】

①飾終：古代尊榮死者的典禮。②薄葬：從簡辦理喪葬。③當（dàng）：合宜；合適。④使然：由於某種原因致使這樣。⑤棬（quān）：曲木製成的飲器。⑥手澤：先人的遺物或手跡。⑦拳拳：形容懇切。⑧鼎湖：今廣東肇慶市東北，以山頂有湖，故名。⑨涕淚：眼淚和鼻涕。⑩槨（椁）：古代套在棺材外面的大棺材。⑪汍瀾：形容流淚的樣子。⑫寥廓：高遠空曠。⑬堪輿：風水。⑭罪戾：罪過（過失）。⑮綿綿：連續不斷的樣子。⑯佇（shù）：長時間地站著。⑰弓：丈量地畝的器具，用木頭製成，形狀略像弓，兩端的距離是五尺。也叫步弓。⑱映帶：景物相互襯托。⑲蔚然：形容茂盛、盛大。

【意譯】

辨喪事儒家講究尊榮死者典禮的隆重，墨家卻注重從簡辦理。怎麼辨白喜事侍奉死者，怎樣供應鬼神的祭品？儒、墨兩家各有各的道理。

先人用過的酒器和遺物，後人念念不忘，何況是父母的遺體？所以鼎湖一帶的人們痛哭流涕地珍藏祖先當弓箭手時候的衣裳！

漢文帝主張對葬禮恭敬又儉省，用石椁盛放先人的遺體，後人淚流滿面。通達啊張釋之先生，用巧妙的比喻堵塞了南山頌壽的不切實際。

景純先生吟詠遊仙的詩章，想要飛翔在高遠空曠的天地。可惜怎麼撰寫關於喪事的著作，他卻立志拒絕精華，承傳糟粕的東西！

虆莊山好水好人更好啊，這種改良社會陋習的意志，果真將要世代綿延。我久久地站著觀賞這美妙的蒼松翠竹，一棵棵蓬勃生長在和風雨霧中間。

【點評】題畫種種

〈題蘗莊圖卷〉是繼獄中題畫後的詩篇，其時點評未曾推介題畫作品的種類，故補充如此。據趙杏根先生概括，一般有八種：一是聯繫畫的作者；二是結合詩人的生活經歷；三是突出畫的主題；四是詩人對畫的理解；五是解釋畫面；六是突破片刻；七是描繪畫面；八是結合畫面典故（《實用絕句作法》，南海出版公司一九九七年版，第二六〇至二七一頁）。

這裏，順便詮釋一下「突破片刻」。黑格爾說過，繪畫「只能抓住某一片刻」，把瞬間的視覺活動凝凍，它無法表現時間的流動。而詩詞卻可以表現歷時性時間。例如蔣捷的名句：「流光容易把人拋，紅了櫻桃，綠了芭蕉。」運用色彩嬗變，暗示由春到夏的時序動態。

那麼這組詩屬於哪一種類型呢？它歸屬於詩人對畫的理解，抒發議論的題詠。這五首五絕主旨分別為：一、厚葬薄葬，儒墨各異。似乎毫無偏頗，各有根據。二、孝子葬親，儒家理念。汪中徵引孟子語以強調之，好像側重儒家。三、薄葬有理，讚嘆釋之。正式凸顯詩人的改變習俗的主張。四、批評景純，嗜痂成癖。從反面證明宜於墨家薄葬。五、蘗莊山水，風景宜人。這是薄葬的天造地設的環境，突出主題。

組詩具有用事特色。前四首八聯，共用了七個典故。這在汪詩中是罕見的。好在它是圍繞詩人筆意，緊扣主旨的。且看詩末小注就說得清清楚楚。「蘗莊主人闢數弓之地以為墳園，舉族葬於斯，既不多奪生人耕植之地，又擺脫一切堪輿家言，且其地山川映帶，松竹蔚然，風景宜人。以圖卷索題，余喜其有改良社會風俗之志，故為題詩數首。」

正由於讚賞「改良社會風俗」，所以詩人列舉了孔子、墨子、孟子的理念，凸顯西漢文帝崇尚恭儉的德行，讚頌西漢執法嚴明的張釋之能夠揭示「南山之壽」僅為祝頌之詞，批評景純志在糟粕，等等典故，旨在突出主旨：移風易俗讚薄葬！

應該說，議論型詩篇的創作是不容易出彩的。因為它係形象思維與邏輯思維巧妙整合的產物。汪氏這組詩，詩味不濃，可能與運作典故過多不無關係。

鄧尉山探梅口占（以下九年）

林外春山①斷復延，泮②冰池水乍涓涓③。
田家籬落④欹⑤疏處，一樹紅梅分外妍。
湖光如雪靜無聲，掩映⑥梅花更有情。
山路迂迴⑦行不盡，冷吟才了暗香⑧生。

【注釋】

①春山：謂春日之山容，其色如黛，比喻婦女之眉。②泮（pàn）：融解。③涓涓：像水慢流的樣子。④籬落：籬笆。⑤欹：見〈西班牙橋上觀瀑〉注⑦。⑥掩映：彼此遮掩而互相襯托。⑦迂迴：迴旋；環繞。⑧暗香：幽香。後亦喻指梅花。

【意譯】

樹林外邊的青黑色的山容，山脈看上去像斷了又在延伸，融解了的冰池水突然慢慢在流動。在農家籬笆歪斜稀疏的地方，有一樹紅豔豔的梅花怒放，格外美麗動人。

湖上景色像皚皚白雪，寂靜無聲，和紅梅彼此遮掩，相互映襯，更加深了它們的深厚感情。山上的小路曲曲彎彎長又長，剛剛低聲吟誦完了一首詩，幽香悄悄萌生。

【點評】三度詠梅，詩味異趣

《雪中見梅花折枝》：「折枝」乃獄中所見，實為自況，蓋已判終身監禁，自戀自憐，詩味深沉。

〈十二月二十八日雙照樓即事〉：天高地迥，宇宙無窮。「雙照」者，夫婦並肩賞月也。恩恩愛愛，伉儷情深。「梅花雪點溫詩句」，色彩亮麗，韻味雋永。

〈鄧尉山探梅口占〉：「探梅」，旨在探尋勝境。終於發現「一樹紅梅分外妍」；「掩映梅花更有情」何所指？「冷吟才了暗香生」。幽香滿天！

折枝——雙照——探梅，視角不同，詩味異趣。

林子超葬陳子範於西湖之孤山，詩以記之

民國二年春，江色朝入檻。
我從張靜江①，初識陳子範。
容貌既溫粹，風神亦夷淡。
於中鬱②奇氣，如山不可撼③。
落落④語不煩，沉沉⑤心已感。
至今寤寐⑥間，光彩⑦猶未減。

嗚呼夜漫漫⑧，眾生同黯黮⑨。
束身作大炬⑩，燭破群鬼膽。
勞薪忽已爇⑪，驚淚不能斬。
故人有林君，收骨入深坎。
秋墳鬱相望，楊花白如毿。
下車苦腹痛，絮酒⑫致煩慘。

【注釋】

①張靜江（一八七六—一九五〇）：浙江吳興（今湖州）人，原名增澄，又名人傑。早年在巴黎創辦《新世紀》週報。一九〇七年加入同盟會。一九二五年起，任廣東國民政府常委、國民黨中央執行委員會代理主席、中央政治會議浙江分會主席、國民黨政府建設委員會委員長、浙江省政府主席。抗日戰爭爆發後赴瑞士、美國。②鬱：在心裏積聚。③摵：形容深沉。④寤寐（wù mèi）：寤，醒；寐，睡。寤寐，猶言日夜。⑦光彩：顏色和光澤。⑧漫漫：時間、地方長而無邊的樣子。⑨黯黮（àn shèn）：昏暗貌。⑩炬：火把。⑪爇（ruò）：點燃；焚燒。⑫絮酒：弔祭的意思。典故大意是，後漢徐穉在家預炙雞一隻，又用棉絮漬酒，曬乾裹雞。遠地赴弔，攜至墓所，以水漬棉，使有酒氣，陳雞灑酒以備禮。有「隻雞絮酒」的成語。後來指祭品菲薄。

【意譯】

民國二年的春天，春江景色鶯飛草長。我從張靜江先生那裏，有幸結識了陳子範先生，相貌既已溫和、白淨，丰采神韻更加平靜安然。從這中間積聚著奇特的氣質，像山一樣不可動搖。舉止瀟灑，要言不煩，深沉執著，多麼動人。一直到現在，顏色和光澤依然閃亮。唉呀呀，漫長的黑夜沒有盡頭，民眾還一樣渾渾噩噩。捆緊身子當作特大的火炬，嚇破了群魔的狗膽！柴火已經焚燒，驚訝的熱淚不能斷線。老朋友林子超先生，收拾了老範的遺體，深深地安葬在西湖的孤山。秋天的墳墓瑟瑟張望，楊花飛絮的墓塋像鋪上地毯。下車後我悲痛到了極點，弔祭的供品引起煩惱、悲慘！

【點評】凝視美

齊白石老人成為美術大師、世界名人，是多種元素化合而誕生的。據說，為了苦練畫蝦的絕活，養了蝦子天天認真觀察，甚至常常達到凝視的程度。後來，反覆勾勒，不斷凝視，交錯進行，的確是達到信手拈來，落筆成趣的境界。這大概就是凝視美的生動寫照吧。

事也湊巧，最近有人提出了一種關於詩的新理念，認為：「詩的本源應該是對日常的凝視，只有詩的凝視，才能完全折射出日常時間中的神聖意味。」其實，我對他的新穎的結論，更感興趣：「『凝視』獲得純粹美感之後，總是要祈求什麼的？形式到達之後，美的背後總渴望意義的誕生。」（杜慶春〈阿馬斯詩集欣賞〉，《北京青年報》二〇〇七年三月二十三日）

比照這首五古，凝視美也是極富美學意味、極具價值內涵的。且看汪詩人刻畫陳子範給讀者的第一印象正是在凝視之後運筆的——和氣，白淨，風采安然，語言得體，深沉感人。詩人的凝視功夫達到什麼程度呢？「至今寐寤間，光彩猶未滅。」也就是說，七年之後，陳子範的顏色和光澤，在詩人的心靈屏幕上，依然閃閃發亮！而其美感效應立即映照出來：「束身作大炬，燭破群鬼膽。」事實上，陳子範已然犧牲，已然昇華：捨生取義，鐵骨錚錚！

遊莫干山①

初看山腳斜陽黃，漸聞涼風颯颯②鳴高崗。
炊煙漸上雲漸合，頓使山無遠近皆蒼茫③。
夜上峰頭天已黑，缺月疏星氣蕭瑟④。
寥⑤天忽跳赬⑥虬⑦珠，斑駁⑧林巒⑨半蒼⑩赤。
披衣起立明霞中，朝氣撲面生沖融⑪。
群山起伏何止千萬疊，修竹掩映⑫何止千萬叢。
沉沉⑬黝⑭色黯⑮雲壑，瑟瑟⑯清影明嵐⑰峰。
泉流澗⑱中鳴不斷，其聲欲與風葉同琤瑽⑲。
平生愛竹已成癖⑳，三竿兩竿青亦得。
只今身已入山深，雖白雲鄉㉑不此易。
流長不洗孫楚㉒耳，峰青不蠟阮孚㉓屐。
一角茅簷對遠山，此心清似長天色。

【注釋】

①莫干山：在浙江省北部德清縣西北。為天目山的分支。相傳春秋吳時莫邪、干將夫婦在此為吳王闔閭鑄劍，故名。主峰塔山，海拔七百一十九米。名勝有劍池、龍潭、天橋等。霧雲修竹，清泉飛瀑，氣候涼爽，以「涼、綠、清、靜」著稱。避暑、休養勝地。為全國重點風景名勝區。②颯颯（sà sà）：形容風、雨聲。③蒼茫：空闊遼遠；沒有邊際。④蕭瑟：形容冷落；淒涼。⑤寥：靜寂。⑥赬（chēng）：紅色。⑦虬（qiú）：虬龍。⑧斑駁：一種顏色中雜有別種顏色，花花搭搭的。⑨巒：多指連綿的山。⑩蒼：青、藍、綠、灰白色。⑪沖融：廣布瀰漫貌。⑫掩映：見〈鄧尉山探梅口占〉注⑥。⑬沉沉：見上篇注⑤。⑭黝：黑。⑮黯（àn）：陰暗。⑯瑟瑟：形容顫抖。⑰嵐：山裏的霧氣。⑱澗（jiàn）：山間流水的溝。⑲琤瑽（chēng cōng）：形容玉器相擊聲或水流聲。⑳癖（pǐ）：嗜好。㉑白雲鄉：猶仙鄉。古人認為神仙居住天上，故稱。㉒孫楚：（約二一八—二九三）西晉文學家。字子荊，太原中都（今山西平遙西南）人。官至馮翊太守。能詩賦。原有集，已散佚。明人集有《孫馮翊集》。楚與同郡王濟友善。少時，楚欲隱居，謂濟曰，當欲枕石漱流，誤云漱石枕流。濟曰：「流非可枕，石非可漱。」楚曰：「所以枕流，欲洗其耳；所以漱石，欲厲其齒。」這就是「洗孫楚耳」的語源（見《晉書・孫楚傳》）。㉓阮孚：晉人，字遙集，其母即胡婢也。有人詣阮，正見自蠟屐（遊山時穿的木鞋），因嘆曰：「未知一生，當著幾量屐？」神氣甚閒暢。這就是「蠟阮孚屐」的語源（見《晉書・阮嵇傳（附孚）》）。

【意譯】

最早看到莫干山腳下的夕陽，顏色金黃，漸漸聽到涼爽的風聲，響到山頂上。炊煙漸漸升上天空，雲彩慢慢聚攏，突然間，遠山近山一片蒼蒼茫茫。晚上爬上山頂已然黑定，蛾眉月亮、疏稀星星，氣氛冷落、淒涼。靜寂的天空忽然跳出一顆紅色的虬龍珠，花花搭搭的連綿的山林，多半紅裏有藍。我披著衣裳站在明晃晃的霞光中，朝氣撲面而來，充滿了天穹。起伏的群山哪裏只是千重萬疊，竹林與松林相互映襯，哪裏只止千千萬萬叢？深沉的烏黑的雲壑，顫抖的清晰的樹影明顯地映照在山峰的霧靄中。清泉在山溝裏潺潺地響個不停，它想和樹葉聲合奏出悅耳的小夜曲以迷人！平生喜愛翠竹已經成為嗜好，三兩枝竹竿青的也行。如今人已進入深山，即使用白雲仙鄉跟我兌換也絕不答應。長長的流水不清洗孫楚的耳朵，青青的山峰不塗蠟阮孚的木頭鞋子。望著一角茅屋面對遠山，我的心靈清爽如同天空的蔚藍！

【點評】迷人夜色

夜晚出遊，是別有一番風味的享受。李白讚賞「古人秉燭夜遊」的雅興；蘇軾更是通宵達旦坐小船遊於赤壁之下以盡興。汪兆銘也有古人遺風，在莫干山做了具有特色的賞心悅耳的夜遊樂事。

為了便於把握全詩的脈胳，將視點的轉換，色彩的嬗變，提示於下：黃—黑—赬—蒼赤—明霞—黝色—清（影）明（嵐）—（峰）青—清（似長天色）。

第一視點：山腳。由金黃化作暮色蒼茫；風由小變大，由山腳上高崗。

第二視點：山峰。天黑定，淡月疏星，冷落淒涼。突然，寂靜的天穹蹦出一顆紅豔豔的虬龍珠——暗喻具有超強能量的光源：朝陽，半邊天都燒紅了！

第三視點：披衣站立。紫紅化成多彩多姿：明霞，朝氣，青山千疊，修竹萬叢；黑雲，清影，明嵐；泉水叮咚，風聲颯颯，共奏晨曲。莫干山的夜色，雖白雲仙鄉也不換！心清——如同長天舒暢的蔚藍！

這就畫出了莫干山的迷人夜色。

廬山雜詩

廬山之美，未易以言語形容也。蘇子瞻入廬山不欲作詩，良非無故。然子瞻終不能不作，殆所謂情不自禁者歟！余九年夏入廬山，感懷世事，鬱鬱寡歡①，然山色水聲接於耳目，亦得暫開懷抱。所為詩悲愉雜陳，稱心②而出，蓋非以寫廬山，特以寫廬山中之一我而已。廬山有知，當不患其唐突③耳。

曉起

空山④朝氣來撲人，清似初秋藹似春。
殘月⑤曙星相映處，瓊樓⑥終古⑦不生塵。

【注釋】

①鬱鬱寡歡：心裏苦悶，不高興。②稱（chèn）心：符合心意；心滿意足。③唐突：莽撞；冒失。④空山：寂靜無人的山。⑤殘月：快落的月亮。⑥瓊樓：精美、華麗的樓。⑦終古：久遠；永久。

【意譯】

清晨的氣息，在寂靜無人的山裏，撲面而來；像進入金秋，清涼爽快，又像百花怒放時節的和風，春意宜人。在快要落山的月亮和稀疏的晨星相互映襯的地方，神仙居住的精美、華麗的高樓大廈，永遠一塵不染！

佛手巖飲泉水

巖葉因風響碧廊，秋花絡①石意深長。
自慚肝肺無由②熱，尚為冰泉進一觴③。

【注釋】

①絡（luò）：纏繞。②無由：無從。③觴（shāng）：古代稱酒杯。

【意譯】

風吹著巖上的樹葉在綠色走廊裏嘩嘩直響，秋天的花朵纏繞著石頭意味深長。自己深深感到慚愧，肝肺無從熱起，還是為了冰水般的清泉乾一杯吧！

水石月下

疊巘①沉沉冷翠生，樛②枝危石勢相縈。
此心靜似山頭月，來聽清泉落澗③聲。

【注釋】

①巘（yǎn）：山峰；山頂。②樛（jiū）：樹木向下彎曲。③澗：見〈遊莫干山〉注⑱。

【意譯】

沉重而重疊的山峰冷色的綠葉叢生，向下彎曲的樹木和危險的石頭勢必相互侵凌。我這顆心像山頭的月亮，專程來傾聽清泉落到小溪溝裏的清音！

登天池山尋王陽明先生刻石詩，於荒榛間得之，尚彷彿可讀

拄杖撞天志不回，斷碑一角臥荒臺。
依然風雨霾①山下，手剔②莓苔③只自哀。

【注釋】

①霾（mái）：空氣中因懸浮著大量的煙、塵等微粒而形成的混濁現象，能見度小於十千米。通稱陰霾。②剔：把不合適的去掉。③莓苔：見〈曉行山中〉注⑲。

【意譯】

即使手杖撞到天也絕不回頭，終於找到了（陽明先生刻石詩的）斷碑的一隻角倒在荒蕪的草叢裏。仍然是風風雨雨之後陰霾的山腳下，用手剔除斷碑上的青苔（彷彿可以讀懂大意），只覺得自己感到悲哀！

自神龍宮還天池峰頂宿

抵死①潛虬不起淵②，松根抉③石出飛泉。
星繁風緊蕭蕭④夜，獨傍⑤天池望鐵船。

【注釋】

①抵死：拚死（表示態度堅決）。 ②淵：深水。 ③抉：抉擇。 ④蕭蕭：形容馬叫或風聲等。 ⑤傍：依靠；依附。

【意譯】

隱藏在深水裏的神龍拚起命也不露出水面，只有松樹的根選準石頭縫，從飛泉冒出來。滿天星星，風聲蕭蕭吹得正緊的夜晚，我獨自靠著天池峰向著鐵船峰眺望。

含鄱嶺上小憩①松下，既醒，雲在衣袂②間，拂之不去，為一絕句

蟬咽③松風日影涼，山屏水枕夢初長。
白雲紉④作秋蘭佩⑤，從此襟⑥頭有異香⑦。

【注釋】

①憩（qì）：休息。 ②袂（mèi）：袖子。 ③咽（yè）：聲音受阻而低沉。 ④紉（rèn）：用針縫。 ⑤佩：佩帶（戴）。
⑥襟：上衣、袍子前面的部分。 ⑦異香：異乎尋常的香味。

【意譯】

蟬聲哽咽，風吹動松樹枝葉，連日影都感到清涼，山當屏風，水當枕頭，進入了夢鄉。把手邊潔白的雲彩，用針縫上秋天的蘭花做佩帶，從此以後我的衣襟上永遠散發出撲鼻的異香！

行蓮花谷最高處

峰勢阽①危人影孤，天風揚②髮粟③生膚。
偶從雲罅④窺人世⑤，赭⑥是長江碧是湖。

【注釋】

①阽（diàn）：臨近（危險）。②揚（yáng）：飛揚；飄揚。③粟：小米。④罅（xià）：縫隙。⑤人世：人間；世間。
⑥赭（zhě）：紅褐色。

【意譯】

山峰有倒塌的危險，人也孤零零，狂風颳來渾身陡然長出雞皮疙瘩。
偶然從雲縫裏看到人世間，紅褐色的是長江水，清亮亮的是鄱陽湖。

廬山風景佳絕而林木鮮少，為詩寄慨①

巖谷春來錦繡舒②，煙蕪蕭瑟正愁予。
樓臺已重名山價，料得③家藏種樹書。

【注釋】

①慨（kǎi）：感慨。　②錦繡的原注：錦繡谷在佛手巖畔。　③料得：料想，猜想。

【意譯】

春天的巖谷統統鋪上了錦繡，煙霧籠罩著雜草叢生的地方卻淒涼、冷落，這些正使我發愁。
樓臺亭閣已然加重了名山的價值，猜想會用得著家裏珍藏的種樹書吧。

廬山瀑布以十數，飛流渟①淵各有其勝。余輩攀躋②所至，輒③解衣游泳其間，至足樂也

浪花無蒂自天垂，石氣清寒蘚④不滋⑤。
夜半素娥⑥初墮影，冰肌玉骨⑦最相宜。

【注釋】

①渟（tíng）：水停滯。②躋（jī）：登；上升。③輒：總是；就。④蘚：苔蘚植物的一類。其莖和葉都很小，綠色，無根，生長在陰濕的地方。⑤滋：滋生；增添。⑥素娥：古代傳說月裏嫦娥的別稱。月色白，又作為月亮的代稱。⑦冰肌玉骨：形容女性肌膚瑩潔光潤。又喻指梅傲寒鬥豔。

【意譯】

點點浪花沒有蒂把從天上掉下來，水邊岩石的寒氣冷得苔蘚都不能生長。
半夜裏素娥剛落下倩影，肌膚瑩潔光潤，和水寒徹骨最適宜。

五老峰①常為雲氣蒙蔽，往遊之日，風日開朗，豁然在目

席捲②煙雲萬壑醒，長松偃③蓋盡亭亭④。
狂生⑤剩有窮途⑥淚，五老何緣眼尚青？

【注釋】

①五老峰：在江西省廬山東南部。五峰聳立，如五位席地而坐的老翁，故名。最高為第四峰，海拔一四三六米。突兀雄偉，雲煙繚緲，為廬山勝景之一。②席捲：像席子一樣把東西全都捲進去。③偃：仰面倒下；放倒。④亭亭：形容高聳。⑤狂生：不拘小節的人。⑥窮途：路盡。《魏氏春秋》：「阮籍常率意獨駕，不由徑路，車跡所窮，輒痛哭而反。」

【意譯】

滿天的煙雲像捲席子一樣全部都卷走，千山萬壑都從沉睡中醒來，高大的松樹盡挺胸昂首。
不拘小節的人剩下只有路盡的哭泣，五位老翁為什麼眼睛還這麼明亮？

開先寺後有讀書臺。杜甫詩云：「匡山①讀書處，頭白好歸來。」蘇軾詩亦云：「匡山頭白好歸來。」余登斯臺，有感其言，因為此詩。余所謂「歸來」與杜蘇所云不同也

殘陽②明滅③讀書臺，萬樹鵑聲次第④催。
占⑤得匡山一片石，未妨頭白不歸來。

【注釋】

①匡山：即廬山，也稱匡廬。②殘陽：快要落山的太陽。③明滅：時隱時現，忽明忽暗。④次第：一個挨一個地。⑤占：占據。

【意譯】

快要落山的太陽照著讀書臺時隱時現，忽明忽暗，樹上的杜鵑聲聲一個挨一個地催促。
占據了廬山一片石頭，不妨礙頭髮白了也不歸來！

屋脊嶺為廬山最高處，余行其上，但見群峰雜沓①，來伏足下。倚松寂坐，俯視峰色明滅無定，蓋②雲過其上所致也

楚③尾吳④頭入望微，近天草樹靜秋輝。
群峰明滅渾⑤不定，為有孤雲頭上飛。

【注釋】

①雜沓：雜亂。②蓋：承上文中說理由或原因。③楚：特指湖北。④吳：指江蘇南部和浙江北部一帶。⑤渾：渾濁。

【意譯】

遠遠望到很微小的是湖北的尾巴和江浙的腦殼，接近天頂的芳草和樹木靜靜地在秋陽的觸摸之下。
這麼多的山峰時隱時現，渾渾濁濁看不清楚，原來是有一片雲彩從頭上飛過。

王思任遊記稱：嘗於五老峰頭望海綿萬里。余雖不敢必，亦庶幾①遇之。八月二日晨起倚欄，山下川原平時歷歷在目，至是則滿屯白雲，浩然②如海，深不見底，若浮若沉。日光俄③上，輝映萬狀，其受日深者，色通明如琥珀，淺者暈④若芙蕖⑤。少焉，英英⑥飛上，繽紛⑦山谷間，使人神意⑧為奪。古人真不我欺也

風似生毛日似鱗，俯看人世失緇⑨磷。
海綿忽作天花⑩散，釀出千巖萬壑⑪春。

【注釋】

①庶幾：表示在上述情況下才能避免某種後果或實現某種希望。也說庶幾乎或庶乎。②浩然：形容廣闊、盛大。③俄：突然間。④暈：光影、色彩四周模糊。⑤芙蕖（fú qú）：荷花。⑥英英：雲起貌。⑦繽紛：繁多而凌亂。⑧神意：神情意志。⑨緇（zī）：黑色。⑩天花：雪花。⑪千巖萬壑：形容重山疊嶺。語出《世說新語‧言語》。

【意譯】

風像長了白毛，太陽像生了魚鱗，低頭看看人世間黑顏色完全消失。

海綿突然像雪花紛紛揚揚四處飄灑，釀製出了千重山、萬疊嶺競秀爭流，雲興霞蔚的濃濃的春色！

晚晴雲霞清豔殊絕①

峰銜②餘日變秋顏，淡彩流天麗且閒。
自是空山風景澈③，雲霞原不異人間。

【注釋】

①絕：獨一無二的；無人趕上的。②銜：用嘴含。③澈：水清。

【意譯】

山峰含著夕陽變成了秋天的金黃，淡淡的雲彩流動著亮麗、悠閒。無人的山上景色自然清澈，原來天邊紅霞的豔麗也留戀人間。

【點評】《廬山雜詩》雜說

一、再現自我。《廬山雜詩》計十四首七絕，寫於一九二〇年夏。在小序中，詩人坦誠相告：「所為詩悲愉雜陳，稱心而出，蓋非以寫廬山，特以寫廬山中之一我而已。」這說明一個人的作品，正是這個人一定的思想、情感、素質、襟抱的獨特個性的凸現，旅遊詩也概莫能外。正所謂「一切景語皆情語」（王國維語），而「情」則「一我」之情而已。為此，我們把這組詩一塊進行評點。

二、結句嬗變。前面介紹過，古人有言，寫絕句難，而寫絕句之結句更難。不妨看看下列六例的嬗變。

1.〈曉起〉的結句「瓊樓終古不生塵」。還是神仙宮殿好：永遠一塵不染！這恐怕既不是悲，也不是愉，而是羨慕，是對世事追求完美，追求高潔，追求深邃的折射。

2.〈佛手巖飲泉水〉，這是滿足一般遊客的好奇心理的舉措，詩人卻有另類的感受：自己深感慚愧肝肺已然無從熱起，還是為了冰水般的清泉乾一杯吧！看來有些許勉強，有隨大溜的從眾心態，仍屬鬱悶的心情，可能正是味覺暫時性的麻木，也未可知。

3.〈水石月下〉「來聽清泉落澗聲」。這是一種天賜的大飽耳福的愉悅、享受，由於「此心靜似山頭月」，即令心事重重，「亦得暫開懷抱」哩！

4.〈行蓮花谷最高處〉從雲縫裏窺視人間，直面滾滾長江東逝水和浩渺的鄱陽湖，詩人惜墨如金，僅用兩個詞來描繪：赭和碧，即紅褐和清亮，給予讀者視覺以明快的享受！

5.「廬山風景佳絕而林木鮮少」，怎麼辦？「料得家藏種樹書」。詩人想像之中該當拿出家裏珍藏的種樹書來栽種以彌補這個「林木鮮少」的缺失了吧。

6.「屋脊嶺為廬山最高處」，如何極言其高呢？草與樹都快要貼近天頂了，夠高了吧。又寫「群峰明滅渾不定」，原因何在？「為有孤雲頭上飛」。這便是廬山最高處的特色答案：雲在頭上飛——潛臺詞是，伸手觸摸到雲彩！

六種結句各各不同，這大概也是詩人捕捉了各景物不同特徵的緣故罷。

三、起句各別。從接受美學的角度來觀照，起句是讀者最先映入眼簾的第一個印象，而且是最難忘的印象，這是人們審美心理的必然。難怪清代的李漁在《閒情偶寄》中指出：「開卷之初，應以奇句奪目，使人一見而驚，不敢棄去。」這種精闢的見解，對我們顯然是極富借鑑和啟迪作用的。

1.「拄杖撞天志不回」，如此志在必得，究竟是怎麼回事？要尋找王陽明的刻石詩。即使手杖撞到天也不打退堂鼓！突兀引爆，起手驚人，引人入勝。

2.〈自神龍宮還天池峰頂宿〉起句「抵死潛虬不起淵」，先問哪裏來的「潛虬」？「神龍宮」聯想出來的。再問為何「抵死」「不起淵」呢？這個迷團請讀者做出各種各樣的答案。這不是靈氣吞斗牛，奇句奪眼球，打造出讀者的懸念麼？

3.〈五老峰常為雲氣蒙蔽。往遊之日，風日開朗，豁然在目〉「席捲煙雲萬壑醒」，滿天煙雲像捲席子一樣全都捲走，千山萬壑從鼾睡中醒來。既是「風日開朗，豁然在目」的生動照應，也是擬人化手法的巧妙運作，五位老人都已然醒過來，也可能一個、二個站起來伸懶腰呢，可謂形象呼之欲出！

四、側寫功能

大凡想寫出某事物（或人物），不正面下筆去寫，而是從此事物相關聯的事物（或人物）上下筆，這種手法，寫作學上叫做側寫。在〈廬山瀑布以十數，飛流渟淵各有其勝。余輩攀躋所至，輒解衣游泳其間，至足樂也。〉寫游泳一般總是要寫姿式（如自由泳、蝶泳、蛙泳、潛泳等等），寫游程、寫游速、寫游伴之類的正面描繪，而詩人卻從側面運筆。他寫浪花，有瀑布飛流產生的，也有游泳擊水所生的。寫清寒，寫月影（月夜游泳），寫冰肌玉骨，寫「寒冰澈骨」（上海版題目有此四字）怎麼能不是「至足樂也」?!這般歡樂的極至，老實說，一般古人是難以享受的，遑論古代的詩人？誰有這種技巧？誰有如此膽量？誰有恁大雅興？應該說，這就是汪兆銘個性的張揚，釋放，爆發，是憑藉廬山瀑布而抒發一已之情，超越前人的享受廬山瀑布的「足樂」之情！

五、佳句舉例。

1.「未妨頭白不歸來」。這是提煉語言中的「平字見奇」（沈德潛《說詩晬語》）。為什麼平常的字眼會出奇呢？原因是他沒有跟著杜甫詩：「匡山讀書處，頭白好歸來。」也沒有沿襲蘇軾詩：「匡山頭白好歸來。」這大有「牧之題詠，好異於人」（《苕溪漁隱》）的出新精神，是汪詩人求異思維的碩果！

2.「俯看人世失緇磷」，寫在五老峰上俯視人間，漫天皆白，視閾之內，黑色消亡，再以「海綿」、「天花」比喻純正的潔白，結句才呈現釀出千山萬壑的春色，彷彿有一種喝足了醇香的陳酒而醉醺醺的感覺。真個是語不驚人死不休！

3.〈晚晴雲霞清豔殊絕〉，絕字敲擊在「蛇的七寸」上。絕從何來？「淡彩流天麗且閒」——淡淡的白雲流動著亮麗、悠閒。這恐怕就是「陳字見新」（沈德潛語）的深厚的內部功力的演繹吧。

六、浪漫筆墨

〈含鄱嶺上小憩松下，既醒，白雲在衣袂間，拂之不去，為一絕句〉，詩人採用四根普通棉線（涼、夢、紉、香），編織出了一幅《人間仙境圖》，令人佩服！

1、涼：蟬咽涼，松風涼，日影也涼。這時正是赤日炎炎似火燒的時節。

2、夢：山的屏風，水的枕頭，剛剛進入美夢之鄉。

3、紉：用針縫。把衣袖間的白雲和秋色蘭花縫成佩帶——既奪目又飄香的佩帶！

4、香：蘭花的幽香，永遠渾身縈繞。

這種筆調，大有太白遺風，真是人間仙境啊！

十一月八日自廣州赴上海舟中作

鷗影微茫①海氣春，雨收餘靄②碧天勻。

波凝綠蟻③風無翼，浪蹙④金蛇⑤月有鱗。

始信瓊樓⑥原不遠，卻妨羅襪易生塵⑦。
鐘聲已與人俱寂，袖手危欄⑧露滿身。

【注釋】

①微茫：隱約，不清晰。②靄（ǎi）：雲氣。③綠蟻：酒面上的泡沫。這裏是借代。④蹙（cù）：皺。⑤金蛇：比喻閃電的光。⑥瓊樓：見〈曉起〉注。⑦羅襪生塵：形容仙女、女子美妙的神情體態，典故見三國曹植〈洛神賦〉。⑧危欄：高樓上的欄杆。

【意譯】

海鷗的影子隱隱約約，海上一派小陽春的氣息，雨過後剩下的一點雲氣，使藍天的色彩，更加均勻。海風推動海浪上凝聚著綠色的泡沫，海浪的皺紋上晃動著閃電的金光，像月亮上長了鱗。這才相信神仙居住的瓊樓玉宇近在咫尺，讓仙女們著妝素雅、體態美妙、神情輕鬆、笑意融融。鐘聲和人聲都已寂靜，手藏在袖子裏，背靠著高樓的欄杆，露水不知不覺已然滿身。

【點評】詩無達詁≠信口開河

「詩無達詁」是漢代董仲舒提出來的。「詩」指《詩經》，「達詁」指確切的解釋。他的意圖，在於為漢儒解釋《詩經》的合理性提供依據。從文學欣賞和文學批評的特性看，由於各人思想修養、閱歷和文化程度不同，對同一作品往往有不同的解釋，所以「詩無達詁」可以用來表述解釋的相對性的審美的差異性。

在〈十一月八日自廣州赴上海舟中作〉的七律中，首先碰到的問題是起句「鷗影微茫海氣春」。十一月八日怎麼和「春」掛上了鈎呢？我想起家鄉長沙的一句物候諺語：「十月小陽春。」指農曆十月因為某些地區十月的天氣還溫暖如春，就叫做十月小陽春。為此，在意譯時，我們說：「海上一派小陽春的氣息。」也許這樣表述比較接近真實。

其次，「卻妨羅襪易牛塵」。羅襪的本義是指質地稀疏的絲襪。卻，在這裏作「正」講，是為了加強語氣時用的。如果硬譯則為，正是阻止仙女的絲襪沾上灰塵。但是，假若從比喻意義上解讀，那麼，我們還可以表述為：讓仙女們著妝素雅，體態美妙，神情輕鬆，笑意融融。其緣由是，意譯是根據原文的大意來翻譯，不是逐字逐句地直譯，乃至硬譯。

要而言之，詩無達詁絕不是信口開河的藉口，穿鑿附會的依據，標新立異的遁詞，譁眾取寵的幌子，而是要求盡可能實事求是，執之有故，言之成理，具有嚴肅認真的科學態度。

生平不解作詠物詩，冬窗晴暖，紅梅作花，眷①然不能已於言

鶴瞑②鬆③欄日上遲，南枝紅影靜中移。
由來瀟灑④出塵者，定有芳華⑤絕世姿。
風骨⑥轉教添嫵媚⑦，冬心⑧聊⑨復寄沖夷。
與君冰雪周旋⑩久，欲近脂香似未宜。

朝霞和雪作肌膚，更把宮砂漬⑪臂胦。
火齊⑫光芒嬌欲吐，水沉香氣暗相濡。
終留玉潔冰清⑬在，自與嫣紅姹紫⑭殊。
底事⑮凝脂⑯生薄暈，似聞佳婿是林逋⑰。

【注釋】

①眷：關心；懷念。②瞑：閉眼；眼花。③髹：把漆塗在器物上。④瀟灑（蕭灑）：神情、舉止、風貌等自然大方，有韻致，不拘束。⑤芳華：美好的年華。⑥風骨：指人的氣概、品格。⑦嫵媚：形容女子、花木等姿態美好可愛。⑧冬心：孤寂淒清的心情。⑨聊：姑且。⑩周旋：交際應酬；打交道。⑪漬（zì）：沾。⑫火齊：猶言火候。煮食物時的火功。多指烹煮火力大小，時間長短而言。⑬玉潔冰清，也作冰清玉潔：比喻高尚、純潔。⑭嫣紅姹紫，也作姹紫嫣紅：形容各種顏色的花卉豔麗、好看。⑮底事：因何，為什麼。⑯凝脂：凝固了的油脂，多用來比喻潔白、細嫩的皮膚。⑰林逋：（九六七—一〇二九）北宋詩人。字君復，錢塘（今浙江杭州）人。隱居西湖孤山，種梅養鶴，終身不仕，也不婚娶，故有「梅妻鶴子」之稱，卒謚和靖先生。其詩風格淡遠，內容多反映隱逸生活和閒適心情。「疏影橫斜水清淺，暗香浮動月黃昏」（《山園小梅》）詩句頗有名。有《林和靖詩集》。

【意譯】

白鶴還沒醒來，油漆的欄檻上太陽升起得遲，南枝的紅色倩影漸漸在移動。
向來舉止大方的拔尖人才，一定有美好年華，有當代獨一無二的丰姿。
有高尚品格的再加上姿態美好可愛，孤寂的心境暫且寄託在求得平安。

和您冰天雪地打交道很久，想要親近有暗香的肢體似乎還不適宜。

您的肌肉和皮膚是紅霞和白雪天生成的，還加上宮廷裏的朱砂塗抹在豐腴的手臂上。

火候的光芒嬌豔得好像要吐露出來，靜靜的清水和暗暗的幽香相互濡染。

畢竟高尚、純潔還存在，當然跟多種花卉的豔麗不一樣。

為什麼潔白、細嫩的皮膚會生出薄薄的紅暈？似乎聽說乘龍快婿就是著名詩人和靖先生。

【點評】詠物技巧ABC

我們將這兩首詠紅梅詩有關三點技巧的圓熟運用，點擊如下。

一、典故落想：這是指結合所詠之物有關的典故落想。以唐代羅隱的〈梅〉為例。第三句「雖然未得知羹便」，用《尚書》典，說宰相的任務，是像厨師用鹽、梅當調料做肉湯一樣，協調、安排各種人才為朝庭服務。末句「曾與將軍止渴來」，顯然是運用著名的曹操「望梅止渴」的故事。而汪詩第二首落句「似聞佳婿是林逋」。整篇就是圍繞林和靖「梅妻鶴子」的淡遠風格和閒適的心情來演繹、輻射、生發的。

二、內外神采：七律詩一般是前一半鋪敘描繪所詠之物，後一半用多種修辭手法，著意突出所詠之物的外形內質神采。例如，唐代張渭〈早梅〉就是想像中以雪比梅，極言其白（「疑是經冬雪未消」）。而汪詩第一首寫外形，是「紅影」、「瀟灑」、「定有芳華絕世姿」。而內質的核心就是——風骨。「嫵媚」、「沖夷」、「冰雪」、「脂香」等等種種，統統是反映內質神采的外形筆墨。

三、特定環境：這是指為所詠之物，安置於一特殊的規定情境之中，用其他事物做映襯，勾勒出一幅和諧亮麗的圖畫。宋人嚴粲〈雪梅〉就是將梅放在「一夜雪未消」的特殊環境之內，並以詩人的擔憂為反襯，凸顯梅花不畏嚴寒的品格。汪詩的第二首以「朝霞」、「白雪」、「火齊」、「光芒」、「水沉」、「香氣」、「嫣紅姹紫」、「凝脂生暈」相烘托，彰顯「玉潔冰清」便是林和靖的氣質、襟抱和追求！
自然，詠物詩的技巧還有不少，這裏恕不一一列舉了。

《小休集》卷下

十年三月二十九日，黃花岡七十二烈士墓下作（以下十年）

飛鳥茫茫歲月徂①，沸空鐃吹雜悲吁。
九原②面目真如見，百劫山河總不殊。
樹木十年萌櫱少③，斷篷萬里往來疏。
讀碑墮淚人間事，新鬼為鄰影未孤。

墓邇執信④家，故末句云然。

【注釋】

①徂（cú）：過去；逝。②九原：即九州，泛指全中國。③櫱（niè）：泛指植物由莖的基部長出的分枝。④執信：朱執信（一八八五—一九二〇），中國民主革命家。原名大符，原籍浙江蕭山，生於廣東番禺。一九〇四年（清光緒三十年）前往日本留學，次年參加同盟會。為《民報》撰文，與改良派論戰。曾參加廣州起義（黃花岡之役）。廣東軍政府成立，任總參議。五四運動後在上海辦《建設》雜誌，擁護孫中山，堅持革命。一九二〇年赴廣東策動桂系軍隊反正，在虎門被殺害。朱執信與汪精衛有甥舅關係。有《朱執信集》。其二女朱始和朱微為汪所撫養。

【意譯】

一群一群的飛鳥，在無邊無際的蒼穹，一眨眼，無影無蹤，留下了歲月的印痕。一片喧囂，沸反盈天，還夾著一陣陣的悲嘆聲！全中國的面貌，一眼可以望清，經歷百年劫難，河山依然舊的儀容。栽種十年的樹木，可惜萌發的分枝，少得能夠數清。海外和大陸相隔遙遠，往來自然稀疏。讀著碑文，流著熱淚，這是人之常情。幸虧有新的好鄰居，你們的倩影不會孤獨、寂寞、冷清！

【點評】影：朦朧美

在《小休集》卷上，讀者不難發現，汪詩人似乎鍾愛捕捉「影」的意象的視力衝擊。指物影的，有帆影、波影、清影、日影、紅影等。還有「燈影」用過三次呢。指人影的，有暗指：吟影、顧影、巾影等，或則直書「人影」的。例如：「峰勢阽危人影孤」——山峰有倒塌的危險，人也形單影隻孤零零的。

不過，寫「鬼影」的直到《小休集》卷下開篇，這首題黃花岡七十二烈士墓下作的七律才提出來：「新鬼為鄰影未孤。」——幸虧有新的好鄰居（朱執信的遷來），你們的倩影才不會單調、孤獨、寂獨、冷清！

為什麼如此著意、偏愛運用「影」的意象呢？我們以為有下列三種動因：

一、就本詩具體的審美對象來說，既是慨嘆民主革命後來的人「萌蘗少」，也是不滿憑弔、祭奠者「往來疏」！如果從通過描摹某種物象而暗示作家心意的原理來評騭，那麼汪氏的內心訴求，恐怕正是胡適所說的，「汪精衛是一個有烈士情結的人。」（轉引自《非常道：一九八〇—一九九九的中國話語》，社會科學文獻出版社二〇〇五年版）這，只有新鬼，汪的外甥朱執信烈士來緩解孤寂了。「新」是指朱一九二〇年被軍閥殺害，詩是一九二一年（民國十年）寫的。

二、從影的意象的動感、多變來說，它具有朦朧美，具有模糊性思維的某些特質。大家知道，影不僅是單純意象，而且省略了帆影、波影、清影、日影、紅影，等等意象中的帆、波、清、日、紅等修飾、限制，只剩下孤零零的「影」，進而投射為「鬼」的特指。拒斥了晦澀而歸屬為含蓄，大有中國畫的寫意畫法的任性，瀟灑的筆意！不難發現，省略的確是模糊性思維的重要手段。當然，這種美感欣賞趣味，是否與汪氏性格具備猶猶豫豫的凸顯，有著某種聯繫呢？有待今後探討。

三、從創作過程來說，主體情思與客體物象的「突然遇合」的心理聚變與神思熔煉，灌注著創作主體獨特的生命感悟與精神氣質。清人顧嗣立在《寒廳詩話》中舉例說，江為詩：「竹影橫斜水清淺，桂香浮動月黃昏。」林君復改二字為「疏影」、「暗香」以詠梅，遂成千古絕調。筆者認為，改「竹」為「疏」，改「桂」為「暗」就彰顯了不確定的模糊感，更能引人浮想翩翩，放飛視界，展示其空靈灑脫！

晨起捲簾，庭蘭已開

香入疏簾意尚猜，驚看玉立久徘徊。
初陽欲襮①幽花豔，更遣微風淡②蕩來。

【注釋】

①襮（bó）：表露。 ②澹（dàn）：安靜。

【意譯】

清香怎麼飄過窗簾？還真費疑猜；驚喜地發現花枝挺拔，我不忍離去，久久徘徊。
初升的太陽意欲表露淡香花朵的豔麗，還派遣清風悄悄地把幽香送進來！

【點評】微風清香綻豔花

先釋詩題。「晨起捲簾」有兩層意思：一則點明時間是清晨；二則交代起床後捲上窗簾。「庭蘭已開」：突然發現庭院的蘭花已然綻放。

再說層次。七絕自然是四層：

起句：奇怪呀，哪兒來的撲鼻的清香？透過了窗簾哩！

承句：簾捲起來，突然發現花開了！亭亭玉立，形體挺拔，令人久久徘徊，不忍離去。

轉句：日出時的陽光趕來湊趣，意欲表露這花放出幽香，色澤多姿多彩，抓拍她的豔麗！

合句：更進一步，差遣微風悄悄地飄來清香！

佳構概而言之，一、啥香？二、形象；三、獵豔；四、微風。通篇未著一「蘭」字，而四層均緊緊扣住「庭蘭已開」著墨。前呼後應，流動宛轉，跌宕多姿，能以風神取勝，頗得老杜真諦。描摹清香，鏤刻挺拔，獵取豔麗，雕塑微風，無一不令受眾聯想「蘭為王者之香」（《孔子家語》）的意境，顯示詩人技巧熟練，功力深厚。

初夏即事寄冰如

拂拭書城①不染塵，瓶花旖旎②有餘春。

開編③真似逢知己，得句還愁後古人。

梅雨④池塘魚自樂，楝⑤花簾幕燕初馴。
近來何事關心最？一紙書來萬里親。

【注釋】

①書城：藏書極多，環列如城。②旖旎（yǐ nǐ）：柔和美好。③開編：開始編輯《建設》雜誌。④梅雨：黃梅雨，也作黴雨。⑤楝（liàn）：楝樹，落葉喬木，葉子互生，小葉卵形或披針形，花小，淡紫色，果實橢圓形，褐色。

【意譯】

打掃很多藏書讓它們不染灰塵，花瓶的花朵新鮮美好還顯露出一點點春意。
開始編輯雜誌真的好像遇到了知心朋友，得到好句子還擔心超越不了前人。
黃梅雨下的池塘魚兒自得其樂，楝花落下的簾幕雛燕試飛成功。
最近我最關心的是什麼事呢？得到冰如的一封信，即使遠隔萬里距離也是零！

【點評】訴求零距離

這是一首即事詩。說的是眼前的事物、情景寫就的詩篇。即令是七律，也沒有一絲一毫的板滯、湊泊，而是流暢、輕盈。窗明几淨，藏書一塵不染，瓶花透露餘春。開始編輯工作有如與摯友談心，寫詩煉句，求美求異求新。初夏：梅雨、楝花、魚兒、雛燕，充滿生機活力，多麼愜意、從容，人在畫圖中。其實呢？前面三聯的鋪墊，卻烘托、映襯、對照以推出近來何事最關心？彰顯與冰如的如膠似漆的愛情：一紙書來萬里親——訴求零距離！

臨末，補充一點事實。一九二一年夏，汪精衛已在孫中山改組的廣州軍政府被推為廣東教育委員會委員長。此時，廣州的汪與香港的陳，竟有咫尺天涯之感！見證汪陳伉儷情感之深，想念之切，記憶之純！（王光遠　姜中秋《陳璧君與汪精衛》，中國青年出版社一九九二年版）

入吳淞口

塞外①空吟物候②新，霏霏③寒雨不成春。
扁舟④拏⑤入吳淞口，芳草江南綠已勻。

【注釋】

①塞外：指長城以北的地區。②物候：生物的周期性現象（如植物的發芽、開花、結實，候鳥的遷徙，某動物的冬眠等）與季節氣候的關係。也指自然界非生物變化（如初霜、解凍等）與季節氣候的關係。③霏霏：雨雪紛飛。④扁（piān）舟：小船。⑤拏（ná）：牽引。

【意譯】

在塞外白白地吟詠季節已然更新，寒冷的雨雪紛飛不像新春。
小船牽引進入吳淞口，江南的芳草已經鋪墊均勻。

【點評】「匀」的詩味

〈入吳淞口〉的結句，頗具新意。詩人用塞北與江南強烈的早春反差比照，前者「不成春」，後者「綠已匀」。以綠色描摹早春，實屬詩家慣用的手法。但「綠已匀」，言綠色已然鋪墊匀稱，不是一塊有，一塊無，不是有的稀疏，有的茂密，而是均匀。這與江南的自然環境，例如氣候、地形、地理、水文、植被等等有密切的關係。當然也包含著物候的現象。不難發現汪兆銘的觀察、體驗之細膩、精到，訴求之異樣、標新。傳遞了詩人恐怕正是「得句還愁後古人」（〈初夏即事寄冰如〉）追求超越前人的信息。

在這裏，我們不妨將「綠已匀」與「綠柳才黃半未匀」（唐人楊巨源〈城東早春〉）做一比較。綠柳剛剛透點嫩黃，都是當時當地真實的形象的視覺反映。楊句表否定均匀，大多數如此；汪句表肯定，已然整個江南鋪上綠地毯。可以說，前者是進行時，後者乃完成時。看來，兩個「匀」具備異曲同工之妙！

還家

兼旬①作客又還家，稚子迎門笑語譁。
步上小樓餘惘惘②，春風鬢影在天涯③。

【注釋】

①兼旬：二十天。　②惘惘：心中若有所失貌。　③天涯：指極遠的地方。

【意譯】

二十天在外面作客，終於回到了家，孩子們迎接我笑得好熱鬧。登上了小樓，好像有些缺失，一縷春風，一幀鬢影，都在很遙遠的地方。

【點評】一波三折

〈還家〉這首七絕，有三組變異，如同一波三折，彰顯其亮色。

一是以樂襯愁。二十天才回家，孩子們喜盈門，樂融融。上了樓卻若有所失，原因是輕拂的和風、亮麗的鬢影，還遠在天涯海角！說白了，公不離婆，秤不離砣啊！何況汪、陳是患難夫妻呢。

二是主角換位。這裏分兩個層面。一為景物換位。一般古詩中的愛情心態描寫，多以自然景觀為對象，諸如春去秋來、花開花落之類。而〈還家〉呢，第三句「步上小樓」，剩下「惘惘」，白描寫眼下；結句：春風、鬢影、天涯，三個畫面寫思念。二為紀實與紀夢換位。古詩中往往憑藉夢幻來透露思緒、情愛，在夢境裏追求所愛，聊慰相思。汪兆銘寫〈秋夜〉的「故人夢裏兩依依」，〈金縷曲〉的「訴心期，夜夜常攜手」。不是女性為主角，而是男主角直抒胸臆，呼喚人性的摯誠、忠貞。

三是以鬢影代倩影。按常情來說，倩影：美麗的身影，比鬢影的視覺衝擊力的強度大得多。為什麼詩人卻鍾情「鬢影」呢？恐怕與他倆的具體浪漫史的一見鍾情、生死不渝、煉獄言情，與耳鬢廝磨——耳朵與鬢髮的相互接觸，親密相處的諸多元素，深入心靈有不可移易的血肉相聯的關係。

江樓秋思圖為柳亞子[1]題

日暮倚江樓，問君何所思？
蕭蕭[2]天地間，秋風來以時。
君如王仲宣[3]，瑰麗[4]多文詞。
江山本吾土，俯仰[5]聊自怡。
知不因登樓，而興遊子[6]悲。
君如張季鷹[7]，不為好爵縻。
家在蒓鱸[8]鄉，何以樂棲遲[9]。
知不因秋風，慨然[10]始懷歸。
向晚[11]天氣佳，叢菊盈東籬。
有石宜彈琴，有酒宜賦詩。
捨此忽有念，兀兀[12]將何為？
由來賢哲[13]人，萬感積心期[14]。
莛[15]鐘偶然值，一縱不可羈[16]。

有如雲生石，因風自逶迤[17]。
又如絲出繭，映日成離披[18]。
其來既無端[19]，其去亦無倪[20]。
君既不能名，我亦不自知。
蘆渚[21]煙漫漫[22]，水遠天低垂。
望門投止[23]者，躑躅[24]將何依？
安得為蘆花，毋使悲鴻[25]罹[26]。
楓林霜斑斑[27]，有若別淚滋[28]。
世間諸兒女，一例傷乖離[29]。
安得為紅葉，宛轉[30]與通辭。
秋光渺無際，秋思亦如之。
茫茫[31]良自失，喋喋[32]恐非宜。
不如酌美酒，與君盡一卮[33]。

【注釋】

①柳亞子：（一八八七—一九五八）中國詩人。名棄疾，字稼軒，號亞子，江蘇吳江人。清末諸生。後至上海加入光復會、同盟會。創辦並主持南社。民國後曾任孫中山總統府秘書，中國國民黨中央監察委員，上海通志館館長。「四一二反革命事變」後，被通緝，逃往日本。一九二八年回國，進行反蔣活動。抗日戰爭時期，與宋慶齡、何香凝等從事抗日民主活動，被國民黨開除黨籍。抗戰勝利後，在香港繼續從事民主革命活動，曾任國民黨革命委員會中央常務委員兼監察委員會主席等職。建國後，任中央人民政府委員、全國人大常委會委員。其詩高歌慷慨，亦工詞。著有《磨劍室詩詞集》和《磨劍室文錄》，另有《柳亞子詩詞選》行世。②蕭蕭：頭髮花白稀疏的樣子。③王仲宣：（一七七—二一七）漢末文學家。名王粲，字仲宣，山陰高平（今山東鄒城西南）人。以博洽著稱。先依劉表，未被重用。後為曹操幕僚，官侍中。其詩、賦詞氣慷慨，亦講求駢儷華彩。〈七哀詩〉反映了漢末離亂和自身離鄉不遇之悲。〈登樓賦〉也頗有名。為「建安七子」之一，或譽為「七子之冠冕」。與曹植並稱為「曹王」。原有集，已散佚。今人輯有《王粲集》，並附其《英雄記》。④瑰麗：異常美麗。⑤俯仰：低頭和抬頭，泛指一舉一動。⑥遊子：離家在外或久居外鄉的人。⑦張季鷹：西晉文學家。名張翰，字季鷹，吳郡（今江蘇蘇州）人。齊王司馬冏執政，任為大司馬東曹椽。知冏將敗，又因秋風起，思念故鄉菇菜、蒓羹、鱸魚膾，遂歸吳。年五十七卒。所作詩今僅存六首。原有集，已失傳。⑧蒓鱸：指蒓菜羹、鱸魚膾。⑨棲遲：遊息。⑩慨然：感慨地。⑪向晚：將近晚上。⑫兀兀（wù）：用心勞苦貌。⑬賢哲：有才德、有智慧的人。⑭心期：心意；心願。⑮莛（tíng）：草莖。⑯羈：馬籠頭；拘束。⑰逶迤：形容道路、山脈、河流等彎彎曲曲、延續不絕的樣子。⑱離披：分散；散亂。⑲端：原因；起因。⑳倪：事物的初始。㉑渚：水中間的小塊陸地。㉒漫漫：時間、地方長而無邊的樣子。㉓望門投止：見有人家，便去投宿。時人見張儉名行，多破家相迎。㉔躑躅：在一個地方來回地走。㉕鴻：即鴻雁。也叫大雁。飛時一般排列成行，是一種冬候鳥。㉖罹：遭遇；遭受。㉗斑斑：形容斑點很多。㉘滋：滋生；加多。㉙乖離：背離；牴觸。㉚宛轉：說話溫和而曲折，但不失其本意。㉛茫茫：沒有邊際，看不清楚。㉜喋喋：言語煩瑣；說話沒完沒了。㉝卮（zhī）：古代盛酒的器皿。

【意譯】

太陽落山的時候，靠著江樓，請問您在思索些什麼？頭髮花白稀疏，涼爽的秋風吹來正是時候。

您像王仲宣，創作了異常美麗的詩篇。大好山河原本是我們的樂土，我們的一舉一動，求得自我的快樂。知道您不是因為寫〈登樓賦〉的觸發而改變了遊子思鄉的容顏。

您像張季鷹，不是為了追求優裕的生活。您出生在富足的魚米之鄉，為什麼偏愛在異鄉遊玩、落腳？知道您不是由於秋風吹起，方才感慨地懷念回歸故鄉之路！

傍晚天氣好，一叢叢盛開的菊花在東籬下爭豔。有石桌適宜撫琴，有美酒正好吟詩。捨棄這些突然冒出問題，用心勞苦是為了什麼？從來有才德、有智慧的人，所有的感慨積澱了自我的心願。草莖只是偶爾起作用，一放手就不可收拾。好比雲彩像石頭，因風的鼓動而延續不斷。又像繭抽絲，在午後陽光照射下顯得眼花繚亂。它們來無影，去無蹤。您叫不出名字，我也搞不清楚。不少蘆葦的江渚上煙霧漫漫，遙遠的地方，水天一色。看見有人家就去投宿的人，走來走去將找什麼依靠？

要是能夠成為蘆花，不讓大雁遭難。楓林裏的霜花，讓紅葉的斑點多多，就像離別的眼淚。世上的兒女，都對背離異常感傷！要是能夠成為紅葉，通情達理的話語，溫暖心間。

秋光沒有邊際，秋思也如此紛繁。茫茫人海，自己感到失落，多嘴多舌恐怕也不適合。還不如斟滿美酒，與您乾杯最快活！

【點評】詩為何題？

這首詩是為什麼寫的呢？詩題告訴我們：〈江樓秋思圖為柳亞子題〉。

柳亞子何許人也？中國詩人。「其詩高歌慷慨」，創辦並主持南社。社名取「操南音不忘其舊」之意。宣傳資產階級民主革命，反對清王朝專制統治。早期參加者多為同盟會成員。黃興、宋教仁、汪精衛等都是南社聞人。

既然此詩為柳亞子題寫，那麼詩的主角自然非柳先生莫屬了。不過，詩也是題詠《江樓秋思圖》的，因而汪兆銘選擇了三位古代名人的故事：王粲、張翰、張儉（即「望門投止者」，而柳也曾被通緝過）。這裏，我們側重點評「建安七子」之首的王仲宣，他的「詩、賦詞氣慷慨」，作品充滿正義，情緒激昂。汪詩人還暗示了王粲的名著〈登樓賦〉：「知不因登樓，而興遊子悲。」據《三國志・魏志・王粲傳》，他到荊州依靠劉表，表見粲貌醜體弱，故不予重視。又據李善注引盛弘之《荊州記》，粲曾登湖北省當陽縣城樓，感而作賦。〈登樓賦〉描寫的什麼季節呢？就「華實蔽野，黍稷盈疇」二句而言，許多果木的花朵和果實遮蔽了原野，農作物鋪滿了田疇。看來是抒寫金秋。

更加耐人尋味的是，賦中王粲以鍾儀自況。鍾的故事見《左傳・成公九年》：晉侯讓鍾儀彈琴，鍾「操南音」。范文子對晉侯說，鍾是君子，「樂操土風，不忘舊也」。南社命名不正是「操南音不忘其舊」嗎？

臨末，不妨將汪的這首詩與王的〈登樓賦〉做一粗略比照，是不難找到它們的若干共鳴點的。

地點：江樓——當陽樓；時間：秋風——秋實；典故：南社社名——鍾儀操琴；風格：柳「高歌慷慨」；王「詞氣慷慨」；汪「慷慨過燕市，從容作楚囚」……凡此種種，豈非集中噴射出柳亞子及其南社的資產階級民主革命的精神嗎？

為余十眉題鴛湖雙棹①圖

鴛鴦湖上泛鴛鴦②，煙雨樓頭未夕陽。
情似春潮無畔③岸，思如幽草有芬芳。

驚鴻照影空回首，別鶴流聲易斷腸④。
羅襪⑤凌波⑥原一瞬，只宜畫裏與端詳⑦。

【注釋】

①棹（zhào）：槳。②鴛鴦：鳥，雌雄多成對生活在水邊。常比喻夫妻。③畔：江、湖、道路等旁邊；附近。④斷腸：形容悲傷到極點。⑤羅襪：絲襪。⑥凌波：形容女性走路時步履輕盈。⑦端詳：仔細地看。

【意譯】

在鴛鴦湖上夫妻倆坐船遊玩，滿樓的煙雨，沒有露出夕陽。

兩口子的情感像春天的潮水無邊無岸，相思像幽幽的芳草，飄來一縷一縷清香。

受驚的大雁掠過湖面，湖水照出的影子，只能白白地回頭望一望，分離的白鶴連續的慘叫，最容易感到極度悲傷。

穿著絲襪的步履輕盈，只是一晃而過，這個鏡頭，僅僅適宜在畫裏仔細端詳。

【點評】讀畫支招

題畫詩的技藝多多，技法再多也離不開讀畫，讀功離不開端詳。這便是汪兆銘題畫詩的絕招，「只宜畫裏與端詳」——一定需要仔細地觀察啊！

法國藝術大師羅丹有言，美是到處都有的，對於我們的眼睛，不是缺少美，而是缺少發現。何況題畫詩是面對藝術作品的欣賞、剖析、再創造呢？自然訴求有所發現。而發現，涉及到多種多樣的思維技巧。這裏只是強調解讀問題的前提，基礎、本原、母體。比方說，要像世界著名的取證權威、美籍華人李昌鈺博士那麼精到、細緻、認真、科學，滴水不漏，才能創造奇蹟！

現在，讓我們結合畫面約略點擊「端詳」四點效應：

一、化靜為動。畫是靜態的，片刻的凝凍。我們要凝視到它動彈起來，鮮活起來，鴛鴦說出喁喁情話來！一個「泛」字，夫妻雙棹泛舟於鴛湖，如聞其聲，如見其行，活靈活現！

二、化虛為實。如何鏤刻這對伉儷的情感、思緒，怎樣由抽象演繹為具象？得運作巧比妙喻。情似春潮，排山倒海，來勢猛，音響大，無邊無岸！思如幽草，碧綠、清香，可視，可嗅，可觸摸！

三、化禽為人。將大雁的驚蟄、白鶴的淒厲，轉化為空鴻影、斷腸聲，使人物進入空靈、淒美的意境。

四、化古寓今。「建安七子」的扛鼎詩人曹植筆下的洛神「凌波仙子，羅襪生塵」（〈洛神賦〉）女神凌波，轉瞬即逝。怎麼辦？畫裏仔細端詳！從片刻捕捉永恆，從凝凍突破時空，從細節引爆靈感，從典故汲納青春。

十月二十四日過西湖

不晴不雨只陰陰，此日西湖倦色①侵。
孤塔偶從雲外見，好山如在夢中尋。
幽懷自樂波光淡，清嘯遙隨谷籟沉。
棹②到水心亭下泊③，半林黃葉識秋深。

【注釋】

①倦色：疲倦的臉色。 ②棹：槳。這裏代船。 ③泊（bó）：船靠岸；停船。

【意譯】

路過西湖，這天她的臉色疲倦，遭遇滿天陰沉。
偶爾能夠從雲外看見一座孤零零的古塔，秀美清翠的小山，好像要在夢裏找尋。
沉靜的胸襟生發出自我的安樂，湖水的波光清清淡淡，嘯聲隨著深谷漸漸低沉。
水心亭下游船已然停泊，樹林裏一半碧玉，一半黃金，告訴八方的遊客：秋色已深！

十一月二十四日再過西湖

臨①流莫笑影婆娑②，一月西湖得再過。
煙斂③波光如薄睡，日融山色似微酡④。
疏鐘渡水無歧籟，落木⑤攢⑥空有靜柯⑦。
短棹夷猶⑧亦徒爾⑨，累他蘆雁戒心⑩多。

【注釋】

①臨：對著；靠近。②婆娑：枝葉紛披。③斂：收起；收住。④酡（tuó）：喝酒臉色發紅。⑤落木：落葉。⑥攢（zǎn）：積聚。⑦柯（kē）：草木的枝莖。⑧夷猶：同夷因。從容貌。⑨徒爾：枉然。⑩戒心：戒備之心；警惕心。

【意譯】

面對清清流水莫笑樹影的枝葉紛披，只隔一個月天賜良機，再一次看到西湖的倦容。
煙霧收住了，波光像輕淺地睡著，陽光和山色和諧有致像酒後的面容微微泛紅。
稀疏的鐘聲渡過湖面奏出清脆的樂音，落葉積聚在天空飄灑，留下靜靜的樹枝。
小船從從容容地滑行也是枉然，累壞了蘆葦中警惕性特高大雁膽戰心驚！

【點評】得句還愁後古人

兩首七律，記兩次過西湖，眼福不小啊，要寫西湖，汪詩人恐怕是眼前有景道不得，蘇軾題詩在前頭呢。「水光瀲灩晴方好；山色空濛雨亦奇。欲把西湖比西子；淡妝濃抹總相宜。」（〈飲湖上初晴後雨〉）晴也好，雨也好，淡淡妝，濃豔豔，總歸搶眼，已成千古絕唱！此時此刻，拷問汪兆銘，如何落筆？於是汪氏劍走偏鋒，別出機杼；你是晴方好，你是雨亦奇，我寫陰。什麼叫做陰？不晴不雨。難得起句突兀：「不晴不雨只陰陰。」何謂「陰陰」？陰暗、蔭蔽，也形容心情晦暗。汪氏賦詩，不願重複古人，不想拾人牙慧，追求「得句還愁後古人」（〈初夏即事寄冰如〉），執著創新，堅持走自己的路。他搶拍西湖深秋陰天的倦容美。這般手法，姑且叫做「你無我有」法吧。

第二首，一個月後，再睹西湖丰姿。怎麼寫？顯然需要另闢蹊徑，另類出新。這種技法，突破思維定勢，叫做「你有我新」法，或者「同中有異、異中有同」法。

此話怎講？寫波光，寫山色，蘇、汪所刻畫的對象相同，而比喻迥異。睡與酡都是以人設喻，如蘇軾把西湖比作西施那樣。但是薄睡≠酣睡，微酡≠酡，二者程度都輕微，而且均係局部。此即同中有異。

繪小船，從容滑行；繡蘆雁，戒心多多；傳鐘鳴，聲聲清脆；攝落葉，翩翩起舞。四個鏡頭，個個出新。然而同中又有異，這些景觀，區別於南湖、東湖、千島湖、洞庭湖，統統屬於西子湖！

夜坐（以下十三年）

雲月吐還翳①，餘光猶在林。
窅②然見流水，萬壑自沉沉③。
老柏作人立，松風時一吟。
寒生知坐久，茗碗④靜愔愔⑤。

【注釋】

①翳（yì）：遮蔽。②窅（yǎo）然：所見深遠。③沉沉：沉重；深沉。④茗：原指某種茶葉，今泛指喝的茶。茗碗即茶碗。⑤愔愔（yīn）：安靜無聲；默默無言。

【意譯】

白雲吐出了月亮，依然又擁抱了她，剩下一點兒餘光留在叢林。
聽到深深遠處的流水，千山萬壑在謐靜之夜，顯得格外深沉。
老年的柏樹像人一樣挺直站立，松樹鼓動風神，時不時地低吟。
感覺到寒冷才發覺獨坐很久，很久，只剩下一隻茶碗，寂靜無聲！

【點評】靜之美

中國老年人大多喜愛安靜。有王維詩句見證：「晚年唯好靜，萬事不關心。」朱湘也說王詩「酒空深巷靜，積素廣庭閒」的「靜」字用得深刻（見《小說月報》十七卷號外）。可惜，陸侃如、馮沅君在《中國詩史》裏，認為開發王維詩作的鑰匙便是個「靜」字。顯然，擴大了王維坦誠相告「晚年唯好靜」，嬗變為「終身唯好靜」了！時段一變，差之毫釐，謬以千里。

而汪兆銘的〈夜坐〉也展示了靜之美的筆墨。前六句，寫餘光之下，望到流水、萬壑、柏樹，偶爾聽到松風，都是為了結尾蓄勢、鋪墊，暗示夜色深沉。落聯點題：坐久生寒，凸顯出一幅靜物素描——不聲不響的一隻茶碗！靜之美，都在默默無言、萬籟俱寂之中。

西山紀遊詩

數年以來，李石曾先生在北京西山從事農林，並開創學校暨（jì，和）天然療養院，余數得音訊，而未獲一臨其境為憾。十三年春日，余以事潛入北京，因得抽暇暢遊西山，為詩紀之，得若干首。

始出西直門，歷西山至溫泉村宿

郊行值春陰，群峰隱如簇①。
玄②雲豁天際，蒼翠忽在目。
西山多爽氣③，風物④至蕃沃⑤。
溫泉⑥更幽絕，一水戛⑦鳴玉。
依山結村落，高下見茅屋。
初日絢⑧平林，春氣溫以淑⑨。
兒童讀書聲，若與田歌續。
桃李已微華，馨香採盈匊⑩。
樹木與樹人⑪，為日常不足。
禽聲繁且和，萬類盡涵育⑫。

逶迤⑬登小丘，曠衍眺平陸。

居庸⑭屹相向，蕭爽⑮動心曲。

【注釋】

①簇：聚集成團或堆。②玄：黑色。③爽氣：清爽的空氣。④風物：一個地方特有的景物。⑤蕃沃：草木茂盛，土地肥沃。⑥溫泉：泉水溫度超過攝氏二百度的泉；也指泉水溫度在當地平均氣溫以上的泉。⑦戛（jiá）：象聲詞。⑧絢（xuàn）：色彩華麗。⑨淑：美好。⑩匊（jū）：掬的本字。兩手曰匊，意即兩手捧東西。⑪樹人：培養人才。《管子•權修》：「一年之計，莫如樹穀；十年之計，莫如樹木；終身之計，莫如樹人。」⑫涵育：涵養化育。具有無往不通的意思。⑬逶迤（wēi yí）：形容道路、山脈、河流等彎彎曲延續不絕的樣子。⑭居庸關：在北京市昌平區西北部。長城要口之一，控軍都山隘道（軍都陘）中樞。古九塞之一。今關為明洪武元年（一三六八年）建，與紫荊、倒馬合稱「內三關」。取「徙居庸徒」之意為名。形勢險要，向為交通要衝。京包鐵路經此。兩旁翠峰重疊，林木鬱茂葱蒼，有「居庸疊翠」之稱，舊為「燕京八景」之一。⑮蕭爽：高敞超逸。

【意譯】

在郊外旅行恰巧碰上了春日的陰天，群山隱藏在雲霧裏，聚集成團、成堆。撥開烏雲的天邊，墨綠、青翠就忽然出現在眼簾。西山的空氣好清爽，這塊地方特有的景物是，草木茂盛，土地肥沃。溫泉更是幽深到了極致，一泓流水戛戛像珍珠敲擊著玉盤。高高低低的茅屋，隨山就勢結成了溫泉村。

次日清晨，初升的太陽把平整的樹林染得色彩鮮紅，春天的氣息溫和而美好。兒童的朗朗讀書聲，好像是農民山歌的延續。桃花、李花含苞待放，透露了點點紅的、白的信息，雙手捧滿了花枝馨香。不管是植樹還是培養人才，總是感覺時間不夠。雞鴨的叫聲繁雜但又溫和，等等種種有生命的東西的化育往往通行無阻。沿著彎彎的小路登上小山，眺望遼闊廣袤的大地，它和「居庸疊翠」相互對視，高遠開闊飄逸，撥動了欣喜的心曲。

【點評】好漢怕大意

這首詩的題目是〈始出西直門，歷西山至溫泉村宿〉。

首先，從全詩脈絡的視角觀照，不難發現是按空間順序即地點的轉換來組織結構的。它所揭示詩的推進次第當為：西直門——西山——溫泉村。然而前面的「始」和末尾的「宿」千萬不可小覷。它們是彼此相呼應、相貫串、相始終、相起訖的全過程。

其次，如果從詩題另一角度拷問，它理應包孕全篇的內容和範圍，也便於迅速地融入規定意境。首句「郊行」點「始出西直門」。第五句「西山多爽氣」扣「西山」。第七句的「溫泉」和第九句的「村落」，暗示投宿地。

叫人跌眼鏡的是，全詩二十四句，居然從第十一句起就走題了！因為詩人看到的「初日」是初升的太陽，聽到的讀書聲、田歌聲、家禽聲，乃至「上小丘」、「眺平陸」，所見所聞，統統屬於次日清晨以後情景，顯然不是投宿前的等等種種了。更何況起筆指明「在郊外旅行恰巧碰上了春日的陰天」呢？

露出「常識最小化」的破綻，是否版本問題呢？檢《民國叢書・汪精衛集》第四卷也收有此詩，僅僅題目多了兩個標點符號而已（〈始出西直門，歷西山，至溫泉村宿〉）。

諺云：「好漢怕大意。」信哉斯言！

登金山憩①金仙庵

列岫②隱蒼煙③，傾崖響玉泉④。

澄心⑤寄丘壑⑥，遠目隘⑦幽燕⑧。
危石下無地，孤松敻⑨在天。
名山新事業，宁看⑩集群賢。

【注釋】

①憩（qì）：休息。②岫（xiù）：峰巒。③蒼煙：灰白色的煙霧。④玉泉：泉水的美稱。像白玉一樣的泉水。⑤澄（chéng）心：清新的心思。⑥丘壑：深山幽谷。也喻思慮深遠。⑦隘（ài）：狹窄；險要的地方。⑧幽燕（yān）：今河北北部及遼寧一帶。戰國時屬燕國，故稱幽燕。⑨敻（xiòng）：遠；久遠；遼闊。⑩宁（shù）看：站著看。

【意譯】

一列列的峰巒隱藏在灰白色的霧煙中間，轟響著震耳欲聾的聲音是白玉般的飛泉。
清新的思想寄寓在深山幽谷，阻礙著遠遠眺望遼闊廣袤的幽燕。
巨大的危石的下面沒有泥土，孤松卻長久地生長在遠遠的天邊。
李石曾先生在天下名山創造嶄新的事業，人們引領望到聚集著許多德才兼備的英賢。

【點評】觸景生情

〈西山紀遊詩〉與汪氏國外旅遊詩的情緒狀態顯然是有區別的。後者多為寄情山水抒寫閒適之空靈，前者暢遊有實業刺激的讚賞！這首〈登金山憩金仙庵〉可以說是組詩中的一篇代表作。

小序真切告訴我們：時間：十三年（一九二四）春。地點：北京。行狀：潛入——偷偷地進入。事由：其時，汪氏在孫中山的領導下，積極進行構建段（祺瑞）、張（作霖）、孫（中山）三角同盟，反對最兇惡直系軍閥勢力曹錕、吳佩孚。北京當時為直系所控制，故只得潛入。不知是「合縱連橫」的聯絡活動進展順利，並能「抽暇暢遊西山」，還是耳聞目睹李石曾的事業，感觸極深，因而濃墨重彩於結句：名山新事業，宁看集群賢。

這裏，詩人沒有直截描摹從事農林、開創學校、天然療養院諸多實業的「群賢」，其原因恐怕是，一則畢竟有五律紀遊的局限，二則顯係觸景生情，只有勾勒這些精英的「群像」，引吭高歌，讚頌名山十新事業，詩人宁看，大有見賢思齊的意願，引申、拓展為遙望聚集著許多德才兼備的英賢，卒章顯志！

宿碧雲寺

鴉影落寒山，鐘聲出遠寺。
行行①知漸近，已見碧雲起。
石闕②何嵯峨③？寶塔五星聚。
高標不可節④，如出碧雲際。
奇松生石罅⑤，老柏影交翠。
朱垣⑥隱復現，又在碧雲裏。
憶昨遊溫泉，水聲清在耳。

復覽金山勝⑦，遠目盡千里。
得此信三絕⑧，可以嘆觀止⑨。
名山宜講學，合併真與美。
東風動弦歌⑩，山水益輝媚。
結鄰⑪有故人，相見各歡喜。
茅屋三兩椽⑫，魂夢得所寄。
夜來臨水坐，疏星耿⑬林翳⑭。
語默成自然，夜氣清且旨⑮。
作詩以自幸，亦以勞吾子。

【注釋】

①行行（xíng）：走著不停。②闕：神廟、陵墓前豎立的石雕。③嵯峨（cuó,é）：山勢高峻。④節：高峻貌。⑤罅（xià）：縫隙。⑥垣（yuán）：矮牆。也泛指牆。⑦覽勝：觀賞勝景或遊覽勝地。⑧三絕：集於一人或一時的三種卓越的技能。一般指詩、書、畫。這裏指碧雲寺、溫泉村、金山三處景點。⑨嘆為觀止：春秋時吳國的季札在魯國觀看各種樂舞，看到舜時的樂舞，十分讚美，說看到這裏就夠了，再有別的樂舞也不必看了（見於《左傳‧襄公二十九年》）。後來指讚美看到的事物好到極點。也說嘆觀止矣。⑩弦歌：指琴聲歌聲。⑪結鄰：發生鄰里關係。⑫椽（chuán）：房屋的間數。⑬耿：光明。⑭翳：遮蔽。⑮旨：滋味美。

【意譯】

烏鴉的影子溶進了漆黑的寒山，悠悠的鐘聲來自遠方的廟宇。不停地走著，感知漸漸靠近，碧雲寺已然在望。

神廟前的石雕多麼高峻！寶塔頂上，金、木、水、火、土五位星神歡聚一堂。這所寺廟的高標不可算計，好像插進碧雲的邊際。

奇特的松樹生長在石頭的縫隙，和老柏樹的投影互動墨綠青翠。朱紅色的矮牆，忽隱忽現，統統出現在碧雲裏。

想起昨天暢遊溫泉村，清晰的水聲還在耳邊迴響。又飽覽金山勝景，遠望可長達千里。獲得這三處勝地，的確是神仙的福地，可以說景物的優美沒有再好的！

有名山便適宜講學，學術的求真和景點的俊美，和諧有致，融為一體。春風鼓動著歌聲，青山綠水更加輝煌嫵媚。有老朋友結為鄰里，見面彼此都歡喜。茅草房屋兩三間，魂夢都有了棲身之地。夜晚在流水旁邊坐著，疏稀的星光，想要掃掉樹林的陰影，默默無言和大自然合二而一，清新的夜氣，味道甜蜜蜜。

寫詩是抒發自我愜意，只是讓高朋故友勞神費力！

【點評】「碧雲三疊」現象

怎樣描摹碧雲寺？詩人別開生面獻出了一種尖新的現象，姑且名之曰：「碧雲三疊」現象。

一疊為「碧雲起」。先寫視覺：鴉影溶入寒山，暮色蒼茫。再寫聽覺：寺院悠悠的鐘聲，發自遠遠的鐘樓。不停地走啊走，感覺告訴我，越來越近。終於遠望碧雲冉冉上升！這裏，碧雲既借代靜態的寺名，又寓意動態的青雲升起。

二疊為「碧雲際」。這裏已然近觀：石闕多麼嵯峨，寶塔頂上，金、木、水、火、土，五星歡聚！這寺廟的高度，誇張到不可算計，好像插進了青雲的邊際。多麼高峻啊！

三疊為「碧雲裏」。另類的松樹、怪異的石罅、老柏的投影，編織成墨綠青翠的靜物寫生，朱紅的矮牆，忽隱忽現，嬗變為動態的畫面，這些光怪陸離的影像都進入了碧雲裏面！

這樣，由遠望（碧雲起）——近觀（碧雲際）——進入（碧雲裏）一疊一疊推進，構築成「碧雲三疊」。它們每一疊四句二十個字，每次碧雲狀態變化落在第四句最後三個字上面。每一疊碧雲意象由遠而近、由外及內、由淺入深的似乎是演繹「三部曲」！

臨末，補充一句話。最後十句五言，是詳寫詩題〈宿碧雲寺〉的「宿」字！

碧雲寺旁夜坐，石曾言夜色之佳，余為此詩以寫之

餘霞滅天際，山寺漸沉黑。
方庭蓄萬綠，一一潑濃墨。
岩壑入黝冥①，深沉不可測。
泉聲出萬寂②，流遠韻更徹。
似聞穿林去，邂逅③澗④中石。
微風一吹蕩，松籟與之洽。
坐久夜逾明，纖月吐雲隙。
幽輝才半林，樹影清可織。

棲鴉枝不動，想像夢魂適。
幽景信難摹，苦吟終未得。

【注釋】

①黝（yǒu）冥：暗昧。「視之無形，聽之無聲」。②萬寂：萬籟俱寂。形容四周非常寂靜，沒有一點聲音。③邂逅（xiè hòu）：偶然相見；不期而遇。④澗：山間流水的溝。

【意譯】

剩下一點霞光被熄滅在天邊，碧雲寺漸漸沉於黑暗。一方庭院充滿各種綠色，有如一一潑上濃墨。巖壑暗昧，又深又黑，不可勘測。

四周非常寂靜出現泉水流淌叮咚，那韻律特別清晰，好像穿越樹林，偶然遇見了澗中的岩石！和風輕輕吹拂，松林發出了共鳴。

不知坐了好久，夜色出現了微明，雲縫中吐出了小小的月亮。清清的光輝才照出一半樹林，樹影卻清沏可以編織。樹枝上，夜宿的烏鴉紋絲不動，可見牠的夢魂安適。

美景的確難得描摹，刻苦吟誦，好句終於沒得！

【點評】實話實說

這首詩的題目，還有一種版本：「碧雲寺旁夜坐，石曾言夜色之佳，余為此詩以寫之。」對照之下，看來有兩點區別：一則夜坐是寺旁，不是寺中。二則夜坐和賦詩的動因，離不開故人李石曾的推介。

全詩結構分四層，共二十句。前三層各六句，結尾二句。簡述如下：

寫色，前六句。沉黑，萬綠，濃墨，黝黑。

寫聲，中六句。泉聲，韻，聞，微風。

寫光，後六句。微明，幽輝，影清，鴉枝。

落句為：「幽景信難摹，苦吟終未得。」這是不是作秀呢？不！我們只要把前面同寫於一九二四年春天的〈夜坐〉與本詩稍做比照，便不難覺察兩者之高下、軒輊的。

就全貌而言，前者五律，緩緩道來，氣定神閒，著眼一個「靜」字，大有摩詰詩風，可謂筆墨有致。後者五排，花大量篇幅繪色、摹聲、採光，讀來感覺吃力，與語言不精、細節欠當不無關係。

就結尾而言，前者「茗碗靜愔愔」，儼然一幅靜物素描。正如沈義父《樂府指迷》所說：「結句須要放開，含有餘不盡之意，以景結情最好。」汪氏以茗碗結情，推出眼字：靜。是品香茗，還是喝苦茶？都在安靜無聲、默默無言之中啊！後者面對尷尬的無奈：「幽景信難摹，苦吟終未得。」儘管詩人花費了力氣，但是找不出佳句來，全然不符合他的追求，「得句還愁後古人」，何況警句「終未得」呢？

再登金山桃杏花已盛開

新綠麥繡野，輕黃柳拂池。

別來能幾何①？春光已如斯②。

金山數千步，步步見花枝。
山勢有盤陀③，花開無參差④。
山色間紺⑤碧，花光涵⑥絳緋⑦。
清輝⑧一相映⑨，百丈⑩成虹霓⑪。
隨花入山去，花與人逶迤⑫。
回看乍⑬來處，萬樹煙霏霏⑭。

【注釋】

①幾何：多少。②如斯：像這個；像這樣。③盤陀：形容曲折迴旋的樣子。④參差：長短、高低、大小不齊。⑤紺（gàn）：1.天青色。一種深青帶紅的顏色（《辭海》）。2.稍微帶紅的黑色（《現漢》）。⑥涵：包含；包容。⑦絳緋：絳，深紅色；緋，紅色。⑧清輝：指月光。⑨相映：互映襯托。⑩百丈：極言其高或長；纖纜。⑪虹霓（hóng ní）：虹，大氣中一種光的現象，天空中的小水珠經日光照射發生折射和反射作用而形成的弧形彩帶，由外圈至內圈呈紅、橙、黃、綠、藍、靛、紫七種顏色。出現在和太陽相對著的方向。也叫彩虹。霓，大氣中有時跟虹同時出現的一種光的現象。與虹的產生大同小異。也叫副虹。⑫逶迤（wēi yí）：形容道路、山脈、河流等彎彎曲曲延續不絕的樣子。⑬乍：剛剛。⑭霏霏：煙、雲等很盛。

【意譯】

嫩綠的麥苗繡出青青的原野，淺黃的柳條飄拂在池塘邊上。分手沒有幾天，春天輕盈的腳步，竟然這麼快當！

金山的路長又長，步步看到花娘娘。山路曲折彎又彎，沒有參差不齊，走進了花的海洋。墨綠的山色黑裏透紅，花光包容著深紅和淺紅。與月光互相襯托，好像彩虹掛得極高極長。遊人跟著鮮花進山，鮮花和遊客沿著山路前進，曲曲彎彎。

回頭望著剛來的地方，茂密的樹林雲霧霏霏。

【點評】花光＋清輝＝虹霓

第一次登金山，重在落句：「名山新事業，宁看集群賢。」第二次登金山呢？詩題顯示：桃杏花已盛開！怎麼運筆？全詩十六句，分三層。起首四句寫再登，中間十句桃李繡朵。末聯以景抒情。

眼下，我們側重賞析點評題目：花光＋清輝＝虹霓，即：「山色間紺碧，花光涵絳緋。清輝一相映，百丈成虹霓。」說的是當著花光和月光一旦互相襯托，極高極長的七彩虹霓就掛在天際！這既是「一……就……」表示兩事時間上前後緊接而省略了「就」字，又是誇張、比喻修辭的疊用。如果一味執著花光、月光與虹霓不應該同時出現，那恐怕忘卻了詩歌的特點，忘卻了孟子的諄諄告誡：「故說詩者，不以文害辭，不以辭害志。以意逆志，是為得之。」（《孟子・萬章》）大意是：所以解說《詩經》的人，不要拘泥於文字而誤解詞句，也不要拘泥於詞句而誤解原意。用自己切身的體會去推測作者的本意，這就對了。

從想像力的視角切入，那就如趙翼《甌北詩話》卷一所說的：「奇警極矣，而以揮灑出之，全不見其錘鍊之跡。」花光、清輝與虹霓見證汪詩人的想像力確實奇突、尖新、自然、易懂，絕不是拗口簡古難讀，好像啃天書一樣。也許這恰好是嶺南雄直詩風又一經典句讀吧。

白松

秀林有奇松，玉樹①差可擬。
孤高更皎潔②，抗節③比君子。
歲寒饜④霜雪，顏色亦相似。
亭亭⑤明月中，清影了無翳⑥。
臨風得相見，繾綣⑦不能已⑧。
何當⑨如翠禽，樂此一枝寄⑩。

【注釋】

①玉樹：這裏作用珍寶製成的樹，漢宮中物。傳說中的仙樹。②皎潔：月亮等明亮而潔白。③抗節：堅持高尚的志節。④饜：吃飽；滿足（多指私欲）。⑤亭亭：形容高聳、挺拔。⑥翳（yì）：遮蔽。⑦繾綣（qiǎn quǎn）：形容情投意合，難捨難分；纏綿。⑧已：停止。⑨何當：何時。⑩寄：依附別的地方。

【意譯】

在特好的樹林裏，有一棵奇怪的松樹，只有珍寶打造的玉樹，差不多可以比擬。

高傲地聳立著，顯得更加明亮、潔白，堅持崇高的志節，好比人格高尚的君子。在嚴寒的日子裏，飽嘗著霜雪，和這棵奇松純白的顏色非常相似。在高高的明亮的月光下，清晰的身影一點兒也沒有遮蔽。迎著寒風能夠相見，情投意合，不能休止。

什麼時候，能像翠鳥一樣，高興地依附在玉樹般的枝頭上呢？

【點評】白松意念

白松，木名。幹高十丈餘，皮色暗褐，剝落後則呈乳白色，故亦稱白皮松。清代查慎行《人海記》上：「去（北京）香山二里許，為鮑公寺，亦內官墓。中有白松八株，圍皆三抱，掩映殿宇，人行其下，衣上不見日色。」

什麼是「白松意念」呢？請看：

像玉樹一樣的珍稀，像君子一樣的品格，嚴寒飽經冰雪絕不改變皎潔，月光下清影絕無半點陰翳。和白松迎風相見，情投意合，不能休止！什麼時候我能變成翠鳥，棲息在你的枝頭呢？

看起來，詩人汪兆銘此時此地既羨慕「新事業」、讚頌「集群賢」，還閃現過像白松一樣高潔的念頭、想法哩！

秋夜

心似銀河①凝②不流，涼螢③的皪④破林幽。
桐陰漸薄松陰老，並送秋聲入小樓。

狼藉⑤書城⑥獺祭⑦頻，夜涼燈味乍相親。
閒愁不為西風起，自倚江樓念遠人。

淡月疏星夜氣清，遙聞砧杵⑧動層城⑨。
微蟲不與無衣事，也作人間促織⑩聲。

策策⑪西風萬木秋，玉簫哀怨未能收。
繁星⑫點點人間淚，聚作銀河萬古流。

【注釋】

①銀河：晴天夜晚，天空呈現出一條明亮的光帶，夾雜著許多閃爍的小星，看起來像一條銀白色的河，叫做銀河。銀河由許許多多的恆星構成，也叫天河。　②凝（níng）：凝結。　③流螢：指飛行不定的螢火蟲。　④的皪：也作「的歷」等。明亮、鮮明貌。　⑤狼藉：亂七八糟；雜亂不堪。　⑥書城：藏書極多，環列如城。　⑦獺祭（tǎ jì）：獺貪食，常捕魚陳列水邊，稱為祭魚，即《禮記・月令》「獺祭魚」。後用來比喻羅列典故或堆砌典故。　⑧砧杵（zhēn chǔ）：砧，捶或砸東西時墊在底下的器具，有鐵的（砸鋼鐵材料時用）、石頭的（捶衣物時用）、木頭的（砧板）。杵，一頭粗一頭細的圓木棒，用來在臼裏搗糧食等或洗衣服時捶衣服。砧杵，即以石頭墊底用圓木棒在水邊捶洗衣服。　⑨層城：語出於神話，謂崑崙山有九層，上層叫層城，又叫天庭。後來也用它比喻高大的城闕。　⑩促織：蟋蟀。昆蟲，黑褐色，觸角很長，後腿粗大，善於跳躍，尾部有尾鬚一對。雄的好鬥，兩翅摩擦能發聲。也叫促織，有的地區叫蛐蛐兒。　⑪策策：象聲詞，猶如「沙沙」。　⑫繁星：多而密的星星。

【意譯】

心思像銀河凝結不動，飛行不定的螢火蟲到處閃爍不定，打破了樹林幽靜。桐樹的陰影漸淡，松樹的陰影依然很濃，它們把秋風送進小樓。

坐擁書城，亂七八糟，詩文都是典故的堆砌，秋夜的涼意和油燈的氣味，忽然相近相親。憂愁不是西風的逗引，而是靠著江邊小樓的欄杆懷念遠方的愛人。

淡淡的月色，疏稀的星星，秋夜的清涼，遠遠地聽到震動全城的捶洗衣服的聲音。小蟲子原本不介入沒有衣服的事情，也發出人間的紡織聲。

颯颯的西風吹得萬木蕭疏，玉簫的哀怨，不斷地悠悠。眾多稠密的星星點點活像人間的眼淚，滙聚成不盡的天河滾滾流！

【點評】打造平淡難

「作詩無古今，欲造平淡難。」這是宋代詩人梅堯臣的創作深度體驗的心裏話（〈贈杜挺之〉）。因為平淡不是平庸，不是湊合，不是淡而無味，而是看來普通的樸素的話語蘊含著深沉的情愫，和豐沛的意識，寄寓著情味、詩味和至味於淡泊呢！

姑且以〈秋夜〉第四首的落聯：「繁星點點人間淚，聚作銀河萬古流」為例吧。讀者不難發現，河水中不少淚水不屬汪詩人的原創，「鬱孤臺下清江水，中間多少離人淚」（辛棄疾）便是見證。問題的關鍵是：一則這種「哀民生之多艱」（屈原）、「窮年憂黎元」（杜甫）愛國憂民的理念正是中華民族優秀文化的傳承，也是詩人獄中〈秋夜〉個人愛情的演繹、擴展。二則這末句聯想豐富、著意標新，由繁星點點聯想到人間眼淚，想像出純然淚水，滙聚成天上銀河，萬古奔流，令人扼腕慨嘆！文詞暢達，通俗易懂，而其內涵深刻，外延廣博，人情世俗，囊括無遺。看來多了些許平淡意味的疏稀的投影。

獄中吟誦的〈秋夜〉呢？「風蕭易水今猶昨，魂度楓林是也非。」被陳衍評騭為「工切絕倫」（詩的對仗工整貼切，獨一無二），趙聲「每讀一次，輒激昂不已」，豈不正是雄直襟抱的張揚麼？

顯然，兩相比照，前〈秋夜〉偏重雄直，後〈秋夜〉著眼平淡，格調是不雷同、有差異的。

歲暮風雪，忽憶山中梅花，注視之，已盛開矣

籬①角相逢風雪侵，歲寒彌②見故人心。
別時情緒君能記，醉後疏狂③我不禁④。
如接笑言禪思定，微聞薌澤⑤綺懷深。
林間滿地橫斜月，願託苔枝⑥似翠禽。

【注釋】

①籬：籬笆。②彌（mí）：更加。③疏狂：狂放不受約束。④不禁：抑制不住；禁不住。⑤薌澤：薌同「香」。即香澤，香氣。⑥苔枝：長著青苔的樹枝。

【意譯】

我們在籬笆的角上相逢，風呀雪呀它們撲面相侵，在嚴寒的時刻更能看到老朋友的愛心。幾次離別的情景，您依然一一在目，酒醉後的狂放不羈，我可總是情不自禁。好像聊天談笑，佛家的情思居然已經確定。聞到一點點香氣，風月的情懷是多麼厚、多麼深。樹林裏鋪滿了橫橫斜斜的月影，情願寄託在長滿青苔的枝頭，又非常像青翠的飛禽！

【點評】「畫蛋」記憶

恢復高考後有一屆，語文試卷有給材料作文，要求考生寫「畫蛋」的啟示之類。筆者雖然沒有押到題目，但是曾經反覆訓練，方法上不求同，要求異。不要千人一面，千篇一律，要各抒己見，各有特點，即便是「靜物寫生」吧，也要選擇仰視、俯視、平視、側視，等等種種，諸多具有細微差別的角度。

汪詩前三次詠梅，一次是自況殘枝（〈雪中見梅花折枝〉）；二次是伉儷溫詩（〈十二月二十八日雙照樓即事〉）；三次是探梅有得（〈鄧尉山探梅口占〉），均見點評「三度詠梅，詩味異趣」）。這裏說的是汪氏第四次摹寫梅花。詩人把梅花比作故人，傾訴心曲，情感滾燙，筆墨靈動。

當然，將梅作故人，也許有林和靖「梅妻鶴子」的正面影響，現實一點說，恐怕還是詩題所揭示的：〈歲暮風雪，忽憶山中梅花，往視之，已盛開矣〉。起聯點明不是初交，而是故友，自然能透視梅花笑傲風雪的精氣神。頷聯憶別依依，梅清醒，我疏狂。頸聯禪機早定，深深風月情懷。落聯想像奇異，人梅結合，由故人進而幻化「苔枝」，更進而喻作「翠禽」，具備些許博喻意味的另類舉措！

十月二十九日月下作（以下十四年）

人似歸鴉暫息翰①，玉山②秋色靜中看。
長颷③一掃游氛盡，才識冰輪④照膽寒。

【注釋】

①翰：長而硬的鳥羽。 ②玉山：形容儀容美好。 ③颷（biāo）：猛烈的風。 ④冰輪：指月亮。

【意譯】

人好像歸巢的烏鴉，暫時得到休息，美好秋夜的月色，能夠在安靜中欣賞。猛烈的西風一颷，周圍游動的氣氛掃得乾乾淨淨，這才觸摸到秋夜月亮的銀光照射得心驚膽寒！

【點評】觸摸月下的暖色和冷色

〈廬山雜詩・水石月下〉與〈十月二十九日月下作〉兩首七絕都是月下抒情。前者「此心靜似山頭月，來聽清泉落澗聲」，寧靜中傾聽音樂，大珠小珠落玉盤，是否聯想到貝多芬那鋼琴奏鳴曲〈月光〉呢？不得而知。但觸摸到的色調卻是溫暖的、愉悅的、愜意的，是一張「暫開懷抱」（〈廬山雜詩・小序〉）、臉上堆滿陽光的汪詩人玉照。

後者情境也是「玉山秋色靜中看」，落筆別有洞天，「長飈一掃游氛盡，才識冰輪照肝寒」！這裏讓人觸摸的色調是冰冷的、憂傷的、心悸的，是一幅脆弱詩人心驚膽戰的自畫像！

歷史老人的確愛開玩笑，恰恰是一九二五年十月二十九日，「陳璧君致函中央婦女部，請辭國民黨『二大』婦女代表」（王光遠、姜中秋《陳璧君與汪精衛》，中國青年出版社一九九二年版第二三二頁）。陳璧君是一個虛榮心很重的人，她是國民黨「一大」三位婦女代表之一，為什麼要辭職呢？是否以退為進的作秀呢？不便妄議。汪詩人是否因而情緒低沉、失落？抑或聯想到上半年的三月十二日中山先生逝世？只有孫氏才能振臂一呼，應者雲集，才能「長飈一掃游氛盡」，暗抒緬懷之情？手邊材料匱乏，只好暫付闕如了。

除夕①

冰雪滿天地，老梅能作花。
孤松青不已，相為導春華②。
落落③心如見，依依④景未斜。
及時唯努力，攬物莫長嗟⑤。

【注釋】

①除夕：詩題，上海版還有下列文字：「邀南社諸子作歲寒小集，何香凝夫人繪歲寒圖，諸人皆有吟詠，余亦成一首。」②春華：春天開的花。③落落：舉止瀟灑自然。④依依：形容留戀，不忍分離。⑤嗟：嘆息。

【意譯】

在冰天雪地之中，蒼老的梅樹綻放春花。獨立的青松高大挺拔又鬱鬱葱葱，和梅花一道喜迎春之神的來到！

詩友們舉止瀟灑，都是光明磊落的君子。他們留戀，不忍分離，這景象是多麼亮麗！正趕上需要的時候，只有努力，碰上多種困難，也不必嘆長氣！

【點評】「不很在意」和「很在意」

汪夢川先生在〈柳亞子與汪精衛的詩交〉中鎖定：「汪精衛對這種文人雅集酬唱並不很在意，故而改頭換面，又略去寫作的背景，僅題以『除夕』二字。」（《博覽群書》，二〇一〇年九月，第一二三頁）作者以柳汪詩交的視角切入，兩種版本對比考訂，不乏新意，尤以「不很在意」的評騭不無道理（汪參加南社活動，為數極少）。但未必都會演繹出「改頭換面」之類的弊端來。筆者猜想，「很在意」政治元素恐怕是汪詩人問題的本源。故不揣冒昧，特向夢川先生請教。

《汪精衛集》裏原題〈除夕邀南社諸子作歲寒小集，何香凝夫人繪歲寒圖，諸人皆有吟詠，余亦成一首〉，未編年。

詩曰：

「冰雪滿天地，老梅能作花。孤松青不已，相為導春華。落落心魂在，悠悠歲月賒。艱難謀一聚，何惜最流霞？」

（按：「最」為「醉」之誤。「流霞」這裏指美酒。）

而《雙照樓詩詞稿》有題為〈除夕〉的一首詩，編年為民國十四年（一九二五）。詩曰：

「冰雪滿天地，老梅能作花。孤松青不已，相為導春華。落落心如見，依依景未斜。及時唯努力，攬物莫長嗟。」

對比新舊兩首詩，前半首全同，後半首幾乎全改。既不是「稍改」，更不是「改頭換面」——比喻外表不同而內容未變。筆者以為，汪氏修改之後，全詩至少出現了三個變數。

變數一：情調的蛻變。

首先，改「心魂在」為「心如見」。一則避免重複〈被逮口占〉之「留得心魂在」；二則改後如同向受眾敞開瀟灑自然的心扉，具象儼然。

其次，落句遠離那種人生苦短，難得聚會，面對美酒該當及時行樂、一醉方休的鬱暗色調；而是值此良辰，觀賞勝景，「及時唯努力」，不應當長吁短嘆！這是全詩情調由傷感而向奮起的蛻變，是修改後的華彩樂章。

變數二：詩題的瘦身。

一來由三十五言之長題濃縮為原題起首的「除夕」二字。以示佳節又表洗鍊。

二來雖與獄中詩一首同名，但詩味各異，彰顯汪氏手法的多樣性。例如六首詩詞題紅葉，便有六種色調之細微差別！

三來除夕蘊含歲寒，暗示松、竹、梅三友抗寒氣象，略去嚴寒，情在理中。

變數三：結構的整合。

〈除夕〉前四句為「景語」，後四句為「情語」。後面一經修飾，前後緊密相連。妙在那個三字經：「景未斜」。凸顯依依難捨的因由係亮麗的冬景輻射出的磁場效用。景呢？承前省，指冰雪滿天，梅花綻放，孤松滴翠，梅花和青松聯袂迎春。此其一。

其二乃結句。原詩引用唐人孟浩然〈宴梅道士房〉中的「何惜醉流霞」改作「攬物莫長嗟」。由反詰句嬗變為勸慰句，由低沉向昂揚的一百八十度的大提升！給讀者留下回味的空間。

要之，三個變數有力地證明：不是馬虎敷衍、魚目混珠的作派，不是改頭換面的水貨，更不是「不很在意」邏輯推導的必然結果。

問題的癥結在於：既然邀請南社諸子歲寒小集，自己也賦詩一首於前，為什麼又「略去寫作的背景」，抹煞此次聚會於後呢？豈非出爾反爾、自我否定是南社詩歌的代表人物麼？面對這個謎團，筆者猜想，這完全是汪精衛「很在意」政治元素的緣故。理由有二。

一、編年藏密碼

〈除夕〉作於民國十四年（一九二五）。該年七月一日，廣東政府成立，汪精衛當選國席主席，兼軍事委員會主席。史載，選舉中有段小插曲：政治祕書伍朝樞最後高聲報告：「發出選舉票十一張，收回選舉票十一張，選舉汪兆銘的十一票。」當時，「汪也滿面通紅」。其實，現在看來，汪詩人堅信自己，運用了自己神聖一票的權利，原本無可厚非。但是，當時「對一向自命清高的汪精衛來說，不能不是一件難堪的事」。「表明了汪精衛急於上臺的迫切心情。」（聞少華著《汪精衛傳》，團結出版社二〇〇七年版，第四十四頁）

汪精衛終於登上了一把手之寶座，領袖群倫，躊躇滿志。我想，這就是原本對文人聚會酬唱「不很在意」，竟然主動邀請南社諸子雅集的動因。這恐怕正是人性脆弱方面的虛榮心膨脹在作秀！只不過方式為吟詩繪畫，比較隱蔽罷了。這難道不是汪精衛「很在意」政治元素的折射、編年暗藏著密碼嗎？

二、「遺囑」尚未忘

眾所周知，汪精衛是〈總理遺囑〉的起草人，朗讀人。當孫先生靜聆畢，無一字更改，點頭諭曰：「好呀，我很贊成！」既充分顯示了汪氏善於領會孫中山的意圖的超人才華，又昭示嗣後角逐領袖地位的舞臺上多了博弈的資本（轉引自王朝柱《汪精衛和蔣介石》，中國青年出版社一九九三年版，第十至十一頁）尤其是孫先生的侍從副官李榮筆下的〈總理病前後〉記錄下那些讓人心酸的瞬間。到了三月十二日「晨一時，即噤口不能言。四時三十分，僅呼『達齡』一聲。六時三十分，又呼『精衛』一聲。延至上午九時三十分，一代偉人，魂歸天國」（轉引自二〇〇六年十一月十二日A3《北京青年報》）。筆者默想，當著汪精衛在修改、斟酌、推敲全詩的時候，總理的諄諄教誨、總理的艱難呼喚，言猶在耳，忠豈忘心？

〈遺囑〉前段是總結革命的經驗，後段是當時殷切的希望。全文一百六十三字，語言平實、瀏亮，通篇雅俗共賞！在這裏，請讓我徵引其對國人期望全文：「現在革命尚未成功，凡我同志，務須依照余所著，《建國方略，建國大綱》、《三民主義，及第一次全國代表大會宣言，繼續努力，以求貫徹。最近主張開國民會議及廢除不平等條約，尤須於最短期間，促其實現，是所至囑。」（譚天河《汪精衛生平》，廣東人民出版社一九九六年版，第六十五頁）此段概而言之，即近代史影視片中偶爾出現的鏡頭，孫中山遺像兩邊的流水對聯：「革命尚未成功，同志仍須努力。」

為此，人們不難看出「及時唯努力」正是繼承總理遺志，繼續努力，以求貫徹。迫在眉睫的是召開國民會議及廢除不平等條約！筆者認為，這便是汪精衛「很在意」的政治元素，生發人性正面優長，毅然決然刪除集會的原點。

至於一九二七年七月十五日汪精衛撕掉革命的偽裝，公開背叛孫中山先生簽發的遺囑，那已然是徹底墮落的開端了！

以上陋見，請夢川先生不吝賜教。

入峽（以下十五年）

入峽天如束①，心隨江水長。
燈搖深樹黑，月蘸②碎波黃。
岸逼③鼉④聲縱⑤，岩陰虎跡藏。
楫⑥歌誰和⑦汝，風竹夜吟商⑧。

【注釋】

①束：聚集成一條的東西。②蘸（zhàn）：在液體、粉末或糊狀的東西裏沾一下就拿出來。③逼：靠近；接近。④鼯：即鼯鼠。哺乳動物，外形像松鼠，前後肢之間有寬大的薄膜，尾長，背部褐色或灰黑色。生活在高山樹林中，能利用其薄膜從高處向下滑翔，吃植物的皮、果實和昆蟲等。⑤縱：放任；不拘束。⑥楫：槳。⑦和（hè）：和諧地跟著唱。⑧商：五音，我國五聲音階上的五個級，相當於現行簡譜上1、2、3、5、6。古代叫宮、商、角（jué）、徵（zhǐ）、羽。商相當於2。

【意譯】

船進三峽，好像鑽進僅僅聚集成一條線的藍天，我的思緒隨著長江越來越長。
搖搖晃晃的燈光，讓遠處的樹林一片漆黑，月色蘸碎了江裏黃色的波浪。
靠岸越近越聽到鼯鼠的叫聲更加放縱，山岩的陰暗裏猛虎潛藏。
推著木槳，唱著山歌，誰個來和唱呢？夜晚，風吹動竹林吟和著同樣高昂的歌聲！

出峽

出峽天如放，虛舟思渺然①。
雲歸新雨後，日落晚風前。

波定魚呑月，沙平鷺隱煙。
綠陰隨處有，可得枕書眠。

【注釋】

①渺（miǎo）然：渺茫，不見蹤影。

【意譯】

剛剛走出三峽，天空好像突然開放，人坐在空艙裏，思緒渺茫。
雲彩露臉在剛剛下雨之後，太陽下山在傍晚起風的時間。
風平浪靜，魚兒呑食了月亮，沙洲平坦，白鷺躲藏在青煙裏頭。
綠色的陰涼到處都有，不知道能不能枕著書本睡覺？

【點評】走近沉著

沉著，古詩中的一種風格。趙翼說，蓋其思力沉厚，「其筆力之豪勁，又是以副其才思之所至，故深入無淺語」（《甌北詩話》卷二）。他認為杜甫的詩思力深厚，筆力豪勁，從而打造出沉著的風格。

我們認為，汪詩〈入峽〉與〈出峽〉，走近沉著，就是說這兩首出入三峽的五律，有那麼一些沉著風味，耐人咀嚼。

先看比照。兩詩的起筆，「入峽天如束，心隨江水長」和「出峽天如放，虛舟思渺然」。入峽的天空與心境，用「束」比喻，用「放」比喻、凸顯僅僅只有一線天；而心緒隨著江水越來越長。出峽的反差卻極其強烈。放與束對比，開放，豁然開朗，心思寥廓，竟至渺茫！進峽緊束，出峽放鬆，前句繪景，後句抒情，對比互動，筆力遒勁，意氣豪邁，實在不可多得！

再看著色。「燈搖深樹黑，月蘸碎波黃」。燈光是搖晃的、微弱的，遠處的樹林以潑墨寫意。月色輕輕地蘸著江水，竟然蘸碎了波浪，呈現渾黃色澤，水天混沌，見證激情思維的力度！

「波定魚吞月，沙平鷺隱煙」呢？月色清明，波瀾不驚，魚兒一口吞食了江水中的月亮，這般意象能不沉著、豪勁？白鷺一點一點地湮沒、隱藏在煙霧之中，渺無蹤影，怪道思緒渺然喲！

這裏，不難發現，汪詩人學習老杜的思力筆力，確有趨近沉著格調的佳構問世。

舊曆元旦經白雲山①麓②書所見

農隙③人家靜且慵，飯餘箕踞④領東風⑤。

宜春帖子⑥尋常見，點綴⑦柴門⑧特地紅。

村兒綠褲女紅妝，分得黃柑著意⑨嘗。

卻道城中風物⑩好，不知身在白雲鄉⑪。

泥潦⑫縱橫⑬叱⑭犢行，老農辛苦足平生⑮。
今宵一酌⑯屠蘇⑰酒，坐聽家家爆竹聲。

【注釋】

①白雲山：在廣東省廣州市北郊。有白雲仙館等名勝古蹟。②麓：山腳。③農隙（xì）：農閒。④箕踞：坐時兩腳伸直岔開，形似簸箕。⑤東風：春風。⑥宜春：帖（tiě）子名。古時立春日書「宜春」字樣貼於門楣，以取迎新之意，謂之宜春帖。⑦點綴：裝點門面 ⑧柴門：用散碎木材、樹枝等做成的簡陋的門。舊時比喻貧苦人家。⑨著意：用心地做某事。⑩風物：一個地方特有的景物。⑪白雲鄉：仙鄉。古人認為神仙居住天上，故稱。⑫潦：路上的流水、積水。⑬縱橫：橫一條豎一條的。⑭叱（chì）：大聲責罵。⑮平生：終身；一生。⑯酌：飲酒。⑰屠蘇：古代一種酒名。相傳農曆正月初一飲屠蘇酒可以避邪，不染瘟疫。

【意譯】

農閒時節，農家安靜人也疲倦沒有力氣，茶餘飯後隨意地坐著，享受春風的暖意。
喜迎新春的大紅帖子，家家大門上貼著，裝點貧苦人家的門面，圖個吉利，一片紅彤彤。
村裏小娃娃穿著嶄新的綠褲，婦女們的紅色服裝，豔麗美觀，得到金黃的柑橘，用心品嘗。
她們反說城市景物美好，不知道自己正生活在神仙的家鄉。
一位老農邊責罵小牛，邊走在橫七豎八的泥濘路上，看起來將要辛辛苦苦足終其一生！
大年初一的夜晚，喝點屠蘇酒來避邪免疫，坐著諦聽家家戶戶的爆竹聲聲！

【點評】解讀「慵」

這組詩共三首七絕，語言平實、清通，容易理解。但是，第一首起筆便遭遇攔路虎：「農隙人家靜且慵」，解讀「慵」，卡殼了！說實話，乍一讀直覺就告訴我：懶。果然不出所料，《辭海》訓慵為懶，並見證杜甫〈送李校書〉詩句：「小來習性懶，晚節慵轉劇。」《辭源》釋為懶惰，懶散。古本「庸」字，漢以後始加心旁作「慵」。《康熙字典》除音韻外，僅引《說文》：「慵，懶也。從心庸聲。」《中華大字典》、《漢語大辭典》都詮釋為懶，只得暫時罷手。

後來推敲意譯時考慮「懶」是貶義詞，過大年人們總得圖個吉利，詩句怎麼與懶惰、懶散對接起來的呢？何況第三首有「老農辛苦足平生」呢？事實上，當年兵連禍結，軍閥混戰，即令廣州城郊的農民也是一日三驚，過不成「太平犬」的日子！大概這次過大年運氣好，沒有交戰，可以暫時鬆一氣口，過過新年了！汪氏詩詞，往往出現難認的字，冷僻的義，一般都得查大辭典，這次偶然翻閱《現漢》第五版，大大出人意料，竟然有新的義訓：「慵，困倦；懶②：即疲倦，沒力氣。」例句是，「身子發懶，大概是感冒了。」由貶義詞嬗變為中性詞，豁然開朗，翻譯就水到渠成了。再查《語言大典》：「慵，精力不旺盛或無朝氣的。」這個義項，不正好見證《現漢》的正確性麼？

諺云：「讀書須用意，一字值千金。」蓋了！

雜詩

春花繡平林，絳跗①映青條。
初日②揚其輝，零露③猶未消。
唯彼蝶與蜂，振翅何逍遙④。
食宿眾芳間，蕊⑤粉還相調。
取之亦已廉，報之不辭⑥勞。
東風亦良媒，鳴條⑦一何⑧驕。

【注釋】

①跗（fū）：通柎，花萼房。②初日：初出的太陽。③零露：露。④逍遙：沒有什麼拘束，自由自在。⑤蕊（ruǐ）：花心，花。⑥辭：躲避；推託。⑦鳴條：風吹樹枝發聲。⑧一何：含有到了極點和無以復加的意思。

【意譯】

春天的鮮花在平原的林木上綻開，深紅的花萼映襯著碧綠的枝條。

初升的太陽放射光輝，露水還沒有完全消失。只有那些蝴蝶和蜜蜂，振翅起舞多麼自在逍遙。牠們的飲食和住宿都在花叢中間，還有香噴噴的花粉調配得均勻合適。拿來已經很便宜，回報也不躲避辛勞。

春風也是一位優秀的婚姻介紹人，風吹樹枝奏出的音樂是何等的驕傲！

【點評】春風得意

在古今中外的詩歌典籍中，詩人歌唱春風的生機、輕盈、嫩綠、桃紅、李白，確實浩如煙海，不可勝數。即令〈雜詩〉的春風得意，也不可小覷！這是感受春風的愜意，分享春風的愉悅，傳遞春風的溫馨！

春風催開了鮮花，碧綠了枝條，柔弱了朝陽，關愛了露珠，搖醒了蜂蝶——振翅何逍遙！蝶採花、蜂釀蜜——價廉物美，不辭辛勞！

春風亦良媒，彈奏的曲調，何等得意、驕傲！讓讀者感受和煦，分享自豪！也許這正是詩人內心世界的意象寫照！

郊行

溶溶①新綠②漲晴川，鸂鶒③依蒲自在眠。

行過小橋餘惘惘④，梨花似雪柳如煙。

【注釋】

①溶溶：水寬廣的樣子。　②新綠：初春植物現出的嫩綠。　③鸂鶒（xī chì）：古書上指像鴛鴦的一種水鳥。　④惘惘

（wǎng）：心中若有所失貌。

【意譯】

郊外的晴空，寬廣的嫩綠，河水正在慢慢漲起來。
像鴛鴦一樣的鸂鶒，依傍著河邊生長的菖蒲，睡得真香！
走過小橋剩下心中的失落，
梨花像白雪，嫩柳像輕煙，柔弱地搖擺。

【點評】蘊含餘意

前面，我們提過詩的結句藝術，手法多多，目不暇接。這裏推介沈義父《樂府指迷》的理念：「結句要放得開」，不能局囿於一枝一葉，而要放大視閾，輻射擴張。「含有餘不盡意」，宜含蓄蘊藉，不宜一覽無餘。既要放，又有餘，真是不刊之論。

〈郊行〉起筆下「漲」字，潛藏晴川湧動，並隱含破題，地點在郊外。承句凸顯寂靜，鸂鶒放心酣睡。怎樣轉折？走過小橋，點擊詩題的「行」字，重在彰顯「惘惘」！結句精彩，乍看庸常，比附梨、柳。論勢，不如唐人岑參名句：「忽如一夜春風來，千樹萬樹梨花開。」論全，不及宋人張先〈剪牡丹〉「柔柳搖搖，墜輕絮無影。」沒提柳絮。其實，就意境而言，這裏梨花僅指個人心態，點染「惘惘」的終結。就時序來說，嫩柳新綠，無「絮」可言。何況這是梨、柳互動的合力，加之展示梨花的高潔、柳線的柔魅於一體呢？為此，我們不妨借用王安石的警策來結束這短短的點評：「看似尋常最奇崛，成如容易卻艱辛！」

即事

暮春①三月雨滂沱②，敗壁頹簷③暗薜蘿④。
鳥雀亦如人望治⑤，晴光才動樂聲多。

【注釋】

①暮春：春季的末期；農曆的三月。 ②滂沱（pāng tuó）：形容雨下得很大。 ③敗壁頹簷：形容建築等殘破的景象。
④薜（bì）蘿：薜，薜荔；蘿，女蘿。《楚辭・九歌・山鬼》說山鬼以薜荔為衣，以女蘿為帶。後用以稱隱士的服裝或住處。
⑤治：有秩序，安定。

【意譯】

春季末尾一直傾盆大雨直倒下來，隱士的住地白天也黯淡無光，茅屋已殘破不堪！
鳥雀也像人一樣，嚮往生活有秩序，又安定，充滿陽光。
剛剛大雨過後天放晴，各種鳥類多聲部美妙的歌聲，演唱出臺！

【點評】試舉一例

〈即事〉的第二聯：「鳥雀亦如人望治，晴光才動樂聲多。」如此精新的構思，難能可貴。鳥雀比喻成人類，亟盼治世出現。諺云：「寧做治世狗，不做亂世人。」呼喚太平，呼喚盛世，呼喚和諧。久雨剛剛放晴，各種鳥類，迫不及待，妙曼的多聲部演唱，已然出臺！我想倘若把「鳥雀」變換成「雞鴨」，將會出現怎樣的情景？儘管都屬於禽類，但後者兩翼退化，不能持續飛行，加上嗓音變易，大喊大叫不僅不可悅耳清心，恐怕是將要出現污染環境的嗓音，整個情調也由大自然的景觀描繪演繹為另類一種農家鏡頭了吧。

問題浮出水面，又是為什麼呢？錢鍾書先生在《管錐編》提出了一種理念：「詩也者，有象之言，依象以成言；捨象忘言，是無詩矣。變象易言，是別為一詩甚且非詩矣。」（中華書局一九八六年第二版，第十二頁）此話怎講？大意是詩中的比喻往往構成詩的意象。詩通過這些意象來傳遞情思，彰顯內心愛惡，意象已然形成詩的血肉，詩的元素，放棄則喪失全詩的韻味。如若一經更張即另成一詩，甚至已非詩的文本了！

筆者特別強調的乃「樂聲多」進而見證歡樂、愉悅、欣喜，這種飽和詩意豐盈的陽光溫煦、柔曼、醒目，惹人聯想具備天人合一、祈盼和平、和睦、和美哲學命題的匠心巧思呢。

題畫

冪①錦籠香好護持②，宛然③金屋貯蛾眉④。
何如⑤手種千竿竹，翠羽⑥紅襟自滿枝。

【注釋】

①冪（mì）：罩。②護持：愛護照料。③宛然：彷彿。④金屋貯（zhù）蛾眉：貯，儲存。蛾眉，指代美人。原為金屋藏嬌，典出《漢武故事》，後以「金屋藏嬌」稱娶妻或納妾。⑤何如：不如。⑥翠羽：比喻綠色的樹葉。

【意譯】

華麗的錦罩覆蓋著薰香的竹籠，彷彿富麗的建築裏儲藏著美人。不如自己動手栽種許多竹子，碧綠的葉子、多彩的花朵自然滿枝茂盛。

【點評】橫看成嶺側成峰

「橫看成嶺側成峰，遠近高低各不同。」（蘇軾〈題西林壁〉）說的是：正面望去，高嶺橫空，從側面看卻成了峭拔的奇峰。隨著人的位置遠近高低的變換，廬山便顯得千姿百態，氣象萬千。我們引用之目的在於見證，創作，應該追求視角的新穎，突破思維定勢，既不蹈襲別人，也不重複自己，出現山陰道上，應接不暇的絢麗景觀。下面，我們簡約點擊汪詩四次題畫的視角轉換，各具特色的情況。

第一次是〈獄卒持山水扇面索題，因記所感〉。身陷囹圄，借夢抒情。

第二次是〈江樓秋思圖為柳亞子題〉。由古及今，鼓吹南社精神。

第三次是〈為余十眉題鴛湖雙棹圖〉。畫宜細讀，進入創作。

第四次是〈題畫〉。逆向思維迸發。輕描淡寫，首聯的愛護照料，彷彿藏嬌。落聯轉折突兀，不如手種千竿竹！結句餘音不絕，竹葉青，鮮花放，自然紅紅綠綠滿樹滿枝。

要之，就不同的四種視角來觀照，用得著中華武術的一句術語：「招招有變化」因而能克敵致勝。
當然，竹子開放紅花，顯係浪漫突兀，合不合綠竹生態，還是應予置疑的。

病中讀陶詩①

攤書枕畔送黃昏，淚濕行間舊墨痕。
種豆豈宜雜荒穢，植桑曾未擇高原②。
孤雲靉靉③誠何託，新月④依依欲有言。
山澤⑤川塗同一例，人生何處不籠樊⑥。

病懷聽盡雨颼颼⑦，斜日柴門得小休。
抱節⑧孤松如有傲，含薰幽蕙本無求。
閒居始識禽魚樂，廣土終懸霜霰⑨憂。
暫屏⑩酒樽⑪親藥裹，感因苦口致深尤⑫。

【注釋】

①陶詩：陶淵明的詩。陶為東晉詩人。一名潛，字元亮，私謚靖節，潯陽柴桑（今江西九江）人。曾任彭澤令等，後去職歸隱，絕意仕途。長於詩文辭賦。詩多描繪田園風光及其在農村生活的情景，其中往往寓意著他對污濁官場的厭惡和不願同流合污的精神，以及對太平社會的嚮往；也每寫及對人生短暫的焦慮和順應自然、樂天安命的人生觀念，有較多哲理成分。至如〈詠荊軻〉等篇，則寄寓抱負，頗多悲憤慷慨之音。其藝術特色兼有平淡與爽朗之勝；語言質樸自然，而又頗為精鍊，具有獨特風格。有《陶淵明集》。②高原：海拔較高（一般在五百米以上）地形起伏較小的大片平地。③靉靉（ài）：濃郁貌；茂密貌。④新月：農曆月初形狀如鈎的月亮。⑤山澤：山林與川澤。⑥籠樊：即樊籠，因押韻的緣故；關鳥獸的籠子，比喻受束縛而不自由的境地。⑦颼颼（sōu）：風雨聲。⑧抱節：竹為抱節君。因竹勁直有節。⑨霰：軟雹。⑩屏：排除；除去。⑪樽：古代盛酒的器具。⑫尤：過失。

【意譯】

翻開的書本放在枕頭邊上送走黃昏，眼淚打濕了字裏行間的墨跡。種豆哪裏適宜夾雜著荒蕪和醜惡？栽種桑樹從來沒有選擇在高原上。孤獨的雲彩濃濃鬱鬱有什麼託付？一彎新月依依不捨好像有話要說。樹林沼澤高高低低的山山水水看上去都是一樣，在人世間哪裏不是沒有陷阱？

病中聽厭了風雨的颼颼聲，但能夠短短一段時間休息在斜陽照耀的寒舍。青松和翠竹如果真有傲氣，那麼它們本身香氣和氣質根本沒有任何祈求。休閒之中開始感悟飛禽和魚兒的樂趣，廣袤的大地始終提心吊膽害怕寒霜軟雹的侵凌。暫且推開酒杯親自動手製藥，感觸苦澀的味道導致深深的歉疚！

【點評】多點共鳴

陶潛的詩「平淡有思致（指思想性格），非後來詩人怵心劌目琱琢（驚心、刺目、雕琢）者所為也」。「大抵欲造平淡，當自組麗（文彩）中來，落其華芬（花香），然後可造不淡之境。」（葛立方《韻語陽秋》卷一）〈病中讀陶詩〉，讀到「淚濕行間舊墨痕」，看來深入詩境，情感充盈，有點病態，潸然淚下，也許是多點共鳴的刺激。再看這兩首七律的結句：「人生何處不籠樊」與「感因苦口致深尤」，顯然是陶詩撥動了汪兆銘人性本真的琴弦，對太平社會的嚮往，對人生苦短的焦慮，對寄寓抱負的慷慨，諸多旋律的共鳴。在人世間哪裏不是設有陷阱？直抒胸臆，脫口而出，毫無驚心、刺目、雕琢的痕跡！感觸苦澀的藥味導致深深的歉疚，恐怕既是病人心情的變異，也是良藥苦口引發的人事滄桑、繁雜的設喻。大概正觸摸到他靈魂深處的「烈士情結」吧，「抱節孤松如有傲」啊，「含薰幽蕙本無求」啊，依然一則以喜，一則以憂，「閒居始識禽魚樂，廣土終懸霜霰憂」。性情的多面，共鳴的多點，打造平淡的藝術風格，洞若觀火。

老實說，試圖達到陶詩的意境，其概率趨近於零。至少汪氏沒有陶令的絕意仕途，親歷親為的耕種生活。即使多點共鳴，但風格即人，學不到陶潛純真的淡泊的。何況平淡之張力並未超越〈秋夜〉第四首的落聯「繁星點點人間淚，聚作銀河萬古流」呢！請參閱拙文點評「打造平淡難」，便知端的。

病起郊行

病骨樂與瘦笻①俱，疏陰漏日午晴餘。

覓新詩似驢旋磨，溫舊書如牛反芻。
岸幾落花村舍靜，峰屏②襯樹行人疏。
林深足繭③思小憩④，啼鳥一聲真起予⑤。

【注釋】

①笻（qiáng）：竹子的一種，可以做手杖。②屏：屏風。③繭：繭子同「趼子」：手掌、腳掌等部位因摩擦而生成的硬皮。也說老趼。④憩（qì）：休息。⑤起予：指啟發我之意。

【意譯】

有病以後喜愛扶著手杖前行，在疏稀的林陰裏洩漏的陽光告訴人們，已然到了午後時分。邊走邊構思新的詩句，好像毛驢推磨，一圈一圈在打轉轉；默讀舊書，好像牛在反芻，仔細咀嚼。河岸邊落英繽紛，村子裏格外安靜，山峰有如屏風映襯著樹木，行人稀少。樹林深處，腳上生了老繭，好想休息片刻，鳥雀突然一聲放歌，真正啟發了我！

【點評】「起」啥？

「起」字的解讀，有個出處。《論語•八佾》曰：「禮後乎？」子曰：「起予者，商也！始可與言《詩》已矣。」意思是，子夏問：「那麼，是不是禮樂的產生在仁義以後呢？」孔子答：「卜商呀，你真是能啟發我的人。現在可以同你討論《詩經》了。」起，按孫楷第的解釋有兩層含義：「凡人病困而癒謂之起，義有滯礙隱蔽，通達之，亦謂之起。」（轉

引自楊伯峻編著《論語譯注》中華書局一九五八年版，第二十七頁）

鳥雀突然一聲放歌，真正啟發了我！究竟詩人點燃了什麼激情，引爆了什麼靈感？謎團看來頗費猜想。

猜想一、〈病起郊行〉顯然區別於「溶溶新綠漲晴川」的〈郊行〉，是病癒後郊外散步。儘管離不開手杖，但有可能尋覓到了驚人的新詩句：驢旋磨：設喻新奇。

猜想二、邊行走邊默誦舊書，好像牛的反芻，細嚼慢嚥，可能對某一疑難，茅塞頓開，迸發出通達的詮釋。牛反芻，構句新穎平易。

猜想三、在「午晴餘」，「村舍靜」，「行人疏」，「林深」處，病剛癒拄杖信步，是否最舒適、最優選擇的康復方式呢？

總之，猜想多多，一切皆有可能。這裏，套用一句名言：「有一千個讀者，就有一千個哈姆雷特。」因為不同審美者都具有美感差異性的。我們猜想汪詩的謎團——他所受啟發的喚起美感的豐富的歷史內容，亦復如此吧。

十七日夜半雨止，月色掩映①庭竹間

竹間微雨濕幽輝，萬影參差欲上衣。
今夜姮娥②意愁絕，玉顏③和淚減腰圍④。

【注釋】

①掩映：彼此遮掩而互相襯托。②姮（héng）娥：嫦娥。③玉顏：美好如玉的容顏。④腰圍：圍繞腰部一周的長度。

【意譯】

牛毛雨飄灑在竹林中間，打濕了月色的清輝，橫七豎八的許許多多月影想要爬到身上來！今晚嫦娥的憂愁達到極點，美好如玉的容顏流著眼淚，頃刻減小了腰圍！

【點評】氛圍‧腰圍

詩家重發端，在於吸引讀家眼球，激發受眾審美趣味，急於通讀全篇。至於起調技巧，多種多樣。其一便是，打造氛圍，用作烘托。

這首七絕，汪詩人寫的是嫦娥不甘寂寞，眷戀人寰。開篇：「竹間微雨濕幽深，萬影參差欲上衣。」描摹牛毛雨沾濕了清光，奇異變幻的影像多多，爭相投入人們的懷抱！畫面反映出詩人邊避平庸，想像脫俗，捕捉了微雨與幽輝互動的飄灑特色，筆觸細膩，語言平易，烘托了嫦娥之情（思凡愁絕）與刻畫之景（罕見影像）水乳交融。這就彰顯了打造氛圍的正面效應。

再說腰圍。詩重開頭，意味著既須顧及與全篇的內容有機結合，更須標新結句，拒絕虎頭蛇尾，才算佳作。試看嫦娥愁絕的延伸乃到終結：運用誇張手法，比任何瘦身的靈丹妙藥更具神效——立馬瘦小了腰圍！於是圍繞一個愁字，造氛圍→意愁絕→減腰圍，一氣貫注，令人佩服。

春晴

宵來魂夢怗①，一枕足雨味。
晨風喚我起，庭宇②已清霽③。
垂簷柳絲重，糝砌④榆錢⑤膩⑥。
槿⑦煙搖深青，蕉⑧露泫⑨微紫。
娟娟⑩蕙蘭⑪花，素心⑫禁盥洗⑬。
青條已紛披⑭，玉立⑮終不倚。
孤標⑯歷小挫，臬兀⑰差可喜。
含薰空谷⑱間，清風亦時至。
褰⑲衣入深林，柯⑳葉互虧蔽。
輕陰篩日影，樂此鳥聲碎。
鵲蹋無定枝，燕歸有完壘。
布穀尚丁寧㉑，提壺已微醉。
荒蹊㉒多伏莽，閣閣相鼓吹㉓。
積潦動群蚊，嗡嗡亦不已。

可憐聽琴者，欲洗箏笛耳。
萬物樂新晴，亦如人望治。
地毛猶未燥，群動颯然㉔至。
林開蜂蝶亂，水漲鵝鴨恣㉕。
病蟲蝕敗葉，饑雀啄殘蕊㉖。
蝸涎㉗巧誘敵，蛛網眈㉘待餌。
籀泥蚓忘疲，戴粒蟻盡瘁㉙。
艱難唯一飽，搶攘㉚乃如此。
勞生故其所，蠖屈㉛定非計。
積雨綠荒畦，生事雜荒穢。
野草既滋蔓㉜，勢欲捲千里。
蕭艾㉝亦有花，風日還自媚㉞。
平生歲寒姿㉟，至此寧獨異。
老松皴㊱霜皮㊲，菌蕈㊳若瘢疻㊴。
寒梅最孤峭㊵，磊砢㊶已多子。
修竹緣牆隈㊷，根荄㊸皆怒起。
大哉此春雷，一震興百廢。

【注釋】

①帖（tiě）：邀請客人的通知。②宇：房簷，泛指房屋。③霽：雨後或雪後轉晴。④糝（shēn）：穀類磨成的碎粒。⑤榆（yú）錢：榆樹的翅果倒卵形叫榆錢。⑥膩（nì）：黏。⑦槿：木槿，落葉灌木，葉子卵形，花鐘形，有白、紅、紫等顏色，供觀賞。⑧蕉：指某些像芭蕉一樣的大葉子植物。⑨泫：水滴下垂。⑩娟娟：美麗。⑪蕙蘭：蘭花的一種，初夏開花，黃綠色，有香氣。⑫素心：心地純樸；本心。⑬盥（guàn）洗：洗手洗臉。⑭紛披：散亂張開的樣子。⑮玉立：形體挺拔地站立。⑯孤標：獨立的旗幟，形容清峻突出。也形容人的清高品格。⑰奡兀（ào wù）：性格孤僻。⑱空谷：空寂的山谷。⑲褰（qiān）：撩起；揭起衣服、帳子等。⑳柯：草木的枝莖。㉑丁寧：叮嚀，反覆地囑咐。㉒蹊（xī）：小路。㉓鼓吹：宣傳提倡。㉔颯（sà）然：形容風聲。㉕恣（zì）：放縱，沒有拘束。㉖蕊（ruí）：花蕊。㉗涎（xián）：口水。㉘耽（dān）：形容眼睛注視。㉙盡瘁（cuì）：貢獻出全部精力。㉚攘（rǎng）：紛亂。㉛蠖（huò）屈：指尺蠖，昆蟲尺蠖蛾的幼蟲，行動時身體向上彎成弧狀，像用大拇指和中指量距離一樣，所以叫尺蠖。㉜滋蔓：生長蔓延。㉝蕭艾：野蒿，臭草。比喻不肖。㉞媚：有意討人喜歡；美好。㉟姿：姿勢；樣兒。㊱皴（cūn）：皮膚受凍而粗糙折裂。㊲霜皮：指松柏的樹皮。㊳菌蕈：菌（jùn）子即蕈（xùn）。㊴瘢疻（bān zhǐ）：瘢，傷口或傷口好了之後留下的痕跡。疻，沒有創瘢的疻傷。㊵孤峭：孤傲獨立，不與眾人和同。㊶磊砢：眾多貌；才能卓越。㊷隈（wēi）：角；角落。㊸荄（gāi）：草根。

【意譯】

夜晚睡夢中收到請帖，一直在雷雨聲中熟睡。清晨的和風把我叫醒，才發覺屋宇已然雨後轉晴。

雨後的柳絲顯得很重，穀類的碎粒堆砌得像榆錢黏得很緊。木槿在風煙中搖著墨綠的青枝，芭蕉般的大葉上的露珠滴下微微的紫紅。靚麗的蕙蘭花本心純潔用不著洗滌。青枝已經散亂張開，主枝挺拔地站立。清峻突出的蘭花輕香，經歷了小小的挫折，堅守孤獨的性情依然令人欣喜。在空寂的山谷之中充滿了香氣，清風也一陣陣吹起。撩起衣服進入樹林深處，草木的枝枝葉葉互相掩映。

淡淡的樹陰篩選出太陽動人的身影，鳥雀歡快的歌聲是多麼動聽。喜鵲老是被人侵占了自己的窩，燕子歸來卻有完整的巢。杜鵑老愛反反覆覆囑咐，絕像剛剛提起酒壺就有了醉意。荒野小路多半藏在草莽，閣閣的聲音相互宣傳提倡。聚積在路上的水窪，逗來了一群群蚊子，嗡嗡叫個不已。可憐的是聽琴人，想要擦洗自己的恭聽箏笛的耳朵。世上的萬物都喜愛雨過天晴，也像人類盼望太平的天地！還沒有等候大地乾燥，各種動物就像風一樣颳來。樹林迎接朝陽，蜜蜂和蝴蝶縱情飛舞，水漲之後鵝和鴨舒暢游樂在自由天地。帶病的蟲子吃著腐敗的樹葉，饑餓的麻雀啄著殘餘的花蕊。蝸牛的口水巧妙地引誘著敵人，蜘蛛編網專注地等待著食品。像籀書那樣重複地和泥，蚯蚓完全忘記了疲勞，頭頂著一顆顆糧食，螞蟻貢獻出全部精力。這麼艱難只為了一飽肚腹，搶奪紛亂到這步田地。勞苦生活固然是形勢所逼，像尺蠖那樣卑躬屈膝一定不是長久之計。

積雨綠化了荒蕪的菜畦，生產夾雜荒涼和污穢。野草既然已經生長蔓延，來勢之猛似乎要席捲千里。野蒿也有鮮花，起風的日子還有意討人歡喜。一貫是寒冬的軌跡，到這時候寧願與眾不同而獨立。老松樹皮因冰雪而粗糙拆裂，菌子好像傷口留下了斑跡。梅花最愛標新立異，才華橫溢。高高的青竹雖生長在牆角，但根鬚遍地。

偉大啊春雷，百廢俱興靠這聲驚天動地！

【點評】春晴風光薈萃

開篇：四句。點題。

植物篇：十四句。柳，槿，蕉，蕙蘭，青枝，玉立，孤標，孱兀，含薰，柯葉……

動物篇：二十八句。鳥，鵲，燕，布穀，蚊，蜂，蝶，鵝，鴨，蟲，雀，蝸牛，蜘蛛，蚯蚓，螞蟻……

對比篇：十四句。野草，蕭艾與松，梅，竹對照……

末篇：二句。一聲春雷百廢興。

全篇五古六十二句，主旨：萬物樂新晴，亦如人望治。不無遺憾的是，與〈即事〉第三句「鳥雀亦如人望治」後五字重複自己。不知讀者審美是否疲勞哩！

熱甚，既而得雨。夜坐東軒作

土田龜坼①苗將枯，桔槔②鴉軋③如哀呼。
蛤蟆④吻燥作牛喘，炙⑤背欲死思泥塗⑥。
長空⑦熒熒⑧三足烏⑨，直以碧落⑩為紅爐。
收雲入甑⑪炊作雨，十里山水生模糊。
菰蒲⑫軒舞風來蘇⑬，榆柳放浪⑭無囚拘⑮。
老檜偃蹇⑯蒼髯⑰濡⑱，長松揮灑亦自如。
夜深微光來庭除⑲，碧梧翠篠⑳膏沐㉑餘。
輕涼漸生清響疏，繁星缺月如懸虛。
天孫㉒搖曳㉓蔚藍裾㉔，佩以玉玦㉕累㉖明珠。
此時花木靜而姝㉗，天地萬物咸相娛。
翠魚紛唼㉘紫菱角，粉蝶悄立㉙紅蓮鬚。

我亦跂腳㉚牆東隅，流螢㉛熠熠㉜照觀書。

【注釋】

①龜坼（chè）：裂開許多縫子。②桔槔（jié gāo）：汲水的一種工具，在井旁或水邊的樹上或架子上掛一槓桿，一端繫水桶，一端墜大石塊，一起一落，汲水可以省力。③鵶軋：器物相擠擦聲。④蛤蟆：青蛙和蟾蜍的統稱。⑤炙（zhì）：烤。⑥泥塗：野草。比喻卑下的地位。⑦長空：遼闊的天空。⑧熒熒（yíng）：形容光亮微弱。⑨三足烏：古代神話中太陽內的神鳥。因此太陽也叫三足烏或金烏。⑩碧落：天空。⑪甑（zèng）：甑子，蒸米飯等的用具，像木桶，有屜子而無底。⑫菰蒲：菇和蒲，都是淺水植物。⑬蘇：蘇醒。⑭放浪：放蕩，放縱。⑮囚拘（qiú jū）：關押；囚禁。⑯偃蹇：高聳。⑰蒼髯（rán）：灰白色的兩頰上的長鬚。⑱濡（rú）：沾濕；沾土。⑲庭除：庭院。庭，臺階。⑳篠，同筱，小。小竹子。㉑膏沐：婦女潤髮用的油脂。㉒天孫：織女星。織女為民間傳說中巧於織造的仙女，為天帝之孫，故名。㉓搖曳（yì）：搖蕩。㉔裾（jū）：衣服的前後部分。㉕玉玦：佩玉的一種，其形如環而有缺口。玦與「決」同音，古人用以表示決斷之意。㉖累：重疊。㉗姝（shū）：美好。㉘唼（shà）：形容成群的魚、水鳥等吃東西的聲音。㉙悄（qiǎo）立：沒有聲音或聲音很低地站著。㉚跂（qì）腳：抬起腳後跟站著。㉛流螢：指飛行不定的螢火蟲。㉜熠熠（yì）：形容閃光發亮。

【意譯】

田裏乾旱裂開了許多小縫，禾苗眼看要枯死，汲水的工具相擠擦發出的聲音，好像悲哀的呼號。蛤蟆熱得張開大嘴像牛喘氣，農夫被太陽烤灼得要死，只因為地位卑下。遼闊的天空，有微弱的亮光，是太陽裏面的神鳥簡直要把碧落變成紅火爐！

收集雲彩放在甑子裏煮出雨水，山山水水只能是模模糊糊。菇和蒲這些淺水植物，經風一吹方才蘇醒，就高揚飛舞。榆葉和柳絲像解除囚禁，自由放蕩。老檜樹高聳雲天，長鬚都被打濕，高高的松樹也揮灑自如。微微的光線深夜鑽進了庭院，青色的梧桐和小小的翠竹，潤髮的油脂還有剩餘。天氣漸漸涼爽，響聲也慢慢過去，滿天星斗，缺少月亮，多麼虛空！織女舞動著蔚藍的衣裳，佩戴著玉玦，還有明珠。此時此刻花草樹木閒靜而又美好，天地間的動植物都歡笑、雀躍！成群的魚和水鳥吃著美味紫芙角的聲音，採花蝴蝶輕盈地站立在紅蓮鬚上。

在東牆角上，我也曾踮起腳後跟眺望；飛行不定的螢火蟲，閃光發亮照著我東窗閱讀。

【點評】也要打假

市場打假，是倡導誠信的經濟邏輯的行動。閱讀、鑑賞、點評舊體詩詞也得打假，關鍵在於甄別是似而非，是非而是，不被假象迷惑，取其精華，去其糟粕。

這首七古的落句「流螢熠熠照觀書」，乍一看，很像耳熟能詳的《三字經》「如囊螢，如映雪，家雖貧，學不輟」便蹦出來：囊螢就是以囊盛螢，引自《晉書・車胤傳》的故事。原來車胤學而不倦，「家貧不常得油，夏日則練囊盛數十螢火以照書，以夜繼日焉」。後人因用為勤苦讀書的典故。我們說「很像」，僅僅聚焦於螢光照讀。從普通的現實生活來審視，一是當時汪已位列高端，恐無囊螢苦讀的雅興。二是飛行不定的螢火蟲，到底又有幾許亮度呢？恐怕不合事理。三是徵引典故，務必點明故事核，車胤苦讀的核心就是囊螢！如李中〈寄劉鈞明府〉詩：「三十年前共苦辛，囊螢曾寄此煙岑。」便是見證。

就本詩的畫面來評騭，天氣由「紅爐」漸生「輕涼」，不僅動、植物，而且仙女天孫也衣著華麗，佩戴高雅，翩翩起舞，端的是「天地萬物咸相娛」，是由「哀呼」嬗變為「相娛」啊！看來，詩人為了編織一種含蓄、空靈的藝術意境，激發讀者突破意象外在形態的局限，從流螢熠熠開掘觀照典籍內的底蘊，擴展再創造的空間，吸住讀者審美的眼球，放飛多彩的遐想，而神遊廣闊的藝術世界……使結句餘音裊裊，不絕如縷。

換句話說，正如汪兆銘十四歲時創作的〈重九遊西石巖〉的「酒在襟」（聞到的是前襟散發的酒香）一樣，當時，汪家困頓，大哥嚴厲，顯然這不是生活的真實而是藝術的真實，飽含著小詩人深沉的形象思維，這是可以接受的，不難理解的。但是，我們絕不可為某種假象所蒙蔽，造成沒有出處也要說成有出處的蔽障。我們必須鍛造自我審美的眼光，也要學習市場經濟，有假必打的銳氣！

雜詩

處事期①以勇，持身②期以廉③。
責④己既已周⑤，責人斯無嫌⑥。
水清無大魚，此言誠詹詹⑦。
污瀦⑧蚊蚋⑨聚，暗陬⑩蛇蠍⑪潛。
哀哉市⑫寬大，徒以便群僉⑬。
燭之以至明，律⑭之以至嚴。
為善必有達⑮，為惡必有殲。
由來狂⑯與狷⑰，二德常相兼⑱。

【注釋】

①期（qī）：等待；盼望。 ②持身：對待自己；要求自己。 ③廉：不損公肥私；不貪污。 ④責：批評，指責。 ⑤周：面面

都照顧到；不疏忽。⑥嫌：不滿的情緒；怨恨。⑦詹詹（zhān）：說話煩瑣，喋喋不休的樣子。⑧瀦：水積聚的地方。⑨蚋（ruì）：昆蟲，吸食人畜血液。⑩陬（zōu）：角落；山腳。⑪蠍（xiē）：蠍子。⑫市：買賣貨物。⑬僉（qiān）：通簽。奸邪不正。奸人；小人。⑭律：約束。⑮達：顯貴。⑯狂：氣勢猛烈，超出常度。⑰狷：為人正直，不肯同流合污。⑱兼：同時涉及或具有幾種事物。

【意譯】

處理事務盼望有勇氣，要求自己不貪污，不損公肥私。批評自己既然已經周到，那麼指責別人這才沒有不滿的情緒。水太清就沒有大魚，這種話的確有點喋喋不休的煩瑣。污水積聚的地方，蚊蚋成堆，陰暗的角落，蛇蠍最好躲藏。

悲痛啊購買寬大，僅僅便於那一群壞蛋作惡多端！需要用最強烈的亮度照明，以最嚴格的辦法約束自己。要知道做好事一定顯貴，幹壞事一定被殲滅。從古以來，氣勢猛烈、超出常度，為人正直、不肯同流合污，這兩種美德總是兼備的！

【點評】缺鈣的曝光

〈雜詩〉劈頭就提出：處理事務盼望有勇氣。看似大有完善自我品格的訴求，實為垂頭喪氣、軟弱缺鈣的曝光！

先看寫作背景。詩是一九二六年四月在香港的產物。當年三月二十日，蔣介石一手製造了反共奪權的「中山艦事件」，既打擊了共產黨人，又排斥了時稱左派的國民政府主席汪精衛，逐步掌握廣州黨政軍大權。它的歷史教訓是什麼呢？正如周恩來所揭示的：「蔣介石與右派勾結，打擊汪精衛，向共產黨進攻，向革命示威。這時譚延闓、程潛、李濟深都對蔣介石不滿，朱培德、李福林有些動搖，但各軍都想同蔣介石幹一下。如果這時黨中央的政策是給蔣介石以有力的回擊，毫無問題，事情是有辦法的。」（《周恩來選集》上卷，第一二〇頁）

然而汪精衛面對蔣介石咄咄逼人的進攻，軟弱缺鈣暴露無遺。在〈覆林柏生書〉中較為直白地說：「我只責己而不責人，我以為皆我不能盡責所致，所以引咎辭職。」既是詩句「責己既已周」的注釋，又是「責人斯無嫌」的落空。因為蔣介石在日記裏凶相畢露：「政治生活，全係權謀。立於道義，則不可復問矣。」

至於詩中的勇廉、蚊蚋、蛇蝎、群僉、狂狷、善惡，統統是可憐無補費精神，是抒發對蔣介石的怨氣、無奈，是「苦語」而「不是壯語」（引自〈覆林柏生書〉），為了給自己壯膽，於是過墳場吹口哨：「我在黨有我的地位和歷史，並不是蔣介石能反對掉的！」（陳公博《苦笑錄》，第三十七頁）也是「烈士情結」的疊影。

不過，據王朝柱在《汪精衛和蔣介石》中透露：「汪精衛獲知中共和蘇俄對蔣介石採取退讓政策以後，精神上遭受了巨大的打擊，因而『疾情』越發的嚴重了！然而陳璧君卻忍不下這口氣，天天和汪精衛爭吵不休，甚至罵汪是『軟弱可欺的阿斗』。」（中國青年出版社一九九三年版，第一〇九頁）這不正是見證文人汪與武夫蔣爭鬥中缺乏魄力、膽略又軟弱缺鈣的曝光嗎？

寫完〈雜詩〉，汪氏夫婦，便黯然赴歐了！

重過堅底古寺

簷蔔花開古寺東，莓苔①依約②舊遊蹤。
迢迢③遠浦④乘潮月，謖謖⑤疏林隔水風。
梵唄⑥已隨烏雀靜，征衣⑦猶映芰荷⑧紅。
牧童黧⑨面吹橫笛，象背徜徉⑩興未窮。

【注釋】

①莓（méi）苔：青苔。⑦依約：隱約。③迢迢（tiáo）：形容道路遙遠。④浦（pǔ）：水邊。⑤謖謖（sù）：形容挺拔。⑥梵唄（fán bài）：佛教做法事念誦經文的聲音。⑦征衣：這裏指旅行的衣著。⑧芰（jì）荷：荷葉與荷花。⑨黧（lí）：黑色。⑩徜徉（cháng yáng）：自由自在地往來。

【意譯】

在堅底古寺東邊的屋簷下，鮮花盛開。青苔隱隱約約留下了曾經來過的行蹤。道路遙遠的水邊，有乘著潮水上漲的月亮。挺拔而又稀疏的樹林，迎來穿越潮水的清風。唸誦經文的聲音，隨著烏鴉、鳥雀歸巢已然寂靜。旅遊者的穿戴卻映照著荷花的鮮紅。漆黑臉龐的牧童吹著短笛，坐在大象的背上自由自在地漫步，看得出他的遊興正濃！

【點評】堅底古寺牧象圖

這首七律是一幅堅底古寺牧象圖。首聯點題：「古寺」，「舊遊」。頷聯拍遠景：「乘潮月」，「隔水風」。頸聯推近景：「靜」與「紅」，聽覺與視覺互動。尾聯：牧笛悠悠，「象背倘徉興未窮」，沒有感覺天色不早啊！

如果說前面的〈雜詩〉反映汪詩人的軟弱面的話，那麼這首〈重過堅底古寺〉就透露作者的閒適面了。顯然，歷史人物真是複雜的，演譯出內心世界的多面性，何況寄寓著深沉的藝術思維呢？大概異國風情畫也是詩人《小休集》題中應有之義吧。

海上

明明①天邊月，蕩蕩②海上波。
白雲與之潔，清風與之和。
有如赤子心③，萬事相涅磨④。
憂患⑤雖已深，坦白仍靡⑥它。
君看寒光澈，碧海成銀河。
一葦縱所如⑦，萬里無坎坷⑧。

【注釋】

①明明：明亮。②蕩蕩：空曠廣遠貌。③赤子心：對故土懷有純真感情的人。④涅（niè）磨：涅，堵塞。磨，磨合。⑤憂患：困苦患難。⑥靡（mǐ）：無；沒有。⑦一葦縱所如：語出北宋蘇軾〈赤壁賦〉「縱一葦之所如」，任憑小船漂去。縱，任。一葦，指小船（比喻船很小，像一片葦葉）。如，往。⑧坎坷：道路、土地坑坑窪窪。

【意譯】

明亮的天邊月亮，照著空曠廣遠的海上波濤。白雲像海波一樣地皎潔，輕微的風像海波一樣地溫和。如同對故土懷有純真感情的人，一切事情要相互磨合。儘管祖國的內憂外患已然深沉，坦然面對，沒有他途。您看海水像寒光那樣清澈，綠油油的海洋變成了白茫茫的銀河。任憑小船飄去，千里、萬里沒有不平的路！

海上

銀漢①迢迢玉宇②恢③，夜深風露滌④餘埃。
此心得似冰蟾⑤潔，曾濯⑥滄溟⑦萬里來。

【注釋】

①銀漢：銀河。②玉宇：指天空也指宇宙。③恢：廣大；寬廣。④滌（dí）：洗。⑤蟾（chán）：蟾蜍。傳說月亮裏有三條腿的蟾蜍，因此古代詩文裏常用來指月亮。⑥濯（zhuó）：洗。⑦滄溟：海水瀰漫的樣子，常指大海。

【意譯】

遙遠漫長的銀河彰顯出天空特別寬廣，深夜裏，風起露降，洗滌宇宙剩餘的塵埃。
我這顆心要能像冰川一般的月亮玉潔，曾經萬里之遙洗濯大海來！

【點評】亮色與暗色

這兩首〈海上〉，前者五古成於一九二六年，後者七絕寫於一九二七年，二者都是即景生情，借景抒發心曲，然心境色澤，略有差異，簡述如下。

前者側重輕快，色彩亮麗。起筆明明月，蕩蕩波，點擊海上特點。白雲，清風，赤子心，故園雖災難深重，但坦誠面對，不遮不掩，有利改造。碧海不是嬗變為銀河了嗎？收筆汪洋恣肆，縱一葦之所如，駛萬里無坎坷！其輕快心情、樂觀態勢，伸手便可觸摸。

後者寫海天極高闊，風露滌餘埃，心雖冰蟾潔，卻濯萬里來。不容易，不輕鬆，感觸些許沉重，透出暗色。

二者比照而言，是否均與時空背景有關呢？前者蔣汪首次搏鬥，蔣以無中生有之計，重拳偷襲得手，汪敗走歐洲。但汪仍認為，擁有希望，擁有資歷，大有將來收拾殘局，捨我其誰的氣慨！不難讀出他的皮相的樂觀。後者於一九二七年發動「七一五反革命政變」，撕掉了假左派的面具，然其內心不寧，略有沉重感，因而在〈海上〉複雜地折射些許暗色，依然是可能的。

湖上

一葉煙波①萬疊間，垂綸②端③為釣潺湲④。
暫留殘照⑤天邊樹，盡抹微雲⑥雨後山。
隱霧笛隨黃犢⑦遠，定風帆與白鷗⑧閒。

湖光入夜尤奇絕⑨，指點⑩秋星久未還。

【注釋】

①煙波：煙霧籠罩的江湖水面。②垂綸：綸，釣絲。垂綸即垂釣。③端：原因。④潺湲：水流聲。⑤殘照：夕陽，落日。⑥抹微雲：語出宋・秦觀〈滿庭芳〉「山抹微雲」。微雲，輕淡的雲。山上塗抹了一縷縷輕淡的雲。⑦犢：小牛。⑧鷗：鷗類的鳥。這裏指白色的海鷗。⑨奇絕：神奇絕妙。⑩指點：指出來使人知道。

【意譯】

煙霧籠罩的湖面上，一葉小舟顛簸在萬疊起伏的波浪中間，船上垂釣是因為要釣水流的音韻。在夕陽的餘輝裏，暫時還留下天邊的樹影，一縷縷輕淡的雲彩，塗抹在雨水洗滌過的青山。隱蔽在霧靄裏的牧童短笛聲，伴隨著小黃牛越來越遠，固定了風帆的水手和岸邊白色的海鷗顯得格外悠閒。到了晚上，湖上風光尤其神奇絕妙，粼粼碧波指點著秋夜星星，好久好久沒有回還！

【點評】同一海鷗，不同褒貶

中國沿海一帶習慣上常把許多種類，甚至包括燕鷗在內，統統叫做海鷗。耐人尋味的是，〈被逮口占〉第一首的結句就有「羞逐海鷗浮」。我們曾經把這隻海鷗與高爾基的〈海燕之歌〉「嚇得連聲哀號」的海鷗對照解讀，認為都屬被貶抑、被排斥的藝術形象。但是，〈湖上〉恰恰相反，又出現「定風帆與白鷗閒」，其色彩卻嬗變成褒獎、愉悅的了。同一海鷗，一褒一貶，反差如此強烈，奧妙在哪裏呢？

的確，同一具象，在不同的情境中，其表現形態是多姿多彩的。從美學的視角考察，這可能是社會生活的二重性產生美的相對性的緣故。在海上風暴已然到來，海鷗隨波逐流，與精衛鳥不畏艱險、立志復仇的品格背道而馳，顯然是不美的。然而，在暮色蒼茫的湖上，和固定了風帆後的水手短暫的安逸、舒心相匹配，湖岸邊的白鷗踱著方步，氣定神閒，構成了一幅人鷗互動、互樂、互補的舒適畫面，顯然又是美的。

當然，倘若從創作過程來琢磨，那麼詩人的創作環境，構思，風格諸多元素又是緊密相聯、不可分割的。請看〈被逮口占〉，詩人其時已然被捕，「慷慨過燕市」，隨口吟誦出來的即興之作，將自我崇拜的精衛鳥與偶然記憶的海鷗對比，自然展示高亢激昂的嶺南雄直風格，愛憎何等分明！

再讀〈湖上〉，創作於一九二六年，有優裕的生活環境，有遊山玩水的機遇，有閒情逸致，作品多為閒適情調，風格早已不復雄直，轉向恬淡、空靈，遠離抗烈、滾燙了！「白鷗閒」的湖光美不是凸顯在幕屏之上了嗎？

麗蒙湖上觀落日（以下十六年）

澄①波萬斛②碧琳腴，雲影下澈如懸虛。
忽從空明③生絢爛④，玉盤⑤眩⑥轉赬虬⑦珠。
凝輝流耀天之隅，涵光蕩影態萬殊⑧。
紫雲生瀾麗且都⑨，爛如滄海⑩明珊瑚⑪。
絳⑫霞蘸水柔欲濡⑬，灼⑭如綠波泛芙蕖⑮。

飛紅萬點餌游魚，天英紫鳳紛縈紆⑯。
布帆粲⑰若雲錦⑱舒，白鷗閃閃成金鳧⑲。
是時輕煙淡欲無，雪峰豔出如靜姝。
胭脂⑳新染凝脂膚，微渦㉑欲動融紅酥。
鏡中眉樣畫不如，清輝㉒玉色長相娛。
中流㉓雙楫何紆徐㉔，天空沆瀣㉕相吹噓㉖。
豈唯光景難具摹，幽閒㉗淡拖㉘意有餘。
蒼然暮色㉙來須臾㉚，洛桑燈火生模糊。
疏星缺月良相須㉛，照我藜杖歸蘧廬㉜。

【注釋】

①澄（chéng）：清澈透明。②斛（hú）：舊量器，方形，口小，底大，容量本為十斗，後來改為五斗。③空明：月光映照下的水，以其明澈如空，故稱。④絢（xuàn）爛：燦爛。⑤玉盤：比喻團圓的明月。⑥眩（xuàn）：眼睛發花。⑦赬虬（chēng qiú）：赬，紅色。虬，古代傳說中的有角的小龍。赬虬，紅色的有角的小龍。⑧殊：不同；差異。⑨都：美盛；漂亮。⑩滄海：大海（因水深而呈青綠色）。⑪珊瑚：許多珊瑚蟲的石灰質骨骼聚集而成的東西。形狀有樹枝狀、盤狀、塊狀等，有紅、白、黑等顏色。可供玩賞，也用作裝飾品。⑫絳：深紅色。⑬濡（rú）：沾濕。⑭灼（zhuó）：明亮。⑮芙蕖（qú）：荷花。⑯縈紆（yíng yū）：旋繞彎曲；縈迴。⑰粲（càn）：鮮明；美好。⑱雲錦：我國一種歷史悠久的高級提花絲織物，色彩鮮豔，花紋瑰麗如彩雲。⑲鳧（fú）：泛指野鴨。⑳胭脂：一種紅色的化妝品，塗在兩頰或嘴唇上。也用作國畫的顏料。㉑渦（wō）：漩渦。㉒清輝：月光。㉓中流：水流的中央。㉔紆徐：緩步貌。㉕沆瀣（hang xiè）：夜間

的水汽；露水。㉖吹噓：誇大地或無中生有地說自己或別人的優點。㉗幽閒：幽禁；深居家中不能外出或不願外出。㉘淡拖（tó）：猶淡蕩。蕩漾貌。㉙暮色：傍晚昏暗的天色。㉚須臾（yú）：極短的時間；片刻。㉛相須：相互配合，相依。㉜蘧（qú）廬：傳舍，客舍，猶今旅館。

【意譯】

清澈透明的波濤有萬斛美玉那麼豐裕，清亮的湖水裏雲影好像懸在空中。忽然間，在月光照映下清明得如天穹一樣燦爛，圓圓的明月望著眼睛發花，旋轉成紅色的有角小龍的珍珠。

在天邊，凝聚的月光色彩閃耀，包含著光輝照亮動蕩的身影，儀態萬方。紫紅色的雲彩生發的波浪美麗而且豐盛，燦爛有如大海，明晃晃的紅、白、黑種種珊瑚的色澤。深紅的晚霞，蘸著水珠柔軟得似乎透濕，明亮得綠汪汪的波浪上泛著紅色的荷花。千點、萬點的飛紅引誘著游魚，雲天和紫鳳紛紛旋繞縈迴。布帆鮮明美好絕像雲錦一樣舒心，潔白的鷗鳥變成了金光閃閃的野鴨。這時候，輕盈的雲煙清淡得若有若無，雪峰高聳像一位靜謐的美女。紅紅的胭脂剛剛塗抹皮膚更加潔白光滑，微小的酒渦輕輕一動被融化得又紅又酥。鏡中描眉樣式之美，連圖畫也比不上，和月光的玉韻長久相互歡娛。湖水流動的中央雙槳多麼舒緩，因為正和天上降下的露珠聊天！豈只是這種風光美景難以具體描摹，幽幽蕩漾著有餘的情意。

一瞬間，傍晚昏暗、青黑的天色來到，洛桑市的燈光也模模糊糊，幸虧疏稀的星星和彎彎的月亮親熱地依偎，照著我拄著手杖回旅舍！

【點評】詞不離句，句不離篇

在意譯的時候，遭遇難題怎麼破解？不妨把握八字訣竅：詞不離句，句不離篇。此即，把密碼納入具體的語言情境中思索、處理。例如，「天空沆瀣相吹噓」便是一隻攔路虎。既不要一葉障目，不見泰山，又不可望文生義，主觀臆斷。

一說詞：不宜把沆瀣鎖定為貶義詞，跟沆瀣一氣混為一談。其實，沆瀣一氣說的是唐代的崔瀣參加科舉考試，考官崔沆取中了他。於是當時有人嘲笑說：「座主門生，沆瀣一氣。」（錢易《南部新書》）後來比喻臭味相投的人結合在一起。顯然是貶義。而沆瀣呢？有兩個義項：夜間的水汽；露水。屬於中性詞，不存在色彩的褒貶。

吹噓卻不同，是指誇大或無中生有地說自己或別人的優點。自然是貶義詞。從語義符號角度來考察，鄂西方言有「吹」一詞，既有貶義，又有中性義。如：請你去吹一吹語法常識。意為講一講。吹與吹噓又都有相同的詞素，吹，均含有「聊天」、「侃大山」的意蘊。

二說句：聯繫上句「中流雙楫何紆徐」的態勢，下句「天空沆瀣相吹噓」頗有回應的意味。為此，我們將其大意譯作：在湖水流走的中央，雙槳一邊划得多麼愜意、何等舒緩，因為一邊正在和天降的露珠侃大山。這裏，把雙槳和露珠都人格化了。

三說篇：這首詩反映了麗蒙湖上落日的直觀性、可感性，生動逼真地著意勾勒了落照景觀的巨幅畫圖。它不是單純的客觀的自然美，而且凸顯了詩人的思想興趣、情感願望，透露著汪氏主觀審美評價，彰顯出藝術美的崇高，閃耀著柔媚美的品格。全詩不存在諷刺、寓意的情調，而是充滿著溫暖的色澤，按照既定的歡快節拍行進，詩人完全陶醉在洛桑市麗蒙湖上落照的享受之中，大快朵頤，大飽眼福，悠哉游哉！竊以為，這麼意譯還是符合詞不離句、句不離篇的通情達理的。讀家意下如何？請酌。

廬山望雲得一絕句

兩山缺處聚遙峰，翠黛①含煇②色萬重。
玉宇瓊樓③原在望，只須身入白雲中。

【注釋】

①翠黛：古代女子用青黑色的顏料畫眉，故稱眉為翠黛。 ②煇：陽光。同「輝」。 ③玉宇瓊樓，即瓊樓玉宇：形容瑰麗的建築物，古人常指所謂仙界或月宮中的樓臺亭閣。

【意譯】

遙遙遠望，在兩座大山的缺口處，聚集著一叢山峰，陽光映射著墨綠，色澤呈現出疊疊重重。月宮瑰麗、華貴的樓臺亭閣，盡收眼底，只須自己走進朵朵潔白的雲彩之中。

【點評】抓住絕句的牛鼻子

絕句的牛鼻子在哪裏？在第三句。這絕非筆者口出狂言，而是前人深中肯綮的創作理念。元代著名詩人楊載在所著的《詩法家數》中，多從詩歌字句、體式著眼，論創作之宜忌，以為初學門徑，堪稱字字珠璣，委實難能可貴。例如他論絕句之轉折時，曾經一針見血地指出：「至於宛轉變化工夫全在第三句。好則末句順水之舟矣。」

其實，這個道理，我們曾在聯法推介中約略涉及，也就是說，句構建聯，聯構建詩。絕句通常為前後兩聯，前起引帶、鋪墊作用；後為主題、意旨所在。之所以說絕句的關鍵、要害在第三句，是因為：如果轉折句能開掘新意，造化獨特，那麼結句就會瓜熟蒂落，應運而生，如乘順水之船了！

讓我們看看這首〈廬山望雲〉的後聯：「玉宇瓊樓原在望，只須深入白雲中。」兩句詩的關係是承接關係。出句將月宮中的豪華建築群，一一呈現眼簾。對句就出句的內容放飛想像：只須自己走進白雲之中，就可以擺脫塵寰，融入仙境！實在是由於第三句的筆墨老辣、含蓄、深沉，力逾千鈞。出乎意料地拓展一片嶄新的天地，末句水到渠成，令人叫絕！

海上（十六年，已提前）

題畫梅

繁英①若飛瓊②，老柯③如屈④鐵。
持此歲寒心⑤，努力戰風雪。

【注釋】

①英：花。②瓊：美玉。③柯：這裏指梅樹枝。④屈：彎曲。⑤歲寒心：歲寒，一年的寒冬。比喻暮境、困境。歲寒心，指在逆境艱困中而能保持節操的人。

【意譯】

繁多的花朵好像飄動的美雲，老樹枝如同彎曲的鐵棍。

抱有保持節操的心，努力奮戰暴風雪！

【點評】錄以備考

〈題畫梅〉寫於一九二七年。這一年，汪精衛集團在武漢發動了「七一五反革命政變」，撕掉了「左派」偽裝，宣布與共產黨決裂。

與這首詩似乎有不可分割關係的，還有著名劇作家王朝柱先生曾經引用的一段史料。在《汪精衛和蔣介石》中，王先生提到一九二七年十二月十三日，汪就「廣州起義」發表的宣言，不僅反駁了國民黨內的政敵，而且惡毒攻擊共產黨是「惡化勢力」。他宣稱：「如今國內有兩種惡勢力，一是腐化，一是共產惡化，不斷的向我們進攻。我們對腐化勢力奮鬥的時候，共產惡化的勢力便來襲擊我們；我們對共產惡化勢力鬥爭的時候，腐化勢力便也來襲擊我們。這奮鬥是不容易的，但我們相信，我們的奮鬥，必能得到最後的勝利。」（中國青年出版社一九九三年版，第二三九頁）這就充分地暴露了汪精衛色厲內荏，過墳場吹口哨，給自己壯膽！

無獨有偶：〈題畫梅〉第二聯持：「此歲寒心，努力戰風雪。」與宣言的信心是欲蓋彌彰之手法。它讓人猜想是面對現實的比喻手法，是靈魂深處的陰暗心理，是對共產黨人「捉一個殺一個」的騰騰殺氣（轉引自譚天河《汪精衛生平》，廣東人民出版社一九九六年版，第九十二頁）！

詩言志，是對詩歌表達作者思想感情這一本質特徵的最早理論概括。志，囊括詩人思想、感情、感覺、記憶、想像等諸多方面。儘管詩忌直露、宜含蓄，但是「歲寒心」、「戰風雪」，不正是折射出、流露出「我們的奮鬥，必能得到最後的勝利」名正實邪的些許夢囈的鱗爪嗎？

不知讀家意下如何？我們謹錄以備考。

海上觀月

海風吹出月如如①，一片清光不可濡。

上下翻飛何所似？渌②波蕩漾③白芙蕖。

【注釋】

①如如：佛教指真如常住，圓融而不凝滯的境界。引申為常在。②渌（lù）：清澈。③蕩漾：（水波）一起一伏地動。

【意譯】

海風呼呼，月色常在；清光一片，永不受潮。

波浪翻飛，月亮像啥？綠波起伏，朵朵荷花！

【點評】比較：兩個譬喻

杜甫〈旅夜抒懷〉末聯為千古名句：「飄飄何所似？天地一沙鷗。」汪兆銘〈海上觀月〉第二聯：「上下翻飛何所似？淥波蕩漾白芙蕖。」我們不妨將兩個譬喻做一粗淺的比照。

相同點：

一、比喻聯：均為一聯二句，一句是本體，一句是喻體；本體做出句，喻體做對句。

二、標記詞：都用「（何所）似」做標記。

相異點：

一、格律：前為五律，後為七絕。

二、色彩：前者以一沙鷗比喻自己孤獨、悲涼的尷尬境遇，屬灰色的苦寂。後者用朵朵荷花比喻月亮在淥波中起伏升沉，是白色的清新。

三、源頭：前者自出機杼，沙鷗比況自我，純係獨特意象。後者屬於援引，出自曹植〈洛神賦〉「灼若芙蕖出淥波」。

「貨買三家不上當」，見證市場購物也得比較，何況我們賞析詩歌！一經比照，精粗、妍媸、真偽，皆可洞見！朋友，千萬別忘記：比較。

舟中感懷

倚欄唯見水無垠①，天海遙從一線分。
渺渺②滄波峰載雪，沉沉③暝色④岫⑤連雲。
佳兵⑥似火終難戢⑦，止亂如絲只益棼⑧。
惆悵⑨風濤作松籟，夢魂猶認故山聞。

【注釋】

①垠（yín）：界限；邊際。②渺渺（miǎo）：水遠貌。③沉沉（chén）：深沉。④暝（míng）色：黃昏。⑤岫（xiù）：山。⑥佳兵：好（hào）喜愛用兵。⑦戢（jí）：止息。⑧棼（fén）：紛亂。⑨惆悵：傷感；失意。

【意譯】

靠著輪船的欄杆，都是無邊無際的海洋，天邊和碧水只剩下水天對接的一條分界線。
滄海遠處的波濤上，波峰好像承載著雪花，深沉的黃昏，遠山似乎牽著烏雲。
愛好動武，如同發生火災，始終難以熄滅，用動亂來制止戰禍，就好像以紊亂整合亂絲，越搞越糟！
傷感風濤學松濤呼嘯，在睡夢裏依然尋找故園的信息。

【點評】借古書憤

〈舟中感懷〉的「感懷」是說「心有感觸」。中國詩人抒寫懷抱，常常用感懷做詩題。這裏有必要交代一下，中西詩歌的區別之一，就是中國抒情詩較多，而西方敘事詩較多。中國感懷詩出現的頻率較高，便是一個有力的見證。那麼，究竟汪詩是抒寫詩人內心世界的什麼情懷呢？我們只要審視第三聯便知端的。

詩的頸聯是：「佳兵似火終難戢，止亂如絲只益棼。」援引了兩個典故。

先看「佳兵」，見《老子》三十一：「夫佳兵者不祥之器，物或惡之。」佳，舊訓為善。兵，本指兵器。由於「佳兵」久已沿用為「好用兵」的含義，故一仍其舊，不採用另類的解讀了。

再看「止亂如絲只益棼」，出自《左傳•隱公四年》：「臣（眾仲）聞以德和民，不聞以亂。以亂，猶治絲而棼之也。……夫兵，猶火也。弗戢，將自焚也。」大意是，我只聽說用德行安定百姓，沒有聽說用禍亂的。用禍亂，如同要理出亂絲的頭緒，反而弄得更加紛亂……戰事，就像火一樣，不去制止，將會焚燒自己。

我們說，這種借古書憤，主要是聯繫詩作的背景來解讀的。大家知道，汪精衛、陳璧君夫婦於一九二七年七月十五日，公開叛變革命，從此踏上了罪惡的反動的人生之旅。蔣介石呢？卻因北伐失利，桂系逼宮，武漢反蔣，被迫於八月十三日宣布下野，躲到日本。緊接著，汪精衛不能唯我獨尊，發表〈引退通電〉，爆發了南京討伐唐生智的戰爭。汪氏夫婦潛回廣州，形成粵派勢力，以寧粵紛爭代替了寧漢對立。不久，又出現了粵桂戰爭。此時，共產黨人發動了著名的「廣州暴動」。一系列的事變，汪氏伉儷只能悄然赴法！所謂〈舟中感懷〉，正是在海輪上產生的。

面對渺渺滄波、沉沉暝色想些什麼呢？他是否懊惱第二次當「把舵手」美夢的破滅？他從和平「分共」到武力「分共」的失敗，又激起「八一南昌起義」？如今亡命海上，只能憑藉典故發牢騷，吐憤懣，祈禱政敵玩火自焚，產生歇斯底里的哀鳴與幻影啊！怪不得在詩的結尾只剩下悲愴、扼腕、探問、魂歸故里的隱痛和無奈了！

白蓮

澹然①相對蘊皆空，坐久微馨②偶一逢。
玉骨冰肌③塵不到，亭亭④恰稱月明中。

【注釋】

①澹然：形容不經心，不在意。②馨（xīn）：香氣。③玉骨冰肌：人品高潔，肌膚潤澤。④亭亭：通婷婷，形容人或花木美好。

【意譯】

在不經意的瞬間，面對白蓮，感悟蓄積的意蘊都是一片空明，對坐久了偶爾才有一點點香氣可聞。人品高潔，肌膚潤澤，一塵不染，多麼靚麗，亭亭玉立在朗朗月色之中。

【點評】從細微處蹦出來

〈白蓮〉起筆吸引眼球。蘊皆空——它使人淨化，怡人超然物外，可謂妙著！坐久微磨偶一逢，這第二句不妨和宋代周敦頤的名作〈愛蓮說〉裏「香遠益清」：香氣遠播越覺得清幽，比照一下：

相對而坐，很久很久，才偶然有一點點輕微的幽香入鼻。不是空間距離的遠播，而是時間遠遠的偶然，令人觸摸到詩人細處求異，穿越時空。

玉骨冰肌塵不到，轉句別具一格，是指五代後蜀孟昶〈避暑摩訶池上作〉「冰肌玉骨清無汗」而言的。二者都是以玉為骨、以冰為肌做比喻，前者點題「避暑」，涼爽到「收汗」了；後者則凸顯出白蓮的一塵不染，大有君子之風！

結句也有別於「亭亭淨植」，挺挺地潔淨地立在水上的意境，而是靚麗地玉立於朗朗的月色之中。求異從何而來？從細微處蹦出來！

海上雜詩

朝輝①流影入雲鑼②，盡熨③風紋似鏡磨。
一種清明④和悅⑤意，欲將坦蕩⑥托微波。
碧浪千層天四圍，斜陽欲下尚依依⑦。
輕舟驚起潛魚夢，隊隊凌波作燕飛。

【注釋】

①朝輝：早晨太陽的光輝。②雲鑼：中國擊樂器。通常以十面小銅鑼編懸於方格木架，用小木槌擊奏，各鑼大小相同而音高不同。③熨（yùn）：用烙鐵或熨斗燙平。④清明：頭腦清醒。⑤和悅：和藹愉悅。⑥坦蕩：形容心地純潔，胸襟寬暢。

⑦依依：不忍分離。

【意譯】

早晨太陽的光輝，流動閃耀，融入敲擊悅耳的美聲，海水恰似熨斗燙平成磨鏡般的光滑平整。有一種清醒而和藹愉悅的意蘊，想要把胸襟廣闊託付給細微的波紋。

碧綠的海浪一層層把青天圍困起來，美景的奇特，惹得快要下山的斜陽也不忍離分！輕快的輪船驚醒了海底魚群的美夢，一隊隊，一群群，跳出水面，像燕子齊整、快捷而又輕盈。

【點評】擊中生活眞實

北宋著名詩人梅堯臣說過：「狀難寫之景如在目前，含不盡之意見於言外。」（轉引自歐陽修《六一詩話》）這是高難度創意的命題，一般詩人不敢碰撞的虎口拔牙！它讓人聯想到競技體育中的「高危項目」，難度係數幾乎達到極限。汪詩：「碧波千層天四圍，斜陽欲下尚依依。」在平淡中彰顯炫目。當然，它化用初唐王勃〈滕王閣序〉「落霞與孤鶩齊飛，秋水共長天一色」的名句，而王勃這聯又脫胎於庾信的〈馬射賦〉：「落花與芝蓋同飛，楊柳共春旗一色。」如此連環，同指「一色」。不過，汪句變為海水與青天同一色澤。自然，詩人在大海之上行舟，放飛驚人奇想，碧綠的海濤一層又一層把青天緊緊圍困起來，從而將動態的海浪洶湧與靜態的海上藍天予以編織，以視覺的投射與觸覺的撫摸進行交感，把主動的海濤與被動的天穹水乳交融，構築出一幅雄闊的奇詭的「狀難寫之景如在目前」！再添加夕陽老人的戀戀不捨，不忍分離，留下了「含不盡之意見於言外」，讓「四圍」與「依依」聯動、互補，加劇了情感的深沉度、聯想度、遐思度，大筆勾勒出罕見的海上夕照圖，怎能不叫人擊節讚賞呢？

那麼，這種稀奇的意境是怎麼出爐的呢？偉大詩人歌德認為：「我的全部詩都是應景即興的詩，來自現實生活，從現實中獲得堅實的基礎。我一向瞧不起空中樓閣的詩。」（《歌德談話錄》）這是具有深切體驗的真知灼見。它見證創新意境絕不是離開具體事物的描繪，絕不是空穴來風，面壁臆造所能望其項背，而是一矢擊中生活真實，透視本質現象！

春歸

幾日棠梨①爛熳②開，春歸重對舊池臺。
情隨芳草③連天去，夢逐輕鷗拍水回。
飛絮④便應窮碧落⑤，墜紅猶復絢⑥蒼苔。
梓桐拱把清陰好，還記年時手自栽。

【注釋】

①棠梨：即杜梨。 ②爛熳：顏色鮮明而美麗。 ③芳草：香草。 ④飛絮：柳絮。 ⑤碧落：天空。 ⑥絢（xuàn）：色彩華麗。

【意譯】

只有幾天，杜梨就開放得鮮豔美麗，春天歸來重新面對過去的水池和花臺。

情思隨著香草連天遠去，夢中追逐輕快的沙鷗拍打著水花回來。
柳絮應當窮盡碧空，落花依然色彩華麗，照映著青色的臺階。
樟樹和桐樹牽手，多麼好呵，清爽而又陰涼，還記得當年是自己親手所栽！

【點評】對照瀏亮迎春

對照，就是把兩個對立的事物或一個事物的兩個對立的方面放在一起，加以比較。我們不妨把〈春歸〉每一聯做簡略比照，透視詩人對照手法的瀏亮。

首聯：「幾日棠梨爛熳開」，春之神降臨人間多麼快捷！「春歸重對舊池臺」，池臺仍舊，極言變化之緩慢。這是速度緩急之比況。

頷聯：「情去」與「夢回」，對仗工穩。「芳草連天」與「輕鷗拍水」對比，隱含著綠色春草和白色河水次第投入眼簾，美不勝收。

頸聯：白生生的柳絮漫天飛舞，紅豔豔的落花絢麗蒼苔，詩人熟練地運作了對比色——色相性質相反，光度明暗反差較大的色澤，形成紅綠比照，紅白映襯。難道不正是又一張「紅杏枝頭春意鬧」的畫卷麼？

尾聯：梓桐清陽，賞心悅目，卻是汪郎手自栽。這種意象，展現了從移苗到成樹的生命進程，自我勞作之樂，韻味清逸而美妙絕倫。

在這裏，〈春歸〉的對照手法曉暢、明朗，故曰瀏亮。

題畫（以下十七年）

水晶①簾壓②蕩微風，玉色清輝掩映③中。
月即是人人是月，一時人月已交融④。

【注釋】

①水晶：石英的晶體，無色透明，含有雜質時有紫、褐、淡黃、黑等顏色，可製裝飾品等。②壓：指簾軸，用以鎮簾。③掩映：彼此遮掩而互相襯托。④交融：融合在一起。

【意譯】

水晶簾軸輕輕地蕩漾著夜風，白玉般的月色和水晶簾彼此遮掩而又相互映襯。月亮就是人，人就是月亮，一時間，人和月已然渾然一體，水乳交融！

【點評】神奇的瞬間

注譯完「月即是人人是月，一時人月已交融」，不禁聯想到千古名句：「舉杯邀明月，對影成三人。」對於李白的〈月下獨酌〉，歷代評注多多，僅舉兩家以掃描。

喻守真曾經從寫作手法方面突破，認為：「月下獨酌，是極靜的境界，作者卻能招呼明月和影子來作良伴，又從『花』字想出『春』字，從『酌』字想出『歌舞』，烘托得十分熱鬧，這可以悟到詩文中無中生有的方法。」（《唐詩三百首詳析》中華書局一九五七年版，第二十頁）好個無中生有法，妙趣橫生！

楊義先生呢，卻從人文精神的視角梳理其脈絡，深刻指出李白「所追求的最終還在於達成一種永志難忘的精神契約」。認為詩中摒棄了嫦娥、玉兔的神話，是「借助酒興醉態，在崇拜孤獨和拒斥孤獨的精神矛盾中，創造了一種人月共舞的『心理神話』」（《李杜詩學》北京出版社二〇〇一年版，第三五一頁）。如此新穎的灼見，見證楊先生不愧為當下文學評論界的領軍人物之一、令人感佩！

眼下，讓我們回到題畫詩。在前面「讀畫支招」點評裏，提到八種類型的寫法，在「橫看成嶺側成峰」中，對汪的四次題畫詩又做了轉換角度的簡要比較，感興趣的讀者，歡迎參照。這首七絕〈題畫〉，它採用了「突破片刻法」。任何畫作，都只能表現事物存在，發展的某個特定的片刻的情景。哪怕是「包容最豐富的片刻」，也只能是片刻。而詩，則不受這個制約，可以上下左右、前因後果，全部寫出來。當然，這種題畫詩的構想必須與畫面的這一「片刻」的情景吻合、和諧，乃至天衣無縫。

且看這首〈題畫〉的筆墨。起筆奇特，畫面觸摸到動感、微風。是水晶簾壓鼓蕩的緣故。承筆寫景與起筆銜接。點醒題意，清輝掩映，月色迷人。轉筆進一層轉捩，月色迷人就承筆之意，月與人不是共舞的關係，而變成「月即是人人是月」，合二而一，渾然一體。合筆歸納人月內化的速度驚人：神奇的瞬間！水乳交融，如膠似漆，意味無窮！

我們猜想，這種創意，恐怕正是詩人長久自我孜孜以求的境界，「得句還愁後古人」的心血吧！

比那蓮山水之勝（優美的景物），前遊曾有詩紀之（即：〈比那蓮山雜詩〉）。自西班牙橋泝（同「溯」sù：逆著水流的方向走）瀑流而上，攀躋（jī，登）崎嶇山逕間可（大約）六七里，得一湖，其上更懸瀑布二；更上，則雪峰際天矣，此前詩所未紀也。今歲復遊，補之如次

峨峨①青芙蓉②，去③天不盈尺。
一水孕其內，湛然作寒碧。
水光聚峰影，絳縞④互明滅⑤。
有如置明鏡，倒映天際雪。
雪花飛入水，水與雪同冽⑥。
又如拓⑦金盤，於此承玉液⑧。
昔聞太華頂，天池中蕩潏⑨。
此水將毋同，終古流不息。
挹⑩彼天上泉，泐⑪此山中石。
蕩為千頃波，掛之萬仞⑫壁。

遂令百里內，變化杳⑬難測。
連峰走風雨，盡澗鳴霹靂⑭。
我來臨清流⑮，毛髮為洒淅⑯。
水面如鏡磨，水心如箭激⑰。
迴飈⑱之所薄，巉⑲刻露山骨。
谷風挾陰冷，白日淡無色。
既艤⑳湖上舟，復憩巖下穴。
石危松不撓，雪沃㉑花更潔。
悠悠㉒無心雲，荒荒㉓斷腸碣㉔。
繁星揭㉕中夜，下聽眾流咽㉖。

湖濱危石突出，上植一碑，昔有英人夫婦新婚旅行，泛舟於此，溺（淹沒在水裏）焉。湖境既清，對此碑益增遊人感喟（嘆息）。

【注釋】

①峨峨（é）：高高。②芙蓉：荷花。③去：距離。④絳縞：絳，深紅色；縞，古代一種白絹。⑤明滅：時隱時現；忽明忽暗。⑥冽：冷。⑦拓（tuò）：手掌或其他東西向上承受物體。⑧玉液：指甘美的漿汁或美酒。⑨蕩潏（yù）：動搖湧起貌。⑩扡（yí）：舀。⑫泐（lè）：石頭順著紋理裂開。⑫仞（rèn）：古代八尺或七尺叫做一仞。⑬杳（yǎo）：遠得看不見蹤影。⑭霹靂：雲和地面之間發生的一種強烈雷電現象。響聲很大，能對人畜、植物、建築物等造成很大的危害。

也叫落雷、霹雷。⑮清流：清澈的流水。⑯洒（xiǎn）淅：寒栗不安貌。⑰激：水因受到阻礙或震盪而向上湧。⑱颮（biāo）：暴風。⑲巉（chán）：山勢高險的樣子。⑳艤（yǐ）：使船靠岸。㉑沃：灌溉；澆。㉒悠悠：眾多。㉓荒荒：黯淡無際貌。㉔碣（jié）：石碑。㉕揭（jié）：揭開。㉖咽（yè）：聲音受阻而低沉。

【意譯】

高高的碧綠的荷葉，離天不到一尺遠！生長在湖裏安靜地顯出寒冷的葱葱鬱鬱的碧綠。水裏映現出一群山峰的影子，深紅和玉白互相一時明一時暗。就像安裝一大塊明鏡，倒映出天邊的積雪。雪花落入水中，水和雹一樣刺骨。又像托舉一隻金盤，就這樣接受美酒。從前聽說過太華山的頂峰，整個天池水在動搖湧起。這種水的確非同凡響，始終一直流淌不歇！石頭順著紋理裂開，好讓舀出的泉水流走。千頃湖水在動蕩，變作掛在萬丈峭壁上的瀑布。它使得百里之內，景物變化莫測。連綿的山峰迎著風和雨，山澗的炸雷沒有停歇。我來到清澈流水的旁邊，嚇得渾身戰慄。水面像鏡面一樣平整，水裏又激發出水箭。暴風把山勢高險的骨架颳得出現在眼前。山峽的風挾著陰冷，大白天的陽光淡淡的沒有顏色。湖裏的船已靠岸，人又可在巖下洞穴裏休息。在危岩的石縫裏生長的松樹依然不屈不撓，雪片澆灌得花兒更加皎潔。眾多的雲彩，聚積在黯淡無邊、悲痛欲絕的情境中凸顯出石碑，滿天繁星才揭開了半夜的景色，只聽到許多流水在哽哽咽咽！

【點評】詞忌冷僻

冷僻詞，就是不常用的詞。這首詩中「湛然作寒碧」的「湛然」就是一例。

查了《現代漢語詞典》，沒有；再查《漢語大字典》，又沒有；三查《王力古漢語字典》，依然沒有。怎麼辦？檢閱《辭海》，大喜過望，不僅有，而且兩次出現。不無遺憾的是，高興得太早了！一是湛然（七一一—七八二）唐僧人，天臺僧九祖；二是《湛然居士集》別名集。元・耶律楚材（號湛然居士）作。都屬專有名詞。《辭源》呢，與《辭海》如出一轍。最後，只得搬出救兵《故訓彙纂》（商務印書館二〇〇三年版），果然水落石出。湛字注義第三十四項：「湛然安貌。」《方言》卷十三。注義第五十三項：「湛然，靜也。」《大戴禮記・四代》，「湛然」孔廣森補注。

由此可見，湛然應該詮釋為：「安靜的樣子。」難怪傳說白居易詩成唸給老太太聽，生怕出現「攔路虎」讓受眾丈二金剛摸不著頭腦。汪詩這種瑕疵儘管為數甚少，但是只要存在，依然應該認真指出的。

瑞士幾希柏瀑布自山巔騰（奔跑或跳躍）擲（扔；投）而下，注於勃里安湖，遠映雪山，近蔭林木。余在此一宿而去

誰歟①挽天河，直下幾千仞。
人間塵萬斛②，快然一洗淨。
飄搖③下雲梯，跌蕩④臨玉鏡。
波光散復聚，歷亂雲霞影。
平生志淡泊⑤，樂此清絕境。
孰⑥云風氣寒，松柏各蒼勁。
月出水更幽，泉響山自靜。
遲明⑦不忍去，曳⑧杖眾峰頂。

【注釋】

①歟（yú）：感嘆詞；啊。②斛（hú）：舊量器，方形，口小，底大，容量本為十斗，後改為五斗。③飄搖：隨風飄動搖擺。④跌蕩（宕）：音調抑揚頓挫。⑤淡泊：不追求名利。⑥孰：疑問代詞，哪個。⑦遲明：將近天明。⑧曳（yè）：拖；拉。

【意譯】

是誰牽引著銀河，直瀉幾千丈？世間紅塵多達上萬斛，痛快地一下子沖洗得乾乾淨淨。瀑布隨風飄動，聲音抑揚頓挫，來到人間平湖面前。波光時聚時散，映現出亂雲和霞影。我平生不愛追名逐利，高興地來到這清新的妙境！哪個說這裏冷風寒氣，松柏都長得蒼蒼勁勁！月亮出來了水更清幽，泉水叮咚啊，崇山自然安靜。天要亮了依然不想離去，拄著手杖登上了群山的峰頂！

【點評】王朝柱的酷評

當代史傳文學的領軍人物、文壇的別樣風景——王朝柱先生曾經在《汪精衛和蔣介石》裏（中國青年出版社一九九三年版，第二四七頁），對這首汪詩有以下酷評：

「汪精衛頗具詩才，堪稱一代行文的裏手。於此百無聊賴的生活中，難免要舞文弄墨。但這絕不是鋒芒畢露的投筆之作，而是『借酒澆愁』的有感而發。『共和之神從披靡，百難千災總不辭，若云共和在天路，便當與子沖雲去！』即是明證。另外，汪精衛絕不是那種臥戰壕、聞硝煙的人物，他是平生最喜歡在『藝術氛圍』中鬧革命的領袖。就說這次敗退法國的隱居生活吧，他依舊沒有忘記攬勝賞景，即興吟得幾句『絕唱』——所謂絕唱，是說他竟然能在政治逆境中反璞歸真，不受外界影響，寫出如下超脫出世的詩句來：（接著引用了這首汪詩的全文）」

應該說，這種評騭洞幽入微，鞭辟入裏，實在難能可貴。即令是短暫的忘卻政治逆境中反璞歸真，畢竟哦吟出了超脫出世的絕唱來了啊！

秋夜（以下十八年）

夜聞霜林號①，撫枕百憂集。
朝來天地間，凜凜②見寒色③。
商飈④一何⑤迅，掃此流塵積。
叢憂亦如此，摧陷⑥苦不力。
學道與光陰，勢若常相厄⑦。
崎嶇蟻負重，飄瞥⑧駒過隙⑨。
豈無欲速意？所戒在枉尺⑩。
不勞而可獲，失之未云惜。
短檠⑪不我棄，朝夕伴矻矻⑫。

【注釋】

①號（haó）：拖長聲音大聲哭。②凜凜：寒冷。③寒色：給人以寒冷感的顏色，如青、綠、紫。④商颸（biāo）：秋風。⑤一何：含有到了極點和無以復加的意思。⑥摧陷：挫折，破敗。⑦相厄：相互為難、迫害。⑧瞥（piē）：很快地看了一眼。⑨駒過隙：即白駒過隙，形容時間過得很快，像小白馬在細小的縫隙前一閃而過（語本《莊子．知北遊》）。⑩枉尺即枉尺直尋：枉，屈；直，伸。八尺為尋。比喻在小處委屈退讓。以求得較大的好處。語本《孟子．滕王公下》。⑪短檠（qíng）：即韓檠，指韓愈所寫〈短燈檠歌〉中的短檠燈，是儒生夜晚看書照明所用。一朝富貴，則棄之牆角。檠，燈架。⑫矻矻（kū）：勤勞不懈的樣子。

【意譯】

夜晚，經霜的樹林像放聲號哭，我撫摸著枕頭百感交集。人間的深秋叫山色充滿了冷氣。秋風的猛烈到了極點，正在掃蕩積澱的塵土。揪心的思慮正是這樣，破敗可惜不得力！學習和光陰的勢頭，形同水火。在崎嶇不平的山路上，像螞蟻負重前行，時間可過得飛快！難道不曉得加速嗎？這是吃小虧占大便宜。反正不勞而獲，浪費點也絕不可惜。好在燈檠還沒有拋棄我，早晚還陪伴著勤勤懇懇地學習！

【點評】典故翻案法

古人運用典故，變化多端。翻案法便是其中常用的一種。翻案法又叫反用法，高琦的詮釋是：「引故事，反其意而用之。」（《文章一貫》）在《誠齋詩話》裏，楊萬里認為：「詩家用古人語，而不用其意，最為妙法。」他用杜甫〈九日〉「羞將短髮還吹帽，笑倩旁人為正冠」為例，證明孟嘉以落帽為風流，杜甫以不落為風流，就是「翻盡古人公案」，用的翻案法，亦即反用古人故事法。

我們聯繫汪詩〈秋夜〉的結聯「短檠不我棄，朝夕伴矻矻」的翻案法，便發人深思了。當時正是一九二九年深秋，汪氏夫婦已回到香港，以「護黨救國」為號召，組織武裝反蔣。先後發生了張發奎、唐生智、石友三、俞作柏等反蔣事件，都以失敗告終。詩的合筆結束正是這種特殊的背影的淒淒慘慘的真實寫照。所謂「不我棄」乃古漢語「不棄我」的倒裝！巧妙地運用了擬人手法，鏤刻了「短檠」絕非趨炎附勢的宵小之徒，而是忠信的服務人員！我這個「主人」自然也不是韓愈〈短燈檠歌〉所描繪的：「一朝富貴還自恣，長檠高張照珠翠。吁嗟世事無不然，牆角君看短檠棄。」而是被蔣介石以中央的名義開除黨籍，四處通緝！幸虧忠心耿耿的燈檯沒有拋棄我，早晚依然陪伴著我勤勤懇懇地學習！我們不難解讀到末聯的潛臺詞：儘管剩下再一次無可奈何花落去的含怨、委婉、憤懣，但是仍然觸摸到汪氏心靈深處不甘落寞、涼薄，而影影約約有東山再起的微弱的脈象！

譯囂俄共和二年之戰士詩一首

吁嗟共和二年之戰士，吁嗟白骨與青史。
萬人之劍齊出匣，誓與暴君決生死。
暴君流毒遍四方，曰普曰奧遙相望。
狄而斯與蘇多穆，就中北帝尤披猖①。
此輩封狼②從瘈③狗，生平獵人如獵獸。

萬人一怒不可回，會看太白④懸其首。
漫漫⑤歐陸苦淫威⑥，孰往摧之吾健兒。
嚄唶⑦猛將為指撝⑧，步兵塞野如雲馳。
鐵騎蹴踏⑨風為靡⑩，萬眾一心無詭⑪隨，
勢若滄海蟠蛟螭⑫。與子偕行兮和子歌，
大無畏兮死靡他⑬。徒跣⑭不恤霜露多，
為子落日揮天戈⑮。日之所出，日之所沒。
南斗之南，北斗之北。山之高，水之深，
何處不有吾健兒之足跡。綠沉⑯之槍荷於肩，
捉襟蔽胸肘⑰已穿，晝不得食兮夜不得眠。
身行萬里無歸休，意氣⑱落落⑲不知愁。
試吹銅角聲啾啾，有如天魔與之遊。
健兒胸中何所蓄？自由之神高且穆⑳。
誰言艦隊雄？截海歸掌握；
誰言疆埸㉑岩？靴尖供一蹴。
吁嗟吾國由來多瑰奇㉒，男兒格鬥如虹霓㉓。
君不見祖拔將軍破敵阿狄江之上，

又不見馬索將軍耀兵萊茵河之湄[24]。
蟊弧[25]先登銳無前，突騎旁出摧中堅[26]。
追奔冒雨復犯雪，水深及腹無迴旋[27]。
受降城外看銜璧[28]，鼓吹開營森列戟。
王冠委地[29]如敗葉，付與秋風掃蹤跡。
健兒一身經百戰，英姿颯爽[30]眾中見。
目炬[31]爛如巖下電，短髮蓬蓬[32]風掠面。
神光朗四照，卓立[33]迥[34]高標[35]。
有如狻猊[36]一躍臨岧嶢[37]，怒鬣[38]呼吸風蕭蕭。
壯懷激越[39]臨沙場，雄聲入耳如醉狂。
甲創[40]相觸生鏗鏘[41]，鐃歌[42]傳箕[43]隨風揚。
鼓聲繁促笳[44]聲長，間以彈雨聲滂滂[45]。
有如雷霆[46]百萬強，喑嗚叱咤[47]毛髮張。
嗚呼舂然[48]長嘯者何聲？赫尼俾將軍死猶生。
革命之神慨然[49]而長吁，蒼生億兆皆泥塗[50]。
誰無伯叔與諸姑，趣[51]往救之勿躑躅[52]，
軀殼雖殄[53]心魂愉。健兒聞之喜，

萬口同一唯(54)。相將赴死如不及，
前者雖仆後者繼(55)。吁嗟乎！
孰言窮黎天所僇(56)？君看趯(57)倒地球如蹴踘(58)。
生平不識畏懼與憂患，力從長夜求平旦(59)。
由來眾志可成城(60)，端賴(61)一身都是膽。
共和之神從指麾(62)，百難千災總不辭。
若云共和在天路，便當與子躡(63)雲去。

【注釋】

①披猖：猖狂。②封狼：天狼星。封，大也；狼，星名。③瘈（zhì）：瘋狂。④太白：這裏是旗名。《戰國策•趙三》：「卒斷紂之頭而懸於太白者，是武王之功也。」⑤漫漫：時間、地點長而無邊的樣子。⑥淫威：濫用的威勢。⑦嚄唶（huò zè）：嚄，大笑；唶，大呼。形容氣勢盛。⑧指撝：指揮。⑨蹴（cù）：踢（球）。⑩風靡：草木隨風而倒，形容事物很風行。⑪詭：欺詐；奸猾。⑫螭（chī）：同魑。⑬死靡他：引自《詩•鄘風•柏舟》：「之死矢靡它。」之：至；直到。矢：通「誓」。靡（mǐ）：無；沒有。⑭跣（xiǎn）：光著腳。⑮揮戈：即「撝（同揮）戈反（同『返』）日」。按原句「為子落日揮天戈」當為《淮南子•覽冥訓》：「魯陽公與韓構難，戰酣。日暮，援戈而撝之，日為之反三舍。」後用以讚揚堅強勇敢的戰士，排除困難，扭轉危局。⑯綠沉：濃綠色。杜甫〈重過何氏〉「雨抛金鎖甲，苔臥綠沉槍。」⑰捉襟見肘：拉一下衣襟就露出胳膊肘兒，形容衣服破爛，也比喻困難重重，應付不過來。⑱意氣：意志和氣概。⑲落落：舉止瀟灑自然。⑳穆：恭敬；嚴肅。㉑埸（yì）：邊境。㉒瑰（guī）奇：瑰麗、奇異。㉓虹霓（ní）：這裏指霓虹，大氣中有時跟虹同時出現的一種光的現象。呈紅、橙、黃、綠、藍、靛、紫七種顏色。㉔湄（méi）：水邊；岸邊。㉕蟊（máo）弧：吃苗根的害蟲。㉖中堅：在集體中最有力的並起較大作用的成分。㉗迴旋：盤旋；繞來繞去地活動。㉘銜璧：《左傳•僖公六年》：

「許男兩手反綁，嘴裏銜著璧玉。」後因稱國君投降為銜璧。㉙委地：拋棄在地上。㉚英姿颯爽：英俊威武的丰姿豪邁而矯健。㉛炬：火把。㉜蓬蓬：形容頭髮鬆散雜亂。㉝卓立：高而直地站立。㉞迥：遠。㉟高標：木杪曰標，故凡高聳的物體如峰、塔等皆稱為高標。李白〈蜀道難〉：「上有六龍回日之高標。」㊱狻猊（suān ní）：傳說中的一種猛獸。㊲岧嶢：也作「迢嶢」，形容高峻的樣子。㊳鬣（liè）：馬、獅等頸上的長毛。㊴壯懷激越：豪放的胸懷（聲音、情緒等）強烈、高亢。㊵創：創傷。㊶鏗鏘（kēng qiang）：形容有節奏而響亮的聲音。㊷鐃（náo）歌：樂府《鼓吹曲》的一部。用於激勵士氣及宴饗功臣。漢時歌詞現存十八首。有民間歌謠和文人作品，內容較廣泛。㊸傅箕：傳說殷王武丁賢相傅說死後箕、尾二星宿間有一傅說星。後因謂大臣死為騎箕尾或騎箕。㊹笳：胡笳。㊺滂滂：水勢浩大的樣子。㊻雷霆：雷暴；霹靂。㊼喑嗚叱咤：厲聲怒喝。喑嗚，懷怒氣；叱咤，發怒聲。㊽砉（huā）然：擬聲詞。形容迅速動作的聲音。㊾愾（kài）然：憤恨。㊿泥塗：野草。比喻卑下的地位。(51)趣（cù）：同「促」，時間短。(52)躑躅：在一個地方來回地走。(53)殄（tiǎn）：滅絕。(54)唯（wéi）：表示答應的詞。(55)前仆後繼：前面的人倒下了，後面的人繼續跟上去，形容奮勇前進，不怕犧牲。(56)僇（lù）：侮辱。同「戮」。(57)趯（tì）：踢。(58)蹴踘（jū）：踢球。(59)平旦：天亮的時候。(60)眾志成城：大家同心協力，就像城牆一樣牢固。比喻大家團結一致，就能克服困難，得到成功。(61)端賴：的確靠。(62)麾（huī）：揮；旗。(63)躡：插足，比喻參加。

【意譯】

唉！共和國第二年的戰友，你們的屍骨將與歷史共存！成千上萬的利劍一起出鞘，誓死和暴君決一死戰。暴君的流毒傳四方，有個叫普魯士，有個叫奧地利，他們遙相呼應。為頭的是狄而斯和蘇多穆，其中北方的帝國尤其猖狂。這些傢伙是天狼，是瘋狗，屠殺百姓如同屠殺野獸。群情激憤，誓不回頭，一定會看到暴君的首級高懸在太白旗上頭！在廣大的歐洲大陸長時期被壓迫的濫用的威勢之下，誰來摧毀這個制度，只有我們這些健兒！氣勢正盛的猛將作為指揮，步兵像雲湧遮蔽了天空。鐵騎所到之處，革命風起雲湧，萬眾一心，赤膽忠心，翻江倒海向前進！跟著你——健兒同行啊，和著你的歌聲，不畏懼一切，更不怕死！打著赤腳不顧霜露，為了繼續戰鬥，正像魯陽揮戈讓太陽暫時不落。日出日沒，南方北方，山高水深，哪裏都有我們健兒大顯身手！

墨綠色的長槍扛在肩頭，衣裳破爛，白天沒有飯吃，夜晚只有露宿。征戰萬里，還沒有盡頭，意志和氣概瀟灑自然，一點愁容也沒有！吹起銅號聲音啾啾，好像天魔同我在旅遊！健兒的胸懷充滿什麼？自由之神的高尚和嚴肅。哪個說敵艦是英雄艦隊？海戰的主動權歸我們擁有；哪個說邊境堅如巨石？只供我們鞋尖踢一腳！

呵呀，我們共和國的誕生多麼奇異，男子漢緊張激烈的搏鬥，亮麗像天上的彩虹。您不見祖拔將軍攻破敵陣在阿狄江上，又不見馬索將軍的刺刀閃耀在萊茵河畔。我們窮哥們捷足先登一往無前，突擊的騎兵從兩翼摧毀敵人的中堅。冒雨追擊又碰上大雪紛飛，河水深到肚腹，沒有辦法迂迴。觀看暴君投降的儀式，鑼鼓喧天，我們的武器排列整齊。皇冠像敗葉落地，讓秋風一掃而光。健兒身經百戰，大家看見：英俊威武的丰姿，豪邁而矯健。戰友們目光如火炬，光輝像閃電，短髮鬆散雜亂，面龐任朔風颳削。神采四射，高高矗立，如同遠遠的高標！像猛獸一躍上高峻的山頭，豎起頸上的鬣毛，急驟的呼吸，有如北風蕭蕭。豪放的情緒高亢，降落戰場，雄壯威風，如醉如狂！鎧甲撞擊有節奏又響亮，歌頌功臣的讚歌四處飄揚。戰鼓緊急擂打，胡笳聲音悠長，夾雜著彈雨，勢不可擋。有如幾百萬霹靂，厲聲怒喝，怒髮衝冠。喲，大聲長嘯是什麼聲音？赫尼俾將軍雖死猶生！革命之神憤怒長嘆，幾億百姓像野草卑賤無聲。誰個沒有親朋戚友？趕快伸出救援的手，不要猶豫徘徊。軀殼雖然滅絕，心魂永遠開顏！健兒們個個興高采烈，異口同聲回答：向前！大家迫不及待地赴難，前面的倒下了，後面的繼續向前！唉呀呀，誰說窮哥們老天要殺戮？您看踢滾地球像踢足球！生平不曉得懼怕患難，堅持從漫長的黑夜走到黎明。原因是大家團結就能取得成功，全靠渾身是膽！共和之神聽從指揮，千災萬難，絕不推辭。

如果說共和之路在天堂，我們就應該和您跨上天馬踏著雲端去探寶！

【點評】再展雄風

汪氏獄中詩，我們曾經鎖定屬於嶺南詩派的風格，與出獄後的閒適情調迥然有別。沒有想到眼下這首譯詩竟然再展雄風，叫人眼球一亮！

原詩是一位戰士勾畫蘇維埃共和國第二年的瑰奇歷程。它具備以下三點特色。

一是篇幅最長：全詩總共九十三句，六百四十七個字，是汪詩中最長的作品。看來是內容豐沛，場面宏闊，需要多聲部合奏才能汲納的緣故。

二是中華元素：這表現在兩個層面上：一為雜言詩的變革。雜言詩原本只有三、五、七言和一、三、五、七、九言。句法皆成奇數。譯詩卻以七言為主，計六十五句，形成三、四、五、七、七、九、十、十四言等八種句式的新格調。二為隨著時間空間的穿越，人名、地名的遞變，除開尊重史實外，譯詩援引中華文化元素頗多。說語典吧，如「高標」來自唐詩，「死靡他」出自《詩經》，準確而形象。事典呢，像「揮戈反日」實為一則神話故事。傅箕，由於傳說為賢相，死後為星辰，也有神話色彩。具有中華本土傳統文化的鮮明性。

三是雄直風格：這種徑直呈現雄壯的格調，張揚豪放氣魄，鼓動革命風雷，健兒渾身是膽，將軍雖死猶生，訴求再現歷史，呼喚曠代華章。就譯詩而言，時為一九二九年，距共和二年已然十載，為什麼唯獨選擇這首戰士詩章翻譯？顯然是原本藝術風格的折射，現應謳歌革命之神，讚頌軀殼雖殄心魂愉，譯者是不是緬懷當年壯懷激烈、義薄雲天的歲月？是不是烈士情結的彰顯呢？不是吧，請看健兒們踢動地球就像踢足球！這不正和「明天我們將要痛飲世界的甜露，把世界傾倒過來，像傾倒一隻酒杯」的名句一樣（馬雅可夫斯基），比喻新穎，誇張雄奇，氣勢磅礴，具有異曲同工之妙嗎？再看結尾，既和起筆前呼後應，又讓人浮想聯翩。最為難得的是，一個「躡」字做酵母——天馬上躡浮雲，我們就應該和您跨上天馬踏著雲端去探寶！見證共和乃時代潮流，共和當彪炳青史。

遊春詞

花枝紅映醉顏酡①，雜沓②遊人笑語和。
我更為花深禱告③，折花人少種花多。

千紅萬紫④各成行，日暖林塘藹藹⑤香。
此際園丁高枕⑥臥，遊人自為看花忙。

藤竹蕭森⑦石徑斜，結鄰三五盡田家。
遊人去後黃蜂靜，付與村童掃落花。

【注釋】

①酡（tuó）：喝了酒臉色發紅。②雜沓（tà）：雜亂。③禱告：向神祈求保佑。④千紅萬紫：即萬紫千紅，形容百花齊放，顏色豔麗。⑤藹藹：形容樹木茂盛。⑥高枕：墊高了枕頭（睡覺）。⑦蕭森：淒涼陰森。

【意譯】

紅花盛開的枝頭與臉上喝醉了酒的酡紅相映襯，雜亂的遊客歡聲笑語、人氣祥和。我卻進一步為鮮花祈禱；衷心祝願折花的人少種花的人多。

一行一行的花木，百花齊放，五彩繽紛，天氣暖和，樹林茂盛，堰塘邊飄來陣陣輕香。這個時刻從事園藝的工人正在安心睡大覺，遊客各自為了欣賞各種鮮花應接不暇。

長滿藤子、竹子，陰涼寂靜，有條彎彎曲曲的石頭小路，三五戶邀約住在一塊的都是農家。遊覽的客人都走光了，黃蜂也安靜下來，交給村裏兒童的任務，打掃落花。

【點評】禱告

〈遊春詞〉三章，以寫花為主旨。第一章為花深禱告；第二章遊客與園丁；第三章村童掃落花。第二章遊人忙於賞花，園丁高枕而臥，匪夷所思。蓋園丁理應忠於職守，上班豈宜高臥？末章遊客離去，誰來清場？村童打掃。園丁依然還在酣然入夢嗎？看來恐怕不合事理。

古今中外詩人描花繡朵之作浩如煙海，唯精品寥若晨星，蓋詩性思維的原創性，突出地表現了捕捉以一當十的意象，使人浮想聯翩，蘊含異常豐富。竊以為，禱告似乎略約顯示自主創新之端倪，詩人深深祈禱什麼呢？折花人少種花多。提出一種較比文明的行為，恪守一種講究道德的規範，儘管訴求不夠徹底，然而畢竟透視出惜花之心，愛美之意，種花之難！

不知這種意象是否就是心的意象？

積雨初霽，偶至野橋，即目成韻（以下十九年）

迴潤初蘇柳，餘寒尚噤①鶯。
天仍含宿雨②，人已樂新晴。

負笈③兒趨學，提籃婦饁④耕。
尋常墟里⑤事，入眼總怦怦⑥。

【注釋】

①噤：閉口不做聲。②宿雨：隔夜的雨。③負笈（jí）：笈，書箱。背負書箱。上學。④饁（yè）：往田野送飯。⑤墟里：村落。⑥怦怦（pēng）：形容心跳的聲音。

【意譯】

土地開始有墒，柳條兒蘇醒了，還有些寒意害得黃鶯不願意唱歌。天氣仍然蘊含著隔夜的雨，人們已然高興剛剛放晴。揹著書包孩子快步走向學堂，老婆提著飯籃給田野耕種的丈夫送飯。平平常常的村裏小事，看到以後心裏總是怦怦跳個不停！

【點評】玩的就是心跳

時下，玩的就是心跳；似乎是年輕人的一種時尚。其實，近百年前就已出現，只是文化內涵略有差異罷了。

一組普通的農村生活鏡頭，不知道觸動了汪詩人哪根敏銳的心弦，叫他「入眼總怦怦」，給讀家留下了巨大的想像的空間。

首先，它大概不屬於不知不覺無意識的心理活動。因為「尋常墟里事，入眼總怦怦」，不是偶一為之，而是經常如此，習慣動型，可見意識的深刻度、明確度。

其次，我們猜想，詩人是否聯想到古老的〈擊壤歌〉呢？「日出而作，日入而息。鑿井而飲，耕田而食。帝力於我何有哉？」這是傳說中歌頌父系氏族社會後期的部落聯盟領袖堯的。後世用「擊壤」、「堯天」比喻太平盛世（見《群書治要》卷十一引《帝王世紀》）。這種推測不是空穴來風而有汪氏話語參照。在〈廬山雜詩・小序〉中曾說：「余九年夏入廬山，感懷世事，鬱鬱寡歡，然山色水聲接於耳目，亦得暫開懷抱。」這話是心聲，是坦誠的肺腑之言。人的思維意識是繁複的、多面的、變動的、矛盾的，有主流、支流之分，有恆常、短暫之別。汪蔣之爭鬥、分分合合、恩怨情仇，說到底就是一個「權」字。但不是鐵板一塊，而是可分的。為此，汪氏偶爾有短暫的為山青水秀、日出而作，日入而息而歡愉、豔羨、激動，是可以理解的，是農耕文化的亮點，是人性本真的閃光！

金縷曲・民國紀元前二年北京獄中所作（已提至〈獄中詩內〉）

念奴嬌・偕冰如泛舟長江中流賦此（以下民國元年）

飄搖①一葉，看山容如枕，波痕如簟②。誰道長江千里直，盡入襟③頭舒卷④。暮靄⑤初收，月華⑥新浴，風定波微剪。翛然⑦攜手，雲帆與意俱遠。

記否煙樹淒迷⑧，年年漂泊⑨，淚灑關河遍。恨縷愁絲千萬結，才向東風微展。野蔬同甘，山泉分汲，蓑袂⑩平生願。呢喃⑪何語，掠舷曾笑雙燕。

此詞經冰如推敲再三、然後定稿。附記如此。

【注釋】

①飄搖：隨風飄動搖擺。②簟（diàn）：竹席。③襟：上衣、袍子前面的部分。④舒卷：舒展和捲縮，多指雲或煙。⑤暮靄：傍晚的雲霧。⑥月華：月光。⑦翛（xiān）然：形容無拘無束、自由自在的樣子。⑧淒迷：景物淒涼而模糊。⑨漂泊：比喻職業、生活不固定、東奔西走。⑩袂（mei）：袖子。⑪呢喃：形容燕子的叫聲。

【意譯】

隨風飄動的一片樹葉，望遠山的面貌像枕頭，波浪的痕跡像竹席。哪個說長江千里還是端直的？其實盡是衣襟一樣舒展、捲縮。傍晚的雲霧剛剛收起，月光像剛剛洗完淋浴，風停後微微的浪痕被剪斷。瀟灑地牽手，雲帆和意願都遠遠離去。

還記得嗎？雲煙樹木淒涼而又模糊，我們年年歲歲東奔西走，淚水灑遍了關山、河流！一縷縷的恨，一絲絲的愁，編織千千萬萬的情結，迎著春風才稍稍展開一點點。吃野菜，同甘苦，喝山泉，互提攜，披蓑衣，穿短袖，都是平生意願。呢喃的叫聲，悄悄訴說些什麼？牠們掠過船舷，我們還曾笑話雙飛燕。

【點評】懷舊情結

這首寫泛舟長江的〈念奴嬌〉，大概作於一九一二年四月八日孫中山應黎元洪之邀請，偕汪精衛、陳璧君等二十八人，赴武漢參觀之後。遊覽結束，孫中山等於十二日返回上海。汪、陳去檳城探親。五月十八日回廣州結婚。

詞的上闋寫泛舟長江中流景色。下闋寫懷舊。未重複獄中苦難，側重愁恨漂泊與生平志願，結尾才點苦盡甘來的喜氣！

中國人有祖先崇拜，有懷舊情結。魯迅的第一篇小說就叫〈懷舊〉。大概是人性使然吧，撫摸發黃的文明經典，懷念短暫的美好人生，追念過往的巨擘、精英，看到無盡的歲月滄桑與隔世的心靈撫慰，歷史就是人生啊！

回味年年漂泊，淚灑關河遍！東奔西走，宣傳革命，成立同盟會組織，募捐革命經費，北京行刺，獄處救援，恨縷愁絲千萬結，大難不死，才向東風微展。伉儷情深，野蔬同甘，山泉分汲，蓑袂平生願。說來也巧，它和法國英年早逝的天才詩人阿波利奈爾・吉洛姆寫的〈米哈博橋〉有異曲同工之妙。

米哈博橋下，塞納河流淌，
我們的愛，
是否值得縈心懷？
但知苦盡終有甘來！
讓黑夜降臨，讓鐘聲敲響，
時光流逝了，我依然在……

（轉引自熊培雲《思想國》，中國友誼出版公司出版二〇〇七年版，第八頁）

高陽臺・福州留別方、曾諸姊弟，且申（說明）相見之約

淡月流波，明霞浴水，釣絲微漾①風前。水遠天垂②，遙憐遠樹如阡③。歸心已逐征帆去，怎離魂④、轉更淒然⑤。最難忘，話雨燈陰，聽水欄邊。

年來聚散渾如⑥夢。盡思隨恨積，愁與情綿。閱盡悲歡，鼓山⑦無限雲煙。西窗剪燭⑧曾相

約，好凝眸⑨、天際歸船。且安排，剪了園蔬，引了流泉。

【注釋】

①漾：水面微微動蕩。②天垂：天的四邊。③阡（qiān）：田地中間南北方向的小路。④離魂：精神凝注於人和事而出現的神不守舍狀態。⑤淒然：形容悲傷難過。⑥渾如：完全像，很像。⑦鼓山：在福建閩侯縣東三十里。山巔有巨石如鼓，相傳每風雨大作，即簸蕩有聲，故名。⑧西窗剪燭：剪去餘燼的燭心。原指夫妻夜話，這裏指與方、曾諸姊弟聊天。⑨凝眸：凝目。

【意譯】

淡淡的月色有如流動的清波，亮麗的霞光真像剛剛沖涼之後，釣絲在風中輕輕擺動。天邊遠方的水色，遙望正像樹林在田間的小路。回歸故鄉心切已然和遠帆一道離去，怎麼神不守舍，一下子悲傷難耐。最難忘卻的是在昏暗的燈光下聊起夜雨，在欄杆邊諦聽流水潺潺！

近年來時而團聚，時而分手，真正像做夢一樣。總是思緒隨著離恨累積，憂愁和情愫纏綿。經歷了多少悲歡離合，鼓山的景色也塗滿了雲煙。夜以繼日剪燭聊天，我們曾經約定，正好聚精會神，遠望天邊歸來的帆船。準備好，整理園裏蔬菜，引來自流灌溉的清泉。

【點評】實與虛

先釋「曾、方諸姊弟」。一九一二年四月，汪、陳由上海南歸時，途經福州，特邀請時任福州女子師範學校校長的曾醒和校監方君瑛一同出國。八月中旬，曾、方攜曾醒之弟曾仲鳴、弟媳方君璧（方君瑛之妹）、曾醒之子萬傚賢等到檳城與汪、陳匯合，一起乘船去了法國。

再說這首詞中用了一個典故，在兩句中出現：「話雨燈陰」和「西窗剪燭」。故事來自晚唐李商隱的〈夜雨寄北〉詩：「君問歸期未有期，巴山夜雨漲秋池。何當共剪西窗燭，卻話巴山夜雨時。」可見這個故事原本是寫夫妻思念之情的。為此，我們認為，「話雨」也好，「西窗剪燭」也罷，統統是實寫，時空統統屬於白描，而夫妻愛情元素則屬子虛烏有，空穴來風，是虛寫，是嬗變為異性友誼的濃縮。汪詩並未出格、越軌，這種實與虛的關係是不能含糊的！

八聲甘州

太平公園在四圍山色中，隨水結構，極自然之美。余遊記中有句云：「坡巒起伏，水流隨以縈迴（曲折環繞）；花木疏明（稀疏而明朗），波光為之映帶（景物相互襯托）。」蓋紀實也。是日（這天）大雨，衣屐（鞋）盡濕，而遊興轉勝，為賦此詞。

才輕雷送雨便蕭然①，晚涼滿人間。看疏林②風淡，平原暝③合，遠水煙涵。是處鳴鳩④相和，底事⑤語關關⑥。罨⑦畫西山裏，蓑袂人閒。

夢裏遊蹤曾記，試臨流照影，綠上眉彎。笑遙岑沉醉，依約嚲⑧雲鬟。輕颸⑨微颭⑩枝頭露，似桃波靧⑪面欲生寒。歸來後，一鈎新月，初上欄杆。

【注釋】

①蕭然：形容寂寞冷落。 ②疏林：稀疏的樹林。 ③暝（míng）：日暮。 ④鳩：常見有斑鳩。 ⑤底事：因何；為什麼。

⑥關關：斑鳩的叫聲。 ⑦罨（yǎn）：覆蓋。 ⑧軃（亸，duǒ）：下垂。 ⑨颸（sī）：涼風。 ⑩颭（zhǎn）：風吹使顫動。 ⑪頮（huì）：洗臉。

【意譯】

剛才輕雷響過，送來大雨，變得寂寞冷落，晚上的涼意，灑滿人間。望著疏稀的樹林，飄出淡淡的清風，滿原野都漆黑一團，遠方的水色都蘊含著濛濛煙雨。這裏斑鳩唱和，為什麼關關之聲連綿不斷？像畫覆蓋著的西山，披著蓑衣人們正享受休閒。

還記得睡夢裏的遊蹤嗎？走近流水，照著倩影，墨綠上了眉彎。笑著遙望遠方的小山，喝醉了酒，垂下了美麗的秀髮。輕拂的涼風，搖著樹枝微微顫動，像桃花的波浪洗臉，生發一絲絲涼意。轉來後，剛剛升起的一彎月亮，上了欄杆！

【點評】風格即人

同樣是途中遇雨的小事，蘇東坡的〈定風波〉與汪兆銘的〈八聲甘州〉兩首詞的風格卻大異其趣，恐怕正是十七世紀法國寓言詩人拉風丹所界定的「風格即人」的緣故。

蘇詞傾吐了詩人不怕風雨、吟嘯徐行、精神健朗的風度。「一蓑煙雨任平生」表示聽其自然，在逆境中怡然自行，具有堅忍不拔的抗擊打能力！

汪氏領略太平公園風光，「是日大雨，衣履盡濕，而遊興轉勝」。上片由雨轉涼，林疏風淡，暮色四合，遠水涵煙。斑鳩唱和，其樂融融。西山如畫，農戶休閒。輕雷，鳥鳴，煙雨，蓑笠，繪聲繪色，維妙維肖！沒有暮雨聲聲，只有黃昏涼意。下片似夢非夢，水流，倩影，黛眉。笑小山醉酒，如美女垂鬟！涼風顫動枝頭的水珠，粉紅的波光浴面生發寒意！

結句，兩首詞都意味深長。試將蘇詞「歸去，也無風雨也無晴」與汪詞「歸來後，一鈎新月，初上欄杆」略約對比。前者鄭文焯在《大鶴山人詞話》中評道：「以曲筆直寫胸臆，倚聲能事盡之矣。」歸結為寵辱皆忘、平淡閒適的心態。後者新月輕盈，景語即情語，側面烘托、暗示「遊興轉勝」，雖「衣屐盡濕」而不涉筆。這種技巧，也許正是蘇軾寫西湖由晴轉雨而汪氏則選擇「不晴不雨只陰陰」的新穎角度那樣，你寫「也無風雨也無晴」，我則「一鈎新月，初上欄杆」，由輕雷送雨而新月初升，一派清新月色！這大概就是創作個性和藝術特色的凸顯，豪放和婉約的差異表露吧！

齊天樂・印度洋舟中

海波浮簸山如動，孤舟已懸天半。雲幕周遮，星芒搖漾，月黑冷磷①凌亂②。狂瀾③正捲，怎海若頻④翻。魚龍未厭⑤。夢入空濛⑥，射潮強弩⑦倩⑧誰挽⑨？ 關河此時日遠，鎮⑩無言徙倚⑪，清淚如霰⑫。萬里波濤，百年身世⑬，一樣蒼茫⑭無畔⑮。幡然⑯意渙⑰，羨浴羽魚閒，眠窩燕懶。驀地⑱憂來，奈何⑲空自喚⑳。

【注釋】

①磷（lín）：非金屬元素，符號p。同素異形體有白磷、紅磷和黑磷。磷是生命活動不可缺少的元素。牙齒、骨骼和脫氧核糖核酸中都含有磷。 ②凌亂：不整齊，沒有秩序。 ③狂瀾：巨大的波浪。 ④頻：屢次；連續幾次。 ⑤厭（yàn）：滿足。
⑥空濛：形容景物迷茫。 ⑦弩：古代兵器，一種利用機械力量射箭的弓。 ⑧倩（qiàn）：請別人代替自己做事。 ⑨挽：

拉。⑩鎮：時常。⑪徙倚（xǐ yǐ）：徘徊。⑫霰（xiàn）：空中降落的白色不透明的小冰粒，常呈球形或圓錐形，多在下雪前或下雪時出現。有的地方叫雪子、雪糝（shēn）。⑬身世：指人生的經歷、遭遇。⑭蒼茫：空闊遼遠，沒有邊際。⑮畔：田地的邊界。⑯翻然：迅速而徹底地改變。也作幡然。⑰渙：消散。⑱驀地：出乎意料地；突然。⑲奈何：表示沒有辦法。⑳喚：發出大聲使對方覺醒、注意或隨聲而來。

【意譯】

大山一樣的海輪，在波浪顛簸裏也在顫抖，它孤單單地被拋到了半空之中。四周的烏雲幕布似地遮蔽著，只望到點點星光搖擺、蕩漾。月亮躲藏起來了，只有鬼火點點閃光，顯得凌亂不堪！巨浪正在掀起，怎麼感到大海在不斷翻騰，可是魚類仍然沒有滿足。睡夢中景物迷茫，不曉得射低潮頭的強弓是請誰拉開的？

這時候關隘山川越來越遠，只有一聲不吭不停地徘徊，眼淚就像小冰粒沒有斷線！萬里的海濤，百年的經歷，都空闊遼遠，無邊無際。感悟心意渙散，必須儘快徹底改變，卻羨慕魚們沐浴瀟灑，羨慕燕子大睡懶覺。突然悲從中來，萬般無奈只有白白地呼喚！

【點評】是射低潮頭，還是呼喚風暴

「射潮強弩倩誰挽？」——不曉得射低潮頭的強弓是請誰拉開的？汪詞「射潮」是個典故，說的是相傳五代時吳越王錢鏐在杭州用弓箭射錢塘江潮頭，與海神交戰。見宋人孫光憲《北夢瑣言》。蘇軾〈八月十五日看潮〉「安得夫差水犀手，三千強弩射潮低。」按傳說吳王夫差有穿水犀皮甲士三千人。見《國語・越語上》。蘇詩乃藉以詠錢鏐事。顯然，汪用這個故事，是說要請人射低潮頭。

然而，也有呼喚掀起潮頭的著名詩歌。「俄國詩歌的太陽」亞歷山大・普希金就有〈波濤啊，是誰使你停息……〉：

波濤啊，是誰使你停息，是誰鎖住了你有力的奔騰，是誰將你躁動的水流，變成了一池沉睡的死水？

是誰人的魔杖窒息了，我心中的希望、憂傷和歡喜，並用慵懶的沉睡，催眠了激動的心靈？
呼嘯吧，風，攪起波浪，去摧毀死亡的堡壘！
你在哪裏，風暴——自由的象徵？快拂過這被禁錮的死水。（劉文飛譯《普希金詩選》，中國戲劇出版社二〇〇五年版，第二一〇頁）這是一八二三年普希金目睹俄、普、奧三國君主結成神聖同盟，鎮壓革命而生發的憤慨！

不過，汪兆銘一九一二年創作這首〈齊天樂・印度洋舟中〉，正準備和陳璧君結婚，而且認為革命大功告成，籌備赴法留學，似乎看不出有普希金那種憤懣時局、憂國憂民的情結。筆者推測，詩人這次印度洋航行，觸景生情，從而蹦出了「驀地憂來，奈何空自喚」的嘆喟以結尾，或許是佛家常有的「一時心血來潮」抑或是為賦新詩強說愁吧，請讀者鑑別！

百字令・七月登瑞士碧勒突斯山巔，遇大風雪

泠然①風善，忽吹來、人在廣寒深處。應是仙峰天外秀，不受人間塵土。四遠微茫②，一笻③縹緲④，白了山中路。披煙下望，青青鬟⑤黛無數。

還笑初試荷衣⑥，又吟柳絮⑦，萬象⑧更如許。石磴⑨幽花神自峭⑩，慣與長松為侶。孤嶼如樽⑪，明湖似盞⑫，好把酡顏駐。酒醒夜白，寒雲枕下來去。

【注釋】

①泠（líng）然：形容聲音清脆悠揚。②微茫：隱約、不清晰。③筇（qióng）：竹子的一種，可以做手杖。④縹緲：也作飄渺。形容隱隱約約，若有若無。⑤鬟：婦女梳的環形的髮髻。⑥荷衣：用荷葉編成的衣服。也指隱士的衣服。屈原《九歌・少司命》「荷衣兮蕙帶」。⑦柳絮：柳樹種子上面像棉絮的白色絨毛，能隨風飛散。⑧萬象：宇宙間的一切事物或景象。⑨磴（dèng）：石頭臺階。⑩峭（qiào）：山勢又高又陡。⑪樽：古代盛酒器具。⑫盞：小杯子。

【意譯】

風聲清脆悠揚，突然產生人在廣寒宮的感覺。應該說是仙界的高峰，天外的靈秀，不接受凡間的塵土。四周隱隱約約，一叢叢筇竹若有若無，山上的路眨眼全都變白！撥開煙霧往下望，青青的髮髻數也數不清楚。

還訕笑剛剛試穿用荷葉編成的潔白衣裳，又吟唱隨風飄散的灰白柳絮，宇宙的一切景象變化這麼快捷。石階上一磴磴的鮮花，山勢又高又陡，習慣跟高大的松樹做伴侶。孤單的島嶼如酒樽，清澈的湖水像一杯酒，好讓喝紅了的臉色永遠留住。酒醒以後，東方已經發白，枕頭下面的寒雲，悠閒地飄來轉去！

【點評】時間差

這首百字令，標題為〈七月登瑞士碧勒突斯山巔，遇大風雪〉，不意，這裏出現了時間差！

資料表明，一九一二年五月十八日汪精衛、陳璧君由檳城探親返回廣州，正式舉行結婚典禮，由何香凝擔任他倆的女儐相。五月二十八日《民立報》發表了汪、陳結婚的消息。婚後就赴南洋各埠遊覽，同時準備赴法求學。七月二十八日，到了怡保，參觀了錫礦等處。三十一日，來到基瓏岐。八月一日，回到了檳城陳璧君娘家。八月九日，汪覆信回答孫中山勸阻赴法事：如今「政體已經共和，而弟所受之學說，則日本君主立憲國學者之言也。吾黨方提倡之三民主義，而弟於此學殊無所聞知，逆計將來出而任事，不為國家福也。現弟所有者只社會上之虛名，此等虛名，自誤誤人，不可久屍（喻居其位而無所事），故弟求學之念甚堅，不可動搖……請俟弟學成之後，屆時或更裨於先生也」。八月中旬，汪、陳等人，一起乘船去了法國。九月五日抵法國馬賽，後定居於離巴黎不遠的蒙太尼城，與李石曾夫婦結鄰。

史實見證，汪、陳登瑞士碧勒突斯山巔最早也是在法國定居之後的九月，不可能在七月。產生這類時間差誤的原因，在《小休集》曾仲鳴的跋和日本人黑根祥作為《雙照樓詩詞稿》之跋文中將有詳細說明，此處不贅。

浪淘沙・紅葉（已提前至〈紅葉〉詩後）

蝶戀花・冬日得國內友人書，道時事甚悉，悵（chàng）然（因不如意而感到不痛快）賦此

雨橫風狂朝復暮。入夜清光①，耿耿②還如故。抱得月明無可語，念他憔悴③風和雨。　天際游絲④無定處。幾度⑤飛來，幾度仍飛去。底事情深愁亦妒，愁絲永絆⑥情絲⑦住。

【注釋】

①清光：清亮的光輝。　②耿耿：明亮；形容有心事。　③憔悴（qiáo cuì）：形容人瘦弱，面色不好看。　④游絲：蜘蛛等所吐

的飄蕩在空中的絲。⑤度：次。⑥絆（bàn）：擋住或纏住，使跌倒或使行走不方便。⑦情絲：指纏綿的情意。

【意譯】

從早到黑，風狂雨猛。夜深深，月光清亮依然如故，儘管心事重重。迎著月色，無話可說，懷念他瘦弱，面色不好看，還經受風風雨雨。

天邊的蜘蛛絲飄蕩著，沒有找到位置。幾回回飄過來，幾回回又飛過去。為什麼情深憂愁也遭嫉妒？憂愁永遠要把纏綿的情意鎖住！

【點評】他是誰？

這首詞的題目點明，它的基調是悵然。為什麼失意、失望、失神呢？因「得國內友人書，道時事甚悉，悵然賦此」。其時的政治態勢是國事蜩螗，山雨欲來風滿樓，是「辛亥革命」在一片勝利呼聲中流產了，袁世凱憑藉革命力量迫使清廷退位，坐收漁人之利；是大借外債，磨刀霍霍，準備向革命力量開刀！汪詩人能不悵然傷神嗎？

詞的關鍵處即詞眼是什麼呢？筆者認為是「念他憔悴風和雨」的「他」！何以見得呢？從理念上說，清人劉熙載在《藝概．詞曲概》中指出：「余謂眼乃神光所聚，故有通體之眼，有數句之眼，前前後後無不待眼光照映。若捨章法而專求字句，縱爭奇競巧，豈能開合變化，一動萬隨耶！」這種從全篇的章法結構論詞眼的方法顯然是前人理念的發展。從作品剖析看，白天風狂雨猛，月夜心事重重，懷念他瘦弱、臉色難看，像游絲隨風飄蕩，沒有定位。為什麼他情深反遭人嫉妒？為什麼情絲永被愁絲絆住呢？

他是誰？是孫中山先生。是他為中國的統一毅然辭去中華民國臨時大總統的職務；是他引導汪兆銘走向革命；是他百折不撓領導群眾推翻帝制、建立民國！也是汪氏赴法求學前回信孫中山說的「請俟（等待）弟學成之後，屆時或更裨（益處）於先生也」。應該說，孫對汪也是有真情實感的！不然，孫中山臨終前怎麼會呼喚「精衛」一聲呢？（吳菲、王永〈尋訪中山先生三次履京的流光碎影〉，《北京青年報》二〇〇六年十一月十二日）

高陽臺・冰如導遊西湖賦此

風葉書窗，霜藤繡壁，蕭疏①近水人家。初日②鈎簾，遙青恰映簷牙。湖山已似曾相識，況舊遊人倚平沙③。最勾留④、泉冷風篁⑤，石醉煙霞⑥。

湖光不被芳堤隔。但西風吹柳，遠近浮花。水淡山柔，輕煙暈出清華⑦。夷猶⑧一棹⑨凌波去，亂野鳧⑩、飛入蒹葭⑪。夜如何？皓月當頭，照澈天涯⑫。

【注釋】

①蕭疏：蕭條荒涼。②初日：剛出的太陽。③平沙：平坦的沙灘。④勾留：逗留。⑤篁：竹林；也指竹子。⑥煙霞：山水景物。⑦清華：景物清幽美麗。⑧夷猶：同夷由。遲疑不進。⑨棹：槳；划（船）。⑩鳧（fú）：野鴨。⑪蒹葭：蘆葦。⑫天涯：極遠的地方。

【意譯】

西風飄下的葉子像正在窗上寫字，經霜的藤子像正在刺繡著牆壁，這就是冷落的湖畔人家。剛剛升起的太陽照著窗簾，遙遠的青色映襯著屋簷口。西湖的山水似曾相識，何況導遊的冰如站立在平坦的沙灘上。最叫人留戀的泉水冷冽，風搖竹林，石頭都被山水景物醉倒。

碧綠的堤岸沒能隔斷湖上風光，但秋風吹柳枝，遠遠近近飄浮著落花。水清秀，山柔曼，淡薄的煙霧映出景色清幽美麗。遲疑剎那，一槳划過波浪，驚起一群野鴨飛進蘆葦蕩。夜色怎麼樣？明亮的月色當空，照遍了很遠很遠的地方！

【點評】暗藏春色

這道帷幕一拉開，映入視界的是次第三種意象：窗、牆、人家。仔細端詳，風颳起的落葉正在書寫窗簾。「書」字呈現出動態美、鮮活感，讓人遐想，是行書還是狂草？抑制了落葉的悲涼，進而繪畫繪形，惹人聯想。接下來，牆壁化作綢緞，霜藤變成絲線，正在挑花繡朵，美化外牆。不錯，這裏有點蕭條，有點荒涼，它不是通都大邑，人煙稠密，而是西湖景觀之一的「水邊人家」。

要之，如此起筆，僅僅兩個比喻，粗看外表涼冷，落葉、霜藤，細看內裏熾熱，書法、刺繡。典型環境便是人戶稀疏而暗藏春色！

詞成的一九一二年，是汪兆銘春風得意之年！一則推翻帝制，二是民國成立，三則與陳璧君有情人終成眷屬，正在籌措赴法「充電」，計劃將來建國。這是忙裏偷閒，初度遊覽西湖，又有冰如導遊，新婚燕爾，蜜意柔情，樂不可支。儘管不是百花爭豔，而是落葉霜藤，但是自然漫溢出盈盈喜氣，暗藏春色。這麼開頭，讓我借用，清人況周頤《蕙風詞話》的要言：「絕新，似乎未有人道！」

蝶戀花（以下十一年）

昔聞展堂誦其中表①文芸閣所為詞，有「一寸山河、一寸傷心地」之句，未嘗②不流連③反覆，感不絕於心。近得《雲起軒詞》，讀之則似已易④為「寸寸關河、寸寸銷魂⑤地」。顧⑥二語意境⑦各殊，不能無割愛⑧之憾。余冬日渡遼，所經行地劌目怵心⑨，不忍殫⑩述。爰⑪就原句足成此闋⑫，點金⑬之誚⑭，所不敢辭；掠美⑮之愆⑯，庶幾⑰知免云爾⑱。

雪偃⑲蒼松如畫裏。一寸山河、一寸傷心地。浪嚙⑳岩根危欲墜，海風吹水都成淚。　夜涉冰澌㉑尋故壘㉒。冷月荒荒㉓，照出當年事。蒿冢㉔老狐魂亦死，髑髏㉕奮擊寒風起。

【注釋】

①中表：跟祖父、父親的姊妹的子女的親戚關係，或跟祖母、母親的兄弟姊妹的子女的親戚關係。　②未嘗：加在否定詞前面，構成雙重否定，意思跟「不是（不、沒）」相同，但口氣比較委婉。如：這未嘗不是一個好建議。　③流連：流戀不止，捨不得離去。　④易：改變；變換。　⑤銷魂：靈魂離開肉體，形容極度的悲傷、愁苦或極度的歡樂。也作消魂。　⑥顧：但是。　⑦意境：文學藝術作品通過形象描寫表現出來的境界和情調。　⑧割愛：放棄心愛的東西。　⑨劌（guì）目怵（chù）心：刺目驚心。　⑩殫（dān）：盡。　⑪爰（yuán）：於是。　⑫闋（què）：歌曲或詞一首叫一闋。　⑬點金：這是點石成金的衍義修辭。神話故事中說仙人用手指頭一點使石頭變成金子，多比喻把不好的或平凡的事物改變成很好的事物。也說點鐵成金。小序中是反其意而用之：把金子變成了石頭。有謙虛和幽默的意味。　⑭誚（qiào）：譏諷。　⑮掠美：掠取別人的美名。　⑯愆（qiān）：過失。　⑰庶幾：表示在上述情況下才能避免某種後果或實現某種希望。如：「必須有賬可查，庶幾兩不含糊。」也說庶幾乎或庶乎。　⑱云爾：句末助詞，有「如此而已」的意思。　⑲偃（yǎn）：仰面倒下；放倒。　⑳嚙（niè）：（鼠、兔等動物）用牙啃或咬。　㉑澌（sī）：解凍時隨水流動的冰。　㉒故壘：古時的舊營盤。　㉓荒荒：黯淡無邊的樣子。　㉔冢

（zhǒng）：墳墓。㉕髑髏（dú lóu）：死人的頭骨。

【意譯】

從前聽到漢民兄誦讀他的表兄文芸閣創作的詞，其中有「一寸山河，一寸傷心地」的警句，未嘗不流戀不止，反覆回味，感慨一直縈繞腦際。最近得到《雲起軒詞》，讀後卻似乎已變換為「寸寸關河，寸寸消魂地」了。但是兩種語句的情調各不相同，不能沒有割愛的遺憾。我今年冬天渡海到遼寧，所經過的地方刺目驚心，不忍心全部敘述出來。於是就原有的警句構成了這首詞，點金成石譏諷，不敢推辭；只是掠取別人美名的過失，庶幾曉得可以避免罷了。

大雪壓倒了青松，就像一張國畫。一寸山河，一寸傷心地。海浪啃著岩石的基腳，危險到像要墜落，海風揚起的水珠都變成了一把把眼淚。

夜晚涉水踩著流冰去尋找古時候的營盤。清冷的月色黯然又沒有邊際，卻照映出當年的往事。長滿蒿草的墳墓裏，老狐狸的魂魄也已消亡，屍首的頭骨奮起出擊，寒風驟然颳起！

【點評】綠肥紅瘦

小序說「余冬日渡遼」，指的是奉孫中山之命，赴瀋陽與有東北王之稱的張大帥商洽組建段（祺瑞）、張（作霖）、孫（中山）三派反直（吳佩孚等）同盟。途中所見觸目怵心，不忍殫述，見證東北民眾依然處於日寇與軍閥統治的水深火熱之中！

全詞主旨即借用的警句：「一寸山河，一寸傷心地。」

上片精選了三個特寫的鏡頭：大雪、海浪、暴風，分別擴展為三個驚心動魄的場面：雪偃蒼松的特大天災；海浪啃嚙岩根之罕見危殆；暴風揚海水化淚之極度傷心！極盡誇張、烘托主題之能事，意在筆先，凸顯簡鍊。

下片換頭，也叫過變，即上下片的銜結處，用流水承接大雪，穿透時（冷月）空（當年事）。後結以浪漫筆觸，寫老狐魄散，頭骨竟然奮擊，鼓動朔風肆虐！特大雪災起筆與奇特想像煞尾，「怪」字貫穿「一寸山河，一寸傷心地」，遙相呼應，意留言外，餘味無窮。

通篇主旨簡潔鮮明，手法多樣、從容、整鍊，如果借用李易安膾炙人口的名句來表述，那真是「綠肥紅瘦」了！

蝶戀花・大連曉望

客裏登樓驚信①美。雪色連空，初日還相媚②。玉水③含輝清見底，縞④峰一一生霞綺⑤。水繞山橫仍一例。昔日荒丘⑥，今日鮫人⑦市。無限樓臺朝靄⑧裏，風光⑨不管人憔悴。

【注釋】

①信：確實。②媚：有意討人喜歡。③玉水：水的美稱。④縞：古代的一種白絹。⑤霞綺：美麗的霞光。⑥荒丘：荒蕪的水田。⑦鮫人：亦作「蛟人」。傳說中的人魚。《太平御覽・珍寶部二・珠下》引張華《博物志》：「鮫人從水出，寓人家積日，賣綃將去，從主人索一器，泣而成珠滿盤，以與主人。」⑧朝靄（ǎi）：早晨的雲氣。⑨風光：風景；景象。

【意譯】

在客棧裏登樓驚奇地發現，這裏的景色的確美。白雪和天空連在一起，剛剛升起的朝陽還出來討人歡喜。美好的水質含著陽光，清澈見底，潔白的山峰一座一座塗抹霞光多麼靚麗！

清水繞城流，雪峰横空起。從前的荒地，如今熱熱鬧鬧做生意。無數亭臺樓閣都隱隱約約藏在早晨的雲氣裏，這麼迷人的風景，從來不管遊客的愁和喜！

【點評】風光不管人憔悴

「風光不管人憔悴」是這首長調的後結，那麼上片的結尾就叫做前結了。怎樣運作詞的前、後兩結呢？清代江順詒說得好：「凡詞兩結最為緊要。前結如奔馬收繮，尚存後面地步，有住而不住之勢。後結如流泉歸海，迴環通首源流，有盡而不盡之意。」（《詞學集成》）只有這樣認識和操作，才能使通體靈活，無重複堆垛之病，構成佳制。

且看這首詞的前結：「玉水含輝清見底，縞峰一一生霞綺。」結以景物兩端：水和峰的特色。後結：「無限樓臺朝靄裏，風光不管人憔悴。」結以觸景生情，幽默而無奈地宣洩：這位獨登高樓的旅客困頓，困苦，不開心，不得志！

這是為什麼？大連，本是中國的神聖領土。這時日俄戰後，日本取代沙俄來支配！詩人之襟抱為推翻帝制，建立共和，實行三民主義。然而民主革命家無一兵一卒，只好今天聯絡張軍閥打倒吳軍閥，明天說動閻軍閥進攻孫軍閥。合縱聯横，疲於奔命，收效甚微！怎麼能夠不傷害詩人的愛國情結呢？如此煞尾，既隱約地含蓄地拓展了「詞中見史，以詞存史」的意蘊，又留下了言有盡而意無窮的耐人回味的空間！

采桑子（以下十二年）

人生何苦①催頭白，知也無涯②，憂也無涯，且趁新晴看落霞③。
春光④釀⑤出湖山美，才見開花，又見飛花，潦草⑥東風⑦亦可嗟。

【注釋】

①何苦：何必自尋苦惱，用反問的語氣表示不值得。②涯（yá）：水邊；泛指邊際。③落霞：晚霞。④春光：春天的景致。⑤釀（niàng）：釀造。⑥潦（liáo）草：做事不仔細，不認真。⑦東風：春風。

【意譯】

人生在世何必自尋煩惱，害得自己過早生些白髮，認知無邊無涯，憂愁也無邊無涯，趁剛剛天晴快去欣賞迷人的晚霞。

春天萬物生發，釀造出湖光山色美如畫；剛才看到百花齊放，轉眼又見落紅飛下，不負責任的春風啊，真拿你沒有辦法！

【點評】渾厚・飄逸

如果說〈蝶戀花・大連曉望〉的格調具有渾厚意味的話，那麼〈采桑子・人生何苦催頭白〉就屬於飄逸的風格了。前者大有屈原「哀民生之多艱」的民本意識的顯彰，是愛國心、責任感的投影，後者語言瀟脫，情緒低沉，幾近頹唐。渾厚描摹於一九二二年冬日，飄逸繪製於次年初春，時間短暫為什麼情調大異其趣呢？

新近，發現林思雲先生有一個嶄新的科學判斷，認為汪精衛在「二次革命」失敗後，人生觀發生了根本的變化。由於汪原先認定只要打倒了滿清政府，中國一下就會變成一個民主強盛的國家。誰知現狀恰恰相反，比前清王朝還要糟糕。「一個人對一個事業投入得越多，對事業失敗的悲痛和挫折感就越大。汪精衛曾把自己最寶貴的生命都交給了革命，卻換來了這樣一個殘酷的現實，使汪精衛的革命理想消失得無影無蹤。汪精衛一下從狂熱的革命青年，變成一個躊躇多疑的政治家。」（〈真實的汪精衛〉，《男人世界》二〇〇七年總第五十九期）

顯然，結論是深中肯綮的。但是，汪精衛作為文人政治家，即令在行為上有猶豫不決、多心多疑的偏頗，但始終是緊跟孫中山革命的忠實信徒，至少直到孫先生逝世吧，汪氏的革命理想恐怕也沒有完全泡湯！在詩詞的創作實踐上，汪詩人既有「斯人獨憔悴」的渾厚作派，又有傳統文人人性弱點冒頭的飄逸風致。

這也許正好符合清人喬億的理念：「詩之骨（骨力）有重有輕。骨重者易沉厚，其失也拙；骨輕者易飄逸，其失也浮。然詩到聖處（超凡入聖的境界），骨輕骨重，無乎不可。」（《劍溪說詩》）我認為，汪詩人的創作實踐似乎已然達到這種自由的境界，請讀家斟酌！

綺羅香・冰如有美洲之行，賦此送之

月色輕黃，花陰淡墨，寂寂①春深庭戶。自下垂簾，不放游絲②飛去。博③今宵、絮語④西窗⑤，拚⑥明日，銷魂⑦南浦⑧。最憐他、兒女燈前，依依⑨也識別離苦。　蒼茫⑩煙水萬里。好把他鄉風物⑪，自溫情緒。舵⑫尾低飛，空妒煞⑬、閒鷗鷺。當海上、朝日生時，是江東⑭、暮雲低處。正愔愔⑮梅子初黃，小樓聽夜雨。

【注釋】

①寂寂：冷靜；落寞。②游絲：蜘蛛等所吐的飄揚在空中的絲。③博：換取；取得。④絮語：絮叨的話；絮絮叨叨地說。⑤西窗：出自唐人李商隱〈雨夜寄北〉：「何當共剪西窗燭，卻話巴山夜雨時。」後以此典形容夫妻、友人的思念之情。⑥拚（pàn）：捨棄不顧。⑦銷魂：靈魂離開肉體，形容極度的悲傷、愁苦或極度的歡樂。也作消魂。⑧南浦：南面的水邊。《楚辭・九歌・河伯》：「送美人兮南浦。」後常用以稱送別之地。⑨依依：形容留戀；不忍分離。⑩蒼茫：空闊遼遠；沒有邊際。⑪風物：一個地方特有的景物。⑫舵：船、飛機等控制方向的裝置。⑬妒煞（dù shà）：煞，表示極甚之詞。嫉妒到極點。⑭江東：長江在蕪湖、南京之間為西南、東北走向，古代是南北往來主要渡口所在的江段，習慣上稱自此以下的南岸地區為江東。也指三國時吳國孫權統治下的全部地區。⑮愔愔（yīn）：安靜無聲；默默無言。

【意譯】

淺黃的月光，淡黑的花陰，暮春冷清的庭院。放下簾子，不讓游絲飛進來。不顧明天水邊送別極度的悲傷，換得今晚在西窗下夫妻絮絮叨叨的話語。最可憐的是，在燈前的小兒女，也不忍分離，懂得離別的愁苦！

空闊遼遠，無邊無際的萬里海洋。此去正好用異國特有的景物，調整自我的情緒。海輪飛快航行，讓悠閒海鷗、白鷺，嫉妒得發狂。當海上朝陽初升，正是江東雲彩低垂，暮色蒼茫。梅子剛剛成熟，默默無聲，小樓裏傳來點點滴滴的春雨。

【點評】黃梅夜雨聽離愁

這是汪詩人一九二三年四月二十九日為陳璧君赴美洲的臨別贈詞。陳此行目的，是國民黨改組與籌組軍校急需巨款，而經費委實拮据。經研究，孫中山決定派陳擔負籌款重任。原因之一是陳係華僑，在海外僑胞中有一定的號召力。二是必須借重修復執信學校的名義，當時該校被陳炯明叛軍洗劫一空，需款濟急。而汪、朱、陳三家具有密切的親屬關係。汪精衛與朱執信舅甥、同學、同志關係在〈十年三月二十九日，黃花崗七十二烈士墓下作〉點評中已簡介，不贅。而朱之長女係陳的八弟昌祖之妻。故又任命陳弟耀祖為該校校長，陪同赴美洲募捐。同年十一月二日陳氏姊弟勝利歸來。籌款三十多萬，既實實在在解決了經費困難，又大大提高了陳的聲譽。

全詞抒發夫妻深深情愛，難捨難分。

起句點明時空。「博今宵」二句對比反差強烈。前結於小兒女依依不捨，加濃離別淒苦。

用遠洋茫茫，透視美洲之行，過片自然。接下來，勸慰以異國風物緩解離愁。「當海上」二句襯托兩地時差，詞史罕見！

後結顯然融化宋人賀鑄〈青玉案〉「試問閒愁幾許？一川煙草，滿城風絮，梅子黃時雨」名句。一則時地起訖對接真實。「春深」與「梅子初黃」指時；「庭戶」與「小樓」點地。二則動靜和諧有致。「寂寂」聯「愔愔」，萬籟俱寂，黃梅聽夜雨，點點滴滴，既多多，又綿綿，恐怕是夜深人靜，叮叮咚咚，靜中有動，讀者傾聽恩愛伉儷的離愁啊，為此，三則結句有餘韻。真個是，黃梅夜雨聽離愁，難能可貴。

齊天樂．過鴉爾加松故居

蔚藍①不被纖②雲染，輕飈③捲來秋爽④。遠岫⑤如煙，平沙似雪，人與白鷗同放。漁歌⑥晚唱，看一棹歸來，釣絲微漾。殘日⑦猶明，盈盈⑧新月已東上。滄波⑨澹然⑩相向⑪。似依依⑫繪出，當日情狀。草徑全荒，松圍盡長，只有青山無恙⑬。臨風⑭悵惘⑮，盡馬策⑯撾⑰門，塵封⑱蛛網。落葉蕭蕭⑲，亂蟬空自響。

晉羊曇（tán）為謝安所器重（看重），安居（住址）近西州門。安既歿（mò），曇不敢過西州門。一日大醉，逕詣（直到）城下，左右（身邊跟隨的人）告曰：「此西州門也。」曇感動馬策撾門大哭而去。余過鴉爾加松方氏姊君瑛故居，悲不自勝，故用此語。

【注釋】

①蔚藍：像晴朗的天空的顏色。　②纖（xiān）：細小。　③飈（biāo）：暴風。　④秋爽：秋天氣候涼爽宜人。　⑤岫（xiù）：

山。⑥漁歌：漁民所唱的，反映漁民生活的歌。⑦殘日：快落山的太陽。⑧盈盈：形容清澈。⑨滄波：青綠色的波浪。⑩澹然：形容不經心，不在意。⑪相向：相互向著對方的方向。⑫依依：隱約可辨的樣子。⑬無恙：沒有疾病；沒有受害。⑭臨風：當風；迎風。⑮悵惘（chàng wǎng）：惆悵迷惘；心裏有事，沒精打采。⑯策：馬鞭；鞭打。⑰撾（zhuā）：擊；打。⑱塵封：擱置已久，被塵土蓋滿。⑲蕭蕭：草木搖落聲。

【意譯】

晴朗的天空藍豔豔，沒有點點的殘雲污染，微弱的秋風送來了舒暢、涼爽。遠山如煙，沙灘像雪，人和白鷗安閒一模一樣。傍晚時分，傳來漁人的晚唱，一隻歸舟，釣絲還在輕輕蕩漾。夕陽沒有下山，清澈的月亮卻剛剛升上。

青綠色的波浪，不在意地相互對望。好像隱約可辨地描繪出當年的風度、模樣。草徑全都荒涼，松圍卻在瘋長，只有青山依然健壯。迎著西風，無精打采，用馬鞭擊打大門，滿眼塵土封蓋，蜘蛛布網。沙沙的落葉聲，和嘈雜的蟬聲亂響。

【點評】紅顏知己

紅顏知己，說的是彼此相互瞭解而情誼深切的靚女。她是誰？就是這首詞所緬懷的曾經與汪、陳一道赴法學習的方君瑛。當時她和汪氏夫婦關係融洽。汪子出世，方主動護理，因而汪子取名「嬰」與「瑛」諧音，表示永遠感謝之意。但在廣州辦執信學校，汪、方接觸較多。一次，陳璧君醋意大發，竟然當眾侮辱了方君瑛，方憤然自縊而亡。在留給汪的遺書中，她悲痛地說：「無形之精神之愛，亦不能維持，與其寂寞於他年，何如死之於此日。」在給陳信中，則表示：「妹不辭一死，所以明其志也。」汪對方君瑛的死十分痛惜，親筆寫了輓聯，懸掛在靈堂上：

紅顏知己，曠代（經歷很久的時間）難逢，可憐魔劫重重，萬古和流新血淚；

白日盟心，他年有約，太息（嘆氣）恩情渺渺（悠遠），三年永繫舊精魂。

為此，詞和輓聯，我們不妨當作姊妹篇來吟誦，至少不難印證下面三點。

一是坦坦蕩蕩：如此紅顏知己，光明磊落，實在曠代難逢。而詞的起句，寓意一塵不染，絕無苟且作派，詞、聯互為表裏。

二是音容宛在：「三年永繫舊精魂」和「似依依」二句，倩影呼之欲出。守孝三年，永誌不忘。

三是悲不自勝：「萬古和流新血淚」與「盡馬策撾門」是悲痛欲絕的表現，採融了羊曇感激謝安的深情故事，確乎恰到好處！

我認為，這正是汪精衛的道德人品在當時革命家的排行榜中獨占鰲頭的又一有力佐證！

行香子

皛皛①平川，快雨初晴，棹扁舟②一葉風輕。煙消穹③碧，雲斂④遙青。看半江霞烘⑤，素月作微赬⑥。圓波如鏡，疏林倒照，似蟾宮⑦桂影縱橫⑧。冥然⑨兀坐⑩，風露泠泠⑪。盡月搖心，波搖月，兩無聲。

【注釋】

①皛皛（xiǎo）：潔白、光明貌。②扁（piān）舟：小船。③穹：穹隆：泛指高起成拱形的。借指天空。④斂（hān）：欲也。斂≠斂。⑤烘：用火或蒸汽使身體暖和或者使東西變熟、變成或乾燥；襯托。⑥赬（chēng）：紅色。⑦蟾（cháng）宮：指月亮。⑧縱橫：橫一條豎一條的。⑨冥然：深思的樣子。⑩兀（wù）坐：獨自端坐。⑪泠（líng）泠：形容聲音清越。

【意譯】

潔白明亮的平地，雨過天晴，划一隻小船風快輕鬆。煙散了，天青了，雲彩想要遙遠的碧空。望著半江的霞光烘托，白淨的月色變得有點兒紅暈。

圓圓的波紋像鏡子透明，稀疏的樹林，倒影水中照映，好像月宮裏桂花樹影橫一道豎一道的錯綜。獨自端坐著沉思，露夜起風，清越動聽。都是波紋輕搖月影，月影輕搖心胸，月影和波紋，寂靜無聲。

【點評】輕

這首〈行香子・晶晶平川〉起筆的平、快、初、扁諸多輕元素都聚焦在詞眼「輕」字上。清人劉熙載《藝概・詞曲概》：「余謂眼乃神光所聚，故有通體之眼，有數句之眼，前前後後無不待眼光照映。」這裏的「輕」正是從章法結構上切入的「通體之眼」。這股「風輕」大概只有人的臉上感覺到，是輕策、輕柔、輕快。

接下來，煙消了，天青了，雲彩也訴求變作遙遠的草綠。半江落霞的烘烤，月色變成了輕淡的紅暈。上片的景象不是孕育於快意的輕盈嗎？

下片過變：圓圓的波紋，疏林的倒影，如鏡影中的清晰、明淨，像月宮仙景，巧奪天工，滲透出輕快的意境。「風露泠泠」，露夜微風，清越動聽。後結微紅的月色，圓圓的波紋，都在輕輕地搖動，都悄無聲息。心呢？獨自端坐著沉思，感悟月光的搖動，更加渺遠、寂靜。這確乎是「此時無聲勝有聲」哩！

探春慢

風惜殘紅，雨培新綠①，又是一番天氣。淺草鳴蛙，浮萍②聚鴨，各有十分生意③。誰道春歸了？看滿眼芳菲④如此。空憐鶗鴂⑤多情，聲聲為春憔悴。　省識⑥清和⑦味好，況野色晚來，恰稱新霽⑧。薄靄⑨收霏⑩，流虹散彩，玉宇⑪天然⑫無滓⑬。一點溪山月，曾照我杏花陰裏。只願清輝、湛然⑭不令心起。

【注釋】

①新綠：新春植物出現的嫩綠。②浮萍：一年生草本植物，浮在水面，葉子扁平，橢圓形或倒卵形，葉子下面生鬚根，花白色。全草入藥。③生意：富有生命力的氣象；生機。④芳菲：（花草）芳香而豔麗。⑤鶗鴂（tí jué）：古書上指杜鵑鳥。⑥省識：辨認。⑦清和：天氣清明而和暖。夏曆四月的別稱。⑧霽：雨後或雪後轉晴。⑨靄（ǎi）：雲氣。⑩霏：飄揚；飄散；紛飛。⑪玉宇：天空；宇宙。⑫天然：自然存在的；自然產生的（區別於「人工」或「人造」）。⑬滓（zǐ）：污濁；雜質。⑭湛（zhàn）然：安貌，靜也。

【意譯】

東風愛惜落花，春雨孕育嫩綠，別是一番氣象。青蛙在淺草裏放聲練嗓，浮萍把水鴨聚攏指導，各自充分顯示了勃勃生機。誰說春之神走了？看滿眼花草豔麗，還聞到異香撲鼻。白白地憐惜杜鵑鳥多情，一聲聲替春姑娘著急。

能夠辨認春天的清明和暖真正好，何況野外意象來晚了，恰恰趕上雨過天青的天氣。薄薄的雲氣收住紛飛的落紅，流動的虹彩擴散繽紛的顏色，宇宙天生就是一塵不染。山谷一泓小溪的月色，曾經照映我在杏花叢裏。只希望月光平心靜氣，別讓浮躁心起！

【點評】沉醉，在大自然中

和風習習，落紅翩翩，春雨瀟瀟，嫩芽點點。杜鵑急促鳴叫，生怕春姑娘要告別！和著蛙聲一片，水鴨戲耍浮萍，充滿生機，充滿春色，何必替春之神著急？滿眼亮麗的鮮花，撲鼻青草的異香。雨過天青，陽光燦燦，暖氣融融。雲氣收攏，紛飛落紅，彩虹撒播種種色調。來到杏花叢中，欣賞山谷一泓小溪的月亮淺斟低唱。學習月兒心平氣靜、氣定神閒，沉醉在大自然中，拒絕急躁，遠離喧囂，擁抱安寧，享受幽靜！

這是汪兆銘從小吟詠陶潛詩歌萌發了「此中有真意」的種子，構成了一道唱不厭、詠不完的精神大餐，追求內心與自然的和諧，追求內心一顆的超然！

浣溪沙

遠接青冥①近畫欄②，鷗飛渺渺③不知還。陵④高彌⑤覺碧波寬。　玉宇鮮澄⑥新雨後，翠嵐⑦融冶⑧夕陽間。果然人世有清安。

【注釋】

①冥（míng）：高遠。②畫欄：用畫裝飾的欄杆。③渺渺（miǎo）：悠遠貌；水遠貌。④陵：丘陵。⑤彌（mí）：更加。⑥澄（chéng）：清澈不流動。⑦嵐：山裏的霧氣。⑧冶（yě）：熔煉（金屬）。

【意譯】

遠望可以觸摸高遠的草綠，近看能夠審視圖畫裝飾的欄杆，海鷗往水遠的地方展翅，不知道回還。高高的丘陵更加感悟到綠水的寬敞。

剛剛沖洗的天空，清澈見底，青翠的霧氣融合到紅紅的夕照中間。在小小的地球村，果然有清吉、平安。

【點評】放飛太平世界

這首詞六句，且看各句的鏡頭的配置。先說第一句遠景鏡頭（青冥）→近景鏡頭（畫欄）。第二句遠景鏡頭（鷗飛不知還）。於是帷幕拉開：遠——近——遠的鏡頭組合，亦即全篇的起筆。第三句俯視鏡頭：由高（陵）→低（碧波），這是上片前結於山和水。

再看下片：第四句仰視鏡頭：玉宇、鮮澄、新雨。第五句遠景鏡頭：紅配綠，看不夠，雙色互動。第六句下片後結，詩人以空鏡頭放飛審美靈感，幻化出天平世界！

如此煞尾，也許得力於「清」字！據楊伯峻《孟子譯注・萬章章句下》：「當商紂的時候，住在北海海邊，等待天下的清平。」——「當紂之時，居北海之濱，以待天下之清也。」注釋清：清平，世界太平（中華書局一九六〇年版）。詩人這種幻化式的肯定之所以難能可貴，顯然是因為和「天人合一」、「仁者樂山，智者樂水」等優秀文化圭臬有著不可分割的魚水關係。

百字令・蒙特爾山中作

蒼崖四合①，悄無人，唯見玉龍②飛舞。萬仞③盤紆④行漸上，卻似凌虛⑤微步。眾壑⑥森森⑦，連山簇簇⑧，捲入雲濤去。一峰未沒，儽⑨然如作孤注⑩。　堪嘆玉宇瓊樓⑪，清寒⑫如此，留得何人住！縱使素娥⑬能耐冷，脈脈⑭此情誰訴？小夢醒來，殘輝猶在，滴滴沾⑮衣露。曙霞⑯紅映，霓裳⑰應為君賦⑱。

【注釋】

①四合：四面圍攏。　②玉龍：形容雪花飛舞。典出宋人吳曾《能改齋漫錄》十一引張元〈雪詩〉：「戰死玉龍三百萬，敗鱗風捲滿天飛。」　③仞（yèn）：古時八尺或七尺為一仞。　④盤紆：迂迴曲折。　⑤凌虛：高入天空。　⑥壑（hè）：山溝或大水坑。　⑦森森：形容樹林茂盛繁密。　⑧簇簇（cù）：叢列、叢聚狀。　⑨儽（lěi）：頹喪、不振作的樣子。　⑩孤注：把所有的錢一下投作賭注，企圖最後得勝。比喻在危急時把全部力量拿出來冒一次險。　⑪玉宇瓊樓：傳說中神仙居住的華麗宮殿、精美樓閣。　⑫清寒：清朗而有寒意。　⑬素娥：月亮的別名。　⑭脈脈：默默地用眼神或行動表達情意的樣子。　⑮沾（zhān）：因為接觸而被東西附著上。　⑯曙霞：朝霞。　⑰霓（ní）裳：〈霓裳羽衣舞〉的簡稱。著名的唐代宮廷樂舞。　⑱賦：作（詩、詞）。

【意譯】

墨綠的巖壁四面圍攏，悄無人聲，只是漫天大雪飛舞。高聳萬丈的羊腸小路，慢慢登上，恰似升上天空小步前進。千山萬壑，森林茂密，連綿的山頭叢叢聚集，都捲進雲端裏去。一座山峰也沒蓋頂，雲霧疲倦，又猛撲過去！

值得嘆惜的是高貴的建築物，寒冷到這種地步，誰個也休想留得住！即令素娥耐寒，滿腔情愫向哪個傾訴？從淺夢中醒來，還有點點餘光，露珠一顆顆沾濕了衣服。朝霞紅豔豔地照映，著名的舞曲，應當為您賦！

【點評】有趣的數字

數字，當著人們特別關注的時刻，便津津有味。我們寫詞，又叫填詞，是按照固有模式填寫。到底有多少模式——詞牌呢？二三〇六個！怎麼如此豐富呢？為有源頭滾滾來：來自唐代教坊曲名；來自民間曲子；來自詩歌中的名句。

有些數字詞牌，挺有意思，略舉數例，便知端的：一枝花、一萼紅、一斛珠、一剪梅、二郎神、六么令、六州歌頭、八六子、八州甘聲、千秋歲令……

在詞學史上把短小詞的數字量化，最先領跑的，恐怕要數明代的顧從敬了。他率先在《類編草堂詩餘》中，將五十八字以內的詞敲定為小令，後人就沿用直到現在。

更有意思的是清代毛先舒的《填詞名解》宣稱：「五十八字以內為小令，自五十九字終至九十字為中調，九十一字以外者俱長調也，此古人定例也。」顯然，小令五十八字內屬顧氏專利。至於中調為五十九字至九十字；長調為九十一字以外，這後兩種量化，看來是舒氏的自主創新了。

自然，敢於挑戰的古人也為數不少。有人叫板：數字多的詞也有叫做令的，〈念奴嬌〉長達一百字，也稱為〈百字令〉嘛！其實，汪氏這首〈百字令・蒙特爾山中作〉正屬於這種特例。如果參加論戰，那麼顧氏也許要喊冤枉：「令」字上加上限制叫「小令」啊！還有人責難，〈十六字令〉屬單調，又有〈蒼梧謠〉等別名，四句，十六字，三韻。小令也有雙調的如〈浣溪沙〉又有〈滿園春〉等稱謂，六句，四十二字，二段，五韻。說實話，顧從敬也好，毛先舒也罷，即使提法不盡人意，但是後人一直沿襲至今，大概就是約定俗成的偉力所驅動吧！歷史是最公正的見證。

《小休集》跋

曾氏跋①嘗讀《南社詩話》，關於汪精衛先生之詩有一條如左：去歲冬日，余於坊間②購得《汪精衛集》四冊，第四冊之末附有詩詞百餘首；又購得《汪精衛詩存》一小冊，讀之均多訛③字，不可勝校④，曾各買一部以寄示精衛，並附以書，問訊⑤此等出版物曾得其允許否，何以⑥訛謬⑦如此。嗣⑧得精衛覆書如下：「奉⑨手書⑩及刻本⑪兩種敬悉。弟文本以供革命宣傳之用，不問刊行者為何人，對之惟有致謝。至於詩則作於小休，與革命宣傳無涉⑫。且無意於問世⑬，僅留以為三五朋好偶然談笑之資而已。數年以前，旅居上海，葉楚傖⑭曾攜弟詩稿去，既而弟赴廣州，上海《民國日報》逐日⑯登弟詩稿，弟致書楚傖止之，已刊布大半矣。大約此坊間本即搜輯當時報端所刊布者。刊布尚非弟意，況於行專本乎？訛字之多，不必校對，置之可也。」

又一條如左：余嘗在廣州東山陳樹人（嶺南畫派主要代表）寓⑰得見精衛手錄詩稿，簽題⑱《小休集》，並有自序一首。以精衛之自序勘⑲精衛之詩，覺其所言一一吻合⑳，蓋㉑精衛在北京獄中始學為詩，當時尚鋃鐺㉒被體，而負擔㉓已去其肩上。誠㉔哉為小休矣！囚居一室，無事可為，無書可讀，舍㉕為詩外，何以自遣㉖？至於出獄之後，則紀遊之作居其八九，蓋十九年間偶得若干時日以作遊息㉗，而詩遂成於此時耳。革命黨人不以物欲㉘所蔽㉙，唯天然風景則取不傷廉㉚，此蘇軾所謂「唯江上之清風，山間之明月，取之不盡，用之不竭」者。精衛在民國元年以前，嘗為馬小進作詩集序，最近又為陳樹人作畫集序，皆引申㉛此義，彼為《汪精衛詩存》作序者，殆未知精衛作詩之本詣㉜也。

以上二條皆深知汪精衛先生者。顧㉝先生之詩，雖自以為與革命宣傳無涉，不欲出而問世，然其胸次㉞之涵養與性情之流露，能令讀者往往愛不忍釋。而坊間刻本即多訛謬，即南社同人如胡樸安所為叢選，抄先生之詞亦復羼入㉟他人所作。然則苟㊱得善本而精校之，刊布於世以供讀者，使無魯魚虛虎㊲之憾，固藝林㊳之所樂聞，而亦先生所不以為忤㊴者也。余從先生久，得見先生手所錄詩稿，雖平生所作或不止此，然既為先生所手錄，則其可深信不疑已無俟㊵言。爰㊶與二三同志謄錄校勘，印成專本，以饗愛讀先生之詩者，並紀其始末㊷如左。

民國十九年六月二十日　曾仲鳴謹跋

【注釋】

①跋（bá）：一般寫在書籍、文章、金石拓片等後面的短文，內容大多屬於評介、鑑定、考釋之類。②坊間：街市上（舊時多指書坊）。③訛（é）：錯誤。④不可勝校：不可能承擔（或承受）校核。⑤問訊：詢問。⑥何以：為什麼；用什麼。⑦訛謬（miù）：錯誤；差錯。⑧嗣（sì）：繼承；接續。⑨奉：敬詞，用於自己的主動涉及對方時。⑩手書：親筆寫的信。⑪刻本：用木刻版印成的書籍。這裏代鉛印的書籍。⑫涉：牽涉。⑬問世：指著作等出版跟讀者見面。⑭葉楚傖：（一八八七—一九四六）江蘇吳縣人，原名宗源，字卓書。同盟會員。一九一六年與邵力子合辦《民國日報》，任總編輯。後任國民黨中央執行委員會常委兼祕書長。⑮既而：不久。⑯逐日：一天一天地。⑰寓：住的地方。⑱簽題：簽名題字。⑲勘（kān）：校訂；核對。⑳吻合：完全符合。㉑蓋：原因；理由；大概。㉒鋃鐺：鎖繫囚人之鐵索。㉓負擔：承受的壓力或擔當的責任、費用等。㉔誠：實在；的確。㉕舍：捨棄。㉖自遣：自我消遣。㉗遊息：遊玩、休息。㉘物欲：想得到物質享受的欲望。㉙蔽：遮蓋；擋住。㉚傷廉：傷害或損害廉潔。㉛引申：（字、詞）由原義產生新義。如「鑑」字本義為「鏡子」，「可以作為警戒或引為教訓的事」是它的引申義。㉜本詣（yì）：詣，（學業、技術等）所達到的程度。本詣，指原本的造詣。㉝顧：但是。㉞胸次：心裏；心情；胸懷。㉟羼（chàn）：摻雜。㊱苟：如果。㊲魯魚虛虎：指文字的傳抄因形近而產生的訛誤。㊳藝林：指圖書典籍薈萃的地方；文藝界。㊴忤：不順從。㊵俟（sì）：等待。㊶爰：於是。㊷始末：事情從頭到尾的經過。

【點評】讓事實說話

曾仲鳴敘述《小休集》面世始末，讓事實說話，簡潔、勁爆！

為什麼要印行專本？一則坊間三種版本，錯訛多多，不可勝校；張冠李戴，泥沙俱下。二則發現汪氏自序及手錄原稿本，為校勘之翹楚。三則紀遊詩的數量估計及價值取向，「胸次之涵養與性情之流露，能令讀者往往愛不忍釋」，獲得文藝界之所樂聞（自發印行的三種版本，已然間接見證）。這些評騭都是深中肯綮的。四則自己追隨汪先生久，自然是膺服其意志的，故自主印成專本，以饗愛讀汪詩的讀者。

不過，關於寫詩之理念，汪精衛這位詩人政治家的說法，請參看拙文〈前言〉，這裏不贅述。提到汪氏「在北京獄中始學為詩」，其實十四歲作的〈重九遊西石巖〉業已否定。至於引用蘇軾〈前赤壁賦〉語句不合規範，漏掉「耳得之而為聲，目遇之而成色」，應標以省略號。後面兩條恐怕真是千慮一失吧。

《掃葉集》

序

《小休集》後，續有所作，稍加編次（按一定次序編排），復（再）成一帙（zhì，書一套為一帙），中有〈重九登掃葉樓〉一首，頗（很；相當地）道出數年來況味（境況和情味），因以「掃葉」名此集云。

汪兆銘精衛自序

【點評】將在〈重九登掃葉樓〉評騭

頤和園①

四山微雨洗煙霏，萬點波光動翠微②。
白鳥快穿虹影過，綠楊遙帶浪花飛。
排雲③宮闕④空如許⑤，橫海樓船遂不歸。
未與圓明⑥同一炬，金甍⑦猶得醉斜輝⑧。

清葉赫那拉後移海軍經費以築此園，故詩中及之。

【注釋】

①頤和園：中國四大名園之一。在北京海淀區。原為帝王行宮花園。一一五三年金完顏亮設為行宮，明時皇室改建為好山園。一七五〇年清又改建，名清漪園，一八六〇年被英法聯軍所毀。一八八八年慈禧太后移用海軍經費重建，改名頤和園。建築形成景外有景、園中有園的布局，體現中國園林藝術的高度技巧，在中外園林藝術史上有極高地位。一九二四年闢為公園。②翠微：青綠的山色。③排雲：高聳入雲。④宮闕（què）：宮殿。⑤如許：如此；這樣。⑥圓明：即圓明園。清代名園之一。遺址在北京海淀附近。始建於康熙四十八年（一七〇九年）。為環繞福海的圓明、萬春、長春三園的總稱。周約十餘公里。羅列國內外名勝四十景，有建築物一百四十五處。藝術價值甚高，被譽為「萬園之園」。一八六〇年英法聯軍劫掠園中珍物，並縱火焚毀。一九八三年北京市人民政府集資修理，次第恢復，定名「圓明園遺址公園」。⑦甍（méng）：屋脊。⑧輝：日光；光輝。光彩照耀。

【意譯】

牛毛雨洗滌著周邊山上的輕塵，無數的波光閃耀著青綠的山色。
白色的鳥兒閃電般穿透虹影，楊樹遙遠的碧綠帶著浪花飛舞。
高入雲天的宮殿這樣冷冷清清，橫空出世的海輪也就一去不回還！
沒有和圓明園一道焚毀，金黃的屋脊依然醉醺醺地在夕照中流連。

【點評】說醉

〈頤和園〉的末句「金甍猶得醉斜輝」的「醉」字，我們很容易聯想到詩人往往把酒的意象和詩的意境連接起來，打造迷人的「詩酒風流」的格調。杜甫〈飲中八仙歌〉寫出了醉態盛唐的風貌，寫出了奇特的精神文化現象，寫出了唐王朝由盛而衰的拐點——程千帆的新解：〈一個醒的和八個醉的〉（轉引自莫礪鋒《杜甫詩歌講演錄》，廣西師大出版社二〇〇七年版）。

王實甫的《西廂記》：「曉來誰染霜林醉，總是離人淚。」用「霜林醉」隱喻「離人淚」，描摹鶯鶯眼睛哭得紅似霜葉，如醉如痴。「誰染」的呢？好像秋色隨鶯鶯的心理嬗變而嬗變，把難寫的景展露在眼前！

南宋林升〈題臨安邸〉：「暖風薰得遊人醉，直把杭州作汴州。」筆鋒直刺當時苟安一隅的君臣屍位素餐，醉生夢死，忘卻國恥！

汪氏這首七律，原注有：「清葉赫那拉後移海軍經費以築此園，故詩中及之。」不用通常稱謂「慈禧太后」，而直呼其姓氏。再則詩的轉筆，「排雲」聯即「詩中及之」，以「排雲宮闕」、「橫海樓船」兩個細節暗藏滾滾風雷：海軍有去無回！尤其是合筆耐人尋味。文學大師法國巨擘雨果曾經公開尖銳指出：「有一天，這個東方奇蹟（指圓明園）消失了。兩個強盜（法國和英國）闖進了夏宮（圓明園）。一個進行洗劫，另一個放火焚燒……」「未與圓明同一炬」，這是僥倖！頤和園的勝景是海軍覆沒的代價換取的奇恥大辱！合筆結於「醉」：以擬人、比喻於金甍，醉醺醺地在夕照中流連！不是直刺而是扭曲，以美景審醜，是民脂民膏，喪權辱國的畸形的產物！它給人以諸多遐想，是否應有歷史的記憶，是否應當以古為鑑……顯然，結尾留出空間，是耐人咀嚼、回味的。

衛輝①道中

川原如錦煥朝陽，生氣蓬蓬②布八荒③。
漫地牛羊成異色，滿山松柏散幽香。
野田零露④宜禾稼，墟里⑤炊煙熟稻粱。

一種融融⑥真樂在，夫耕婦饁⑦本家常。

【注釋】

①衛輝：今河南衛輝市。②蓬蓬：茂盛貌。③八荒：八方荒遠之地。④零露：即露。⑤墟里：村落。⑥融融：形容和睦快樂的樣子。⑦饁（yè）：往田野送飯。

【意譯】

平原的河流像錦繡煥發出早晨的太陽，蓬蓬勃勃的生氣充滿四面八方。遍地牛羊展露各異的色彩，滿山的松柏樹林散發著清香。田野的露珠適宜種植莊稼，村落裏的炊煙催熟了大米、高粱。有一種和諧快樂的氛圍存在，丈夫耕種，妻子送飯，農家生活原本平常！

【點評】舉重若輕

〈××道中〉是前人常用的詩詞題型。它不是走馬看花、浮光掠影、蜻蜓點水，而是穿透「道中」特寫的時空，所見所聞所頓悟的精品。其實，這是詩人的自我挑戰，亮出自我瞬間捕捉意境的功力，磨練自我的想像力，引爆靈感的凝聚力！

汪詩成於一九三〇年。在「護黨救國」的口號下，聯合閻錫山、馮玉祥、張學良、李宗仁等反蔣，發動中原大戰。九月十五日成立北方政府，閻主政，汪主黨。路過衛輝，心情舒暢，詩興大發，產生了這首七律。

且看平原、河流、朝陽，充滿勃勃生機。遍地牛群、羊群，呈現異彩，滿山松柏，散發幽香。田野莊稼，豐收在望，村落裊裊炊煙，一派真正快樂的景象，這便是農家的日常生活啊！前三聯描繪景物，落聯情景交融，夫妻和美，畫龍點睛——樂：瀏亮、愉悅、輕靈，全詩統統塗滿了賞心悅目的亮色！這就是詩人片刻爆發的狂想，舉重若輕的魅力，人性光輝的閃現！

太原晉祠①有老柏偃②地，人云周時物也。為作一絕句

晉祠老柏倚天③長，布影寒流④色更蒼⑤。
羨汝蕭然⑥明月下，不知人世有風霜⑦。

他日復得一絕句

枕流⑨端⑩為聽潺湲⑪，別有虬⑫枝上接天。
此樹得毋⑬同臥佛，沉沉⑭一睡二千年。

【注釋】

①晉祠：在山西省太原市西南二十五公里懸甕山下晉水發源處。原為紀念晉國開國君主唐叔虞而建的祠。有聖母殿、唐叔祠、關

帝廟、水母樓等建築，以及周柏、隋槐等名勝古蹟。②偃（yǎn）：仰面倒下；放倒。③倚（yǐ）天：想像中靠著天邊。④寒流：指寒潮。⑤蒼：青色。⑥蕭然：空蕩蕩。⑦風霜：風和霜，比喻旅途上和生活中所經歷的艱難困苦。⑧他日：過去的某個時候。⑨枕流：即枕流漱石，本作枕石漱流。比喻隱居山林。⑩端：真正。⑪潺湲（chán yuán）：水慢慢流動。⑫虯（qiú）：拳曲。⑬得毋：又作得無。莫非；豈不是。⑭沉沉：深沉。

【意譯】

晉祠這棵老柏樹靠著天邊往上長，寒潮到來鋪開的陰影更加顯得墨黑墨黑。
羨慕你在月光照映下占有這麼大的空間，不知道世上還有困苦和艱難。

老柏樹躺下端的是欣賞緩流的潺潺，另類的拳曲的柏枝向上觸摸到了天。
這棵柏樹莫非同臥佛那樣，睡著連夢也不做，一覺居然兩千年。

【點評】不知與不管

這兩首七絕都是吟唱晉祠周代遺留的古蹟偃柏的，故合在一塊評論。

頭首起句著眼於「長」。古老的偃柏，想像中靠著天邊朝上長，似乎天頂觸手可及。承句凝視於「色」。寒潮也罷，樹影也好，色彩漸濃，達到墨綠。轉折句的關鍵字「羨」。詩人羨慕老柏占有偌大的空間，悠閒自在地獨自享受著柔美的月色。合句歸結為它不知道人間世相，不曉得為人難做、做人難！它生活得何等瀟灑，多麼愜意，怎樣安逸！

汪精衛畢竟是一位文人政治家。一九三〇年十月二十七日，為了名正言順，在太原終於完成了全文八章共二百一十一條的《約法草案》，儘管軍事失敗，但是依然即日公布，爭取輿論。第二天便趕往晉城會晤馮玉祥，返太原後又與閻錫山會商，決定閻、馮下野，汪離山西。

第二首起句在「聽」，次句為「接」，第三句是「臥佛」，末句即沉睡。如果說第一首詩可以用「不知」來提煉的話，那麼第二首就該當為「不管」了。我們不妨參照一條新民諺：「要得安，不當官，天一黑，門一關，睡我的瞌睡，打我的鼾。」如此幽默的話語體現了平安是福的訴求，閃耀了趨吉避凶的智慧，表述了人性光輝的優點。兩個「不」見證了略具差異的切入點。前者「不知」比況老柏的混沌，詩人羨慕；後者「不管」比擬老柏的作秀，作家感佩。

要之，這次中原大戰的敗北，汪詩人既然不能汲取沒有汪家軍的教訓，那麼就只能剩下「無可奈何花落去」的失落、懊惱、沮喪了。

中秋夜作

才熄①青燈②下薄帷③，窗間了了④見花枝。
由來明月多情甚，不照團圞⑤照別離⑥。

對月

枯樹藏鴉白可窺，冰蟾⑦欲沒更遲遲⑧。
沙場戰骨閨中婦，共影同光此一時。

【注釋】

①熄：滅。②青燈：油燈。其光青熒。③帷：帳子。④了了：清楚；明白。⑤團圞（luán）：團圓。⑥別離：離別。⑦蟾（chán）：月的代稱。⑧遲遲：表示時間長或時間拖得很晚。

【意譯】

剛剛熄滅了油燈放下了薄薄的帷帳，從窗口清清楚楚地看見花枝招展。

月亮從來就是一位多情種子，不照別人家庭團圓卻照夫妻離別！

人們可以暗暗察看藏在枯樹上的烏鴉，月亮想要落山，時間卻拖得很遲、很晚。

戰場上士兵的屍骨和家鄉年輕媳婦，同在這個時候同樣的月光照映下留下身影！

【點評】月亮見證

汪詩中有幾首描寫月亮的作品，大抵各具特色。例如〈太平洋舟中玩月〉就是戲說詩，幽了達爾文一默，亦即善戲謔兮不為虐吧。再如〈十七日夜半雨止，月色掩映庭竹間〉便有「氛圍與腰圍」的點評，請讀者不妨參照披閱。

這裏的〈中秋夜作〉與〈對月〉，我以為很像姊妹篇，故合二而一予以評騭。其理由有三：一是兩篇大約是一九三〇年中秋節及稍後作於太原。當時中原大戰的戰果揭曉，七個月時間，傷亡近三十萬，平均每月打死打傷四萬多人，可見戰爭之慘烈！似乎二詩也帶有「以詩存史」的意味。二是兩篇都有唐代不同詩作意境的衍化，提升。三是前篇乃對負傷者的懷念；後篇是對陣亡者的弔唁。

先讀〈中秋夜作〉吧。開筆熄燈下帷，窗口見花。像京戲《武家坡》的拖腔「八月十五月光明……」側面烘托，月亮通亮。而月亮從來就是多情種子，一貫給受眾以人性化的關懷。原因是幸福的家庭是相似的，不幸的家庭各有各的不幸（俄・列夫・托爾斯泰語大意）。結句因而強調照映離情別緒、傷員的苦痛、家人的悲傷，聚焦於「每逢佳節倍思親」（王維〈九月九日憶山東兄弟〉）的共鳴點上。在這裏，潛臺詞是平時也思親，佳節來臨更加激化了、加濃了急切情愫，何況又有傷殘呢？可喜的是汪詩人沒依樣畫葫蘆、沒有踩著王維的腳印走，而是有所演繹，有所深化，有所創新！

再讀〈對月〉，出手就點擊「白」字。神州大地，月亮堂堂。轉折句反差極其強烈——戰骨與媳婦，一死一生，陰陽兩隔，大悲大痛！結合於同一光源、同一時間、不同空間的同樣的影像，能不攝魂奪魄嗎？正好又是陳陶〈隴西行四首〉之二「可憐無定河邊骨，猶是春閨夢裏人」的延伸、拓展、生發！

月亮，您是親眼目睹的見證。

過雁門關①

殘烽廢壘對茫茫②，塞草黃時鬢③亦蒼。
剩欲一杯酬④李牧⑤，雁門關外度重陽⑥。

一抹⑦殘陽⑧萬里城，更無木葉作秋聲。
誰知獵獵⑨西風⑩裏，鴻雁⑪南來我北行。

【注釋】

①雁門關：關名。唐置。又名西徑關。故址在今山西雁門關西雁門山上。長城要口之一。山西省南北交通要衝。今存關門三座，內有趙國良將李牧祠舊址。②茫茫：沒有邊際，看不清楚。③鬢（bìn）：鬢角。④酬（chóu）：敬酒；勸酒。⑤李牧：（？—前二二九）戰國末年趙將。長期防守趙的北邊，甚得軍心，擊敗東胡、林胡、匈奴。趙王遷三年（西元前二三三年），率軍攻秦，在肥（今河北槁城西）大敗秦軍，因功封武安君。後因趙王中秦反間計，被殺死。⑥重（chóng）陽：節氣名。夏曆九月初九。也稱重九。九為陽數，而日月並應，俗嘉其名，以為宜於長久，故以享宴高會。因此有重九登高的習俗。⑦抹（mǒ）：輕淡的痕跡。多與「一」聯用，相當於「一片」。⑧殘陽：快要落山的太陽。⑨獵獵：形容風聲及旗幟等被風吹動的聲音。⑩西風：秋風。古典詩詞中，東、南、西、北風，分別是指春、夏、秋、冬之風。⑪鴻雁：鳥。飛時一般排列成行，是一種冬候鳥。也叫大雁。

【意譯】

殘破的烽火臺，廢棄的堡壘，而對無邊無際的遠方。塞外的蓑草枯黃，人的兩鬢已然蒼蒼。

更加想要把一杯薄酒敬獻李牧將軍，我在雁門關外登高度過重陽。

一片快要落山的太陽映照萬里長城，沒有樹木，更不能發出瑟瑟的響聲。

哪裏知道在獵獵的秋風裏，大雁南飛去過冬，我卻朝北前行！

【點評】李牧・大雁

「剩欲一杯酬李牧」，顯係詩人觸景生情，參觀了雁門關上李牧祠的結果。「酬」在這裏是敬酒、勸酒的意思。為何如此禮敬？李是趙國良將。何況趙王中了秦的反間計，把攻秦有功封為武安君的李牧冤殺了？「剩」呢？在詩裏是副詞，表示程度，相當於「更加」。面對這位悲劇英雄，是更加具有想要敬酒的衝動。加上結句「雁門關外度重陽」，點明適逢佳節，有登高舉宴的習俗，意願更加強烈了。根據詩裏規定情境，我認為，即令有酒，也許還是薄酒一杯呢。因而此句譯作：「更加想要把一杯薄酒敬獻李牧將軍。」

我想，中原大戰罷手，恐怕汪氏真有國亂思良將的情愫吧。

在西風獵獵的深秋，大雁南飛過冬，汪氏夫婦怎麼還朝嚴寒的北國前行？他們伉儷豈敢闖進蔣介石南京政府的羅網？只有先陸路北上，然後海路返南。一九三〇年十月底，閻錫山拿出一百萬山西票遣散中央擴大會議人員，陳公博等人先期化裝潛赴天津。十一月一日，汪精衛、陳璧君夫婦遊覽了晉祠，然後乘車北上。時值重九，一路上滿目淒涼，已然失落，吟出了「誰知獵獵西風裏，鴻雁南來我北行」的淒婉、落寞！在中國詩歌中，「南」與「北」這兩個方位名詞並不僅僅簡單地標志地域概念，而是在某種程度上融注了文人們的某種感情色彩，被賦予了某種象徵意義。比如雪的意象，南方具有溫暖明朗、浪漫纏綿的意蘊，而北方則具有冷酷悲哀或痛苦淒涼的味道。因而二者便具備了某種意義上的象徵。

為此，我們不難理解，汪詩人自然獲得文人品格，取迂避直，先北後南，先苦後甜，乍看不如大雁，實則含有朦朧色澤，可能還有幾許暗喜呢！不然，怎麼有閒情逸志憑弔晉祠、遊覽雁門關、欣賞雲崗石窟、參觀豐臺菊花展覽呢？進而詩興大發，接二連三，譜寫出不少詩篇來，見證詩人對「南」、「北」意象已然爛熟於心的。

道中作

行役①何時已②？秋深景物繁。
亂山苞③大野，平地茁④遙村。
歸牧鈴聲急，爭巢樹影翻⑤。
小⑥休容⑦可得，燈火在柴門⑧。

【注釋】

①行役：謂因服軍役、勞役或公務而在外跋涉。後有人泛稱旅行或旅行的人。②已：停止。③苞：叢生而茂密。④茁：發芽；也指植物旺盛生長。⑤翻：忽上忽下來回地飛。⑥小：短時間地。⑦容：或許；也許。⑧柴門：用散碎木材、樹枝等做成的簡陋的門。舊時用來比喻貧苦人家。也叫柴扉。

【意譯】

旅行什麼時候能夠停下來呢？秋末的景物多麼茂盛。
哪怕是亂山岡，植物也叢生又稠密，平地滿眼綠色，延伸到遠方。
放牛娃回家鈴聲叮噹，響得多麼急促，鳥雀爭窩，鬧得林子裏樹影翻飛。
短暫的休息也許可以得到，亮燈的便是貧苦人家！

【點評】一喜一愁總關情

〈衛輝道中〉與〈道中作〉都是同一題型；同一描繪北方農村的詩章。但是不到三個月，情緒一喜一愁，氣溫一熱一涼，對比意味深長。究其緣由，我以為，蓋汪精衛氏乃兩種品格結合的複合體——文人政治家。是文人，當然具備中國文人的作派，愛讀書，愛吟詠，愛染翰操觚，具有中華文化的血脈。是政治家，作為民主主義者，其脈搏，其喜怒哀樂，不同程度地反映了中國的時代的某些具象。

請看〈衛輝道中〉的背景，一九三〇年六月二十五日晉軍占領了濟南，似乎反蔣軍事大有可為。同時，改組派與西山會議派聯合，七月十三日在北平組織了中央黨部擴大會議。於是，汪氏一行七月二十三日抵達北平。八月四日到石家莊與閻錫山會商。對反蔣充滿信心，試圖實現「一息尚存，必誓鏟除蔣賊」（與馮玉祥電文）的決心，因而全詩其樂融融，是詩人激情的飛揚、迸發！

〈道中作〉呢？寫於過雁門關後，一路上滿目淒涼，易感悲秋，眼看鳥雀爭巢，聽到牛鈴急促，還沒有發現旅舍！要知道，這次詩人到北平，下塌中山行館，儼然以中央領袖自居。於今看來只有投宿柴門——貧苦的農家了！要是為推翻清廷坐牢，或者是浪跡江湖的落魄文人，說不定還要吟唱這種境遇呢。然而，汪精衛畢竟當過統管黨、政、軍的短暫的主席哩！怎麼辦？只好悲涼地嘆詠：「小休容可得，燈火在柴門」了！

潭上

百尺秋潭徹底清，冰蟾徐在鏡中行。
琤瑽①忽作瓊瑤②碎，不是波聲是月聲。

【注釋】

①琤（chēng cōng）：形容玉器相擊聲、水聲、擊更聲等。②瓊瑤：美玉。比喻作雪。

【意譯】

秋天很深的潭水清澈見底，蟾蜍像慢慢地在鏡子裏爬行。玉器的聲音忽然變作美玉撞碎的音響，原來不是水波聲而是月亮的清脆聲。

【點評】聽月亮：奇美無比

〈潭上〉這首七絕，讓受眾聆聽月亮的聲音，確乎是鮮活而奇異的美感享受。其實，在漢樂府詩中，有一首知名度不高的〈聽月亮〉，可能是從民間詩歌中蹦出來的吧！

聽月樓頭接太清（天空），依樓聽月最分明。
摩天咿啞冰輪（代月）轉，搗藥叮咚玉杵鳴。
樂奏廣寒聲細細，斧柯丹桂響叮叮。
偶然一陣香風起，吹落嫦娥笑語聲。

（轉引自《作品與爭鳴》二〇一〇年第三期第三十六頁）

通篇語言平實而想像奇美。首聯倚樓聽月「地對空」。二聯，冰輪轉，搗藥聲聲。後者為唐傳奇故事，唐長慶中，落第秀才裴航遊於湘漢，遇玉皇女使贈詩，預示與美女雲英有姻緣。嗣後求婚，其母曰：「得玉杵臼便能娶婦。」約以期。裴赴京，買得返。為婦搗藥百日，終與雲英完婚，後皆修煉成仙。三聯，廣寒奏樂，聲聲入耳；吳剛伐桂，叮叮咚咚。傳說，吳剛乃月中仙，因犯過失，罰他月中斫桂，樹創隨合（唐·段成式《酉陽雜俎》）。末聯，香風陣陣，吹落嫦娥歡笑聲。

全詩穿越時空隧道，編織成一種現實與神話結合的天仙境界，給人以奇美無比的藝術享受。這恐怕正是大文學史上第一篇〈聽月亮〉多部音響的傑作。再說明代著名戲曲家湯顯祖有「月中空有軸（引申為「轉」）簾聲」句（〈天竺中秋〉，《西湖詩詞選》，浙江文藝出版社一九八五年版，第二四六頁）。當今則有詩家李瞳認為蘇試〈赤壁賦〉：「桂棹兮蘭槳，擊空明兮泝流光。渺渺兮予懷，望美人兮天一方。」這是古人在傾聽月光灑落的聲音——清越，卻綿長（《人民文學》二〇一〇年七月第一五九頁）。

綜上所述，由多樣的繁富的音響嬗變為單一的清新而悠長的音響，恐怕也是一種鏤刻月亮的聲音的趨勢。總之，單一也罷，多聲也罷，都是詩人傳大的想像力之碩果，都是藝術園地的一朵奇葩。我們應該歡迎她，禮讚她，吮吸她，拓展她，豐腴她！

雜詩

一①

海濱非吾土，山椒②非吾廬③。
偶乘讀書暇，於此事④犁鋤。
相⑤坡蒔⑥花竹，欲使交扶疏⑦。
培塿⑧鑿為田，因以治⑨瓜蔬。
曾聞斥鹵⑩地，三歲不成畬⑪。
土膏⑫未盈畚⑬，石骨已專車。
敢云心力勤，可以變荒蕪⑭。
筋骨既已疲，魂夢或少舒。
朝來視新栽，日照⑮東山隅⑯。
多謝杜鵑花，使我衰顏朱。

【注釋】

①為了便於閱讀，注者在六首詩前加上了序號。②山椒：山陵；山頂。③廬：簡陋的房屋。④事：侍奉。⑤相（xiàng）：親自觀看（是不是合心意）。⑥蒔（shì）：栽種。⑦扶疏：枝葉茂盛，高低疏密有致。⑧培塿（pǒu lǒu）：小土丘。⑨治：治理。⑩斥鹵：指含有過多的鹽鹼成分，不宜耕種的土地。⑪畬（shē）：焚燒土地裏的草木，用草木灰做肥料的方法。這樣耕種的田地叫畬田。⑫土膏：土地中的膏澤。即土地中的肥力。亦指肥沃的土地。⑬畚（běn）：簸箕。⑭荒蕪：田地因無人管理而長滿野草。⑮日照：一天中太陽光照射的時間。⑯隅（yú）：角落。

【意譯】

海邊不是我的故土，山頂也不是我的茅廬。偶爾趁讀書的閒暇，在這裏從事耕種。親自觀看的坡地，栽種花枝和翠竹，想要求它們枝葉茂盛，疏密有致。小土丘開出田來，治理瓜果蔬菜。聽說不宜耕種的土地，三年也不能變成畬田。肥土沒有一撮箕，亂石頭已有一滿車。豈敢說操心勞力，但可以改變荒田。自己既然已經疲倦，睡夢中或許稍稍舒服。早晨起來仔細觀察新栽種的秧苗，太陽照著東山的角落。感謝盛開的杜鵑花，讓我衰老的臉龐變得紅光滿面。

二

佳種不易致①，移自遠山隈②。
珍重③萌蘖④生，一日看十回。
小筧⑤引新泉，泠泠⑥滿尊罍⑦。

天寒雨澤少，何以⑧報瓊瑰⑨。
悠然⑩空谷⑪間，蝴蝶忽飛來。
舊草為君青，新花為君開。

【注釋】

①致：達到；實現。②隈（wēi）：山、水等彎曲的地方。③珍重：愛惜；珍愛重要或難得的東西。④萌櫱（miè）：萌生分枝。⑤筧（jiǎn）：引水的長竹管。⑥泠泠（líng）：形容清涼。⑦罍（léi）：古代一種盛酒的器具，形狀像壺。⑧何以：用什麼。⑨瓊瑰：精美、珍奇的東西。⑩悠然：悠閒的樣子。⑪空谷：空寂的山谷。

【意譯】

良種不容易找到，這是從遠山腳下移栽的。愛惜萌發的新枝，一天要看上十回。小竹管引來了清泉水，滿一壺清涼泉。天氣寒冷雨水稀少，用新泉回報珍愛之寶！悠閒而空寂的山谷，忽然飛來了蝴蝶。枯草為您發青，鮮花為您開放！

三

韓公好悲春，宋子①好悲秋。
區區②不忍心，人乃謂何求？
世情③惡④真率⑤，巧笑⑥飾⑦煩憂。

大度⑧惟蒼旻⑨，可以縱⑩怨尤⑪。
由來於田人，號泣⑫不可收。
於氣則至剛，於情則至柔。
春秋有佳日，欲語共綢繆⑬。

【注釋】

①宋子悲秋：宋玉在《九辯》中悲秋色蕭瑟。後人常以此渲染秋景或寫秋思。②區區：舊時謙詞，用於自稱。③世情：社會上的情況；世態人情。④惡（wù）：討厭；憎恨。⑤真率：真誠，直率；不做作。⑥巧笑：美好的笑。⑦飾：掩飾。⑧大度：氣量寬宏；能容人。⑨蒼旻（mín）：天空。⑩縱：放任；不約束。⑪怨尤：怨恨責怪。⑫號（háo）泣：大聲哭，淚如雨。⑬綢繆（móu）：情意深厚。

【意譯】

韓公常常傷春，宋子一直悲秋。我於心不忍，人們追求的到底是什麼？世態人情討厭的是真誠直率，要用美好笑容來掩飾煩惱。氣量寬宏大量的只有天老爺，可以原諒怨恨責怪。這緣由是種田人，大聲哭喊，淚如雨下。有剛正之氣，有似水柔情。春天、秋天都有美好的日子，想要訴說我們共同具有厚意深情！

四

朝來霧氣重，天半山盡失。

初陽雞子紅，破白乃無力。
披蓑行林間，雨自蓑針滴。
縮項入笠簷，苔滑礙行屐①。
草根泥漸解，萍際水微活。
荷鋤此其時，沾②衣詎③云惜。
梅花顧我笑，數枝正紅濕。
遙知新霽④後，青動萬山色。
青松受嚴風⑤，兀兀⑥不肯馴⑦。
不如靡靡⑧草，暫屈還復伸。
強項⑨性使然⑩，骨折何足論。
我行松林下，風落不拾巾。
不辭⑪眾草笑，只畏青松嗔⑫。

【注釋】

①屐（jī）：木頭鞋；泛指鞋。②沾：浸濕。③詎（jù）：豈，表示反問。④霽（jì）：雨後或雪後轉晴。⑤嚴風：凜冽的寒風。⑥兀兀（wù）：靜止貌。⑦馴：順服；順從。⑧靡靡（mǐ）：風吹草偃貌。⑨強項：不肯低頭，形容剛強正直不屈服。⑩使然：由於某種原因致使這樣。⑪辭：推辭；辭謝。⑫嗔（chēn）：對人家不滿；生人家的氣；怪罪。

【意譯】

早晨霧氣濃，半空高的山都看不見了。剛升起的太陽像雞冠那樣紅，要送走白霧還無能為力。披著蓑衣在樹林裏行走，雨從蓑衣的毛尖上滴下來。縮起頸項，腦袋躲進斗笠簷裏頭，青苔很滑不便行路，草根上的泥巴開始疏鬆，浮萍間的水開始波動。扛起鋤頭幹活正是時候，打濕了衣服豈說可惜？梅花望著我笑，有幾枝正好又濕又紅。早知雨過天晴，萬山一遍清新。青松面對凜冽的寒風，靜靜地紋絲不動！比不上風吹倒的草，暫時彎腰還能再伸直。這是剛正的性格使然，骨頭打斷又有什麼關係？我在松林行走，風把圍巾吹落也不撿起。不是辭謝這些草會笑我，只是怕青松怪罪！

五

海堧①多悲風②，草木不易蕃③。
曠土④終可惜，結構成小園。
種菜與鋤瓜，閉門學隱淪⑤。
古人或有然⑥，此意匪⑦我存。
目欲去荒穢⑧，手欲除荊榛。
孰云⑨筋力衰，猶足任斧斤⑩。
有蘭生前庭，有菊榮東軒⑪。
有豆種南山，有桑植高原。

桃李以為華，松柏以為根。
秋風不能仇，春風不能恩。
豁然⑫披我襟，海天蕩⑬無垠⑭。

【注釋】

①堧（ruán）：城郭旁、宮殿廟宇外或河邊的空地。②悲風：淒厲的風。③蕃：繁殖。④曠土：不耕種的荒地。⑤隱淪：隱士。⑥然：指示代詞。如此；這樣；那樣。⑦匪：非；不。⑧荒穢：雜草叢生，土地不治。⑨熟云：固定詞組，只能整個應用，不能隨意變動其中成分，並且往往不能按照一般的構詞法來分析，如「慢條斯理、亂七八糟」等。⑩斧斤：砍木的工具。⑪軒：有窗的廊子或小屋子。⑫豁然：形容開闊或通達。⑬蕩：動蕩；擺動。⑭垠（yín）：界限；邊際。

【意譯】

海邊多淒厲的風，草木不容易繁殖。荒地真可惜，開闢成園子。種瓜又種菜，關門學隱士。古人或許這樣，卻不是我的意願。目的開出荒地，雙手除去雜草。熟語說：「筋力衰退，完全可以作砍木的工具。」有蘭草長在庭前，有菊花盛開在東軒。有豆類種在南山，有桑樹栽在高原。桃李的花很美，松柏的根很深。瑟瑟秋風不能傷害，暖暖春風不感恩賜。瀟灑地披上衣服，海和天動蕩無邊無際！

六

我聞古人言，修①竹比君子。
見賢思與齊，上達終不已。
嶺南有木棉，臬兀②亦可喜。
每當伍凡卉，輒欲出頭地。
黃老③實中怯④，不殆⑤因知止。
坐令習陰懦，伈伈⑥無生氣。
吾生良有涯，斯道乃無涘⑦。
慨然⑧念征邁，養勇在知恥。
去惡如薅草，滋蔓⑨行復萌。
掖善如培花，芒芒⑩不見形。
平生濟時⑪意，枵⑫落無所成。
倚枕忽汍瀾⑬，中夜聞商聲⑭。
願我淚為霜，殺草不使生。
願我淚為露，滋花使向榮。
不然為江河，日夜東南傾。

【注釋】

①修：長；高。②奡兀（ào wǔ）：性情孤僻、傲岸。③黃老：黃帝與老子。道家尊二人為始祖，因以「黃老」為代稱道家。④怯（qiè）：膽小；害怕。⑤殆（dài）：危險。⑥伈伈（xǐn）：形容恐懼。⑦涘（sì）：水邊。⑧慨然：感慨地；慷慨地。⑨滋蔓：生長蔓延。⑩芒芒：懵懵；夢夢；渺茫。⑪濟時：匡時救世。⑫枵（xiāo）：空虛。⑬汍（wán）瀾：形容流淚的樣子。⑭商聲：淒愴的聲音。

【意譯】

我聽說古人箴言，高高的青竹好比君子。看到別人表現好就想要向他看齊，向上追求永不放棄！嶺南有種木棉，孤僻而傲岸也令人欣喜。每當與一般的花卉比較，總想出人頭地。道家實在謹言慎行，不失敗就是懂得適可而止。坐下反思內心的怯懦，恐懼沒有一點生氣。我的一生有彼岸，這個道家學說卻無邊無際。慷慨地思念征途漫漫，懂得知恥而後產生勇氣。除惡就像薅草，薅完了還要萌生。扶善猶如養花，懵懵懂懂無形無影。平生匡時救世的意願，空空落落，沒有一點成績。靠著枕頭，忽然流淚，半夜聽到聲音淒淒慘慘寂寂。希望我的眼淚成霜，殺死野草不再生長。希望我的眼淚成露，澆花欣欣向榮。如果做不到，那就變成長江、黃河，日日夜夜滾滾流向東方！

【點評】霜•露•江河

〈雜詩〉由六首五古組成。每首概要如下：一、讀書之餘，開荒種植，有益身心。二、移栽成活，引水澆灑，花招蝶來。三、春秋佳日，何必感傷，草青花開。四、青松剛直，小草折腰，是非顯豁。五、不屬隱士，春華秋實，海天一色。六、胸懷大志，事業未成，願做江河。最後一首似乎能總其成，故簡評之。

明人謝榛《四溟詩話》云：「賦詩要有英雄氣象：人不敢道，我則道之；人不肯為，我則為之；厲（惡）鬼不能奪其正（凜然正氣），利劍不能折其剛（摧其剛強意志）。古人製作（作詩）各有奇（特）處，觀者自當甄別（審查辨別）。」這裏，謝榛提出了一個尖銳的問題：好詩少見，原因不僅在於缺乏才力，更重要的是缺少英雄豪傑的氣概。其實，汪詩坦誠地展露「平生濟時意，枵落無所成」與「馬革平生志，君今幸已酬。卻憐二人血，不作一時流」（〈北京獄中聞展堂死事〉）是一脈相承的。接下來：「倚枕忽汍瀾，中夜聞商聲。」——半夜聽到淒苦的聲音，不覺淚流不止！眼淚有作用嗎？有！希望它變成霜，「殺草不使生」。希望它變成露，「滋花使向榮」。倘若兩個素願都不能實現怎麼辦？幻化「為江河，日夜東南傾」。江河，前人專指長江與黃河。也釋作江山、山川。端的是：「黃河之水天上來，奔流到海不復回。」「無邊落木蕭蕭下，不盡長江滾滾來。」這不正是發自肺腑的英雄豪氣的傾吐嗎？不正是中國文人情結的濃縮嗎？不正是嶺南雄直風格的演繹嗎？

即事

整頓①書城②暫作家，漁燈明處是天涯。
漫遊③蹤跡④如飄絮⑤，學道光陰似養花。
缺月愈教林影靜，微風不放竹枝斜。
閒來且倚欄杆立，莫負芳時⑥攬⑦物華⑧。

【注釋】

①整頓：使紊亂的變為整齊。②書城：藏書極多，環列為城。③漫遊：隨意遊覽。④蹤跡：行動所留的痕跡。⑤飄絮：絮，柳絮（楊花）。飄絮，像被風吹散的飛絮一樣。⑥芳時：美好的時候。⑦攬：圍抱。⑧物華：美好的景物。

【意譯】

整理書房暫時當作自己的家，捕魚的燈光便是天之涯。
隨意遊覽的行蹤像被風吹起的飛絮，學習道家的時光像一天天在澆花。
朦朧的月色更加讓樹影寂靜，沒有一絲風動竹枝也傾斜。
無事暫且依靠欄杆站著，不要辜負美好時光趕緊摟抱美景眼不花！

【點評】鏡子

〈即事〉平實清淺而意蘊雋永，有如一面鏡子反映出的影像。
首聯：從整理書籍切入，手不釋卷的特點畢現，遠方迷人的漁火映襯景色宜人。
承接：動蕩的生活看來是詩人的家常便飯；學習的成效也像養花，慢工出細活。
轉折：缺月、樹影、風停、竹枝，四種意象畫出靜靜的斜枝，多麼美好的環境。
尾聯：莫負時光，享受物華。
英國作家薩克雷說得好：「生活就是一面鏡子，你笑，它也笑；你哭，它也哭！」你感恩生活，生活將送給你燦爛的陽光；你怨天尤人，最終可能一無所有！感恩，讓人尋找到挫折的動因，收穫前行的勇氣。感恩，是一種歌唱生活的方式，來自對生活的愛和希望。感恩，也許就是這位文人政治家沉澱許多的浮躁和不安，消融許多的不滿和不幸的法寶。

飛花

疾風吹平林①，眾樹失芳菲②。
古今傷心人，淚眼看花飛。
花飛正紛紛，子生已離離③。
今日青一拈④，他日⑤大十圍。
一樹能開千萬花，不啻⑥一花化作千萬枝。
花亦解此意，飛去不復疑。
飄搖⑦隨長風，安⑧擇海角與天涯？
今年送春去，明年迎春歸。
新花未滿枝，故花已成泥。
新花對故人，焉知爾為誰？
故人對新花，可喜還可悲。

春來春去有定時，花落花開無盡期。
人生代謝⑨亦如此，殺身成仁⑩何所辭！

【注釋】

①平林：平原上的樹林。②芳菲：芳香而豔麗。③離離：憂傷貌。④拈：拈子。⑤他日：將來的某一天或某一個時期。⑥啻（chì）：但；只；僅。⑦飄搖：隨風飄動搖擺。⑧安：怎麼；哪裏。⑨代謝：交替；更替。⑩殺身成仁：為正義或崇高的理想而犧牲生命。語出《論語‧衛靈公》。

【意譯】

猛烈的狂風颳向平原的樹林，這麼多樹木失去了芳香和豔麗。古往今來的傷心人，含淚望著花在飛。紛紛揚揚的飛花，離開枝頭何等憂傷。今天發青一拈子，將來長出十大圍。一樹能開千萬朵，一朵不只變成千萬枝。花朵也瞭解這個道理，飛出去根本不懷疑。隨著大風飄飄揚揚，從來不選擇天涯還是海角。今年送春去，明年迎春回。新開的花還沒滿枝頭，舊花早成了泥。新花望著故人，哪個認得你是誰？故人對新花，高興又傷悲。春來春去有一定季節，花落花開永遠沒有盡期。人生更替也是這樣，為正義而犧牲有什麼推辭！

【點評】飛花記憶

乍看詩題〈飛花〉，不禁聯想起千古名句：「春城無處不飛花，寒食東風御柳斜。」（唐‧韓翃〈寒食〉）細讀之後，其實兩種飛花完全不是同一景象！

韓句御柳飛花，漫天遍地，春滿長安。但汪詩則不是「東風」（即春風）而是「疾風」，不是「御柳斜」而是「眾樹失芳菲」，更不必說看者是「古今傷心人，淚眼看花飛」，紛紛揚揚，其情離離了！何況「一樹能開千萬花，不啻一花化作千萬枝」呢？然而花畢竟領略疾風的美意，毫不懷疑，大膽放飛，隨風飄搖，哪裏還選擇海角或者天涯？它別無選擇！原因是「新花未滿枝，故花已成泥」，「春來春去有定時，花落花開無盡期」。於是，水到渠成，自然瀏亮地由飛花景觀提升到比況人生萬相的高度：「人生代謝亦如此，殺身成仁何所辭！」

人們也許要問：是什麼奇妙的微量元素觸發這位文人政治家的詩思，引爆與飛花記憶相契合的靈感，從而迸出「殺身成仁」的為正義獻身的理念呢？筆者認為不妨借重胡適獨具慧眼的評騭。當汪氏在東京病逝後，胡博士於一九四四年十一月十三日的《日記》裏是這樣蓋棺定論的：「精衛一生吃虧在他以『烈士』出名，終不免有『烈士』情結，他總覺得：『我性命尚不顧，你們還不能相信我嗎？』」

不知讀家意下如何？

兩三年前，嘗養痾①麗蒙湖濱，樂其風景。冬夜擁②被憶之，如在目前。成絕句若干首③

一

清曉湖奩④向日開，雲天⑤上下淨無埃。
水光凝碧山橫紫，著個輕帆似雪來。

【注釋】

①痾（kē）：病。②擁：抱；圍。③每首系號為注者所加。④奩（lián）：古代婦女梳妝用的鏡匣。⑤雲天：高天。

【意譯】

清晨的麗蒙湖如同一面梳妝鏡向著朝陽打開，高高的雲天上上下下乾乾淨淨沒有一點塵埃。
湖光像變成了碧玉，橫著的山巒呈現一片紅紫，叫隻輕快帆船彷彿是雪片飛來！

二

雨餘天外滿青山，病起微嫌足力孱（注）。
小立欄杆看亦好，人生難得暫時閒。

【注釋】

孱（chán）：瘦弱；軟弱。

【意譯】

雨過天晴，滿目青山，病中起床稍嫌腳弱無力。
靠著欄杆站一會兒望望也好，人生在世難得暫時偷閒。

三

萬頃湖光一小舠①，水波懶懶不成濤。
畫橈②點鏡知何似③？羹匕④輕調碧玉膏。

【注釋】

①舠（dāo）：小船，形如刀。　②橈（ráo）：划船的槳。　③何似：像什麼？　④羹匕（gēng bǐ）：匙子；湯匙。

【意譯】

一望無際的湖水中間，有一葉小舟，水波輕搖懶洋洋的，不成浪濤。
槳點著湖水，您知道像什麼嗎？湯匙在輕輕地調和碧玉膏。

四

漠漠①湖光淡淡②風，天邊初見日曈曈③。
須臾④鍛鍊山頭雪，影落波心萬點紅。

【注釋】

①漠漠：廣漠而沉寂。 ②淡淡：隱隱約約。 ③曈曈（tóng）：日出時光亮的樣子。 ④須臾（yú）：極短的時間；片刻。

【意譯】

廣漠、寂靜的湖上，感悟到若有若無的風，天邊日出的光亮耀眼睛。一眨眼工夫，打造了山頭的積雪，倒影掉到湖心，數不盡的點點紅！

五

風日清嚴氣更澄①，森然②秦鏡③欲生棱④。
白鷗叫破千山靜，飛下湖心啄斷冰。

【注釋】

①澄（chéng）：很清。 ②森然：形容森嚴可畏。 ③秦鏡：相傳秦始皇有鏡能照人五臟六腑，知人心邪正。 ④稜（léng）：物體上條狀的突起部分。

【意譯】

凜冽北風颾來的日子，酷寒的氣息更加厲害、襲人，森嚴可怕的麗蒙湖水，好像要長出一條條的冰稜。白色鷗鳥的悲鳴，打破了千山萬壑的平靜，沙鷗們飛下湖心，牠們使勁地啄著塊塊斷冰。

六

花木樓臺掩映①間，扁舟②載得夕陽還。
舉頭③天外④分明見，卻向波心望雪山。

【注釋】

①掩映：彼此遮掩而互相襯托。 ②扁（（piān）舟：小船。 ③舉頭：抬頭。 ④天外：極高極遠的地方。

【意譯】

在花草樹木和樓臺亭閣相互掩映的中間，看到小船兒裝載著夕陽回還。
原來抬頭就清楚地望得到極高極遠的天邊，卻朝湖心望著倒影裏的皚皚雪山。

七

橈①舟緩緩近菰蒲②，驚起橋頭雪色鳧③。
飛入水精盤子去，波光如汞④月如珠。

【注釋】

①橈（ráo）：船槳。 ②菰（gū）蒲：茭白和菖蒲。 ③鳧（fú）：野鴨。 ④汞（gǒng）：通稱水銀。

【意譯】

船慢慢划到靠近了茭白和菖蒲，橋頭的白色野鴨都嚇得飛起來。
飛進像水晶盤子的湖水裏去，湖水波光像水銀，濺起的水花像串串珍珠。

八

雪濕苔①磯②夜氣生，水清荇藻③更縱橫④。
垂綸⑤別有悠然⑥意，不釣游魚釣月明。

【注釋】

①苔：苔蘚植物。 ②磯：水邊突出的岩石或石灘。 ③荇（xìng）藻：荇菜和藻類。 ④縱橫：奔放自如。 ⑤垂綸：釣魚。 ⑥悠然：悠閒的樣子。

【意譯】

雪浸濕的磯石上的苔蘚使寒夜的氣息萌生，清澈的湖水讓荇菜和藻類更加奔放、飛馳。垂釣另外有一種悠閒的情致，不釣游魚要釣起月色的晶瑩！

九

戴雪峰如高士①髮，醺②霞波似美人顏。
小詩裁就③從頭讀，抵得乘桴④一往還。

【注釋】

①高士：謂志行高尚之士，多指隱士。②頮（huì）：洗臉。③裁就：定稿。④桴（fú）：小筏子。

【意譯】

載著雪的山峰像高士的白髮，雨雪過後的霞光，像美人的靚顏。

幾首小詩定稿後從頭朗讀，抵得上乘坐小筏子一次往返。

【點評】「樂」字一線穿珠

這九首七絕是「養痾麗蒙湖濱，樂其風景」的精彩回眸。這組詩，題目昭示讀者：「樂」字一線穿珠。

絕句易學難工。汪詩人似乎有意挑戰自我，它不是眼前景色，而是「冬夜擁被憶之，如在目前」，是愉悅、凝神的回味，是筆觸輕快、濃淡各別的追思，確實樂在其中。

一、開筆暗寫陽光；承句一塵不染；轉折以碧、紫點擊水色山光；結句帆似雪。全詩用跳躍的色彩示樂。

二、突出題目「痾」字。直抒享受暫時閒。

三、下聯為比喻問答型：小舠點眼何所似？匙子輕調碧玉膏。妙喻！

四、三疊詞勾勒湖上初日圖。霎時，山頭雪化作萬點紅。

五、白鷗叫破千山靜，奧祕是暗喜啄冰！

六、用縮小和比喻手法，小舟載回夕陽，視線卻投向波心凝視——紅妝雪山。

七、菇蒲、橋頭、小舟驚野鴨，動靜配搭儼然。盤、汞、珠，設喻別開生面。

八、「釣月明」，能不悠然快意麼？

九、總覽組詩，詩人幽他一默：「抵得乘桴一往還。」

木芙蓉①

一

隨分②濃妝③與淡妝④，水邊林下⑤最清揚⑥。
霜華為汝添顏色⑦，只合⑧迎霜莫拒霜。

【注釋】

①四首詩的序號是為了閱讀方便注者所加。木芙蓉：落葉灌木，葉子闊卵形，有深裂，花白色、粉紅色或紅色，蒴果扁球形。花、根和葉子可入藥。這種植物的花也叫芙蓉花。②隨分（fèn）：隨遇；隨便。③濃妝：濃豔的妝飾。④淡妝：淡雅的妝飾。⑤林下：稱頌婦女的儀度閒雅。⑥清揚：眉目清秀。又指丰采。⑦顏色：面貌；容貌。⑧合：應當；應該。

【意譯】

不管是濃豔的妝飾還是淡雅的打扮，站在水邊的風度最亮丰采。

霜花為你增添了靚麗，只應當迎接，切莫拒絕！

二

朝來玉骨傲①西風②，晚對斜陽酒暈③紅。
如此獨醒還獨醉，幾生修得到芙蓉。

余詠木芙蓉有句云：「霜華為汝添顏色，只合迎霜莫拒霜。」他日④檢⑤蘇東坡詩集，有〈和陳述古詩拒霜花〉詩云：「喚作拒霜知未稱⑥，細思卻是最宜霜。」此誠⑦所謂「得句還愁後古人」也，因引申⑧此義復成一首。

【注釋】

①傲：驕傲；不屈。②西風：秋風。③暈（yùn）：頭腦發昏，周圍物體好像在旋轉，有要跌倒的感覺。④他日：過去的某個時候。⑤檢：查。⑥稱（chèn）：適合；相當。⑦誠：實在；的確。⑧引申：由原義產生新義。

【意譯】

清晨，您的骨骼不屈服於瑟瑟秋風，傍晚，面對夕陽臉龐喝得醉醺醺。
這樣早上清醒，晚上喝醉，要幾輩子修煉才達到您這芙蓉的美容！

三

棠梨①榮②春風，芰荷③舒夏日。
豈或使之然，於性各有適。
芙蓉生水畔，未與蒲柳④別。
一朝犯霜露，凜然⑤見顏色。
亭亭⑥如靜女，落落⑦少華飾。
翠袖亦已薄，素心⑧有餘熱。
初陽⑨為傅粉⑩，亦不嫌太白。
夕陽為施朱⑪，亦不嫌太赤。
態含三春⑫豔，氣得九秋⑬潔。
雲霞以為華，冰雪以為質。
瀟湘⑭鑑⑮其姿，表裏皆清絕。
既緬⑯林下⑰風，復懷高世⑱節。
會當⑲延素娥⑳，樂與永今夕。

【注釋】

①棠梨：杜梨。 ②榮：興盛。 ③芰（jì）荷：荷葉或荷花。 ④蒲柳：水楊，是秋天很早凋零的樹木。 ⑤凜然：嚴肅而可敬畏的樣子。 ⑥亭亭：形容美好。 ⑦落落：舉止瀟灑自然。 ⑧素心：本心；平素的心願。 ⑨初陽：剛升起的太陽。 ⑩傅粉：搽粉。 ⑪施朱：搽胭脂。 ⑫三春：春季的三個月。也指農曆第三個月。 ⑬九秋：秋季。因秋季有九十天故稱。 ⑭瀟湘：湘江的別稱。因湘江水清深得名。 ⑮鑑：照。 ⑯緬：思貌。 ⑰林下：山林田野，借指退隱的地方。 ⑱高世：超乎世俗。 ⑲會當：該當；當須。含有將然的語氣。 ⑳素娥：嫦娥的別稱。也泛指月宮中的仙女。

【意譯】

杜梨在春風中快速成長，荷花在酷熱中怒放。難道僅僅是氣候不同使它們這樣？是它們各自的特性張揚。芙蓉生長在水邊，平時跟水楊沒有什麼區別。一旦遭遇風霜，芙蓉嚴肅可敬地彰顯出它的真相。美好溫柔的姑娘，瀟灑自然不講究華麗的服裝。青翠的衣袖已然單薄，本心卻依然似火熾熱。朝陽給她搽粉，也不嫌太白亮透。夕陽替她搽胭脂，也不覺她的面龐紅彤彤。丰姿蘊含春天的嬌豔，風度透露秋天的高潔。雲彩霞光成全她的靚麗，冰肌玉骨打造她的堅強。湘水照出她的風度，內心和外表通體明亮。既思索山村田野的風光，又襟抱超乎世俗的氣象。該當延聘嫦娥，歡樂永遠像今宵難忘！

四

士生抱耿介①，憂患②乃乘之。

及其茹荼久，翻謂甘如飴③。

芙蓉亦草木，詎④與繁霜宜。
艱難九秋中，葆⑤此貞秀姿。
正如處厄窮⑥，志節乃爾⑦奇。
誰知方寸⑧間，歷歷⑨皆瘡痍⑩。
西風日淒厲⑪，百卉歸黃萎。
後凋⑫亦何為？踽踽⑬良可悲。

【注釋】

①耿介：正直，不同於流俗。　②憂患：困苦，患難。　③甘如飴：即甘之如飴（yí），飴糖。感到像飴糖一樣甜，表示甘願接受艱難痛苦。　④詎（jù）：豈，表示反問。　⑤葆：保持；保護。　⑥厄（è）窮：艱難窮困。　⑦乃爾：如此；像這樣。　⑧方寸：指人的內心；心緒。　⑨歷歷：（物體和景象）一個一個清清楚楚的。　⑩瘡痍：創傷，比喻遭受破壞或災害後的景象。　⑪淒厲：（聲音）淒涼而尖銳。　⑫後凋：比喻堅貞的節操。　⑬踽踽（jǔ）：形容一個人走路孤零零的樣子。

【意譯】

讀書人一生抱定不同流俗，困苦患難便趁機而入。隨著嚥吃苦菜的時間長久，反而覺得像飴糖一樣香甜。芙蓉也是草木，哪裏能夠承受頻繁的嚴霜侵襲？在越來越冷的整個秋天，保持這樣堅貞不屈的姿態，正像一個人處境窮困，志氣節操卻如此罕見！哪個曉得他的內心深處，創傷遍地，世情歷歷在目。秋風一天比一天淒涼而又尖厲，各種花草統統乾枯、凋謝。堅守忠貞又是為了什麼？一個人孤零零地前行委實可悲！

【點評】壯美•淒美

詠物詩技法多多。首先就一、二兩首突出所吟詠之木芙蓉的外形、色調、內質及神采，與宋代王安石〈木芙蓉〉稍做約略的美感比照。

第一首：起句隨便妝（外形），二句最清揚（神采），三句添顏色（色調），末句合迎霜（內質）。全詩似乎有壯美的味道。

第二首：起句傲西風（外形），二句酒暈紅（色調），三句獨醒獨醉（神采），末句修到芙蓉（內質）。是否有些許淒美的元素？

〈木芙蓉〉：「水邊無數木芙蓉（外形）；露染胭脂色未濃（色調）。正似美人初醉著（神采），強抬青鏡欲妝慵（內質）。」大概有點兒淒清吧。

現將王、汪三首七絕比較如下：相同的都讚美木芙蓉；均採用擬人、比喻等手法；皆著意其外形、色調、內質及神采。相異的一在霜，一在露，霜添彩，露未濃；一為傲骨——鬥寒迎霜，一為嬌慵，無力，淒其！美感略具差異。

再說三、四兩首五古。這是「得句還愁後古人」的創新之作。第三首著眼於樂——樂於永今夕。她非蒲柳之姿，乃亭亭、落落、傅粉、施朱，林下風、高士節、表裏清、素心熱，如此三春豔、九秋結，等等種種，展示歡愉，揭示壯美。

第四首踽踽良可悲，著力於悲。誰說荼苦？其甘如飴。她抗繁霜，葆貞秀，處厄窮，志節奇，方寸之間，遍地瘡痍，西風淒厲，百卉黃萎，堅守忠貞為什麼？一個人孤零零地前行，委實可悲！不禁記起日本的厨川白村的著名美學觀點來，文學是苦悶的象徵，詩當然更是如此。何以解讀同一物象，既有壯美，又有淒美的不同審美感悟呢？這恐怕就是詩人包容萬類的博大襟抱，喜怒哀樂的繁複多樣的折射與幻變吧。

夜起

星斗①耿②簷際③，微霜濕畫欄。
蟲聲深院靜，雁影碧天寬。
簌簌④黃金樹，幽幽⑤白玉蘭。
秋來如有跡，思發自無端。

黃金樹，一名桉樹，自澳洲移植。白玉蘭，花類，含笑而香色益清，粵中多植之。

【注釋】

①星斗：星的總稱。指夜晚天空中閃爍發光的天體。②耿：光明。③際：靠邊的或分界的地方。④簌簌（sù）：形容風吹葉子等的聲音。⑤幽幽（yōu）：深遠貌；深暗貌。

【意譯】

滿天星斗照著屋簷，輕微的白霜打濕了美麗的畫欄。
唧唧的蟲聲特別顯得夜深人靜，大雁的身影映襯出青天的廣闊無邊。
高大的案樹被風吹得簌簌地響，靚麗的白玉蘭輕輕地散發出一縷縷的暗香。

秋天到來如果留下足跡，那麼無緣無故的思緒迸發也就自然而然！

夜起①

月色縞②庭榭③，輕風生夜闌④。
四圍聲影靜，松蟀⑤伴微嘆。
野曠⑥戍樓⑦直，江明漁火⑧殘。
疏枝近河漢⑨，還念鵲巢⑩單。

【注釋】

①為了方便讀者比較，特將後面的〈夜起〉提前。②縞（gǎo）：古代的一種白絹。③庭榭：庭，堂屋階前的空地，也叫院子。榭，建築在臺上的房屋。④夜闌：夜深。⑤蟀（shuài）：古時叫促織；方言叫蛐蛐兒；普通話叫蟋蟀。⑥野曠：原野空曠；或空曠的原野。⑦戍樓：邊防駐軍的瞭望樓。⑧漁火：漁船上的燈光。⑨河漢：銀河。⑩鵲巢：通常為鳩占鵲巢。比喻強占別人的房屋、土地、產業等。

【意譯】

皎潔的月色灑滿了院子和房屋，夜深了，輕微的風也緩緩來到。

四周的物影一片靜悄悄，只有松樹下的蛐蛐兒發出輕輕的嘆息。
空曠的原野駐軍的瞭望樓高高矗立，眺望江上，只剩下漁船裏點點的燈火。
疏稀的樹影已然接近牛郎、織女相會的銀河，我還在懷想我們夫婦該當又要團圓了吧！

【點評】襟抱V.山川

同一詩題，如何彰顯各異的意境？怎樣運作意象同中有異？這恐怕需要包容萬類方能運筆自如。兩首〈夜起〉，顯然都是描繪夜闌人靜的景物之作。需要選擇意象，渲染意象，同中有異，清暢自然。光源：前首為星斗滿天，後首為月色庭樹。靜謐：先是深院，後是聲影。聲音：蟲聲與蟀嘆；簌簌和輕風。色彩：先有碧天，後有漁火……

更為難得的是體現在兩首詩結句的意境，前者直抒胸臆，自由放飛，思緒迸發；後者運用典故，銀河連接鵲巢，實乃點睛之筆。要問為什麼會水到渠成？原因是清人彭端淑在《雪夜詩談》所指出的：「凡遊大山大水，必先其胸中有高出此山此水氣象，然後下筆自豪（自然有一股豪邁之氣）。若無此一段胸襟，終不能出色。」山河雖大，必須要有更大的胸襟去包容它們，這才越增其大。若是小家子氣的眼界，山水不免隨之縮小，所得必定侷促狹隘，這是不言而喻的。

吊鐘花①

日華②的爍③滿樓臺，照取繁花④爛漫⑤開。
想見瑤池⑥王母宴⑦，眾仙同覆⑧紫霞杯。

蕊珠⑨和露浥⑩微馨，風味⑪清醇⑫似醽醁⑬。
我與眾生⑭同一醉，千鐘撞罷不能醒。
吊鐘花唯嶺南有之，鼎湖山最盛。

【注釋】

①吊鐘花：別稱「鈴兒花」。枝輪生，葉互生。早春開花，花下垂；花冠鐘狀，基部一側膨大，筒部粉紅或紅色，裂中淡紅色。分布於中國南部或西南部，供觀賞。 ②日華：日光通過雲中的小水滴或冰粒時發生衍射，在太陽周圍形成的彩色光環，內紫外紅。③的皪（lì）：亦作「的礫」，「的歷」等。明亮，鮮明貌。④繁花：繁茂的花；各種各樣的花。⑤爛漫：顏色鮮明而美麗。⑥瑤池：神話中稱西王母所住的地方。⑦王母宴：王母即王母娘娘、西王母。神話中的女神。每逢蟠桃成熟時，大開壽宴，諸仙都來為她上壽。⑧覆：底朝上翻過來。⑨蕊（ruǐ）珠：宮名。神仙所居。⑩浥（yì）：沾濕。⑪風味：事物的特色（多指地方色彩）。⑫清醇（chún）：（氣味、滋味）清而純正。⑬醽醁（líng lù）：美酒名。⑭眾生：一切有生命的，有時專指人和動物。

【意譯】

太陽的彩色光環亮麗地照滿樓臺，顏色鮮明，豔麗而繁茂的花朵，紛紛怒放。
這麼迷人的仙境，讓我幻化出王母的壽宴，面對喝不完的美酒，各路神仙醉得一同把紫霞杯底朝天翻過來！
蕊珠宮的甘露打濕了輕微的酒香，恰似純正的名酒，異香瀰漫人間。
我和芸芸眾生一起醉倒，一座座吊鐘撞擊上千次，也休想叫我們的醉眼睜開！

【點評】天上人間

〈吊鐘花〉又是兩首同題詠物詩。前首天上，後者人間，放飛詩思，筆墨圓潤，的確是耐人尋味。

第一首圍繞西王母蟠桃壽宴的神話故事編織、展露、演繹。起句寫光，樓臺炫目；承句說花，繁花爛漫（仙境能缺吊鐘花嗎）；轉句點宴，豪華大餐（「仙桃三千年一生實」）；合句示醉，眾仙覆杯！

第二首執著吊鐘花之名，生發、擴展、點題。頭句香，仙酒微馨滿乾坤；二句味，恰巧名酒下凡塵；三句醉，我與眾生同一醉，四句沉，千鍾撞罷眼不睜！

題陳樹人[1]娘子關[2]秋色圖

夜涉滹沱[3]感逝川[4]，馬蹄車轍[5]又經年。
還來表裏[6]山河地，坐對飄搖風雨[7]天。
不斷秋聲聞觱篥[8]，漸疏林葉見鴟鳶[9]。
才難千古[10]元[11]同嘆，巾幗[12]成名亦自賢。

【注釋】

①陳樹人：（一八八四—一九四八）中國畫家。又名澍人、樹仁等，廣東番禺人。一九〇七年東渡日本，次年入京都市立美術工藝學校學習美術。一九一七年受孫中山之命任中華革命黨（後改名中國國民黨）美洲加拿大總支部部長。回國後，曾任廣東省政務廳長等。工詩善畫，山水、花鳥俱精。為嶺南畫派主要代表。有《陳樹人中國畫選集》等問世。②娘子關：一稱葦澤關。在山西省平定縣東部。建於唐初，因平陽公主率娘子軍駐此，故名。現存關城為明嘉靖二十一年（一五四二年）所築，有東、南關門兩座，東門上有「娘子關」三字。當山西、河北兩省要衝，地居山腰，地勢險要，有「三晉門戶」之稱。石太鐵路經此。③滹沱（hū tuó）河：水名，發源於山西，流入河北，與滏（fǔ）陽河會合後叫子牙河。④逝川：逝去的流水。⑤轍（zhé）：車輪壓出的痕跡；車轍。⑥表裏：外部和內部；外表和內心。⑦飄搖風雨：即風雨飄搖：形容形勢很不穩定。⑧觱篥（chì lì）：古代管樂器，用竹做管，用蘆葦做嘴，漢代從西域傳入。也作觱栗等。⑨鴟鳶（chī yuān）：老鷹；鷂鷹。⑩千古：長遠的年長。⑪元：本來；本原。⑫巾幗：巾和幗是古代婦女所戴的頭巾和髮飾，借指婦女。

【意譯】

夜晚渡過滹沱河深感歲月像逝去的流水，馬蹄印和馬車轍已然很多年。

還是裏外一樣的山河土地，坐著面對形勢不穩的風風雨雨天。

秋風不斷傳來吹起觱栗的聲音，從漸漸稀疏的樹葉中看得見鴟鳶。

原本共同慨嘆才能難得時間考驗，婦女成名也需要自我德才兼！

【點評】見賢思齊

〈題陳樹人娘子關秋色圖〉是既詠畫面，又點現實，更以娘子關典故結尾的三位一體手法的鋪陳演繹。首聯摹寫水與路的秋色。頷聯點擊現實，風雨飄搖。頸聯描繪秋聲秋物，觱栗聲，鶻鷹相。尾聯凸顯詩旨，直抒娘子關掌故。

故事說的是唐高祖李淵之女平陽公主，為柴紹妻。隋大業十三年，柴紹往太原隨李淵起兵，她在鄠縣（今陝西戶縣）司竹園，散家財聚眾起兵響應，發展七萬餘人（一說一萬餘人），時稱「娘子軍」。後親率人馬與李世民軍會師於謂北。為推翻隋朝建立大唐立下了不朽功勳。詩人坦誠相告：「巾幗成名也需要自己德才兼備。」也需要依靠自我內在因素，不是只靠美貌之類的外在條件。何謂「自賢」？賢，即才能、德行好。自賢呢？就是自己才德兼備。因而平陽公主就是名垂青史的楷模！

看起來，我們恐怕要彰顯孔夫子的遺訓：「見賢思齊」（《論語‧里仁》）——「看見賢人，就應該想向他看齊！」這也許正是汪詩人的潛臺詞吧。

先①太夫人②秋庭晨課圖，亡友廖仲愷③曾為題詞，秋夜展誦，泫然④賦此

一卷殘編在短檠⑤，思親懷友淚同傾⑥。
百年鼎鼎⑦行將半，孤影蕭蕭⑧只有驚。
人事蹉跎⑨成後死，夢魂勞苦若平生。
風濤終夜喧豗⑩甚，鎮⑪把心光對月明。

附錄：廖仲愷〈畫堂春〉：

紅花綠葉粲⑫堂西，故園風景依稀⑬。學書曾記作鸞⑭飛，解得慈頤⑮。　好雨已遲萱草⑯，人間何處春暉⑰。畫圖空省舊庭幃⑱，夢也淒其⑲。

【注釋】

①先：尊稱死去的人。②太夫人：太，指高一輩。太夫人，尊稱母親。③廖仲愷：（一八七七—一九二五）中國民主革命家。原名恩煦，又名夷白。廣東歸善（今惠陽）人，生於美國舊金山。一八九三年回國，一八九七年與何香凝結婚。一九○二年赴日本早稻田大學和中央大學讀書。一九○五年加入同盟會。辛亥革命後，任廣東軍政府總參議兼理財政。一九一九年八月和朱執信等在上海創辦《建設》雜誌，闡發孫中山的政治主張。一九二一年任廣東省財政廳長。一九二三年後任孫中山大元帥財政部長、廣東省省長，協助孫中山改組國民黨。國共合作後兼任國民黨工人部長、農民部長，黃埔軍校黨代表，國民革命軍總黨代表。是國民黨中央執行委員會常委。孫中山逝世後，繼續執行聯俄、聯共、扶助農工的三大政策，一九二五年八月二十日在廣州被國民黨右派殺害。④泫（xuàn）然：水滴下的樣子（多指眼淚）。⑤檠（qíng）：燈檯；蠟臺。⑥傾：盡數倒出。⑦鼎鼎：盛大。⑧蕭蕭：頭髮花白稀疏的樣子。⑨蹉跎（cuō tuó）：光陰白白地過去。⑩喧豗（xuān huī）：喧鬧。⑪鎮：安定。⑫粲（càn）：鮮明、美好。⑬依稀：模模糊糊。⑭鸞（luán）：傳說中鳳凰一類的鳥。⑮慈頤（yí）：慈，指母親；頤，頰；腮。⑯萱草：多年生草本植物，葉子條狀披針形，花橙紅色或黃紅色。供觀賞，花蕾可以吃，根可入藥。也喻母親。⑰春暉：春天的陽光，比喻父母的恩惠。⑱幃（wéi）：帳子。⑲淒其：寒涼。其，詞尾。也可以形容人的情緒慘、悲傷。

【意譯】

一幅陳舊的畫卷放在燈檯的旁邊，懷念慈母和好友，熱淚好像傾盆。

人生盛大的百年快要過去一半，形單影隻中望著花白稀疏的頭髮真是吃驚。

複雜的人事糾葛白白浪費了光陰，現在苟活，在睡夢裏也辛勞苦痛，似乎注定了我一生。

風濤整夜喧鬧，非常厲害，只有安下心來，面對月色的清明！

試譯廖仲愷〈畫堂春〉：

花紅葉綠鮮亮美好地映襯廳堂之西，家園的風景引起模模糊糊的記憶。還記得學習寫字如同鸞鳥飛翔，惹得慈愛的母親笑嘻嘻。

好雨可惜來遲了，太夫人早已仙逝，在人世間如何報答父母的恩惠？面對這幅《秋庭晨課圖》，只有空喜一場，連做夢也揪心、傷悲！

【點評】暖色的記憶

引發暖色記憶的是《秋庭晨課圖》。這幅汪氏十分熱愛、隨身攜帶的國畫，是特請廣東畫家溫幼菊創作的。其目的顯然是寄託對母親的懷念。

在畫的左方汪氏還寫了一段話，其中有「右圖兆銘兒時依母之狀也。其時兆銘年九歲。平旦必習字於中庭，母必臨視之，日以為常。」又在〈秋庭晨課圖記〉裏說：「我覺得她的一生，只是沉浸在『憂勞』兩個字裏，家計的艱難，以及在家庭內所受的閒氣，如今還一幕一幕的時時湧現我眼前。」（見《汪精衛先生行狀實錄》）但當時「惟知饑則索餅餌，飽則跳踉為樂，懵然不知母之勞瘁也。」

於是，這首題畫詩的首聯是為懷念母親、為懷念亡友雙重淚水傾盆而下！尾聯以安定對決喧鬧，特別是暗示了廖仲愷自然是傾聽汪精衛回憶後題詞的暖色：紅花綠葉色彩的鮮豔美好；習字鸞飛惹得慈母的微笑；統統滲透出融融暖色衝擊現實的冷色；用穩定的心光面對清明的月光以彰顯母愛與友愛的崇高美之釋放！

雨霽①

回飇②忽捲雨簾纖③，爽籟④幽光此際⑤兼。
洗滌⑥長天⑦為砥礪⑧，磨礱⑨新月作鈎鐮。
劃開碧落⑩銀河湧，淨刈⑪浮雲玉宇⑫嚴⑬。
夜靜更饒⑭風景澈，倚欄數遍萬峰尖。

【注釋】

①雨霽（jì）：雨止轉晴。②飇（biāo）：暴風。③纖（xiān）：細小。④籟（lài）：聲音。⑤際：時候。⑥洗滌（dí）：用水、汽油或煤油等去掉物體上的髒東西。⑦長天：遼闊的天空。⑧砥礪（dǐ lì）：磨練。⑨礱（lóng）：磨。⑩碧落：天空。⑪刈（yì）：割。⑫玉宇：天空；宇宙。⑬嚴（yán）：程度深；厲害。⑭饒：沒有代價地增添；另外添。

【意譯】

迴旋的狂風忽然捲出無數細小雨線的掛簾，美好的聲音和昏暗的微光此時對接肩並肩。
暴雨沖洗遼闊的天空，是為了自我鍛鍊，磨礪出一彎新月正好做鈎鐮。
一刀划開了春天，銀河波濤洶湧，浮雲割得乾乾淨淨，整個宇宙亮麗新鮮。

夜深人靜又把徹底美妙的景色增添，幾次倚欄變換視角激賞，無數山峰別樣尖！

【點評】雨和光

怎樣解讀一首古詩？技法多多，前面已提出若干，其一便是審題。這首〈雨霽〉告訴讀者：重要相關元素就是首聯提出的雨和光。作家放飛想像，承接雨水洗滌為砥礪，打造新月做鈎鐮。轉折石破天驚：鈎鐮劃開了天空，銀河洶湧；鈎鐮割淨浮雲，出現玉宇嚴：宇宙亮麗新鮮。最後合筆於暗示雨過天青，夜深人靜景更美，暗寫能見度較高，幾次調整視角，出現多種多樣的萬峰尖。要之，通過想像，誇張、擬人、擬物，比喻，對比多種手法，勾勒出一幅雨停轉晴圖。簡表如下：

起	承	轉	合
雨	洗滌	銀河湧	風景澈
光	新月	玉宇嚴	萬峰尖

雨後郊行

芳樹①緣②溪灣復灣，靜聞幽鳥③答潺湲④。

微風忽幻⑤波間月，薄靄⑥能勻⑦雨後山。

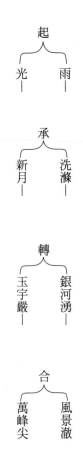

桑陌⑧陰濃筐筥⑨集，稻田水滿桔槔⑩閒。
彌望⑪新綠非無謂，天使疲氓⑫一破顏⑬。

【注釋】

①芳樹：花木。②緣：沿著；順著。③幽鳥：深遠的隱蔽的鳥。④潺湲（chán yuán）：形容河水慢慢流動的樣子。⑤幻：奇異地變化。⑥薄靄（ǎi）：薄薄的雲氣。⑦勻（yún）：均勻。⑧陌：田間東西方向的道路。泛指道路。⑨筐筥（jǔ）：筥，圓形的盛物竹器。方曰筐，圓曰筥。⑩桔槔（jié gāo）：汲水的一種工具，在井旁或水邊的樹上或架子上掛一槓桿，一端繫水桶，一端墜大石塊，一起一落，汲水可以省力。⑪彌望：充滿視野。如春色彌望。⑫疲氓（méng）：疲：疲乏；勞累。氓，古代稱百姓（多指外來的）。勞累的百姓。⑬破顏：轉為笑容。如破顏一笑。

【意譯】

花木順著小溪生長，一灣又一灣，靜聽隱蔽的小鳥啁啾，和溪水流動合唱。
輕輕的和風忽然奇異地變化水波裏的月亮，薄薄的雲氣均勻地塗抹著雨後的青山。
在桑樹夾道的濃蔭裏，堆放著圓的方的筥和筐，稻田的水滿滿蕩蕩，打水的工具也休閒。
新綠充滿視野不是視而不見，老天爺讓勞累的百姓，一次笑開了顏！

【點評】破顏一笑

這首詩反映了詩人雨後郊行所見所聞所感的即景場面。前三聯抓拍了五個鏡頭：1.花木沿溪彎，並配上畫外音：鳥兒啁啾和溪水潺潺的合奏。2.風戲水中月。3.靄勻雨後山。4.陌陰筐堆積。5.水滿工具閒。最後一聯，是詩人情不自禁地合理想像：新綠滿眼多滋潤，老天爺讓勞累的百姓，一次笑開了顏！在這裏，好像讓我們看到詩人革命家人道主義精神的閃光！看到詩人擔憂的疲氓轉為一破顏！同時，我們能夠鮮明地感觸到這首詩的特點，是不帶任何誇張、原汁原味地描摹出現實生活，委實清新可喜！

夜泛①

微雨颯然②過，川原③生夕涼。
風平波去懶，雲碎月行忙。
螢火④出林大，漁燈⑤在水長。
慢搖孤棹去，荷葉久低昂⑥。

【注釋】

①泛：漂浮。②颯（sà）然：形容風聲。③川原：川，平地；平野。原，寬廣平坦的地方。川原，平坦的原野。④螢火：火亮微弱的樣子。⑤漁火：漁船上的燈火。⑥低昂：起伏；升降。這裏作偏義複詞，低。

【意譯】

牛毛般的小雨颯颯飄過，平坦的原野發生夜晚回涼。風，平平地推動，水波也懶洋洋，雲彩打碎了，月亮運行更加匆忙。亮小的螢火，出了林子就會變大，漁燈映在河水裏就顯得很長、很長。一支槳慢吞吞地划過去，荷葉久久地低昂。

【點評】「白描」美

看起來，〈夜泛〉真的是運用「白描」手法的實例。請關注通篇的特寫鏡頭：微雨，夜涼；風平，月忙；螢火弱，出林大，漁燈小，在水長；慢搖孤棹，荷葉久低。試想，漁船上燈雖小，但其弱光投射在動態的水面上，不是變長了嗎？一條槳慢慢把船划過去，不正是擠壓得荷葉久久低下頭來，不容易一下還原嗎？這就是文學借用繪畫術語，用簡鍊的筆觸，不施重彩，不加修飾，能夠展露鮮活的形象的「白描」手法，這就是「以一當十」、「以簡馭繁」的藝術美的魅力！

臥病莫干山①中作

秋月愛閒曠，亭亭②臨空山。
山亦愛清輝③，膏沐④千螺鬟⑤。

流泉隔深竹，夜靜聞潺湲。
歡然禮⑥素娥⑦，環佩⑧鳴珊珊⑨。
莫邪⑩助干將，鑄劍誅神奸。
豐城⑪久湮⑫鬱，延津⑬何時還？
今宵映水月，光射斗牛⑭寒。
始知芙蓉⑮焰，赫然⑯留人間。
何當⑰抉⑱銀河，灑作甘露溥⑲。
下土同披襟，快然洗痌瘝⑳。

【注釋】

①莫干山：在浙江省北部德清縣西北，為天目山的分支。相傳春秋吳時莫邪、干將夫婦在此為吳王闔閭鑄劍，故名。主峰塔山，海拔七百一十九米。名勝有劍池、龍潭、天橋等。霧雲修竹，清泉飛瀑，氣候涼爽，以「涼、綠、清、靜」著稱。避暑、休養勝地。 ②亭亭：形容高聳。 ③清輝：清亮的光輝、光采。可指日光和月光。 ④膏沐：婦女潤發用的油脂。 ⑤鬟（huán）：婦女梳的環形的髮髻。 ⑥禮：以禮相待。 ⑦素娥：古代傳說中嫦娥的別稱。亦泛指月宮中的仙女。 ⑧環佩：古人衣帶上所繫的佩玉。後指女子。 ⑨珊珊（shān）：形容衣裾玉佩的聲音。 ⑩莫邪（yé）：古代人名轉為寶劍名。傳說中妻子獻出生命鑄成二劍。雄劍叫「干將」，雌劍叫「莫邪」。 ⑪豐誠：指豐誠劍氣。傳說吳滅晉興之際，天空斗、牛兩宿之間常有紫氣，豫章人雷煥謂「寶劍之精，上徹於天」，地點在豫章郡豐城。尚書張華乃任雷為豐城令。雷到任後，在豐城獄中掘得寶劍兩口，一名龍泉，一名太阿，斗牛之間紫氣即消失。見《晉書•張華傳》。 ⑫湮（yān）：埋沒；淤塞。 ⑬延津：古津渡名。古代黃河流經今河南延津西北至滑縣以北的一段，為重要渡口，總稱延津。宋以後黃河改道，延津遂湮。 ⑭斗（dǒu）牛：二十八

宿中的斗宿和牛宿。地上指江蘇、浙江、安徽、江西等地區。⑮芙蓉：荷花。⑯赫（hè）然：形容令人驚訝或引人注目的事物突然出現。⑰何當：何時能夠。⑱抉（jué）：挖出。⑲溥（pǔ）：廣大；普遍。⑳恫瘝（tōng guān）：痛苦。恫瘝在抱：把人民的痛苦放在心上。

【意譯】

秋天的月亮特愛悠閒、曠遠，高高聳起面對沒有建築物的山巒。山也喜愛清亮的月色，好像用潤髮的油脂梳理出千螺型的髮髻。潺潺的流水隔著茂密的竹林，夜沉人靜傳來溪水的叮叮咚咚。興高采烈地向嫦娥致以敬禮，她身上佩戴的寶玉，發出悅耳的珊珊聲。妻子莫邪幫助丈夫干將，寧可犧牲自己的生命，也要鑄造出雌雄雙劍斬殺奸佞！豐城的紫色消失多年了，延津什麼時候可以恢復原來的繁華？今天夜晚流水映著月亮，月色照射著斗牛之間，閃閃發寒光。現在才知道荷花像火焰一樣紅彤彤，會令人驚訝地突然出現。什麼時候能夠挖開天河？作為甘露普遍地灑向人間！走下莫干山如同披上一件衣那麼容易，愉快地洗掉疾病、痛苦！

【點評】好戲在後頭

兒時看京戲，「壓軸戲」或者叫「壓臺戲」都放在後頭，名角大抵都是最後出場。這首五古的最後兩聯，確實有餘音，有餘味，可以說是「好戲在後頭」。「何當抉銀河，灑作甘露溥。」想像新奇，實屬罕見。意在憫民，掛欠百姓。末聯「下土同披襟，快然洗恫瘝。」既有希望自己的疾病快點好，也可以從「恫瘝在抱」這個語典，似乎不難觸摸到詩人把淪陷於日寇鐵蹄下的東北同胞的痛苦放在心上。

何以見得呢？一是詩的結尾留下了讀者猜度的空間；二是背景材料也可以參照。汪氏夫婦到莫干山療養是一九三二年九月。汪精衛與張學良矛盾的導火線是張迴避與汪商談東北及熱河問題，研究對日方針，汪赴北平四天，張只陪吃一餐飯。卻和陪汪去的宋子文到北海划船。這是六月中旬的事。汪張矛盾激化是八月五日，汪發電辭職。同日又致電張學良，指責他「去歲放棄瀋陽，再失錦州，致三千萬人民，數千萬里土地，陷於敵手，敵氣益驕，延及松滬」。今「未聞出一兵，放一矢，乃欲藉抵抗之名，以事聚斂」。兩人唇槍舌劍，各不相讓。

朋友，您說這次電報戰究竟誰是誰非呢？

病中作

奮飛①無力但長吁②，臥看簾波日影徂③。
國勢急如駒④下阪⑤，世程曲似蟻穿珠。
差池⑥未得三年艾⑦，枵⑧落徒懸五石⑨瓠⑩。
移枕正遲明月上，枝頭鳥雀莫驚呼。

飛飛螢火惜居諸⑪，一病因循⑫久廢書。
曲突徙薪⑬嗟⑭已矣，焦頭爛額⑮復何如⑯？
猶聞蝸角⑰爭蠻觸⑱，敢望豚蹄⑲得滿車。
夜半打窗風雨惡，有人躑躅⑳望蘧廬㉑。

【注釋】

①奮飛：（鳥）振翅飛翔。②吁（xū）：嘆氣。③徂（cú）：過去；逝。④駒（jū）：少壯的馬。⑤阪（bǎn）：山坡；斜坡。⑥差（chā）池：錯誤；意外的事。⑦艾：艾蒿。⑧枵（xiāo）：空虛。⑨石（dàn）：容量單位。十斗等於一石。⑩瓠（hù）：瓠瓜。⑪渚（zhǔ）：水中間的小塊陸地。⑫因循（xún）：沿襲；遲延拖拉。⑬曲突徙（xǐ）薪：有一家煙囪很直，旁邊堆著許多柴火，有人勸主人改建彎曲的煙囪，把柴火搬開，不然有著火的危險。主人不聽，不久果然發生了火災（見《漢書•霍光傳》）。比喻事先採取措施，防止危險發生。⑭嗟（jiē）：嘆息。⑮焦頭爛額：形容救火時燒焦頭，灼傷額。比喻十分狼狽、窘迫。⑯何如：怎麼樣。⑰蝸（wō）角：蝸牛角。比喻極小的境地。⑱蠻觸：「有國於蝸之左角者，曰觸氏；有國於蝸之右角者，曰蠻氏，時相與爭地而戰，屍伏數萬，逐北，旬又五日而後反（同返）。」（見《莊子•則陽》）後來把由於極小之事而引起爭端叫做蠻觸之爭。⑲豚（tún）蹄：豬蹄。⑳躑躅（zhí zhú）：徘徊。㉑蘧（qú）廬：傳舍，猶今旅館。

【意譯】

無力振翅飛翔，只好長吁短嘆，躺在床上望著窗簾上的日影，漸漸消失。國家形勢危急好像壯馬奔下山坡，時代的進程曲折艱難，如同螞蟻穿透珍珠。

意外的事是沒能獲得三年的艾蒿，餓著肚子白白地懸掛著五擔瓠瓜。移動枕頭，明月遲遲升起，樹枝上的鳥雀切莫大驚大叫！

微弱的飛飛螢火，可惜還在水渚之上，這次害病，很久沒有閱讀書籍。提出切實可行的建議不被接納，只有嘆長氣，搞得十分狼狽那又能怎麼樣？

還聽說為一點小事爭吵就是蠻觸之爭，豈敢奢望獲得豬蹄裝上一滿車！半夜裏，風狂雨驟敲打窗戶，有人走來走去，盯著這幢「六月雪園」！

年輕時讀《莊子》，極其佩服行文的汪洋恣肆，愛憎顯豁。關於鄙視「蠻觸之爭」就是莊子文化的一個範例。他運用縮小誇張的手法，把一場為時十五天，伏屍百萬的鏖戰，戰場卻巧妙地設置在蝸牛左右角誕生的兩國之間擺開！然而正如劉勰在《文心雕龍・夸飾》中說：「辭雖已甚，其義無害。」這正是讓讀者一看就知道是誇張而不是紀實，是寓言而不是歷史事實。後來就認定，為極小的事引起爭端叫做蠻觸之爭。

【點評】「蠻觸」破解

先秦之後，晉・葛洪《抱朴子・刺驕》說：「蟭螟在蚊眉之中，而笑彌天大鵬。」晉・張華〈鷦鷯賦〉說：「鷦螟巢於蚊睫。」唐・白居易詩云：「蟭螟殺敵蚊巢上，蠻觸交爭蝸角中。應是諸天觀下界，一微塵內鬥英雄。」宋・蘇軾有句：「永辭角上兩蠻觸，一洗胸中九雲夢。」看起來，中國文人從先秦開始，對蠻觸之爭就是否定的，藐視的，嗤之以鼻的！

汪詩人承傳了中華貶責、不屑的蠻觸文化，在〈病中作〉裏，正式宣稱：「猶聞蝸角爭蠻觸，敢望豚蹄得滿車！」原因是詩中已然透露了一九三二年秋季緊張的局勢：「國勢急如駒下阪，世程曲似蟻穿珠。」強敵入境，中華民族到了最危險的時候，能夠無動於衷嗎？顯然對汪張的口水戰，似乎是有所觸動的、感覺是不合時宜的。

但是，作為文人政治家，汪精衛抱定「合則留，不合則去」的宗旨，故仍然藉病跑到德國去療養了。怪不得林思雲先生在〈真實的汪精衛〉中認為：「從歷史上來看，汪精衛並不是一個特別喜歡追逐權力的野心家。」（見北京版的《男人世界》二〇〇七年總五十九期）竊以為，此論也是一家之言吧。

晚眺

茅茨①絕頂②四無鄰，浩浩③川原暮色勻。
逸④鹿窺⑤籬頻⑥引領⑦，歸猿戲樹欲忘身。
雲來忽使山都活，月上還於水最親。
乞得林間一席地⑧，鴉喧不礙苦吟⑨人。

晚眺

濯足⑩龍宮⑪興未休，天池⑫曳⑬杖更夷猶⑭。
松門已稅千鴉駕，花徑⑮還從一壑遊。
輕靄緣迷巖佛手，夕陽紅上石人頭。
秋來丘壑⑯明如畫，抵得春時錦繡⑰不⑱？

【注釋】

①茅茨（cí）：茅草屋頂。也指茅屋。②絕頂：最高峰。③浩浩：形容水勢浩大。④逸（yì）：逃跑。⑤窺（kuī）：暗中察看。⑥頻（pín）：屢次；連續幾次。⑦引領：伸長脖子。⑧一席地：即一席之地。可立足、容身的一小塊地方。⑨苦吟：反覆吟誦，雕琢詩句。⑩濯（zhuó）足：洗腳。⑪龍宮：神話中龍王的宮殿。⑫天池：指海；山原上的湖泊。⑬曳（yè）：拖；拉。⑭夷猶：同夷由。遲疑不進。⑮花徑：花行間的小路。⑯丘壑：山水幽深之處。亦指隱者所居之處。⑰錦繡：比喻美麗或者美好。⑱不：同「否」（fǒu）。

【意譯】

茅屋蓋在最高峰上，四周沒有人煙，浩蕩的河水流過平野，暮色也挺均勻。逃走的鹿呢回頭偷看著籬笆縫裏，多次伸長頸脖，猿猴回家在樹上玩耍，好像忘記了自身。

一朵朵的雲彩飄來，讓群山都活躍起來，月亮爬上來，還是對水最親。討得樹林裏可以容身的一席之地，烏鴉的喧鬧絕不會妨礙雕章琢句的詩人！

洗腳在華麗的龍宮裏，玩得正高興，在天池邊拖著手杖，更加遲疑不進。松門裏已然課稅千隻老鴉，花間的小路還得從一個山壑開始遊。

輕淡的雲氣，綠色迷惑了佛手巖，紅彤彤的夕陽已經照映著石人的額頭。秋天一來山水幽深之處明朗如畫，不知能不能抵得上春色美麗否？

【點評】憂樂的折射

汪氏以〈晚眺〉命題的詩，共有四首。第一首寫於獄中，第二首作於民國三年，筆者已從二詩的意象對比記錄於「意象是詩歌的生命」。現在，將第三、四兩首也做一比照，以便賞析。

第三首寫於莫干山療養期間。這正是全民抗戰前夕，作者心情焦慮、煩躁之時，文人的積習不知不覺地抬起頭來，又回到幻想過隱居生活的嚮往，迴避人間矛盾、糾葛！

首聯：山頂築茅廬，川原暮色勻。頷聯：鹿窺園，猿戲樹，樂不可支。頸聯：雲來山活，月上水親。尾聯：乞得一席地，自在苦吟人。一派世外桃源的靜美景象，事實卻不容兌現！

第四首是莫干山療養以後，在廬山的作品。此詩有趣的特點是把廬山勝景七處的名字，自然而然地構築於詩情之中，可謂天衣無縫。

1.（神）龍宮濯足，表戲水樂。2.天池（山）曳杖，示行路難。3.松門點出課稅。4.花徑一蹔遊。5與6，巖佛手、石人頭兩景名顛倒一個字，擬人又對仗。7.綿繡，全用本意，流暢清新。

您說，這兩首〈晚眺〉，不正是詩人心頭憂樂的折射嗎？

山中即事

萬峰雲際互沉浮①，樹石生黴②不似秋。

好是風吹涼月醒，竹聲和月入瓊樓③。

【注釋】

①沉浮：比喻起落或盛衰消長。 ②黴：黴菌。 ③瓊樓：古人常指仙界或月宮中的樓臺亭閣。

【意譯】

雲彩遭遇眾多的山峰，互相此起彼落，樹木的岩石上長了黴菌，不像是收穫的金秋。好就好在西風把冷月吹醒來，颯颯的竹葉聲跟著月亮走上仙界的閣樓。

【點評】各具特色

同題〈山中即事〉，前者的山是指法國的比那蓮山；後者的山是指國內的莫干山。前者的事記的是與方、曾兩家大小聊天、遊戲的樂事；後者的事記的是抓拍的四個長鏡頭：峰雲互動；樹石季節；風吹月醒；聲月瓊樓。前者是民國八年（一九一九年）夏天；後者是一九三二年秋季。為此，名之曰：各具特色。

入山十日，雨多晴少。於其將去，投以惡①詩

茲②山陰雨窟，勢已席全勝。
陽光攖③其鋒，卻退恐不猛。
白雲猶誕漫④，晴晦⑤惟所命。
當其出地底，不雨亦陰凝。
著⑥草草生毛，著樹樹生癭⑦。
著水水糢糊，著山山餖飣⑧。
峰頭與林麓，千百懸巨絙⑨。
上縋⑩天使墜，下汲⑪地使迥⑫。
昏然天地合，萬象⑬同一暝。
山川與城郭⑭，次第⑮收入甑⑯。
可憐炊煙⑰起，但見餘沫迸⑱。
黑子七八九，高峰露其頂。
須臾⑲亦沉沒，漠漠⑳遂千頃㉑。
我來山中住，初意得佳景。

澄㉒懷抱㉓秋爽，虛抱洽㉔山靜。
豈知遘㉕此厄㉖，耳目皆已屏㉗。
愧無玄豹姿，隱霧豈其性。
出門心惴栗㉘，跬步㉙皆陷阱㉚。
臨水不聞聲，對山不見影。
退藏一室內，又似蛙在井。
更如鼠居穴，晝伏㉛不敢逞。
大雲逼㉜戶牖㉝，咄㉞哉兵壓境。
紙櫺㉟偶投隙，突入遂馳騁㊱。
濛濛㊲一室內，方向渾㊳不省。
曉帷垂沉沉㊴，晝燭燒耿耿㊵。
悶疑絮㊶塞鼻，濕恐菌生脛㊷。
踐地忽如浮，觸壁嗟已梗㊸。
十日未一醉，胡㊹為此酩酊㊺。
不如鋪大被，高臥待其醒。

【意釋】

①惡（ě）：揭人短處，使難堪。②茲：指示代詞，這個。③攖（yīng）：接觸；觸犯。④涎（xián）漫：口水。⑤晦（huì）：昏暗。⑥著（zhuó）：使接觸到別的事物；使附著在別的物體上。⑦癭（yǐng）：中醫指生長在脖子上的一種囊狀的瘤子。⑧餖飣（dòu dìng）：指陳列的食品。⑨絙（gēng）：粗繩索。⑩縋（zhuì）：用繩子拴住人或東西，從上往下送。⑪汲（jí）：從下往上打水。⑫迥（jiǒng）：遠。⑬萬象：宇宙間的一切事物或景象。⑭城郭：城牆（城指內城的牆，郭指外城的牆）泛指城市。⑮次第：次序；一個挨一個地。⑯甑（zòng）：甑子。⑰炊煙：燒火做飯時冒出的煙。⑱迸（bèng）：向外濺出或迸射。⑲須臾（yú）：極短的時間；片刻。⑳漠漠（mò）：廣漠而沉寂。㉑頃（qǐng）：地級單位，一百畝=一頃。㉒澄（chéng）：使清明；使清楚。㉓挹（yì）：牽引；拉。㉔洽（qià）：和睦。㉕遘（gòu）：相遇。㉖厄（è）：災難；困苦；受困。㉗屏（píng）：遮擋。㉘惴栗（zhuì lì）：恐懼戰栗。㉙跬（kuǐ）步：半步。㉚陷阱：比喻害人的圈套。㉛晝伏：白天隱藏。㉜逼（bī）：逼近。㉝戶牖（yǒu）：門窗。㉞咄（duō）：呵斥；表示驚異。㉟櫺（líng）：舊式窗戶的窗格子。㊱馳騁：騎馬奔馳。㊲濛濛：模糊不清的樣子。㊳渾（hún）：糊塗；不明事理。㊴沉沉：形容沉重。㊵耿耿：明亮。㊶絮（xù）：棉絮。㊷脛（jìng）：小腿。㊸梗（gěng）：阻塞；妨礙。㊹胡：為什麼；何故。㊺酩酊（mǐng dǐng）：形容大醉。

【意譯】

這座莫干山真正是陰雨的大窟窿，它的勢頭看來已經大獲全勝。陽光接觸它的鋒芒，退卻只怕不夠迅猛。白雲也在流口水，要晴要陰唯命是從！當水從地底下流出來，不下雨也是陰霾。沾著草，草長毛，沾著樹，樹長瘤子。沾著水，水變渾濁，沾著山，山長供品。山峰上和樹林的山腳邊，像懸掛著千百根粗大的繩索。從上往下降，天要垮下來，從下往上打水，地卻差得遠，暈暈糊糊，天地好像合攏了，宇宙的一切同住在一個海裏。山和河，和一切城市，一個緊挨著一個收進一個大甑子。可憐的倒是炊煙四處飄起，只望到剩餘的泡沫迸射。濃煙滾滾，高山也只看到山頂。片刻之間，高山也沉沒了，廣漠又沉寂地一下子就有千萬頃的占地面積。

我到莫干山來療養，當初以為到了美景勝地。能使胸懷清明，秋老虎也接近涼爽，飽享山上的愜意。誰知遭遇了一場災難，耳聽和眼視都已經被遮擋。慚愧沒有黑豹的英姿，隱蔽在濃濃雨霧裏難道是牠的本性？出門心裏恐懼戰栗，提起腳都碰上害人的把戲。走近水邊聽不到聲音，面對青山看不見影子。退回來躲到房間裏，又像井底的青蛙。更像老鼠鑽鼠洞裏，白天隱藏不敢害人。烏雲逼近門窗，哇塞！如同敵軍壓境。窗格子上的紙偶然有點兒縫隙，進房以後就像騎馬奔馳。模模糊糊的房裏，方向也分不清楚。天亮了，窗帷沉重地垂下，白天要點蠟燭才明亮。煩悶中懷疑是棉絮塞住了鼻子，害怕濕菌長上小腿。腳踏在地上像浮起來，觸到牆壁嘆息已經阻塞。十天沒有端酒杯，為什麼這麼大醉？不如鋪開大被，高臥等待清醒。

【點評】勝・厄・藏

這首五古，全詩五十八句，計二百九十字，為三段，分別由「勝」、「厄」、「藏」三個眼字統攝。

第一段從開篇到「漠漠遂千頃」，共二十六句，計一百三十字，圍繞「勝」字開展：把「陰雨」寫成全面勝利者。陽光恐懼，白雲聽令，地底水後四個「著」字起頭的排句，極盡地下水之怪！接下來，宇宙同一暝，山川收入甑。「炊煙」更為罕見，高山須臾沒，漠漠遂千頃！

第二段從「我來山中住」到「對山不見影」，共十二句，計六十字，圍繞「厄」字生發，抒寫詩人自我胸臆。耳目屏，黑豹姿，出門恐，皆陷阱，不聞聲，不見影，極盡夸飾、鋪排之能事。

第三段從「退藏一室內」到結束。共二十句，計一百字，圍繞「藏」字挖掘。自比似井蛙，如鼠穴，雲逼窗，敵壓境，濛濛一室，找不著北，晝燒燭，絮塞鼻，踏地如浮，觸壁已梗。未飲酒，已大醉，鋪大被，待其醒！

要而言之，三段的範圍由宇宙——視聽——一室，逐步由宏觀——中觀——微觀，由大到小。而三段三眼字，又歸詩題的「惡」字所囊括，次第演繹，娓娓道來。實則乃詩人心煩氣躁的折射，借題發揮罷了。史實見證，汪氏伉儷九月底離開莫干山，十月二十二日就請假出國就醫去了！

送別

把酒①長亭②杯已空，行人車馬各西東。
楓林不共斜陽去，自向荒郊寂寞③紅。

【注釋】

①把酒：端起酒杯。 ②長亭：古時設在城外路旁的亭子，多作行人歇腳用，也是送行話別的地方。 ③寂寞：孤單冷清。

【意譯】

長亭送別，端起杯子，酒已空空，走路的、乘車的、騎馬的各自向西或向東。楓樹林不和夕陽一道走，獨自面對荒涼的郊林，孤單冷清地發紅。

【點評】淡淡的哀愁

這首〈送別〉從聯法上解讀，上下兩聯都是單句。只不過上聯省略了主語「我」，寫送別的地點（長亭）、方式（以酒餞行），沒有折柳，沒有唱陽關三疊曲。起筆不說餞行結束，而是酒「杯已空」，而是行人各自匆匆，透露了「相見時難別亦難」的氣氛，有些許淒涼。

下聯楓林是主語，謂語為正反結構（不是……而是……）的單句。楓林紅和夕陽紅不是一同消逝，而是「自向荒郊寂寞紅」，借物以言情。夕陽象徵送別的朋友，楓林隱喻自我，不能與友人結伴同行，只有惜別，只有惆悵，只有散發出淡淡的哀愁！詩人的感悟，真摯而有餘味，應該說是難得的。豈非較「宮花寂寞紅」（元稹〈行宮〉）約略深切一丁點兒嗎？

對月

蕩蕩①青天萬頃田，環雲如草月如鐮。
姮娥②不作包荒③計④，淨刈空華⑤見妙嚴⑥。

【注釋】

①蕩蕩：廣大貌；空曠廣遠貌。②姮（héng）娥：嫦娥。③包荒：負責按照規定承擔任務。本謂度量寬宏，對於荒穢遐遠的，都能容受。後轉作寬容、原諒或掩飾解。④計：打算。⑤空華：虛幻的花。華同花。⑥妙嚴：妙，佛家幻想的清淨、安樂境地叫妙土或淨土。《藝文類聚》七十六：「自非莊嚴妙土，吉祥福地，何以標茲淨域，置此伽藍。」妙嚴，可能據「莊嚴妙土」而來，因押韻而顛倒為「妙嚴」。特請讀者匡正。

【意譯】

空曠、廣遠的青天像萬頃良田，一團團的雲彩像野草，一彎新月像茅鐮。嫦娥不做寬容的打算，割淨虛幻的花朵，出現安樂的淨土，多麼莊嚴！

【點評】有點禪味兒

明代胡應麟在《詩藪》中說過：「曰仙，曰禪，皆詩中本色。」禪，梵語「禪那」的省稱，指佛教。這句話的意思是，說神仙，說禪宗，都是詩中應有的內容。自然也印證詩人汪兆銘的詩思也是豐富多彩、視閾高遠的。

〈對月〉上聯，選擇了三個比喻，首句以青天喻田，較為醒目。下聯運用了兩個典故，說仙，說禪，道出了詩人嚮往、憧憬佛家的安樂淨土、極樂世界，完全是與詩歌的精神氣質一脈相通的。自然，假如追溯本源的話，那麼就要領略宋人嚴羽關於「大抵禪道唯在妙悟，詩道亦在妙悟」的「寫詩妙悟」論了。說來話長，暫且打住！

夏夜

藉①草蔭林坐，勞人珍夜涼。
風枝搖復止，露葉暗生光。

鶴夢從酣穩②，蛙聲正肆③狂。
依依④星斗沒，耒耜⑤及朝陽。

【注釋】

①藉（jiè）：墊。②酣穩：酣暢、安穩。③肆：不顧一切，任意妄為。④依依：留戀，不忍分離。⑤耒耜（lei si）：古代一種像犁的農具，也用作農具的統稱。

【意譯】

墊著草坐在林蔭底下，勞動者在珍惜夏夜的清涼。
風吹著樹枝搖呀搖，忽然又停止了，帶露珠的綠葉暗地裏閃著光。
白鶴在夢中酣暢又安穩，青蛙放開喉嚨，不顧一切地瘋狂。
滿天星星，依依不捨地隱沒了，農具正在歡快地迎接朝陽。

【點評】慢慢地走，欣賞呵

據說，在歐洲阿爾卑斯山的公路上，有個廣告牌寫著：「慢慢地走，欣賞呵！」原本是提醒司機注意安全，哪曉得這裏的景色變成了旅遊熱點。這就向人們昭示了人生的真諦！

請欣賞這首五律〈夏夜〉。臉朝黃土、背朝天的勤勞的農民珍惜夏夜的清涼！風枝輕拂，露葉吐光，美妙的夏夜農民請白鶴和青蛙分享，夢中酣暢，鼓聲瘋狂，和諧有致，天人吉祥！星星依依再見，農具喜迎朝陽，又是一個好晴天啊！這不也見證了物候民諺的科學性：「春寒致雨夏寒晴」嗎？

人生的真諦是什麼？行走的時候，是為了達到另一個境界，停頓的時候，是為了對美的欣賞！

觀月戲作

二妃①把臂遊雲海，指點齊②煙橫杳③靄。
酒酣④笑解明月珠，拋入滄溟⑤發奇采⑥。
蕭蕭⑦微風起青萍⑧，千波化作蒼龍⑨鱗。
一鱗中有一珠在，水晶宮闕⑩成繽紛⑪。
一丸⑫自向天心靜，萬盞波光浮不定。
須臾水月已交融⑬，匹練⑭秋光霜外冷。

【注釋】

①二妃：傳說堯的兩女娥皇、女英，是舜的妻子。 ②齊：周朝國名。今山東北部和河北東南部。 ③杳（yǎo）靄：遠得看不見蹤影的雲氣。 ④酒酣：酒興正濃。 ⑤滄溟：海水瀰漫貌，常指大海。 ⑥奇采：奇怪的顏色。 ⑦蕭蕭：形容風聲。 ⑧青萍：浮萍。 ⑨蒼龍：青龍。 ⑩水晶宮闕：即水晶宮。神話中龍王在水下居住的宮殿。 ⑪繽紛：繁多而凌亂。 ⑫一丸：即一丸泥。簡作「一丸」。比喻地勢險要，用丸泥封塞，即可阻敵。見《東觀漢記・隗囂載記》。 ⑬交融：融合在一起。 ⑭匹練：一匹白絹。

【意譯】

娥皇、女英臂挽著臂高興地熬遊雲海，指著山東河北一帶的橫煙和遠得望不見的雲靄。

兩姊妹酒興正濃，笑著解開胸前的明月珠，扔到大海裏發出千奇百怪的色彩。

蕭蕭的風聲發生地卻在浮萍，千波萬浪化成青龍的一片一片的龍鱗。

每片鱗裏都孕育著一顆寶貴的珍珠，龍王海裏的宮殿變得奇光多多，異彩紛紛。

一丸泥能夠封殺敵人，向著天心告平靜，千片波光、萬片彩色，飄浮不定。

一眨眼，波光和月色已然融合成一個整體，在秋色閃亮中像一匹白絹迎著霜風的寒冷。

【點評】幽默的閃光

「戲為」的原創恐怕是濫觴於唐代詩聖杜甫的〈戲為六絕句〉吧。其實，老杜不自以為是，也為了沖淡教訓人的口氣。他的態度很嚴肅，議論也很正大！

汪兆銘的〈太平洋舟中玩月……戲以此意構為長句〉，卻幽了達爾文一默。這裏的〈觀月戲作〉主要對象是「二妃」、「龍宮」、「一丸」，說的是中國文化，演繹為一則酒酣解珠，滄溟奇彩；二則龍鱗孕珠，水晶繽紛；三則一丸制敵，匹練冷霜。於是讀者不難發現，汪詩人具有能夠發現生活中的喜劇因素的智慧風貌！他的詩詞既體現了「道學先生」的一面，也表露了幽默風趣的一面，具有多面的詩人的性格特徵。

首譯這個英語單詞「Humour」為「幽默」並流傳至今的林語堂認為：「凡善於幽默的人，其諧趣必愈幽隱。而善於鑑賞幽默的人，其欣賞尤在於內心靜默的理會，大有不可與外人道的滋味。與粗鄙顯露的笑話不同，幽默愈幽愈默而愈妙。」（轉引自：葉新《近代學人軼事》，百花文藝出版社二〇〇五年版，第三四二頁）

夜起（已提前）

重九登掃葉樓，分韻得「有」字

驚風飄落葉，散作沙石走。
擁彗①非不勤，積地倏②已厚。
仰視高林杪③，柯④條漸堅瘦。
危巢失所蔽⑤，岌岌⑥不可久。
宿鳥暮歸來，棲⑦託已非舊。
躑躅⑧集空枝，婉孌⑨終相守⑩。
此時登樓者，嘆息各搔首⑪。
西風⑫日淒厲⑬，殆⑭欲摧萬有⑮。
何以謝歲寒？臨難義⑯不苟⑰。
蒲柳⑱奮登先，松柏恥凋後。

敢辭晚節⑲苦，直恐初心負。
高人緬⑳半千，佳節遘㉑重九。
還當掃落葉，共煮一樽㉒酒。

【注釋】

①彗（huì）：掃帚。②倏（shū）：極快地。③杪（miǎo）：樹梢。④柯（kē）：草木的枝莖。⑤蔽：遮蓋；擋住。⑥岌岌（jī）：形容十分危險，快要傾覆或滅亡。⑦棲（qī）：本指鳥停在樹上，泛指居住或停留。⑧躑躅（zhí zhú）：在一個地方來回地走。⑨婉孌（wǎn luán）：親愛；眷戀。⑩相守：依靠；依傍。⑪搔（sāo）首：用指甲撓頭皮。⑫西風：秋風。⑬淒厲：淒涼而尖銳。⑭殆（dài）：危險。⑮萬有：宇宙間所有事物，猶言萬物。⑯義：公正合宜的道理；正義。⑰苟：隨便。⑱蒲柳：即水楊。是秋天很早就凋零的樹木；舊時用來謙稱自己體質衰弱或地位低下。⑲晚節：晚年的節操。⑳緬（miǎn）：遙遠。㉑遘（gòu）：相遇。㉒樽，古代盛酒器具。

【意譯】

害怕西風颯颯，落葉紛紛飄零，像沙石分散到處滾。擁有掃帚並非懶惰，一眨眼落葉堆積很厚。抬頭仰視高林的樹梢，樹的枝莖慢慢又堅又瘦。危險的鳥巢已然沒有什麼遮蓋，快要傾倒完蛋。暮色蒼茫鳥兒歸巢，居住的地方已經變了模樣。徘徊之後聚集在空枝上，親親愛愛始終互相依靠。這個時候登樓的人，一邊嘆息一邊用指甲撓頭。秋風一天比一天淒涼而尖銳，危機在於想要摧毀萬物。用什麼感激天氣的寒冷？面對災難，堅持正義絕不後退一步！體質衰弱的奮勇登先，身體強健的以後凋而感到可恥。豈敢推辭堅持晚節的苦痛，只怕違背了自己的初衷。高士高高在天半，美好節日趕上重九。還是應當清掃落葉，以便共同煮一杯美酒！

【點評】「掃葉」的啓迪

在《掃葉集》自序裏，認為：「有〈重九登掃葉樓〉一首，頗道出數年來況味（境況和情味），因以『掃葉』名此集云。」

那麼，這首五古究竟寫了一些什麼相關的境況和情味呢？開篇描繪落葉如飛沙走石，不是掃帚不勤而是眨眼成堆：危巢岌岌；鳥歸非舊；集枝相守。以上十二句為十二個空鏡頭，極言情勢危急，落葉如走石，鳥巢若累卵。

接下來，登樓者出場，嘆息各搔首。原來西風淒厲，欲摧萬有。唯有謝歲寒，臨難義不苟。蒲柳爭先，松柏恥後。敢辭晚節苦，佳節逢重九。結句最具亮色和詩人幽默：依然該當掃葉，共煮一杯美酒！於是，既有掃葉本義，美化環境，又有政治家即社會美容師的喻義，堅持掃到底！

秋夜

露冷庭除①夜已分，麗空星斗正繽紛②。
旻天③不作防川計，萬葉喧④秋只靜聞。

【注釋】

①庭除：庭院。除，臺階。　②繽紛：繁多而凌亂。　③昊（hào）天：指天。　④喧（xuàn）：聲音大。

【意譯】

庭院裏露珠寒光閃閃，展示夜已深沉，絢麗的星空，色彩繽紛。

老天爺沒做銀河防汛的打算，千萬落葉喧鬧秋天，只能在寂靜中耳聞。

【點評】秋夜速寫

速寫，繪畫的一種方法，一邊觀察對象一邊用簡單線條將其主要特點迅速地畫出來。〈秋夜〉由四幅速寫構成。

頭幅是冷露：在庭院裏，寒秋深夜。

二幅是麗空：滿天星斗，色彩繽紛。

三幅是銀河（川）：滾滾滔滔，不捨晝夜。

末幅是萬葉：喧鬧秋夜，只可靜聞。

冬晴郊行書所見

曀曀①層陰塞兩間，豁然②風物③變朝顏。
霜絲盡綴④玲瓏⑤樹，日炬⑥渾融⑦鐵石山。
迥⑧野清嚴人意⑨適⑩，長空⑪寥廓⑫鳥飛閒。
攜筇⑬更上崎嶇⑭路，數點黃梅若可攀。

【注釋】

①曀曀（yì yì）：陰暗貌。②豁然：形容開闊或通達。③風物：一個地方特有的景物。④綴（zhuì）：用針線等使連起來。⑤玲瓏：（東西）精巧細緻。⑥炬（jù）：火把。⑦渾融：全部融化。⑧迥（jiǒng）：遠；差得遠。⑨人意：人的意願、想法。⑩適：適合；舒適。⑪長空：遼闊的天空。⑫寥廓：高遠空曠。⑬筇（qióng）：竹子的一種，可做手杖。⑭崎嶇：形容山路不平，也比喻處境艱難。

【意譯】

陰暗的層雲塞在天地之間，開闊的特有景物，突兀變成朝陽的容顏。
霜絲完全連起精巧細緻的樹木，太陽像火把全部融化鐵石山。
遠方的原野，清明莊嚴，適合人意，遼闊的天空，高遠空曠，鳥兒慢飛休閒。

提起手杖踏上崎嶇的山路，頭頂上幾朵臘梅好像伸手可攀。

【點評】拷問眼力

這首七律的題目告訴我們：時間，難得冬晴；地點，郊外信步；內容，記錄所見。不難發現，「見」是眼字！通篇拷問眼力。

首聯：欲揚先抑，天地之間一片陰沉。突然風物變色，絢爛美容。頷聯：霜絲綴玲瓏樹，聯想；日炬融鐵石山，誇張，增添熱色的濃度。頸聯：人意適，鳥飛閒，人鳥和諧互動。末聯：攜杖崎嶇路，臘梅若可攀。數點在頭頂，伸手似可及。冬景宜人，含意雋永！

羅丹說過，美到處都有，關鍵在發現。在拷問眼力吧。

春晝

林影遲春晝，柔風弄夾①衣。
花明酣②日氣③，柳密亂煙絲。
窗紙留蜂駐，簾旌④礙燕歸。
苔痕⑤如有會，綠滿舊漁磯⑥。

【注釋】

①夾衣：雙層的（衣被等）。②酣：泛指盡興，暢快。③日氣：日光散發的熱氣。④簾旌：簾子。⑤苔痕：青苔的痕跡。⑥漁磯：在水邊突出的岩石或石灘上打魚。

【意譯】

春天的白晝，樹林的倩影總是姍姍來遲，輕柔的和風戲弄著春裝夾上衣。
盛開的鮮花明麗而暢快地享受著日光熱氣，茂密的柳絲比煙絲還要纖細。
窗戶紙留下嗡嗡的蜜蜂停留，簾子布妨礙呢喃的燕子回歸。
青苔的痕跡如果有約，綠汪汪的覆蓋了原有的打魚人的石磯。

【點評】捕捉爆發點

〈春晝〉這首五律，我以為正好用作捕捉審題爆發點的個案。

首先，這種詩題往往以該詩的第一句或首句的一個詞為題，是學習《詩經》標題的方法。白居易《新樂府》五十首大抵是這樣，這首汪作也是這樣。

其次，此詩題的範圍顯然是描繪春天的。且看詩人選擇的春的意象，一看便觸摸到濃濃的春天氣息。說「柔風」吧，不是金風、朔風，而是和風，可能是「吹面不寒楊柳風」呢。夾衣，該是當年流行的春裝時尚呢。綠是生命之源，代表著春天的主流色彩，彰顯著勃勃生機！

最後，範圍由春天縮小到「春晝」，春天的白晝，不是春宵一刻值千金的「春夜」。這個「晝」就是我們捕捉的爆發點！

哪些是點明白晝活動的感人意象呢？

1. 花明酣日氣。花兒為什麼這樣鮮亮？是因為她暢快地享受著春光散發的熱氣。

2. 密柳亂煙絲。以柳絲的細密，可以亂煙絲。以假亂真，實在是罕見的比喻。

3. 窗紙留蜂駐。蜜蜂在窗紙旁邊停留，是採花過於勞累了吧，勤懇的勞動者！

4. 簾旌礙燕歸。春燕歸巢，布簾子真有點兒妨礙出入哩！

晝，見證「一字千鈞」的奧妙！

山行

幽深①不可盡，磐石②憩③中程。
壑④聚千花影，泉流萬竹聲。
靜恬⑤魚得所，戒慎⑥鹿微行⑦。
未覺冰輪⑧上，群峰背漸明。

【注釋】

①幽深：山水、樹林等深而幽靜。②磐（pán）石：厚而大的石頭。③憩（qì）：休息。④壑（hè）：山溝或大水坑。⑤恬（tián）：恬靜；安靜；寧靜。⑥戒慎：戒，告誡。慎，禁戒之詞。猶言萬千。戒慎，告誡萬千。⑦微行：帝王或高官隱蔽自己的身份改裝出行。詩裏為借用。⑧冰輪：指月亮。

【意譯】

樹林深邃、幽靜，好像沒有盡頭，坐在大石頭上休息，大約是山行的中途。山溝裏聚積千萬種花朵的倩影，清泉發出青竹多多的搖動響聲。

寧靜的山林，魚兒適得其所，千言萬語地告誡，麋鹿這才化裝出行。不知不覺月亮悄悄升起，千萬座山峰的背面漸漸露出各自的靚容。

【點評】幽深的韻味

〈山行〉的韻味是什麼？我們可以從章法中尋覓其蛛絲馬跡。

起筆突兀：「幽深不可盡，磐石憩中程」，「不可盡」極言其深遠，能不突如其來嗎？從而坦然流露「幽深」的韻味，點醒旨意！

承筆銜接：花影聚、竹聲流，幽深的延伸。轉筆呼應。魚恬靜、鹿微行，活而不板。合筆結束。冰輪上、峰漸明，言有盡而意無窮。

要之，圍繞「幽深」的韻味拓展、收縮，擒縱自如，開闔有致。

禊①日集後湖，分韻得「林」字

春服初成感不禁②，物華③人事④雨駸駸⑤。
曉風婉轉⑥傳新哢⑦，夜雨殷勤⑧澤⑨舊林。
各有興懷時世⑩異，了無⑪間斷化工⑫深。
君看枝上青如豆，肯負飛花墜⑬溷⑭心。

【注釋】

①禊（xì）：古代於春秋兩季在水邊舉行的一種祭禮。②不禁：抑制不住；禁不住。③物華：自然景色。④人事：人的離合、境遇、存亡等情況。⑤駸駸（qīn）：形容馬跑得很快的樣子，比喻事業進展得很快。⑥婉轉：歌聲等抑揚動聽。⑦哢（lòng）：鳥叫。⑧殷勤：熱情而周到。⑨澤：恩惠。⑩時世：指當前的社會。⑪了無：一點也沒有。⑫化工：天工，指大自然創造或生長萬物的功能。⑬墜（zhuì）：落。⑭飛花墜溷（hùn）：《南史・范縝傳》：「時竟陵王子良盛招賓客，縝亦預焉。嘗侍子良，子良精信釋教而縝盛稱無佛。子良問曰：『君不信因果，何得富貴貧賤？』縝答曰：『人生如樹花同發，隨風而墮，自有指簾幌墜於茵席之上，自有關籬牆落於糞溷（厠所）之中。墜茵席者，殿下是也；落糞溷者，下官是也。貴賤雖復殊途，因果竟在何處？』意謂富貴貧賤取決於偶然的機緣，非由天定。」

【意譯】

春裝剛剛縫成，怎麼也抑制不住自我激動，自然景物和人們悲歡離合都瞬息萬變。
早晨的清風柔情似水傳遞新的悅耳的鳥鳴，晚上的雨點熱情周到潤澤原有的樹林。
多種多樣的情懷與社會的變易，一點也沒有停頓天工造物的精美絕倫。
您看樹枝彰顯的豆青色澤，豈有辜負飛花飄落廁所的痴心？

【點評】一片痴心

禊日，在春季是指夏曆三月上旬的巳日，人們到水邊嬉遊，以祓除不祥，叫做「修禊」，或者「春禊」。這是中華民族的一種古老的民俗，也可以說是中華吉祥文化的一種演繹。

然而，從汪詩的結句來解讀，令人驚詫莫名！它不是祓除不祥、趨吉避凶，而是：「豈肯辜負飛花飄落廁所的痴心？」換句話說，該當滿足飛花的好奇心，飄落誰家就是誰家，純屬偶然的機緣，正符合范縝的理念，非由天定！為此，我們只好說，飛落入糞溷僅僅是一種下意識支配下的「一片痴心」！

菊

爛熳①花枝總剎那②，東籬秋色獨峨峨③。
能同風露搘④持久，兼得雲霞變化多。
華采⑤外敷神自澹⑥，堅貞⑦內蘊氣彌⑧和。
平生不作飄茵⑨計，但把殘英守故柯。

【注釋】

①爛熳：顏色鮮明而美麗。 ②剎（chà）那：極短的時間；瞬間。梵語。 ③峨峨（é）：高峻貌；儀容莊嚴盛美。 ④搘（zhī）：支；拄。 ⑤華采：舊稱「虹彩」。 ⑥澹（dàn）：安靜。 ⑦堅貞：節操堅定不變。 ⑧彌（mí）：更。 ⑨飄茵：見〈禊日集後湖〉注⑭。

【意譯】

花枝豔麗奪目總是眨眼就凋謝，東籬的秋色儀容莊嚴，氣勢巍峨。
能同風霜 秋雨進行韌性搏鬥，又得到喝彩的雲影霞光氣象多多。
外表有虹彩的包裝，精神卻安安靜靜，骨氣高貴，堅持節操，意氣更加祥和。
這一生不做機緣巧遇的美夢，只用殘存的花朵守護老舊的枝柯！

【點評】守望者

詠〈菊〉七律通篇不著一「菊」字，依然體現題旨：願做菊花精神一生的守望者。不錯，暗示卻依然存在。「東籬秋色」，顯然是採用了陶潛「採菊東籬下，悠然見南山」名句的地點。對於南朝齊梁的唯物主義哲學家和無神論者范縝的「飄茵落溷」外，這首〈菊〉又徵引了「平生不作飄茵計」的「飄茵」。一典兩用，看來並不多見。這也見證了菊花堅持守望，「但把殘英守故柯」！結句有趣的是，似乎化用、汲取蘇東坡「菊殘猶有傲霜枝」的意蘊。筆者以為，不失為別開生面！

郊行

雨餘溝洫①水泱泱②，綠整秧針③列萬行。
草跡驢蹄融日氣，柳絲牛鼻赴波光。
採桑女似烏鴉鬧，放學兒如蚱蜢忙。
一角茅棚煙縷起，好斟茗碗④共徜徉⑤。

【注釋】

①洫（xù）：田間的水道。 ②泱泱：形容水面廣闊。 ③秧針：指水稻幼苗。 ④茗碗：茶碗。 ⑤徜徉（cháng yáng）：閒遊；安閒自在地步行；自由自在地往來。

【意譯】

雨水從無數溝道裏流過，水面多麼寬廣，整齊的秧苗排列出數不清的橫行和豎行。
草跡、毛驢的蹄印都融化了太陽的熱氣，柳條影、牛鼻子映襯著水田裏的波光。
採桑的姑娘們像烏鴉哇哇鬧翻了天，放學的娃娃們如蚱蜢跳來跳去亂忙。
茅棚一角一縷炊煙升起，擺上茶碗好斟滿，一道遊玩！

【點評】自由自在地往來

這首〈郊行〉與前面那首同題詩大異其趣的至少有兩點：一是前為七絕，此為七律，容量不一。二是前者「惘惘」——淡淡的哀愁，後者「徜徉」——自由自在地往來。色彩各別。

讓我們領略一下「徜徉」的韻味。

起筆：上聯寫雨水，水道、水溝之多給人以寬敞的快感；下聯寫秧苗，整齊列萬行，栽秧後的水田，開闊、齊整、迷人。

承筆：日氣融入草跡、驢蹄；波光映襯柳絲、牛鼻。

轉筆：採桑女放開喉嚨，毫無顧忌；放學娃跳蕩、活潑，維妙維俏。一為聲音，一為動作，如聞其聲，如見其人。

合筆：炊煙一縷，煮水斟茶。全篇一言以蔽之曰：徜徉。粲然、陶然、飄飄然。力透紙背！

乘飛機至九江，望見廬山口，占一絕句。蓋別來八九年矣

萬峰攢聚①水縈迴②，晴日穿雲紫翠開。
五老舉頭齊一笑，故人天外③忽飛來。

【注釋】

①攢（cuán）聚：緊緊地聚集在一起。 ②縈迴：迴旋往復，曲折環繞。 ③天外：指極高極遠的地方。

【意譯】

山峰緊緊地聚集在一起，峰下的水曲折環繞，晴天穿雲而過，紫紅和翠綠撲面而來。
五位德高望重的前輩抬頭齊聲一笑，老朋友從極高極遠的地方忽然飛來。

【點評】微笑迎賓

汪詩人一別廬山八九年，飛機剛到九江，望見廬山口，迫不及待地口占一絕句。他會怎樣運筆抒情呢？沒有從正面鐫刻自我急迫之懷想、思念、追憶，而是從側面烘托、映襯、比照，而是穿雲而過，紫紅翠綠撲面綻開，「萬峰攢聚水縈迴」。最為緊要關鍵的急轉直下，以擬人的筆法，從側面迂迴：五老（峰）舉頭齊一笑，微笑迎賓。誰？老朋友。從哪裏

來？極高極遠的天外。怎樣來？穿雲破霧而來！全詩清新、瀏亮，一氣呵成，寫出了中華文化的禮讓，寫出了真情發自肺腑待客的笑靨，寫出了「有朋自遠方來，不亦樂乎」的歡欣，也寫出了「賓至如歸」的情結！

廬山雜詩

九年（一九二〇）夏秋間，余遊廬山，曾為絕句若干首；十六年（一九二七）秋冬間復遊，則得一絕句而已；二十一年（一九三二）夏間曾復一至，自是歲輒（從這年就）一二至，留則二三日，得句則以小箋（信紙）書之（記錄），拉雜不復編次云。

浔廬山道中

參差①不辨最高峰，疊翠②浮青③幾萬重。
著④得煙雲齊欲活，滿天鱗爪看飛龍。

【注釋】

①參差（cēn cī）：幾乎；大約。　②疊翠：（山巒、樹木）青翠重疊。　③浮青：飄浮綠色。　④著（zhuó）：挨上。

【意譯】

幾乎分不清哪個是最高峰，青翠重疊，飄浮綠色幾萬重。

挨上煙雲都將要變得活動起來，滿天鱗，滿天爪，看得到整個飛龍。

【點評】神龍見首不見尾

洪昇說龍必全體，王士禎說龍無全體，趙執信說龍無定體，看來洪昇太求形體逼真，而王、趙二人則注重神韻變化。這是清人趙執信〈談龍靈〉中的「神龍見首不見尾」的一段記載。在這段詩話裏，我們可以看到汪詩人的這首七絕的末句傾向於神韻論的理念。這也符合中國傳統文化中的辯證法：以實寫虛，以小見大，旁敲側擊，烘雲托月；也就是情為虛，景為實，寓情於景，情景交融。

曉登天池山，將以明日乘飛機發九江

屏嶂①重深路轉幽，豁然開朗②眾峰頭。

山連鐵騎③奔如放，水亙④銀河凝⑤不流。

初日乍⑥舒天錦⑦豔，微風忽送海綿浮。
明朝更奮凌雲⑧翼，一覽⑨千巖萬壑⑩秋。

【注釋】

①屏嶂：像屏障一樣的山峰。②豁然開朗：形容由狹隘幽暗一變而為開朗、光亮 ③鐵騎：指精銳的騎兵。④亙（gèn）：空間上或時間上延續不斷。⑤凝（níng）：凝結。⑥乍：忽然；驟然。⑦錦：用彩色經緯織成各種圖案花紋的絲織品。⑧凌雲：直上雲霄。⑨覽：看。⑩千巖萬壑：重山疊嶺。

【意譯】

隨著屏障般的山峰一重一重深入，路也逐漸狹隘、幽暗，忽然一變而為開朗、光亮，凸顯出一個個的山頭。
山像精銳的騎兵奔馳如開鬧，波浪連續不斷的天河，突然凝結斷流。
初升的太陽驟然華美鮮豔，微微悠悠送來海綿朝上浮。
明天更要奮起直上雲霄的機翼，一眼盡收重山疊嶺的金秋！

【點評】一眼收盡廬山秋

這首七律的結句，氣吞斗牛，詩人胸中有高出廬山的氣象，因而下筆自豪。「明朝更奮凌雲翼，一覽千巖萬壑秋。」這就表明，廬山雖大，必須要有更大的胸襟去包容它，才能越增其大。若是小家子氣的鼠目寸光，廬山不免隨之縮小，所得必定侷促、狹隘，這是不言而喻的。

以上是清人彭端淑《雪夜詩談》中「凡遊大山大水」的理念，此論入木三分，令人佩服。自然，末句還有杜甫「會當凌絕頂，一覽眾山小」神韻的汲納、融化。由於有現代生活現實的昭示，詩人在飛機上鳥瞰必然得比任何「絕頂」高出一籌，才能「一眼收盡廬山秋」啊！

晚眺（已見前）

自神龍宮登天池山，則佛手巖、人頭石、錦繡谷、花徑、松門諸勝歷歷在目。大漢陽峰上植松甚多，古茂可愛，詩以紀之。

猱升①漸上最高峰，喘②汗才收語笑同。
河漢③倒懸行杖底，江湖齊落酒杯中。
泉兼風雨飛騰壯，山納④煙雲變化重。
回首不嫌歸路永⑤，萬松如鶴正浮空。

【注釋】

①猱（náo）升：猿猱上樹，比喻輕捷。②喘（chuǎn）：急促呼吸。③河漢：銀河。④納：收進來；放進來。⑤永：永遠；永久。

【意譯】

輕捷漸上最高峰，呼吸平緩，流汗也停止，笑語相同。銀河倒懸在手杖底下行走，江河湖泊都落到酒杯中。

風雨兼程泉飛騰壯，大山收進雲煙變化重重。回眸不嫌棄歸路有多遠，松樹多多正如鶴群飄浮在天空。

【點評】倒懸・倒影

倒懸——頭向下腳向上地懸掛著。詩人奇思銀河倒掛，人行走於手杖的底下。緊接著妙想倒影——倒立的影子：江河湖泊統統落進酒杯中。二者都運用了誇張手法，前者誇大；後者縮小。

這種奇思妙想是在哪裏產生的呢？最高峰上。當時是一種什麼心態呢？笑語聲聲。塗上猱升勝利色彩的敢傲群峰的笑聲！再下來是泉壯，山重。結句落在一個滾燙的動詞上：浮！原因是「大漢陽峰上植松甚多，古茂可愛」，浮起來，飄起來，想像奇拔，令人叫絕！

想像是詩歌的酵母，奇思妙想是佳作的靈魂！

大漢陽峰為廬山第一主峰，登絕頂作長句

萬嶺如僂①拱②四方，俯看五老亦兒行③。

波光窈眇④分湖口，樹色蒼茫⑤接漢陽。

天上風雲致⑥明晦⑦，人間心力變滄桑⑧。
陸沉⑨正有為魚難⑩，敢向崖前謁⑪禹王⑫。

禹王崖在峰下。

【注釋】

①僂（lóu）：嘍囉，僂儸。舊時稱強盜頭目的部下。②拱（gǒng）：環繞。③行（háng）：排行。④窈眇（yǎo miǎo）：美好；美妙。⑤蒼茫：空闊遼遠，沒有邊際。⑥致：招致；引起。⑦明晦：白天和黑夜；晴朗和昏暗。⑧滄桑：大海變農田，農田變大海。比喻世事變化很大。⑨陸沉：陸地下沉或沉沒，比喻國土淪喪。⑩難（nàn）：災難。⑪謁（yè）：謁見；請見。⑫禹王：古代部落聯盟領袖，傳說曾治服洪水。

【意譯】

萬座山嶺像部屬拱衛著四面八方，俯視五位老人也是兒子輩份的排行。波光美好分屬湖口，樹色無邊連接漢陽。天上的風雲招致白天黑夜，人間的操心費力變幻滄桑。國土淪喪，正有做奴隸的災難，敢於向崖前謁見大禹王。

【點評】請見禹王

詩人為什麼要用「請見禹王」作結？

一、既然「禹王崖在峰下」，那麼近在咫尺，正好聆聽教誨吧。

二、詩成於一九三二年之後，日寇肆無忌憚，國土日漸淪喪。蔣介石置民族災難於不顧，槍口對準紅軍，形成「人為刀組，我為魚肉」的嚴峻態勢。

三、禹王救民於滔天洪水之中，彪炳千古。當下「陸沉正有為魚難」，進謁禹王以求解脫國難，更是題中應有之義啊！

四、在廬山第一主峰上望遠，自然流露牽掛民族危亡的情愫，能不增強結尾的力度和全篇意蘊的深度嗎？

天池山上有王陽明①先生詩一首，鑱②巨石上，昔年曾作詩紀之。今歲為作亭以蔽風雨，落成題壁

片石千秋挹③古馨④，兼收畫本入危亭。
江湖赭⑤碧分雙鏡，吳楚青蒼共一屏⑥。
世眼佛燈攙⑦鬼火⑧，道心⑨明月定風霆⑩。
神龍宮瀑終宵響，猶作當年嘯詠⑪聽。

【注釋】

①王守仁：（一四七二——一五二九）明哲學家，教育家。字伯安。餘姚人。嘗築室故鄉陽明洞中，世稱陽明先生。以鎮壓農民運動和平定「宸濠之亂」，封新建伯，官至南京兵部尚書。卒謚文成。初習程朱理學與佛學，後轉陸九淵心學，並發展了陸的學說，用以對抗程朱學派。於兒童教育方面，反對「鞭撻繩縛，若待拘囚」，主張「必使其趨向鼓舞，中心喜悅」，以達到「自然日長日化」（《語錄》）。其學說以「反傳統」的姿態出現，在明代中期以後影響很大，還流傳到日本。著作由門人輯成《王文成公全

書》三十八卷，其中在哲學上最重要的是《傳習錄》和《大學問》。②鑱（chán）：古代一種鐵製的刨土工具。這裏似作「鏨」講。③馨（xīn）：散布得遠的香氣。⑤赭（zhě）：紅褐色。⑥屏（píng）：屏風。⑦攙（chān）：攙扶。⑧鬼火：磷火的俗稱。⑨道心：道德觀念；悟道之心。⑩霆（tíng）：暴雷；霹靂。⑪嘯詠：嘯歌。嘯，撮口發出長而清脆的聲音。

【意譯】

一片石塊千秋還飄散著香馨，收起畫本走進危亭。
江湖上的紅褐和碧青分成雙色鏡，吳楚的青黑色共作一個屏風。
世俗眼光看佛燈攙扶著磷火，悟道之心如明月決定風力雷霆。
神龍宮的瀑布通宵響個不停，還當作從前的嘯歌來聽！

【點評】另類道學先生

汪精衛等為暗殺清廷政要，需要攜帶炸藥赴京。為了安全穩妥，經廖仲凱書面介紹認識了同盟會會員、交際花鄭毓秀女士，其父為天津實業界大亨。儘管輕鬆轉運過關，但對汪的酷評是：汪精衛真「是少見的道學先生」。顯然，這是指過分的拘執和迂腐的習氣。為什麼汪氏榮獲如此「美名」呢？

遠因是，汪氏童年家教甚嚴。每天放學回家，還要背誦或抄寫陸游的詩歌和王陽明最重要的著作之一《傳習錄》。由於汪父是王氏「心學」的信徒的緣故。這種「早教」，對汪產生了潛移默化的潤育。終其一生，對女性一直守身如玉，絕不在生活作風上，與官場陋習同流合污，彰顯了汪氏人品亮麗的一個側面。故曰，另類道學先生，蘊含褒義吧。

近因呢？汪氏對王守仁的「心學」，還是能領悟其精神實質的。所以「夫萬事萬物之理不外於吾心」，「心明便是天理」等等都是心知肚明的。僅以這首七律中的「道心明月定風霆」便是見證。

看來，評騭汪詩人的氣質，忘卻王氏「心學」的薰陶，恐怕也是不全面、不符合實際的吧。

雨後

天際微雲淡欲流，灑然①涼意滿汀洲。
亭亭②過雨紅蕖③直，浥浥④含風綠樹柔。
墜粉蝶衣相慰藉⑤，游絲蛛網互綢繆⑥。
最憐川上牛浮鼻，也似疲農得小休。

【注釋】

①灑然：肅敬貌。②亭亭：形容高聳。③紅蕖（qú）：紅色荷花。④浥浥（yì）：香氣盛貌。⑤慰藉：安慰。⑥綢繆：纏綿。

【意譯】

天邊的微雲淡得像水要往下流，叫人肅然起敬的涼意充滿了汀洲。
高聳的過路雨，紅荷筆直，風裏蘊含香氣，綠樹輕柔。
墜落的花粉和蝴蝶的衣裳，相互安慰，游動的絲和蜘蛛的網彼此難捨又綢繆。

最可憐的是河邊上的牛浮出水面的鼻子，也像疲倦的農民得到一會兒全休！

【點評】牛頌

你吃的是枯草，收穫的是金黃的穀粒。
你勤勤懇懇，不圖名利，專為父老鄉親奉獻勞力！
「最憐川上牛浮鼻，也似疲農得小休！」
是誰說你很像疲憊的農民，在河裏泡泡，也是難得的小憩？
這是詩歌史上罕見的比喻，用你比照農民兄弟！
這是人性的關懷，這是詩人的敬禮！

十餘年前曾遊廬山，樂其風景，而頗以林木鮮少為憾，所為詩有「樓臺已重名山價，料得家藏種樹書」之句。今歲復來，蘆林一帶樹木蒼然，因復為長句以紀之

落日猶銜萬仞①山，田家難得飯餘閒。
稻粱鳥雀紛爭後，果蓏②兒童大獲還。
重疊碧畦③丹嶂④上，參差紅瓦綠蔭間。

十年樹木非虛願，好為秋光一破顏⑤。

【注釋】

①仞（rèn）：古時八尺或七尺叫做一仞。②蓏（luǒ）：古書上指瓜類植物的果實。③畦（qí）：有土埂圍著的一塊塊排列整齊的田地，一般是長方形的。④嶂（zhàng）：直立像屏障的山峰。⑤破顏：轉為笑容。

【意譯】

落日還留戀著萬丈高山，農家難得茶餘飯後的一點點空閒。
稻穀、高粱鳥雀們紛紛爭奪之後，那些果實樂得娃娃們有豐厚報償。
重重疊疊的綠色菜畦和紅色山峰上，陰影參差不齊地映在紅瓦綠蔭中間。
十年能夠造林不是空口許願，好替金色的秋天轉為笑顏！

【點評】勝利者的笑容

十年樹木，百年樹人，指培植樹木，需要十年，培養人才需要百年。語本《管子•權修》：「十年之計，莫如樹木；終身之計，莫如樹人。」這是汪詩七律中有句云：「十年樹木非虛願」的關係。說的是一九二〇年曾題七絕〈廬山風景佳絕而林木鮮少，為詩寄慨〉：「樓臺已重名山價，料得家藏種樹書。」「今歲復來，蘆林一帶樹木蒼然，因復為長句以紀之」。

「好為秋光一破顏」，這種笑容，既見證汪氏具有中國文人熱愛山水樹木的文化傳統，又見證他具有審美的眼力，進而公開指明弊端，表示遺憾的魄力。於是，讀者不難領悟如此笑容，彰顯出詩家的笑，政治家的笑，自然是當下「樂其風景」加「樹木蒼然」，能不讓這位詩人政治家雙倍開懷的勝利者的笑容嗎？

即事

殘暑新涼勢欲爭，四山倏忽①變陰晴。
日團花氣連雲氣，風縱蟬聲雜雨聲。
白鹿臺前芳未歇，黃龍潭上水初平。
不妨弦月②遲遲③上，且看明河④淡淡⑤生。

【注釋】

①倏（shū）忽：很快地；忽然。②弦月：月亮半圓時形狀像弓，稱「弦」，叫「弦月」。③遲遲：表示時間長或時間拖得很晚（多用於否定句式）。④明河：銀河。⑤淡淡（yàn yàn）：隱隱約約。

【意譯】

殘暑和初涼二種勢力正要鬥爭，四面山上忽然陰變晴。日光把花的香氣和雲氣連接起來，風放縱蟬聲夾雜著雨聲。白鹿臺的芬芳還沒有停歇，黃龍潭邊上的水剛剛平。弦月不妨慢吞吞地向上爬，且看銀河隱隱約約地誕生！

【點評】《即事》三首，情趣各異

〈即事〉三首，情趣各異，各自點評如下：

第一首〈即事〉為七絕，以政治家的眼光，「鳥雀亦如人望治」，由人的視線轉向鳥雀的視線，由自然界射向社會，關注太平，關注治世。動因是「晴天才動樂聲多」！

第二首〈即事〉為七律，以詩家的眼光，奉勸人們抓緊時光，及時行樂，切莫辜負如此炫目的美景良晨！

第三首〈即事〉亦為七律，地點轉換為廬山，美景是山陰道上，應接不暇。情境變異，以詩人的視角，勸慰遊客，何不氣定神閒，消消停停，「不妨弦月遲遲上，且看明河淡淡生」。

求異，自主創新的拐點！

山行

箕踞①松根得小休，蟲聲人語兩無尤②。

雲從石鏡山頭起，水向鐵船峰上流。
初日乍添紅果豔，清霜未減綠蔭稠③。
匡廬④自是多顏色，要放千林爛熳⑤秋。

【注釋】

①箕踞（jī jù）：古人席地而坐，坐時臀部緊挨腳後跟，如果隨意伸開兩腿，像個簸箕，就叫箕踞，是一種不拘禮節、傲慢不敬的坐法。②尤：怨恨；過失。③稠（chóu）：跟「稀」相對，濃厚；多而繁密。④匡廬：廬山的別名。⑤爛熳：顏色鮮明而美麗。

【意譯】

放鬆地坐在松樹根上得到片刻休息，昆蟲的嘰嘰叫和人們的話語兩者都無怨尤。
雲彩從石鏡山上生起，泉水朝鐵船峰上激流。
初升的太陽突然增添了紅果的鮮豔，清冷的霜花沒有減少綠樹陰涼的濃稠。
廬山原本就是色彩繽紛，決定要綻放林木多多顏色鮮明美麗的金秋！

【點評】幽深和爛漫

汪氏有兩首〈山行〉，前在五律，後在七律。眼詞呢？前為幽深，後為爛漫。其色彩有深暗和亮麗的鮮明的區別。
且看第一首，起筆就定了基調：「幽深不可盡」。接著是花影、竹聲；魚得所，鹿微行；冰輪上，背漸明。自始至終，幽深為主導色澤。

而第二首則亮麗做主流，爛漫為基調。蟲聲、人語；雲起，水流；紅果黮，綠蔭稠。結尾：多顏色，爛漫秋。

幽深與爛漫，多麼強烈的反差！

自佛手巖遠望，數峰秀軟殊絕，為作絕句四首

一

萬綠揉①成數點山，煙舒雲捲意俱閒②。
可能摺疊為輕扇，著我清風兩袖間。

二

數峰青出雨餘天，淡暈濃皴③悉自然。
誰使遠山添蘊藉④？密林如草草如煙。

三

煙光新濕苧蘿衣⑤，丘壑⑥渾如襞⑦積微。
寄語天風休著力，恐教吹作白雲飛。

四

娟娟⑧翠岫⑨凌雲去，裊裊⑩清波帶月還。
一樣溫柔好情性，動時流水靜時山。

【注釋】

①揉（róu）：用手來回擦或搓。如揉搓。②閒：沒有事情；沒有活動；有空（與「忙」相對）。③皴（cūn）：國畫畫山石時的一種畫技。④蘊藉（yùn jiè）：言語、文字、神情等含蓄而不顯露。⑤苧（zhù）蘿衣：相傳西施生於苧蘿山。疑苧蘿衣即為西施衣服款式之一。⑥丘壑：山水幽深之處。⑦襞（bì）：衣服上打的褶子。泛指衣服的皺紋。⑧娟娟：美好貌。⑨岫（xiù）：山洞；山。⑩裊裊（niǎo）：形容煙氣繚繞上升。

一、二、三、四序號為注者所加。

【意譯】

一

綠色多多反覆搓揉變成點點青山，煙氣舒展，雲彩捲起，情調格外悠閒。
可能把它們摺疊成輕羅小扇，送來清風鑽進我的兩袖中間。

二

幾點青青的山在雨後的華彩時間，淡淡的暈和濃濃的皴都是這麼自然而然。
是誰使得遠山增添含蓄的神韻？遠方密密的樹林像草，草像輕輕的煙。

三

朦朧的煙光剛剛浸潤了苧蘿衣，山水幽深之處好像衣裳皺紋的積微。
帶個信給巨風，千萬消消停停莫使勁，最怕把點點山峰吹作白雲飛。

四

美好的青山直上雲霄，煙氣和著清波繚繞上升，帶著月亮回還。
都是一樣溫柔美好的性情，行動時像泉水叮，靜態時是座座青山。

【點評】軟山峰，您見過嗎？

此詩題提到「數峰秀軟殊絕」。用秀形容山峰，已有前人先例。「昔在九江上，遙望九華峰。天河掛綠水，秀出九芙蓉。」（李白〈望九華山贈青陽韋仲堪〉）於是，有生命的蓮花與無生命的山峰在物性上超越自然規則相聯通（楊義《李杜詩學》，北京出版社二〇〇一年版）。

然而以軟形容山峰，將硬性的山峰賦予軟性生命的神韻，也許是汪兆銘的原創。我們不妨從遣詞、變句、遠眺、近觀、比喻、襯托、誇張、擬人、想像，等等技巧的綜合運作，給讀者以山峰靈化的生命感覺。

四首七絕，次第點評如下：

一、山峰數點是怎樣形成的？揉。如揉麵般揉青而成，能不軟嗎？而軟與輕似雙胞胎，於是輕扇自然出場。
二、數峰為何這樣青？雨後，遠山，濃淡天然，含而不露。朦朧美的效應：密林如草草如煙。
三、點點青峰美在苧蘿衣的服飾，何況是新濕——青帶雨！想像奇特，別讓天風吹跑！
四、數峰居然直上雲霄去，帶回月亮。最終點題，軟在溫柔成性，靜如處子，動如脫兔！
詩人用揉、輕、遠、衣、柔，編織成軟。叫天生冷硬的點點山峰，幻化成可觸摸的軟乎乎的生命感覺，實在令人叫絕！

別廬山

年年歌廬山，廬山定厭聞。
今當欲去時，語吐還復吞。
上山遲延下山快，廬山不捨逐吾背。
失聲一嘆據①石坐，今日廬山太多態。
回頭語②廬山，毋為兒女顏。
君不見潯陽江頭③人造鳥④，已張兩翼遲我雲水間。
建業⑤與九江，一日可往還。
會當⑥袖取鍾山⑦一片石，投之三疊泉中鳴珊珊⑧。

上山時日始暾⑨，下山始日已曛⑩。
千峰萬峰間，一一白雲屯⑪，
無問為晴為雨為朝昏。
君為廬山峰，我為廬山雲。
因風以時來，無合亦無分。
揮手自茲去，山中茅屋雞犬之聲隱約⑫猶可聞。
我見廬山夏，不見廬山秋。
廬山秋色時，頗復念我不？
諸兒競攝影，縮取山光置案頭。
我則獨行吟，搜索枯腸⑬入小休。

注：此數行原本作注體，當為正文，今逕改。

【注釋】

①據：憑藉；依靠。②語（yù）：告訴。③潯陽江頭：長江流經潯陽縣境一段的別名。江頭，江岸。④人造鳥：指飛機。⑤建業：指今南京市。⑥會當：終當。表示將來時。⑦鍾山：在南京市區東。⑧珊珊（shān）：象聲詞。⑨暾（tūn）：剛出的太陽。⑩曛（xūn）：日落時的餘光。⑪屯（tún）：聚集。⑫隱約：看起來或聽起來不很清楚，感覺不明顯。⑬搜索枯腸：形容竭力思索（多指寫詩文）。

【意譯】

年年歌頌廬山美，廬山一定討厭這種歌聲。現在將要離去，話語也吐吐吞吞。上山慢，下山快，廬山捨不得我，追逐在我背後。不覺長嘆一聲，坐在一塊石頭上，今天廬山的形態處處美不勝收。回頭告訴廬山，不要有小兒女的神情。您沒看到潯陽江邊人造的飛鳥，已經張開兩個翅膀，卻比我遲滯在雲水之間。南京和九江，一天可以往返。終當摸出一塊小石頭，甩向三疊泉，聽到悅耳的珊珊的樂音。上山時太陽剛剛升起，下山時太陽只剩下墜落的餘光。在眾多的山峰之間，白雲一朵朵聚集。不要問是為晴天，為雨天，還是為清晨，為黃昏。您是廬山的山峰，我是廬山的雲彩。風按時吹起來，不合也不分。搖搖手從此離去，山裏竹籬茅舍的雞鳴狗吠，隱隱約約還可以聽到。我欣賞過廬山的夏景，沒有領略過廬山的秋色。秋天的廬山，您還會懷念我嗎？兒女們爭先恐後搶鏡頭，濃縮山光景色，準備安置在案頭。我卻獨立特行，學習西方邊行走邊吟唱的詩人，冥思苦索，進入短暫、積極、愉快的休息狀態！

【點評】新詞助推行吟

行吟，就是漫步歌吟的意思。這種作派，大有屈子行吟澤畔的翩翩風度。顯然，比之於歐洲的行吟詩人要早一千多年。作為詩歌自身的生命運動，如同詩人的發展和創新的自覺，因而必然是時尚文學，必然要吸納鮮活的時髦的話語入詩，便是題中應有之義。

汪詩三次提到飛機。飛機，早在一九三〇年代的中國，自然是新生事物。有兩種方式，一是直接入詩。如〈乘飛機至九江……〉，鏤刻意外：「故人天外忽飛來！」再如〈曉登天池山，將以明日乘飛機發九江〉抒發豪情：「明朝更奮凌雲翼，一覽千巖萬壑秋。」

二是進而運用修辭手法，整合加工，新意新味接踵而至。請看這首〈別廬山〉。「君不見潯陽江頭人造鳥」，比喻貼切。「建業與九江，一日可往還。」原本直言其快捷，詩人意猶未盡，於是「會當袖取鍾山一片石，投之三疊泉中鳴珊珊」，用借代手法以鍾山代南京，用三疊泉代廬山，想像中的「投石衝開水底天」，讓受眾聽到清脆、悅耳、天籟之音，能不更加令人神往嗎？

這，恐怕就是新詞助推出新意的適例吧。

二十五年結婚紀念日賦示冰如

依然良月①照三更，回首當年百感並。
志決但期能共死，情深聊②復信來生③。
頭顱似舊元④非望，思意如新不可名⑤。
好語相酬唯努力，人間憂患正縱橫⑥。

【注釋】

①良月：指農曆十月。也可能指美好的月色。②聊：姑且。③來生：指人死了以後再轉生到世上來的那一輩子（迷信）。④元：本來；原先。⑤名：說出。⑥縱橫：橫一條豎一條的；猶豪橫，強橫。

【意譯】

仍然是三更天氣，美好的月色觸摸著，回眸二十五年前，百端感慨叢生。
我們心意堅決：期望能夠同一天死去，感情深厚姑且再相信可以共度來生。
腦袋依舊，本來不是我們的奢望，思想好像新穎，卻很難說明。
用吉祥話語來酬謝你，只有努力幹，當今之世，憂患遍地，到處交錯的是強橫！

【點評】轉筆之妙

大凡絕律，轉筆最難。好的轉筆之標準是什麼呢？劉坡公在《學詩百法》中認為：「轉者，就承筆之意，轉捩（扭轉）以言之也。……總以能與前後相呼應，活而不板為佳。」（上海古籍書店一九八一年版，第四十頁）

汪氏這首詩的轉筆，也屬難得之列。且看第五句「頭顱似舊元非望」，為什麼腦袋依舊，本來不是我們的奢望呢？因為它和起筆「回首當年百感並」完全相應。汪詩人的當年正是「引刀成一快，不負少年頭」（〈被逮口占〉），「此頭須向國門懸」（〈獄中雜感〉）氣壯山河、義薄雲天的頭顱啊！哪能料想有情人終成眷屬，乃至結婚二十五年了呢？能不百感交集嗎？

第六句「思意如新不可名」。思想好像新穎，卻很難說明。究竟是「難說明」，還是「難明說」（有難言之隱），抑或詩意的懸念，讓人加以揣摩呢？不過，有一點可以肯定：和末聯的「唯努力」、憂患縱橫，是上下一氣，通體均相照應的。

太平角獨坐

近天風露自泠泠①，波遠微光閃似螢。
清絕②玉簫聲裏月，萬山如睡一松醒。

【注釋】

①泠泠（ling）：形容清涼。②清絕：清晰達極點。

【意譯】

近處的風露清清涼涼，遠處的波光像螢火蟲一閃一閃。月色裏傳來清晰悅耳的玉簫聲，群山如睡，唯獨一棵古松清醒！

【點評】獨坐拾趣

全詩一個「靜」字囊括。趣從四畫面中來：一、近觸清涼意；二、遠波似螢火；三、月下簫聲脆；四、山睡醒孤松。

斐然亭晚眺

蔚藍①波染夕陽紅，天宇②昭昭③暮色融。
海作衣裾④山作帶，飄然⑤我欲去乘風⑥。

【注釋】

①蔚藍：像晴朗的天空的顏色。 ②天宇：天空。 ③昭昭：明亮。 ④裾（jū）：衣服的大襟。 ⑤飄然：形容輕鬆愉快的樣子。 ⑥乘風：憑著風力。

【意譯】

夕陽把海水染成火燒紅，明亮的天空將暮色化融。
海洋製成衣服的大襟，連綿的山做成腰帶，我輕鬆愉快地想要去破浪乘風。

【點評】飄然欲仙

讀罷《斐然亭晚眺》，陡然記起見過一幅楹聯：「酒渴思吞海，詩狂欲上天。」（《博覽群書》二〇一〇年十二月第九十八頁）我想，汪詩人在斐然亭晚眺之後詩也跳出來了，似乎有了「欲上天」的衝動！不是嗎？起句，鮮豔；承句，亮麗；轉句，博大；結句，輕盈。故曰：夸飾由衷，飄然欲仙。

臥病青島，少愈，試遊勞山①，為詩紀之，得若干首②

一

人亦勞勞③似此山，卻慚偷得病餘閒。
兩崖斧鑿痕如畫，珍重④勞人汗點斑。

【注釋】

①勞山：在山東即墨的東南海濱。有大勞山、小勞山，二山相連，上有清風嶺、碧落崖等名勝。②一至十五的序號為注者所加。③勞勞：惆悵憂傷的樣子。④珍重：珍愛（重要或難得的事物）。

【意譯】

病人惆悵憂傷很像這座勞勞山，由於養病才能偷閒，到這裏遊玩。
兩邊岩石刀辟斧鑿的痕跡絕像油畫，我們應當珍愛勞動者的汗跡斑斑！

二

老槐深竹影交加①，行到勞山道士家。
舊事嬌兒能記得，雪中曾折耐冬花。

【注釋】

①交加：交錯。

【意譯】

老槐樹、深竹子，影子相互交加，走到一戶勞山道士的人家。
過往的事情，心愛的兒子還能回憶，大雪紛飛的嚴寒日子，還曾折過耐冬花。

三

滿山奇石鬱①輪囷②，水色清寒不受塵。
自是老松先得地，也應留坐久行人。

【意釋】

①鬱：茂盛。②輪囷（qūn）：高大貌。

【意譯】

滿山奇形怪狀的石頭茂盛又高大，水色清亮而寒冷不接納灰塵。自然是老松樹先占地利，也應該留下座位給一些辛苦的旅行人。

四

小叢薄豔自娟娟①，日炙②凝脂③暖欲燃。
問得嘉名④成一笑，鈴蘭⑤斜插笠簷邊。

【注釋】

①娟娟：美好貌。②炙（zhì）：烤。③凝脂：凝凍的脂肪，這裏比喻花潔白而細膩。④嘉名：美好的名字。⑤鈴蘭：又叫「君影草」、「草玉鈴」。百合科。花鐘狀，白色，有香氣。漿果球形，紅色。

【意譯】

一小叢比較豔麗的花朵美好秀娟，太陽一烤像凝凍的脂肪，將要燒燃。問得她的美好名字，「噗哧」一聲笑，草玉鈴斜起插在斗笠簷旁邊。

五

太清宮接上清宮，犖确①才令一徑通。
誰使遊人開倦眼②，明霞洞口野花紅。

【注釋】

①犖（luò）确：山多大石貌。 ②倦眼：疲倦的雙眼。

【意譯】

從太清宮開闢了羊腸小道到上清宮，這麼多大石頭的山上才能有一條小路可通。是誰讓旅遊者睜開了疲倦的雙眼？明霞洞口上多多的野花怒放火紅火紅！

六

兩峰缺處海天明，灼灼①銀波媚②晚晴。
一片清音③聽不斷，松風直下接濤聲。

【注釋】

①灼灼（zhuó）：明亮。　②媚：巴結。　③清音：舊時婚喪儀式中所用的吹奏樂。

【意譯】

兩座山峰之間海水與天際出現光明，明亮的銀色海浪巴結晚晴。
一片喜慶的吹奏樂連續不斷，松林的風颼下來迎接它的是海濤聲。

七

累累①香粟盡垂金，簇簇高粱過一尋②。
農事漸閒蔬飯了，耦③耕人坐綠榆蔭。

【注釋】

①累累：接連成串。 ②尋：古代的長度單位，八尺叫一尋。 ③耦（ǒu）：兩人並耕。

【意譯】

成串噴香的粟米像垂下了黃金，一團團的高粱都超過了一尋。
耕種的事情漸漸閒起來，需要用蔬菜當飯，耦耕的人坐在榆樹綠葉下歇蔭。

八

碧琉璃①水接天長，翡翠②屏風③絢④夕陽。
左是山光右海色，中間花木蔭周行⑤。

【注釋】

①琉璃（liú li）：用某些礦物原料燒成的半透明釉料，常見的有綠色、藍色和金黃色等，多加在黏土的外層，燒製成缸、盆、磚瓦等。 ②翡（fěi）翠：礦物，成分是鈉和鋁的矽酸鹽，綠色、藍綠色或白色中帶綠色斑紋，也有紅色、紫色或無色的，有玻璃光澤，硬度六至七，可做裝飾品。 ③屏風：放在室內用來擋風或隔斷視線的用具，有的單扇，有的多扇相連，可以摺疊。
④絢（xuàn）：色彩華麗。 ⑦行（háng）：行列。

【意譯】

海水像碧綠的琉璃連接天一樣遼闊，勞山如同翡翠的屏風華麗夕陽。
左邊是勞山的靚麗風光，右邊是墨綠水色，中間的花草樹木，綠蔭呈圓形列行。

九

華嚴寺口暮雲封，石徑幽幽①萬竹中。
忽地②方庭如潑水，一輪明月御③天風。

【注釋】

①幽幽：形容聲音、光線等微弱。　②忽地：忽然；突然。　③御：駕馭車馬。

【意譯】

華嚴寺被暮雲緊緊地密封，石徑上聲音、光線微弱，蜿蜒於竹林中。
突然，天庭好像傾盆倒水下來，一輪明月駕馭著天風。

十

樹老天清萬壑秋，片雲峰頂自悠悠①。

勞人亦解霜②侵鬢，莫怪勞山易白頭。

【注釋】

①悠悠：長久；遙遠。 ②霜：借代白髮。

【意譯】

老樹青天千山萬壑一派秋，一片雲遮著山峰的頂上自是悠悠。

勞動者也瞭解白髮爬上了鬢角，不要錯怪勞山上人們容易白頭。

十一

紫薇花發太平宮，語笑還登獅子峰。

若說石頭似獅子，諸松一一似游龍。

【意譯】

紫薇花生長在太平宮，人聲笑語還上了獅子峰。

如果說石頭像獅子，這些松樹一棵二棵都如同游龍。

十二

一亭搖出翠微①顛，盡納②煙波置檻③前。

日動光華④霞散采，此時山水亦斐然⑤。

【注釋】

①翠微：泛指青山。 ②納：收進來。 ③檻（jiàn）：欄杆。 ④光華：明亮的光輝。 ⑤斐（fěi）然：顯著。

【意譯】

一個小亭子遙遙地出現在青山之巔，把煙波全部收進去放在欄杆的面前。

太陽運動明亮的光輝，霞光撒出色彩，這個時候山光水色景物斐然。

十三

仰攀喬木俯幽宮，路轉千巖萬壑中。
海闊天空歸一覽，始知人在最高峰。

【意譯】

抬頭攀援喬木，俯視幽深的神宮，路彎彎拐拐、上上下下，在各異的千巖萬壑中。
放眼海闊天空，盡覽無餘，方才知道自己已然是山最高、我為峰！

十四

葱蘢①石帶青松色，磊落②松含白石姿。
兩是勞山奇絕③處，海灘回首欲歸遲。

【注釋】

①葱蘢：草木青翠茂盛。 ②磊落：多而錯雜。 ③奇絕：神奇絕妙。

【意譯】

草木青翠茂盛，岩石像帶子呈現青松顏色，多而錯雜，松樹含有白石的英姿。石青松白是勞山神奇絕妙的特徵，在海灘回眸這般勝景，想要歸來也已延遲。

十五

出林澗水逝滔滔①，我亦從茲泛②去舠③。

才得迎來又送往，勞山終古④太勞勞。

【注釋】

①滔滔：形容大水滾滾。 ②泛：漂浮。 ③舠（dāo）：小船，形如刀。 ④終古：久遠；永遠。

【意譯】

流出森林的澗水，水勢滾滾滔滔，我也從這兒漂浮離開了小舠。剛剛迎來賓客又送走朋友，勞山永遠太惆悵、太憂傷、太辛勞。

【點評】轉筆見功夫

元人楊載在《詩法家數》中說：「至於宛轉變化功夫全在第三句。好則末句順水之舟矣。」這個原因是絕句通常分為前後兩半：前起引帶、鋪墊作用；後為主題、意旨所在。但關鍵在「轉筆」——轉折句即第三句，此句得力，則末句易為。

如何運作？簡而言之，轉筆之法「有三：一、進一層轉；二、推一層轉；三、反轉。」（楊波公《學詩百法》）我們看看勞山組詩十五首七絕，瀏亮、空靈，詩情淡泊，可讀性強。就關鍵性的轉筆而言，十五首詩中進一層轉的有一、四、五、八、十一、十四、十五等七句；推一層轉的有二、六、九、十二等四句；反轉的有三、七、十、十三等四句。現在以第十四首為例簡述之。

「兩是勞山奇絕處」，神奇絕妙何在？岩石通常是白色，這裏的像帶子構成、呈現青松的顏色。另外呢，勞山石多而錯雜，松樹卻含有白石的容姿。這是承接一、二兩句，進而點破勞山奇絕：石青、松白。又水到渠成，揭示景色迷人：是「海灘回首欲歸遲」的動因，流連忘返啊！

秋日重過豁蒙樓

欄楯①參差帶暮煙，寺樓重過已經年②。
茫茫虎踞龍蟠③地，黯黯④鴻⑤來燕去天。
懷古傷今空有淚，絕人逃世苦無緣。
未黃木葉蕭疏⑥甚，好把秋聲處處傳。

【注釋】

①楯（shǔn）：欄杆。②經年：經過一年。③虎踞龍蟠：像虎蹲著，像龍盤著，形容地勢險要。也作虎踞龍盤，或龍盤虎踞。④黯黯（àn）：很黑。⑤鴻：鴻雁，冬候鳥，又叫大雁。⑥蕭疏：稀疏；稀稀落落。

【意譯】

參差不齊的欄杆停著傍晚的雲煙，重過豁蒙樓已然一年。
沒有邊際的險要的地勢，黑黑的大雁來、春燕去的藍天。
懷念古代傷感今天白流眼淚，杜絕社交逃避現實又苦無緣。
沒黃的樹葉稀疏到極點，好把秋天到來的聲音四處傳。

【點評】色彩，內心情緒的投射

朗誦〈秋日重過豁蒙樓〉，撲面而來的是：暮煙、茫茫、黯黯、懷古傷今、絕人逃世、蕭疏、秋聲，充滿了低迷、黯淡、陰冷、傷感的灰暗色彩的塗抹。究其原因，一則作為具體的人，都有七情六欲，人生愁恨何能免？汪兆銘不可能例外。二則，中國一般文人具備特有文化情結——悲秋。這是和歐洲文化元素存在顯著區別的。例如，俄羅斯詩歌之父普希金，他的著名的波爾金洛的秋天是愉悅的、激情高漲的、創作大豐收的金秋時節。絲毫也沒有「悲哉，秋之為氣」的惱人的喟嘆！三則，汪詩人多愁善感，加上政治家的敏銳性，很容易激發心理情緒的波動，而詩歌的色彩是內心情緒的投射，因而一旦發愁，作品自然流淌出諸多陰暗的灰色的元素，形成了這首悲愴的七律。這大抵也是汪詩人難忘的瞬間吧。

方君璧妹以畫羊直幅見貽①，題句其上

兀兀②高岡，茫茫曠野③。
青草半枯，紅日將下。
陟④阻而瘏⑤，哀吟和⑥寡。
臨崖卻顧，是何為者？
君不見風蕭蕭兮木葉橫飛，家家砧杵⑦兮念無衣。
羊之有毛兮，亦如蠶之有絲；
剪之伐之，其何所辭！
恐皮骨之所餘，曾不足以療一朝之饑⑧也，
噫⑨！

【注釋】

①見貽（yí）：貽，贈送。見，用在動詞前面表示被動。被贈。②兀兀（wù）：靜止貌。③曠野：空曠的原野。④陟（zhì）：登高。⑤瘏（tú）：病。⑥和（hè）：和諧地跟著唱。⑦砧杵（zhēn chǔ）：一頭粗一頭細的圓木棒，用來在臼裏搗糧食等或洗衣服時捶衣服。⑧療饑：解除饑餓；充饑。⑨噫（yī）：表示悲痛或嘆息。

【意譯】

靜靜的高高的山岡，望不到邊際的空曠的原野。青草大多枯黃，紅日將要落山。登高受到阻礙而得病，悲哀地呻吟跟著哼哼的人很少、很少。走到懸崖邊上卻回頭看看，這是為什麼啊？你沒有聽到風呼呼地吹啊，沒有望到落葉到處飛舞，家家戶戶的棒槌惦念著沒有過冬的衣裳。羊有毛啊也像蠶有絲；剪牠的毛又毆打牠，牠怎麼能反抗？恐怕一張羊皮和所剩的羊骨頭，不能夠解除一次早餐的饑餓，唉呀呀！

【點評】噫……

題畫詩最為容易、最為簡單的方法，莫過於將畫面描繪一番。不過，比較難得的是在鏤刻畫面過程中，也可以發揮詩人的想像，生發聯想，乃至提出問題，給予符合畫意的答案，或者留下讀者再創造的空間，絕不是簡單地、不假思索地將畫面「翻譯」或者「複印」出來的令人審美疲勞的作派。

我們看一看「陟阻而瘏，哀吟和寡」。羊子悲哀痛苦的呻吟，及「和者寡」，顯然是想像！臨近懸崖，為什麼要回眸張望？提出第一問。由洗衣聯想到沒有冬衣，如何禦寒，再聯想到羊毛可以過冬，聯想到剪羊毛、揍羊子，提出第二問的答案，結句見證羊是弱者。所剩皮骨，難以療一餐之饑啊！為此，意味深長，震撼人心的恐怕便是那一聲悲痛的長嘆：噫！噫，揭示了方女士畫面的意蘊，提升到孟夫子人性善理念的高度：「一個人，如果沒有同情之心，簡直不是個人！」（《孟子・公孫醜章句上》：「無惻隱之心，非人也。」）

這是以〈噫……〉做標題的因由。

題高劍父①畫鎮海樓圖

夢裏樓臺幾變遷，畫圖猶是十年前。
沉沉②綠藪③連滄海，矗矗④紅棉⑤界遠天。
懷抱久如含瓦石，風塵⑥原不涴⑦山川。
白雲隱約題詩處，指點黄花⑧更惘然⑨。

【注釋】

①高劍父：（一八七九—一九五一）中國畫家。名崙，廣東番禺人。曾留學日本，在東京學畫。後加入同盟會，組織廣東支會，任會長。辛亥革命後，從事美術教育工作，創春睡畫院、南中美術院。擅山水、花鳥、走獸，也作人物畫，融合日本和西洋畫法，著重寫生，善用色彩或水墨渲染，別具一格。②沉沉：形容深沉。③藪（sǒu）：指人或東西聚集的地方。④矗矗（chù）：高聳貌。⑤紅棉：即木棉，又叫攀枝花。⑥風塵：比喻紛亂的社會。⑦涴（wò）：弄髒，如泥、油黏在衣服或器物上。⑧黄花：指黄花崗。⑨惘（wǎng）然：心裏好像失掉了什麼東西的樣子。

【意譯】

在睡夢中鎮海樓經歷了多次變遷，這個畫面的情景還是十年之前。
深沉的墨綠聚集連接大海，高高聳立的木棉樹直指九重天。

胸懷久久像塞了瓦片和石子，紛亂的社會原來不污染山川。

題詩的地點透過白雲隱隱約約看得見，指點著黃花崗烈士墓更加失意、蕭然。

【點評】黃花崗情節

同一件藝術品，同一個藝術形象，可以具有各異的審美評價。正如西諺所云：有一千個讀者，就有一千個哈姆雷特。人們欣賞繪畫作品，自然也不例外。為此，寫題畫詩，詩人完全可以根據自身的生活歷練、知識素養、審美趣味，從而發現畫面中對接點，引發激情的燃燒、理念的提升、創新的睿智、襟抱的抒發。不可否認，詩人的理解，雖然未必與畫家的意念、表達、主旨全然吻合，但是，對人們欣賞該畫，也是具有一定的啟迪、借鑑、引導等作用的。

至於黃花崗情結，是指對黃花崗七十二烈士的緬懷、記憶，對這些同盟會精英的英勇犧牲深入靈魂的悼念，汪兆銘詩人與高劍父畫家顯然都是共鳴的。一則兩人均係同盟會會員；二則同係留日學生；三則都是廣東番禺老鄉；四則同為熱血沸騰的革命青年。另外，鎮海樓與黃花崗都地處廣州市，只不過鎮海樓在城北，黃花崗在城東而已。最後，末聯的「白雲」與「黃花」成對出現，是不是不經意之間讓「白雲山」與「黃花崗」凸顯出來，以彰顯「黃花崗情結」呢？面對紛亂的現實社會，能不令人有茫然、蕭然、惘然的情愫嗎？

題畫詩昭示受眾：吾輩仍須猛著鞭！

二十五年一月病少間，展雙照樓圖，因作此詩以示冰如

松枝與梅花，來自月輪①中。

皎潔[2]自有質，婉孌[3]相為容。
歲晚多晦冥[4]，瑤臺[5]偶一逢。
聚影疏林下，欲語心忡忡[6]。
自從涉世[7]來，日在荊棘叢。
只今[8]霜霰至，何以禦嚴冬。
南枝方含和，北枝已烈風。
後凋以為期，相看漸飛蓬[9]。
回頭望來處，玉鑑明蒼穹[10]。
昭質[11]本無滓，日光與之融。
清輝[12]澈下土，萬里捲纖蒙。
悠悠[13]山河影，歷歷[14]涵[15]虛空。
縱橫著枝柯，映蔚[16]成葱蘢[17]。
寒色自凜凜[18]，生氣何芃芃[19]。
冰雪誠摧傷，亦復相磨礱[20]。
對此意感激，矯[21]若雙飛虹。
願葆[22]金石姿，頡頏[23]以相從。
共命人間世，不辭憂患重。

百孔千瘡㉔餘，一笑報已豐。
憂在己不力，豈在憂時窮㉕。
棲棲㉖百年內，耿耿㉗兩心同。
玉宇㉘雖高寒，咫尺㉙猶可通。
蟾兔㉚有缺時，光明長在胸。
何況如槃月㉛，正照小樓東。

【注釋】

①月輪：指圓月。②皎潔：（月亮等）明亮而潔白。③婉孌（wǎng luán）：年少美好貌。④晦冥：昏暗。⑤瑤（yáo）臺：古人謂神仙居處。⑥忡忡（chōng chōng）：憂愁的樣子。⑦涉世：經歷世事。⑧只今：指如今。⑨飛蓬：多年生草本植樹物，葉子像柳葉，邊緣有鋸齒。夏天開花，花外圍淡紫紅色，中心黃色。⑩蒼穹：也叫穹蒼。指天空。⑪昭質：明潔純粹的品質；謂明旦。⑫清輝：指月光。⑬悠悠：遙遠；眾多。⑭歷歷：物體或景象一個一個清清楚楚的。⑮涵：包容；包含。⑯映蔚：相互映襯而茂密。⑰蔥蘢：形容草木青翠而茂盛。⑱凜凜（lǐn）：寒冷。⑲芃芃（pēng）：形容植物茂盛。⑳磨礱（mò lóng）：摩擦；鍛鍊；鑽研。㉑矯（jiǎo）：強壯；勇武。㉒葆：保持；保護。㉓頡頏（xié háng）：泛指不相上下，相抗衡。㉔百孔千瘡：比喻破壞得很嚴重或弊病很多。㉕時窮：最危急的關頭。㉖棲棲（xī）：形容不安定。㉗耿耿（gěng）：忠誠。㉘玉宇：傳說中神仙住的華麗的宮殿。㉙咫（zhǐ）尺：比喻很近的距離。㉚蟾（chán）兔：傳說月中有蟾蜍與白兔，因以稱月。㉛槃（pán）月：迴旋地繞。

【意譯】

松枝和梅花，是從圓圓的月亮中出現的。明亮又潔白的姿質，相互年少美好的容貌。歲尾天色多麼昏暗，偶然可以碰上一次神仙居處。影子聚集在稀疏的樹林下，想要說話心裏憂愁不寧。自從踏入社會，每天都像在荊棘叢中。如今又打霜又下冷子，用什麼來抵禦嚴冬？南方的枝葉正含著春風，北方的枝葉已然受寒風冷凍。用最後的凋謝為期，看起來漸漸像風吹的飛蓬。回過頭來張望，像玉鏡照射天空。明潔純粹本來沒有沉渣，陽光和它一起化合。清澈的月光灑向大地，萬里席捲著細小的塵埃。眾多的山河影像，為一個一個清清楚楚地包容。柯枝縱橫交錯映襯青翠、茂盛。寒冷變了天色，茂密的植物彰顯生氣。冰天雪地的摧傷，也是互相鍛鍊。感激這種磨合，勇武像雙虹在飛動。但願保持堅強姿態，不相上下從而跟從。我們在人間共命運，不害怕困難重重。社會弊端再多，彼此笑一笑就已經很滿足。擔憂的是自己的力量不足，哪怕是到了最危險的時候？在不安定的百年之內，彼此忠誠，兩顆心完全疊印。天空雖然又高又冷，近距離還是可以相通。圓月有缺的時候，光明卻永駐胸中。何況皎潔的月色，正照映著雙照樓東！

【點評】永恆和瞬間

研究汪精衛的歷史資料極其匱乏，而探討他的詩詞之評騭，僅僅在極少的傳記中作為某種論據出現，絕大多數不是全然的分析、鑑賞。不少的熱點炒作卻是對汪精衛和陳璧君關係的獵奇和豔史，顯然是不能作為嚴肅的人物傳記來看待的。

為了走進汪、陳戀愛、婚姻的真實，筆者認為以詩證史和以史證詩，受眾不難從汪氏詩詞中窺見他們伉儷情篤的某些真切方面的。筆者擬從清室獄中著名的〈秋夜〉、〈金縷曲〉（別後平安否）開始，到這首一九三六年一月抒寫的五古止的總計十一篇，眼下僅就詩論情點評一二。

社會弊端再多，彼此笑一笑就已經很滿足（「百孔千瘡餘，一笑報已豐」）。這個笑是短暫的瞬間，是永恆的長久點滴的澱積，即令在不安定的百年之內，彼此忠誠，兩顆心完全疊印（「棲棲百年內，耿耿兩心同」），訴求白頭偕老，詮釋心心相印。在我們同呼吸、共命運中，不畏懼困難重重（「共命人間世，不辭憂患重」），搏鬥、錘鍊、鑄造無數的瞬間，多多的一笑，這是人性光輝的閃耀，是伉儷情結的提升！偉大的原動力從何而來呢？「蟾兔有缺時，光明長在胸」（圓月有缺的時候，光明卻永駐胸中）！是民主革命理念、襟抱的必然昭示、飛揚，請看：皎潔的月色，不正映照著雙照樓的東邊嗎？

不寐

中庭①看梅花，夜久風月冷。
入門還滅燭，鑑此橫窗影。
離離②疏復密，瑟瑟③亂還整。
逸氣方遠出，尺幅不能騁④。
幻為清淺水，魚藻⑤蔚相映。
虛明絕渣滓，淡蕩⑥含至靜。
幽賞自有在，香色皆已屏。
萬籟⑦亦俱寂，塊然⑧成獨醒。

顧慚立雪人，不寐心自警。

【注釋】

①中庭：廳堂的正中。②離離：繁茂貌。③瑟瑟：風聲。④騁（chéng）：放開。⑤魚藻：《詩・小雅》篇名。〈詩序〉以為刺幽王，言萬物失其性，故君子思古之武王焉。一說為後人歌頌武王初都鎬京之作。⑥澹（dàn）蕩：散淡，悠閒自在。⑦萬籟：各種聲音（籟：從孔穴裏發出的聲音）。⑧塊然：安然無動於衷貌。

【意譯】

站在廳堂的中間欣賞梅花，夜風吹久了，月色很冷。進門吹熄了蠟燭，窗格上灑著月影。繁多而茂密的小草疏稀又稠密。風聲一會兒淩亂，一會兒齊整。肆虐的冷風剛剛颳過，小小的幃布裏，怎麼能放縱？幻化為清清的淺水，與頌歌相互映襯。空氣絕對透明，悠閒自在蘊含著絕枯的安靜。暗地裏欣賞自然的夜景，香味與色彩都已摒棄。各種聲音都已寂靜，安然無動於衷，只有自個兒清醒。回眸張望自身，慚愧變成了雪人，雖說失眠，依然自我警惕、內省。

【點評】失眠的剋星

不寐，中醫學病症名。亦稱「失眠」，古稱「不得臥」或「不得眠」。主要症狀是心煩不寐，神志不定，心悸驚惕。中醫分虛證與實證治療。

這裏是依據汪氏兩個〈不寐〉詩題，兩種不同手法來點評、闡釋的。第一次是一九一〇年在清廷獄中，醫治失眠用的是「遐思法」。這種轉移亢奮點的辦法，大概是失去人身自由的無奈，只得臥床遐想吧。結果引爆靈感火花，自主創造了具有嶺南雄直味道的佳構。飛揚想像，天馬行空，監獄詩中為前人所未有！

第二次是在一九三五年十一月一日汪氏代替蔣介石挨了三槍後，傷勢雖重，但非致命，住院治療，日趨良好，醫治失眠用的是起床「觀景法」。主要側重於夜間景物，具備寫實風韻。臘梅，冷月，燭滅，窗影，離離草，瑟瑟風，清淺水，魚藻歌，香色已屏，萬籟俱寂，塊然獨醒，慚主雪人。歸結為全篇警策：「不寐心自警」！

您看：一空靈，一質樸，一學李白，一學杜甫，豈非詩意悠悠麼？

印度洋舟中（二十五年三月）

多情燈火照更殘①，露氣潛生筦簟②寒。
自被瘡痍③常損慮，轉令魂夢得粗安。
蒼波熨④月無微折⑤，碧宇鉗⑥星有密攢⑦。
誰奏雞鳴風雨曲，悄然⑧推枕起長嘆。

【注釋】

①更殘：夜深。 ②筦簟：筦，用同莞（wǎn）。《說文》：「莞，草也，可以作席。」席子。簟（diàn）：竹席。 ③瘡痍：創傷；比喻遭受破壞或災害後的景象。 ④熨（yùn）：用烙鐵或熨斗燙平。 ⑤折：摺疊。 ⑥鉗：用鉗子夾。 ⑦攢（zǎn）：

積聚；儲蓄。 ⑧悄（qiǎo）然：形容寂靜無聲。

【意譯】

夜深沉，多情的燈火依舊照耀，露水的冷氣卻讓草席、竹席生寒。

自從遭到破壞的景象，常常引起焦慮、煩躁，只有在睡夢中才能毋躁、稍安。

青色的海波被月亮燙熨得沒有一點皺褶，碧綠的天穹，鉗著星星，密密積攢。

哪一位在彈奏〈雞鳴高樹巔〉的樂曲？寂靜無聲地推開枕頭起床一聲長嘆！

【點評】雞鳴曲

〈雞鳴曲〉是樂府《相和歌》曲名。用首句「雞鳴高樹巔」做篇名。《樂府詩集》所載古辭，分為三段，詩意不相聯屬。其第二段文意與〈相逢行〉古辭同。詩曰：「桃生露井上，李樹生桃傍。蟲來嚙桃根，李樹代桃僵。樹木身相代，兄弟還相忘。」本以桃李共患難，比喻兄弟相助。黃遵憲〈感事〉詩：「芝焚蘭嘆嗟僚友，李代桃僵泣弟兄。」後來轉引為頂替或代人受過之意。《二刻拍案驚奇》卷三十八「詩云：『李代桃僵，羊易牛死。世上冤情，最不易理。』」

筆者以為，這個〈雞鳴曲〉既是「不寐心自警」的折射，也是「悄然推枕起長嘆」的潛臺詞。其理由如下：

一、一九三五年十一月一日，愛國志士孫鳳鳴直言不諱宣告是準備謀刺蔣介石的！後因蔣未到場，汪才提升為主要目標。

當年中國人誰不知天下是蔣家的呢？

二、一九二六年三月二十日蔣製造「中山艦事件」後，汪從國府主席寶座上摔了下來，為當元首一直明爭暗鬥，一直未能得手。但是頂替蔣挨了三槍，實在是啞巴吃黃連有苦說不出，因而只好用典故李代桃曲折地反映出來，宣洩心田的憤懣。

三、不錯，集體攝影時，蔣遲遲不來，汪只好去請。蔣說：「今天秩序不好，說不定要出事，我決定不參加攝影，我也希望你不要出場。」這是蔣慣用的兩面手法，蔣不去，汪也不去，肯定全體中委將沸反盈天，成何體統？果然，汪答：「中委已寧立良久，專候蔣先生，我如再不參加，將不能收場，怎麼能行？我一定要去！」為顧全大局而受傷，而長嘆，而自警，味道之苦澀，恐怕是臘月喝涼水，點點滴滴記在心；內涵之繁雜，也許是一言難盡的！

代家書

病起扶筇陟①彼岡，果然②日月得相望。
寄聲不用遙相憶，數雁天涯自一行。
末句用冰如舊句。

【注釋】

①陟（zhì）：登高。　②果然：表示事實與所說或所料相符。

【意譯】

病中起床扶著手杖登上那邊的山岡，事實果然是夕陽與新月彼此遙遙相望。

寄信不需要距離很遠互相懷念，在天邊，幾隻大雁在叫聲中自然形成一行。

【點評】借得佳句寄深情

陳璧君留法期間，在《旅歐雜誌》上發表過〈記路易十四逸事〉等翻譯六篇，〈感孟德斯鳩之戰論〉等論文兩篇。一九三五年寫的〈我的母親〉散文一篇。另外，陳曾向汪學習賦詩填詞，一九四一年五月十六日其母衛月朗八十三歲壽辰，陳汪伉儷所獻的「壽志並序」及〈祝壽詩〉一首。寫作公諸報刊者，僅此而已。

然而汪氏在詩集中多次為陳題詠，未見和詩披露，僅僅借得陳氏一佳句留存〈代家書〉裏，小注顯示：「末句用冰如舊句。」若問什麼緣故，一則愛屋及烏，表愛之深沉，其佳句嫻熟於胸。且自然落於關鍵句的末尾上。二則引用於〈代家書〉中，有清新、自然、明媚天然之美感。

這首詩的題目即主旨：代替家信。起句，自報病情大好，能扶杖上山。承句，日月相望，隱喻夫妻亦復如此。轉句，能寄話音，無須遙念。末句，在天邊，大雁自成行。通篇採擷意象為：筇杖、日月、書信、數雁。最後意象的核心——雁！古代以雁喻書信，源於《漢書・蘇武傳》。陳句援引故實，比喻貼切，詩意瀏亮，引出了雁聲、雁行、雁足，天涯海角毋相忘！豈非「借得佳句寄深情」麼？

感事

劍掛①墳頭草不青，又將拂拭②試新硎③。

紅旗綠柳隨眸見，鳥語笳④聲徹耳⑤聽。
松鼠⑥忘機⑦緣散策⑧，天鵝⑨貪餌逐揚舲⑩。
春來萬物熙熙⑪甚，那識人間戰血腥。

【注釋】

①劍掛：即掛劍。語出《史記‧吳太伯世家》，後為對亡友守信義之典。②拂拭：撣掉或擦掉。③硎（xíng）：磨刀石；磨製。④笳：胡笳。⑤徹耳：滿耳。⑥松鼠：亦稱灰鼠。哺乳綱，松鼠科。⑦忘機：泯除機心。指一種自甘淡泊、寧靜無為的心境。⑧散策：策，手杖。扶杖散步。⑨天鵝：也叫鵠。鳥綱，鴨科，天鵝屬各種的通稱。⑩舲（líng）：有窗戶的船。⑪熙熙（xī）：即熙熙攘攘：人來人往，喧鬧紛雜的樣子。

【意譯】

季札把劍掛在徐君的墳頭，草也長不青，又準備擦掉灰塵，磨礪出光芒發青。
紅色的旗幟、綠色的柳條，到處可見，小鳥啁啾和胡笳彈奏，都是悅耳之音。
松鼠忘卻機心原因是扶著手杖散步，天鵝貪嘴追逐飛揚的小船破浪聲。
春來了，萬物喧鬧紛雜，哪裏曉得人間戰爭流血氣味兒腥！

【點評】亮劍——血腥

「劍掛墳頭草不青」，為什麼春天的草不青呢？因為又準備拂拭寶劍的塵埃，重新磨礪出閃閃青光。這，不是亮劍是什麼？〈感事〉起筆就是轉移故實的主題，直指掛劍後的重新啟用，實在別開生面！第三聯，詩意拐點，松鼠忘機，天鵝貪餌。末聯呢？既是照應開筆，「春來萬物熙熙甚，那識人間戰血腥。」責怪春天只曉得喧鬧紛雜，熙來攘往，不懂得戰爭慘烈，血腥驚魂；又是點明詩題，回答所感何事？中日戰爭立馬將要出現於華北！

汪詩人感從何來呢？原來這首詩寫於一九三六年的春天，汪精衛正在德國養傷。而日本對華北步步緊逼，大量增兵，飛機在北平、天津上空任意飛行，愛國軍民，忍無可忍，準備強硬應付。陳璧君電告汪：「各報均載華北必不免一戰。」這便是亮劍後直面血腥的底牌！

山中

初日①在柴門②，流水入清聽③。
青草眠白羊，桃花鬧④而靜。

【注釋】

①初日：初出的太陽。②柴門：用散碎木材、樹枝等結成的簡陋的門。舊時用來比喻貧苦人家。③清聽：靜聽；書信中給收信人聽納的敬詞。④鬧：旺盛；濃豔。

【意譯】

初升的太陽照耀著貧苦人家的柴門，潺潺的流水讓人靜靜地傾聽。

白羊睡臥在青草叢裏，桃花開放得旺盛而又安靜。

【點評】桃花鬧春

柴門，剛剛爬上露出笑臉的朝陽，叮咚的潺潺泉水，流入耳鼓。

白羊舒適地躺臥綠草叢中，恰似回籠覺。靜靜的桃花濃豔、旺盛、怒放、歡笑！

桃花鬧春，疏疏幾筆就勾勒出一幅靚麗的水彩畫！

環境恬靜，心境恬淡，語境恬適，躍然紙上……

羅痕時新得家書

乍憑疏雨洗郊坰①，日出風生水上亭。
瀲灩②千紅酣似醉，泠泠③萬綠快如醒。
池鳧④爭餌無倫次⑤，林鹿窺人有性靈⑥。
報導江南春正好，莫搔⑦旅鬢嘆星星。

【注釋】

①坰（jiōng）：野外。②瀲灩（yàn）：水波流動。③泠泠（líng）：形容聲音清越。④鳧（fú）：野鴨。⑤倫次：語言、文章的條理、次序。⑥性靈：指人的精神、性情、情感等。⑦搔（sāo）：用指甲撓。

【意譯】

突然憑藉疏稀的雨滴洗滌郊外的原野，太陽一露臉，水邊的亭子就起了風。
水波流動，多種紅色像酒醉，聲音清越，萬般綠色全蘇醒。
池裏野鴨搶食亂成一團，樹林中野鹿偷偷看人，挺機靈。
來信說，江南春色正美好，不必撓旅行中的鬢髮，慨嘆星星。

【點評】江南春正好

「報導江南春正好，莫搔旅鬢嘆星星。」這首七律的落聯，似乎包容些許寓意。既點明了祖國江南春色正美，不要在旅途嗟嘆，又蘊含著緊張時局緩和，勸慰詩人不必見星星團聚而悲寂形單影隻，專心致志安心療養並領略異國風光！

原來前面的〈感事〉詩估計在華北中日不免一戰，埋怨春天不識人間戰血腥。但是到了一九三六年五月份，由於日本謀求妥協，暫時不想在華北刺激中國，日本陸海空三相會議亦有對中國恢復外交常規說，因而華北之戰暫停。為此，從〈山中〉開始等十一首詩篇便是汪氏再度遊歷了德國、瑞士、英國、捷克、法國諸國名勝的紀遊，直至到達法國南部城市——戛納時，一九三六年十二月十二日「西安事變」爆發才終止遊覽而擱筆。

春夜羅痕小湖邊潋月下

殘陽忽已蛻①，新月如蠶眉②。
零露③一何④繁，洗此娟娟⑤姿。
夜色幽更深，不厭清光⑥微。
春氣況沖融⑦，觸處皆華滋⑧。
行行⑨入林樾⑩，人影相因依⑪。

女蘿⑫蔓⑬始生，麂眼明疏籬。
微風不生籟⑭，但拂臨水枝。
葉底見波光，黝白成参差⑮。
釣石得小坐，數此清陰移。
花色亦可辨，草香生我衣。
扁舟⑯乍欸乃⑰，已在天之涯。
無因發微嘆，宿鳥為一飛。

【注釋】

①蜕（tuì）：蟬、蛇等蜕皮。②蠶眉，即臥蠶眉，如睡著的蠶似的眉毛。③零露：即露。④一何：含有到了極點和無以復加的意思。⑤娟娟：美好貌。⑥清光：清亮的光輝。隨所指而異。如日光、金石光、雪光等。⑦沖融：廣布瀰滿貌。⑧華滋：茂盛。⑨行行（xíng）：走著不停。⑩樾：樹蔭。⑪因依：依傍；依托。緣由；緣起。⑫女蘿：松蘿。⑬蔓：細長不能直立的莖。⑭籟（lài）：從孔穴裏發出的聲音。⑮参差（cēn cī）：長短、高低、大小不齊。⑯扁（piān）舟：小船。⑰欸乃（ǎi nǎi）：搖櫓的聲音。

【意譯】

夕陽忽然變成蟬蜕，剛露臉的月亮就像一條臥蠶。露珠多達極點，洗滌這裏美好的姿顏。夜色又暗又深，一點也不嫌棄微弱的月光。到處充滿著春天的氣息，感觸到都是茂盛、豐盈、興旺。不停地走著進入樹蔭，人影互相依傍。松蘿的藤莖開始生長，麂子瞪著明亮的眼睛，盯著疏稀的籬笆樁。輕風不發出一點聲音，但是吹拂著水邊的樹葉。樹葉底下看見波光，黑色和白色形成參差美色。在釣魚的石墩上歇了一會兒，數著樹蔭的移動，花色還可以分辨，草香發生在我的衣服上。小船突然發出搖櫓的聲音，船兒一晃到了天涯海角。無緣無故輕輕地嘆了一聲，驚起睡著的鳥兒飛升！

【點評】微月下的朦朧

〈春夜羅痕小湖邊微月下〉，讓我們先來審題：時間，一九三六年春天的某個夜晚；地點，在德國羅痕市的一個小湖邊；特定情境：微月下。這就是全詩的眼目。

具體地剖析，朦朧寫的是月光微小、清淡、模糊，當然，能夠見證黑白反差對比，進而大致可以辨認出花的顏色，直接鏤刻了微月美。間接描摹則是「扁舟」，怎麼沒有望到它的影像而只是聽到欸乃聲聲，借助於聽覺呢？可能是距離較遠、模糊不清，因而眨眼之間「已在天之涯」，速度之快，恐怕正是搖櫓已悄然無聲吧。顯然，這是夠快的了。且慢，更有甚者，僅僅一聲輕微的嘆息，宿鳥撲棱一聲，一飛沖天啊！這種詩中有畫，訴諸思維想像，具有間接性，展示語言藝術的音響效果，印證朦朧美以喚起人們的美感享受。

瑞士道中

分流擘石①互縈紆②，整頓③山川入畫圖。
潑翠園林新雨後，滲金④樓閣夕陽初。

天然風景原⑤無異，人事綢繆⑥愧不如。
好和湖光入樽⑦酒，使尋幽夢⑧到匡廬⑨。

【注釋】

①擘（bò）石：巨石。②縈紆（yíng yū）：旋繞彎曲；縈迴。③整頓：使紊亂的變為整齊。④滲（shèn）金：滲透金光。⑤原：原來，本來。⑥綢繆：比喻事先做好準備。⑦樽：古代的盛酒器具。⑧幽夢：隱隱約約的夢境。⑨匡廬：廬山的別名。

【意譯】

河水清清亮亮、彎彎曲曲，是被巨石分流，紊亂的山山水水變得靚麗就像進入畫圖。
初春的雨後，園林像潑了翠綠，夕陽一露臉，亭臺樓閣滲透金光。
瑞士的自然風光和祖國原本沒有區別，人員的錄用、培養，我們實在自愧不如。
這兒河山勝景，如同斟入杯中的美酒，酒後進入隱隱約約的夢境，回到九江匡廬。

【點評】幽夢到匡廬

〈瑞士道中〉這首七律前兩聯四句是描摩美景的景語。而且點明「整頓山川入畫圖」，指出這種自然美是人們整頓了的山河，是自然在一定範圍和程度上與人達成了和諧統一、從而遊客才好像進入絢麗的畫圖，潑翠的園林，滲金的樓閣，色彩繽紛，美不勝收。而後兩聯四句都是上句中端相同，下句兩國各異所構築的情語。第三聯是轉折聯，「天然風景原無異」，中國和瑞士的自然美是相同的；而人事卻不同，自愧不如。末聯上句「好和湖光入樽酒」，同；「便尋幽夢到匡廬」，異。異在酒後進入隱隱約約的夢境，回到祖國九江的廬山。

領略瑞士風光，沒有忘記自己的膚色，沒有忘記自己是炎黃子孫。應該說，這個景，有整頓後的特色，這個情確是真摯的愛國之情。幽夢到匡廬，看來是令人擊節的。

旅仙湖上

波光淡而恬①，水聲輕以清。
藹②如仁者③心，渾厚④涵⑤光明。
於時宿雨⑥收，天高地亦平。
扁舟著⑦其間，萬象⑧回環⑨生。
輕鷗非故人，相見已忘形⑩。
就掌啄餘餌，既得還飛鳴。
和以扣舷⑪歌，潛魚亦來聽。
何當⑫泯⑬猜嫌⑭，物我皆康寧⑮。

【注釋】

①恬（tián）：恬靜；安適。②藹（ǎi）：和氣；態度好。③仁者：愛人的人。④渾厚：淳樸老實。⑤涵：包含；包容。⑥宿雨：隔夜的雨。⑦著（zhāo）：放；擱進去。⑧萬象：宇宙間的一切事物和景象。⑨回環：曲折環繞。⑩忘形：因為得意或高興而忘掉應有的禮貌和應持的態度。⑪扣舷：按節拍敲著船邊。⑫何當：何時。⑬泯：消滅；喪失。⑭猜嫌：猜忌。⑮康寧：健康安寧。

【意譯】

淡淡的波光恬靜、安適，亮晶晶的湖水發出輕微的聲音。旅仙湖和藹可親，具有仁者的胸襟，淳樸厚道還包孕著光明。這時候，過夜的雨已然停歇，天空高朗叫人感覺大地也很平整。小船擱進湖面上，一切多彩的景象曲折環繞地閃現。輕盈的沙鷗不是我的老朋友，初次見面，卻高興得忘記了禮節。它就著我手掌剩下的餌食，啄得津津有味，吃完了一飛沖天，一邊放聲高唱，像酬謝，又像得意。我和諧地跟著唱和，還按著節拍敲著船舷，潛藏在湖底深處的魚兒，也飛跑過來諦聽。什麼時候能夠消滅猜忌，萬物和我都獲得健康安寧！

【點評】細節是亮點

〈旅仙湖上〉的結構簡潔、清晰。起首三聯描摹波光、水聲，比擬湖為仁者，感悟隔夜的雨收，地亦平，統屬鋪墊。第四聯拉開大幕，小船入水，萬象崢嶸。行為細節，應運而生。陌生的輕鷗出場，凸現意外：牠對我不僅不感生疏，而且似乎有緣，馬上一見如故，得意忘形。接下來彰顯慢鏡頭，牠就著我的手掌剩下的餌食，啄得津津有味，吃完了一飛沖天，一邊放聲高唱，像答謝，又像得意。緊接著是特寫鏡頭：我按著節拍敲著船邊，和諧地跟著唱和，誰知道，潛伏在湖底的魚兒，也飛跑過來，用心諦聽。這種用行為舉止見證人和輕鷗，人和潛魚，是能夠和諧相處，分享歡樂的，從而彰顯印入讀者眼簾，實則暗示言外之意，揭示題旨：「何當泯猜嫌，物我皆康寧。」

細節是這首詩的亮點，是它使全詩出彩生輝。

鬱茲諾湖上望對岸山

萬壑①如奔馬，茲②山最軼群③。
上峰曜④冰雪，下谷幻煙雲。
中嶺橫青翠，都教醉夕曛⑤。
蒼茫⑥何所見，泉響九天⑦聞！

【注釋】

①壑（hè）：山溝或大水坑。②茲：指示代詞，這個。③軼群：超過一般。④曜（yào）：日光；照耀。⑤曛（xūn）：日落時的餘光。⑥蒼茫：空闊遼遠，沒有邊際。⑦九天：極高的天空。

【意譯】

對岸的山裏溝壑多多，像飛馳的駿馬一大群，要數這座山最為特殊。

山巔上，日光照耀著冰雪，山谷底，是變幻莫測的煙雲。
山中間，好像繫著一條翠綠的彩帶，可是，又被喝醉酒的夕陽染得通紅。
多麼空闊遼遠啊，瞭望到什麼呢？大山的泉水轟鳴，九天之上也能聽得清！

【點評】紅配綠，看不足

紅配綠，看不足。是一條長沙關於色彩審美的諺語。看來，這種色彩美感的訴求是欣賞大紅大綠的配搭，因為「看不足」是湘方言，普通話叫做「看不夠」。

汪氏這首五律，首聯寫山，強調這座山最為特殊。接下來就將色彩次第演繹出臺：第三句寫山頂冰雪的白皚皚；第四句描谷底變幻莫測的灰濛濛；第五句繪山腰綠汪汪；第六句又讓醉酒的夕陽塗得紅彤彤。確乎是色彩繽紛，目不暇接。特別是第三聯五、六兩句要轉，要跳，跳得越高越有境界！紅與綠的配置，已達極致，給讀家的視覺衝擊力更加強勁，更加熱烈，更加歡悅，可能正是吉祥文化中的主流色澤！

詩寫到這個份上，細心的讀家也許擔心詩人將怎樣收筆？不錯，末聯是問答式的戛然而止。蒼茫何所見？泉響九天聞！為什麼問的是視覺，答的卻是聽覺呢？筆者以為，既然配色已達到看不夠的極致，那麼在茫茫太空還能望到什麼耀眼、悅目、新奇的色彩呢？顯然沒有。實際上，倒是聽到了驚天動地的泉響，響徹九天！這種由於山高、泉多、聲大的誇張效果，恰好與首聯「萬壑如奔馬，茲山是軼群」不僅前呼後應，首尾緊扣，而且實在還是凸顯此山的音響特色。何況也不排除有運作「通感」手法把視覺轉化為聽覺的可能性呢！靜候方家誨正。

幾司柏山上

平生所觀瀑，眾妙不可名①。
唯此幽且奇，每見心為傾②。
遠從雪山來，飛白遊青冥③。
一擲最高峰，其勢如建瓴④。
直下千丈強⑤，石破天為驚。
千巖萬壑間，往復還相縈⑥。
十步一換態，百步一換聲。
蕩蕩⑦入平湖，浮綠與天平。
山深日已夕，新月猶未生。
遙遙⑧望四極⑨，亹亹⑩涵虛明⑪。
山色如明礬⑫，湖光如墨晶⑬。
畫筆所不到，寫以聲泠泠⑭。
胸中若冰雪，對此匹練⑮橫。

有懷當如何？木末搴⑯流星⑰。

【注釋】

①名：說出。②心傾：即傾心：一心嚮往；愛慕。③青冥：青色的天空。④建瓴：建，傾倒。瓴，盛水的瓶子。建瓴，用盛滿水的瓶子往下倒水。⑤強：用在分數或小數後面表示略多於此數。⑥縈（yíng）：圍繞；纏綿。⑦蕩蕩：水勢奔流激蕩。⑧遙遙：形容距離遠。⑨四極：四方極遠的地方。⑩亹亹（wěi）：勸勉不倦；向前推移、行進。⑪虛明：空明；心懷。⑫明礬：無機化合物，可做淨水劑、收斂劑，通稱白礬。⑬墨晶：水晶的一種，深棕色，略近墨色，可做眼鏡片。⑭泠泠（líng）：形容聲音清越。⑮匹練：一匹白絹。⑯搴（qiān）：拔。⑰流星：通常所說的流星指短時間發光的流星體。俗稱賊星。

【意譯】

我生平觀賞的瀑布，各有巧妙不同，卻無法用詩的語言來歌頌。唯有這座山上的產品，奇特又藏得很深，每次的韻味、愛慕不同！它從遙遠的雪山降臨，像飛動的玉龍遊覽在青朗的太空。從最高峰直摔下來，聲勢震耳欲聾。傾盆而下比一千丈還要多多，確實石破天驚！邁過千個岩石，跨越萬個水坑，泉水反覆回環、奔騰。十步更換一種姿態，百步改變一種吼聲。水勢奔流激蕩，沖進特大的湖中，浮動的碧綠和浩瀚的青天一拉平。深山天色黑定，新月還沒有上升。遙遙遠眺四方極遠的盡頭，慰勉不倦、包容那顆赤誠的心。山色如同白礬，湖光彷彿墨晶。畫筆尚未勾勒的地方，突出悅耳的樂音。胸襟蘊藏著純潔的冰雪，面對這條像匹白絹的瀑布橫陳。懷有遠大的抱負應當如何實現？伸出樹梢般的雙臂——摘掉賊星！

廓羅蒙柏道中

青山相對出，懸瀑以百數。
使我於其間，有目不遑①顧。
耳亦不遑聽，但覺風虎虎。
擊拊②者誰歟？水桴③而石鼓。
我聞山與水，二美不能具。
動靜唯其宜，剛柔各有寓。
瀑也實兼之，得一已千古④。
況多多益善⑤，四立⑥若環堵。
試觀縱橫勢，逸氣唯所馭⑦。
山為飛且鳴，水為歌且舞。
始知天地間，落落⑧無窘步⑨。
嗟哉沉憂⑩人，一笑豁眉宇⑪。

【注釋】

①遑：閒暇。 ②擊拊：打擊。 ③桴（fú）：鼓槌。 ④千古：長遠的年代。 ⑤多多易善：越多越好。 ⑥四立：立春，立夏，立秋，立冬。 ⑦馭（yù）：統率；控制。 ⑧落落：舉止瀟灑、自然。 ⑨窘（jiǒng）步：舉步困難。 ⑩沉憂：深憂。 ⑪眉宇：兩眉上面的地方，泛指面容。

【意譯】

青山成對出現，瀑布用百計數。讓我在這個中間，有眼睛沒有閒暇來仔細觀看。有耳朵也沒有時間傾聽，只感覺有呼呼的風聲。這種聲響的打擊者是誰呢？水成為鼓槌，石變作大鼓。我聽說山和水，兩種美不能同時擄有。動和靜只須適宜，剛和柔要各得其所。瀑布確實兼而有之，得到其中一種便是千古幸事。何況這裏越多越好，四季從播種到收藏，好像是個圓圍著呢？請看縱和橫的形勢，跑出來的氣勢被它控制。山呢，能飛翔又能大叫，水呢，能歌唱又能舞蹈。這才曉得天地之間，舉止瀟灑自然，又沒有舉步維艱。唉呀！懷有深深憂慮的人，笑一聲就開朗了面貌。

【點評】山上與道中

〈幾司柏山上〉和〈廓羅蒙柏道中〉為什麼要放在一塊點評呢？儘管「山上」與「道中」兩首詩題的範圍不同，但二者都是以瀑布為核心內容來演繹的。

前者全詩二十八句，可分兩個部分，第一部分從開篇到浮綠與天平，共十八句，回答為什麼「每見心為傾」。第二部分從山深日已夕到結束，十二句，除「寫以聲泠泠」和「對此匹練橫」呼應前面的瀑布外，十句是描摹湖光山色的。

幾司柏瀑布的特色是什麼呢？幽和奇。遠從雪山來，飛白游春冥。看，何等幽深！至於奇特，更是不在話下。勢如建瓴，石破天驚，十步換態，百步換聲，由於千巖萬壑，瀑布反覆相縈。最後凸顯浪漫手法，蕩蕩入平湖，浮綠與天平！

〈廓羅蒙柏道中〉寫詩人從瀑布以百數中穿行，目不暇接，耳不遑聽，只是感觸到風聲虎虎。打擊者使用的是水槌與石鼓。自然引出山與水、動與靜、剛與柔、瀑布所兼而有之的品格。於是山飛鳴，水歌舞，天地之間，瀟灑自然者，即令有深憂，分享瀑布群之幽奇，定然會笑出聲來！

概而言之，前首為下馬觀瀑，後首為走馬觀瀑；前是工筆畫，後是寫意畫；前者有場景細節，後者有載敘載議；前有湖光山色，後有議論橫生。您說，對嗎？

孚加巴斯山中書所見

夙聞①最高峰，是瀑所來處。
朝來仰天半②，晦昧③隱雲霧。
攀躋④自山足，問徑嗟屢誤。
泉聲忽在耳，隱若導前路。
隨之入山深，數數與之遇。
林木迭⑤虧蔽⑥，巖岫⑦雜吞吐。
山腹陡中斷，石壁深且阻⑧。
巨壑哆⑨其口，眾水紛下注。

峆岈⑩仰一白⑪，錯落⑫受千杵⑬。
舂撞⑭力不竭，拗折⑮意彌忤。
並驅不少讓，互蹙⑯作飛舞。
氣含冰雪冷，勢挾雷霆⑰怒。
旋轉生回瀾，搖撼動底柱。
小石已齏粉⑱，翕忽⑲散復聚。
大石厲⑳其齒，初若相齟齬㉑。
及其沸而白，轉乃相水乳。
化為一川雲，溶溶㉒下山去。
山肩石更峭，犖确㉓無寸土。
冰澌㉔所淬厲㉕，黝㉖若生鐵鑄。
其隙生小花，緻緻㉗作霜縷。
亦有蠖屈㉘松，老幹才尺五。
餘卉㉙摧已盡，猿鳥失所據。
饑鷹不得食，空際盤旋㉚苦。
喘息㉛及山頂，足繭㉜難再步。
仰首唯泬寥㉝，萬象㉞在一俯。

層冰何峨峨㉟，寒色㊱自太古㊲。
湖水寂㊳照之，凝碧㊴若可茹㊵。
欣然試一掬㊶，清泠㊷在心腑。

【注釋】

①夙（sù）聞：早就聽說。②天半：半空中。③晦昧：昏暗；模糊不明。④躋（jī）：登；上升。⑤迭（dié）：屢次。⑥虧蔽：遮掩。⑦岫（xiù）：山洞；山。⑧阻（zǔ）：阻擋；阻礙。⑨哆（chǐ）：張口貌。⑩峆岈：山谷空深貌。⑪臼（jiù）：舂米的器具，中部凹下。⑫錯落：交錯紛雜。⑬杵（chǔ）：一頭粗一頭細的圓木棒，用來在臼裏搗糧食等或洗衣服時槌衣服。⑭舂撞：疑為衝撞；撞擊。⑮拗折：折斷。⑯蹙（cù）：緊迫；皺眉頭。⑰雷霆：雷暴；霹靂。比喻威力或怒氣。⑱齏（jī）粉：細粉；碎屑。⑲翕（xī）忽：猶倏忽。變化疾速貌。⑳厲（lì）：礪本字。磨礪。㉑齟齬（jǔ yǔ）：上下牙齒不相對應，比喻意見不合，相抵觸。㉒溶溶：（水）寬廣的樣子。㉓犖（luò）确：山多大石貌。㉔澌：解凍時隨水流動的冰。㉕淬（cuì）厲：磨煉兵刃。㉖黝（yǒu）：黑。㉗緻緻：細潤光滑貌。㉘蠖屈：即尺蠖（huò），昆蟲尺蠖蛾的幼蟲，行動時身體向上彎成弧狀，像用大拇指和中指量距離一樣，所以叫尺蠖。㉙卉（huì）：各種草（多指觀賞的）的統稱。③盤旋：環繞著飛或走。㉛喘（chuǎn）息：急促呼吸。㉜藺：研子。㉝泬（xuè）寥：空曠清朗貌。㉞萬象：宇宙間的一切事物和景象。㉟峨峨：高。㊱寒色：給人以寒冷感的顏色，如青、綠、紫等。㊲太古：最古的時代（指人類還沒有開化的時代）。㊳寂：寂靜；寂寞（孤單冷清）。㊴凝（níng）碧：濃綠。㊵茹（rú）：吃。㊶掬（jū）：兩手捧東西。㊷泠（líng）：清涼。

【意譯】

早就聽說孚山的最高峰，是這個瀑布的發源地。早晨仰望半天空，它隱藏在模糊不清的雲霧裏。攀登這座最高峰，得從山腳下起步。問路可惜多次被指錯了地方。幸好，泉水叮咚叮咚響，隱約指明導向。接著進入了深山，多次和泉水遭遇。樹林一再遮掩，雲霧吞吐夾雜在巖洞裏。走到半山上，突然小道中斷，被高聳的板壁岩阻擋。挺大的水坑張著大嘴，各種山泉從不同方向注入。空明深邃的山谷如同一個大碓窩子，交錯紛雜接受不斷的衝擊。多種力量不停頓，折斷水流更不和順，多股泉水各不相讓，互相緊迫地飛舞起來。水霧有冰雪的寒冷，勢如霹靂的怒氣沖沖。旋轉組成漩渦，搖撼著大山的根基。小石頭變成了細細粉末，迅速地散開了又聚攏。大石頭磨礪它的牙齒，開始時好像在扯皮。待到山泉沸騰又變白，眨眼間粉末和沸水交融，變成一河的白雲，水流寬廣地下山去。山上的石頭更銳利，盡是大石嶙峋沒有一丁點兒泥土。水像解凍的冰塊被磨練，黑黝黝地像生鐵鑄造成的。石縫裏卻長出小花朵，細潤光滑變作一縷縷的霜絲。也有彎屈的松樹，老樹幹只有一尺五。各種觀賞的草類被摧殘得一乾二淨，猿猴和飛鳥已經沒有棲身之處。饑餓的老鷹找不到獵物，在天空苦苦地環繞著飛行。急促地呼吸著終於攀登上山頂，腳上生了趼子不能再舉步。抬頭只有空曠清朗的天空，所有景象只需要低頭就一覽無餘。一層層冰雪多麼高聳，寒冷的顏色從最古老的年代已經開始。湖水中孤單清晰的倒影，濃綠好像可以一口一口吞。多麼高興地雙手捧起豪飲，清涼已然浸潤肺腑。

【點評】孚山瀑布源頭探勝

汪氏瀑布詩中這是又一嶄新切入的視角，探索孚加巴斯山瀑布源頭的勝境密碼。

全詩五十六句的五古，從聽說源頭——上山登頂——下山清心，新奇、險峻、怪異、痛快、舒心，淋漓盡致，美不勝收。

這首詩分三個層面。第一層，起筆的一、二兩句。直奔主題，早就聽說孚山最高峰是此瀑布之源頭，今得登臨。

第二層從朝來仰天半到萬象在一俯。探究揭祕的登山全過程。按攀登順序分為四步曲。

1.山足：以傳播泉聲為主的幻夢意境塗抹新奇色澤。由於問路的誤導，意外地泉水叮咚入耳，隱若當嚮導。用特寫鏡頭，顯情見意。

2.山腹：又一個意外：山腹陡中斷。給泉水以擬人手法，烙上險峻的驚心。張其口，眾水注，不謙讓，作飛舞，雷霆怒，搖底柱……石破天驚，連如何繼續登攀也略而不記了。

3.山肩：用白描技法彰顯怪異的畫面。石隙縫，生小花，長矮松，卉已盡。猿鳥失據，鷹不得食。如此生態環境，實屬罕見！

4.山頂：選擇情態細節，以誇張手法輸送痛快的信息。喘息及山頂，足繭難舉步。這裏，顯然是擴大修辭，緊接著不是下了山嗎？在山頂，僅僅精選了兩個鏡頭：仰鏡頭——高天空曠清朗；俯鏡頭——萬象一覽無餘。

第三層，最後六句，展示下山清心。這裏大刀闊斧砍掉了下山全過程。先用「層冰何峨峨」，暗示在山下仰望，聯想到最古老的時代便有此寒色。再以湖水寂照強化濃綠可餐！一一見證探測的完美結束：欣然一掬，清涼舒心。

這裏昭示讀者注意：精選視角是何等緊要！

聖莫利茲山上

翠微①深處碧淪漪②，清絕朝輝③欲上時。
萬柏自搖風霜影，四山為寫雪霜姿。

舉頭已有天堪④問，托足⑤原無世可遺⑥。
漸不勝⑦寒猶不去，振衣⑧高詠太沖⑨詩。

山高合中國七千尺，故以左太沖「振衣千仞⑩岡」之句為詠。

【注釋】

①翠微：青綠的山色；泛指青山。②淪漪：微波。③朝輝：早晨太陽的光輝。④堪（kān）：可；能。⑤托足：立足；安身。⑥遺世：避世，超脫世俗。⑦勝：能夠承擔或承受。⑧振衣：抖衣去塵。⑨太沖：左思（約二五〇—約三五〇）西晉文學家。字太沖，齊國臨淄（今屬山東淄博）人。曾官秘書郎。後退出仕途，專意典籍。出身寒微，不好交遊。《晉書》本傳謂其構思十年，寫成《三都賦》，「豪貴之家，競相傳寫，洛陽為之紙貴」。其詩語言質樸剛健，所作〈詠史〉詩八首，託古諷今，表現了蔑視權貴的精神。原有集，已散佚，後人輯有《左太沖集》。⑩仞（rèn）：古時八尺或七尺叫做一仞。

【意譯】

在青綠的深山裏，碧水起著圓圓的微波，清亮的晨光，正是初陽照射之時。
眾多的柏樹，齊刷刷地搖動著挺拔的身影，周邊的美景烘托著不畏風霜雨雪的雄姿。
抬頭只有上天能夠回答咨詢，為了安身立命原本無法超脫世俗。
漸漸感覺不能承受嚴寒還不願離開，抖衣去塵，高聲朗誦左太沖的著名詩篇。

【點評】訴求曠達

〈聖莫利茲山上〉由兩首七絕組成。前一首寫景：山青水圓，清絕朝輝。萬柏搖影，四山雄姿。可謂秀色可餐。後一首抒情：抬頭問天，身不由己。漸寒不走，高吟太沖。實則訴求離世。

身處異國，飽覽勝境，怎麼牽扯到西晉文學領軍人物左思的詩篇呢？原來聖莫利茲山的高度折合中國長度單位是七千尺，恰好是古代的千仞。而左太沖〈詠史八首〉之五有「振衣千仞岡，濯（洗）足萬里流」的名句，汪氏油然迸發聯想。兩句的大意是，在七千尺的山岡上抖衣去塵，在萬里的長河中洗腳。象徵高士的博大胸懷。

不無遺憾的是，現實生活中汪詩人站立在七千尺的山岡上，之所以「漸不勝寒猶不去」，是因為需要安身立命，原來無法超脫世俗。於是他只得自我訴求，心胸曠達，抖衣去塵，放開喉嚨背誦左太沖的名篇，用以呼喚精神家園，祈盼襟抱博大，飛揚飄飄世表，正是汪詩人氣質的一種多元素表象的生動反映，看來不宜交臂失之的。

重過麗蒙湖

雲外飛樓月下舟，八年前此共清遊。
湖之於我頻青眼①，山亦猶人更白頭。
小作勾留②差似燕，了無掛③礙不如鷗。
憑欄④感慨知何益，領取川原淡蕩⑤秋。

【注釋】

①青眼：眼睛正著看，黑色的眼珠在中間，是對人喜愛或重視的一種表情（跟「白眼」相對）。②勾留：逗留。③掛：指內心牽掛。④憑欄：靠著欄杆。⑤澹（dàn）蕩：舒緩恬靜。

【意譯】

雲天之外的飛樓，月光下的小舟，回憶起八年前在這兒和親朋一道旅遊。麗蒙湖多次傳出喜愛我的眼色，山也像人老了，更加白了頭。稍稍逗留了一下，恰似辛勞的春燕，完全沒有內心的牽掛還不如沙鷗。靠著欄杆感嘆知道什麼好處？不如領略河流的源頭，舒緩恬靜的金秋。

【點評】橙黃色的記憶

「一年好景君須記，最是橙黃橘綠時。」這是蘇東坡筆下中國嶺南金秋魅力的曠代警策。不知道瑞士麗蒙湖八年前的秋色如何，但是汪詩人生動逼真地勾勒了麗湖落照圖，給人以獨特的柔媚美的享受。

〈重過麗蒙湖〉的切入點和側重點顯然都是「重過」，自然不宜重複落照，讓讀者產生審美疲勞，而是隱隱約約地真情實意地疊摺印於重過的中心位置：回眸詩人生死患難與共的同志、愛妻陳璧君的神聖而純潔的感情。見證一：「雲外飛樓月下舟，八年前此共清遊。」一起筆突兀，橙黃色的記憶，回味甜密的「共清遊」，和誰同遊？是密碼。而今卻是形單影隻，故地重遊，形成反差：一甜一苦，一熱一涼。見證二：麗湖青眼，人更白頭。詩人年過半百，能不產生滄桑感嗎？

儘管自我比作勞燕，稍稍逗留，但是遠遠趕不上「相親相愛水中鷗」（杜甫名句），似乎忘卻冰如。其實呢？這是欲揚先抑的手法，先說忘卻、不牽掛，正是轉折聯的「跳脫」！結尾濃墨重彩「憑欄感慨」，嘆謂的內涵是多麼豐盈、富足、厚重、深沉……知何益？沒奈何，不現實，何不領略舒緩恬靜的瑞士麗蒙湖的金秋啊！

實話實說，汪氏不少詩篇，情繫愛戀，不論婚前、婚後，相聚、別離，一以貫之，堅定不移，實在是汪氏詩詞一個鮮明的特徵，實在是汪詩人個性氣質形成的一個重要元素！

自題詩集後

足繭山仍遠，悠然①興不窮。
小休何處好，風日綠陰②中。

【注釋】

①悠然：悠閒的樣子。　②綠陰：樹蔭。

【意譯】

腳板磨出趼子，距離山頂還很遙遠，悠閒的興致卻沒有窮盡。

想要短時間地休息一下，哪個地方最好？在風和日麗的樹蔭之中。

【點評】傳家寶

〈自題詩集後〉，顯然不是題在《掃葉集》之後，而是在《小休集》的後面。因曾仲鳴的跋中確鑿證實，汪氏簽題為《小休集》，並有自序一首。另外，詩中提出「小休何處好」的問題，更是佐證。關於曾仲鳴的跋，筆者有「讓事實說話」的點評，可供參照。

這裏，有必要補充汪精衛臨終前對妻子兒女的遺言。汪在說完他的文章不要保留及其原因之後，繼續說：「可以保留的只有詩稿。我很喜歡我的詩。詩言志。你們保留這些詩稿，可以從中看出我的胸懷、我的志趣、我的追求、我的坎坷、我的苦樂觀。」（林闊編著《汪精衛全傳》（下），中國文史出版社二〇〇一年版，第七五〇頁。）事後的實踐表明，陳璧君似乎把汪氏詩詞奉為圭臬，視作傳家寶。茲舉在國民黨政府獄中二例見證：

一是，陳璧君除自己作詩填詞、背誦汪精衛詩詞外，還將一些同監女犯集中於自己房中，讓她們學詩詞古文、臨寫字帖、閱覽報紙、發表議論。

二是，陳在獄中還用毛筆抄寫汪氏詩詞，完畢後，慎重其事地對典獄長蘇健生說：「現在送給你！三十年後，你可以賣出一個好價錢！」（同上《汪精衛全傳》（下），第八六五頁）

這也許正是汪陳伉儷情深的旁證吧。

譯詩

饞猴望鄰樹，涎①墮果離離②。
既貪得佳餌，又怯緣高枝。
守者況③眈眈④，捷取亦可危。
欲進多虞⑤心，欲退宜有辭。
此果不中食，孰云甘如飴⑥？
盜泉⑦與惡木，豈屑⑧一顧之！
平生有微尚⑨，見得能自持。
歸家饜⑩榛栗，詎⑪不療吾饑？
嗟哉古詩人，曠達⑫類如斯。
誠知無大害，亦復可攢⑬眉。

【注釋】

①涎：口水。②離離：繁茂貌。③況：情形。④眈眈（dān）：形容眼睛注視。⑤虞（yú）：憂慮。⑥盜泉：古泉名。盜泉之水，比喻以不正當手段得來的財物。⑦飴（yí）：飴糖。⑧屑（xiè）：認為值得（做）。⑨尚：注重；自負。

⑩饜（yàn）：吃飽；滿足。 ⑪詎（jù）：豈，表示反問。 ⑫曠達：心胸開闊；想得開。 ⑬攢（cuán）：聚在一起。

【意譯】

饞嘴的猴子望著旁邊的樹上，果實纍纍，口水直流。既貪心得到好食物，又害怕攀援高枝。守護者虎視眈眈，飛快地偷來也危險。想要前進多麼擔心受怕，想要後退應該找點歪理由。這種果子好看不好吃，誰說它比飴糖還甜？盜泉裏的水、壞樹上的果，難道用得著瞟它們一眼？我平生還有點自負，看到食物能夠自控。回家去飽吃一頓榛子、栗子，難道不能診治饑餓？唉呀呀，古代的詩人，想得開正像這種情況。確實曉得沒有大的害處，也還可以皺著眉頭！

【點評】皺眉頭

〈譯詩〉，既不像〈譯佛老里昂寓言詩一首〉，指明文體，情節感人，又不像〈譯囂俄共和二年之戰士詩一首〉內容豐盈，氣勢磅礡。它未指作家姓名，也未點出作者職業，可能是位名不見經傳的小人物的作品，連文體也乾脆省略了。

再看〈譯詩〉的結構。起筆八句，辟頭就徑直表述主人公——猴子集貪婪、怯懦於一身，怕高枝難攀援，怕看守虎視眈眈，欲進顧慮重重，欲退面子掃地；終於胡謅一氣，託詞連篇。引導出八句冠冕堂皇、死要臉皮的謊言。這樹上的果子中看不中吃，誰個說它甜如蜜？完全是盜泉之水、惡木之果，望也不屑望一眼！我平生自負，也能自控！回家飽吃一頓榛子、栗子，還不是可以治療饑餓？讀到這裏，令人忍俊不禁，其主旨與《伊索寓言》猴子吃不到葡萄，說葡萄是酸的如出一轍嗎？最後四句揭示主題，一種虛榮情面的滿足，一種精神勝利的慰藉，一種自我陶醉的燃燒，不是大張撻伐，不是辛辣諷刺，而僅僅是結尾的一個詞兒——「攢眉」：即皺眉頭，表示不悅，表示憂慮的神態，就其諷喻輕重、範圍、色彩的把握而言，確乎恰到好處，實在餘音繞梁！

曉起

連宵雨未歇，簾幕閟①深沉②。
光風扇庭除③，始知春已深。
修竹媚④新苔，瑟瑟⑤布輕蔭⑥。
幽花⑦不能言，韻之以青禽。
病骨如朽株，勾萌⑧或相尋⑨。
勞心如蟄⑩蟲，趯趯⑪將不禁⑫。

【注釋】

①閟（bì）：閉門；閉。②深沉：形容程度深。③庭除：庭院（除：臺階）。④媚：有意討人歡喜；巴結。⑤瑟瑟：形容輕微的聲音。⑥輕蔭：少量的竹蔭。⑦幽花：沉靜的花。⑧勾（gòu）萌：草木發芽生長。⑨相尋：尋找。⑩蟄（zhé）：蟄伏。⑪趯趯（tì）：跳躍。⑫不禁：抑制不住；禁不住。

【意譯】

連續幾夜雨下個不停，雨簾關閉得很深、很深。和風吹拂庭院，才知道春姑娘早已降臨。青竹為了討好新生的綠苔，輕聲地灑布少量的竹影。沉靜的鮮花不能說話，用青藍色的飛禽的歌唱代替吟韻。有病的骨骼像腐朽的樹木，引出幼芽或者尋覓新生。腦力勞動如蟄伏的昆蟲，春深時節禁不住要跳躍、歡騰！

【點評】步步高

組詩〈廬山雜詩〉的第一首就是〈曉起〉，結句「瓊樓終古不生塵」，說的是：到底還是神仙府第豪華、整潔，永遠一塵不染！這裏內心的羨慕，是對世事追求完美，追求高潔，追求深邃的折射。

在國外景點上的〈曉起〉呢？與上面同題詩結句卻又提升了一個檔次。說的是腦力勞動如蟄伏的昆蟲，春深時節禁不住要跳躍、歡騰。急不可耐的神情，不是躍然紙上麼？

二者都是清早起來的即景生情，不同的卻是「臨淵羨魚，不如退而結網」（《漢書‧董仲舒傳》），由豔羨而結網，由追求完美而進行準備活動，一浪比一浪高。這也許是異國美景的刺激，引發遊子的故園情結，該當有所作為，試圖幹出一番事業而振作的心態，展露出詩人的作派吧。

舟夜（二十五年十二月）

到枕濤聲疾復徐，關河①寸寸正愁余。
霜毛②搔罷無長策③，起剔④殘燈讀舊書。

【注釋】

①關河：泛指山河。　②霜毛：指白髮。　③長（cháng）策：能起長遠作用的策略。　④剔（tī）：挑，挑起油燈的燈芯，使燈光更亮。

【意譯】

一時快、一時慢的海濤聲，送到枕邊，一寸一寸的大好河山都叫我發愁。搔罷白髮沒有謀劃出對內對外的長遠策略，只好起床挑亮殘燈閱讀舊書。

【點評】心猿意馬

先看〈舟夜〉的舟是什麼舟？波茨坦號輪船。夜是哪一夜呢？按詩題後十二月猜測，大抵是一九三六年十二月二十二日至二十九日之間。詩人記下這個年月是包含深意的。由於一九三六年十二月十二日出現了震驚全國的「西安事變」。為了逼迫蔣介石抗日，張學良、楊虎城所部扣留了蔣。在中共代表周恩來等的斡旋下，終於和平解決。其時汪已遊覽到法國的戛納。陳璧君欣喜若狂，在十二、十三兩天內四次電告汪。於是詩人春風得意，躊躇滿志。二十二日登上海輪，並且發表書面談話，大有「挽救危局，捨我其誰」的作派！出乎汪氏意料，事變於十二月二十四日就和平解決，二十九日才得到信息，這是後話。

再看起句，濤聲時快時慢入枕，影響入眠。承句，愁字，形容詞用如使動。愁余，使我愁苦。如辛棄疾「江晚正愁余」的句式。何以對寸寸河山如此關切？暗示「雙十二事變」已然發生。轉句，一再撓白髮也沒有想出今後的良策。合句，只得起床挑燈讀舊書！僅僅從末句解讀，不難發現汪氏這時心神不寧，不經意間落入了〈六年一月……書一絕寄冰如〉七絕結句的模式「莫話深愁且讀書」。均係採用讀書迴避法，試圖遠離流蕩散亂的思緒。這，恰恰有力地反證：詩人似乎確鑿地忘卻重複了自己的詩句，達到了心猿意馬的心理困境！

海上望月作歌

暮雲①澹②盡河星稀，皓月③徐升海之湄④。
冰輪⑤未高光未滿，已覺颯颯⑥清風吹。
鯨波萬里如燃脂，群動蟄蟄⑦喘且疲。
一時冰雪忽照眼，豈止渴嚥餐瓊糜⑧。
嗟哉素娥⑨聖且慈，清輝⑩所被⑪無偏私。
廣寒大開來熙熙⑫，行歌起舞唯其宜。
夜深人靜聲影微，潛魚不躍鳥不飛。
孤光一點定中移，青天四垂⑬水四圍⑭。
亭亭⑮脈脈⑯將何依？棲棲皇皇⑰終不辭。
上天下地隨所之，入火不灼⑱水不濡⑲。
勞勞⑳眾生良可悲，三五二八㉑須臾㉒期。

同光共影勿復疑，試吸沆瀣㉓甘如飴。
嗟哉素娥聖且慈，我欲作歌窮於詞。

【注釋】

①暮雲：傍晚的雲。②澹：安靜。③皓月：明亮的月亮。④湄：水邊；岸旁。⑤冰輪：指月亮。⑥颯颯：形容風、雨聲。⑦蟄蟄（zhé）：眾多貌。⑧瓊糜（mí）：精美的粥。⑨素娥：月亮的別稱。⑩清輝：月光。⑪被：遮蓋；遭遇。⑫熙熙：形容人來人往非常熱鬧。⑬四垂：四境。⑭四圍：周圍。⑮亭亭：人或花木美好。⑯脈脈：默默地用眼神或行動表達情意的樣子。⑰棲棲皇皇：忙忙碌碌奔波不安。⑱灼（zhuó）：灼燙。⑲滴：往下滴。⑳勞勞：惆悵憂傷的樣子。㉑三五二八：每月十五日、十六日。㉒須臾：片刻；短暫的時間。㉓沆瀣：夜間的水汽；露水。

【意譯】

安靜的傍晚的雲彩映襯著銀河稀少的星星，明亮的月光在大海的邊上徐徐升起。月亮不高，月光也沒有到處灑滿，只覺得颯颯的清風吹起。萬里的海濤像燃燒的油脂，眾多的海浪喘得已經疲勞至極。一時間冰雪忽然照耀雙眼，豈止口乾難嚥下精美的粥糜？

唉呀呀，月亮仙姑聖潔而且慈悲，發出的清亮的光芒毫無偏私灑滿大地。廣寒宮的門大打開，人們進進出出熙熙攘攘熱鬧非凡，唱歌跳舞正合時宜，夜深人靜聲音很輕微，投影也小，潛伏海底的魚類一動也不動，鳥兒也不飛。只有一個亮點在移動，藍天在四境之上，海水就在周圍。美好的人們含情脈脈將要依靠誰？忙忙碌碌奔波不安始終不推辭！上天下地隨著自己的意願，入火不灼傷，入水一點也不滴。憂傷的芸芸眾生的確悲泣，只有每月十五、十六片刻之間。共同的光和影勿懷疑，吸著晚上的水汽比蜂糖還甜蜜。

唉呀呀，月亮仙姑聖潔而且慈悲，我想要譜一曲海上望月之歌，可惜我的詞彙已經完畢！

【點評】返樸歸真

這首詩寫於何時？可以鎖定在一九三六年十二月三十日至一九三七年一月十四日這個時間段。前者得知「西安事變」已經和平解決，後者則已返回上海。和解，是給汪精衛當頭一棒！在船上，進退失據；救危局，一枕黃粱。天曉得他居然譜寫出〈海上望月作歌〉的頌月佳構。

起句公示，皓月升於大海之湄。告訴讀者望月的切入口在海上，不在空中，更不在陸地。通篇圍繞「海上望月」演繹，皓月、冰輪、素娥一一閃現，放清輝，普照人間；開廣寒，輕歌曼舞。碧海青天，奔波不息。天上地下，火裏不燃燒，海裏不下沉。芸芸眾生，片刻間，悲痛生；同光共影，吸水汽，甜如蜜。素娥仙姑啊，為了讚美您的聖潔、慈悲，我調動了腹笥經綸，渾身解數！

這種獨特的汪精衛現象，不禁令人想起史傳文學的領軍人物王朝柱先生深中肯綮的評騭：「汪精衛頗具詩才，堪稱一代行文的裏手。」他「絕不是那種臥戰壕、聞硝煙的人物，他是平生最喜歡在『藝術氛圍』中鬧革命的領袖。就說這次敗退法國的隱居生活吧，他依舊沒有忘記攬勝賞景，即興吟得幾句『絕唱』──所謂絕唱，是說他竟然能在政治逆境中反璞歸真，不受外界影響，寫出如下超脫出世的詩句來」。接下來引用了一九二九年創作的〈瑞士幾希拍瀑布……餘在此一宿而去〉的全篇（《汪精衛和蔣介石》，中國青年出版社一九九三年版，第二四七頁至二四八頁）。

汪精衛現象究竟緣何產生的呢？如果從心理學的視角觀照，不難發現它是汪詩人心態平和、氣定神閒、基於孔子關於「智者樂」理念的訴求，是對逆反思維具有良好的思維素質和心理條件的展露。因而能在困境中排除干擾，得以譜寫難能可貴的大瀑布、海上月的絕唱！其根源乃汪詩人領悟老子的名言「福兮禍之所生，禍兮福之所倚」的真諦，理解禍與福並非絕對相互排斥的兩碼事，並非是禍就絕對不是福，是福也絕對不是禍。其實，它們是可以互相轉化的。在這裏，條件是極端重要的。汪詩人如果不是最喜歡藝術氛圍，不是從小便打下了扎實的賦詩填詞的基礎，不是具有充裕的「小休」時間，不是牢記攬勝賞景等諸多轉化的必要條件，顯然是不可能在進退維谷的困厄中，創作出域外山水詩之華章的。

我以為，這就叫做反璞歸真，就是還原詩人汪兆銘的本真！

紫雲英①草可肥田，農家喜種之，一名荷花浪浪。取以入詩

紫雲英發水天紅，饁②婦耕夫笑語同。
識得江南名物③否？荷花浪浪醉春風。

粵諺：「春日人倦，為牛借力。」言牛借其力以行田也。語有奇趣，取以入詩

夢回布穀④喚聲中，一枕殘書讀未終。
憊⑤矣真疑牛借力，蘧然⑥還作馬行空⑦。
雲開川上鱗鱗⑧日，雨過亭前翼翼⑨風。
一笑尚餘強項⑩在，荷鋤渾⑪不後村童。

【注釋】

①紫雲英：即紅花草。②饁（yè）：往田野送飯。③名物：事物及其名稱。④布穀：杜鵑鳥。⑤憊：極端疲乏。⑥蘧（qú）然：驚喜的樣子。⑦馬行空，即天馬行空：馬的奔馳如同騰空飛行，多比喻詩文、書法等氣勢豪放，不受拘束（天馬：漢武帝從西域大宛國得到的汗血馬稱為「天馬」，意思是一種神馬。見於《史記‧大宛列傳》）。⑧鱗鱗：像層層的魚鱗，常用來形容雲或水波紋等。⑨翼翼（yì）：眾多。⑩強項：形容不肯低頭，剛強正直不屈服。⑪渾（hún）：全；滿。

【意譯】

紫雲英發兜瘋長，水和天統統紅遍，送飯的農婦和暫歇的耕夫在田野笑語喧天。
您認識這種草，又叫得出她的芳名嗎？荷花浪浪，沉醉在和風裏搖搖擺擺展笑靨！

布穀聲聲，驚醒了我的美夢，枕邊還擺著沒有翻完的書籍。
疲勞達到極點，真不懷疑牛能借力，驚喜中發現牠像神馬騰空飛起。
天開，雲散，河裏的波光如同魚鱗圈擴散，雨後的庭院，忽然春風平地起。
笑笑嘻嘻之後，還存在剛強正氣，扛起鋤頭，完全不落後村童的小把戲！

【點評】粵諺入詩

如果說汪氏獄中詩〈晚眺〉是半明半暗地汲納諺語「日落胭脂紅，無雨必有風」的話，那麼這兩首就彰明較著地各採一條粵諺入詩，美化紅花草和耕牛，委實罕見！

先看看第一首寫紫雲英的七絕吧，其功能是「可肥田，農家喜種之」。其實，農諺還有：「種田兩件寶，豬糞紅花草。」（武占坤、馬國凡《諺語》，內蒙古人民出版社一九八〇年版）豬糞是最好的廄肥，紅花草是重要的綠肥作物。怎樣彩繪廣東紅花草又有荷花浪浪的愛稱呢？首句，以誇張手法，描摹紅花草發蔸瘋長，演繹出水天一色紅彤彤的畫面。承句，耕夫農婦在田野吃飯時，望著綠肥長勢喜人能不笑語喧天嗎？轉折句，提問突兀：您知道她的芳名叫什麼？結句回答：荷花浪浪！請看她迎著春風，沉醉，搖晃，笑靨——酒窩斟滿酒紅！既照應了首句的滿天紅，又回答了農民對紫雲英情有獨鍾的美譽！這是農家受益、喜歡種植而美化對象的審美效應，又是名正言順的愉悅色澤的美容！

再看詩題彰示：「語有奇趣，取以入詩。」奇趣從何而來呢？原來這條粵諺是：「春日人倦，為牛借力。」為，作「因」字講，屬於前果後因的關係。農民春倦是因為牛借走了人的氣力，好好鬧春耕！這不是輕鬆愉快的幽默麼？不是農民慣有的詼諧口吻麼？謂予不信，汪詩可證：疲乏到極點，真不懷疑牛能借力，驚喜中發現牠像神馬騰空飛起。多麼大膽奇詭的幻想，當著耕牛在暴怒時才有的作派，添加些許誇飾，竟然嬗變成天馬！這是借力功能。尾聯卻以另類面目出現，笑一笑如此意味雋永的諺語，我的剛強依然不落後於村童。

要之，汪兆銘不是苟同封建文人學者稱諺語是「鄙諺」、「野語」、「俚言」、「俗語」，而是粵諺入詩，想像奔放、開闊，積極，合理，詩篇美輪美奐，妙趣橫生，彰顯出民主主義詩人「得句還愁後古人」的魄力、魅力和張力！

飛機上作

落落①青冥②意所使，風生河漢③更泠然④。
身乘彩鳳⑤雙飛翼，日盡齊州⑥九點煙⑦。

黑子⑧縱橫⑨雲下壘，綠蔭方罫⑩雨中田。
媧⑪皇有恨終須補，地坼⑫東南水接天。

【注釋】

①落落：開朗。②青冥：青色的天空。③河漢：銀河。④泠（líng）然：形容聲音清越。⑤彩鳳：彩色的鳳凰。這裏比喻飛機。⑥齊州：中州，猶言中國。⑦九點煙：九州如煙塵那樣渺小。⑧黑子：指太陽黑子。⑨縱橫：豎和橫；橫一條豎一條。⑩方罫（guǎi）：圍棋盤上的方格子。也泛指方格。⑪媧（wā）：女媧，神話中煉石補天的神。⑫坼（chè）：裂開。

【意譯】

朗朗的青天是意識最方便的時候，從銀河發出的風聲更加悅耳激越。
自己乘坐的彩色鳳凰拍動著一對翅膀，向下俯視中國遼闊的九州小得像九點煙塵。
太陽的黑子橫的、豎的在雲層上投影，綠蔭的方格格是一丘丘水田的印記。
女媧氏為百姓的生存終於要煉石補天，看，大地上的東南方裂開，洪水接到了天邊。

飛機上作

疆⑬畝縱橫綠野恢⑭，禾田如水樹如苔。

老農筋力⑮消磨⑯盡，留得川原⑰錦繡⑱開。

【注釋】

⑬疆：邊界。⑭恢：廣大；寬廣。⑮筋力：體力。⑯消磨：使意志精力等逐漸消失。⑰川原：寬廣的平地。⑱錦繡：比喻美麗或美好；精美鮮豔的絲織品。

【意譯】

農田的邊界一條一條，綠色原野多麼廣大，禾田變成水域，樹林像大片大片的青苔。老邁的農民體力都快消磨光了，只留下遼闊的平原像精美錦緞剛剛打開！

【點評】重彩與輕描

這裏，兩首詩題同為〈飛機上作〉，都是七言，多用精彩的俯鏡頭。妙在同中有異，前者有化用，有典故，屬重彩潑墨的七律；後者為淡墨輕描的七絕。

重彩：首聯點擊青天、風聲。頷聯第三句化用唐代李商隱的名句「身無彩鳳雙飛翼」（我自身雖無彩鳳那樣的雙翅，不能飛到你的身旁）變為「身乘彩鳳雙飛翼」。將「彩鳳」借代作「飛機」，既點明身在飛機上，又語意詼諧。第四句俯視「日盡齊州九點煙」運用唐朝李賀〈夢天〉「遙望齊州九點煙」（從天上遠遠地朝下望，中國遼闊的九州小得像是九點煙塵）。頸聯：太陽黑子交錯的影像是俯視，綠蔭方格的水田又是俯視。尾聯援引女媧的神話故事，她為了拯救老百姓而煉石補天，看吧，大地東南方已然裂開，洪水肆虐，一片汪洋！全詩氣勢磅礴，具有嶺南雄直風味，隱約滲透關心民瘼之情愫。

輕描：從絕句篇法來剖析，這首七絕前聯寫景，後聯寫人。前兩句以俯視鏡頭攝景。起句用白描，田界清，綠野廣；承句用比喻，田如水，樹如苔。後兩句寫人，轉句突兀，辛酸回憶，老農勤扒苦掙，燈乾油盡！合句，捧出結果，留下精美錦緞似的遼闊平原。這個原因何在？一代一代農民臉朝黃土、背朝天打造出來的勝境！詩人的淡墨抹出的景語，歸根結柢是情語——憫農情結啊！

郊行書所見

穀雨清明一瞬中，郊原秀色①已浮空。
遙青暖受濛濛②日，新綠柔含濕濕③風。
宿釀④乍開娛父老，春衣初試炫⑤兒童。
艱難一遇豐年樂，願得和聲⑥處處同。

【注釋】

①秀色：美好的景色或容貌。②濛濛：雨點很細小。③瀰瀰：搖動貌。④宿釀：陳酒。⑤父老：一國或一鄉的長者。⑥炫（xuàn）：誇耀。⑦和（he）聲：幾個樂音的協調的配合。

【意譯】

從穀雨到清明，一眨眼就晃過了，郊原上美好的景色，已經懸浮在天空。

遙遠的青色受到毛毛雨中暖和的日照，鮮嫩的綠色溫柔地蘊含著搖動的春風，

一缸陳酒打開的醇香讓父老鄉親異常高興，小孩春裝剛剛試身，一臉誇耀向著村裏兒童。

在千辛萬苦中好不容易碰上豐收的歡樂，但願處處欣喜，神州大地村村相同！

【點評】所見異趣

關於〈郊行〉類的詩題凡六首。前五首叫做〈郊行〉、〈病起郊行〉、〈雨後郊行〉、〈冬晴郊行書所見〉、〈郊行〉，已從筆者點評「蘊含餘味」、「『起』啥」、「破顏一笑」、「拷問眼力」、「自由自在地往來」中略約道出各自特色。但〈冬晴郊行書所見〉與〈郊行書所見〉都從題目中突出「見」字，看來有必要略抒一孔之見，以就教讀家。

不錯，〈郊行書所見〉，已然見到「秀色」、「遙青」、「新綠」、「乍開」（酒罈）、「春衣」林林總總，應接不暇。然而，〈冬晴郊行書所見〉是繪刻一幅「郊外晴冬圖」，皆適合人意的景語，歌唱人與動物的互動，凸現眼字「見」的和諧效應。〈郊行書所見〉不是冬天景色，而是春意盎然的律動，讓讀家感覺到溫暖的濛濛日，觸摸到溫柔的瀰瀰風，

嗅到打開酒罈的醇香，望到初試春裝的誇耀！原來詩人在彰顯「艱難一遇豐年樂」。最後卻訴求儒家優秀文化傳統的「仁者愛人」——傾吐「願得和聲處處同」的人性意願。

釣臺

盛時出處①自從容②，留得高臺有釣蹤。
卻憶山川重秀日，鴟夷③一棹五湖④東。
苔蘚侵尋蝕舊碑，江山風雨助淒其⑤。
新亭⑥收淚猶能及，莫待西臺⑦慟⑧哭時。

【注釋】

①出處：（引文或典故的）來源。　②從容：不慌不忙；鎮靜；沉著。　③鴟（chī）夷：指范蠡。因佐越王勾踐滅吳，知勾踐為人不可以共安樂，因浮海出齊，變姓名，自號鴟夷子皮。簡稱鴟夷，或鴟夷子。事見《史記・越王勾踐世家》。李白詩云：「何如鴟夷子，散髮棹扁舟。」　④五湖：泛指各處。　⑤淒其：本義指寒涼，也指情緒淒愴。其，詞尾。　⑥新亭，在今南京市南，多指新亭對泣，後來表示愴懷故園之意。　⑦西臺：西御史臺的簡稱。御史多為執法者。　⑧慟（tòng）：極悲哀；大哭。

【意譯】

說出興盛之時的源頭本來就鎮靜、沉著，留下高高的釣魚臺便有垂綸的痕跡。
回眸山河重新清秀的美好日子，鴟夷子散著頭髮划著小船多麼快意。

苔蘚侵蝕著舊有的石碑，江山被風風雨雨助長情緒淒愴。
新亭對泣立馬停止還為時未晚，不要等到西御史臺放聲大哭發出悲腔。

【點評】范蠡：官、商兩棲明星

釣臺就是釣魚臺。資料顯示，著名的釣臺全國有十處之多，可惜沒有搜索到與范蠡有瓜葛的處所，只好暫付闕如了。《釣臺》包含兩首七絕。前一首主旨寫范蠡的瀟灑、達觀、快慰、自由自在、無官一身輕。回眸往事，其時正是輔佐越王勾踐滅吳，山川重秀，日月重光，大紅大紫的歡慶日子。范蠡摸準了勾踐的德性，只能同苦難，不能共安樂，終於下定決心：與其滿門抄斬，不如棄官逃命。毅然浮海赴齊，隱姓埋名，自號鴟夷子皮，簡稱鴟夷或鴟夷子。這一點，恰恰是汪氏「合則留，不合則去」理念的楷模，能不激活詩興的觸媒嗎？

後一首是這種古訓的延伸。生活不相信眼淚，古今中外，沒有例外。如果停止「新亭對泣」式的傷心淚，那麼可能避免西臺的生死恨。這是人性本真的維護，是趨吉避凶的必然，是「不合則去」的張揚。

然而，范蠡自稱鴟夷子皮的作派，不只逃脫官場，沒當隱士，而且跳巢商場，當了商人。原來，他逃亡至陶之後，又自稱朱公，以經商致富。後人因以「陶朱公」稱富商（《史記•卷一二九貨殖傳》）。

概而言之，范蠡由救越元勳到商界大亨，由宦海謀劃到商海打拚，見證乃官商兩種領域各自碩果驚人的兩棲耀眼明星。對汪氏而言，「合則留，不合則去」的原則和拒絕淡出人生的理念，與鴟夷子、陶朱公是心有靈犀的。

別廬山三年矣，舟至九江望見口占

才接嵐光①眼便醒，別來蹤跡②似飄萍③。
慚君不帶風塵④色，更為行人著意⑤青。

【注釋】

①嵐光：山裏霧氣呈現的光。　②蹤跡：行動所留的痕跡。　③飄萍：隨風搖動不定的浮萍。　④風塵：比喻戰亂。　⑤著意：用心地（做某事）。

【意譯】

一接觸到山嵐的光，惺忪的睡眼就已醒，分別以來行動就像飄動的浮萍。
讓您慚愧的是不帶一點戰亂的神色，進而替行人用心用意地塗滿一身青。

【點評】盧山戀

詩，作為高度集中地反映現實生活，抒發作者美好情思的詩歌，必須深深植根於情的。前人早就指出：「感人心者，莫先乎情。」（白居易）不論是凱歌、哀歌，乃至景物之歌，統統需要充滿熱情、激情、深情。

在這裏，我們讀汪氏山水詩，凡中外名勝的謳歌，都飽含著自我真情。特別是對待廬山，更是情有獨鍾。數量上，以吟詠廬山戀的最多；藝術上，更是熠熠生輝。僅從這首七絕解讀，也不難窺見一斑。

詩題確鑿指出：「別廬山已三年矣。」一船達九江遠望她的倩影，馬上隨口衝出詩作。這是銘心刻骨的戀情之迸發！

起筆，暗示嵐光乃廬山山嵐之光，喚醒詩人。承句，三年來萍蹤不定，到處飄零，錯過了對您的親近（不能像三年前每年「輒一二至，留則二三日，得句則以小牋書之」）。轉折句，慚，形容詞用如動詞。慚君，讓您慚愧。即毫無一點抗日戰亂的神色。合句，進而替行人用心塗抹一身青。想像自然、雋永。

通篇真切、曉暢，平中見奇，見證詩人熱戀廬山，情感專注，激動人心。

盧山道中

積翠為前導①，何知路阻②長。
松香蒸日氣，草色展煙光。
嶺盡全湖見，峰凹③半刹④藏。

詩成剛擲⑤筆，雲海已蒼茫⑥。

【注釋】

①前導：在前面引路的人或事物。②阻（zǔ）：阻擋；阻礙。③凹（āo）：低於周圍（與凸相對）。④剎（chà）：梵語。這裏指佛塔或佛寺。⑤擲（zhì）：扔；投。⑥蒼茫：空闊遼遠；沒有邊際。

【意譯】

聚集的翠綠就是在前面引路的人，哪裏曉得路好難走又漫長。
在陽光的蒸發下，松樹散發出清香，在霧靄中的亮點，展示草綠色的閃光。
翻越了山嶺全湖的面貌終於出現，山峰的低凹處還有半個佛塔隱藏。
這首詩寫完剛剛放下筆，雲彩的海洋已然蒼蒼茫茫。

【點評】廬山記憶

這首〈廬山道中〉恐怕正是名副其實的廬山記憶。據資料顯示：汪氏夫婦一九三七年四月九日去無錫遊覽。六月五日去杭州遊覽。（引自王光遠、姜中秋《陳璧君與汪精衛》）從《陳璧君活動年表》看來，旅遊活動均有案可稽。這一年沒有廬山遊的紀錄，卻有十一月二十三日去武漢的行蹤。當年由於乘輪船由寧赴漢既舒適又便捷，故絕大多數人走水路。

這樣，人們不難理解，因為對廬山情有獨鍾，在口占一首七絕之後，意猶未盡，於是詩人神與物遊，展開想像的彩翼，在詩國的碧海青天中自由翱翔，穿越時空，引爆靈感，一口吐出這首汪詩中罕見的虛構之作。難得的是，他多次飽覽匡廬勝景，想像廬山道中不是從天突降，不是空穴來風，而是誠實合理的輕車熟路，屬於刻骨銘心的珍貴記憶。

我們不妨透過全詩，在平實而清新的詩行中感悟其真諦。積翠導遊，路卻難又長。松香、日氣、草色、煙光。展現鄱陽湖全景，露出古塔的半截。耐人咀嚼的是結句：「詩成剛擲筆，雲海已蒼茫。」詩在哪裏寫？車上嗎？當時尚無生活設施齊全的保時捷。在賓館嗎？與「雲海已蒼茫」相牴牾啊！較比切當的大抵是在輪船的特等艙裏吧。

您說呢？

二十七年四月二十九日，始至長沙詣①嶽麓山謁②黃克强③先生墓。以舊曆計之，適為三月二十九日④也

黃花⑤嶽麓互聯綿⑥，此日相望倍惕然⑦。
百戰山河仍破碎，千嶂⑧林木已風煙。
國殤⑨為鬼無新舊，世運⑩因人有轉旋。
少壯相從今白髮，可堪攬涕⑪墓門前。

【注釋】

①詣（yì）：到某個地方去看所尊敬的人。　②謁（yè）：進見地位或輩分高的人。　③黃克強：黃興（一八七四—一九一六）

中國民主革命家。湖南善化（今長沙）人。一九〇二年赴日留學。一九〇四年和宋教仁等在長沙組織華興會，策劃長沙起義未成。一九〇五年在日本擁護孫中山組成中國同盟會，任執行部庶務，居協理地位。一九〇七年起，先後參與或指揮「欽廉防城起義」等五次起義。一九一一年與趙聲領導「廣州起義」（黃花崗之役），率領敢死隊進攻督署。「武昌起義」後在漢口、漢陽對清軍作戰。一九一二年南京臨時政府成立，任陸軍總長兼參謀總長。臨時政府北遷，任南京留守。一九一六年病逝。有《黃興集》。④三月二十九日：指夏曆辛亥三月二十九日（一九一一年四月二十七日）廣州之役。⑤黃花：這裏指黃花岡之役。⑥聯綿：即連綿。（山脈、河流、雨雪等）接連不斷。⑦惕（tì）然：惶恐；憂慮；警覺省悟。⑧千嶂：形容山峰之多。⑨國殤（shāng）：為國犧牲的人。⑩世運：舊指時代盛衰治亂的氣運。⑪攬涕：揮淚。

【意譯】

黃花崗和嶽麓山緊緊相連，今天相望加倍地警惕、淒然。
身經百戰祖國山河依然破碎，山峰多多樹林又蒙上戰火的風煙。
為國犧牲的人沒有新鬼、舊鬼，時代的盛衰由於人物不同而扭轉、斡旋。
年輕時跟著您革命，如今添了白髮，只能揮淚，憑弔在您的墓前。

【點評】 揮淚墓前

這首七律是憑弔黃克強先烈的詩作。既有黃興領導黃花崗戰役的這種代表作，又聯繫抗戰將近一年的實際，抒發詩人的悲情。

首聯：提出「此日相望倍惕然」的問題。頷聯：回答問題。黃先生身經百戰，推翻清廷，但山河仍舊破碎，日寇的鐵蹄已然侵占了首都南京，正在進攻武漢，神州四處烽煙。頸聯：為國捐軀，不分先後，世運卻因領導人異而能扭轉、挽回。尾聯：年輕時跟您幹革命，如今頭髮已然花白，只能夠在您的墓前灑淚了！

詩的背景是一九三八年一月十六日日本政府發表了〈不以國民政府為對手的聲明〉，誘降汪精衛。一月十八日，國民政府發出嚴重聲明，全力維持主權與行政的完整。當時戰爭敗多勝少，中國在國際上孤立，英、美的不干涉，使一些國民黨官員對戰爭前途喪失信心。為此，汪精衛主張：「不得不戰則戰，可以議和則和，時時刻刻小心在意，為國家找出一條生路，才是合理的辦法。」從「世運因人有轉旋」的眼句來看，可以觸摸到詩人的脈博，透露他無權調停，扭轉局勢。蔣介石唱高調而博得浮名，汪則成為唱低調的革命指揮，落得「可堪攬涕墓門前」。這恐怕正是汪精衛叛國降日悲劇的序幕吧。

自長沙至衡山，通衢①修潔，夾植桐樹，清陰②瑟瑟③，可覆行人，花方盛開，香氣蓊勃④。道旁居民俟其實熟榨以取油，既可自贍⑤，亦以養路。為作二絕句

浩浩⑥香風未有涯，離離⑦花影正交加⑧。
惜花須似桐花鳳，但領花香不礙花。

夾道青青⑨不染塵，雨餘風日更清新⑩。
行人自在桐陰下，便是桃源洞裏人。

【注釋】

①通衢（qú）：大道。②清陰：清爽而陰涼。③瑟瑟：夏風吹過桐葉發出的聲音。④蓊（wěng）勃：盛貌。⑤自贍（shàn）：自己充足。⑥浩浩：形容香風很大。⑦離離：形容草長得茂盛。⑧交加：兩種事物同時出現或同時加在一個人身上。⑨青青：茂盛貌。⑩清新：清爽而新鮮。⑪桃源洞：在今湖南桃源縣西南，桃源山下，面對沅江。又名秦人洞、白馬洞，相傳是東晉陶淵明所作〈桃花源記〉的遺址。

【意譯】

浩蕩的香風，無邊無涯，茂密的青草和花木的倩影相互交加。
愛憐花朵應當像桐花鳳那樣，只引領花香不妨礙自由生長之花。
公路夾道的密密的油桐樹不染一塵，雨後又有風的天氣更加清爽、氣新。
路上的行人自由自在經過桐陰之下，就是桃花源裏無拘無束的自由人。

【點評】桐花・桐陰

花，始終風情萬種，百看不厭，自然成為詩歌核心意象之一。這種意象長盛不衰，恐怕正是歷代名家意象思維具備多樣性、豐盈性、獨創性的魅力，全然拒絕審美疲勞的碩果。

我們且看汪詩人描繪桐樹兩首七絕的清新筆調。水陸草木之花，可愛者甚蕃。但愛桐花的，恐怕確實罕見。桐花指油桐樹之花。油桐屬落葉小喬木。高約九米。初夏開花，花大，白色，有紫色條紋。其種子可榨桐油。居民可以自用，可以養路，桐陰可以給行人帶來清爽、陰涼。

第一首寫桐花。起筆以誇張手法，香風浩蕩，且無際涯。承句，桐花青草，倩影加交。轉折，什麼叫做正牌愛憐花朵呢？像桐花風一樣瀟灑。合筆，只飽吸花香，不妨礙花的盛開，怒放。桐花鳳，鳥名。暮春，牠們集體飛到油桐樹上，享受桐花的芬芳，只飲朝露，和諧共處，互不干擾。這裏，徵引桐花鳥，實乃愛花奇崛之筆。

第二首寫桐陰。公路兩旁，一塵不染；雨後輕風，更加清新。桐陰瑟瑟，覆蓋行人；桃花源裏，自在百姓。一則事典，寫行人炎炎酷暑走進桐陰，如同桃花源裏人。調侃、幽默，力透紙背。

南嶽①道中杜鵑花②盛開，為作一絕句

果然③火德④耀南華，一變嵐光作紫霞。
四萬萬人心盡赤，定教開作自由花。

杜鵑花

昏啼到曉恨無涯，啼遍春城十萬家。
血淚已枯心尚赤，更教開作斷腸花⑤。

【注釋】

①南嶽：中國五大名山之一。五嶽指的是東嶽泰山，南嶽衡山，西嶽華山，北嶽恆山，中嶽嵩山。南嶽，湖南衡山的古稱。

②杜鵑花：又叫杜鵑，杜宇，映山紅。 ③果然：表示事實與所說或所料相符。 ④火德：太陽的熱力。 ⑤斷腸花：引起人愛憐或悲傷之情的花。又是秋海棠的別名。

【意譯】

太陽的熱力，果然烤灼著南中國，一下子把白色的山嵐變作紫紅的雲霞。
四萬萬老百姓都是赤誠抗日的，一定要叫它開成自由獨立的鮮花！

從黃昏啼哭到天亮，怨恨無邊無涯，哭遍了春城十萬戶人家。
血淚已然乾枯了，心還是鮮紅的，想救亡的，更加要叫它開作引人極度悲傷的花！

【點評】自由花變斷腸花

這兩首七絕都是寫杜鵑花，都合「發花轍」，都成詩於同一個時段，故合併點評。然而二者的結句且不說水火不相容，至少也是反差極大的吧。

第一首描繪紅彤彤的杜鵑花，化作全國民眾抗日的赤子之心，自然而然綻放出自由獨立的鮮花，其情緒是樂觀的，振奮的，救亡的！

第二首卻運作蜀國望帝變成杜鵑鳥（杜宇）的傳說，通宵啼聲悲切，哭遍春城十萬戶人家，血淚乾枯心尚赤，哀鳴

「不如歸去」，充滿了悲觀情愫，更叫它開出斷腸花。調子低沉、哀怨、涼薄，比之於第一首，顯然有調值高低之別！

讀家也許要問，為什麼自由花眨眼之間變成了斷腸花呢？筆者以為，不妨從三個視角來觀照：

一是「由亡而存」。這是汪氏在〈最後關頭〉的廣播講話裏，關於「戰」的最後可能性的估量。其實，筆者當年六歲在家鄉長沙耳熟能詳的救亡歌曲就有：「同胞們，向前走，別退後！拿我們的血和肉，去拚掉敵人的頭！犧牲已到最後關頭，犧牲已到最後關頭！」見證抗戰歌曲也存在汪氏講話的共鳴點。寫詩時早已看到日寇狂叫「六個月滅亡中國」的夢囈之破產！汪氏似乎具有審慎的樂觀。

二是「談日色變」。當時朝野上下，惴惴不安，特別是在國民政府的上層人物中，談日色變，信心喪失殆盡。而汪氏從日本聲明中不以國民政府為對手的誘降，已然心領神會，唯恐日方言而無信，未敢深信。加之國民政府又聲明拒絕出賣主權和領土，未敢造次。不過，思想砝碼定然早已向悲觀大大地傾斜了的！

三是「詩人氣質」。汪詩人常常謀而不斷，喜怒無常，甚至歇斯底里大發作。這次，正是汪氏心靈深處抵抗與講和，樂觀與悲觀的矛盾、衝撞、搏鬥之具象展露，在日寇的軟（誘降）和硬（強攻）兩手的襲擊下，悲觀蓋過了樂觀，講和壓倒了抵抗。於是導致詩中自由花瞬間轉化為斷腸花的意象見證，詩中存史的生動舉措，看來是無庸置疑的。

登祝融峰①

直上祝融峰，遠望八千里。
蒼茫②雲海中，不辨湘資與沅澧③。
古來此中多志士④，國難⑤之深有如此。

吁嗟乎！山花之丹是爾愛國心，
湘竹之斑⑥是爾憂國淚。

下祝融峰過獅子巖

祝融峰上日初懸，獅子巖前破曉煙。
五曲⑦清湘光瀉地，四圍列岫⑧遠浮天。
嶠雲⑨自戀前賢樹，石筧⑩同甘處女泉。
最是老農能力作，深山處處有梯田。

衡山無奇絕處，唯祝融一峰巋然⑪獨峙⑫，四圍群山撲地，繚繞⑬天末⑭。清湘五曲昭晰⑮可見，此景他山所未有也。獅子巖前有松數株極古茂，一株已朽。傳羅念庵所手植。自祝融峰至上封寺，有石筧長可二里，引泉入寺，傳有老女憫寺僧汲水之艱，鳩工⑯鑿石為之，此可紀也。

【注釋】

①祝融峰：祝融，傳說中楚國君主的祖先。為高辛氏帝嚳的火正（掌火之官），以光明四海而稱為祝融。後世祀為火神。祝融峰，在湖南衡山縣西北部。衡山主峰。海拔一二九〇米。傳說遠古祝融曾遊憩於此，故名。有祝融殿、上封寺、會仙橋等景點。

②蒼茫：空闊遼遠，沒有邊際。③湘資沅澧：湖南的四大江河。④志士：有堅定意志和高尚節操的人。⑤國難：國家的危難，特指由外國侵略造成的國家災難。⑥湘竹之斑：斑竹，也叫湘竹。相傳帝舜南巡蒼梧而死，他的兩個妃子在江湘之間哭泣，眼淚灑在竹子上，從此竹竿上都有了斑點（見於《博物志》）。還叫湘妃竹，淚竹。⑦五曲：樂曲名。又傳祝融號

赤帝，為音樂家，奏樂以示移風易俗，天下大治，在位百年。⑧列岫（xiù）：排列的峰巒。⑨嶠雲：高山的雲。⑩石筧（jiǎn）：筧，引水的長竹管。這裏指用石鑿成的筧。⑪巋然：高大的獨立的樣子。⑫峙（zhì）：聳立；屹立。⑬繚繞：迴環旋轉。⑭天末：天邊，指極遠的地方。⑮昭晰：光顯；清晰，明白。⑯鳩工：聚集人工。

【意譯】

一直登上祝融峰，一眼望到八千里。空闊遼遠的雲海，分不清四條江：湘、資、源、澧。
從古以來湖南志士多多，日寇入侵卻到了內地。
唉呀呀！山花的紅彤彤就是你們的愛國心，湘竹斑斑，就是你們憂國憂民的淚滴。

祝融峰上，太陽剛剛升起，獅子巖前面，已然消失了清晨的雲煙。
五種曲調灑滿湖南人地，四周排列的峰巒，遠遠望去，像飄浮在天。
高山的雲彩愛戀前賢的樹木，石鑿的筧流，大家嘗到了甘甜的清泉。
最最難能可貴的，老農傾力耕作，深山裏面到處鋪滿層層梯田。

【點評】志士・前賢・處女・老農

這兩首題詠祝融峰的詩歌，均屬山水詩。前兩聯既是寫景，又是為後兩聯烘托、鋪墊。由於兩首詩皆圍繞祝融峰的「登」與「下」，自然聯想起的人物：前者旨在歌吟湖南多志士；後者讚頌前賢、處女和老農。

多志士：我們只說清末洋務派和湘軍首領左宗棠的炫目閃光點。一八六七年以欽差大臣督辦新疆軍務，率軍討伐阿古柏，收復烏魯木齊、和田等地，阻遏俄英對新疆的侵略而彪炳史冊，不愧為山花之紅是愛國心，湘竹之斑是憂國淚！何況日寇已逼近瀟湘了呢？挺身而出，責無旁貸。

前賢樹：前賢是指有才德的前輩。詩的後記說：「獅子巖前有松數株極古茂（古雅美盛），一株已朽。傳羅念庵所手植。」羅念庵是誰？明代學者。名羅洪先（一五〇四—一五六四），字達夫，號念庵，江西吉水人。嘉靖進士。為學宗王守仁，又雜以禪宗之說。其文初學李夢陽，後改學唐順之，晚年自成一格。著作有《念庵集》。只說羅念庵十五世紀便具有環保意識，能不令人欽佩嗎？

處女泉：原來「自祝融峰至上封寺，有石筧長可（約）二里，引泉入寺，傳有老女（年老未嫁的處女）憫寺僧汲水之艱，鳩工（注⑯））鑿石為之，此可紀也」。助人為樂，可紀，可紀！

老農作：深山裏，到處鋪滿了錦繡的梯田，這都是老農們用勤勞的雙手刺繡出來的力作！是為子孫後代造福的自發的舉措啊，豈有不謳歌之理？

以上四種議論，屬於「賦」的範疇，偏於「直言」。汪詩這種議論與感性形象水乳交融，作為一個完整的統一體出現。例如湖南志士多，具備抗擊外來侵略的傳統。三湘子弟可以如數家珍。詩人不指名道姓，顯得不枯燥、不聒噪、不絮叨，惜墨如金。再如念庵植樹，老女引泉，讓受眾感受新鮮，別具洞天。三如奉上老農。有如「祝融一峰巋然獨峙」之奇峰兀立之炫目。近代古體詩詞的創作，題詠梯田者，大抵只此一家吧！

疏影①・菊

行吟②未罷，乍悠然③相見，水邊林下。半塌東籬④，淡淡疏疏，點出秋光如畫。平生絕俗⑤

違時意，卻對我、一枝瀟灑⑥。想淵明⑦，偶賦閒情⑧，定為此花縈惹。　正是千林脫葉，看斜陽闃寂⑨，山色金赭。莫怨荒寒，木末芙蓉⑩，冷豔⑪疏香相亞。不同桃李開花日，準備了、霜風吹打。把素心⑫、寫入琴絲，聲滿月明清夜。

【注釋】

①疏影：詞調名。宋代姜夔作，自度曲以詠梅。張炎詞〈詠荷葉〉，易名〈綠意〉。彭元遜詞有「遺佩環浮沉澧浦」句，名〈解佩環〉。雙調，一百十字。見《詞譜》卷三十五。②行吟：漫步歌吟。③悠然：悠閒的樣子。④東籬：陶潛有名句：「採菊東籬下，悠然見南山。」後世用以指菊花或種菊之處。⑤絕俗：與世隔絕。⑥瀟灑：（神情、舉止、風貌等）自然大方，有韻致，不拘束。⑦淵明：（三六五或三七二或三七六—四二七）東晉詩人。一名陶潛，字元亮。潯陽柴桑（今江西九江）人。曾任彭澤令等，後去職歸隱，絕意仕途，長於詩文辭賦。詩多描繪田園風光及其在農村生活的情景，其中往往隱寓對官場的厭惡和不願同流合污的精神，以及對太平社會的嚮往，也每寫及樂天安命的人生觀念。至於〈詠荊軻〉等篇，頗多悲憤慷慨之音。其藝術特色兼有平淡與爽朗之勝；語言質樸自然，而又頗為精鍊，具有獨特風格。有《陶淵明集》。⑧閒情：閒適的情趣。⑨闃（qù）寂：寂靜。⑩木芙蓉：芙蓉花。⑪冷豔：形容耐寒的花。⑫素心：本心；心地純樸。

【意譯】

漫步歌吟還沒有停止，突然我們清閒安逸地相見，就在水邊林下。東籬已有一半坍塌，煙清淡，雨稀疏，裝點出秋天景色像圖畫。一生與世隔絕，違背了時人的意思，但是你面對我，花開得瀟瀟灑灑。遙想陶淵明偶然吟唱出閒適的情趣，肯定由於是這種花縈繞逗惹。

正當樹林落葉紛紛，看斜陽寂靜，山色黃褐。不要埋怨荒蕪，寒冷，和芙蓉花的耐寒飄香相近似。不同於春天桃李開花的日子，卻準備著和霜風對決。把本心寫進琴曲，讓悅耳的歌聲彌射月色明朗清涼的夜晚。

【點評】心之歌

汪氏創作了兩首詠菊。在習慣手法上，同者通篇都不著「菊」字。但兩首均有暗示菊的「東籬」出現。異處則是前為七律詩，後乃「疏影」詞；前點擊為「守望者」，後評作「心之歌」；尤以詞中信手拈來冷豔疏香的「木芙蓉」與菊花結伴前行，使東籬不孤獨、不寂寞、不怨尤，進而凸顯很陽光、很瀟灑、很傲骨，面對「霜風吹打」，捧出赤誠之心融入琴曲，激越的唱腔彌射月明清涼之夜！

提起菊花，人們耳熟能詳的除了陶淵明，也許便是蘇東坡「荷盡已無擎雨蓋（指荷葉），菊殘猶有傲霜枝」的名句吧。而汪氏卻跨越了這種菊與荷正反對舉的反差映襯模式，而是請出芙蓉（木芙蓉的俗稱）與菊花結盟抗寒，大概正是「得句還愁後古人」情結所致吧。

饒有興味的是，唐代王昌齡〈採蓮曲〉有：「荷葉羅裙一色裁，芙蓉向臉兩邊開。」荷花女坐著小木盆進入濃密的荷花叢中，荷花迎面分向兩邊，人面芙蓉相映紅。這裏的芙蓉就是荷花的別稱。白居易〈長恨歌〉三次出現「芙蓉」。究竟是指木芙蓉，還是指荷花呢？「太液芙蓉未央柳」，太液、未央都是借指池苑和唐宮。既然有水池，有垂柳，顯然不是指秋天著花的木芙蓉，不難敲定為「出水芙蓉」（荷花），用以修飾古典美人楊貴妃的「芙蓉如面柳如眉」了。至於「芙蓉帳裏度春宵」，確鑿明朗指出「春宵」，決然不宜指北國寒秋綻放的木芙蓉了。這裏，汪詩人自我效法傲寒鬥霜的菊花，效法不怨長安嚴寒的芙蓉花，譜寫出心靈深處的人生前行曲。

百字令・水仙花①

靈均②去矣，向瀟湘③、留得千秋顏色。猶有平生④遲暮⑤感，況是霏霏⑥雨雪。玉色⑦溫溫⑧，金心的的⑨，人與花同德。飛塵不到，冷蹤只在泉石。　小鉢供養齋頭，深燈曲几，清影搖籤帙。伴取梅花三兩點，也似曉星殘月。靜始聞香，淡終身豔，夢化莊生蝶⑩。獨醒何意，銀臺⑪試為浮白⑫。

《拾遺記》：楚人思慕屈平，謂之水仙。《群芳譜》：水仙花，白圓如酒杯，中心黃蕊⑬，名「金盞銀臺」。古來詠水仙花者，山谷⑭之詩、稼軒⑮之詞，膾炙人口⑯，然自是「凌波」⑰、「解佩」⑱搖筆即來，竹垞詞⑲如創禁體，風調獨勝。晴窗坐對，聊復效顰⑳，以資笑噱㉑云爾㉒。

【注釋】

①水仙花：石蒜科。花芳香，花被白色，內有黃色杯狀副冠。②靈均：屈原，中國最早的大詩人，名平。又自云名正則，字靈均。③瀟湘：泛指湖南地區。④平生：終身；一生。⑤遲暮：比喻晚年。⑥霏霏：雨雪紛飛。⑦玉色：比喻貌美。⑧溫溫：柔和貌。⑨的的：明明白白；的確。⑩夢化莊生蝶：莊生，指莊周。《莊子・齊物論》說：一次莊子夢見自己化為蝴蝶，覺得自己是真蝴蝶了，便不知自己是莊周。⑪銀臺：神話傳說中的神仙居處。⑫浮白：白，酒杯。本謂罰酒，後轉稱滿飲一大杯酒為浮一大白或浮白。⑬黃蕊：黃色的花蕊。⑭山谷：北宋詩人黃庭堅，號山谷。⑮稼軒：辛棄疾，南宋詞

人，字幼安，號稼軒。⑯膾炙人口：炙（zhì）：烤熟的肉。美味人人都愛吃，比喻好的詩文或事物，人們都稱讚。⑰凌波：形容女性走路時步履輕盈。⑱解佩：解下佩戴物，見劉向《列仙傳》。⑲竹垞（chá）詞：竹垞，清朱彝尊別號。因家有竹垞，故稱。⑳效顰：東施效顰。美女西施病了，皺著眉頭，按著心口。同村的醜女人見了，覺得姿態很美，也學她的樣子，卻醜得可怕（見於《莊子・天運》）。後人把這個醜女人稱做東施。「東施效顰」比喻盲目模仿，效果很壞。㉑噱（xué）：吳方言。笑；發笑。㉒云爾：句末助詞。相當於如此而已。

【意譯】

屈原走了，向著瀟湘走了，留下了永恆的顏色。還有一生遲暮的感悟，何況是雨雪紛飛的時候？靚麗的容貌感觸柔和，金子般的心地明明白白，人和水仙花一樣的品格。一塵不染，冷僻的蹤跡只能留在泉石上頭。

小缽子供養著齋頭，深暗的燈光，彎曲的茶几，月光照著搖籤的布套。拾得梅花三兩點，也像晨星殘月。寧靜中開始聞到香氣，淡淡清香終於幻生豔麗，像莊周夢裏變作蝴蝶那樣幻化名花。獨自夢中醒來是什麼意味？在仙宮滿飲一大杯美酒。

【點評】水中神仙

〈百字令・水仙花〉通篇緊扣詞題。上片寫傳說，下片描名花。前者歌詠靈均傳說為水中神仙，「人與花同德」，以幽默的話語，冷蹤留在泉石上做上片小結。唐人司馬承禎《天隱子神解》：「在天曰天仙，在地曰地仙，在水曰水仙。」晉人王嘉《拾遺記・洞庭山》稱屈原為水仙。實則雁過留聲，人過留名。屈子自沉汨羅之後，民間盛傳已成水仙，永垂不朽。後者描摩水仙花，如金盞銀盤，養於室內水石中，清香淡雅。過片以「小缽供養齋頭」，深燈、曲几、月影、布套，轉入詩意的氛圍。接下來由靜而香，而豔，而夢，究竟是水仙花，還是詩人自我？已然模糊，融入超然意境。最耐人尋味的是，醒後依然在仙宮滿飲一大杯以為全詞作結。

換句話說，這首長調由意（屈原精神）↓物（水仙花）↓景（氛圍、夢境）↓境（似醉非醉）。即：從虛到實，再由真到幻，構築了似醒非醒，牴牾現實，回歸朦朧、混沌、隱約的藝術世界，逗人遐想，真個是一種飽滿的蘊藏。

金縷曲

啼鴂①催山醒。轉幽深②、沉沉③雉堞④，柳荑⑤搖暝⑥。攬得清輝凝眸⑦處，身在萬桃花頂。正麗色澄空相映。漠漠⑧輕煙開漸淡，擁千鬟⑨、一水明如鏡。還照取，鶯飛影。　桃源⑩不在虛無境。在人間、林鴞⑪音好，巷尨⑫聲靜。君看柴門⑬春風入，菜甲⑭麥芒齊迸。且放下老農鑱⑮柄。難得飯餘當戶坐，願春光、爛熳⑯從渠⑰領。歌一曲，水泉聽。

【注釋】

①鴂：鶗鴂（tí jué）古書上指杜鵑鳥。 ②幽深：山水、樹林、宮室等深而幽靜。 ③沉沉：形容沉重。 ④雉堞（zhì dié）：古代在城牆上面修築的矮而短的牆，守城的人可藉以掩護自己。 ⑤柳荑（tí）：柳樹初生的葉芽。 ⑥暝（míng）：天黑。 ⑦凝眸：目不轉睛地看。 ⑧漠漠：雲煙密布的樣子。 ⑨鬟（huán）：婦女梳的環形的髻。 ⑩桃源：即世外桃源。晉代陶潛的〈桃花源記〉中描述了一個與世隔絕的、不遭受戰禍的安樂而美好的地方。後借指不受外界影響的地方或幻想中的美好世界。 ⑪鴞：鴟鴞（chī xiáo）：鳥，頭大，嘴短而彎曲。吃鼠、兔、昆蟲等，對農業有益。種類很多，如貓頭鷹等。 ⑫尨（máng）：長毛的狗。 ⑬柴門：用散碎木柴、樹枝等做成的簡陋的門。舊時用來比喻貧苦人家。 ⑭菜甲：菜莢，謂菜初生的葉。 ⑮鑱（chán）：古代一種鐵製的刨土工具。 ⑯爛熳：顏色鮮明而美麗。 ⑰渠（qú）：（方）人稱代詞。他。

【意譯】

杜鵑的啼聲催醒了沉睡的群山。轉入樹林深處更幽靜，轉入雉堞更沉重；柳樹葉芽的搖擺送走了黑夜，迎來了黎明。收得月光，目不轉睛地遙望遠方，自己卻站在萬千桃花的山頂。正當美麗的顏色和明淨的天空相映襯。雲煙密布的時刻輕煙開始漸漸淡薄，擁抱千棵青松和一泓如鏡碧水。還照見鶯飛草長的倩影。

桃花源並不是海市蜃樓。在人世間、鵓鴣的嗓音美好，有長毛狗守望的街巷，一片寧靜。您看吧，春風進了柴門，菜莢和麥芒齊頭並進。老農暫且放下鋤頭。最難得的是飯後面對大門閒聊一陣，由他引領春光，但願春色更加鮮明豔麗。縱情高唱一曲山歌，邀請水和泉聽一聽。

【點評】閒適剪影

武俊平先生認為：「閒適並不意味著游手好閒，閒適是一種掙脫了靈魂羈絆的自由感，一種陶然自得的心境。」（《中國人文思想——尋找自己的精神家園》，線裝書局二〇〇四年版）這話是肯定人性發展的科學詮釋，乃精警之言。

且看長調〈金縷曲〉正是一幀閒適的剪影。上片寫杜鵑聲聲，催醒群山、雉堞、黎明。詩人身在萬桃花頂。擁抱千松，攬收明鏡，攝取鶯飛影。句句景語滲透清閒安逸之情。

下片以「桃源不在虛無處」過片。請看，桃源在人間。鵓鴣鳥，嗓音好，長毛狗，盡職守。老農柴門迎春，菜麥齊進。放下鋤頭，飯後小休，引領燦爛春光，一首山歌，邀請湖水、山泉享受！不正是微吟短嘯暫忘勞苦以休閒嗎？不正是人類本真的未受污染的人性嗎？不正是眼前的真切的不足為外人道的桃花源顯影嗎？

浣溪沙・過吳淞口

小艇依然繫水門①，門前落葉正紛紛②。饑鴉病雀不能言。衰柳鎮憐今日影，寒潮③苦覓舊時痕。靜中搖動寂中喧④。

【注釋】

①水門：水閘。②紛紛：往下落的東西多而雜亂。③寒潮：從寒冷地帶向中、低緯度地區侵襲的冷空氣，寒潮過境時氣溫顯著下降，時常有雨、雪或大風，過境後往往發生霜凍。④喧：聲音大而嘈雜。

【意譯】

小船仍然牢繫在水門上，門前的落葉紛紛揚揚飄下來。饑餓的烏鴉和害病鳥雀都沒有氣力說話。衰敗的柳樹久久地自我憐惜如今乾瘦的身影，寒潮苦苦地尋尋覓覓過去肆虐的痕跡。柳枝在安靜中搖搖擺擺，寒潮在寂寞中喧嘩。

【點評】夢幻・色彩・音響

過吳淞口，汪詩人有七律、七絕和浣溪紗各一首。三篇結句似乎可以用夢幻、色彩、音響來演繹各自特色，獻給受眾以幻覺、視覺、聽覺的不同的藝術享受。

夢幻：〈舟出吳淞口作〉尾聯：「塊然亦自成清夢，三兩疏星落我襟。」點評為「星星鑽進了我的口袋」，指夢幻般的想像，超拔新奇。

色彩：〈入吳淞口〉末句「芳草江南綠已勻」。點評題作「『勻』的詩味」，說的是視覺的色彩感，塞北與江南的綠色差異，可謂體味精到，觀察入微。

音響：〈浣溪紗・過吳淞口〉落句為：「靜中搖動寂中喧。」這種音響效果是耐人尋味的。誰在搖動？擬人化的衰柳。誰在寂寞中喧嘩？如果是衰柳，顯然力所不逮。看來只能是凶惡的寒潮了。他在「苦覓舊時痕」嘛！於是「衰柳」句承「門前落葉正紛紛」而搖動。「寒潮」句接「饑鴉病雀不能言」句，苦苦地尋覓過去肆虐的痕跡，從而繼續禍害一切生命，反覆強調寂靜與音響的反差，發出聲音巨大而嘈雜，動魄驚心。喧，堪稱具有「陳字見新」的功力，端的一字千鈞！

風蝶令・白海棠①

柔蒂和煙鞸②，幽花帶雪融。欲開還斂閟③芳容，得似蛸蠐④微俯意惺忪⑤。格⑥淡光彌豔，

神清態轉穠⑦。珠簾⑧不約晚來風。吹起一庭香月照玲瓏⑨。

【注釋】

①海棠：落葉小喬木，葉子卵形或橢圓形，花白色或淡粉紅色，果實球形，黃色或紅色，味酸甜。②嚲（duǒ）：下垂。③閟（bì）：閉門，閉；謹慎。④蝤蠐（qiú qí）：古書上指天牛的幼蟲，白色。⑤惺忪：形容因剛醒而眼睛模糊不清。⑥格：方框。⑦穠（nóng）：草木茂盛。⑧珠簾：珍珠綴成的或飾有珍珠的簾子。⑨玲瓏：靈活；靈巧。

【意譯】

柔蒂隨著薄霧下垂，悅目的花色像白雪漸漸消融。想要綻放還掩藏著自我芳容，恰似天牛白生生的幼兒微微地低著頭，睡眼惺忪。

窗格裏清淡的月光更加鮮豔，花兒神志清醒，豪態格外精神。珠簾沒有邀請飄來了晚風。庭院瀰漫著噴香的月色，窺探著簾裏靈巧的玉人。

【點評】噴香的月色

〈風蝶令•白海棠〉這首詞傾力詠唱白海棠之魅力。上闋重在描摩白海棠的色彩。未著一個「白」字而潔白柔和透剔自現。尤其是小結的設喻新奇：得似蝤蠐微俯意惺忪，彷彿是個天牛的白嫩的小寶貝低頭睡眼朦朧。令人驚嘆，亮眼，舒心。

下闋過片：月光彌豔，花態轉穠。進而鐫刻白海棠意態之深沉。風吹簾動，滿庭香月。香風刺激嗅覺，月色吸引眼球，通感修辭，信手拈來，香色俱全，詩味盎然！「照玲瓏」沒有重複李白〈玉階怨〉：「卻下（放下）水晶簾，玲瓏望秋月。」太白的玲瓏指月亮清晰明亮，女子透過簾子依然望著明月。暗示詞題的「怨」。汪詞是說撲鼻的香氣也好，更鮮豔的月色也好，滿滿蕩蕩照射著珠簾裏面潛藏著白海棠芳容型的靈巧玉人。要之，氛圍之香，月色之柔，詩味之爽，編織白海棠魅力之真原，玉人之斂閟，叫讀家怎能忘懷？

百字令・流激榭即事

春風桃李，比梅花時節、多些芳綠。浩浩①川原舒窈窕②，是處山丘③華屋④。草露含滋，林煙散暈⑤，萬象⑥如膏沐⑦。玉闌干外，柳絲初裊⑧晴旭⑨。日暮⑩窮巷⑪牛羊，畫堂⑫燕雀，各自尋歸宿⑬。留得蒼然山色在，領取人間幽獨。潭水悠悠⑭，落霞裊裊⑮，樹影重重復。低頭吟望，疏鐘已動靈谷⑯。

【注釋】

①浩浩：形容水勢很大。②窈窕（yǎo tiǎo）：女子文靜而美好。③山丘：土山。④華屋：華美的建築。⑤暈（yùn）：光影、色彩四周模糊的部分。⑥萬象：宇宙間的一切事物或景象。⑦膏沐：婦女潤髮用的油脂。⑧裊：細長柔弱。⑨旭（xù）：初出的陽光。⑩日暮：天黑了。⑪窮巷：僻巷。⑫畫堂：彩繪華麗的廳堂。⑬歸宿：人或事物最終的著落。⑭悠悠：長久；遙遠。⑮裊裊：形容煙氣繚繞上升。⑯靈谷：山名。在江西臨川縣東南。山中有石靈像，因以為名。

【意譯】

春風催開了桃李百花，比梅花盛開時節多了一些清香和碧綠。浩大的水勢使得平原舒展了窈窕的身影，這裏有土山和華美的建築。草上的露珠飽含滋潤，林子的輕霧漸散，光影色彩開始顯露，宇宙景象像塗上了女性化妝的油脂。白玉欄杆外面，柳絲細長柔弱，初出的陽光剛剛露出笑臉。

天黑了，偏僻巷子的牛羊，彩繪華堂的燕雀，各自尋找自己的歸宿。留下青的、藍的、綠的山色，領略人間深深的孤獨。潭水清，霞降落，煙上升，覆蓋樹影一層又一層。低著頭邊吟誦邊張望，疏遠的鐘聲已然驚動靈谷。

【點評】隱約鐘聲隱約愁

這首長調上片景語，下片情語，主旨潛藏著隱約憂愁。

開篇以桃李對比梅花多些芳香、碧綠，有點點新意。川原舒窈窕，土山建華堂。煙露等等如美女化過妝。小結：衫春、柳絲、旭日。

過片：日暮，牛羊、燕雀，各自尋歸宿。它不是牛欄羊圈，燕雀歸巢，而是最終的著落，讓人觸摸到一層薄薄的愁霧。進一層，留得山色幽獨，深深的孤獨。再進一層，潭水、落霞、樹影的渲染。於是，上片小結的春晴之柔弱柳絲與結尾的低頭吟望，遠遠鐘聲驚動了靈谷山。一明一暗側重暗，一景一情凸顯情，真的是隱約鐘聲隱約愁。

若要破解「愁」的密碼，參照下一首〈百字令‧春暮郊行〉，便知端的。

百字令・春暮郊行

茫茫①原野②，正春深夏淺，芳菲③滿目。蓄得新亭④千斛⑤淚，不向風前棖觸⑥。渲碧波恬⑦，浮青峰軟，煙雨皆清淑。漁樵如畫，天真⑧只在茅屋。　堪⑨嘆古往今來，無窮人事⑩，幻此滄桑⑪局。得似大江流日夜，波浪重重相逐。劫⑫後殘灰，戰餘棄骨，一例⑬青青⑭覆。鵑啼血盡⑮，花開還照空谷⑯。

【注釋】

①茫茫：沒有邊際，看不清楚。②原野：平原曠野。③芳菲：花草芳香又豔麗。④新亭：即新亭對泣。出自《晉書・王導傳》。新亭故址在今南京市南。後世以新亭對泣表示愴懷故國的意思。⑤斛（hú）：舊量器，方形，口小，底大。容量本為十斗，後改為五斗。⑥棖（chéng）觸：觸動；感動。⑦恬（tián）：恬靜。⑧天真：心地單純，性情直率。⑨堪：可；能。⑩人事：指人與人之間的關係。⑪滄桑：滄海桑田的省略語。大海變成農田，農田變成大海，比喻世事變化很大。也說桑田滄海。⑫劫（jié）：災難。⑬一例：一律；同等。⑭青青：茂盛貌；黑色，多指鬢髮。⑮鵑啼血盡：典出晉・常璩《華陽國志・蜀志》。杜鵑，鳥名，又名杜宇、子規。傳說是蜀主望帝（杜宇）所化，啼聲悲切，如「不如歸去」之聲。⑯空斗：空寂的山谷。

【意譯】

正當春末夏初的時節，在遼闊的原野上，花花草草芳香又豔麗。積蓄愴懷故國的千斛眼淚，也不便在人前觸動。碧綠渲染的水波，恬恬靜靜，漂浮著青黑色的山峰好像也鬆鬆軟軟，煙雨卻明朗純淨。漁夫、樵子如同畫中人物，要說心地單純、性情直率，只能在茅草小屋找尋。

可嘆古往今來，無窮無盡的人事糾紛，幻化成世事多變的局面。還好似長江日夜奔騰，波浪一重一重相追逐。災難以後剩餘的灰燼、戰爭之後被遺棄的屍骨，一律被茂盛的青草覆蓋。望帝變成的杜鵑啼血已盡，不過鮮花兒還綻放在空寂的山谷。

【點評】鵑啼血盡，花照空谷

〈百字令・春暮郊行〉的結句，給受眾的視覺衝擊不是壯美，不是裸美，而是淒美。我們只要認真解讀就不難把握通篇主旨。鵑啼血盡，指氛圍淒戾、淒其，即感傷、悲涼、辛酸的極致。附麗著汪詞人「烈士情結」的自況。花照空谷，渲染景物淒惘，淒豔，說的是哀感綺麗，悵悵若失。王國維說得好：「一切景語皆情語也。」這是作家靈感的勁爆啊！

怎麼會萌發如許淒絕的色調呢？

就近因而言，漁樵的單純直率，不懂人事滄桑，雲譎波詭，蜩螗沸羹。何況「劫後殘灰，戰餘棄骨，一例青青覆」，春花怒放，照耀空谷呢？能不油然而生淒豔感嗎？

就遠因而言，文化心理和同情心理，古已有之。從「長太息以掩涕兮，哀民生之多艱」（屈原）到「無惻隱之心，非人也」（孟軻），再到「夜深經戰場，寒月照白骨」（杜甫）既屬傳統文化的輻射，又是人的本原屬性的必然。這正是十九世紀俄羅斯詩人涅克拉索夫所見證的：「俄羅斯母親啊，我為什麼要哭泣？因為我愛得深沉！」也正是上首長調點評的「隱約鐘聲隱約愁」的拓展和延伸。

憶舊遊・落葉

嘆護林心事①，付與東流②，一往淒清③。無限流連④意，奈驚飇⑤不管，催化⑥青萍⑦。已分去潮⑧俱渺⑨，回汐又重經。有出水根寒，拏空⑩枝老，同訴飄零⑪。　天心⑫正搖落⑬，看菊芳蘭秀，不是春榮。摵摵⑭蕭蕭⑮裏，要滄桑換了，秋始無聲。伴的落紅歸去，流水有餘馨。盡歲暮天寒，冰霜追逐千萬程。

【注釋】

①護林心事：典故出自清人龔自珍〈己亥雜詩〉之一：「落紅不是無情物，化作春泥更護花。」落紅：落花，花，比喻自己的理想與信念。「化作」句，讓新生事物得以茁壯成長。②東流：水向東流。③淒清：形容清冷；淒涼。④流連：留念不止，捨不得離去。⑤飇（biāo）：迅速；疾風。⑥催化：促使化學反應的速率發生改變。⑦青萍：浮萍。⑧潮汐：通常指由於月亮和太陽的引力而產生的水位定時漲落的現象。汐，指夜間的潮。⑨渺（miǎo）：渺茫。⑩拏，同「拿」。拏空：形容古樹的枝伸向高空。⑪飄零：（花、葉等）墜落；飄落。比喻失去依靠，生活不安定。⑫天心：正對著人頭頂的天空；北極星；天意。⑬搖落：凋零；零落；亦喻淪落。⑭摵摵（shà）：葉落聲。⑮蕭蕭：馬叫聲或風聲等。⑯馨（xīn）：散布得遠的香氣。

【意譯】

可嘆的是護花的心事，好像東逝水，冷落，淒涼。無限的留戀情意，無奈急風不理，僅僅催生了浮萍。白天，潮退了，一切渺茫；晚上，落葉卻隨汐回到原地。剛出水畏寒的鬚根，和伸向高空的老樹枝，一同訴說落葉無依，落花隨水，無可奈何。

頭頂上落花凋零，金菊的芳香、蘭草的美麗，可惜不能在春日同時出現。在西風聲中的落葉，要世道改變了，秋天才會安靜，無聲無息。落葉和落花結伴同行，流水才出餘香縷縷。歲尾，暮色蒼茫，天寒地凍，冰雪相互追逐，行程有千里萬里。

【點評】借花獻佛

借花獻佛，這裏是指借重臺灣已故著名歷史小說作家高陽，評騭〈憶舊遊．落葉〉的獨到見解，敬獻給諸位讀家欣賞（《粉墨春秋．卿本佳人．汪精衛有一首詞》，海南出版社一九九六年版）。

它是汪精衛從重慶到河內不久所作。詞極好，寄託遙深，怨而不怒，深得風（感化）人之旨。然而題為「落葉」，上闋詠的卻是「落花」。開頭便是「護花」的典故。此外，「東流」、「驚飆」、「青萍」無一不是「落花」，與「落葉」何干？「已分去潮俱渺，回汐又重經。」落葉隨波逐流，本應入於汪洋大海，居然復歸原處。但時序已由春入秋，於是「有出水寒根，拏空枝頭老」，虛寫落葉，接一句「同訴飄零」，則落花竟與落葉在秋水中合流了。這種詞境，從古到今所無，只存在於汪精衛心目中。奇極新極，而千鈞筆力，轉折無痕，就詞論詞，當然值得喝一聲彩。

下闋仍舊是落花與落葉合詠：細細看去，是落花招邀落葉同遊。詞中最微妙之處，在畫一條春與秋的界線，菊與蘭並無落葉，則落葉必是「春榮」的花木，與落花同根一樹，本是夙昔儔侶（往日伴侶）。至於「菊花蘭秀」，暗指孤芳自賞，亦言崖岸自高，更是「落花」提醒「落葉」，今昔異時，榮枯判然。「天心搖落」之秋，非我輩當今之時，合該淪落。這是警告，但也不妨說是挑撥。

以下「摵摵蕭蕭裏，要滄桑換了，秋始無聲」之句寫的秋聲，可從兩方面來看，就大處言，前方戰士的嘶殺吶喊，後方難民窮極吁天，在在皆是秋聲。除非「滄桑換了，秋始無聲」，若問滄桑如何變法？則是另外創造一個春天。就小處言，由秋入冬，滄桑人變；落葉作薪，供炊取暖，自然沒有「摵摵蕭蕭」的秋聲了。

這滄桑之變，便是汪精衛念茲在茲的一件大事。就小處言，是滄桑變我；就大處言，不妨我變滄桑，何取何捨？不待智者後知。不過汪精衛心裏是這麼想，但剛到河內，前途茫茫，還不敢作何豪語：只好以「落花」自擬，這樣勸告「落葉」，此時此地你只有犧牲的份兒！不如趁早辭枝，隨我東下，至少還可以沾染我的一點香氣。東下何處？自然是南京。結語動這黍離（亡國的悲痛）之思，恰是無奈之語。

汪精衛自擬「落紅」，古有「輕薄桃花逐水流」，何自輕自賤如此？既然把蔣介石比作傲霜枝、王者香，就不能不自擬為桃李。只是「似得落紅東去」，只有遺臭，何「有餘馨」？這便是汪精衛一生自視太高、自信太過的結果。

至於下闋結句的改動，由於內容變化不大，加之北京版與香港版均一仍其舊，故未引用。

金縷曲

綠遍池塘草用梅影書屋詞句。

更連宵、淒其①風雨，萬紅都渺。寡婦孤兒無窮淚，算有青山知道。早染出龍眠畫稿。一片春波流日影②，過長橋、又把平堤繞。看新冢③，添多少。

故人落落④心相照。嘆而今、生離死別，總尋常⑤了。馬革裹屍⑥仍未返，空向墓門憑弔⑦。只破碎山河難料。我亦瘡痍⑧今滿體，忍須臾⑨、一見欃槍⑩掃。逢地下，兩含笑。

【注釋】

①淒其：寒涼。其，詞尾。②日影：時間；時刻。③冢（zhǒng）：墳墓。④落落：零落。⑤尋常：平常（古代八尺為「尋」，倍尋為「常」，「尋」和「常」都是平常的長度）。⑥馬革裹屍：用馬皮包裹屍體。謂英勇作戰，捐軀沙場。語出《後漢書•馬援傳》。⑦憑弔：對著遺蹟、墳墓等懷念前人或舊事。⑧瘡痍：創傷。比喻遭受破壞或災害後的景象。⑨須臾：片刻。⑩欃（chéng）槍：彗星的別稱。

【意譯】

通宵達旦颳著寒涼的風雨，萬紫千紅都已然渺茫。寡婦和孤兒一直在哭泣，算起來只有青山才知道。早就渲染出龍眠的畫稿。一片春波流動著日影，過了長橋，又把平堤繞。看新出現的墳墓，又增添了多少！

老朋友零零落落，但內心彼此知道。感嘆現在生離死別，總歸是尋常事了。用馬皮包裹著屍體還沒有歸故土，白白地朝著墓門祈禱。只有山河破碎最難預料。我也渾身創傷，忍耐片刻，突然看到掃帚星拖著長長的尾巴掃呀掃。到地府相逢，兩個人滿臉笑。

【點評】妖星

這首〈金縷曲〉無標題，從整個長調審視，充滿淒厲之聲，灰暗色澤，山河破碎，滿體瘡痍，戰禍天災，唯死含笑！

這種亡國之音為全集所罕見。

上闋起筆淒風苦雨，黑暗深沉。寡婦孤兒淚傾盆，僅有青山見證。暗示中國龍已經酣睡，春光白流，累累新墳，更令人觸目驚心。

下闋與故人生離死別已屬司空見慣。馬革裹屍未到故土，只能空向墓門憑弔。國破山河在，詩人也渾身創傷，忍死須臾是陳璧君當年暗通的信息，彷彿依然昂昂然囚禁於清廷監獄，等待「一見欃槍掃」。正是由「我不入地獄誰入地獄」引渡到結句：笑赴黃泉，與故友相逢！胡適曾深中肯綮地指出，汪氏敗在「烈士情結」，揭示汪兆銘在曾經光榮的革命史實中陶醉而不能自拔！這便是為什麼願意死而含笑的本源。

當然，全詞的「一見欃槍掃」，既是過渡，又是強調，更是借助古人「妖星」之說以預示天意使然，非人謀所及，強化亡國之音的悲愴力度。看來有必要加以推介。

彗星，俗稱掃帚星，因彗星形狀像掃帚。古人又叫妖星。這是古代占星術對預示災禍的新出現的星星的稱呼。而「占星術」正是一種以觀察星辰運行預言人事吉凶禍福的方術。說的是妖星主掃除，見到就有戰禍或天災的降臨！於是水到渠成地出現結句：「逢地下，兩含笑。」以笑寫哀，名樂實悲，以死亡解脫亡國劫難的無奈，是汪詩人恐懼窮途末路的淒涼！

編輯者跋

鄙人（謙詞，自稱）日本人也，住華北而一淺學無德之處士（沒有做過官的讀書人）耳。今先於中國人、先於華中、華南之人士，將此一國元首之著作從事編輯出版，何等不可思議之事歟（啊）！可知廣大世間罕有之例不少焉。茲略敘其緣起而明本書刊行之始末。

鄙人從少來到中國研究政治文學者近於三十年，尤盼望中國國家之進步與人民之安寧，每睹國內政治起伏、文化興廢，或一喜，或一憂，常感頭痛。逢此次事變爆發，私念前途之變化，日夜徬徨（猶疑不決）於悒（yì：憂愁不安）悶焦慮之中者，殆及（等待）年餘矣。際此暗雲蔽天之日，汪精衛先生發豔電（發表降日宣言）而為天下蒼生而起，鄙人之敬仰感銘，實出於言喻之外。

元（通「原」）來汪精衛先生者，鄙人二十年來同湘鄉曾滌笙（曾國藩的號）先生所尊崇信服之中國近世名人也。聞汪先生起，鄙人當時拍案而叫快哉，更信汪先生識見、熱情、勇氣之高人數等矣！同時自覺附隨汪先生之事業，即再生中國、建設東亞之唯一無二良法。乃就個人力量所能之計劃翻譯《雙照樓詩詞稿》之事商於駐寧（南京）日本軍總司令部今井武夫大佐。今井大佐者，愛中國、憂東亞大局之日本軍界有數人才，而與創造新中國有密切關係者也。大佐讀鄙人信，轉達於汪先生之前，汪先生即欣然諾之，而將未發表之《掃葉集》全編贈於大佐，是去年四月三十日之事也。五月，鄙人由燕（北京）赴寧謁汪先生，致敬且將稿子領回。九月和譯（日語的翻譯）已成，再赴寧謁先生，至今閱（經過）六月，和譯本尚未刊行。今年一月，汪先生最近言論集和譯《與日本提攜而往》一書由日本朝日新聞社發刊問世；再今月中，《雙照樓詩詞稿》正本在燕刊行。

回顧一年來足跡，感觸頻加焉。唯本書之出，汪先生之好意為第一，今井大佐之愛護為第二，鄙人則只執校勘暨印刷、訂本指揮之雜役耳，故不欲作跋等文字，而欲諱（不願說）其名，迨（等到）印刷成有所方縱。臾為始末記，想之半日，慌然走筆（很快地寫）。鄙人原無學者，亂作文章，真所謂驢鳴狗吠不知愧者，亦深懼有所累於汪先生之德與名。唯所冀（希望）在將汪先生之學問、道德、品性等等美點介紹於中國與東方各國間，使有識人物正解汪先生之人物與政績。若達到此目的，則鄙人之願已足矣。尚有一事要珍重闡明者，即此本書價之較昂（貴）也，曾仲鳴先生曩（nǎng：從前）在民國拾九年拾貳月刊行之雙照樓《小休集》上下卷合編一書，賣價定壹圓貳角，可謂廉價，而年來紙價高漲，以今比昔，實達於十數倍，印刷等費亦四五倍於往時。關於此點，不無苦衷（痛苦的心情），切望大方人士之諒解。當擱筆之時，禱祝汪精衛先生之政躬安泰與和平運動之成功，同時對今井大佐及從旁指教之外交部次長周隆庠先生致感謝之忱。並且對《雙照樓詩詞稿》上下卷合編本刊行者、而民國貳拾八年三月貳拾壹日在河內郊外殉國難之和平運動先覺曾仲鳴先生之英靈致至深之哀悼。

辛巳（一九四一）三月五日 黑根祥作 謹跋

編按：括弧內為作者周世安註腳

【點評】歪打正著

《編輯者跋》是日本人黑根祥作對《雙照樓詩詞稿》編輯始末的說明。儘管其動機之表述有些吞吞吐吐，也屬人性缺失，且予原諒。其實，所謂原本不想留名，為什麼又「慌然走筆」呢？顯係一個名不見經傳的處士企圖依附汪偽政府以「先於中國人、先於華中、華南人士」而嶄露頭角罷了。至於其赤裸裸的日本軍國主義者侵略論調，不值一駁，姑置不論。

但是，記得列寧說過，歷史往往會捉弄人，明明想進這間房子，卻到了那間房子。黑根恐怕做夢也沒有想到，居然給中國現代文學史上保存了一份汪氏詩詞北京版的資料，超過了上海版、香港版一百多首（後兩種版本詳見曹旅寧《雙照樓詩詞稿及其他》，《博覽群書》二〇〇四年八月）。何況是汪氏親手交出，真實性自然不在話下。

這便是標題「歪打正著」的因由。

參考資料

一、主要書目

1、王朝柱著：《汪精衛和蔣介石》，中國青年出版社，一九九三年。
2、王朝柱著：《世紀名人逸事》，中國青年出版社，一九九八年。
3、王光遠、姜中秋著：《陳璧君與汪精衛》，中國青少出版社，一九九二年。
4、王榮初選注：《西湖詩詞選》，浙江文藝出版社，一九八五年。
5、王翼奇著：《綠痕樓詩話》，《當代詩詞叢話》，黃山書社，二〇〇九年。
6、王大鵬編：《百年國士·熊十力》，中國文聯出版公司，一九九九年。
7、文斐編：《我所知道的漢奸汪精衛和陳璧君》，中國文史出版社，二〇〇五年。
8、田聞一著：《黑幕一九三八年的權力高層》，中國文史出版社，二〇〇三年。
9、石聲淮、唐玲玲箋注：《東坡樂府編年箋注》，華中師範大學出版社，一九九〇年。
10、李國文著：《中國文人的活法》，人民文學出版社，二〇〇四年。
11、李澤厚著：《中國思想史論》，安徽文藝出版社，一九九九年。
12、何兆武著：《上學記》，三聯書店出版社，二〇〇六年。
13、林闊編著：《汪精衛全傳》（上、下），中國文史出版社，二〇〇一年。
14、周雲龍著：《倚聲藝術新論》，南海出版公司，一九九七年。
15、周海峰編著：《汪精衛傳》，作家出版社，二〇〇六年版。

16、吳玉章著：《辛亥革命》，人民出版社，一九七八年。
17、武占坤、馬國凡著：《諺語》，內蒙古人民出版社，一九八〇年
18、武俊平著：《中國人文思想——尋找自己的精神家園》，線裝書局，二〇〇四年。
19、胡適著：《白話文學史》，東方出版社一，九九六年。
20、徐晉如著：《綴石軒詩話》，《當代詩詞叢話》，黃山書社，二〇〇九年。
21、徐晉如著：《人穌世》，風雲時代出版股份有限公司，二〇〇五年。
22、孫景陽著：《詩之美》，遠方出版社，二〇〇四年。
23、耿占春編選：《新時代的忍耐》，西川：《哈德門筆記》社會科學文獻出版社，二〇〇〇年。
24、高陽著：《粉墨春秋・卿本佳人》，海南出版社，一九九六年。
25、張向天：《魯迅舊詩箋注》，廣東人民出版社，一九五九年。
26、張岱年、方克立主編：《中國文化概論》，北京師範大學出版社，一九九四年。
27、張殿興著：《蔣介石與汪精衛的恩恩怨怨》，人民出版社，二〇〇九年。
28、張殿興著：《汪精衛附逆研究》，人民出版社，二〇〇八年。
29、章開沅著：《實齋筆記》，東方出版中心，一九九八年。
30、陳公博著：《苦笑錄》，香港大學亞洲研究中心，一九七九年。
31、陳廷一著：《孫中山大傳》，團結出版社，二〇〇一年。
32、陳望衡著：《藝術創作之謎》，紅旗出版社，一九八八年。
33、陳瑞雲著：《蔣介石與汪精衛》，吉林文史出版社，一九九四年。
34、陳序經著：《文化學概觀》，中國人民大學出版社，二〇〇五年。
35、陳永正主編：《嶺南文學史》，廣東高等教育出版社，一九九三年。
36、陳致平著：《中華通史・第九卷》，花城出版社，一九九六年。
37、陳鍾凡著：《中國韻文通論》，上海書店出版，一九九〇年。
38、許厚今著：《錢鍾書詩學論要》，黃山書社，一九九二年。

39、莫礪鋒著：《杜甫詩歌講演錄》，廣西師範大學出版社，二〇〇七年。
40、陶伯華、馬禾主編：《怪異思維》，黑龍江人民出版社，二〇〇二年
41、程舒偉著：《汪精衛與陳璧君》，吉林文史出版社，一九八八年。
42、程舒偉、鄭瑞峰著：《汪精衛與陳璧君》，團結出版社，二〇〇四年。
43、喻守真著：《唐詩三百首詳析》，中華書局，一九五七年。
44、賀興安著：《評論：獨立的藝術世界》，長江文藝出版社，一九九〇年。
45、勞承萬著：《審美的文化選擇》，上海文藝出版社，一九九一年。
46、勞承萬著：《美學中介論》，上海文藝出版社，一九八六年。
47、葉新著：《近代學人逸事》，百花文藝出版社，二〇〇五年。
48、聞少華著：《汪精衛傳》，吉林文史出版社，一九八八年。
49、熊培雲著：《思想國》，中國友誼出版公司，二〇〇七年
50、趙杏根著：《實用絕句作法》，南海出版公司，一九九七年。
51、楊義著：《李杜詩學》，北京出版社，二〇〇一年。
52、劉波公著：《學詩百法》，上海古籍書店，一九八一年。
53、劉培育、何明申主編：《思維技巧卷》，世界知識出版社，一九九一年。
54、劉建國著：《茶餘論古》，岳麓書社，二〇〇〇年。
55、劉國屏著：《歲月留痕》，百花洲文藝出版社，二〇〇六年。
56、黎澍主編：《馬克思、恩格斯、列寧、斯大林論歷史人物評價問題》，人民出版社，一九八一年。
57、蔡德金編注：《周佛海日記》，中國社會科學出版社，一九八六年。
58、蔡德金著：《歷史的怪胎》，廣西師範大學出版社，一九九三年。
59、鄭振鐸編：《晚清文選》，中國社會科學出版社，二〇〇二年。
60、歐陽友權著：《藝術美家》，中南工業大學出版社，一九九九年。
61、錢進、韓文寧著：《偽府群奸——汪精衛幕府》，岳麓書社，二〇〇二年。

62、錢鍾書著：《管錐編》，中華書局，一九七九年。
63、譚天河著：《汪精衛生平》，廣東人民出版社，一九九六年。
64、薑泣群編：《民國野史》（又名《朝野新譚》成書於一九一四年），山西古籍教育出版社，一九九九年。
65、龔鵬程著：《文學散步》，世界圖書出版社公司，二〇〇六年。
66、龔鵬程著：《雲起樓詩話》，《當代詩詞叢話》，黃山書社，二〇〇九年。
67、《中國野史・第三卷》，三秦出版社，二〇〇〇年。
68、《文學咖啡館》，第一輯A卷，南方出版社，二〇〇三年。
69、《列寧全集》，第[illegible]卷，人民出版社，一九八四年。
70、《汪辟疆談近代詩》，上海古籍出版社，二〇〇一年。
71、《汪精衛集》，上海書店，一九二九年。
72、《李宗仁回憶錄》，廣西人民出版社，一九八〇年。
73、《周恩來選集》，人民出版社，一九八〇年。
74、《非常道一九八〇—一九九九的中國話語》，社會科學文獻出版社，二〇〇五年。
75、《兩漢文學史參考資料》，中華書局，一九六二年。
76、《孫中山全集》，中華書局，一九八一－一九八六年。
77、《桂苑詩詞楹聯選》，華中師範大學出版社，二〇〇三年。
78、《陳嘉庚回憶錄》，山西古籍出版社，一九九六年。
79、[南朝梁]文勰撰：《文心雕龍》。
80、[南朝梁]任昉撰：《述異記》。
81、[晉]葛洪撰：《抱樸子》。
82、[晉]王嘉撰：《拾遺記》。
83、[晉]常璩撰：《華陽國志》。
84、[唐]孟郊撰：《孟東野詩集・烈女操》。

85、[唐]司馬承禎撰：《天隱子神解》。
86、[唐]段成式撰：《酉陽雜俎》。
87、[唐]釋皎然撰：《詩式・明勢》。
88、[唐]杜牧撰：《讀韓杜集》。
89、[五代]王定保撰：《唐摭言》。
90、[宋]孫光憲撰：《北夢瑣言》。
91、[宋]歐陽修撰：《六一詩話》。
92、[宋]楊萬里撰：《誠齋詩話》。
93、[宋]胡仔撰：《苕溪漁隱叢話》。
94、[宋]嚴羽撰：《滄浪詩話》。
95、[宋]薑夔撰：《白石道人詩話》。
96、[元]範德機撰：《木天禁語》。
97、[元]楊載撰：《詩法家數》。
98、[明]謝榛撰：《四溟詩話》。
99、[明]楊慎撰：《升庵集》。
100、[明]王驥德撰：《曲律》。
101、[明]顧從敬撰：《類編草堂詩餘》。
102、[明]胡應麟撰：《詩藪》。
103、[明]王守仁撰：《傳習錄》。
104、[清]顧嗣立撰：《寒廳詩話》。
105、[清]黃遵憲撰：《黃遵憲集》。
106、[清]彭端淑撰：《雪夜詩談》。
107、[清]沈德潛撰：《說詩晬語》。

108、[清]李漁撰：《閑情偶寄》。
109、[清]趙翼撰：《甌北詩話》。
110、[清]趙執信撰：《談龍錄》。
111、[清]馬位撰：《秋窗隨筆》。
112、[清]吳偉業撰：《梅村詩話》。
113、[清]陸以湉撰：《冷廬雜識》。
114、[清]王士禛撰：《漁洋詩話》。
115、[清]劉熙載撰：《藝概・詞曲概》。
116、[清]況周頤撰：《蕙風詞話》。
117、[清]江順詒撰：《詞學集成》
118、[清]毛先舒撰：《填詞名解》
119、王國維著：《人間詞話》。
120、楊伯峻編注：《論語譯注》，中華書局一九五八年。
121、楊伯峻編注：《孟子譯注》，中華書局一九六〇年。
122、易宗夔著：《新世說》，山西古籍出版社一九九七年。
123、《三國志・魏志・王粲傳》。
124、《史記・伍子胥列傳》。
125、《左傳・襄公二十四年》。
126、《漢書・董仲舒列傳》。
127、[美]費正清、費維愷編：《劍橋中華民國史》。
128、[美]費正清、劉廣京編：《劍橋中國晚清史》。
129、[美]唐德剛著：《晚清七十年》。
130、[美]唐德剛、王書君著：《口述實錄——張學良世紀傳奇》。

131、[日]犬養健著：《誘降汪精衛秘錄》。
132、劉文飛譯：《普希金詩選》。
133、楊周翰等主編：《歐洲文學史‧高爾基〈海燕之歌〉》。
134、《外國現代文藝批評方法論》。
135、《歌德談話錄》。

二、主要報刊

1、王岳川：《戲說之風與歷史之眼》，《北京青年報》二〇〇七年二月十一日。
2、文武：《「梅嶺三章」簡析》，山東臨沂師專《語文教學》一九七九年第一期。
3、汪精衛：《自述》，《東方雜誌》一九三四年第一期。
4、汪精衛：《論革命道德》，《民報》復刊號。
5、李瞳：《月光與脊梁》，《人民文學》二〇一〇年七月。
6、吳國思著：《宣傳部長》，《作品與爭鳴》二〇一〇年第三期，第三十六頁。
7、杜慶春：《阿馬斯詩集欣賞》，《北京青年報》二〇〇七年三月二十三日。
8、林思雲著：《真實的汪精衛》，《男人世界》二〇〇七年，第五十九－六十二期。
9、屈建軍：《鹿耀世的書籍裝幀藝術》，《博覽群書》二〇一〇年十二期。
10、孫中山：《辭大元帥職通電》，一九一八年五月四日。
11、張同吾：《聽聽巴爾蒂斯的告誡》，《詩刊》二〇〇四年第九期。
12、曹旅寧：《〈雙照樓詩詞稿〉及其他》，《博覽群書》二〇〇四年八月第七十－七十一頁。
13、《小說月報》十七卷號外。
14、《文史精華》二〇〇六年第六期。
15、《北京晚報》二〇〇四年三月十七日。

16、《作品與爭鳴》二〇〇四年六月第七十二頁。
17、《炎黃春秋》，二〇〇二年第三期，第二十二頁。
18、《南洋總匯新報》，一九〇九年十一月二十七日。
19、《董橋抗拒可能的影響才有批判的力量》，《北京青年報》二〇〇七年三月二十六日。

後記

《雙照樓詩詞稿》的注釋、意譯、點評終於定稿，的確如釋重負。它填補了中國近代文學史上的一個小小的空白。儘管在浩瀚的中華文化海洋中它僅僅是一朵細細的浪花，卻是一種不可或缺的微量元素。因為中華文化數千年來逐漸形成細大不捐、容納百川的恒常的發展態勢。

要說寫作動機是二〇〇一年翻閱東漢高誘的《呂氏春秋注》中提到夏桀能造屋、商紂能製粉的優長，並非一無是處的歷史暴君。因而聯想到陳仲弘〈梅嶺三章〉徵引汪兆銘警句「此頭須向國門懸」，人們理應肯定其歷史文學價值。據此，曾寫過一篇短文。有朋友閱後建議：乾脆寫一本書！當時一笑：「談何容易！」爾後看到二〇〇三年由上海古籍出版社發行的漢奸鄭孝胥的《海藏樓詩集》，似乎出現了微調的鬆動。反覆思索直到二〇〇五年才決心以讀寫關於汪氏詩詞及少得可憐的資料中尋覓樂趣。即令暫不付梓，也會心平氣和：讀了書，練了筆，還養了生哩！於是除了六赴都門求醫問藥和搜集資料雙管齊下外，陸陸續續付出了八個年頭，到底初步實現了自己既定設想：把握特色，實事求是，突破公式，變換筆墨，硬是磨礪出了近三十萬字的篇幅。

寫到這裏，請允許我說一段插曲。江曉原先生是《博覽群書》的視野廣闊而又多產的專欄作家，僅二〇一〇年就發表了六篇書評。在這年的第七期他敲定汪兆銘「作為詩人總的來說只是還過得去而已」，前句總評，抒發已見，百花齊放，無可厚非。為什麼說「還過得去」呢？後句回答：因為「缺乏令人印象深刻的佳作。」這就叫人大跌眼鏡了！原來江先生不瞭解九九年前汪氏在清廷獄中噴出的〈被逮口占〉四首，曾經轟動宇內，廣為流傳。特別是其中被稱為〈慷慨篇〉的第三首。「慷慨歌燕市，從容作楚囚。引刀成一快，不負少年頭。」汪詩人把生命置之度外唱出來的精氣神，照人、感人、快人！怪不得當年他的「粉絲」（英文fans音譯名）遍及海內外。而且被研究汪氏生平的名流如王朝柱、譚天河、陳舒偉、鄭瑞峰，王光遠、姜中秋、王翼奇、熊東遨等諸多著作所徵引、所感佩、所激賞。這是歷史事實，恐怕不是江先生忙中出錯所能抹煞的吧。

至於汪詞，著名詞學家龍榆生先生、臺灣著名歷史小說家高陽先生、著名博導陳永正先生都有精彩評騭。拙著均已援引，不贅。而當代詞學家劉夢芙先生也剴切指出：汪氏「詞筆清麗而兼雄健，確有不凡之處。」（《冷翠軒詞話》，《當代詩詞叢話》黃山書社，二〇〇九年版第三九九頁）看來都是該當參照的。江先生還引用了汪詞〈浪淘沙・紅葉〉點評，請讀者專家不妨對比老朽短評觀照，限於篇幅，不再贅述。

在這裏，要感激各界朋友的大力支持。難能可貴的是原華中師大老同學已為國內外知名專家學者如鄒時炎先生、賀興安先生、黃曼君先生以多種不同方式的幫助！

秀威資訊科技孫偉迪先生、楊尚蓁先生為本書付梓，操心勞力，謹致謝忱。

熱烈歡迎讀者不吝賜教！

周世安　壬辰正月初八於讀寫養生齋時年八秩賤降

新銳文叢16　PG0766

新銳文創
INDEPENDENT & UNIQUE

不負少年頭
——汪精衛雙照樓詩詞稿揭祕

作　　者　周世安
責任編輯　孫偉迪
圖文排版　楊尚蓁
封面設計　蔡瑋中

出版策劃　新銳文創
發 行 人　宋政坤
法律顧問　毛國樑　律師
製作發行　秀威資訊科技股份有限公司
114 台北市內湖區瑞光路76巷65號1樓
電話：+886-2-2796-3638　傳真：+886-2-2796-1377
服務信箱：service@showwe.com.tw
http://www.showwe.com.tw
郵政劃撥　19563868　戶名：秀威資訊科技股份有限公司
展售門市　國家書店【松江門市】
104 台北市中山區松江路209號1樓
電話：+886-2-2518-0207　傳真：+886-2-2518-0778
網路訂購　秀威網路書店：http://www.bodbooks.com.tw
國家網路書店：http://www.govbooks.com.tw

出版日期　2012年9月　初版
定　　價　750元

國家圖書館出版品預行編目

不負少年頭：汪精衛雙照樓詩詞稿揭祕 / 周世安著. -- 初版. -- 臺北市：新銳文創, 2012. 09
面；　公分
ISBN 978-986-6094-41-5 (平裝)

851.485　101014524

讀者回函卡

感謝您購買本書，為提升服務品質，請填妥以下資料，將讀者回函卡直接寄回或傳真本公司，收到您的寶貴意見後，我們會收藏記錄及檢討，謝謝！
如您需要了解本公司最新出版書目、購書優惠或企劃活動，歡迎您上網查詢或下載相關資料：http:// www.showwe.com.tw

您購買的書名：________________________________

出生日期：________年________月________日

學歷：□高中（含）以下　□大專　□研究所（含）以上

職業：□製造業　□金融業　□資訊業　□軍警　□傳播業　□自由業
　　　□服務業　□公務員　□教職　□學生　□家管　□其它_____

購書地點：□網路書店　□實體書店　□書展　□郵購　□贈閱　□其他

您從何得知本書的消息？

□網路書店　□實體書店　□網路搜尋　□電子報　□書訊　□雜誌
□傳播媒體　□親友推薦　□網站推薦　□部落格　□其他__________

您對本書的評價：（請填代號　1.非常滿意　2.滿意　3.尚可　4.再改進）

封面設計____　版面編排____　內容____　文／譯筆____　價格____

讀完書後您覺得：

□很有收穫　□有收穫　□收穫不多　□沒收穫

對我們的建議：________________________________

____

____

____

請貼
郵票

11466
台北市內湖區瑞光路 76 巷 65 號 1 樓

秀威資訊科技股份有限公司 收

BOD 數位出版事業部

（請沿線對折寄回，謝謝！）

姓　　名：＿＿＿＿＿＿＿＿　年齡：＿＿＿＿　性別：□女　□男

郵遞區號：□□□□□

地　　址：＿＿＿＿＿＿＿＿＿＿＿＿＿＿＿＿

聯絡電話：(日)＿＿＿＿＿＿＿＿　(夜)＿＿＿＿＿＿＿＿

E-mail：＿＿＿＿＿＿＿＿＿＿＿＿＿＿＿＿